악몽과 망상

무거 지음
박미진 옮김

악몽과 망상

어느 인턴의
정신병동
이야기

호른스의눈

차례

거울 속의 첼리스트 – 양극성 정동장애·7

돌진하는 슈퍼우먼 – 경조증·37

망상 속의 괴물 – 조현병·65

동생이 만들어낸 형 – 다중인격·102

불행한 웃음 – 미소우울증·147

침묵의 폭식증, 속죄의 거식증 – 식이장애·176

나를 잃고 타인에게 잊히는 – 알츠하이머·210

사랑받고 있다는 착각 – 색정형 망상장애·236

"내 바지 어딨어?" – 연극 치료·266

고양이 소녀 – 지속적 애도장애·303

적색 공포증 – 습득성 공포·335

불온한 욕망 – 강박증·369

빛을 찾아서 – 전환장애·411

앨리스의 악몽 – 페티시즘·459

어둠 속에 갇히다·522

즐거운 왕자와 괴로운 왕자·572

에필로그·645

작가의 말·669

거울 속의 첼리스트
– 양극성 정동장애

"시작됐어. 또 시작됐대!"

점심시간이 끝날 무렵, 간호사 두세 명이 재활의학과 쪽으로 우르르 몰려가고 있었다. 모두 흥분으로 상기된 얼굴로 시끌벅적하게 내 옆을 지나쳤다.

무슨 일로 저러는지 짚이는 데가 있었다. 지금 병원에서 가장 유명하고 관심 집중인 환자를 보러 가는 것이다.

걸음을 옮기던 나도 갑자기 흥미가 일어 간호사들을 뒤따랐다.

며칠 전에 재활의학과에 독특한 환자가 입원했다. 직업은 첼리스트. 독특하다는 건 그의 직업이 아니라 질환이 그렇단 말이다. 그는 양극성 정동장애(조울증)를 앓는 환자다. 양극성 정동장애란 우울증과 조증이 번갈아 가며 반복해서 나타나는 정신질환이다.

증상으로 보면 심각한 상태는 아니었다. 그 환자와 비슷한 정도의 양극성 장애 혹은 우울증 환자들은 대부분 약물치료를 선택하지 입원까지 하지는 않는다. 그런데 그는 입원을 자청했다. 다만 중병이 아니니 정신과로는 가지 않겠다고 하여, 병원에서는 할 수 없이 이도 저도 아닌 재활의학과로 병상을 배정해주었다.

그가 진료받으러 온 날, 진료과장이 진행하는 상담에 나도 동석했다. 의식도 또렷하고 자기에게 어떤 일이 일어났고 어떻게 해야 하는지도 잘 아는 편이었다. 하지만 그가 자리를 비켜 달라고 정중하게 요청하는 바람에 상담 내용을 끝까지 들을 수는 없었다. 나는 중간에 밖으로 나왔고, 두 사람은 한참 동안 상담을 이어 나갔다. 나는 진료 대기실에서 기다리며 환자의 우아하고 매너 있는 태도, 예술가 특유의 분위기를 다시 한번 떠올렸다.

밖으로 나온 그가 미안한 듯 미소를 지어서 내가 오히려 몸 둘 바를 몰랐다. 진료할 때 사생활 보호를 위해 제삼자의 동석을 거부하는 건 내담자의 기본 권리이기 때문이다. 그가 나에게 미안해할 이유는 전혀 없었다. 오히려 내가 실례를 범했다는 편이 옳았다.

"밖으로 안내 좀 해주시겠어요?"

나는 고개를 끄덕이고 길을 안내했다. 약국에 들르기만 하면 되는 간단한 경로였는데 내가 민망해할까 봐 만회할 기회를 주려는 듯했다.

병문 정문에 이르렀을 때 비가 쏟아지기 시작했다. 소나기가 안쪽으로 어지럽게 들이쳤다.

그는 우산이 없었다.

"택시 타실 건가요?"

그는 들이치는 비에도 아랑곳하지 않고 잠시 멍하니 서 있더니 웃으며 대답했다.

"아뇨, 괜찮아요. 감사합니다."

말을 마친 그는 그대로 빗속으로 걸어 들어갔다. 빗줄기가 더 거세졌지만 비와 함께 어우러진 그의 뒷모습은 더 당당해 보였다.

진료 도중 자리를 떴기 때문에 나는 과장의 최종 판단이나 입원 여부는 알 수 없었다. 다만 상태도 꽤 양호하고 개인 공간이 필요한 직업을 가진 사람이기에 굳이 입원해 타인과 병실을 함께 쓰리라고는 생각하지 않았다.

그래서 일주일 후 재활의학과에서 그 환자를 발견했을 때 내 눈을 의심했다. 하지만 분명히 그 사람이었다. 간호사들이 그를 에워싸고 웃고 떠들고 있었다. 나는 먼발치에서 보기만 하고 인사를 건네지는 않았다.

얼른 가서 그의 진료 기록을 확인하고, 진료과장을 찾아가 그가 왜 입원을 했는지 물었다. 중증임상1과의 책임자인 반백의 과장은 항상 진지하고 엄숙한 태도로 주로 고위 인사들의 진료를 도맡았다. 이 첼리스트를 재활의학과에 배정한 것도 바로 진료과장이었다.

과장은 눈꺼풀을 치켜뜨고 되물었다.

"자네가 그걸 알아서 뭐하게?"

이상했다. 일개 인턴이 잘 몰라서 하는 질문에 왜 저렇게 방어적일까? 그날 진료실을 비워 달라고 했던 일이 떠오르며 혹시라도 환자의 사생활에 관련된 이유일까 싶어 더는 물어볼 수가 없었다.

말문이 막힌 나에게 과장이 갑자기 한마디를 툭 던졌다.

"그 환자는 가까이하지 마."

"왜 그러십니까?"

과장은 더는 언급 없이 가서 진료 기록이나 보라고 했다. 그리고 얼마 지나지 않아 과장이 한 말의 뜻을 알게 되었다.

'가까이하지 마. 관심 두지 마. 넌 지금 그 환자의 늪으로 빠져드는

중이니까.'

간호사들을 따라 익숙한 복도를 가로질렀다. 병실에 도착하기도 전에 격렬한 목소리가 들려왔다. 예상대로 양극성 장애 환자가 조증 상태로 접어든 것이었다.

그 환자의 병실을 구경하러 모여든 간호사 네다섯 명은 '맡은 일을하는 척'하고 있었다. 괜히 병실 밖을 분주하게 오가고, 침착하게 다른환자들을 돌보는 시늉을 했다. 담당 간호사는 그나마 명분이 있어 훨씬 자연스러웠다. 간호사들은 그 환자가 변화무쌍하고 격앙된 기세로거침없이 말을 쏟아내는 모습을 지켜보았다.

환자를 보는 간호사들의 눈빛에는 안타까움이 가득했다. 그리 비밀스러운 일도 아니었다. 재활의학과의 모든 사람이 그를 좋아했다. 그는 날 때부터 사랑받는 법을 타고난 것 같았다. 그런데 사람들이 그를좋아하는 감정에는 뭔가 께름칙한 게 있었다. 그게 두려움인지 거부감인지 확실치 않았다.

나 역시 이곳에 있을 이유가 확실한 사람이라 문가에 서서 계속 안을 살폈다. 진료 차트를 손에 들고 펜을 눌러대니 아무도 비키라는 소리를 하지 못했다.

첼리스트 환자의 이름은 허빙. 그는 흥분의 끝을 달리고 있었다. 안에서 뿜어져 나오는 자신감을 환자복으로는 감출 수가 없었다. 허빙은 쉬지 않고 입을 움직이며 마치 자기가 세계 최고의 연주자라도 된듯 장황한 이야기를 쏟아냈다. 꿈만 같았던 첫 무대, 어두운 무대 위 자신을 향해 내리꽂힌 조명 속에서 평생 연주가로 살아가라는 신의 계시를 받았다는 이야기였다.

처음 진료실에서 보았던 우아하고 평온했던 사람은 온데간데없었다. 그의 눈빛은 집시 여인처럼 불타올랐고, 지켜보는 사람들은 그에게 푹 빠진 병사들 같았다. 흡사 오페라 〈카르멘〉의 연주가 들려오는 듯한 모습이었다.

전형적인 조증 삽화인 '삼고(三高)', 즉 감정이 고양되고 사고와 연상이 빨라지고 행동이 급한 상태였다. 생각이 제멋대로 날뛰어 말을 쉴 새 없이 늘어놓지만 혀가 뇌의 속도를 따라가지 못했다. 조증 상태 환자들은 자신감이 넘치고 자기가 아주 똑똑하다고 느낀다. 무엇이든 해낼 수 있다는 충동을 느끼며 자신을 의심할 여지 없는 능력자라고 생각한다. 우울증의 정반대 증상이다. 우울 삽화는 '삼저(三低)', 즉 감정이 가라앉고 사고 의욕이 저하되며 자신의 의지로 하는 활동이 줄어드는 상태다. 그래서 양극성 정동장애 환자는 조증에서 우울증으로 접어들 때 절망감이나 비관적 감정은 격차가 너무 크고 강렬하기에 더 심하게 고통받는다.

허빙이 나를 발견하고 반갑게 손짓을 했다.

"이리 와서 들어봐요."

나는 제자리에 서서 다가가지 않고, 안전거리를 유지했다. 허빙은 개의치 않고 나처럼 말 안 듣는 관중을 위해 목소리를 좀 더 높였다.

"나는 첼로 연주를 사람 말처럼 할 수 있어요. 억양을 리듬으로 똑같이. 첼로를 갖다 주면 들려드릴 수 있어요. 원하는 건 다 들려드릴게요. 무대에서 공연한 적도 있는데, 여러분 상상해보세요. 교향곡 연주에서 무반주로 첼로를 켜는 거예요. 저하고 세 명이 더 있었지만 그 사람들 연주도 거슬리진 않았죠. 저한테는 그랬어요. 그런 합주도 괜찮은 것 같아요. 홈페이지에 제 독주 영상도 있으니까 가서 보세요. 현장에서 듣는 것에는 만분의 일에도 못 미치겠지만. 연주는 무조건 현장에서 들어야 해요. 여러분, 디지털의 편리함에 현혹되지 마세요. 게을러터진 사람이 되지 말자고요! 게으른 사람은 언젠가는 감각까지 다 잃어버릴걸요! 그러면 즐거움도 감각도 다 엉망진창이 될 거예요. 감각 없이 느끼는 즐거움은 진짜 즐거움이 아니잖아요……. 그래. 가서 들어보라니까요. 그게 안 되면 홈페이지에 있는 걸 들어요. 그렇다고 댓글은 달지 마세요. 댓글은 안 됩니다. 그냥 나한테 직접 좋다고 하세요. 덜떨어진 댓글로 '좋아요' 같은 소리 하지 마시고. 그거 너무 바보 같아요. 진짜……."

허빙의 생각은 이곳 저곳을 왔다 갔다 하는 중이었다. 간호사들은 안하무인으로 날뛰는 그의 포로가 된 듯 웃으며 장단을 맞추었다. 간호사들이 딱히 허빙을 이해한다는 생각이 들진 않았지만, 사실은 이해할 필요도 없다. 그들은 허빙이 매력을 뽐내면 적당한 반응을 보여주기만 하면 된다. 간호사들과 허빙은 그 정도로 서로 만족했다.

때마침 회진을 나온 재활의학과 담당 의사 리 선생이 간호사들을 프런트 데스크로 쫓아냈다. 그 과정에서 간호사 한 명은 허빙이 약을 먹지 않으려 한다며 자기가 있어야 한다고 고집을 부리기도 했다.

조증 삽화 시기의 환자는 약물 의존성이 뚝 떨어진다. 광란에 휩싸인 절정에서 스스로 벗어나고 싶지 않기 때문이다. 극도의 자신감과 만족스러움이 주는 편안함을 끊어내는 것은 누구에게나 힘든 일이다.

간호사들이 데스크로 돌아가자 허빙에게 약을 먹이는 임무는 리 선생의 몫이 되었다. 리 선생이 허빙에게 물었다.

"왜 또 약을 안 드셨어요?"

허빙이 웃으며 대답했다.

"지금은 필요 없는 것 같아요."

"필요한지 필요하지 않은지는 제가 판단합니다."

"약을 먹으면 너무 괴로워요. 그 고통스러운 상태에서 겨우 벗어났는데 다시 돌아가라고요?"

나까지 뜨끔했다. 허빙은 사람을 난처하게 만드는 데 도사였다. 리선생 역시 멈칫하는 것 같았다. 아주 짧은 망설임이었기에 다른 사람들은 몰랐지만 허빙은 분명 눈치챘을 것이다.

"짧은 고통과 긴 고통 중에 어느 걸 고르실래요? 도움을 받으려고 여기 오신 거잖아요. 그러면 스스로 충동적인 감정은 억제하고 욕구 충족은 지연시키는 습관을 들이셔야죠."

"다들 왜 자꾸 그 억제하고 지연시키는 습관을 얘기하는지."

"다들이라고 하시면 누구 말씀이세요?"

허빙이 빙글거리며 말했다.

"날 심연으로 몰아넣으려고 하는 사람들이죠."

"허빙 씨, 그 얘기는 이미 했잖아요. 심연으로 몰아넣는 사람은 없습니다. 스스로 그렇게 만드는 거예요. 지금 거기서 나오고 싶다고 생각하는 건 맞죠?"

허빙이 고개를 끄덕였다.

"혼자 힘으로 안 된다는 걸 알고 여기 온 거잖아요. 전 그 선택을 아주 칭찬합니다. 큰 용기가 필요한 일이니까요. 하지만 그렇다고 우리에게 모든 걸 기대고 본인은 제자리에 머물러 있으면 그 용기가 아무 소용 없게 됩니다. 그래도 괜찮겠어요? 그렇게 의지박약한 사람은 아니잖아요."

"날 너무 과대평가하시는군요. 만일 제가 그런 사람이라면요."

"그럼 제 과대평가를 사실로 만들면 되잖아요. 지금 약 드실 거죠?"

"아직 이야기가 반도 안 끝났어요. 지금 약 먹으면 내 얘기를 다 못 하는데. 끝까지 들어주면 먹을게요. 괜찮죠?"

리 선생은 또다시 망설였다. 허빙은 익숙한 듯 그 틈을 놓치지 않고 파고들었다.

"내가 추천했던 플레이리스트 들어보셨어요? 어느 곡이 제일 좋았어요?"

리 선생은 이윽고 허빙과 함께 곡 이야기를 이어 나갔다. 새로운 관객을 성공적으로 끌어들인 허빙은 다시 의기양양해졌다. 하지만 조금 전 간호사들이 이야기를 듣고 있을 때 오만방자했던 것과 달리 조금 더 겸손하고 상냥한 모습이었다. 경험 많은 리 선생에게는 그쪽이 더 잘 먹히는 것이리라.

허빙은 물 만난 고기처럼 자기 말을 듣는 누구라도 포로로 만들어 버릴 기세였다. 토끼 같은 여자들 앞에서는 위용을 뽐내는 도도한 사자가 되었고, 표범 같은 여성 앞에서는 교활하게 재주를 부리는 여우가 되었다. 허빙이 사람들의 환심을 사고 자기편으로 만드는 것은 거의 심리학 박사를 능가하는 수준이었다. 그런데 그게 또 얼마나 진실해 보이는지, 그의 눈을 마주보면 그게 무엇이든 진실이라고 믿을 수밖에 없었다.

허빙의 웃음은 진실했다. 고통도 진실했다. 그러니 아무도 모른 척할 수 없었다. 나는 더 듣기를 포기하고 자리를 떴다. 허빙이 얼마나 더 이야기를 하고 약을 먹을지 도무지 알 수 없었다.

다음날 허빙은 우울 삽화로 접어들었다. 굳이 보러 가지 않아도 간호사와 동료들의 상태를 보면 환자가 우울해졌음이 느껴졌다. 동료 인턴들까지 깊은 시름에 빠졌다. 오전 내내 진료 기록을 한 장도 넘기지 못한 동료에게 무슨 일이냐고 물었다. 그러자 동료가 "허빙이 우울해서"라고 답했다. 웃음이 났다.

"환자가 우울한 건데 네가 왜 그렇게 절망스러운 거야?"

"몰라. 그러고 있는 걸 보니 마음이 너무 안 좋아……. 나까지 우울증 걸릴 것 같아."

퇴근 전에 재활의학과로 진료 기록부를 반납하러 갔다. 그런데 들어서자마자 데스크의 분위기에 압도당하고 말았다. 말 한마디 없이 쥐 죽은 듯 조용한 분위기에 사람들이 느릿느릿 움직였다. 무거운 공기에 짓눌려 있는 것만 같았다.

"왜들 그러세요?"

간호사들은 대꾸할 기운도 없어 보였다.

"허빙이 우울하거든요."

'환자가 우울한 건 당연한 일 아닌가요? 우울하지 않다면 여기 왜 왔겠어요? 여기서 만난 우울증 환자가 한둘이 아닐 텐데, 좀 더 전문가 답을 수 없습니까?'

할 말은 많지만 입을 꾹 닫았다. 그 환자를 가까이하지 말라고 한 진료과장의 말이 떠올랐다.

한 간호사가 중얼거렸다.

"리 선생님이 들어가신 지 벌써 한 시간이 됐는데 왜 아직도 안 나오시지. 설마 그렇게 심각한 건가?"

나는 인상을 찌푸렸다. 한 시간이라면 심리 상담도 벌써 끝났을 시간인데 여태 나오지 않고 함께 있다는 건 말이 안 된다. 의료진에게 이렇게까지 영향을 끼치는 환자라니, 좋은 건지 나쁜 건지 판단이 되지 않았다. 끼와 매력이 흘러넘치는 이 환자의 '매력'은 '환자'보다 더 중요한 존재가 되고 있었다.

그런데 그렇게 걱정을 하면서도 간호사들 누구 하나 허빙을 보러 가지 않는다는 게 이상했다. 마치 무언가가 그들을 여기에 꽁꽁 묶어 둔 것 같았다. 맡은 업무에 최선을 다하려는 책임감 때문은 아닐 거라 확신하며 내가 물었다.

"왜 직접 가보지 않으세요?"

간호사들은 이상하리만치 조용했다. 그중 한 명이 한숨을 쉬며 대답했다.

"자주 가면 꼭 뭐에 홀린 것처럼 제가 대신 아프지 못해서 애가 탄다니까요……. 허빙 저 환자, 좀 무서워요."

다른 간호사가 거들었다.

"진짜 빠져들면 골치 아파지지. 그냥 호감 갖는 정도야 문제가 아니지만, 가까이 지내다가 마음 아파지면 정말 큰일 나요."

나는 조금 놀랐다. 간호사들은 그와 거리를 두어야 한다는 것을 벌써 알고 있었다. 또 다른 간호사가 괜스레 농을 던졌다.

"나는 그냥 요즘 저러는 게 좀 무서워서 피하는 것뿐이야. 모처럼 보기 드문 환자가 왔는데 저런 모습에 눈 버릴 수는 없지."

그들은 두서없이 얘기를 나누다가 곧 잠잠해졌다. 꼭 침묵을 향한 초읽기라도 하는 것처럼 모든 대화가 사그라들었다. 마치 집단 불안을 겪는 것처럼 보였다. 나는 그 불안감이 어쩌면 생명의 신에 관한 탐구심에서 비롯된 게 아닐까 하는 생각까지 들었다. 이 간호사들은 한 몸에서 때로는 폭발할 듯 왕성하고 때로는 극도의 파멸로 치닫는 양극의 에너지가 솟아나는 걸 똑똑히 보았다. 즉 정신의 본질에 관한 무언가를 맛본 셈이다. 그래서 자신이 어디에 있는지, 어디로 가게 될지 두려워졌는지도 모른다.

허빙은 이토록 독특하고 특별한 환자였다. 모두가 좋아하면서도 거부하고, 친해지길 바라면서도 한편으로는 가까워지는 게 두려운 존재, 또렷한 의식과 혼돈 사이를 끊임없이 오가는 존재였다.

허빙이 조증 삽화를 보이면 재활의학과 사람들은 디오니소스 축제의 황홀경에 젖은 사람들처럼 변했고, 광기를 보이면 그를 따라서 정신이 나갔다. 그리고 허빙이 우울증으로 빠져들 때는 썩은 기름이라도 뒤집어쓴 사람들처럼 눈이 멀고 생각이 닫히고 모든 신경과 근육이 옴짝달싹하지 못해 잔뜩 위축되고 말았다.

허빙은 매주 한 번, 딱 두 시간 동안 연극 심리치료실에서 첼로를 연주할 수 있었다. 아주 오랫동안 끈질기게 부탁해 얻어낸 기회였다. 첼로는 고위험 물품에 속해서 충동 성향이 심한 환자는 접촉이 허락되지 않는다. 조증 상태는 전형적으로 충동성을 보이는 시기이다.

그러나 허빙은 협조를 잘하는 환자였고, 직업의 특성 때문에 연주를 완전히 금지할 수는 없었다. 게다가 첼로 연주를 하지 못하면 우울증이 더 심해졌다. 그래서인지 병원은 조증과 우울증의 휴지기에 첼로를 연주할 수 있도록 배려해주었다. 그런데 환자는 이를 당연하게 생각했다. 심지어 조증 삽화 시기에는 이런 말까지 했다.

"천부적인 소질이 있는 사람에게는 특권을 주잖아요? 규칙도 당연히 천재를 위해서는 타협해야죠."

세상천지가 다 자기 발밑에 있다는 말투였다. 그렇지만 미움을 사거나 재수 없게 굴려는 의도가 아니라 그저 사람들의 이목을 끌려는 것뿐이었다. 담당 의사인 리 선생은 그와 소통하는 게 얼마나 어려운지 알았기에 이미 많은 것을 포기했고, 말썽만 일으키지 말라고 신신당부했다. 허빙과의 대화에 익숙해지다 보니 리 선생도 허빙과 똑같은 방법으로 그를 견제하기 시작했다. 자기 자신을 볼모로 잡는 방법이었는데, 예를 들자면 이런 식이었다.

"약 먹기 싫어요. 내가 약 먹고 고통스러워하면 좋겠어요?"

"첼로 연주를 하다가 무슨 일이라도 생기면 제가 그 책임을 다 져야 합니다. 허빙 씨 때문에 제가 욕을 먹으면 좋겠어요?"

그 순간 허빙의 얼굴에는 반항의 기색이 역력했다. 하지만 정말 책임질 일을 만들고 싶지는 않았는지 이내 풀어졌다.

리 선생은 허빙의 첼로 연습을 위해 꾸중까지 들어가며 큰 힘을 써주었다. 그녀가 의기소침한 얼굴로 재활의학과 과장 사무실에 불려간 걸 본 적도 있었다. 문이 살짝 열려 있었는데, 리 선생이 과장 앞에서 얼굴을 감싼 채 어쩔 줄 몰라 횡설수설하고 있었다.

"제가 미쳤었나 봐요."

허빙이 처음으로 첼로 연주를 하게 된 날 나와 인턴 동기 한 명이 동행했다. 리 선생과 남성 보호사 두 명이 함께했다.

조증과 우울증의 휴지기 상태인 허빙은 처음 만났을 때의 여유 있고 온화한 모습으로 돌아가 있었다. 눈빛이 맑고 또렷했으며 조증일 때의 자기 자신조차 너그럽게 용서할 수 있는 사람 같아 보였다. 나는 왜 이렇게 많은 사람이 동원됐는지 의아했다. 두 보호사는 잔뜩 긴장한 모습으로 허빙을 주시했고, 과장까지 와서 지켜보았다.

허빙은 치료실에 들어가자마자 물었다.

"거울은 없습니까?"

리 선생이 당황해하며 대답했다.

"없습니다."

허빙은 별말 없이 능숙하게 현을 조율한 후 자리에 앉아 연주를 시작했다. 리 선생이 한숨을 내쉬는 게 느껴졌다. 첼로, 의자, 치료실 등 자신이 준비한 조건에 허빙이 만족하지 못할까 봐 불안에 떨었던 것이다. 그러나 허빙은 아무 말도 하지 않았고 편안하게 모든 것을 받아들였다. 느긋하게 연주를 이어 나가는 모습이 멋지고 자상한 신사 그 자체였다. 조증일 때 허빙이 자신감 넘치는 매력적인 모습이라면 첼로를 연주할 때는 조증일 때 그가 했던 말 한 마디 한 마디를 그대로 보여주는 신뢰감 가득한 모습이었다.

그는 바흐의 〈무반주 첼로 조곡〉을 연주했다. 연주 말미에는 감정이 무척 격해졌다. 그 곡이 원래 그런지, 아니면 그의 감정 상태에 문제가 생긴 것인지 알기 어려웠다. 분명한 것은 리 선생이 잔뜩 경직되었다는 점이다. 리 선생은 언제라도 달려가 허빙을 제지할 태세였다.

허빙은 두 시간 내내 연주를 이어 갔고 아무도 방해하지 않았다. 연주를 마친 그는 숨을 몰아쉬었다. 얼굴이 상기되고 눈시울이 붉어져 있었다. 연주와 함께 감정이 최고조에 이르러 전율이 그치지 않는 모습이었다. 나는 그가 첼로 연주를 하며 조증으로 접어들었음을 알아챘다. 허빙이 무의식적으로 무언가를 계속 찾았지만 결국 찾아내지 못했다는 느낌이 들었다. 나중에야 그게 거울이었다는 것을 알았다.

허빙은 오랫동안 의자에서 일어나지 않았다. 그 순간 그가 절망에 빠져드는 것이 선명히 보였다. 그 과정이 사무칠 정도로 참혹하고 가슴 아팠다. 사람이 무너져내리는 모습이 이렇게 갑작스럽고도 적막할 줄은 전혀 몰랐다.

허빙은 보호사의 부축을 받으며 돌아갔다. 나는 따라가지 않았다. 따라갈 수 없었다. 그런데 동기 인턴이 갑자기 무언가에 홀린 듯 울기 시작했다. 눈물을 줄줄 흘렸다. 나는 뭐라고 위로의 말을 해야 할지 몰라 그저 멍하니 서 있었다.

그 동기는 한참을 울고 나서 돌연 자기 손목을 무섭게 노려보더니 손톱을 세워 가까이 갖다 댔다. 놀란 내가 동기를 툭 치며 물었다.

"뭐 하는 거야?"

그는 불에 덴 듯 화들짝 놀라 손톱을 거두었다. 그리고 자기가 생각해도 이상하다는 듯 말했다.

"그냥…… 저 절망이 도대체 어떤 감정인지 알고 싶었어……. 정말 그렇게 절망스러울까?"

그러고는 생각을 털어내려는 듯 머리를 흔들었다.

"내가 미쳤나 봐."

동기의 얼굴에 과장 앞에서 어쩔 줄 몰라 쩔쩔매던 리 선생의 뒷모습이 겹쳐 보였다.

그러다 우연히 허빙이 우울 삽화에 들어간 것을 보게 되었다. 마침 그와 같은 병실의 다른 환자를 보러 갔을 때였다. 병실로 들어서자마자 나는 허빙에게 시선이 꽂혀 우뚝 멈춰 서고 말았다. 고통이 형상화된 그 모습은 이루 말로 설명할 수 없는 지경이었다. 그는 완전히 쇠약해져 있었다. 숨을 훅 불기만 해도 쓰러질 것 같아 나도 모르게 숨을 참았다.

간호사들이며 동료 인턴들이 왜 그렇게 그의 감정에 동화되는지 알 것 같았다. 조증일 때는 당당하다 못해 자신감이 극에 달하는 매력 부자가 이렇게까지 나약해진 모습이라니, 정말 사람들을 당황스럽게 만드는 일이었다.

간호사들이 했던 말이 떠올랐다.

"대신 아프지 못해 애가 탄다니까요."

맞는 말이었다. 비에 쫄딱 젖은 강아지가 눈앞에 있는데 당장 집으로 데려가 수건으로 닦아주지 않을 수 있는 사람이 어디 있을까? 그의 울음소리는 마치 첼로 소리 같았다. 인턴 동기가 손목에 손톱을 갖다 댄 일이 떠올랐다.

우울증 환자는 자기 고통의 구렁텅이를 사람들에게 그대로 내보이기에 사람들은 그 원초적 어둠을 볼 수밖에 없다. 그래서 어둠을 못 본 체 외면하고 뒤돌아선다. 그런데 이 우울한 연주가는 자신의 심연을 연주로 들려주었고, 사람들은 서럽고 비참한 첼로 소리에서 그의 원초적인 고통과 어둠을 듣고 말았다. 황폐하고 우울하기 그지없는 곳을 경험한 것이다. 그렇게 그들은 허빙에게 공감하게 되었다. 내밀었다 거둬들인 손톱처럼, 나는 어둠을 향해 내디딘 걸음을 멈추고 황망히 도망칠 수밖에 없었다.

며칠 지나지 않아 리 선생이 허빙의 주치의에서 물러난다는 소식을 들었다. 리 선생 본인이 원했고, 주치의는 황 선생으로 바뀌었다고 했다. 나는 황 선생이 제2의 리 선생이라는 느낌을 지울 수 없었다.

리 선생이 휴가를 낸다기에 얼른 찾아갔다. 기분이 썩 좋진 않지만 홀가분해 보였다. 나는 리 선생에게 허빙이 병원에 입원하고 싶어 하는 이유를 물었다.

"과장님이 거리를 두라고 경고했을 텐데?"

약간 난처했지만 끈질기게 물었다.

"자살 성향이 있나요?"

리 선생은 내 말을 부정하지 않았다.

"자살 성향이 심하지. 언젠가는 결국 못 참고 자살할 거라고 생각해. 그게 무서워서 병원에서 관리를 받고 싶어 하고."

나는 고개를 끄덕였다. 양극성 장애는 정신 장애 중에서도 자살률이 가장 높은 쪽이다. 심한 우울 증세를 넘어서 양극단이 반복되며 극도의 흥분과 극도의 고통을 느끼다 보면 고통이 무한히 커지고, 그걸 버티지 못하는 경우가 많다.

"자살하고 싶은데 왜 도움을 청하는 거죠? 제 말은, 그러니까 그냥 자기가 하고 싶은 대로 할 수도 있는 거잖아요."

리 선생은 입을 열지 않았고, 나는 계속 기다렸다. 한참 후에 리 선생이 대답했다.

"죽을 수가 없어."

무슨 말인지 이해가 되지 않았다.

"자기가 죽으면 시체가 아름답지 못할 거래. 그걸 받아들일 수가 없대."

나는 한참을 멍하니 있었다. 리 선생이 말을 이었다.

"실수로 자살을 했는데 시체가 아름답고 멋지지 못할까 봐 너무 무섭대. 그래서 병원에서 자살을 못 하게 막아 달라는 거야."

퍼뜩 모든 것이 이해되었다.

"그러니까 죽음이 무서운 게 아니라 아름답게 죽지 못하는 게 무섭다는 거로군요?"

"뭐 그렇다고 말할 수 있겠지. 그런데 우울증 때문에 죽고 싶기도 하고. 그래서 이 두 감정 사이에서 시달리는 거지."

"어떤 방법으로 죽더라도, 죽으면 시체가 아름답지 못하다고 생각하는 거죠?"

리 선생이 "응" 하고 대답했다.

나는 할 말을 잃었다. 그런데 참으로 불가사의하게도 리 선생의 이야기를 듣고 나는 걱정이 아닌 놀라움과 경이로움을 느꼈다.

허빙이 병실을 옮기기 위해 상담 진료를 받았다. 재활의학과에서 중증 남성 병동으로 옮겨야 할지 보려는 것이었다. 이번에는 동석이 허락돼서 나도 곁에서 들었다. 지난번 인턴 동기는 참석하지 않았다. 그 동기는 허빙을 피하고 있었다.

통상적인 상담이었기에 노트는 따로 준비하지 않았다. 혹시라도 방해가 될까 봐 얌전히 듣고만 있었다.

진료를 받으러 온 허빙은 휴지기의 허빙이었다. 온화하고 정중했다. 과장은 심리검사 기준에 따라 의식, 감각/지각, 사고, 감정, 의지, 행동 문제에 관해 차례대로 물었다.

"혼자 있을 때 무슨 소리가 들립니까?"

"아니요."

"식사할 때 이상한 맛이 나나요?"

"아니요."

"벌레가 몸에 기어 다니는 것 같나요?"

"아니요."

"물건이 갑자기 크거나 작게 보이기도 하나요?"

"아니요."

"자기 얼굴이 자꾸 변하는 것 같나요?"

"아니요."

"시간이 갑자기 빨라지거나 느려지는 것 같나요?"

허빙은 거기까지 듣더니 질문이 우습다고 생각했는지 코웃음을 쳤다. 당연히 무례한 행동이었지만 그렇다고 밉살스럽지는 않았다.

과장이 관례적인 질문을 모두 마치고는 전자 진료 기록부에 "착각, 환각 없음. 뚜렷한 사고 장애 나타나지 않음"이라고 기록했다. 그리고 개인적인 문제에 관해 묻기 시작했다.

"평소 첼로는 어디서 연주하는 걸 선호하시나요? 무대 말고요."

나는 그 말을 듣고 순간 멍해졌다. 내가 이 병원 면접을 보러왔을 때 주 면접관이 했던 질문이 떠올랐기 때문이다.

"글쓰기는 보통 어디서 하죠?"

나는 잠시 뜸을 들이다가 겨우 대답했다.

"침대에서, 기대서 합니다."

왜 그런 질문을 했는지는 지금도 모르겠지만, 그 질문은 나를 꿰뚫어 보는 데 도움이 되었을 것이다. 그 면접관은 나를 불편하게 만드는 그런 질문을 몇 가지 더 했고 내 대답을 통해 부끄러운 속사정을 파악했을 것이다. 그래서인지 면접은 나에게 트라우마를 남겼고 그 교수님과 마주칠 때마다 나는 괜히 고개를 숙였다.

허빙은 나보다 훨씬 침착했다. 아무 망설임 없이 대답했다.

"거울 앞이요."

"왜 거울 앞이죠?"

"제가 첼로 연주하는 모습을 보는 게 좋아요. 관객의 한 사람으로서."

"그때 어떤지 자세히 말씀해주시겠어요?"

허빙이 잠시 생각하다가 말했다.

"제가 거울 앞에 앉아 있어요. 아주 큰 거울이에요. 저와 제 뒤까지 모두 비출 만한 크기지요. 그리고 저를 봅니다. 첼로를 연주하다가도 절정에 다다랐을 때는 제가 죽는 모습이 보이는 착각이 들어요. 그러다 정신을 차려보면 아직 살아 있어요. 후회가 밀려들면서도, 추한 모습으로 늘어진 시체가 아니라는 생각에 다행이라는 안도감이 들어요."

진료실이 적막에 휩싸였다. 과장은 다시 차분하게 질문을 이어 나갔다. 곁에서 듣고 있던 나는 구름 속에서 헤매는 듯 집중이 제대로 되지 않았다.

끝나기 전에 과장이 마지막으로 물었다.

"아직도 죽고 싶다는 생각이 듭니까?"

허빙이 솔직하게 대답했다.

"네. 죽고 싶어요."

나는 과장에게 허빙을 직접 면담하게 해 달라고 부탁했다. 입씨름이 한참 오갈 거라 예상했는데 과장은 의외로 단번에 허락해주었다.

"아이들한테 성교육 할 때 중요한 것이 뭔지 아나?"

역시나 허를 찌르는 말에 나는 어설프지만 성실하게 답변을 내놓았다.

"억누를수록 호기심이 더 폭발한다는 겁니다. 특히 아이들이 불법적이거나 비정상적인 경로로 호기심을 충족하게 만들죠. 차라리 정확하고 솔직하게 알려줘서 성이 그렇게 은밀하고 비밀스러운 게 아니란 걸 알게 하면 호기심도 자연스럽게 줄어듭니다."

과장은 두 손을 벌리고 어깨를 으쓱하며 말했다.

"그럼 가봐, 꼬맹이."

나는 수첩을 챙겨서 병실로 향했다. 환자들이 운동하는 시간을 노렸다. 병실에는 허빙 혼자 남아 있었다. 휴지기일 때는 별로 어려울 것이 없었다. 내가 먼저 꾸벅 인사를 했다.

"선생님, 안녕하세요. 지난번에 뵀던 인턴 의사입니다. 심리학을 전공하고 있어요. 선생님께 큰 관심이 생겨서 이야기를 좀 나누고 싶은데, 실례가 아닌지 모르겠습니다."

허빙은 담담한 어조로 대꾸했다.

"심리학?"

많은 예술가들이 심리학에 거부감을 느낀다는 걸 알고 있다. 인간의 정신을 계량하고 분석하는 이 학문이 그들에게는 자유로운 영혼을 재단하는 걸로 느껴질 것이다. 그러나 과학계에서는 오히려 상반된 견해를 갖고 있다. 과학계는 심리학을 정량화, 계량화를 철저히 할 수 없는 학문이고 검증 가능성 또한 의심스럽다고 판단한다. 그나마 철학자들의 입장은 단순하다. 심리학에는 깊이가 없다는 것이다.

어쨌든 나는 그에게 진심이었다.

"네. 말씀 도중에 조금이라도 불편하신 부분이 있으면 언제든 멈추셔도 됩니다."

"왜 나한테 관심이 있나요?"

"예술가라는 직업이 제 주변에는 흔하지 않거든요."

"예술가를 동경하는군요."

"잘 알지 못하는 분야라 동경이라 하긴 어렵고요."

"한 치의 망설임도 없이 그렇다고 말해야죠. 안 그러면 제가 연주 같은 걸 왜 하겠어요?"

나는 딱히 대꾸할 말이 없어서 휴대전화를 꺼내 들고 이야기했다.

"선생님, 녹음을 해도 될까요?"

허빙은 잠시 침묵하더니 부드럽게 고개를 저었다.

"안 하는 게 좋겠습니다. 휴대전화는 음질이 너무 안 좋거든요. 제 목소리가 그런 음질로 들리는 건 별로예요."

나는 곧바로 휴대전화를 집어넣었다.

"첼로 연주를 하셔서 그런지 목소리에도 아주 민감하시군요?"

"수많은 악기 중에 첼로 소리가 인간의 목소리와 가장 가깝죠. 그래서 듣고 있으면 꼭 애절하게 흐느끼며 우는 것 같아요."

그는 자신의 목을 가리키며 계속 이야기했다.

"사람들은 저마다 여기에 '첼로'를 갖고 있잖아요. 양해 부탁합니다."

나는 고개를 끄덕였다. 인사치레는 이쯤이면 된 것 같았다. 나는 심리적 예측이나 대화의 기술 따위는 전부 덮어 두고 바로 본론으로 들어갈 셈이었다.

상담을 하면서 가장 우려스러운 점은 내 인생 경험으로 감당할 수 없는 사람들과 맞닥뜨리는 일이다. 정작 내가 기대한 것은 하나도 얻지 못하고 젖먹이 취급을 당하는 것 말이다. 허빙이 바로 그런 사람이었다.

그럼 어떻게 해야 할까? 진심밖에 답이 없다. 나의 우둔함을 솔직하게 내보이는 게 부끄러운 일은 아니다. 본격적으로 질문을 시작했다.

"선생님, 혼자 연주하실 때 거울 마주보는 걸 좋아한다고 하셨는데요, 그 말씀에서 저는 나르키소스가 떠올랐습니다. 혹시 그런 생각을 해보신 적이 있습니까?"

나르키소스는 그리스 신화 속 인물인데, 자기 자신의 모습에 푹 빠져 물에 비친 자기 그림자를 사랑하게 된다.

허빙이 웃으며 대답했다.

"내가 나르시시즘에 빠졌다고 말하고 싶은 겁니까?"

"그냥 그런 생각이 떠올랐다는 말씀이었어요. 하나만 더 여쭤볼게요……. 자신이 추한 시체가 되는 게 싫다고 하셨죠. 그때 이야기하는 대상은 현실의 자신인가요, 아니면 거울 속 자신인가요?"

자살 상담의 기본 원칙은 자살 의향이 있는 환자와 자살에 관해 터놓고 이야기하기를 꺼리지 말라는 것이다. 단순히 묻기만 하는 것이 아니라, 자살하겠다는 결심이 얼마나 깊어졌는지, 생각에만 머무는지 아니면 실제 자살을 실행할 도구를 준비했는지, 혹은 이미 시도를 했었는지까지 자세하게 이야기해볼 수 있다. 단계별로 환자의 위험성은 다르다. 이미 자살을 시도한 사람이 가장 위험한 것은 당연하다.

허빙은 잠시 침묵하더니 입을 열었다.

"재미있는 질문이군요. 그런 생각은 해본 적이 없습니다."

"저도 그냥 언뜻 든 생각입니다. 죽고 싶다는 생각은 자기 자신에 대한 강렬한 파괴 본능이겠죠. 그런데 한편으로는 자신의 몸을 훼손하고 싶지 않으시잖아요. 이 둘 사이에는 분명 모순이 존재합니다. 심미적인 원인 외에도…… 전공자의 시각에서 봤을 때, 선생님이 죽이고 싶은 것은 현실의 자신이고 보호하고 싶은 건 거울 속의 자신이 아닌가 싶습니다. 거울 속의 자신은 거울에 비친 형상이 만들어낸 그림자일 뿐인데 말이죠. 그게 아니라면, 반대로 거울에 비친 자신의 형상이 싫은 건가요? 죽이고 싶은 것이 거울 속의 자신인 걸까요?"

허빙은 오랫동안 침묵에 휩싸였다.

"나는 도리언 그레이*가 아니에요."

나는 초조해지기 시작했다.

"사실 저도 미숙하게나마 추측해본 것뿐이에요. 선생님과 이 문제에 관해 이야기하다 보면 모순을 해결하는 데 도움이 되겠다고 생각했거든요. 선생님의 우울증이 혹시라도 두 자아의 충돌로 생긴 고통 때문이 아닌지 모르겠습니다. 그래서 아예 만나서 이야기해보자고 마음먹은 거고요⋯⋯. 제 이야기 따위 완전히 무시하셔도 됩니다. 저는 아직 인턴이니까요. 제 말이 그렇게 신빙성이 있지는 않을 겁니다."

허빙은 잠시 멍하니 있더니 나를 향해 웃었다.

"괜찮아요. 연주가 미숙했던 시절에 저도 사람들 앞에서 연주하는 걸 좋아했어요. 선배들에게 보여주고 평가받는 걸 특히 좋아했지요."

용기를 북돋는 것 같은 허빙의 말에 겨우 한숨을 내쉴 수 있었다. 허빙은 정말이지 상냥한 사람이었다. 나는 눈을 딱 감고 계속 이야기해보기로 했다. 하지만 이어지는 말은 조금 더 실례가 될 수 있는 질문이었다.

"선생님, 평소에 참 웃음이 많으세요."

"그게 뭐 이상한가요?"

"그렇게 보기 좋게 웃으시니까, 선생님이 우울해질 때 다른 사람들이 더 힘들어하고 무너지는 것 같습니다."

"다른 사람들이요."

허빙은 나의 말을 곱씹더니, 미소를 지으며 낮게 속삭였다.

도리언 그레이 오스카 와일드의 소설 《도리언 그레이의 초상》의 주인공. 초상화 속 자기 모습처럼 젊음과 아름다움이 영원하길 바라며 영혼을 팔고 타락하는 인물이다. 결국 초상화를 없애려다 자신을 죽이고 만다.

"내가 다른 사람들까지 책임져야 하나요?"

"선생님, 혹시 반사회적 인격장애라는 말을 들어보셨나요?"

"들어본 적은 있어요. 그 말씀은?"

"반사회적 인격은 사이코패스라는 핵심적인 특징이 있습니다. 정상 상태와 구분 짓기 위한 전문 용어일 뿐이지 무례한 뜻은 아닙니다."

허빙이 계속해보라는 듯 나를 바라보았다.

"사이코패스는 남을 속이는 걸 좋아하고 책임이나 규범을 무시한다는 특징이 있죠. 도덕적으로 양심의 가책을 느끼지 못하고 자극을 추구합니다. 반사회적 인격장애를 앓는 사람들은 다른 사람을 반복해서 속이고요. 이 사람들은 매력적이고 똑똑해서 자기 말이 진짜인 것처럼 믿게 만들고 다른 사람을 속이는 게 아주 쉽습니다. 한마디로 다른 사람의 환심을 사는 데 능숙한 사람들이죠."

"그러면 연기자에 아주 적합한 사람들이겠군요."

나는 깜짝 놀랐다.

"…… 그런 얘기는 처음 들어보는데, 흥미롭네요."

"그래서요. 남을 잘 속이고 환심을 사는 데 능숙하다. 내가 그렇다는 겁니까?"

"남성의 반사회적 인격 특질과 여성의 나르시시즘 인격 특질 사이에는 관련이 있다는 연구가 있습니다. 반사회적 인격과 나르시시즘 인격은 동일한 인격이 성별에 따라 다르게 나타난 것일 뿐이라고 말하는 학자도 있고요……. 결국 사이코패스와 나르시시즘은 깊은 관련이 있을 수 있다는 거죠."

허빙이 고개를 갸웃거렸다.

"나한테는 그런 특징이 다 있는 것 같은데, 그래서 내가 반사회적 인격장애로 의심된다는 겁니까?"

나는 고개를 저었다.

"아뇨, 이 말씀을 드린 건 궁금한 게 있어서예요. 사이코패스가 사람들을 속이는 건 어떤 목적을 이루기 위해서입니다. 금전적인 이익이나 정신적인 쾌락 같은 자극을 얻기 위해서죠. 선생님의 목적은 뭔가요?"

허빙이 나를 보았다.

"저희가 뭘 도와주길 바라고 병원에 오신 거죠?"

나는 계속 말을 이었다.

"선생님께 빠져든 병원 사람들리 선생님의 자살 충동을 없애고 아름다운 육체를 지켜주길 바라시는 건가요, 아니면 아름답지 않다는 생각을 극복해서 죽을 수 있게 해주길 바라는 건가요?"

허빙은 한참 동안 나를 빤히 보더니 웃으며 말했다.

"그냥 양극성 장애를 치료할 수는 없는 건가요? 그 병이 없어지면 그런 생각도 저절로 해결될 텐데요."

나는 잠시 서 있다가 허리를 굽혀 허빙에게 사과했다.

"그런 거라면 제멋대로 추측한 저를 용서해주십시오."

허빙이 그런 나를 보더니 이렇게 덧붙였다.

"어차피 병원에 입원했잖아요. 병원이 내가 죽는다는 선택지에 동의하겠어요?"

비꼬는 듯한 그의 말투가 무척이나 이상했다. 게다가 진지하기까지 했다. 나는 얼른 고개를 저었다. 허빙은 더는 말이 없었다. 그러나 내게 속마음을 드러내는 듯한 표정이었다. 어렴풋이 짚이는 게 있었다.

'리 선생님, 알고 계시나요? 과장님은 알고 계세요? 허빙은 여기에 의사를 찾아온 게 아닙니다. 자신을 죽일 살인자가 되려는 거예요.'

병실을 떠나려는데 허빙이 턱을 괴고 갑자기 이렇게 말했다.

"그런데 그쪽은 날 말리러 온 것 같지는 않네요."

나는 잔뜩 굳은 채, 병실을 황급히 빠져나왔다. 그리고 그 순간 깨달 았다. 내가 잘못을 저질렀다는 것을.

"시작이야, 시작. 그 환자 또 시작됐어."

그날 역시 익숙한 음성이 들려왔다. 허빙이 또다시 판을 벌인 것이 다. 그런데 이번에는 조증 삽화 기간이 아닐 터였다. 발길을 재촉하는 간호사들을 붙잡고 물었다.

"이번에는 또 무슨 일이에요?"

"비가 오는데 밖에서 첼로 연주를 하고 싶다고 하잖아요. 그것 때문 에 난리예요. 황 선생님도 말릴 수가 없나 봐요."

억수같이 쏟아지는 비를 바라보다 처음 허빙을 만난 날이 떠올랐다. 빗속으로 걸어 들어가던 모습, 그는 비를 좋아하는 듯했다.

오늘이 바로 일주일에 한 번 있는 첼로 연주 날이었다. 내가 현장에 도착했을 때 의료진들은 이미 연주 장소를 바꾸기로 협의를 끝낸 것 같았다. 비 내리는 광경을 볼 수 있으면서 다른 환자들을 방해하지 않 는 곳을 찾고 있었다.

내가 조심스럽게 입을 열었다.

"인턴 휴게실은 어떠세요? 병동에서도 거리가 있고, 작은 화단도 있 어요."

그곳에서 하기로 결정되었다. 나는 열쇠를 챙겨서 그 사람들과 함께 휴게실로 향했다. 의자와 악보를 놓고 첼로에 비가 닿지 않을 만한 최 적의 자리를 찾았다. 그러나 허빙은 한 치의 망설임도 없이 악보의 위치를 다른 곳으로 옮겼다. 그는 다리를 벌리고 첼로를 잘 받치고 앉아 연주를 시작했다. 빗소리와 어우러진 첼로 소리는 미치도록 멋들어졌다.

어떻게 이렇게 많은 의료진이 환자 한 사람을 위해 성의를 다하게 된 걸까? 허빙은 어떻게 이런 일을 만드는 건지, 신기하고 놀라울 따름이었다.

비는 점점 거세졌고 그의 연주는 갈수록 즐겁고 경쾌해졌다. 이전 연주에서 느낀 슬픔은 온데간데없고, 축제에 와 있는 느낌이 들기까지 했다. 그러나 얼마 되지 않아 천둥과 번개가 치고 비가 너무 쏟아져 빗줄기가 첼로까지 들이쳤다.

우리는 다시 자리를 옮겨 다시 연극 심리치료실로 돌아왔다. 그런데 놀랍게도 거울이 설치되어 있었다. 허빙이 말한 대로 그의 뒤까지 모두 담을 정도로 크지는 않았지만, 허빙 한 사람 정도는 충분히 비추는 크기였다. 허빙이 처음 첼로 연주를 한 이후로는 계속 와보지 않았기 때문에 언제 설치되었는지는 알 수 없었지만, 익숙한 허빙의 모습을 보니, 설치된 지 꽤 지난 것 같았다.

허빙이 거울 앞에 놓인 의자에 앉아 다시 연주를 시작했다. 흥겨운 음악 소리가 마치 달빛 아래 고독을 표현하듯 처연한 곡조로 바뀌고, 슬프고 비참한 분위기가 감돌았다. 아무리 즐거운 곡이어도 슬프게 연주할 수 있는 건 아마 첼로의 특징 때문일 것이다.

연주 속도가 점점 빨라지며, 어떤 장면이 떠올랐다. 〈환희의 송가〉가 울려 퍼지는 가운데 사람들이 디오니소스 축제에서 자기 몸을 갈가리 찢는 장면이었다.

좋지 않은 예감이 들어 그에게서 눈을 떼지 않았다. 옆에 있던 보호사 두 명도 긴장한 얼굴로 한 발짝 앞으로 다가섰다. 그 순간 갑자기 아무 소리도 들리지 않았다. 황 선생이 아연실색한 얼굴로 고함을 지르고, 두 보호사가 앞으로 튀어나가는 광경이 눈에 들어올 뿐이었다.

연주가 최고조에 이르렀을 때 허빙이 잔뜩 일그러진 얼굴로 활을 부러뜨려 자신의 가슴팍에 꽂으려 한 것이다. 혼란스러운 상황, 그의 몸부림, 의료진의 처치가 모두 슬로 모션처럼 느리게 펼쳐졌다. 나는 멍하니 서서 꼼짝도 할 수 없었다. 허빙이 괴성을 질렀다. 그가 이야기했던 두 번째 '첼로'가 사람의 것이 아닌 무시무시한 소리를 내고 있었다.

그는 성공하지 못하고 사람들에게 제지당했다. 보호사의 손이 부러진 활에 상처를 입었다. 이제는 허빙에게 첼로 연주가 허락되지 않았다. 그러자 허빙은 퇴원을 준비했다.

허빙의 매니저가 병원에 와서 이런저런 일을 처리했지만 병원에서는 자살 성향이 강하다는 이유로 퇴원에 동의하지 않았다. 허빙의 팬들이 병원으로 협박 편지를 보내왔다. 결국 허빙은 퇴원에 성공했다.

그가 퇴원하는 날, 또 비가 내렸다. 허빙은 여전히 당당하게 빗속으로 걸어 들어갔다. 그의 어두운 심연이 여전히 발밑에 도사리고 있었다. 다만 나에게 보이지 않고, 병원에서 보지 못할 뿐.

나에게는 글 쓰는 재주가 아주 뛰어난 친구가 있다. 그 친구는 한때 죽음의 그림자에서 빠져나오지 못하고 줄곧 죽고 싶다는 생각에 빠져 살았다. 친구는 죽고 싶다는 생각은 고칠 수 없고 없앨 수 없는 궁극 욕구라고 했다. 그래서 항상 머리 위를 맴돌면서 시시각각 죽음을 떠오르게 하는 거인 같은 존재에서 벗어나려면 무슨 일이든 해야 한다고 했다. 죽음의 위협은 친구가 글쓰기에 재미를 붙이게 했고, 친구 또한 글쓰기를 잘하기 위해 더 열중했다. 그러나 죽음은 글쓰기보다 훨씬 더 큰 존재였다. 친구는 죽음과 글쓰기의 관계를 이렇게 설명했다.

"글쓰기는 테라스와 같아. 내 저물어 가는 해를 사람들이 느끼게 하면 어둠에 대한 두려움을 조금이나마 지울 수 있거든."

이런 사실을 처음 알았을 때는 나 역시 다른 사람들처럼 친구에게 어설픈 훈계를 했다. 하지만 효과는 미미했다. 나는 결국 이렇게까지 말했다.

"죽고 싶으면 죽어. 그런데 죽기 전에 작품은 되도록 많이 남기고, 충분하다고 생각되면 그때 죽어."

친구는 울었다. 내 말을 듣고 죽음의 그림자에서 처음으로 벗어날 수 있었다고 했다. 그때까지 친구는 사람들이 하는 권유나 위로 따위에 아무런 반응도 보이지 않았다.

그날 이후로 나는 죽고 싶다는 사람을 무작정 위로하고 달래는 능력을 잃어버린 것 같다. 그 친구는 지금까지 잘 지내고 있다. 죽음의 거인이 아직도 곁을 떠나지 않았지만, 지금은 그렇게 힘없이 끌려다니지 않는다. 반짝반짝 빛나는 삶을 살면서 한층 너그러워지고 활력이 넘치는 작품을 쓴다.

예술을 좇는 이들이 삶에서 쟁취하려는 건 죽음 그 자체가 아니라 죽음과 맞닥뜨릴 권리일지도 모른다.

정신보건센터 입원기록

담당과실	재활의학과	병동	남성 병동	침상번호	3	입원번호	520
성명	해빙	성별	남	연령	35		
보호자	허샹	관계	부				

주요 사항

심각한 우울증, 자살 성향이 있음.

인적 사항

음악가. 현지 출생 후 외지 거주한 적 없음. 특수 유독물 접촉 이력 없음. 예방 접종 확인 불가. 사실을 과장하기를 좋아하고, 기만적임. 흡연, 음주, 약물 등 습관 없음.

경과 및 치료

3개월 전, 거울 앞에서 첼로를 켜다가 강렬한 자살 충동을 보였고, 관리를 위해 스스로 입원함. 우울증과 조증이 번갈아 나타나며, 조증 삽화 시에는 환자 스스로 상태가 굉장히 양호하다고 느낌. 우울 삽화 시, 기분이 처지고 사고 반응 속도 및 행동이 느려짐. 자신에 대한 평가가 극단적으로 부정적으로 변함.

정신검사

의식, 감각, 지각, 사유, 감정, 의지, 행동 등 문제에 관해 묻고 조사함. 착각, 환각이 나타나지 않음. 사유 연상 장애는 명확하게 확인되지 않음. 우울증, 조증 전환 증상 및 발작이 명확하게 나타남.

초진 진단

양극성 정동장애, 중증이라고 하기는 부적합. 재활의학과로 입원 건의.

서명: 리야오
2015. 10. 11.

돌진하는 슈퍼우먼
– 경조증

"에잇, 진짜 그만두든지 해야지."

임상2과 여성 병동의 간호사 샤오리즈는 이 병동의 유일한 남성 간호사다. 갈색 머리를 곱슬곱슬하게 볶은 게 꼭 밤톨같이 보여서 우리는 그를 '샤오리즈*'라고 부른다.

나는 샤오리즈의 자리에 앉아서 진료 기록을 살펴보다가 하품을 하며 물었다.

"또 왜 그러는데?"

샤오리즈는 밤톨 같은 머리를 와락 움켜쥐고 하소연했다.

"위메이쥐안 말고 누가 더 있겠어요. 미치겠어요. 세상에 어떻게 저런 여자가 다 있죠!"

나는 건성으로 응수했다.

"네가 있는 곳이 어딘지 잘 생각해봐."

샤오리즈(小栗子) 샤오(小)는 중국에서 친근한 상대의 성이나 이름 앞에 붙이는 말이며, 리즈(栗子)는 우리말로 '밤'이다.

빈정거리는 나의 말에 샤오리즈는 음소거 모드로 욕을 해댔다. 그의 입이 닫히기도 전에 간호사실 호출 벨이 또 울렸다. 흠칫 놀란 샤오리즈가 병실 호수와 침대 번호를 확인하고는 얼굴이 사색이 되었다.

"또 그 여자야. 여섯 번째라고. 오늘 아침에만 벌써 여섯 번째. 내가 일을 그만둬야지. 오늘 당장 그만둘 거야······."

나는 아무렇지 않게 웃어넘겼다. 저 말을 입에 달고 다닌 지 반년이 흘렀건만 샤오리즈는 여전히 성실하게 일했다.

샤오리즈는 날아가다시피 달려가다가 도중에 다시 돌아왔다. 그리고 울상을 지으며 이야기했다.

"차라리 누님이 가봐요. 난 도저히 감당 못 하겠어요."

나는 양손을 펴 보였다.

"나도 감당 못 해."

샤오리즈가 두 손을 간절히 모았다.

"이 병원에서 그 환자한테 잔소리할 수 있는 건 누님 한 사람뿐이잖아요. 나 좀 살려줘요."

나는 곱게 모은 샤오리즈의 손을 떼어내며 어림도 없다는 듯 말했다.

"어허, 이게 다 수련 아닌가. 거기 젊은이, 삶의 고난과 역경에도 용감하게 맞서야지."

샤오리즈는 눈을 동그랗게 뜨고 소리를 질렀다.

"고난과 역경? 저 여자는 천재지변, 핵폭발, 지구와 충돌하려는 혜성이라고요!"

그렇게 옥신각신하다가 결국 샤오리즈에게 끌려가고 말았다.

병실에 도착하자 팔짱을 끼고 꼿꼿하게 서서 한쪽 침대를 노려보는 위메이쥐안이 보였다. 샤오리즈가 오는 것을 본 그녀는 곧바로 싸움닭처럼 달려들었다. 샤오리즈는 무의식적으로 내 뒤로 피하려다가 남자 체면에 이건 아니다 싶었는지 겨우 마음을 다잡았다.

위메이쥐안이 옆자리 침대를 가리키며 말했다.

"내가 얘기했죠. 요강 위치가 잘못됐다고요. 여기 할머니가 빈뇨에 소변을 못 참아서 자꾸 오르락내리락하는데 내 침대하고 간격이 이것밖에 안 되잖아요. 요강을 여기다 놓으면 어떻게 해요? 오늘 아침에는 할머니가 실수로 요강을 차서 여기까지 밀려왔다고요. 이걸 차서 쓰러트리면 어쩌냐고요!"

샤오리즈가 해명했다.

"침대끼리 간격은 전부 고정되어 있어서 조정하기가 어려워요. 제가 이미 신청은 해봤는데……"

위메이쥐안이 손을 휘두르며 이야기했다.

"신청은 그저께 한다더니, 왜 아무 조치가 없냐고요. 침대 하나 옮기는 걸 꼭 사람이 말을 해야 하고, 당신들은 그런 것도 알아서 못해요?"

샤오리즈가 답답한 듯 항변했다.

"환자 분이 오시기 전에는 그런 얘기를 한 사람이 아무도 없었어요."

위메이쥐안이 차갑게 비웃었다.

"지금 내가 이야기를 하잖아요. 그럼 나는 사람도 아니란 말이에요?"

샤오리즈는 아무 말도 하지 못했다. 위메이쥐안이 기세등등하게 쏘아붙였다.

"아무도 얘기 안 했다고 신경도 안 쓰고, 그렇게 게을러서야. 하물며 여기는 정신병원이잖아요. 그런 걸 얘기 못 하는 환자도 있다고요. 환

자들이 표현 못 하는 감정이나 기분을 알아내는 게 당신들 일 아니에
요?"

샤오리즈는 언짢아했다.

"죄송합니다. 매일 환자분들이 말씀하는 문제만으로도 저희가 너무
바빠서요. 표현 못 하시는 거나 생각까지는 알아챌 겨를이 없었네요."

나는 샤오리즈를 살짝 잡아당겼다.

위메이쥐안은 기다렸다는 듯 웃음을 흘리며 이야기했다.

"도대체 뭘 하느라 그렇게 바쁜데요? 지난주에 내가 병실에 화분을
하나 놓겠다고 얘기했잖아요. 근데 식물은 어디 있어요? 침대 옮기는
일도 이야기한 지 며칠이나 지났는데, 피드백 한 번 했어요?"

샤오리즈가 숨을 크게 들이쉬고 대답했다.

"위 선생님, 식물에 관해서는 벌써 여러 번 말씀드렸잖아요. 환자 중
에서 간혹 흙을 음식인 줄 알고 드시는 분이 있는데, 이 병실에 그런 분
이 계셔서 위험 물질이라 방에 둘 수 없다고요. 침대는 이미 위에 보고
를 드렸어요. 절차대로 진행할 테니 좀 가만히 기다리실 수 없을까요?"

"아니 당신네는 아무거나 주워 먹는 환자를 병실에 배정했으면, 식
물을 보고 싶은 환자는 다른 방에 배정했어야지. 온종일 이렇게 답답
한 방에 있는데 환자들 정신 상태가 어떻게 좋아지겠어요?"

샤오리즈는 간신히 정신을 붙잡고 말했다.

"병상 배정이 말씀하신 것처럼 그렇게 간단하지 않……."

이대로는 샤오리즈가 상황 정리를 못 할 것 같았다. 나는 샤오리즈
를 뒤로 잡아끌며 미소를 띠고 말했다.

"죄송해요. 조금만 기다려주세요. 병원에서도 의견을 종합해서 결정
하니까요. 저희도 환자들이 편리한 방향으로 최대한 해드리고 싶지만,

서로 다른 의견을 내는 분들이 있을 때는 일단 상의를 해봐야 하거든요. 저희도 환자들의 건의 사항을 아주 중요하게 생각합니다."

위메이쥐안이 잠시 공격을 멈추고 나에게 말했다.

"오늘 너무 늦게 왔네요."

의아했다. 내가 오늘 온다고 말했던가? 잠시 생각해보니 어렴풋이 떠올랐다. 오늘 그녀를 찾아오겠다고 지난주쯤 이야기했던 것 같다.

나는 그녀의 말을 받았다.

"아, 봐야 할 진료 케이스가 많아서 좀 늦었어요. 아시다시피 진료과 장님이 임무를 주셔서요."

위메이쥐안이 인상을 찌푸렸다.

"당신네 과장은 사람이 아주 꽉 막혔네요. 온종일 진료 케이스만 들여다보는 게 무슨 소용이에요. 진짜 사람하고 대화를 많이 해야지. 여기 우리가 있잖아요. 글자만 들여다보면서 연구하는 것보다야 훨씬 쓸모가 많을 텐데?"

나는 황급히 고개를 끄덕였다.

"암요, 그럼요, 그럼요……. 잠시만 기다려주세요. 책상 위에 벌려놓은 진료 차트 좀 정리해놓고 올게요. 그리고 과장님께 한 번 더 침대 문제 보고드리고, 이따 와서 다시 말씀드릴게요."

위메이쥐안이 손을 저었다.

"그래, 가봐요."

샤오리즈는 병실에서 나오자마자 한숨을 푹 내쉬고는 위메이쥐안의 말투를 흉내 냈다.

"'그래, 가봐요'? 자기가 우리 상사야 뭐야. 진짜 못 봐주겠네."

나는 묵묵히 걸음을 옮기다가 멈춰 서서 이야기했다.

"앞으로는 '좀 가만히 기다리실 수 없을까요?' 같은 말은 하지 마. 그건 예의가 아니지. 조증 환자잖아. 원래 인내심이란 게 없다고."

샤오리즈가 기분이 상한 듯 입을 삐죽거렸다.

"밖에서도 그런 말은 수도 없이 들었을 거야. 여기까지 와서 그런 소리를 듣고 싶진 않겠지. 그런 소리는 하면 할수록 환자를 더 흥분시킬 거야."

샤오리즈는 "네" 하고 대답하고도 아직 분이 풀리지 않는지 볼멘소리를 했다.

"그럼 퇴원하라죠. 일찍 가버리라지. 그 환자보다 우리가 더 퇴원을 기다릴걸요."

나는 고개를 흔들고 걸음을 재촉했다. 진료 기록을 정리하고 침대 위치 조정에 관해 이야기하기 위해 과장실로 가다가, 다시 위메이쥐안의 병실로 들어갔다.

이런 일이 있으면 병원 측은 항상 피드백을 주겠다고 답한다. 그러나 사실 한두 번 이야기해서 아무런 조치가 없으면 세 번째는 다시 이야기할 필요도 없다. 모두가 그걸 알고 있기에 안 되는 일에는 쓸데없이 에너지를 낭비하지 않는다.

우리는 위메이쥐안이 아니니까.

위메이쥐안은 두 달 전 입원했다. 다른 사람의 회사에 난입해 고함을 지르고 미쳐 날뛰는 바람에 공공장소에서 소란을 피웠다는 이유로 경찰에 연행되었다. 그녀는 당시 어떻게 된 일인지 몸도 마음대로 통제가 안 되고 의식도 이성도 탈출해 제정신이 아니었다고 했다.

그 후 경미한 조증으로, 금세 퇴원할 수 있다고 진단받았다. 그러나 가족 중에 그녀를 인계하러 오는 사람이 없어서 아직 퇴원하지 못하고 있다. 두 달 동안 그녀는 매일같이 의사에게 물었다. 도대체 언제 퇴원할 수 있냐고.

스스로 아무 문제가 없다고 생각하는 환자가 하루라도 빨리 병원에서 나가길 바라는 건 당연하다. 그러나 의사들은 퇴원을 허락할 수 없었다. 아무도 데리러 오지 않았기 때문이다. 오빠 셋, 남동생 한 명과 연락은 닿았지만, 아무도 퇴원 수속을 밟으러 오지 않았다.

의사들도 그 환자 때문에 골치가 아팠다. 원리 원칙을 내세우며 의사들을 신랄하게 비판하고, 자기가 아직 퇴원하지 못한 것도 의사들이 일을 제대로 하지 못해서라고 생각했다. 그러면서 자기는 해야 할 일이 산더미처럼 쌓여 있어 한시도 지체할 수 없다고 했다.

위메이쥐안은 예전에 꽤 규모가 큰 회사의 대표였다. 머리가 영리한 것은 말할 것도 없고 진지하고 카리스마 있는 스타일이었다. 예전 모습을 그대로 간직한 그녀는 병원에서도 조금만 불만이 있으면 의사, 간호사들과 입씨름을 벌였다. 목소리도 크고 설득력도 있는 그녀의 트집 잡기는 의료진을 괴롭혔다. 마지못해 위메이쥐안의 요구사항을 들어주었지만, 모두가 그녀를 피해 다녔고 하루라도 빨리 그녀가 병원을 떠나길 바랐다.

내가 위메이쥐안을 처음 만난 것은 그녀가 입원한 지 이 주쯤 지났을 때였다. 졸업 논문을 준비하느라 비교적 의식이 명료한 환자들을 만나서 인터뷰를 진행하던 중이었다. 그때 진료과장이 나를 그녀에게 데려갔다. 몇 마디 오갔을 때 과장은 빠져나가고 나는 혼자 남아 멀뚱멀뚱 그녀를 바라보았다.

사실 나는 엄청 긴장한 상태였다. 만나기 전부터 위메이쥐안이 만만치 않은 환자라는 것을 알았던 데다 과장이 이렇게 빨리 도망갈 줄 몰 랐기에 심리적으로 무척 위축되어 있었다. 반면에 위메이쥐안 입장에 서는 퇴원에 관해 진지하게 의논해보려는데 말도 제대로 못 꺼낸 상황 에서 과장이 핑계를 대고 쏙 빠져 나가버린 상황이었다.

위메이쥐안은 화가 잔뜩 나서 과장을 두어 걸음 쫓아가며 고래고래 소리를 질렀다. 하지만 과장은 걸음아 날 살려라 하고 재빨리 밖으로 나갔고, 문이 열리자 경보음이 소란스레 울리며 붉은 등이 번쩍거렸다.

자신의 목소리가 경보음에 묻히자 위메이쥐안은 더 크게 소리를 질 렀다. 문이 닫히고 경보음이 멎었지만 목소리는 여전히 병동을 맴돌았 다. 몹시 민망한 상황이었지만 위메이쥐안은 개의치 않았다. 마치 승리 자라도 된 듯 유일한 증인인 나를 향해 웃음 짓기 시작했다.

그렇게 맞닥뜨린 후 나는 위메이쥐안이 대하기 어려운 사람이 아니 라는 것을 알게 됐다. 그렇게 생각하는 사람은 아마 병원 전체에서 나 혼자였겠지만. 위메이쥐안을 무력화하는 방법은 의외로 간단했다. 그 냥 입을 꾹 다물고 하는 말을 듣기만 하면 됐다. 계속 혼자서 떠들게 놔두는 것이다. 대화 중간중간에 생기는 공백이나 대답은 걱정할 필요 가 없었다. 끊임없는 표현 욕구가 그런 어색함 따위는 알아서 넘어갈 수 있게 해주었다.

조증의 특징이 그렇다. 말이 많고 생각의 전환 속도와 말의 속도가 빠르다. 위메이쥐안의 말은 아주 공격적이었다. 무슨 말이든 비판이었 고 설교였다. 그러나 공격적인 언사를 되받아치지만 않으면 자제력을 잃지는 않았다. 이런 대화에 능숙한 나는 유연성을 발휘해 그녀의 공 격을 슬쩍 피했다.

점점 경험치가 쌓여 나는 그녀의 말을 교육받는다는 생각으로 성실하게 듣고 수긍했다. 그러자 그녀의 태도도 많이 누그러졌고 좋은 이야기도 많이 해주었다. 어느새 우리 사이는 퍽 좋아졌다.

꽤 교양 있는 위메이쥐안의 집은 차(茶) 사업을 했다. 그녀는 길고 긴 차의 역사를 속속들이 설명할 수 있었다. 또 자기가 사고 팔았던 찻잎, 장사하면서 만난 사기꾼, 그리고 찻잎의 색으로 진짜와 가짜를 구분하는 법까지 가르쳐주었다.

위메이쥐안의 환자복 호주머니 속에는 며칠 전 벗겨낸 귤껍질이 숨겨져 있었다. 휴지로 싸서 수분을 흡수시킨 귤껍질은 거의 말라 있었다. 위메이쥐안은 한 조각을 집어서 내 입가에 갖다 대며 말했다.

"씹어봐요. 엄청 달아요."

나는 잠시 망설이다가 주는 대로 받아먹었다. 그녀의 손길은 부드러웠고 상큼한 귤 향이 폴폴 퍼져 나왔다. 드세고 강한 성격과는 딴판이었다. 그러고는 자신도 한 조각을 씹었다. 그리고 문밖을 살피며 남은 귤껍질을 조심스럽게 다시 싸 넣으며 투덜거렸다.

"당신네 병원은 이것도 안 된다, 저것도 안 된다고만 한다니까요. 귤껍질 숨기는 것도 안 되니까 얘기하지 마요."

나는 웃으며 고개를 끄덕였다.

진료과장은 내가 귤껍질 받아먹은 것을 알고 이해할 수 없다는 듯 말했다.

"환자가 주는 걸 그렇게 함부로 먹으면 어떡하나?"

"직접 주는데 어떡해요……."

과장은 설핏 웃으며 말했다.

"칼을 준대도 달려들지 그래."

나는 오천 자쯤 되는 경위서를 썼고 위메이쥐안은 귤껍질을 빼앗겼다. 예상대로 이날 여성 병동은 평온을 잃었고, 간호사실 호출 벨은 미친 듯이 울려댔다. 샤오리즈는 입이 바싹 마르도록 설명을 하고, 두 다리에 힘이 풀려 후들거릴 정도로 병실을 오고 갔다. 그리고 결국 다들 그 환자에게서 손을 놓아버렸다.

그러자 위메이쥐안은 '병원장에게 보내는 편지함'에 편지를 써서 넣었다. 병원의 각종 규정이 '불합리하고 비인간적'이라며 날카로운 비난을 퍼부은 것이다. 그렇게 한번 쓴 편지를 시작으로 그녀는 새로운 즐거움을 찾은 듯 하루 한 통씩 편지를 쓰기 시작했다. 평소 아무도 사용하지 않던 편지함이 위메이쥐안의 편지로 가득 찼다.

그리고 병원장이 실제로 위메이쥐안을 만나러 왔다. 나는 그 자리에 없었는데, 다른 사람에게 들어보니 병원장도 그녀와의 말싸움에 무참히 패배하고 잔뜩 주눅 든 채 도망가기 바빴다고 한다. 위메이쥐안은 싸움의 승기를 잡은 공작처럼 득의만만했다. 물론 그녀의 아름다운 꽁지깃을 감상하는 것은 자기 혼자였지만 말이다.

결국 병동에 있던 편지함은 철거되었고 녹슨 나사못 두 개만 벽에 덩그러니 남았다. 편지를 넣으려던 위메이쥐안의 손은 갈 곳을 잃었다. 그녀는 꼼짝도 하지 않고 우두커니 서서 텅 빈 벽을 한참이나 노려보았다. 때마침 내가 그 모습을 봤다. 편지함이 있던 자리 앞에 선 위메이쥐안의 머리 위에 불빛이 어두컴컴했다.

편지함이 사라지자 간호사실 호출 벨에 다시 불이 붙었다.

나는 매주 두 번씩 위메이쥐안을 보러 갔다. 그녀는 매번 다른 이야기를 들려주었다. 건축 회사도 했다고 했다. 건설 현장의 보험에 관해서도 이야기했고 시공 중에 부도가 난 공사에 관해서도 들려주었다. 건축비를 아끼려고 부실 공사를 하는 업체와 세금을 줄이려고 장부를 조작하는 횡령 업자를 어떻게 무력하게 만들었는지, 또 책임을 피하려는 개발업자들을 어떻게 법으로 단죄했는지도 이야기했다.

또 젊은 시절에 남쪽으로 무전여행을 떠났던 일도 들려주었다. 어디로 갔는지, 무엇을 보았는지, 얼마나 말도 안 되는 황당한 경험을 했는지 이야기했다. 나에게는 상상도 할 수 없는 일이었지만 그녀에게는 그저 흔한 일인 듯했다.

위메이쥐안은 나에게 어디든 많이 다녀보라고 했고, 나는 가난해서 못 간다고 했다. 그러자 아주 무시하는 말투로 이야기했다.

"요즘 젊은 사람들은 무전여행의 매력을 모른다니까. 누가 여행을 돈이 있어야만 간대요? 돈 없어도 놀 거리는 널리고 널렸는데. 아무것도 모르네."

위메이쥐안은 경험이 풍부하고 경력도 화려했다. 분명 망상이 포함되어 있겠지만, 나는 직접 들으면서도 구분해낼 수 없었다. 위메이쥐안의 말만 들으면 그녀는 현재 상황에 불만이 많은 생활력 강한 슈퍼우먼이었다. 해야 할 일이 산더미처럼 쌓여 있는데 병원에 발이 묶여 어마어마한 손실이 쌓여 간다고 했다. 그런데도 위메이쥐안은 별로 초조해하지 않았다. 오히려 아주 어른스럽게 말했다.

"당신들도 절차에 따라야 하고 그래서 규칙이 어떠니 이야기하는 것도 다 이해해요. 나도 괜한 고생시키고 싶지는 않아요. 내 말은 좀 더 효율적이었으면 한다는 거예요. 비효율적인 건 정말 참을 수가 없거든요. 당신들이 내 밑에서 일하는 사람이었으면 진작 다 잘라버렸을걸요."

샤오리즈는 위메이쥐안의 말이 일말의 가치도 없다는 듯 말했다.

"슈퍼우먼은 무슨. 슈퍼우먼이 뭐하러 여길 와요? 맨날 백만 년 전에

다 지나간 일이나 떠들고. 진짜 병이라니까."

나는 위메이쥐안의 진료 기록을 아직 보지 않았다. 정확한 이유는 모르겠지만, 그녀가 나에게 들려준 이야기가 거짓이라는 걸 확인하고 싶지 않았는지도 모른다. 혹은 '친구'로서 그녀가 숨기고 싶은 사생활을 파헤치고 싶지 않았는지도.

위메이쥐안은 나에게 성공한 오빠들과 남동생 이야기를 제일 많이 했다. 남자 형제들은 전부 가문을 빛낸 훌륭한 인재들이고 자신은 사랑받는 여동생이자 누나라고 했다.

샤오리즈는 그 말을 싹 무시했다.

"사랑받는? 사랑받는 여동생이고 누난데 왜 아무도 안 찾아와요? 전화는 다 돌렸는데, 누구 하나 시간이 없다네. 오늘이 내일 되고 내일이 다음 주가 되고 이러다 내년까지 여기 있겠어요."

위메이쥐안이 가장 자주 얘기한 가족은 남동생이었다. 그런데 남동생에 관해 이런저런 얘기를 했지만, 생김새 같은 구체적인 이야기는 거의 언급하지 않고 사소하고 추상적인 이야기만 했다.

"남동생은 어떤 사람이에요?"

위메이쥐안이 웃으며 온화한 표정으로 대답했다.

"그 애는요, 아주아주 착하고 좋은 사람이에요."

'착하고 좋은 사람? 그럼 왜 당신을 데리러 오지 않는 걸까요?'

나는 차마 이런 생각을 입 밖으로 꺼내지 못했다.

위메이쥐안이 있는 곳이 곧 전쟁터라는 건 임상2과 여성 병동의 공공연한 사실이었다. 위메이쥐안은 완전히 투사가 되어 자신의 권리뿐 아니라 다른 환자들의 권리를 위해서도 몸을 사리지 않았다.

한 환자가 발작을 일으켜 안정시키기 위해 의자에 결박한 적이 있었다. 환자들이 자유롭게 활동하는 시간이 되자 진정되었는데, 몸을 움직일 수 없어 그 환자가 울기 시작했다. 하지만 아무도 신경을 쓰지 않았다. 위메이쥐안은 화가 나서 곧바로 간호사실로 달려가, 그 환자를 풀어주라고 요구했다.

그러자 샤오리즈가 물었다.

"풀어드렸다가 무슨 일이라도 생기면 책임지실 거예요?"

"무슨 일이 생겨? 그쪽이 바로 옆에서 지켜보면 되잖아요? 사람을 24시간 묶어 두는 법이 어디 있나, 돼지도 아니고!"

"그건……. 저도 못 해드려요. 의사 선생님이 결정할 일이죠."

위메이쥐안이 냉소했다.

"당신들은 의사 불러오는 것 말고 할 수 있는 게 뭐야? 무슨 일이든 그저 의사들한테 다 뒤집어씌우고, 당신들은 뭘 할 수 있냐고?"

"그렇게 함부로 말씀하시면 안 되죠!"

"당신들이야말로 일을 그렇게 함부로 하면 안 되지."

화가 나 소매를 걷어 올리는 샤오리즈를 다른 간호사들이 막아섰다. 그는 음소거로 몇 번이나 욕지거리를 퍼붓고 하는 수 없이 진료과장을 부르러 갔다. 과장은 등쌀에 못 이겨 잠시 보러 왔다가 위메이쥐안을 피해 금세 돌아가버렸고, 샤오리즈에게 이렇게 전하라고 지시했다.

"이 환자는 발작 주기가 짧아서 결박을 풀 수 없습니다."

위메이쥐안은 홱 뒤돌아서 가버렸다. 발걸음이 어찌나 당당한지 슬리퍼를 신고도 하이힐을 신은 듯 요란스러웠다.

조회 시간이면 환자들은 도서실에 틀어놓은 텔레비전 뉴스 앞으로 모여들었다. 하지만 수다 떠는 사람, 책을 보는 사람, 아무 생각 없이 멍한 사람은 있어도 텔레비전 뉴스를 보는 사람은 없었다. 딱 한 명, 위메이쥐안을 빼고는. 위메이쥐안은 뉴스를 보며 심지어 메모까지 했다.

조회가 끝나면 위메이쥐안은 기록한 것을 가지고 샤오리즈를 찾아갔다. 그리고 국가에서 발표한 새로운 의료 정책에 따라 병동에 이런저런 것들을 개선해야 한다며 자기가 적은 조항을 조목조목 읽어 내려갔다.

샤오리즈는 머리가 지끈거렸다. 그런 정책이 어디 있단 말인가. 전부 자기 마음대로 지어낸 억지일 뿐인데. 자신의 요구가 받아들여지지 않으니 위메이쥐안은 그 자리에서 꼼짝도 하지 않고 서서 고래고래 소리를 질러댔다.

"그럼 조회 시간에 보는 텔레비전을 좀 바꿔주든지 해야지. 그 텔레비전은 환자용인가, 간호사용인가? 채널 바꾸는 건 간호사들이지, 환자들은 채널을 바꿀 수도 없잖아?"

간호사들은 난감한 표정을 지었고, 샤오리즈는 평소 하던 대로 또박또박 말을 받았다.

"그럼 제가 보고해볼게요."

위메이쥐안이 차갑게 웃더니 입 모양으로 욕하는 샤오리즈를 흉내냈다.

"등신."

열 받은 샤오리즈는 또다시 소매를 걷어붙였다.

점심시간이 되어 우리는 가운을 벗고 식당으로 갔다. 힘이 쭉 빠져 있는 샤오리즈는 밤톨이 아니라 말라비틀어진 콩알 같았다.

줄을 서 있는데, 갑자기 그가 "앗" 하더니 머리를 부여잡았다.

"식당 카드를 까먹었다…… 누님, 저 대신 한 번만 내줘요."

"요즘 왜 그렇게 넋이 나가 있어?"

샤오리즈가 한숨을 내쉬었다.

"너무 힘들어요……. 위메이쥐안 환자는 도대체 언제 퇴원하는 거예요? 이러다 내가 먼저 나가겠어요……. 고기 좀 듬뿍 담아줘요. 그 족발하고 오리 다리도요."

샤오리즈는 고기를 두 접시나 먹어치우고 기분이 풀린 듯했지만 여전히 멍해 보였다.

"누님, 제가 여기서 일하는 게 어울린다고 생각해요?"

나는 어깨를 으쓱했다.

"내가 어떻게 알아. 나도 인턴일 뿐인데."

샤오리즈는 다시 딴생각에 빠진 듯 멍해졌고, 그러다 젓가락을 콧구멍에 집어넣을 뻔했다. 밥을 반쯤 먹었을 때 샤오리즈의 전화가 울렸다. 과장이었다. 샤오리즈는 몇 번이나 "네, 네" 하고 대답하더니 점차 얼굴에 화색이 돌았다.

"정말요? 네, 네. 식사 끝나고 바로 처리할게요!"

"무슨 일인데?"

샤오리즈가 기쁜 목소리로 말했다.

"위에서도 승인했대요. 위메이쥐안 환자하고 같은 병실에 있는 그 이식증 환자를 다른 병실로 배정하고 일반 병동에는 식물을 허용한대요."

나도 기뻤다.

"아주 잘 됐네."

샤오리즈는 엄지손가락으로 자신을 가리켰다.

"이거 내가 해낸 거예요! 내가 계속 건의했잖아요! 이제 포기할까 싶었는데, 생각지도 못하게 승인이 떨어졌네. 와우 신기해!"

나는 웃으며 그의 밤톨 머리를 쓰다듬었다.

"응. 대단하다."

샤오리즈는 신이 나서 고기를 더 가져왔고, 내 일주일 치 밥값을 다 해치워버렸다. 다른 간호사들도 그를 따라 활짝 웃었다. 병원에 남성 간호사가 적어서인지 모두 시끌벅적한 샤오리즈를 좋아했다. 그를 아들처럼 생각하는 건지, 아니면 형제처럼 생각하며 놀리는 건지 알 수 없지만.

식사를 마치고 샤오리즈는 곧바로 환자의 병실을 옮겨주러 갔다. 잠시 후 돌아온 그는 또다시 씩씩거렸다. 위메이쥐안이 또 말도 안 되는 요구사항을 들먹였다는 것이다. 하지만 그렇게 욕을 해대면서도 그는 호출 벨이 울리자마자 위메이쥐안의 병실로 뛰어갔다. 아무래도 위메이쥐안이 샤오리즈를 괴롭히는 데 재미를 붙인 모양이었다.

임상2과는 위메이쥐안 때문에 하루도 조용할 틈이 없었다. 그러나 동시에 그녀 덕분에 활력이 넘쳤다. 간호사와 의사들은 위메이쥐안의 급작스러운 공격에 백이십 퍼센트 긴장해야 했고, 청산유수처럼 쏟아지는 공격에 밀리지 않고 날카로운 논쟁을 벌여야 했다. 게다가 의식이 또렷한 환자 몇 명이 위메이쥐안의 영향을 받아 병원에 갖가지 요구를 하기 시작했다. 그래서 임상2과는 더 분주해졌고, 덕분에 간호사실 호출 벨도 두 번이나 고장이 났다.

연말이 되자 임상2과는 혁신적이고 발전적인 조직이라는 칭찬을 받았지만, 호출 벨이 쉴 새 없이 울리는 통에 정작 간호사들은 기뻐할 여유조차 없었다. 위메이쥐안은 동에 번쩍 서에 번쩍했다. 그녀의 슬리퍼 끄는 소리가 전장의 북소리처럼 복도를 울렸다. 이곳저곳에서 활개를 치고 다니는 그녀의 그림자는 마치 여전사의 그림자처럼 임상2과를 일깨웠다.

크리스마스 이브에 병원에서 작은 파티가 열렸다. 의사와 간호사들이 모두 참석했지만 나는 가지 않았다. 위메이쥐안과 약속이 있었기 때문이다. 병실로 가니 다른 환자들은 모두 파티에 가고 그녀 혼자 남아 있었다.

위메이쥐안이 나의 뒤를 살피며 물었다.

"샤오리즈는요?"

"아, 샤오리즈요. 파티에 갔어요."

위메이쥐안은 실망한 듯 아무 말도 하지 않았다.

나는 선의의 거짓말을 했다.

"프로그램을 하나 맡았거든요."

위메이쥐안이 평소처럼 그를 비웃었다.

"샤오리즈가요? 뭘 할 수 있는데요? 무대에서 알밤이라도 굽나?"

내가 웃었다. 그리고 우리는 가만히 앉아 있었다. 침대 머리맡의 등을 켜고 위메이쥐안의 이야기를 들었다. 창문에는 안과 밖의 기온 차 때문에 뿌옇게 서리가 끼어 있었다.

"그 논문 말인데, 여기서 몇 명 만나서 이야기해봐요. 내가 보니까 꽤 괜찮던데. 여기도 대단한 사람들이 많아요. 나는 그 사람들을 환우라고 부르는 게 영 싫더라고. 신우(神友)라고 부르는 게 맞지. 정신병 환자면 '신우'라고 해야지 왜 굳이 환우라고 부르냐고요."

신박한 위메이쥐안의 말에 나는 수긍했다. 이런저런 이야기를 늘어놓던 위메이쥐안이 갑자기 조용해졌다. 그리고 보이지도 않는 창문 밖을 바라보다 웅얼거렸다.

"겨울이 됐네요."

나도 시선을 밖으로 향했다.

"네."

"예전에는 겨울 되면 동생한테 스웨터도 떠주고 했는데. 사 입는 건 별로라고, 내가 떠주는 게 편하다고 했어요."

나는 아무 대답도 하지 않았다. 한참 후 그녀가 물었다.

"여기서도 뜨개질을 할 수 있나요?"

안 된다고 말하려는데, 위메이쥐안이 이렇게 덧붙였다.

"두 사람한테도 겨울 따뜻하게 나라고 떠주고 싶어서."

코가 찡했다.

위메이쥐안은 뜨개질을 할 수 없을 것이다. 병원에서 뜨개질바늘 같은 고위험 물품을 허가할 리 없으니.

위메이쥐안의 남동생이 아내와 함께 찾아왔다. 그러나 그들은 위메이쥐안을 만나지 않고 프런트 데스크와 과장의 사무실만 들렀다.

내가 임상1과에서 한달음에 달려왔을 때, 데스크 앞에 서 있어 먼저 마주친 사람은 위메이쥐안의 올케였다. 세련된 차림새에 말투도 나긋나긋하고 부드러웠다. 위메이쥐안과는 전혀 다른 스타일이었다.

위메이쥐안의 올케는 입을 손으로 가린 채 웃으며 말했다.

"말씀을 들어보니 형님은 여기 계시는 게 딱 좋겠어요."

간호사들이 의아해하자 그녀가 웃으며 말했다.

"여기 꽤 계셨으니까 다들 아시겠지만, 형님이요, 다른 사람한테 명령하고 지시하는 걸 너무 좋아하시잖아요. 그게 밖에서는 통하지 않거든요. 그런데 여기서 권력의 꿈을 이루실 줄은 생각도 못 했네요."

간호사들의 표정이 좋지 않았다.

그녀는 손에 든 과일을 간호사들에게 건넸다.

"정말 신세를 많이 지네요. 형님 대하는 게 보통 힘든 일이 아니라는 거 잘 알아요. 오죽하면 여기까지 왔겠어요. 뭘 좀 드리고 싶어도 못 받으실 것 같아서 과일이나 좀 사 왔어요. 무슨 일 있으면 언제든지 연락하세요. 병원 일은 정말 힘든 것 같아요. 별의별 사람들을 다 대해야 하니."

샤오리즈가 물었다.

"환자는 언제쯤 데려가실 건가요?"

그녀가 웃으며 말했다.

"그건요, 사실 저희가 상황이 여의치가 않아서……."

"아, 과일은 가져가세요. 저희는 먹을 시간이 없습니다. 위메이쥐안 환자는 저희한테 아주 잘 해주시니 걱정하지 마시고요, 환자 돌보는 일은 힘든 거 하나도 없어요. 이러쿵저러쿵 자기 멋대로 떠들기만 하는 가족들이 문제지."

샤오리즈는 위메이쥐안의 올케가 건넨 과일을 받을 생각도 하지 않고 고개를 푹 숙인 채 열심히 진료 차트만 보았다.

그녀를 아예 투명인간 취급해버린 것이다. 무안해진 그녀는 과일을 다시 챙겨서 황급히 자리를 떠났다.

나는 과장의 사무실에 이야기를 엿들으러 갔고 샤오리즈도 따라붙었다. 위메이쥐안의 남동생이 새까만 곱슬머리를 덥수룩하게 기른 것이 보였다. 내가 그를 가리키며 속삭였다.

"봐. 네 형님 왕밤톨 씨가 오셨네."

샤오리즈가 기웃거리더니 말했다.

"그래도 내가 더 잘생겼네."

위메이쥐안 남동생의 이름은 밍랑이었다. 그는 과장에게 상황을 전해 들었다. 이야기를 나누는 태도로 봐서는 아내와 달리 아주 괜찮은 사람이었다. 그러나 환자를 언제 데려갈 수 있냐는 과장의 물음에는 묵묵부답이었다.

결국 그들은 위메이쥐안을 데려가지 않기로 했다. 떠나기 전 위밍랑이 과장에게 이렇게 이야기하는 걸 들었다.

"저 왔었다고 얘기하지 마세요."

샤오리즈가 '흥' 하고 콧방귀를 뀌었다. 그가 소리를 듣고 우리를 돌아보자, 샤오리즈는 눈을 치켜뜨며 쌩하니 가버렸다. 아무도 들리지 않게 입으로 계속 욕을 해대면서.

위밍랑의 아내가 약제비를 내러 갔을 때 위밍랑은 사무실 밖에 앉아서 아내를 기다렸다. 등이 굽고 앞으로 푹 수그린 모습이 꼭 무언가에 눌려 옴짝달싹 못 하는 사람처럼 보였다.

나는 위밍랑에게 다가가 옆에 앉았다. 위메이쥐안에게 동생에 관해 자주 들어서인지 전혀 낯설지가 않았다. 오히려 친근감까지 느껴졌다.

위밍랑이 날 보더니 사람 좋은 인상으로 꾸벅 인사를 했다. 그리고 침묵이 이어졌다.

내가 물었다.

"왜 보러 안 가세요?"

입을 꾹 다물고 있던 그가 대답했다.

"절 보고 싶어 할지 모르겠어요."

나는 깜짝 놀라서 물었다.

"왜 안 보고 싶어 할 거라 생각하세요?"

위밍랑이 이번에는 꽤 오래 침묵을 지켰다. 어떻게 이야기를 꺼내야 할지 혼란스러워하는 듯했다.

"누나는 아마 여기 있고 싶어 할 거예요."

"얼른 나가고 싶어 하세요."

"알아요. 이렇게 말씀드리면 이상하다고 여기실지 모르겠지만⋯⋯. 여기도 자기가 오고 싶어 했어요⋯⋯. 집에서는 어떻게 해도 안 되니까 밖에서 그렇게 소란을 피운 거예요."

그는 마른세수를 하며 말했다.

"누나는 아마 내가 다 안다는 걸 모를 거예요. 내가 누나를 찾아왔고, 내가 안다는 걸 누나도 알게 되면 별로 좋아하지 않을 것 같아요. 항상 진취적이고 강한 사람이었거든요⋯⋯. 미안합니다. 이걸 어떻게 설명해야 할지도 잘 모르겠네요⋯⋯. 그냥 제가 왔었다는 얘기는 하지 말아주세요. 감사합니다."

그는 일어서서 머리 숙여 인사하고는 가버렸다. 나는 그의 뒷모습을 보며 한참이나 생각에 잠겼다.

더는 참을 수 없어 위메이쥐안의 진료 기록을 보고 말았다.

기록에는 위메이쥐안이 5년 전 직장을 그만두었고 그 이후에 드문드문 사업을 벌였지만 전부 실패했다고 적혀 있었다.

기록된 대화 내용을 보면, 위메이쥐안은 자신이 '무능'한 상태를 받아들이지 못한다고 했다. 매사에 의욕적이고 진취적이던 그녀는 입원 직전 아예 자신의 실패를 외면하고 피하려는 경향을 보였고, 이를 피할 수 없는 지경이 되자 아예 미쳐버린 경우였다.

위밍랑은 위메이쥐안이 스스로 여기 있고 싶어 한다고 말했다. 아마 그럴지도 모른다. 이곳은 그녀에게 마지막 도피처이기 때문이다. 하지만 위메이쥐안 자신도 몰랐을 것이다. 병원은 실패한 자기 자신에게서 벗어날 수 있는 곳이기도 하지만, 제 세상인 듯 이것저것 참견하고 지시하기에도 안성맞춤인 곳이다. 여기는 그녀에게 거의 낙원이나 다름없다. 이곳에서 그녀가 보여준 적극성은 이미 그녀 자신도 인정하는 모습으로 환원되었으니까.

위메이쥐안은 입버릇처럼 떠나야 한다고 이야기한다. 겨우 도달한 목적지에서 말이다. 하지만 그건 겉과 속이 다른 적극성일 뿐이다.

동생이 위메이쥐안을 만나 어떻게 "나랑 같이 가자"고 한단 말인가. 그러면 그녀의 자존심은 또 어떻게 부서지고 조각날 것인가. 동생을 만나게 되고, 목적지가 눈앞에 있는데 그걸 두고 또 도망가고 싶어 하는 자신을 마주했을 때, 위메이쥐안은 무너지고 말 것이다.

샤오리즈는 여전히 이해할 수 없다는 듯 말했다.

"그러면 데려가지는 않더라도 잘 이야기를 해야죠. 아직은 퇴원할 수 없다고. 그냥 병문안은 괜찮잖아요? 어떻게 한 번도 보러 오지를 않냐고요."

나는 밍랑이 무언가에 눌려 있던 모습의 배경으로 가족 치료의 시작을 떠올렸다. 가족 치료와 조현병은 관련이 깊다. 예전에는 가족 체계라는 개념이 없었기에 환자의 증상을 독립적으로 다루었다.

한 조현병 환자가 있었다. 치료를 통해 증상이 크게 호전되자, 의사는 증상이 더 나아질 것이라는 기대로 부모와의 면회를 허락하였다. 그런데 어머니를 본 환자가 기쁘게 달려가 어머니를 안으려는 순간 어머니는 자기도 모르게 뒤로 물러서고 말았다. 두려웠던 것이다. 환자는 그 자리에 서서 앞으로 더 다가가지 못했다. 그러자 어머니가 이내 웃음을 지으며 다가와 아들을 꼭 안아주고 돌아갔다. 그날 환자의 증상은 더욱 심해졌다.

이 사건은 정신의학계의 주목을 받았고, 전문가들은 정신질환 환자의 증상이 독립적이지 않다는 것을 발견했다. 정신질환이란 생물학적 질병처럼 타인과 완전히 떼어놓고 생각할 수 없으며, '미친 사람'만 치료해서는 해결되지 않는다. 증상은 타인의 영향으로 더 위중해질 수 있고 유동적이므로 정신질환은 다른 사람과의 관계 속에 놓고 보아야만 한다.

환자와 부모의 면회에서 무슨 일이 일어난 것일까? 어머니는 아들이 두려웠다. 그러나 웃으며 그를 안아주었다. 거기서 환자는 어머니의 모순되는 메시지를 마주하고 혼란에 빠졌다.

정신의학계에서는 이 상황을 세 과정으로 요약했다. 첫째, 환자에게 아주 중요하고 친밀한 사람이 존재한다. 둘째, 이 사람이 환자에게 완전히 상반된, 모순된 메시지를 동시에 준다. 셋째, 이 두 메시지는 옳고 그름의 구분이 가능하지 않다. 그래서 환자는 어떤 것을 믿어야 할지 판단할 수가 없다.

환자의 증상을 더욱 심하게 만든 이 문제는 정신의학계가 가족 체계라는 주제에 관심을 가지도록 했다. 환자의 증상을 가정 내 관계 속에서 살피게 된 것이다.

위밍랑이 어떻게 설명해야 할지 모르겠다고 말한 그 복잡한 감정 역시, 완전히 같지는 않지만 비슷한 맥락이었다.

위밍랑은 위메이쥐안보다 더 일찍 누나의 모순적인 생각을 읽어냈다. 병원에서 나가고 싶어 하지만 또 그러지 못한다는 걸 알고 있었다.

그래서 위밍랑 역시 위메이쥐안을 데려가고 싶지만 그러지 못한다. 두 가지 상반된 생각 속에서 누나를 만났을 때, 그는 아마도 이야기 속의 어머니와 같이 무의식적으로는 무서우면서도 이를 보상하듯 더 친한 척해야 할 것이다. '나랑 같이 가자'라는 말을 꺼내지 않음으로써 아직 퇴원할 수 있는 상태가 아닌 척하는 누나의 연기에 맞춰줄 수도 있다. 하지만 두 사람은 각별한 오누이다. 위메이쥐안은 누구보다 동생을 잘 알기에 동생이 느끼는 모순과 거짓 연기를 눈치챌 것이다.

동생이 어떤 마음으로 자기를 보러 왔는지를 깨닫는 것은 자신의 비겁함을 깨닫는 것보다 더 슬플지도 모른다. 동생이 누나를 대하는 태도는 그녀가 또 얼마나 실패했는지를 일깨워줄 것이고, 이는 분열감을 더 심하게 만들 수 있다. 그래서 위밍랑은 이 모든 모순을 스스로 떠 안기로 했다.

나는 위메이쥐안이 온화한 표정으로 했던 말이 떠올랐다.

"그 애는요, 아주아주 착하고 좋은 사람이에요."

또 한 주가 흘러 위메이쥐안을 만나는 날이 되었다. 새해를 맞이해서인지 위메이쥐안의 기분이 썩 괜찮아 보였다. 위메이쥐안은 다른 사람들을 이끌고 활동실에서 복을 비는 빨간 종이를 오려 창문에 붙이는 중이었다.

나도 위메이쥐안이 시키는 대로 일손을 도왔고, 샤오리즈는 우거지 상을 하고 이리저리 바쁘게 움직였다. 웃음이 났다. 위밍랑의 밤톨 같은 머리를 보고 나니, 위메이쥐안이 어쩌면 샤오리즈를 동생처럼 생각해 괴롭히는 게 아닌가 하는 생각이 들었던 것이다.

종이를 다 붙이고 나니 평소 하얗고 창백해 보이던 병원에 생기가 도는 듯했다. 위메이쥐안이 웃으며 숨을 돌렸다. 그리고 예전에는 새해를 어떻게 맞이했는지 물었다.

"설날에는 집에 갔죠? 병원에 안 있고?"

"네."

그녀가 웃으며 말했다.

"집에 가야지. 그게 좋지."

나는 한참을 망설이다가 이야기했다.

"동생분이 그저께 다녀갔어요."

위메이쥐안은 그대로 멈춰버렸다. 왜 이제야 왔냐며 욕을 퍼붓지도, 왜 알려주지 않았냐며 책임을 묻지도 않고 그저 가만히 멈춰버렸다.

한 오 일쯤 지났을 때 위메이쥐안이 과장에게 집에 전화를 걸고 싶다는 의사를 비쳤다. 하지만 거절당했다. 환자가 가족에게 직접 연락하는 것이 허락되지 않았기 때문이다. 과장은 자신이 직접 위밍랑에게 전화를 걸어 위메이쥐안의 의사를 전했고, 위밍랑이 병원에 찾아와 두 사람이 만나게 되었다.

곧바로 그 주 토요일에 위밍랑이 와서 위메이쥐안을 데리고 퇴원하기로 결정되었다. 사흘의 시간이 남아 있었다. 원래는 그 사흘 동안 매일 위메이쥐안을 찾아가려고 했지만, 첫날 이후로 찾아가지 않았다.

위메이쥐안이 초조해하는 것이 그대로 보였기 때문이다. 얼마나 불안하고 초조한지 심지어 말도 제대로 하지 못했다. 나를 피하는 것이 느껴졌다. 혹시 마주칠 일이 있어도 의식적으로 나를 피했다. 초조한 모습을 보여주고 싶지 않은 것이다.

금요일 저녁에야 몰래 가서 그녀를 보았다. 잠시도 멈추지 않고 창문 앞을 서성이고 있었다. 샤오리즈 말로는 이틀이나 잠을 자지 않았다고 했다. 병실의 다른 환자들은 밤새도록 시끄럽게 굴면서 구시렁거리는 그녀에게 불만이 가득했지만 내일이면 떠나는 걸 알기에 모두 꾹 참고 있었다.

병실 밖에 몰래 서서 위메이쥐안을 지켜보았다. 그녀는 왔다 갔다 하다가 이내 창밖을 바라보고 또 무슨 말인지 모를 소리를 중얼거렸다. 그러다가 침대로 돌아가 이불을 뒤집어쓰고 잔뜩 웅크리기도 했다.

위메이쥐안을 꼭 안아주고 싶었지만 꾹 참고 병실에 들어가지 않았다. 그녀는 이제 곧 '무서운 세상'으로 쫓겨나게 될 테고, 자신의 실패와 '무능'을 마주해야 한다는 불안과 초조함을 떨칠 수 없을 것이다. 그러나 그녀는 위메이쥐안이다. 위메이쥐안이 세상을 두려워한다는 건 말이 안 된다. 위메이쥐안은 아무것도 무서워하면 안 된다.

문득 그런 생각이 들었다. 이 세상은 사람들에게 얼마나 불친절한가. 새해 벽두부터 친구들에게서 안 좋은 소식이 들려온다. 정리해고를 당했다는 소식, 병에 걸렸다는 소식, 이혼하고 혼자 아이를 키우게 되었다는 소식……

셀 수 없이 많은 고난과 시련이 사람들을 짓밟는다. 그러나 두 주먹 불끈 쥐고 이 고비를 헤쳐 나가는 것 외에 무엇을 할 수 있단 말인가? 사람들은 수시로 '위메이쥐안'과 똑같은 어려움에 부닥치고, 또 그렇게 '위메이쥐안'이 된다.

막 병실 앞을 떠나려는데 갑자기 병실 안 이불 속에서 소리가 들려왔다. 들릴 듯 말 듯 작지만 자기 자신을 응원하는 소리였다.

"위메이쥐안, 빛을 향해, 돌진!"

나의 무겁던 마음에 기쁨이 차올랐다. 나는 조용히 자리를 떴다.

화창한 토요일, 위메이쥐안은 퇴원했다.

위밍랑이 위메이쥐안을 데리러 왔다. 임상2과의 문이 열리고 경보음이 시끄럽게 울렸다. 위메이쥐안은 바로 나가지 않고 문 앞에 서서 한참이나 문을 바라보았다.

내가 외쳤다.

"위메이쥐안 씨!"

위메이쥐안이 나를 돌아보더니 여느 때처럼 손을 흔들고 문을 나섰다. 너무 순식간의 일이라 마음이 진정되지 않았다.

제일 힘들어한 사람은 샤오리즈였다. 문이 열리고 닫히며 경보음이 울리는 동안 샤오리즈는 눈물을 참지 못하고 펑펑 울었다.

"결국은 가네요. 나 마조히스트야 뭐야. 간다고 하니 왜 이렇게 섭섭해. 뭐야. 과장님께 상담이라도 받아야 할까요."

나는 그의 옷깃을 잡아끌며 이야기했다.

"그만하고, 가서 침상 정리나 해. 다음 환자 오기 전에."

샤오리즈는 울먹이며 나에게 끌려 들어갔다. 임상2과의 문이 닫히고 경보음도 멎었다. 그리고 경보음보다 더 우렁찬 목청을 가진 '여전사'가 떠나갔다.

나는 앞을 향해 걷다가, 무수히도 오가던 병동의 복도에 비춰든 한겨울 햇살을 보았다. 창문에 붙은 새빨간 종이에 햇살이 비춰들어 바닥에도 빨간 물이 들었다.

무거, 너도 빛을 향해, 돌진.

정신보건센터 입원기록

입원일시 2015/10/9 9:30

담당과실	임상2과	병동	여성 병동	침상번호 3	입원번호 534
성명	위메이취안	성별	여	연령 34
보호자	위밍랑	관계	형제

주요 사항

불안. 성질이 급함. 정서불안.

인적 사항

상하이 출생. 무직. 어릴 때부터 발육이 빨랐고 교육 수준이 높음. 기업에서 관리직을 역임. 공업용 독극물, 분진, 방사성물질 접촉한 적 없음. 흡연, 음주, 약물 등 습관 없음.

경과 및 치료

5년 전 직장을 잃고 나서 초조, 불안 증세가 나타남. 안절부절못하고 감정을 통제하지 못하는 등 증세를 보임. 타인이 다니는 회사에서 난동을 피워 경찰로부터 인계됨. 의식이 또렷하지만, 이유 없이 성질을 내고, 말을 할 때 다른 사람의 의견을 듣지 않음. 강한 공격성을 보이는 말투.

정신검사

의식이 또렷하고 방향성도 명확함. 용모 단정. 조증 시기에는 매사에 너무 과하게 엄격함. 말을 한시도 쉬지 않고 텐션이 올라가 있음. 생각도 행동도 대단히 빠름. 자기 말을 반박하면 쉽게 분노함.

초진 진단

경도 조증.

서명: 왕젠
2015. 10. 9.

망상 속의 괴물
- 조현병

※ 이 글은 환자와 의사의 시각에서 각각 쓰였다.

【비화】

4월 7일, 오전 8시 반, 4시간 전

나는 침대 위에 앉아 있다. 유리창 너머 분주한 간호사실 데스크를 노려보고 있다. 흰옷에 흰 모자, 파란 옷에 파란 모자를 쓴 의사가 지나간다. 펜이 왔다 갔다 바쁘게 움직이고, 아무 소리도 들리지 않는다. 어른거리는 펜 끝만 눈으로 쫓을 뿐이다.

의사가 지나가면서 나를 힐끗 보았다.

네 시간이 남았다.

네 시간 뒤 나는 또 잠이 들 것이다. 그 전에 그놈을 찾아야 한다. 이 놀이는 지겹도록 해왔다.

내 눈알이 움직인다. 유리창을 뚫고 나간 것 같기도 하고 아닌 것 같기도 하다. 눈알하고 내 몸이 연결되어 있다는 느낌이 없다.

망했다. 그놈이 가져갔다. 그놈이 내 눈알을 빼 가서는 자기가 보는 세상을 내가 보게 만든 것이다.

그놈이 내 눈알을 누구 몸에다가 갖다 붙이려는 걸까?

뭔가 쓰고 있는 저 간호사일까, 아니면 하품하는 저 사람? 구두 신은 의사? 그놈은 눈이 너무 낮다. 나는 그놈을 잘 안다. 그놈이 좋아하는 건 머리카락이 지푸라기처럼 말라비틀어져 새끼라도 꼴 수 있을 것 같은 여자다.

나의 눈이 여기 있는 사람들을 훑어보고 있는 게 느껴진다. 하나하나 눈여겨보면서 그놈을 찾으려고 한다.

그 여자가 왔다.

이번에는 그 여자 혼자 들어왔다. 눈빛이 날카로운 류 선생은 없다. 나를 포기한 건가? 아니, 그놈을 포기한 거다. 내가 그놈을 찾을 수 없다는 걸 알아챈 것이다. 이런, 제기랄.

여자는 손에 수첩을 들고 있다. 종이 끝에 스프링이 있는 종류다. 여자는 들어오자마자 수첩을 펼쳐서 뭔가를 열심히 읽는다. 쇠로 된 스프링에서 귀에 거슬리는 마찰음이 들려온다. 아주 작은 소리지만 내 온 신경이 거기로 쏠린다. 도저히 견딜 수가 없다. 뼈를 긁어대는 것 같은 소리다. 가늘고 야윈 손가락뼈를.

여자가 아무렇지 않은 척한다. 감히 나를 쳐다보지도 못한다. 두고 봐라. 곧 자기의 본색을 드러낼 것이다. 노트 뒤에 숨은 여자는 자신의 추악함을 숨긴 목사 같다. 무식하고 우둔한 신도들보다 듣기 좋은 소리를 해대는 것뿐이다. 저 순한 양 무리 속에 어떤 것이 숨어 있을지 아무도 알 수 없다.

여자가 말을 한다. 웃는 얼굴이다.

그리고 나는 그놈을 보았다. 여자 뒤에서 한쪽 눈알을 드러내고 흠뻑 젖은 채,

나를 본다.

나는 그놈이 지금 나를 보는 건지, 아니면 내 눈동자 속의 여자를 보는 건지 분간이 되지 않는다.

저놈은 무엇을 하려는 걸까? 두말할 필요도 없다. 여자를 이용해 저놈을 잡아야 할까?

"어젯밤은 꿈이 어땠어요? 오늘도 뭐가 보이나요?"

여자의 목소리도 축축하게 젖어 있다. 저놈을 등에 업고 있어서일까? 깔려서 물속에 빠진 듯, 뚜렷하지 않은 목소리다. 괴물 같다.

내가 말한다.

"예전이랑 똑같아요."

"어떻게 똑같죠?"

"시커먼 물, 사당, 그놈들이 많아요."

"그놈들은 뭘 하나요?"

"춤을 추고 절을 하고 아마 제사를 지내는 것 같아요. 확실히 기억나지는 않지만."

여자는 바깥을 가리키며 나를 조롱한다.

"그럼 오늘 병원에서도 제사가 있는 것 같아요?"

나는 웃어야 한다. 여자도 그걸 기다리고 있을 것이다. 갑자기 그놈의 목소리가 들려왔다. 어디서 왔는지 알 수 없지만 차갑고 냉정한 음성이다.

"사람들 마음에 들지 못하면 어디서도 널 안 받아줄 거야."

그래서 나는 그녀에게 웃는다. 입꼬리를 올리는 건 거울을 보면서 연습했다. 구차하지만 사람들이 좋아하는 방식으로 말한다.

"아뇨."

여자는 고개를 끄덕이고 수첩에 뭔가를 적으면서 말한다.

"증상이 많이 나아진 것 같습니다. 이제 꿈속의 그것들도 꿈 밖으로 나오지 않잖아요. 약이 아무래도 효과가 있나 봐요."

나는 창밖을 어지럽게 오가는 그놈들과 유리창에 찰싹 기대 나를 염탐하는 그놈들을 보며 고개를 끄덕인다.

"어젯밤 꿈은 예전하고 달라진 점이 조금이라도 있나요?"

나는 잠시 생각하다가 말한다.

"있어요."

"뭡니까?"

"그놈 눈이 하나 더 많아졌어요."

"눈이 하나 더 많아져요? 어디에 있는데요?"

여자를 잠시 보다가 대답했다.

"당신 머리 위에요."

중증병동에서 나오자마자 류 선생과 맞닥뜨렸다. 류 선생은 비화 환자의 주치의다. 알이 두꺼운 안경에 무표정하고 딱딱한 얼굴이다. 원리 원칙주의자라 가끔 인정머리 없어 보이기도 하고, 지식인 같은 외양이 염세적으로 느껴지기도 한다.

류 선생이 내 눈앞에서 손을 휘휘 흔들며 말했다.

"뭐야, 왜 이렇게 넋이 나간 얼굴이야?"

나는 이마를 문지르며 물었다.

"저 여기에 눈이 달렸어요?"

"뭐라고?"

"아니에요. 아, 맞다. 시간 배정 좀 해주세요. 비화 환자가 산책하고 싶다네요."

류 선생이 의아한 듯 얼굴을 찡그렸다.

"산책? 꼼짝도 안 하는 쪽 아니었나?"

"증상이 호전돼서 그런가 보죠."

류 선생은 창문 밖에서 비화를 흘긋 보았고, 그와 눈이 마주쳤다. 그는 여느 때처럼 시선을 피했다. 류 선생은 잠시 쳐다보다가 산책 시간을 배정하러 갔다.

비화는 중증병동에서 '영면'하는 환자이다. 중증병동을 지날 때마다 그는 쥐 죽은 듯이 잠들어 있었다. 너무 조용하고 평온해서 중증병동과는 어울리지 않았다.

비화는 내가 만나본 환자들 중에서 환각이 가장 심한 축에 든다. 그는 깨어 있을 때도 꿈속에서 본 것들을 본다고 했다. 꿈은 대부분 악몽이고, 거의 괴물이 주인공이다. 그는 낮에도 '괴물'을 본다고 늘 이야기했다.

한번은 이런 이야기를 한 적이 있다. 거대한 괴수 한 마리가 우리 병원을 짓밟아서 건물이 완전히 흔적도 없이 납작해졌다는 것이다. 그래서 우리도 모두 밟혀 죽었다고 했다. 그 이야기를 할 때 서로 마주 보고 있었는데 말이다.

내가 잠깐 뜸을 들이다가 물었다.

"그럼 지금 비화 씨와 이야기하고 있는 저는 살아 있을까요? 죽었을까요?"

그는 고개를 떨구고 입을 다물었다.

늘 그랬다. 자신의 환각이 사실이 아님을 증명하는 질문을 할 때마다 그는 아무런 반응을 보이지 않았다. 이런 행동은 정신질환이 있는 사람들의 공통된 특성이다. 그들은 자신의 논리로 그럴듯한 말을 꾸며

내는 데 이골이 났을 뿐 아니라, 그들의 정신세계에서 모순되는 정보를 거부하고 무시하는 데도 능하다.

비화에게 나타난 증상의 특징은 그의 상태를 악순환에 빠지게 만들었다. 환한 대낮에 악몽에서 보았던 괴생물체가 나타나 깜짝 놀라면, 밤에 꿈을 꾸는 게 더 무섭다. 그리고 다음 날, 악몽 속의 존재가 현실에 나타나면 공포심이 극대화되고 밤에 더 심한 악몽을 꾸게 된다…….

증세가 심해지면 공포는 가지각색으로 변형되고 가공되기도 한다. 예컨대 낮에 온전한 모양의 괴물을 보았다면, 그날 밤 꿈에는 이 괴물이 갈가리 찢어지거나 잘린 모양 혹은 양이나 부피가 늘어나는 식으로 나타난다. 끝나지 않는 연속극처럼 계속해서 자꾸만 모습이 바뀌며 나타난다.

꿈속 배경은 상상력의 수준과 어느 정도 관련이 있다. 어떤 사람은 꿈을 잘 꾸지 않고 꿈을 꾸더라도 비교적 단조롭고 일반적인 데 반해, 어떤 사람은 언제나 괴상야릇하고 환상적인 꿈을 꾼다. 비화는 오랫동안 이상 증세를 겪어 왔기에 상상력이 줄기차게 발전해 왔을 터, 꿈속 배경과 상황 역시 다양하게 가공되는 수준에까지 이르렀다.

그래서 그는 일과 일상생활을 무리 없이 이어가기가 불가능했다. 물을 마시려고 하면 물이 피로 보였고, 밥을 먹을 때는 음식이 절단된 사지로 보였다. 악몽을 꾸지 않으려고 수면제를 과도하게 먹었다가 병원에 실려 가 위세척을 했고, 결국 이곳으로 오게 되었다.

내가 류 선생에게 물었다.

"비화 환자는 왜 중증병동에 입원했습니까?"

"괴물이 나를 덮친다고 생각해 봐. 제일 먼저 어떻게 하겠어?"

"도망가야죠."

"도망을 못 간다면?"

"…… 때릴까요?"

류 선생이 고개를 끄덕였다.

"그 괴물이 허공에 그냥 나타나면 그나마 괜찮겠지만, 사람 몸에 나타난다면 어떻게 할래? 병원에서 흔하게 왔다 갔다 하는 의사나 간호사에게 씌어서 나타난다면?"

"사람이 괴물로 보인다던가요?"

"오랫동안 그래 왔어. 시각적으로 이미 이상이 생긴 거지. 그 환자가 보는 사람은 우리가 보는 모습과는 완전히 달라. 집에 있을 때 자해까지 했다고 했어."

류 선생 말로는 현실에서 꿈과 같은 재난이 벌어지지 않도록 진정제를 맞고 잠에 빠지는 것 역시 환자 스스로 원했다고 했다.

그렇게 비화는 온종일 중증병동에서 깊은 잠에 빠져 있었다. 하루 네 시간씩 깨어 있는 것도 병원에서 강제하는 규정이지, 환자 자신은 한순간도 깨어 있길 원치 않았다.

"무서운 꿈을 꾸잖아요. 계속 잠을 자면 계속 악몽을 꾸지 않나요? 그런데도 꿈속에 있겠다고요?"

"그건 네가 직접 가서 물어봐."

나중에 비화가 깨어 있는 시간에 류 선생과 함께 가보았다.

내가 이유를 묻자 그가 대답했다.

"꿈속은 적어도 배는 안 고프거든요."

나는 이해한다는 듯 고개를 끄덕이고 말했다.

"사실 배가 고플 거예요. 꿈은 몸의 생리 현상을 반영하거든요. 예를 들어 소변을 보고 싶을 때, 꿈에서는 물이 나오거나 큰비가 내려요. 몸에 어디 아픈 곳이 있으면 꿈에서 그 부위를 다칠 수도 있고요. 자면서 땀을 흘리거나 열이 나면 꿈에서 난로가 나온다든지 해요. 예전에는 의사들이 꿈을 해석해 질병을 진단하기도 했어요. 스스로 깨닫지 못하는 신체적인 통증이 꿈에서는 극대화되거든요. 꿈이 경보기 역할을 하는 거죠."

비화는 여전히 고개를 푹 수그리고 있었다.

내가 계속해서 이야기했다.

"배가 고픈 상태면 무엇이든 삼키는 블랙홀이나 절대 먹을 수 없는 음식, 피가 흥건하게 고인 커다란 입, 또는 먹을 것을 대표하는 상징물 같은 것들이 꿈에 등장할 거예요."

비화가 마침내 고개를 들고 나를 보았다. 나는 웃음 지으며 물었다.

"피가 흥건한 커다란 입을 꿈에서 봤나요?"

그는 또 입을 다물었다. 낯을 가리는 듯했다. 아마 증상 때문이리라. 오랫동안 타인과 교류하지 못한 탓에 비화는 폐쇄적이고 고립된 상태였다. 나는 조금 더 다정하게 다가갔다.

"비화 씨, 좀 자주 일어나서 움직이세요. 누워만 있으면 몸이 굳어서 힘들어요. 그러면 꿈에 강시가 나오지 않을까요? 손발이 잘리는 꿈을 꿀 수도 있고요."

그러나 비화는 내 말을 귓등으로도 듣지 않고 시간만 재고 있었다. 그리고 네 시간이 지나자 즉시 간호사를 불러 진정제를 맞고 꿈속으로 가라앉았다. 꼭 무언가에 쫓기기라도 하는 것처럼.

비화의 꿈은 배경과 상황이 똑같이 반복된다는 점이 눈여겨볼 만했다. 십여 년이 지나면서 조금씩 변화는 있었지만 등장인물과 배경은 기본적으로 동일했다. 그가 현실에서 보는 것 역시 대부분이 꿈에 등장하는 괴물들이었다.

내가 물었다.

"꿈속에 뭐가 있습니까?"

비화는 초점 잃은 눈빛으로 대답했다.

"시커먼 물, 초가집, 그리고…… 물귀신이요."

"물귀신이요? 어떤 모습인가요?"

비화는 또 입을 닫아버렸고, 새까만 눈동자로 나를 주시했다. 흰자위가 유달리 하얀 그의 눈은 멍하면서도 고집스러웠다.

그런데 해가 서쪽에서 뜨려나. 아침 일찍 회진을 돌고 돌아가려는 나를 그가 불러 세웠다.

"밖에 나가서 걷고 싶어요."

비화가 처음으로 움직이고 싶다고 요청했다.

류 선생은 빠르게 조치했고, 과장도 즉시 허락했다. 사실 비화가 중증병동을 벗어나지 않으려 해도 류 선생과 과장이 나가서 걸으라고 등을 떠밀 상황이었다. 줄곧 폐쇄적으로 격리된 환경에서 잠만 자다 보니 환자의 신체 기능은 형편없는 상태였다.

비화는 관리 감독이 미치는 범위 내에서 병원 내부를 산책할 수 있게 되었다. 그를 보호하는 일은 내가 자원했다.

류 선생이 나에게 말을 건넸다.

"비화 환자를 좋아하는 것 같아."

"아주 친절하거든요."

류 선생은 이해할 수 없다는 듯 말했다.

"어디가 친절하다는 거야?"

"선생님이 매번 그렇게 무섭고 딱딱하게 대하시니까 환자도 친절하지 않은 거잖아요. 햇살처럼 밝게 웃는 저한테 친절하지 않을 사람이 누가 있겠어요."

"그냥 어디가 모자라 보이는데."

"선생님은 몰라요. 비화 환자 요즘에 아주 많이 좋아졌어요. 곧 일반 병동으로 옮길 수 있을지 누가 알아요?"

류 선생은 중증병동의 창문 너머로 환자를 바라보았다. 비화가 신발을 신고 나갈 준비를 하고 있었다. 류 선생이 잠시 후, 차분한 목소리로 이야기했다.

"두고 봐야지."

【비화】

4월 7일, 오전 9시 20분, 3시간 10분 전

결국 그 새장에서 나왔다. 그 유리창은 녹슨 난간이 틀림없다. 물때 얼룩이 묻어 있다. 그놈은 수시로 난간을 붙잡고 서서 나를 본다. 검은 물이 위에서부터 흘러 들어와 나의 깃털을 불사른다. 이제 세 시간 남았다. 저놈을 처리해야만 한다.

여자가 내 옆에서 걷는다. 흘긋 쳐다보니, 여자 뒤에 있는 놈도 나를 흘긋 본다. 여자에게 머리가 무겁지 않은지, 내가 떼어줘도 되는지 물어보고 싶다.

그런데 여자가 물었다.

"오늘은 어떻게 산책을 다 해요?"

"그냥 좀 움직이고 싶어서요."

여자가 웃는다.

"좋은 현상입니다. 계속하면 좋겠어요. 우리 아예 약속을 하죠. 매주 하루는 나와서 운동하는 거예요?"

"매주는 없습니다."

"네?"

나는 대답하지 않았다. 저런 멍청이. 오늘 바로 해결될 텐데, 나중이 어디 있단 말이야?

복도를 따라 걸었다. 검은 물에 젖지 않도록 오가는 물귀신들을 최대한 조심스럽게 피하며 걸었다. 여자는 피하지 않는다. 아무 거리낌 없이 그놈들의 몸을 그대로 통과한다. 칠흑 같은 액체가 몸을 타고 흐른다. 정말 꼴 보기 싫다. 여자를 탈수기에 돌려버리고 싶다. 하지만 꾹 참는다.

잠시 후, 여자가 내가 가는 길을 뒤따라 걷는 것을 발견했다. 거의 내 뒤를 밟고 있다. 멈춰 서서 여자를 쳐다보니, 여자가 물었다.

"그놈들을 피해서 가시는 거죠? 제가 그놈과 부딪혔잖아요? 그래서 저도 그놈들을 피하려고 뒤따라가는 중이에요."

"아닙니다."

"아닌가요? 그럼 오늘은 괴물을 몇 마리나 보셨어요?"

나는 통로에 빽빽이 들어찬 물귀신을 보면서 대답한다.

"얼마 안 돼요."

여자가 기뻐한다.

"증상이 정말 좋아지고 있네요."

우리는 계속 걸었다. 나는 더는 피하지 않는다. 물귀신의 차고 음습한 몸을 꿋꿋하게 통과한다. 견디기가 너무나 힘들었다. 악 문 잇새로 헉헉거리는 숨소리가 새어 나왔다.

엘리베이터를 탔다. 그놈이 여자의 뒤통수에 들러붙어 있다. 엘리베이터 문이 닫혔다.

엘리베이터에 비친 여자와 그놈을 보았다. 지금이 기회라는 생각이 든다. 7층에서 1층까지 가는 몇 초 사이면 여자를 문까지 밀어붙여 목덜미에서 그놈을 뜯어낼 수 있다. 재빠르게 덤빈다면, 이곳은 좁고 저놈은 방심하고 있을 테니 빠져나갈 방법이 없을 것이다.

아니면 여자의 피를 보는 방법도 있다. 여자 몸뚱이에 커다란 구멍을 뚫고 놈을 쑤셔 넣어 봉인해버리는 것이다. 그러면 수백 수천 마리 물귀신들도 따라서 여자의 몸속으로 빨려 들어갈 것이고, 놈들을 완전히 끝장낼 수 있다.

눈을 감고 호흡을 가다듬었다. 튀어나가려고 꿈틀거리는 손을 억누른다. 참자. 참자. 미끄러운 저놈을 성급하게 잡으려다 모든 걸 망칠 수는 없다.

여자 머리 위의 눈이 깜빡거린다. 바람에 나부끼는 나뭇잎 같다.

1층에 도착하자 여자가 묻는다.

"어디로 가고 싶으세요?"

"지금은 진달래가 필 때예요."

우리는 화원으로 향했다. 날이 무척 흐렸지만, 분홍 꽃 무더기들이 눈을 사로잡았다. 내가 꽃을 향해 다가가자, 여자도 그놈을 업고 따라붙었다.

여자가 말했다.

"진달래를 좋아하시나 봐요."

"외할머니가 좋아했어요."

나는 꽃송이를 하나 움켜쥐고 세게 짓이겼다. 수분이 손가락 사이로 삐져나와 흘러내리는 것이 느껴진다. 꽃송이는 짜부라져 엄지손가락에 붙어 있다. 고기에서 떨어져 나오는 것 같았다.

여자도 꽃을 만지작거린다. 그 순간, 그놈은 여자의 뒤통수에 아주 얌전하게 달라붙어 있다. 여기 있는 꽃에 완전히 정신이 팔린 놈은 평소처럼 재빠르지도 않다. 여기에 계속 있고 싶은 것이다.

나는 기쁨을 가까스로 가라앉혔다. 그래 이거다. 틀림없다. 저놈은 여기가 마음에 든 것이다. 드디어 기회가 왔다. 나는 여자에게 천천히 다가갔다. 손을 등 뒤로 돌렸지만, 검지로 엄지손톱을 문지르길 반복했다. 마치 칼을 갈듯이.

두 발짝, 한 발짝.

여자가 돌아보았다.

나는 와락 손을 뻗었다.

비화와 함께 중증병동을 벗어났다. 너무 오랫동안 외출을 안 해서인지 그는 밖으로 나오자 한참을 우두커니 서 있다가 겨우 움직이기 시작했다.

곁에 있던 나는 비화가 불규칙적으로 이동하고 있다는 걸 알게 됐다. '이동'이라는 표현을 쓸 수밖에 없다. 그의 행동은 걷는다기보다는 가로지른다거나 모로 서서 이동한다고 말하는 편이 옳았다. 게가 다리 여덟 개를 여러 방향으로 보내 이동하고 무언가로부터 도망을 가듯이 말이다.

비화를 따라서 이동하다 보니 '괴물의 진행 경로'가 어느 정도 감이 잡혔다.

그의 눈에 보이는 괴물이 꽤 적지 않은 모양이었다. 비화는 땀이 흥건할 정도로 힘들게 피해 다녔다. 게다가 가끔 나를 바라보는 시선에 불만이 가득했다. 그러면서 또 애써 무언가를 참는 것 같기도 했다.

웃음이 나려는 통에 혹시라도 그의 기분을 건드릴까 봐 뒤꽁무니를 따라 걷기 시작했다. 그러자 그가 걸음을 멈추고 나를 보았다. 조금 어색해서 내가 물었다.

"그놈들을 피해서 가시는 거죠? 제가 그놈과 부딪혔잖아요? 그래서 저도 그놈들을 피하려고 뒤따라가는 중이에요."

"아닙니다."

"아닌가요? 오늘은 괴물을 몇 마리나 보셨어요?"

"얼마 안 돼요."

나는 고개를 끄덕였다.

"증상이 정말 좋아지고 있네요."

말을 마치자 비화는 비교적 정상적으로 걷기 시작했다. 과장된 몸짓으로 이동하는 것은 관두었다. 조금 불안했다. 나 때문에 일부러 참는 걸까? 비화의 시선 속 세계는 내가 보는 것과 다르다. 내가 허공을 지나칠 때 그는 아마도 괴물을 뚫고 지나가야 한다는 두려움을 꾹 참고 있는지도 모른다. 그러나 최근 그의 병세는 확실히 회복되는 중이다. 어쩌면 보통 사람들처럼 행동하는 것이 익숙하지 않은 것일 테니 견뎌낼 시간을 더 주는 것이 마땅하다.

엘리베이터에 들어서자 비화는 문에 딱 붙어버리려는 것처럼 앞으로 바짝 다가섰다. 나와 함께 좁은 공간에 있는 것에 적응하기 힘든 듯했다. 그는 뭔가 불안한 듯 눈을 질끈 감고 심호흡을 하더니 공간 대부분을 나에게 내어주었다.

지켜보던 나는 비화가 깨지기 쉬운 물건 같다는 생각이 들어 가엾기까지 했다.

내가 물었다.

"어디로 가고 싶으세요?"

"지금은 진달래가 필 때예요."

나는 멈칫했다. 비화가 자발적으로 자기 생각을 드러낸 게 처음이었기 때문이다. 평소 그는 질문하면 일반적인 답변만 마지못해서 하곤 했다. 반가운 마음이 들어 그를 데리고 화원으로 향했다. 가는 길에 말을 걸어보았다.

"꿈은 인간의 잠재의식 속에 억압된 바람이기도 해요. 그 바람이 위장된 형태로 꿈에 나타나면 해석이 가능해지죠. 우리가 꿈에서 보는 것들은 보통 변형된 상징물이라고 하는데, 꿈에 나오는 물귀신이 무엇을 상징하는지 생각해보신 적 있으세요?"

비화는 말없이 고개만 떨구고 있었다. 나는 계속 이야기했다.

"장기간 같은 배경의 꿈을 반복해서 꾸는 것은 무슨 의미가 있을 겁니다. 그 의미가 뭔지 알고 나면 증상이 훨씬 호전될 수 있을 거고요."

비화는 여전히 입을 꾹 닫고 있었다.

나는 잠시 그를 보다가 말을 이었다.

"그런데 참 신기하네요. 꿈에서 본 것들을 볼 수 있다고 하셨는데, 그러기 위해서는 지각 능력도 좋아야 하지만 기억력이 특출해야 하거든요. 사람들은 대부분 자기가 꾼 꿈을 기억하지 못해요. 어떻게 그게 가능하세요?"

꿈 역시 처리해야 할 정보이다. 인간은 거의 매일 꿈을 꾸는데, 그토록 방대한 정보를 모두 저장하고 가공한다면 그야말로 뇌가 붕괴할 지경에 이를 것이다. 우리의 대뇌는 경중을 따져 정보를 선별한다. 이 과정에서 대뇌의 기억을 담당하는 모듈은 꿈 대부분을 깨끗하게 삭제하고 메모리를 비운다. 더 중요한 정보를 위해 가공 공간을 남겨 두는 것이다. 우리가 잠에서 깨어 시간이 지나면 꿈을 기억하지 못하게 되는 이유가 바로 이것이다. 인상 깊은 꿈은 모두 대뇌가 정보를 선별할 때 기억에 더 깊이 새겨진 것이며, 저장해야 할 '중요한' 정보로 확인된 경우이다.

비화가 그제야 대답했다.

"모르겠습니다. 그것들은 마음대로 튀어나오는 거라서요."

나는 웃으며 말했다.

"그 말씀은 좀 걱정이 됩니다. 제 얘기 좀 들어보실래요? 사실 환자분이 보는 것 대부분이 계속해서 꿈에 나타나는 그 물귀신이잖아요. 다른 꿈을 꿀 때도 물귀신과 관련지어 꿈을 가공하는 것 같아요. 그것들이 아주 익숙하니까 기억이 별로 지워지지 않는 겁니다. 그래서 꿈속에 나온 그것들을 그렇게 명확하게 기억할 수 있고 계속해서 보게 되는 거죠."

"비화 씨는 꿈속에서 본 것 전부를 현실에서 보는 게 아니에요. 현실에서 그 꿈 하나만을 반복해서 보는 거죠. 혹시 일부러 반복하는 건가요?"

비화는 인상을 찌푸리며 대답하지 않았다. 무슨 말인지도 모르고 듣고 싶지 않으니 헛소리 집어치우라는 기색이 역력했다. 나는 조금 더 둘러서 말했다.

"어떤 바람이 억눌리는 이유는 보통 의식의 불안감을 끌어내기 때문이에요. 그래서 의식으로 나오지 못하고 잠재의식의 영역으로 쫓겨나죠. 하지만 그 바람은 여전히 무언가를 표현하고 싶어 해요. 그래서 모습을 바꿔서 꿈속에 등장하는 거예요. 의식의 눈을 피할 수도 있고, 자기 모습을 드러낼 수도 있으니까요. 목적을 위해서 한발 양보하는 셈이죠…… 비화 씨, 계속해서 같은 꿈을 꾸는 건 어떤 소망이나 바람이 억눌린 게 아닐까요?"

"스스로 받아들일 수 없는 어떤 소원이라든지."

비화가 잠시 뭔가 생각하더니 발걸음을 옮겼다.

"본인이 그렇듯이 그 바람을 억울하게 내버려 둘 건가요? 자신을 내 보일 수도 없고, 인정받지도 못하게 시커먼 어둠 속에 언제까지고 가 둬 두니까 비화 씨가 환한 대낮에도 괴물을 보는 겁니다."

그가 멈추어 섰다.

왠지 긴장되었다. 사실 그를 이해하지 못하면서 운에 맡겨보는 심정으로 해본 말이었다. 하지만 그 순간, 이론에 사람을 끼워 맞추는 나 자신이 아주 못된 인간처럼 느껴졌다.

비화는 이내 다시 걷기 시작했다. 빈틈이라고는 없는, 절대 부서질 수 없는 존재처럼 보였다. 이렇게 오랜 세월 괴물도 견뎌낸 사람인데 내 말 몇 마디가 무슨 대수일까.

오랫동안 어둠 속에서 헤맨 사람에게는 어둠이 바로 그 사람을 단련시키는 무공이다. 자신은 의식하지 못했겠지만 그에게는 어둠이 필요하다. 증상은 환자가 삶을 유지하도록 돕는다. '증상은 생존을 위함이다'라는 인식은 정신분석의 기초이다. 환자에게는 이 증상이 필요하기 때문에 있으며, 불필요해지면 증상은 자연스레 사라진다. 쓸모없는 기관이 스스로 퇴화하는 것처럼 말이다.

그를 따라가며 물었다.

"그럼 그 꿈에 관해 이야기 좀 해주세요. 그건 괜찮죠?"

비화는 몇 발짝 앞서 나아가더니 대답했다.

"시커먼 물, 초가집, 물귀신."

그의 꿈은 언제나 이 세 가지를 둘러싸고 반복되었다. 그러나 한 번도 자세하게 설명한 적은 없다. 의사소통 능력이 부족해서만은 아닌 듯하고 이 꿈에 관해 공개적으로 이야기하는 걸 꺼리는 것 같았다. 가끔은 비화가 나를 과하게 경계하고, 자신의 꿈에 관한 어떤 해석도 막는다는 의심이 들기도 했다.

사실 이것 역시 의식적 불안감이 분명하다. 그는 자신의 바람이 수면으로 떠올라 스스로 알게 되는 것을 허락하지 않았다.

그 짧은 단어들로 대충 그림을 그려보는 수밖에 없었다. 칠흑같이 시커먼 숲에 달빛조차 없는 밤, 초가집의 적막을 시커먼 물이 깨트린다. 도도하게 흐르는 물가로 물귀신이 나타나 숲과 검은 강을 오간다.

그의 꿈에는 중요한 이미지가 하나 더 있는데, 바로 눈이다. 장소는 자꾸 바뀌지만, 눈은 늘 등장한다. 그는 그 눈이 물귀신의 몸에서 돋아나기도 하고, 산속에 빽빽하게 들어찬 나뭇잎으로 변하기도 하고, 그의 발밑에 생겨나기도 하고, 또 검은 물속으로 흘러내리기도 한다고 했다.

"그 물귀신들은 주로 뭘 하나요?"

그는 뒤로 돌더니, 눈이 있다고 했던 나의 이마를 바라보았다.

"나를 따라와요."

"…… 왜 따라올까요?"

그는 대답이 없었다.

화원에 도착했다. 바람도 따뜻하고 날씨도 좋고 식물들도 초록으로 빛났다. 숨을 한번 크게 들이마시고 이야기했다.

"햇볕이 너무 좋아요."

비화가 하늘을 올려다보았다.

"그런가요. 어두컴컴한데."

당황한 나는 그를 따라 하늘을 올려다보았다. 햇빛에 눈이 부셨다.

"뭐가 보이나요?"

"시커먼 물이 하늘에 꽉 찼어요."

나는 실눈을 겨우 뜨고 있는데, 비화는 눈을 똑바로 뜨고 태연자약하게 하늘을 노려보고 있었다. 강한 빛의 자극에 나타나는 신경 반응이 전혀 없었다. 정말 시커먼 강물을 보고 있는 것처럼. 등골이 오싹했다.

빨갛게 핀 꽃을 향해 다가서는 그의 뒤를 따랐다.

"진달래를 좋아하시나 봐요."

"외할머니가 좋아했어요."

비화가 꽃송이를 만지며 보는 사이에 나도 꽃을 구경했다. 잠시 후, 뒤에서 들리는 발소리에 돌아섰다. 비화가 가까이 다가와 있었다.

눈부신 햇살 때문인지 그의 얼굴이 험상궂게 보였다. 분명 나를 적대시하는 눈빛이었다. 그런데 다시 자세히 보니 낯을 가리는 아이의 표정, 주눅 든 눈빛으로 돌아와 있었다.

그가 나에게 손을 뻗어 손가락을 내보였다. 손끝에 꽃잎이 뭉개져 있었다. 꽃을 후벼 파 짓이겼는지 수분은 없어지고 칙칙하게 찌들어 있었다. 꽃의 색소가 피부에 물들어 피가 배어 나온 것처럼 보였다.

내가 그의 손끝에서 꽃잎을 떼어내며 물었다.

"좋아하는 걸 이렇게 망가트리는 건 누가 가르쳐줬나요?"

비화는 나무토막처럼 그 자리에 굳어버렸다.

나는 안쓰러운 마음에 진달래 한 송이를 따서 건넸다. 그는 벌벌 떨며 꽃을 받았다. 불량품을 진귀한 선물로 바꾼 듯 어찌할 바를 몰랐다.

잔뜩 겁먹은 표정을 보면서 그가 했던 말이 떠올랐다. 어릴 때는 그 괴물들이 진짜라고 생각해 자신이 귀신과 통한다고 생각했다는 얘기였다. 그렇지 않다는 걸 언제 알았냐고 물었었다. 그는 한참이나 망설였다.

"귀신과 통하면 어떻게 매일 똑같은 귀신만 보겠어요."

"똑같은 귀신? 누구요?"

그가 말한 귀신이 매번 꿈에 나온다는 물귀신인지 다른 귀신인지 확실하지 않았다. 그러나 그는 더는 아무 답변도 하지 않았다.

비화는 사람들과 어울리지도 않고 온종일 환각 속의 괴물을 피해 다니느라 바빴다. 치료 기간이긴 하지만 꿈속에 있는 시간이 깨어 있는 현실의 시간보다 훨씬 길었고, 그에게는 꿈속의 괴물이 차라리 더 진실하고 친밀한 존재인지도 몰랐다. 그런 생각이 들었다. 그들은 서로 자주 만나서 교류하고 상호 작용을 하는 사이가 아닌가, 이렇게 오랜 세월이 지나는 동안 그와 가장 오래 함께한 존재는 사실 그 '괴물', 그러니까 꿈속의 물귀신이 아니겠느냐 말이다.

이번에도 평소처럼 그가 입을 꾹 닫고 있겠다고 생각하며 물었다. 그런데 생각지도 못하게 그가 입을 열었다.

"놀아요."

나는 깜짝 놀랐다.

"그놈들과 논다고요? 뭘 하면서요?"

"술래잡기요."

"잡으면 놀이가 끝나고 그놈이 없어져요."

더 놀라웠다. 꿈속에 등장하는 존재와 약속을 하는 것은 결코 좋은 징조가 아니다. 환자가 깊게 몰입할수록 환각은 떨치기 어렵다. 게다가 그는 분명 '그놈들'이 아니라 '그놈'이라고 했다.

"그놈? 같이 술래잡기를 하는 건 하나뿐인가요?"

비화가 답하지 않아 계속해서 캐물었다.

"그럼 비화 씨는 그놈을 잡았어요?"

나를 빤히 바라보던 그가 대답했다.

"곧이요."

그는 수상한 눈빛으로 나에게 한 걸음 다가왔다.

"무거."

뒤를 돌아보니 류 선생이 와 있었다.

"안 오겠다고 하셨잖아요?"

"농땡이 피울 줄 알고 왔지."

류 선생은 내 말에 대답하면서도 비화에게서 눈길을 거두지 않았다. 비화는 류 선생이 불편한 듯 자리를 피했다.

"선생님도 실격이긴 마찬가지예요. 환자가 저렇게 주치의를 싫어하다니."

"네가 정신안정제라도 돼? 환자들한테 귀염받아서 뭐하려고?"

우리는 한쪽에 서서 비화가 진달래꽃밭에서 돌아다니는 모습을 지켜보았다.

고개를 들고 눈부신 하늘을 바라보며 물었다.

"전 세계 수많은 신화에서 검은 물이 뭘 뜻하는지 아세요?"

"뭔데?"

"저승의 강이요. 죽은 사람들은 검은 강을 건너야 환생할 수 있대요."

류 선생은 잠자코 있었다. 내가 그를 돌아보았다.

"비화 가족 중에 돌아가신 분이 있나요?"

류 선생이 인상을 찌푸렸다.

"무슨 말이야? 신화와 이 케이스를 연관 지으려고? 그건 너무 비약이지."

나는 고개를 저었다.

"융이 말년에 신화를 연구했잖아요. 신화는 집단 무의식의 투사이고, 우리 생명의 일부는 현재를 살아가고 있지만 다른 일부는 과거와 연결된다고 했죠. 가장 흔하게 볼 수 있는 연결은 바로 꿈이라고요. 인간이 꿈을 꾸는 데는 원인과 이유가 있고, 신화적 상징이 꿈을 통해 전달된다고 했고요."

"난 융을 연구한 적이 없어서 말이야. 꿈은 대뇌피질의 활동 차이 때문에 생기는 산물일 뿐이야."

"생물학적 연구를 하는 분들의 말씀도 맞죠. 하지만 시야를 넓게 가질수록 더 많은 길이 보이는 법이잖아요. 십수 년 동안 같은 꿈을 반복하는 데는 분명 원인이 있을 거예요."

류 선생이 나의 말을 막았다.

"나는 너한테 문제가 있는 것 같은데."

"어떤 문제요?"

"왜 그런지 묻는 걸 좋아하잖아. 정신과는 보통 무엇인지, 어떻게 할지를 고민하지 왜 그런지는 묻지 않던데."

나는 잠시 뜸을 들이고 반문했다.

"왜 그런지를 묻지 않으면 어떻게 할지를 어떻게 알겠어요?"

류 선생은 피식 웃고는 고개를 저으며 가버렸다.

산책 시간이 끝나 비화는 병실로 돌아갔다. 나는 비화의 진료 기록을 다시 꺼내 가족 정보를 살펴보았다. 그 전에도 딱히 특이한 점은 없었다. 부모 모두 살아 있었고, 비화 자신은 결혼한 적도 특별히 큰 병을 앓은 적도 없었다.

몇 번이나 다시 살펴보았지만, 가족의 죽음에 관한 특별한 기록은 없었다.

그런데 갑자기 화원에서 그가 했던 말이 떠올랐다.

"외할머니가 좋아했어요."

조부모에 관한 기록은 내용이 거의 없었다. 비화가 별다른 이야기를 하지 않았기에 기록은 한두 마디가 전부였다. 그런데 나는 경악하고야 말았다. 거기에 있는 외할머니의 이름이 '진달래'를 뜻하는 두쥐안(杜鵑)이었다.

비화의 외할머니는 십이 년 전에 사망했고, 비화가 반복되는 꿈을 꾸기 시작한 때와 들어맞았다.

【비화】

4월 7일, 오전 11시, 1시간 30분 전

나는 침대에 앉아 있다. 손에 진달래 한 송이를 쥐고 있다. 가지고 들어온 지 오 분밖에 되지 않았는데 벌써 시들기 시작했다.

초조해서 견딜 수가 없다. 손톱으로 침대의 테두리를 긁었더니 삭은 쇳조각과 부스러기가 바닥으로 떨어진다. 구역질이 올라온다. 쇳조각을 발로 짓이겨서 발바닥에 묻혔다. 온몸이 견딜 수 없게 거북하다. 온 힘을 다해서 발을 비볐다. 땅바닥에서 열이 나고 발바닥이 뻐근하게 아프다. 나는 점점 더 빠르게 발을 비빈다.

이제 1시간 30분이 남았다.

이런, 망할.

제기랄.

제기랄.

진달래가 바닥으로 떨어졌다. 그걸 쳐다보니, 축 늘어진 분홍 꽃송이 속에서 갑자기 그 여자가 나타났다. 생기 없이 엉겨 붙은 잿빛 머리칼, 칙칙한 옷감으로 만든 옷, 늙은이 티가 확 나는 모습.

여자가 웃으며 나에게 묻는다.

"우리 비화, 진달래가 좋구나."

꼬마 아이가 큼지막한 진달래를 보면서 까르르 웃는다.

"좋아요."

아이의 눈앞에서 하늘거리는 붉은 꽃나무는 여자가 휘두른 단 한 번의 낫에 베였다. 여자는 나무를 베는 것도 모자라 아예 뿌리째 뽑아버렸다. 초록과 분홍이 땅바닥을 온통 어지럽혔다.

여자는 꽃을 한 아름 쥐고 아이와 함께 초가집으로 돌아간다. 그리고 붉은 꽃을 나무 탁자 위 그릇 속에 넣고 기다란 방망이로 찧기 시작한다. 여자는 한 번 방망이질할 때마다 아이를 한 번 바라본다. 아이가 달아나면 여자는 아이를 붙잡아 와 앉히고 꽃을 다 찧을 때까지 보게 한다. 그리고 찧은 걸 뜨거운 물에 넣어 아이의 눈앞에 갖다 놓는다.

"마셔."

붉은 꽃의 즙이 피처럼 번진다. 아이는 그 안에 있는 개미가 아직도 살아 움직이는 걸 본다.

"마셔."

아이가 물을 마신다.

여자는 손을 가득 물들인 꽃물을 배에 닦아내고는 아이의 머리를 쓰다듬는다. 아이는 여자의 옷에 찍힌 손자국을 보면서 돼지를 잡은 피 같다고 생각한다.

그리고 진달래를 짓이기던 방망이를 조심스레 쳐다보면서 저게 언제 자기를 내려칠지 가늠해본다.

나는 정신을 차리고 큰일이라도 난 듯 붉은 꽃에서 멀리 떨어졌다.

"좋아하는 걸 이렇게 망가트리는 건 누가 가르쳐줬나요?"

물속에 빠진 괴물 같은 목소리가 또 나를 찾아왔다. 몹시 침울해진 내가 고개를 들어보니, 그놈이 유리창 위에 또 나타났다. 아니, 난간 위에 나타났다.

그놈은 무언가를 문득 평온하게 나를 바라본다. 그 시커먼 얼굴에 불만이 가득한 것이 보인다. 이렇게 말하는 것 같다.

"왜 가만히 있어?"

나는 필사적으로 놈을 노려보았다.

"나를 잡지 못하면 나한테서 벗어날 수도 없어."

"잡을 수 있어."

"넌 못 해."

"할 수 있어."

"넌 못 한다고."

나는 창문으로 달려들었다. 놈이 웃었다.

"넌 어릴 때부터 그렇게 멍청했어. 잘하는 것도 하나 없고. 사람들 마음에 들지 못하면 어디서도 널 안 받아줄 거야. 봤어? 저들도 지금 이야기하잖아. 너를 내쫓으려고."

의사와 간호사가 삼삼오오 모여서 나를 보며 귓속말을 주고받는 것이 보였다. 눈길을 피하는 것 같지만 노골적인 시선이었다. 그들은 나를 무대 위에 세우고 격한 반응을 보려는 것이다. 숙덕거리는 모습을 들키든지 말든지 신경 쓰지 않는다. 내가 봐도 모를 거라고, 아니면 알아도 어쩔 수 없다고 생각하는 게 틀림없다. 어쨌든 나는 새장에 갇힌 새일 뿐이니까.

"어서, 시간 없어. 그럼 또 꿈에서 만날까."

그놈이 웃는다.

"아, 사실은 손꼽아 기다리고 있구나. 거기야말로 네 세상이니까."

말을 마친 놈이 어느새 자취를 감추었다. 밖에 가득 들어찬 물귀신 사이로 섞여들어, 그놈들 속 곳곳에 눈을 박아 두었다. 나는 놈을 찾을 수 없지만, 놈은 시시각각 나를 주시한다.

술래잡기가 또 시작되었다. 꿈속과 같은 현실이다.

눈앞에 또 그 산, 그 초가집이 나타났다. 등불조차 없는 황량한 밤이다. 울며불며 소리를 지르는 아이에게 아무도 대답하지 않는다. 아이는 산에서 초가집으로, 초가집에서 산으로 여기저기를 찾아 헤매지만 아무것도 찾을 수 없다.

검은 강만이 제 모습을 드러내고 있다.

여자가 화를 내면 아이는 하늘이 무너지는 것 같았다.

날이 밝고, 온몸이 흙투성이가 된 아이는 드디어 여자를 발견한다. 여자는 환하게 웃으며 나타난다. 밤새 아이를 버려둔 적 없었다는 듯이. 그리고 묻는다.

"어쩌다 이렇게 됐어?"

아이는 여자의 품에서 잔뜩 웅크린 채 아무 말도 하지 못한다. 그저 그녀를 꼭 붙잡을 뿐이다. 여자는 만족스럽다는 듯, 아이가 자기를 필요로 하는 이 순간을 마음껏 즐긴다. 아이는 온몸을 덜덜 떤다. 밤의 어둠 탓인지 그녀 탓인지 알 수 없다.

병실 문이 열린다. 여자가 다급하게 다가와 묻는다.

"무슨 일이에요? 유리를 깨트렸어요?"

한참이나 여자를 보았다. 그리고 이제 깨닫는다. 그놈이 여자 뒤에 붙어 있는 것이 아니다.

여자가 바로 그놈이다.

여자가 바로 내가 찾던 물귀신이다. 나뭇잎 같은 눈동자가 온 산에 흩뿌려져 있다. 아주 촘촘하게. 그 어디에 있어도 여자의 시선을 피할 수 없다.

내가 다가가자, 여자는 무방비하게 나에게 붙잡힌다.

술래잡기는 끝났다.

비화가 나를 단단히 붙잡았다.

류 선생은 밖에서 대기 중이었고, 보안요원은 언제라도 들이닥칠 수 있도록 무장 중이었다. 중증2과는 그야말로 일촉즉발의 상황이었다. 진료과장도 한달음에 달려와 상황을 보더니 침착하게 말문을 열었다.

"비화 씨, 뭐 하는 건가요? 그러면 의사가 아플 거예요. 우선 놓아주시죠."

비화는 아무것도 들리지 않는 듯했다.

나는 붙잡혀 있긴 해도 말하는 데는 문제가 없었다. 최대한 차분하게 말했다.

"비화 씨, 난 외할머니가 아니에요."

그가 긴장하는 것이 느껴졌지만 표정은 보이지 않았다.

"손이 떨리네요. 우선 나 좀 놔줘요. 이러고 싶은 게 아니잖아요?"

그는 꼼짝도 하지 않았다.

조심스럽게 손을 들어 올려 비화의 손등을 쳤다. 그가 반사적으로 손에 힘을 더 주었고, 나는 숨이 막혀 왔다.

"…… 그게 정상이에요. 그냥 나에게 감정을 이입했을 뿐이에요. 우리가 했던 얘기 때문에 외할머니를 향한 마음을 나에게 쏟아낸 것뿐이에요. 괜찮아요. 비화 씨는 아무 잘못도 없어요. 그냥 할머니가 보고 싶었던 거예요."

"보고 싶지 않습니다."

"보고 싶어 해도 돼요."

"보고 싶지 않아요."

"…… 좋아요. 보고 싶지 않은 거예요……. 우선 나 좀 놔줘요. 보고 싶지도 않고, 나는 할머니도 아니에요. 할머니는 여기 안 계셔요."

잠시 후 비화가 손을 풀었다. 나는 얼른 몸을 피하는 대신 한 발짝 물러서서 그를 돌아보았다.

류 선생과 보안요원이 들어왔다.

과장이 류 선생에게 물었다.

"어떻게 된 거야? 증상이 많이 호전됐다고 하지 않았어?"

내가 기침을 하면서 대답했다.

"제가 많이 호전됐다고 말씀드렸습니다."

"자네한테 묻지 않았네!"

과장은 류 선생을 계속 다그쳤다.

"무거는 아무것도 모르는 인턴이라지만, 류 선생 자네는 뭔가?"

류 선생이 고개를 푹 숙였다.

"제 잘못입니다."

감히 나설 수 없었다. 과장이 저렇게 화를 내는 건 본 적이 없다. 평소에도 '저승사자' 같아서 화를 내지 않고도 충분히 무시무시한 상사였기 때문이다.

류 선생이 과장을 따라가고 보안요원들은 한쪽에 서 있었다. 비화는 침대 위에 말없이 앉아 있었고, 침대 아래는 짓이겨진 꽃송이가 뒹굴며 바닥을 물들여 살육의 현장을 방불케 했다. 내가 그에게 건넨 그 꽃이었다.

병실로 들어서면서 이미 보았다. 그가 미친 듯이 달려든 유리창은 산산조각이 났고, 깨진 유리에는 핏자국까지 남아 있었다. 땅바닥에 내팽개쳐진 꽃을 보았을 때 나는 위기감을 느꼈다. 그러나 때는 이미 늦었다. 나를 보는 비화의 눈빛에서 애틋함이 보였고, 그게 나를 망설이게 했다. 결국 그가 나를 붙잡았다.

그리고 그가 아주 작은 소리로 혼잣말하는 걸 들었다.

"술래잡기는 끝났어."

잠시 그를 지켜보았다. 조금 전 발톱을 세운 짐승처럼 나의 목을 위협했던 흉악한 사람이 지금은 또 잔뜩 겁을 집어먹고 위축된 모습이었다. 목덜미에 남은 통증만 아니라면 조금 전 일이 모두 환각이 아닌지 헷갈릴 정도였다.

"지금은 물귀신이 얼마나 보여요?"

비화가 한참 후에야 대답했다.

"곳곳에 쫙 깔렸어요."

나는 인상을 찌푸리며 물었다.

"왜 나한테는 증상이 좋아진 척한 거예요?"

비화는 대답하지 않았다.

나는 그제야 알아차렸다. 비화는 입원한 후로 지금까지 증상이 하루가 다르게 좋아졌고, 모든 것이 너무 순조로웠다. 매일 회진이 있을 때마다 그는 환각이 점차 줄어든다고 했고, 신체적인 반응도 별다른 저항이 나타나지 않았다. 모두 그에게 속은 것이었다.

그런데 몸이 편안하고 괜찮은 척하기 위해서 비화는 엄청난 고통을 감내해야 했을 것이다. 왜 그렇게까지 했을까?

"병을 치료하러 온 거잖아요. 증상에 관해 거짓말을 하는 건 아무 도움이 안 됩니다."

한참 후에야 그가 입을 열었다.

"좋아지지 않으면 병원에 계속 있을 수 없잖아요."

의아했다.

"왜 그런 생각을 하는 거예요?"

비화는 또 묵묵부답이었다. 나는 보안요원들에게 양해를 구했다.

"잠시 나가 계실 수 있을까요? 몇 가지 질문만 하고 다시 부를게요."

보안요원들은 비화의 한쪽 손을 침대에 수갑으로 채우고 밖으로 나갔다.

나는 의자를 가져다가 앞에 앉았다. 그와 안전거리를 확보하고 질문을 시작했다.

"병원에서 예상하는 만큼 호전되지 않으면 쫓겨난다고 생각하나요?"

비화가 고개를 끄덕였다.

"왜 그렇게 생각해요?"

대답이 없었다. 나는 시뻘게진 목을 가리키며 이야기했다.

"이렇게 해놓고도 대답을 안 할 거예요?"

비화는 내 시선을 피하며 겨우 이야기했다.

"사람들 마음에 들지 못하면 어디서도 나를 안 받아주니까요."

"누가 그런 말을 했나요?"

비화가 한참 뜸을 들이다가 대답했다.

"외할머니요."

나는 어리둥절했다.

"외할머니는 어떤 분이셨어요?"

또 말이 없었다. 진료 기록에서 본 내용이 떠올랐다.

"어렸을 때 외할머니하고 산골에서 살았던 거 알아요. 부모님이 일 때문에 바빠서 할머니한테 맡기신 거예요?"

"네."

"외할아버지는요?"

"외할아버지는 없어요."

"무슨 뜻이에요?"

"아무도 할머니를 좋아하지 않았어요. 우리 엄마는 사생아고요."

뭐라고 말을 이어야 할지 난감했다.

"전부 할머니를 싫어했어요. 마을 사람들도, 우리 부모님도요. 그래서 혼자 거기 버려진 거예요. 죽든 말든 아무 신경도 안 썼어요."

"정말 아무 신경 안 쓴 거라면 비화 씨를 어떻게 거기로 보냈겠어요."

비화가 피식 웃었다.

"나도 같이 죽으라고 그랬나 보죠."

"같이 술래잡기를 한 건 할머니예요? 비화 씨가 잡으려고 했던 그 물귀신."

비화의 입이 또 굳게 닫혔다.

"날 붙잡았잖아요. 나를 할머니라고 생각했고. 그러니까 비화 씨가 붙잡고 싶었던 건 외할머니라는 뜻인데, 할머니가 그 물귀신이에요?"

비화는 한눈에 보기에도 저항하고 있었다. 이 화제를 어서 끝내고 싶어 했고 불안해하고 있었다. 그가 그럴수록 내 생각은 더 명확해졌다. 그의 억눌린 바람에 가까워지고 있었다. 그의 의식은 어떻게든 이 생각을 밀어내려 했고, 자신의 소망이 수면 위로 떠오르는 것을 필사적으로 거부하고 있었다.

나는 조심스럽게 접근했다. 그를 자극하지 않으려고 말투도 나긋나긋하게 했다.

"할머니 이야기 좀 들려주세요. 뭐든지 괜찮아요. 비화 씨 마음속에 있는 할머니요."

시간이 얼마나 흘렀을까. 드디어 비화가 입을 열었다.

"머리카락이 푸석푸석해요. 지푸라기처럼."

그의 시선은 땅바닥에 짓이겨진 검붉은 꽃을 향해 있었다.

"저것처럼요."

"할머니 머리가 저렇다는 건가요? 아니면 할머니가?"

비화는 대답하지 않았다.

"꽃은 왜 저렇게 했어요? 비화 씨도 진달래를 좋아하잖아요."

이번에는 그가 다급하게 말을 받았다.

"할머니가 그렇게 했어요. 산에서 진달래를 꺾고 뽑아왔어요. 마을 사람들도 못 막아요. 할머니는 내가 보는 앞에서 진달래를 다 찢고 나한테 그걸 마시라고 했어요."

당황스러웠다. 오늘 그에게 좋아하는 걸 망가트리는 건 누구에게 배웠냐고 물었던 기억이 났다. 그게 바로 외할머니였다니.

비화는 낮은 소리로 두서없이 횡설수설했다. 그러나 어린 시절의 비화와 모든 사람이 싫어했던 미치광이 외할머니의 모습이 그림처럼 그려졌다.

"할머니를 싫어하면서 왜 그렇게 찾고 싶어 해요? 그 물귀신은 꿈속에서 몇 년이나 나타났잖아요. 어째서 아직 찾고 있는 거예요?"

"계속 찾는 거예요."

"무슨 뜻이죠?"

"노는 거예요. 어릴 때부터 계속 그렇게 놀았어요. 외할머니를 찾는 거예요."

"외할머니를 찾아요?"

"내가 말을 안 들어서 화가 나면 할머니가 없어져요. 그러면 아무데서도 못 찾아요. 초가집에도 없고 산에도 없어요. 말 안 듣는 아이는 아무도 안 데려간다고 할머니가 그랬어요. 그래서 저는 한 번도 할머니를 찾아낸 적이 없어요. 할머니가 다시 돌아오기만 기다려야 해요."

이야기를 듣고 나니 비화가 물귀신과 한다는 술래잡기가 이해되었다. 사람이 어릴 때 입은 상처는 훗날까지 계속 괴롭힌다. 한번 빠져나오지 못한 구덩이가 평생 발목을 잡듯 할머니를 찾는 데 실패한 아이는 술래잡기의 굴레에서 평생 벗어나지 못한 것이다.

"그럼 할머니는 또 언제 다시 나타나요?"

"이틀 후에? 사흘 후에? 기억이 잘 안 나요. 배고파서 기절했다가 깨면 돌아와 있던 적도 있어요."

"할머니는 어떻게 돌아가셨나요?"

또 말이 없어졌다. 내가 곁에서 잠자코 있자 그가 한참 만에 말을 꺼냈다.

"어릴 때 물에 빠진 적이 있어요. 할머니를 찾으러 갔는데 밤이었거든요. 강이 시커멓고 아주 세차게 흘렀어요. 거기서 거의 죽을 뻔했어요."

"마을 사람들이 그랬어요. 물귀신이 나를 구해 올렸다고."

"그걸 믿어요?"

"우리 부모님도 그렇게 말했어요."

또 침묵이 흘렀다.

"할머니는 그날 밤에 죽었어요."

고개를 들어 그를 바라보았다. 불안한 예감이 들었다.

"어떻게 죽었는지 아무도 말을 안 해줬어요. 그리고 부모님이 나를
데리고 갔어요."

나는 조용히 그의 말을 기다렸다.

"그런데 할머니는 날 따라왔을 거예요. 내가 찾으려고 할 때마다 몰
래 내 뒤를 따라왔거든요."

그리고 아무도 말이 없었다. 할머니가 돌아가신 것처럼 기억도 거기
에서 끊겼다. 할머니에게 남은 생이 없듯, 비화의 미래도 영원히 그 순
간에 매몰되었다.

꿈에 나타나는 눈과 관련된 이미지의 출처를 깨달았다. 그 눈은 모
두 할머니의 눈이었다. 남몰래 비화의 뒤를 따라다니는 눈.

자리에서 일어선 나에게 비화가 물었다.

"물귀신이 나를 구해올렸겠죠?"

어떻게 대답해야 할지 알 수 없었다.

병실을 나오는데 다리가 풀렸다. 휑한 병원 복도를 보고 있자니 그
검은 물이 보이는 것 같았다.

이마를 문질러보았다. 진짜 눈이라도 달린 듯했다. 아이가 어두컴컴

한 물로 곤두박질치는 장면이 보였다. 그 앞으로 달려갔지만, 아이는 다시 위로 올라오지 않았다.

마을 사람들은 모두 두쥐안 할머니를 싫어했고, 그녀의 죽음을 좋게 포장하고 싶지 않았다. 아이의 부모 역시 할머니를 싫어했기에 물귀신 이야기를 지어내 아이를 속였다. 이들은 어떤 식으로든 두쥐안이 기억될 만한 존재로 남기를 바라지 않았다.

비화는 할머니가 보고 싶었다. 하지만 그가 보고 싶은 것은 사람들이 싫어하던 모습의 할머니가 아니었다. 그래서 무려 십 년이나 되는 긴 꿈을 꾸며 물귀신 모습으로 할머니를 자신의 꿈속에 꼭꼭 숨겨 두었다.

【비화】

4월 7일, 오전 12시 29분, 1분 전

진정제가 천천히 혈관을 타고 들어온다. 곧 잠에 빠져들 것이다.
술래잡기에서 지고 말았다.
놀랍지는 않다.
내가 아무리 몸부림을 쳐도 소용이 없었다.
졸음이 밀려온다. 그 어둡고 시커먼 물과 함께.
곤히 잠에 곯아떨어졌다.
꿈속에서 나는 그 초가집으로 돌아가 있다.
또 할머니를 화나게 했다. 할머니는 언제나 밑도 끝도 없이 화를 낸다. 내가 두 발을 가지런히 모으지 않았다고 화를 버럭버럭 냈다.

그리고 또 사라졌다. 초가집에 있던 등불까지 모두 가져가버렸다.

나는 탁자 옆에 쭈그리고 있다. 어둠이 나를 불안하게 만들었지만, 그것보다 화가 났다. 나는 왜 이렇게 재수가 없는 걸까.

할머니를 찾으러 가지 않으려 했지만, 잠시 생각해보고는 하는 수 없이 문을 나선다. 할머니는 내가 자기를 찾아 헤매길 바랄 것이다. 그게 아니면 또 화를 낼 게 분명하다.

겨우 신발을 더듬어 신었다. 오늘 밤은 달빛이 없어 어둠이 깊다. 고개를 들어 앞을 응시했다. 어둡고 시커먼 물이 길고 길게 흐른다. 낮게 깔린 그 강을 보기만 했는데도 몸서리가 쳐졌다. 꼭 나에게 어떤 경고를 하는 것만 같다.

그래서 마당을 나서던 발걸음을 멈추었다.

집으로 돌아가서 기다리자. 찾으러 가지 않으면 내가 물에 빠지지도 않겠지. 몇 끼 굶고 나면 할머니는 돌아올 거야.

정신보건센터 입원기록

입원일시 2015/1/17 22:00

담당과실	임상2과	병동	중증 병동	침상번호	3	입원번호	542
성명	비화	성별	남	연령	22		
보호자	비성	관계	부				

주요 사항

오랜 기간 악몽을 꿈. 꿈속에서 본 괴물이 현실 세계에 나타나는 환각 증상을 보임.

인적 사항

가족력 없음. 어릴 때 외할머니 손에 자람. 외할머니가 성격이 아주 극단적이고 가족 사이에 갈등이 심각함. 환자 어린 시절에 물에 빠진 적이 있음.

흡연, 음주, 약물 등 습관 없음.

경과 및 치료

현실에서 꿈속에 나타나는 악귀, 몸이 잘리는 모습 등을 볼 수 있다고 함. 물귀신이 따라붙고 괴롭히는 악몽을 반복해서 자주 꿈. 수면제를 먹고 자살 시도를 하거나 환각에서 벗어나기 위해 칼로 자신에게 상해를 입힌 적이 있음. 입원 후, 현실 생활에서 악몽이나 괴물을 보지 않기 위해서 매일 진정제를 맞고 20시간씩 잠들기를 원함.

정신검사

의식, 이해력, 소통 능력은 정상이나 환각 증상이 아주 심각함. 오랜 악몽이 환자의 시각에 문제를 일으켜 악몽과 현실 세계를 구분하지 못함.

초진 진단

악몽, 환각.

서명: 류쓰
2015. 10. 11.

동생이 만들어낸 형
– 다중인격

외래 병동에서 입원 병동까지 가는 짧은 통로는 지붕이 없이 트여 있다. 사방에 잘 가꾼 화초가 있고 위쪽에는 구름다리가 있어 의사와 환자들이 지나다녔다. 바쁘게 어딘가로 가는 의사, 입원하러 오는 환자, 병문안 오는 환자 가족들이 분주하게 오가는 그 길에 가만히 서 있는 사람은 드물었다.

거기서 그 애를 보았다. 키가 훤칠하고 깡마른 소년이었다. 아이는 입원 병동 건물을 잠시 올려다보더니 이내 고개를 떨구고 꽃밭에 있는 고양이를 쳐다보았다.

고등학교 교복을 입은 아이 곁에는 보호자가 보이지 않았다. 혹시 길을 잃었나 싶어 다가가 말을 걸었다.

하지만 그 애는 내 말에 신경도 쓰지 않고 침울한 표정으로 고양이만 쳐다보았다. 꽤 무례해 보였다.

나도 그 애의 시선을 따라 눈을 돌렸다. 저 멀리서 삼색 고양이가 바닥에 누워 배를 드러내고 있었다.

"다가가면 도망가버릴까요?"

소년이 갑자기 입을 열었다. 나는 잠시 후 대답했다.

"그러겠지."

"그럼 제가 저 멀리 가면 따라올까요?"

"글쎄. 너랑 아무 사이도 아니잖니."

아이는 잠시 뜸을 들이더니 또 물었다.

"무슨 사이라면요?"

나는 그 말에 대답하지 않았다. 다만 아이의 마음이 무거운 것 같아 다정하게 물었다.

"너 이름이 뭐니?"

"팡위커요."

말이 끝나자마자 멀리서 한 여자가 다급하게 부르는 소리가 들려왔다.

"위치!"

아이가 그쪽으로 고개를 돌렸고, 나도 따라 시선을 옮겼다. 엄마인 듯한 마흔 전후의 여자가 다가왔다. 샤오리즈와 함께였다. 샤오리즈는 혼비백산한 얼굴로 달려와 호들갑을 떨었다.

"한참을 찾아다녔는데, 다행히 누님 손안에 있었네."

나는 샤오리즈의 부푼 머리를 툭 치며 말했다.

"말 똑바로 해라. 손안에 있다니, 쟨 누구?"

엄마가 다가오자 아이가 재빨리 앞으로 달려 나갔다. 엄마는 이산가족이 상봉한 것처럼 얼싸안으려다가 갑자기 멈칫했다. 그리고 불안하고 조심스러운 눈빛으로 입을 열었다.

"지금 너……"

아이가 환하고 밝은 미소를 띠며 애교스럽게 엄마의 말을 가로챘다.

"당연히 위치지, 엄마."

어리둥절했다.

'위치? 조금 전에는 팡위커라고 하지 않았나?'

그 말에 엄마는 안도의 한숨을 내쉬더니 아들을 껴안고 귓속말을 했다. 무슨 말인지 들리지는 않았다.

아이의 표정은 조금 전 고양이를 바라볼 때와는 딴판이었다. 마치 딴사람이 된 것처럼 축 처지고 우울했던 얼굴이 밝고 활기차게 바뀌어 있었다.

활짝 웃으며 위로 승천한 광대뼈와 드러난 치아를 보면서 조금 전 나에게 "제가 저 멀리 가면 따라올까요?"라고 물었던 아이가 저런 표정을 짓는 게 가능한지 의아했다.

샤오리즈가 내 귓가에 쉴 새 없이 정보를 쏟아냈다.

"조금 전에 진료를 받았는데요, 엄마하고 학생을 따로 봤거든요. 엄마가 들어간 지 얼마 안 돼서 아이가 갑자기 안 보이는 거예요. 얼마나 애를 태웠는지, 엄마가 거의 울 뻔했다니까요. 주요 병명이……."

"해리성 정체감 장애인가?"

샤오리즈가 깜짝 놀랐다.

"와, 어떻게 바로 알았어요?"

해리성 정체감 장애, 속칭 다중인격이다. 소년의 입에서 각기 다른 이름이 나왔고 완전히 다른 성격을 보이는 데다 엄마의 반응을 보니 어렵지 않게 추측할 수 있었다.

영화나 드라마 때문에 꽤 많은 사람이 오해하고 있다. 다중인격인 사람이 한 인격에서 다른 인격으로 바뀔 때 꽤 오랜 시간이 걸리고 뭔가 과장된 반응이 나타난다는 믿음이다. 작품에서는 그 과정을 최대한 길게 끌어서 극적인 효과를 내는 게 좋겠지만, 사실은 그렇지 않다. 인격 전환은 일순간에 이루어진다. 방금 소년이 엄마에게로 돌아섰던 그 찰나의 순간처럼.

팡위치와 팡위커는 한몸 안에 존재하는 형제인 듯했다. 팡위치가 동생, 팡위커가 형이고, 두 사람은 올해 열일곱이다.

엄마가 처음 이상을 발견한 것은 열두 살 무렵이었다. 아이의 기분이 불안정하고 변화무쌍해졌지만 사춘기 형상으로 여겼다가 증상이 심해지고 나서야 눈여겨보기 시작했다.

팡위치가 수영장에 빠져 죽을 뻔한 일로 병원을 처음 찾았다. 팡위치는 수영을 할 줄 모르는데, 수영장 물에 뛰어든 것이다. 이 일로 두려움을 느낀 엄마는 아이의 상태를 더 두고 볼 수가 없었다.

팡위치의 엄마 셰쑹메이는 진료과장의 질문에 막힘없이 술술 대답했다. 미리 많은 것을 준비하고 온 듯했다. 그러다가 과장이 아이가 학대받는 게 아닌지 의심한다고 느끼고는 깜짝 놀라 펄쩍 뛰었다.

"그런 적 없어요. 어떻게 그런 생각을 하세요? 저희 모자는 사이가 너무 좋아요."

과장은 그녀를 안심시켰다.

"흥분하실 필요 없습니다. 형식적인 질문이에요. 다중인격은 보통 어린 시절에 학대받아서 나타나는 경우가 많거든요. 다른 인격을 만들어내서 자기 자신을 보호하고 고통에서 도피하려는 거죠. 그냥 확인 차원에서 여쭤본 겁니다."

그녀는 불쾌한 기색을 드러냈다.

"아니에요. 못 믿으시면 직접 아들한테 물어보세요. 제 말에 조금이라도 거짓이 있으면 제가 벼락을 맞아도 괜찮아요."

과장이 고개를 끄덕였다.

셰쑹메이가 애가 탄 듯 이야기했다.

"치료할 수 있겠죠? 언제쯤 좋아질까요? 위치가 내년에 대학 입학시험을 보거든요. 성적이 지금까지 계속 좋았는데 이것 때문에 영향을 받으면 절대 안 돼요."

과장은 그녀를 진정시키며 우선 검사를 해보자고 했다.

그러자 셰쑹메이가 화들짝 놀랐다.

"무슨 검사요? 뇌를 검사하나요?"

"진짜 다중인격인지, 아니면 그걸 가장하고 있는 건지 보는 겁니다."

내가 위치를 검사실로 데려가게 되었고, 샤오리즈도 동행했다. 팡위치는 검사실로 가는 내내 아주 곰살맞게 굴었다. 물어보면 대답도 곧잘 하고 호응도 잘 했다. 원래는 샤오리즈가 위치를 웃겨서 긴장을 풀어주려고 했는데, 오히려 위치 덕분에 본인이 더 웃겨서 입을 다물지 못했다. 복도에서 웃겨서 빵빵 터지는 바람에 지나가던 간호사들이 몇 번이나 눈치를 주고서야 겨우 가라앉았다.

태양처럼 빛나는 그 아이를 가만히 지켜보았다. 누구와도 금세 친해질뿐더러 정신과 검사를 받으러 가는 길에도 저렇게 환하고 사랑스러울 수 있다니. 살면서 그늘이라고는 전혀 없던 아이 같았다. 그 애를 보면서 학대한 적이 없다는 엄마의 말을 그대로 믿을 수 있었다.

그런데 그 우울하고 음침한 다른 인격은 어떻게 생겨난 것일까? 고양이를 보다가 자신이 팡위커라고 소개했던 소년이 또다시 떠올랐다.

팡위치가 분열을 통해 만들어낸 음침한 형 말이다.

아이는 다중인격 의심 소견에서 통상적으로 이루어지는 검사를 받게 되었다. 사실 스스로 다중인격으로 위장하는 환자도 꽤 많다. 자신의 다른 인격이 범행을 저질렀다고 거짓 증언을 하는 용의자들이 그렇다. 정신병을 핑계로 삼아 어떻게든 죄를 덜어보겠다는 속셈이다. 심지어 거의 완벽하게 다중인격을 연기한 사람도 있다. 사춘기 학생 중에 공부가 하기 싫어서 혹은 가정에 문제가 있어서 다중인격으로 위장해 학교를 그만두거나 가족의 관심을 끌려고 하는 경우도 있다.

그럼 진짜 다중인격과 위장 다중인격은 어떻게 식별할까?

다중인격에서 각 인격은 독립된 개체다. 다시 말해 인격들은 각자 완전히 다른 사람이다. 그래서 지능 지수, 감정 반응 지수 등을 측정하는 심리 검사에서 두 인격의 결과 값 역시 다르게 나타난다. 게다가 서로 다른 인격은 신체적인 반응 정도도 같지 않다. 피부의 전기 자극, 땀샘의 활동, 뇌파가 모두 다르게 나타나고, 시력, 눈의 굴절률, 안구 근육의 균형 등 시각과 관련된 부분도 달라져 위장하기가 쉽지 않다.

이런 신체적 반응 검사는 다중인격의 진위를 가리는 중요한 사항이다. 그래서 최면을 통해 다중인격을 끌어낸 후 대화나 검증을 진행한다.

한이이는 외부에서 초빙한 최면 치료 전문의다. 실력이 대단하지만 성격은 아주 까칠하다. 나보다 여섯 기수가 높은 같은 학교, 같은 대학원 선배다. 우리 병원의 다중인격 감별은 줄곧 한이이가 맡아 왔다.

사실 위치를 데리고 검사하러 가는 건 샤오리즈 없이 나 혼자서도 충분하다. 하지만 나와 한이이 사이가 좋지 않고 얼굴만 맞대면 서로 대놓고 으르렁대니 걱정된 샤오리즈가 우리 사이에서 피뢰침이 되겠다고 굳이 나선 것이다.

한이이가 검사실에서 나왔다. 공작새 깃털처럼 요란하게 물들인 웨이브 머리가 하얀 가운 위로 넘실거렸다. 그녀는 귀여운 샤오리즈를 발견하고 다가가 인사하고는 팡위치에게 돌아서서 물었다.

"검사를 하러 온 게 너구나? 이름이 뭐니?"

"팡위치예요. 잘 부탁드려요, 누나."

한이이는 기분이 한껏 좋아졌다. 고등학생이라면 한이이를 이모라고 불러야 마땅한 나이였다. 어린 녀석이 말솜씨가 보통이 아니다.

이어서 한이이는 내 얼굴을 쭉 훑더니, 입에서 우물거리던 절임 매실 씨를 뱉었다. 나를 향해 씨를 뱉는 것처럼 모욕적이었다.

샤오리즈가 티슈를 건네자 한이이는 빙그레 웃더니 씨를 감싸 내 발치에 아무렇게나 던져버렸다. 그리고 손을 쓱쓱 닦더니 팡위치를 데리고 검사실로 들어갔다. 샤오리즈가 황급히 티슈를 주워 쓰레기통에 넣고는 내 눈치를 살폈다. 나는 차갑게 쏘아붙였다.

"뭘 봐? 내 얼굴에 매실이라도 붙었어?"

샤오리즈가 한숨을 쉬었다.

"두 사람 도대체 어떻게 원수를 졌기에 만나기만 하면 죽기 살기로 덤비는 거예요? 남자친구를 뺏기기라도 한 거예요?"

설명하기도 귀찮아 벽에 기대서서 결과를 기다리기로 했다.

샤오리즈가 또 길게 탄식했다.

"정말 안됐다니까요. 저렇게 밝고 쾌활한 애가 어떻게 이런 병에 걸리냐고요. 공부도 잘해, 얼굴도 잘생겼어, 이것저것 빠지는 게 없으니 하늘이 시기 질투를 하시나. 어머니가 사진을 보여주시는데 방 안에 상장이 가득해요. 저렇게 잘나고 대단한 애 안에 자기가 만들어낸 형이 있다는 걸 누가 생각이나 하겠어요."

"쟤가 형을 만들어냈는지, 형이 쟤를 만들어냈는지 어떻게 알아?"

샤오리즈가 눈을 껌뻑였다.

"신분증에 이름이 팡위치니까 팡위치가 주 인격이겠죠. 어머니가 계속 팡위치라고 부르는 거 못 봤어요?"

확실히 그 사람이 누구인지는 신분증으로 증명이 된다. 그리고 주 인격과 보조 인격은 오랜 기간 함께 생활한 가족들이 가장 잘 구분하고 알 것이다. 게다가 도움을 받으려고 첫 진료에 찾아오는 것은 보통 주도권을 쥔 인격이기 마련인데, 이 아이는 진료를 할 때부터 지금까지 계속 형 팡위커가 아닌 동생 팡위치였다.

샤오리즈가 어깨를 으쓱했다.

"휴, 근데 누가 알겠어요. 그것도 연기일지. 결과가 아직 안 나왔으니까."

나는 아무 대꾸도 하지 않았다.

검사는 꽤 걸렸다. 한이이가 팡위치를 데리고 나오며 검사 결과지 한 뭉텅이를 들고 왔다. 안구 운동의 빈도, 뇌파, 피부의 전기 저항이 각자 달랐고, 심리 검사 결과표에서도 차이가 현저했다.

한이이가 분석지를 뒤적이며 이야기했다.

"진짜 다중인격이야. 그래도 보조 인격은 형 팡위커 하나뿐이네."

한이이는 다른 인격이 하나뿐이라는 걸 강조했다. 보통 다중인격 환자는 인격을 세 개 이상 가지기 때문이다. 동시에 십여 개의 인격이 있는 경우도 흔하고, 팡위치처럼 보조 인격이 하나만 있는 경우는 오히려 드물다. 그러나 위치가 아직 어려서일 뿐, 몇 년 후에 다른 인격이 점차 각성할 가능성도 있다.

한이이의 말에 샤오리즈는 또 길게 한숨을 내쉬고는 팡위치를 향해 애써 웃어 보였다. 뇌파 측정용 젤 때문에 머리를 감고 나온 팡위치는 흠뻑 젖은 앞머리를 입으로 훅 불어내며 도리어 샤오리즈를 안심시켰다.

결과지를 받아든 나는 두 인격의 지능 지수를 확인했다. 팡위커의 아이큐가 팡위치에 훨씬 못 미치는 수준이었다.

한이이가 눈살을 찌푸렸다.

"그런데 보조 인격이 자기를 드러내는 걸 너무 싫어하네. 나오기도 하고 말도 잘 듣는데, 입이 너무 무거워. 이름 말고는 아무것도 대답을 안 한단 말이지. 이렇게 꼭꼭 숨어 있으려는 보조 인격은 나도 처음이야."

나는 일부러 놀란 척하며 호들갑을 떨었다.

"팡위커가 아무 말도 안 한다고요? 참 이상하네. 저한테는 이야기를 잘 하던데. 혹시 그 닭털 같은 염색약 때문에 그러는 거 아니에요?"

한이이의 안색이 어두워지자, 샤오리즈가 재빨리 우리 둘 사이로 끼어들어 나를 밀치면서 뒤를 향해 외쳤다.

"이이 누님! 저녁때 밥 같이 먹어요! 수고하셨어요. 사랑해요!"

나는 그의 팔꿈치를 쿡 찌르며 나무랐다.

"누님은 무슨, 이모라고 해야지."

샤오리즈는 그런 나를 밀면서 그 자리를 벗어나느라 진땀을 뺐다. 팡위치는 우릴 따라오며 웃기 바빴다.

검사실에서 멀어지자, 샤오리즈가 가쁜 숨을 몰아쉬었다. 팡위치가 나에게 다가와 물었다.

"의사 누나, 형이 정말 무슨 얘기를 했어요?"

잠시 생각하고 나서야 그 애가 말하는 형이 자신의 또 다른 인격을 가리킨다는 걸 깨달았다. 너무나 정답고 자연스럽게 묻는 바람에 순간적으로 나까지 진짜 형이 있다고 착각했다.

"얘기했어. 근데 왜?"

팡위치는 내심 반가워하는 것 같았다.

"그냥 좋아서요. 형은 저 말고 다른 사람하고는 한 번도 얘기를 한 적이 없거든요."

정말 놀라웠다.

"너희끼리 대화도 해?"

팡위치가 고개를 끄덕였다.

"네. 거울 볼 때요. 형이 저한테 일기도 써줘요."

정말 드문 케이스였다. 보통은 인격과 인격이 서로의 존재를 인식해도 왕래하지 않고, 서로를 미워해서 상대방이 없어져버리면 좋겠다고 생각하기도 한다.

나는 그 애를 한참 동안 빤히 보았다.

"너희 둘이 사이는 좋아?"

"당연하죠. 저한테 하나뿐인 형인데요. 세상에서 저를 가장 잘 이해해줘요."

'그럼 왜 치료를 하러 왔니? 치료는 곧 네 형의 소멸을 의미하는 건데.'

묻고 싶었지만 입 밖으로 내지는 않았다. 이유야 어찌 됐든 치료하러 병원을 찾아온 것은 좋은 일이기 때문이다.

계속 걷는데 갑자기 그 애가 의외의 말을 했다.

"그런데 형이 저를 죽일 거래요."

아이를 쳐다보았다. 여전히 밝게 빛나는 웃음을 짓고 있었다.

이 말과 수영장에 빠져 죽을 뻔했던 일이 무슨 관련이 있는지 알고 싶었다. 좀 더 묻고 싶었지만, 이미 과장의 진료실 앞에 도착해 있었다.

아이의 엄마는 검사 결과를 설명하는 과장의 이야기를 유심히 들었다. 다중인격임을 확인했다는 말에 금방이라도 무너져 내릴 것 같은 표정이 되었다. 그녀는 아이가 마음의 병을 얻은 걸 납득할 수 없다는 듯 곁에 서 있는 팡위치의 머리를 쓰다듬었다. 팡위치는 대견하게도 엄마의 손을 꽉 잡으며 위로했다.

어떻게 병을 치료해야 할지 본격적으로 이야기가 시작되었다. 보조 인격이 하나뿐이니 인격을 하나로 통합하는 것이 그리 어렵지는 않을 것이다. 그러나 위커라는 인격이 언제 출현하는지 동기가 무엇인지부터 파악해야 했다. 원인을 찾아야 치료에도 진전이 있을 테니까.

"문제가 있다는 걸 최초로 발견한 게 열두 살 무렵이라고 말씀하셨죠, 그때 뭐가 이상하던가요?"

셰쑹메이가 잠시 생각하더니 과장의 물음에 대답했다.

"담임 선생님이 그러시더라고요. 아이가 시험지에 이름을 쓰는데, 팡위치(方宇奇)를 팡위커(方宇可)라고 자꾸 잘못 쓴다는 거예요. 치(奇)자를 써야 하는데 위에 있는 대(大)를 빼먹는다고요."

그제야 '치'와 '커'에는 '대' 자 하나 차이밖에 없다는 걸 깨달았다. 분열된 인격이 '치'라는 글자와 모양이 유사한 '커'를 이름에 썼다는 것은 어떤 의미가 있는 게 분명했다. '대'라는 글자는 분명 형과 동생의 자아 분열에서 의미가 있을 것이다.

셰쑹메이가 더 기억나는 것을 덧붙였다.

"처음에는 시험지에만 그렇게 썼는데 나중에는 노트에 전부 이름을 잘못 적는 거예요. 물어보니까 그게 맞다면서 입을 꾹 닫아버리더라고요. 꽤 오랫동안 그 버릇을 고치지 못했어요."

"그러다가 언젠가부터 위치가 이상하게 샤워를 너무 오래 하려고 하는 거예요. 무슨 말소리도 들리는 것 같고. 처음에는 위치가 어린 나이에 연애를 하나 싶었는데, 나중에는 도저히 마음이 놓이질 않더라고요. 그래서 문을 몰래 열어보니까 거울 앞에서 혼자 얘기를 하고 있더라고요. 표정이나 말투를 이랬다저랬다 바꿔 가면서요."

셰쑹메이가 흐느꼈다. 자기 아들이 이렇게 바뀐 것을 본다면 누구든 무섭고 가슴이 아플 것이다.

팡위치가 엄마의 팔을 쓰다듬었다. 당사자인 그의 얼굴에는 안타까움이 배어났다. 하지만 자신의 이야기를 공개적으로 하는 것에 대해 부끄러워하거나 난감해하지는 않았다. 욕실에서 자기의 다른 인격과 대화하는 게 정상적이라는 듯 차분하고 의연했다.

엄마의 울음소리를 듣고 팡위치가 과장에게 간청했다.

"우리 엄마 좀 도와주세요."

그 아이의 말이 "저 좀 도와주세요"가 아닌 "우리 엄마 좀 도와주세요"라는 것이 의아했다.

셰쑹메이가 점차 안정을 되찾자, 과장이 계속해서 질문을 던졌다.

"거울을 보면서 이야기를 했던 건 언제였죠?"

"재작년이요."

"그때 왜 병원에 오지 않으셨습니까?"

"고등학교 입학시험을 앞두고 있었거든요. 컨디션에 영향을 줄까 봐 그랬어요."

과장이 손에 든 분석지를 정리하며 설명했다.

"일단 이름을 잘못 쓴 일로 돌아가봅시다. 시험지라는 건 시험, 학교 성적을 대표하죠. 위치가 시험지에 이름을 잘못 쓴 것은 시험을 볼 때 위커를 불러내고 시험에서 도망치고 싶었다는 걸 의미합니다. 지능검사 결과로 보면 위커는 성적이 더 안 좋겠죠. 위치의 성적에 너무 신경을 쓰시니까 이런 방식으로 학습이나 성적에 대한 불만을 전달하려 했을지도 모릅니다."

나는 팡위치의 표정을 살폈다. 공부하기 싫다고 대놓고 말한 것이나 마찬가지인데, 그의 얼굴에는 아무런 변화도 없었다. 여전히 태연자약한 모습 그대로 마치 남의 일인 것처럼 굴었다.

셰쑹메이는 멍하니 뭔가를 생각하는가 싶더니 이내 고개를 끄덕이며 침울하게 말했다.

"일리 있는 말씀이세요. 제가 너무 몰아붙였나 봐요."

"그 이후로는요? 최근에 이름을 잘못 쓴 일이 또 있었습니까?"

셰쑹메이가 고개를 저었다.

"그 후로는 없었어요."

모호한 답변에 과장이 다시 물었다.

"그 후라는 건 언제를 말씀하시나요? 구체적인 사건이나 시기가 있었나요?"

셰쑹메이가 잠시 망설이다가 얼버무렸다.

"그냥 없어졌어요."

꼭 뭔가를 감추는 것만 같았다.

과장은 앞으로의 치료 일정에 관해 셰쑹메이와 단둘이 이야기하고 싶어 했다. 팡위치와 나, 샤오리즈는 밖에서 기다렸다. 팡위치가 아직 만 18세가 되지 않아 치료 방향 같은 문제를 스스로 결정할 수 없고 보호자와 상의를 거쳐야만 했기 때문이다.

샤오리즈가 처방전을 발행하러 가고, 팡위치는 진료 대기실에 남았나. 나는 옆에서 아이를 지켜보았다.

조금 전 상담으로 얻은 결론은 이랬다. 팡위치는 초등학생 때 학업 스트레스가 심해서 시험을 볼 때면 팡위커라는 인격을 불러내 대신 시험을 보게 했다. 팡위치는 성적이 좋지만 팡위커의 성적은 좋지 않았다. 팡위치의 잠재의식은 그렇게 엄마를 실망시킴으로써 일종의 반항 심리를 표현한 것이다.

팡위치가 만든 인격은 동생이 아니라 형이었다. 형은 보통 잠재의식 속에서 보호자의 역할을 맡는데, 팡위치는 스트레스가 심할 때면 형을 불러내 자기 자신을 '보호'하려 했다.

그리고 이번에 시험이 다가오자 팡위치는 스트레스가 점점 더 심해졌고 형 인격이 나타나는 빈도가 점점 더 많아졌다. 심지어 예상치 못한 과한 행동까지 하게 되어 보다 못한 엄마가 병원에 데려온 것이다.

나는 손으로 머리를 빗어 내리며 이야기의 앞뒤가 논리적으로 잘 들어맞는다는 생각을 했다. 그리고 팡위치 곁으로 다가가 앉았다.

"조금 전에 '저 좀 도와주세요'라고 하지 않고 '우리 엄마 좀 도와주세요'라고 하는 거 들었어. 병원에 온 이유가 엄마를 돕고 싶어서니? 팡위커가 없어지는 건 바라지 않는 거야?"

팡위치가 웃으며 되물었다.

"무 선생님, 혹시 오빠나 언니 있으세요?"

"남동생이 있어."

"남동생은 선생님이 없어지길 바랄까요?"

"글쎄다. 내가 맨날 두드려 패거든."

팡위치가 큰 소리로 웃었다.

"우리 형은 저한테 잘해주는데요."

"얼마나 잘해주는데? 너를 수영장에 빠트릴 만큼?"

팡위치가 얼굴의 웃음기를 싹 거두고 잠시 침묵을 지켰다.

"병원도 형이 가라고 한 거예요."

그 애의 이해하기 어려운 말에 나는 순간 어리둥절했다. 보조 인격이 주 인격을 병원으로 치료받으라고 보냈다? 보조 인격은 주 인격과는 별도로 존재하는 개체이다. 그런데 자신이 존재할 기회를 얻으려 하지 않고 오히려 자신이 사라지도록 주 인격을 부추긴다?

더 자세히 물어보려는 찰나 팡위치의 얼굴이 점점 어두워지는 게 느껴졌다. 눈꼬리가 살짝 치켜 올라가고 입술을 꾹 다무는 것이 조금 전까지 환한 모습이던 사람과는 분위기가 완전히 딴판이었다. 심지어 눈동자의 움직임까지 달라져 있었다.

팡위커가 나왔다!

조금 전까지 팡위치가 나를 보고 있었기에 팡위커는 인격이 전환되는 그 순간 팡위치의 눈으로 나와 마주했다. 뜰에서 처음 마주쳤을 때와 또 달랐다. 그때는 팡위커가 나를 정면으로 보고 있지 않았다. 이렇게 갑작스럽게 서로 바라보고 있으니 왠지 모르게 당황스러웠다. 그건 뭐랄까, 흐르지 않아 죽어버린 물 같은 눈이었다.

그 애는 곧바로 시선을 바닥으로 떨어뜨렸다. 나는 숨을 죽이고 살짝 말을 걸었다.

"팡위커?"

아무 말이 없으니 그렇다는 뜻이다.

나는 애써 말을 이어갔다.

"나 기억하지? 아까 입원 병동 밖에 있는 뜰에서 잠깐 마주쳤잖아."

대답하지 않을 거라고 예상했지만 팡위커는 고개를 끄덕였다. 한숨을 내쉬고 최대한 관심이 있을 만한 이야기를 끄집어냈다.

"입원 병동을 쳐다보던데. 네가 입원한다고 생각해서 그런 거야? 어떤지 미리 보려고?"

팡위커는 바닥에서 눈을 떼지 않았다.

"입원은 못 해요. 그 아이는 대학 입시를 치러야 하거든요."

나는 깜짝 놀랐다. 여기서 말하는 '그 아이'는 팡위치가 틀림없다. 팡위커는 '내'가 입시를 보는 게 아니라 '그 아이'가 입학 시험을 본다고 했다. 그렇다는 건, 시험을 보는 주 인격은 팡위치이고 자신은 보조 인격이라는 사실을 명확하게 이해한다는 뜻이다.

"위치 말로는 네가 아주 많이 잘해준다고 하던데. 진짜 그런가 보다. 위치의 성적에 신경을 많이 쓰나 보네?"

팡위커는 아무 말도 하지 않았다.

"수영은 왜 하러 간 거야? 팡위치는 아예 수영을 못하는데, 걜 죽이고 싶었니?"

손에 진땀이 났지만, 망설이지 않고 그냥 내질러버렸다.

그리고 아주 실낱같은 표정 변화도 놓치지 않으려고 팡위커의 얼굴을 매섭게 노려보았다. 하지만 아무 일도 일어나지 않았다. 살해 혐의를 받고 있는데도 그 애의 얼굴은 무덤덤할 뿐이었다.

"그냥 수영을 하고 싶었어요."

팡위커의 목소리는 해서는 안 될 말을 내뱉는 것처럼 조용했다.

당황한 나는 한참 후에야 다시 물었다.

"수영을 좋아하니?"

"네."

그제야 알 것 같았다. 팡위치는 수영을 못 해서 오랫동안 물가에 가지 않았다. 그런데 분열된 인격인 팡위커는 수영을 하고 싶었다. 하지만 주 인격에 눌려 그럴 기회가 없다가, 자신이 주도권을 쥐게 되자 참지 못하고 수영장으로 향했다. 그리고 수영을 하다가 팡위치의 인격이 되돌아와서 사고로 이어졌다.

하지만 이해가 되지 않는 부분이 있었다.

"넌 언제 수영을 배웠니?"

팡위치는 수영을 배운 적이 없다고 했는데, 같은 신체를 공유하는 팡위커가 어떻게 수영을 한단 말인가? 팡위커는 입을 꾹 닫았고 아무리 구슬려도 대답을 하지 않았다.

그러다 한참 후에야 이야기했다.

"그때가 아니면 다시는 기회가 없을 것 같았어요."

눈빛이 좀 쓸쓸해 보였지만 차분했다. 자신이 사라져야 할 존재라는 걸 알고 운명을 받아들인 것으로 보였다.

질문을 계속하려는데 갑자기 팡위치가 돌아왔다. 그리고 과장의 진료실 쪽으로 향했다. 두 인격이 전환되는 과정은 마치 '하룻밤 사이 봄바람이 불더니 천 그루 만 그루 나무에 배꽃이 피네'라는 시구를 떠올리게 했다.

셰쑹메이가 진료실에서 나오는 걸 보고 팡위치가 다가갔다. 셰쑹메이의 눈가가 붉어져 있었다. 팡위치는 어른스럽게 엄마를 다독였다.

두 사람은 돌아갔다. 재진하러 올 때는 팡위치와 팡위커가 서로 소통했던 일기장을 가져오라고 진료과장이 얘기해놓은 상태였다.

나는 팡위치의 뒷모습을 끝까지 놓치지 않고 지켜보았다. 인격이 전환되던 바로 그 순간, 팡위치의 얼굴에서 시샘인지 승부욕인지 모를 것이 번득였기 때문이다.

나는 한이이를 찾아갔다. 노크도 하지 않고 방문을 바로 열고 들어갔다. 그녀는 발톱에 알록달록한 매니큐어를 칠하려던 중이었다. 사무실을 온통 유화로 도배할 정도로 한이이는 미술을 상당히 좋아했다. 책장에는 내가 선물한 구로다 세이키의 화집이 아직 있었다.

한이이는 고개도 들지 않았다.

"이 병원에서 나한테 이렇게 예의 없는 건 너 하나뿐이야."

거두절미하고 곧바로 물었다.

"팡위치 인격 검사 결과 확실해요?"

한이이는 발톱을 후후 불면서 대답을 피했다.

"내가 왜 너한테 그걸 말해줘야 하는데. 과장님 위임장 받아왔어?"

"아뇨."

한이이는 비웃음을 흘리고는 아랑곳하지 않고 매니큐어 칠하기에 열중했다. 나 역시 아무 말도 하지 않고 옆에서 끝까지 버티고 서 있었다. 한참 후에 그녀가 귀찮다는 듯 물었다.

"그걸 왜 묻는데?"

"팡위커가 팡위치인 척 연기하는 것 같아요."

나는 그날 팡위커가 팡위치로 전환되는 걸 두 번이나 지켜보았다. 한 번은 병동 밖 뜰에서, 한 번은 진료 대기실에서였다. 전환이 이루어진 이유는 전부 세쑹메이를 보았기 때문인데, 엄마 앞에서는 무조건 팡위치가 되는 것 같았다.

그런데 처음에는 몰랐지만 대기실에서 팡위커가 팡위치로 바뀌는 순간은 매우 부자연스럽고 가식적이었다는 걸 깨달았다. 우울과 자폐 성향이 있는 팡위커가 팡위치를 흉내 내 위장하는 것은 고역일 것이다. 그런데도 아주 익숙한 걸로 보아 이번이 처음은 아닌 것 같았다.

한이이가 드디어 고개를 들고 나를 보았다.

"확실해?"

"확실하진 않아요."

나는 잠시 뜸을 들이고 내 생각을 털어놓았다.

"만약 인격의 진위 검증에 문제가 없었다면 인격이 둘 존재하는 건 확실해요. 그런데 팡위커가 팡위치를 대신하려는 속셈이 아닌지 의심 스러워요. 너무 능숙하기도 하고, 병원에 치료를 받으러 오는 것도 팡위커가 팡위치에게 그러라고 했다는 거예요. 뭔가 문제가 있는 것 같아요."

"누가 뭘 대신하고 그런 게 아니지. 치료가 본래 이 인격들을 하나로 통합하는 거잖아."

"어쨌든 맨 마지막에 발현되는 건 하나뿐이잖아요."

"그럼 다음에 최면치료할 때 팡위커의 동기가 뭔지 알아봐 달라는 거야?"

"네."

"폐쇄적인 성향이어서 쉽지 않을 것 같은데."

"수영이나 고양이 얘기를 좀 꺼내봐요……. 그런데 제 직감으로는 팡위커가 그런 성향이 아닐 수도 있을 거 같아요."

"직감?"

한이이의 눈이 번쩍였다. 그리고 메모하던 노트로 나를 냅다 내리쳤다.

"이런 쓸데없는 소리 지껄이는 걸 듣고 있었던 내가 미쳤지."

나는 재빠르게 몸을 피하며 소리쳤다.

"꼭 기억해줘요."

그리고 뒤도 돌아보지 않고 줄행랑을 쳤다. 뒤에서 한이이의 화난 목소리가 들려왔다.

"또 문 안 닫고 가지!"

셰쑹메이가 팡위치를 데리고 다시 진료를 받으러 왔다. 문제의 일기장도 갖고 왔다. 팡위치가 셰쑹메이와 함께 한이이 쪽으로 최면 치료를 하러 간 사이, 과장이 진료실에서 일기를 다 보고 난 후 나에게도 보여주었다.

꽤 두툼한 양에 글씨체도 성장하면서 변해 온 흔적이 그대로 남아 있었다. 어려서부터 지금까지 써온 듯했다. 그런데 두 사람의 글씨체가 무척 달랐다. 팡위치의 글씨는 큼직하고 반듯하니 보기 좋았고, 팡위커의 글씨는 벌레가 기어가는 듯했다. 글씨가 사람을 닮아 있었달까.

필적은 속일 수 없는 법, 두 사람은 확실히 다른 두 인격이었다.

일기의 표지에는 시원시원한 정자체로 '나와 형의 비밀 화원'이라고 쓰여 있었다. 팡위치가 쓴 것이었다.

둘은 일기에서 서로를 형, 동생이라 불렀다. 첫 장을 펼쳐보았다. 팡위치가 중학교에 갓 입학한 시기인 듯 보였다. 두 사람의 대화는 아주 다정하고 친근했다.

【나와 형의 비밀 화원】

2이0년 3월 4일, 맑음, 늦은 밤

엄청 큰 소리로 심하게 싸워.

넌 그냥 자.

잠들면 엄마가 우리 버리고 몰래 도망가는 거 아니야?

아니야. 엄마는 너 좋아해. 절대 못 떠나.

엄마는 형도 좋아해.

난 안 좋아해.

어서 자야지.

형 졸려? 난 안 자고 싶은데. 나랑 오목이나 두자.

안 돼. 너 내일 시험도 있잖아. 일찍 자야 해.

왜 엄마도 형도 나한테 시험 얘기만 하는 거야. 둘 다 내가 시험 잘 보는 거에만 신경 쓰는 거야?

팡위치의 글씨가 휘갈겨져 있었다. 감정이 격해진 것이리라.

시험을 잘 봐야 엄마가 널 좋아하시잖아.

그럼 형은? 형도 내가 시험 잘 봐야 좋아하는 거야?

어서 자.

왜 대답 안 해!!!!!!!!!

그 아래에는 펜으로 죽죽 그어 종이가 찢어진 자국이 보였다. 엉망진창이 된 일기장은 당시 위치가 얼마나 화가 났는지를 여실히 보여주었다. 맨 아래 귀퉁이에 팡위커가 삐뚤빼뚤한 글씨로 소심하게 쓴 것이 보였다.

조금만 노는 거야. 엄마가 아시면 안 돼.
형, 형이 없으면 난 어떡해?

그리고 다음 장에는 두 사람이 그린 바둑판이 있었다. 다른 색 펜으로 장기를 둔 흔적이 두 페이지를 꽉 채웠다. 꽤 오랜 시간이 흘렀을 것이다.

2013년 5월 16일, 흐림, 낮.

팡위치가 고등학교 입학시험을 치르는 해였다.

형, 나 토할 것 같애.
왜? 어디 불편해?
책만 보면 토할 것 같애. 공부는 왜 해야 하는 거야? 고등학교 시험 보고 나면 고등학생 돼서 죽어라 공부하고 대학 시험 보고 나면 대학생 돼서 또 죽어라 공부하고. 그게 무슨 의미가 있어? 그러고 졸업해서 그 사람하고 똑같은 인간 되려고?
그런 말 엄마한테는 하지 마.
기분이 나쁜데 어떡해.

그냥 나한테 전부 얘기하면 되잖아.

형, 도대체 형이 사랑하는 건 엄마야 아니면 나야?

몰로 자. 너무 늦었다.

형, 형이랑 얘기 더 하고 싶어. 진짜로 말이야. 이렇게 말고, 형 보면서 이야기하고 싶다고.

거울로 가봐.

아마 둘이 처음으로 거울을 통해 대화한 때인 듯했다. 세쑹메이가 고등학교 입학시험을 앞두고 그 모습을 발견했다고 이야기한 것과 딱 맞아떨어졌다.

2013년 6월 3일, 맑음, 늦은 밤

그전 대화 후 불과 열흘 정도밖에 지나지 않았고, 팡위치가 입학 시험을 치르기 며칠 전이었다.

형 요즘에는 왜 이렇게 안 나오는 거야? 보고 싶어.

그 아래에는 한 페이지 가득 '보고 싶어'라는 글자만 어지럽게 쓰여 있었다.

형의 글씨는 다음 장에서야 볼 수 있었다.

이제 곧 시험이잖아. 안 좋은 영향을 줄까 봐.

무슨 안 좋은 영향을 준다는 거야?

수영을 하고 싶거든.

엄마한테 수영 배우고 싶다고 얘기했는데, 쓸데없는 일에 정신 팔지 말래.

나도 어릴 때 수영에 완전히 빠져 있었다는데, 왜 난 기억이 안 나지?

엄마한테 다시는 물어보지 마. 수영 안 할래.

형은 밖에 나가 놀고 싶지 않아? 맨날 나랑만 놀잖아. 나도 형이랑 놀아주고 싶어. 수영 말고 뭐든지 다 해줄게.

여기서도 동생은 똑같은 물음을 몇 번이나 하고서야 형의 대답을 들을 수 있었다.

불꽃놀이 하고 싶어.

그럼 우리 하러 가자!

이어지는 글씨체는 위쪽과 달리 아주 어수선했다. 아마 불꽃놀이를 하고 와서 쓴 것 같았다.

진짜 짱이야. 너무 재밌었어. 지금까지 해본 것 중에서 제일 재밌어.

엄마한테는 말하면 안 돼.

알았어! 이건 나하고 형만 아는 비밀이야. 아무한테도 말 안 할게.

이 대목에서 나는 좀 의아했다. 팡위치가 시험 보기 며칠 전, 팡위커가 갑자기 동생을 몰래 데리고 나가 불꽃놀이를 했다니.

형, 내가 크면 우리 같이 수영도 마음대로 할 수 있고 불꽃놀이도 마음대로 할 수 있는 곳으로 가자. 우리 둘이서만.

엄마는.

엄마는 말고.

섭섭해하실 텐데.

그럼 우리 셋이서 가자. 약속한 거다.

2014년 12월 28일, 맑음

작년에 쓰인 일기에서 팡위치는 이미 고등학교 2학년 학생이 되었다.

진짜 안 나올 거야! 안 나오면 나 내일 시험 보러 안 간다.

그러면 안 돼.

요 몇 달은 왜 안 나온 건데? 엄마도 형을 받아들였잖아! 엄마도 다 안다고. 엄마가 형한테 크리스마스 선물까지 줬잖아! 근데 뭐가 그렇게 불만이야? 어쩌자는 거냐고?

불만 없어. 너 이제 곧 대학 입시니까 내가 자꾸 나와서 방해하면 안 되잖아.

그놈의 대학 입시! 내가 형인 줄 알아! 성적이 엉망이게! 대학 입시 대비하고 있어! 어떻게 공부해야 할지 잘 안다고!

그 이후로도 팡위치는 한참 동안 흥분을 감추지 못했다.

미안해, 형. 내가 심하게 말해서.

틀린 말도 아닌데 뭘.

형, 미안해. 너무 화가 나서 그랬어. 이제 형한테는 내가 필요 없는 것 같아서.

팡위치, 너 엄마하고 병원에 가봐.

그게 무슨 말이야?

병원에 가서 치료를 받아. 우리 이러는 거 정상이 아니야. 너 시험에도 안 좋을 거야.

형 그게 무슨 소리야? 제정신이야?

엄마 힘들어하는 거 안 보여?

엄마, 엄마! 형은 맨날 엄마밖에 모르지! 그럼 나는? 내가 힘든 건 아무렇지 않은 거야? 형이 없으면 난 어쩌라고!

팡위치, 나 그렇게 중요한 사람 아니야. 너도 금세 익숙해질 거야. 병원에 가.

미쳤어? 그러면 형이 없어질 수도 있다고. 안 돼. 난 절대 안 가. 나한테서 떨어질 생각 하지도 마.

그 이후로 팡위치가 정신 나간 사람처럼 휘갈겨 쓴 내용은 알아보기가 힘들었다. 형이 자신에게 얼마나 잔인한지를 하소연하는 내용이 대부분이었다. 다음 장으로 넘긴 후에야 삐뚤빼뚤한 팡위커의 글씨를 발견할 수 있었다.

네가 안 가면, 내가 널 죽일 거야.

여기까지 보고 난 후, 난 충격에 멍해졌다. 그래서 팡위치가 형이 자길 죽일 거라고 이야기했던 것이다. 그 후에 수영장에 빠진 사건 역시 팡위커의 경고였다. 다중인격은 위험한 거라고, 언제든 자기가 무슨 일을 벌일 수 있으니 병원에 가서 치료하라고 압박하는 것이다.

팡위치는 세쑹메이가 팡위커의 존재를 알고 있고 선물까지 주었다고 썼다. 하지만 정작 그녀는 우리에게 이 사실을 언급하지 않았다.

일기를 더 넘겨보았다. 팡위치의 필적만 남아 있었다. 팡위커는 동생이 아무리 애원해도 더는 응답하지 않았다.

그리고 일기의 맨 마지막은 단 세 줄로 끝이 났다. 지난달에 쓴 것이었다.

2015년 3월 6일, 맑음, 낮

팡위커, 마지막으로 물어볼 게 있어. 엄마와 나, 둘 중에 하나만 고르라면 누굴 고를 거야?

엄마겠지. 다 알아.

다음 생에는 절대 내 형 되지 마라.

나는 일기장을 든 채 한참을 멍하니 있었다. 팡위커가 정말로 동생을 위해 사라져버린 것이다.

뜰에 서 있던 우울한 소년이 떠올랐다. 정말 그렇게까지 할 수 있을까? 도대체 어떻게? 나중에 만들어진 인격이 엄마에게 그렇게 강한 애착을 지닐 수 있을까? 심지어 주 인격보다 더 깊이 엄마를 아낀다고? 세쑹메이가 어떻게 했길래?

팡위치는 또 어떤 마음으로 여기까지 와서, 환하게 웃는 얼굴로 엄마를 위로하고 사랑하는 형을 사지로 몰아넣으려 한단 말인가.

일기의 내용이 너무 가슴 아프고 무언가 문제가 있다는 생각이 들었다. 의심되는 점이 너무 많아서 어디서부터 파고들어야 할지도 혼란스러웠다.

게다가 일기에서는 처음부터 끝까지 '아빠'라는 단어가 한 번도 등장하지 않았다. 팡위치의 가족은 이혼, 재혼, 별거 기록이 없는 가정이다. 그런데 아빠는? 어디로 갔을까? 일기에서 몇 번인가 '그 사람'이라는 호칭이 있었는데, '그 사람'이 아빠를 지칭하는 것일까?

그때 한이이에게서 메시지가 왔다. 첫 번째 인격 통합 최면 치료가 끝났다는 것이다.

"다중인격 진위 판단에 착오는 없었어. 팡위커가 팡위치를 위험에 빠트리려는 동기도 딱히 없고. 팡위커는 치료에 아주 협조적이야."

메시지를 받은 나는 어찌 해야 할지 난감하기만 했다. 팡위커에게도 자기 존재는 소중할 텐데, 왜 다른 사람을 위해서 자신을 포기하려 한단 말인가? 팡위치는 팡위커가 자기 외에 다른 사람과는 이야기한 적이 없다고 했다. 그렇다면 그의 삶은 도대체 어떠했단 말인가?

세상이 알아주지 않는 어둡고 고독한 삶. 외부 세계의 기대에 부응해 할 수 있는 가치 있는 일이라고는 그 자신의 소멸이 유일한 그런 삶이라니.

그 이후로 팡위치는 정기적으로 치료를 받으러 왔고, 치료 경과도 꽤 좋았다. 팡위커에게 묻고 싶은 말이 너무도 많았지만 그 이후로는 한 번도 나타나는 걸 볼 수가 없었다. 일기장은 내가 계속 가지고 있었다. 그걸 가져온 날, 팡위치가 돌려 달라고 했는데 내가 좀 더 가지고 있어도 되냐고 묻자 팡위치도 아무렇지 않게 그러라고 했다. 나는 좀 희한하다는 생각이 들어 이렇게 물었다.

"근데 이건 너와 형의 비밀 화원이잖아? 내가 갖고 있어도 괜찮겠어?"

팡위치는 싱긋 웃었다.

"선생님한테 이야기를 했다면서요. 아마 뭔가 대답해주고 싶었던 거 아닐까요. 그게 뭔지 알게 되면 저한테도 알려주세요. 형이 절 보려고 하지 않아요."

그래서 일기장은 줄곧 내 손에 있었다. 나는 여러 번 반복해서 한 글자 한 글자 꼼꼼히 살펴보았다. 그리고 뭔가 이상한 점을 발견했다.

엄마한테 수영 배우고 싶다고 얘기했는데, 쓸데없는 일에 정신 팔지 말래.
나도 어릴 때 수영에 완전히 빠져 있었다는데, 왜 난 기억이 안 나지?

이 말은 팡위치가 어릴 때 수영을 배웠는데, 그걸 기억하지 못한다는 뜻이다. 그런데 팡위커는 수영을 좋아하고 게다가 수영을 할 수 있다. 그렇다는 건 팡위치에게는 어릴 때 수영을 했던 기억이 없고 팡위커에게는 있다는 뜻이 아닐까?

그런데 주 인격에게 어떻게 어릴 때의 기억이 없단 말인가? 어릴 때의 기억이나 배운 경험을 기억하지 못하는 건 늦게 분열된 보조 인격에게 나타나야 할 현상인데 말이다.

팡위치가 주 인격이라는 점에는 착오가 없었다. 신분증이나 엄마의 태도를 통해서도 이 집안에 원래부터 있었고 가장 자주 나타나는 건 팡위치인 게 분명했다. 일기 속 대화에서도 동생이 주 인격으로 존재하고 형은 자주 등장하지 않는 존재였다.

그럼 도대체 무엇이 문제일까?

혼란에 빠진 나는 손에 든 일기장을 떨어트리고 말았다. 그리고 일기장을 주우려다가 무심결에 페이지의 맨 뒷장을 집어 들었다. 그런데 거기에 뭐라고 적힌 글씨가 있었다. 삐뚤빼뚤한 글씨체. 팡위커의 것이었다. 잘 보이지 않도록 페이지 사이, 틈새에 숨겨져 있었다.

너가 생각하는 것보다 훨씬 더 널 사랑해. 내가 널 위해 뭘 포기했는지 넌 영원히 모를 거야.

가슴이 쿵쾅거렸다. 이건 팡위치에게 남긴 말일까? 팡위치가 보았을까? 팡위커는 동생을 위해 뭘 포기했을까? 그전에 생각했던 의혹들을 종합해볼 때 좋지 않은 예감이 들었다.

나의 추측을 검증하기 위해 기회를 엿보다 어느덧 팡위치의 마지막 최면 치료 날이 되었다.

그간 두 인격의 협조로 인격통합치료는 무척이나 순조로웠다. 한이이도 다중인격 치료가 이렇게까지 쉽게 진행된 적은 처음이라고 했다. 인격이 둘밖에 없기도 하고 보조 인격이 치료에 잘 응해주어서 그런 것 같았다.

사실 치료는 거의 마무리된 것이나 다름없었지만, 늘 그렇듯 마지막에는 꼭 고비가 있기 마련이다. 한이이는 보조 인격이 성장 환경에 미련이 남아 있다고 생각했다. 그래서 마지막 최면 치료를 팡위치 집 안에서 하자고 제안했다. 특히 침실에서 하는 게 가장 좋다고 했다. 하지만 셰쑹메이가 단번에 거절 의사를 밝혔다. 그녀는 꽤 난감한 듯 이야기했다.

"죄송해요. 집에 애들 아빠가 있거든요. 그건 좀 불편해요."

우리는 그제야 알게 되었다. 팡위치가 치료받는 사실을 아버지는 모르고 있었다. 심지어 그는 팡위치에게 분열된 인격이 있다는 것조차 모르고, 자기 아들이 그저 밝고 쾌활한 아이인 줄 안다고 했다. 셰쑹메이가 남편에게는 숨기고 팡위치를 병원으로 데려온 것이었다.

셰쑹메이가 우리에게 애원했다.

"아이 아빠가 보통사람이 아니거든요. 아들한테 문제가 있다는 걸 사람들이 알아서는 안 돼요."

한이이는 이해한다며 그녀를 안심시킨 후 집안 모습을 사진으로 찍거나 평소 쓰던 물건을 가져다가 최면실을 좀 더 익숙한 환경으로 만들어보자고 했다.

어떤 물건이 가장 효과적일지, 사진을 어떻게 찍어야 가장 좋을지 의사보다 더 잘 아는 사람은 없을 것이다. 그래서 나는 자진해서 샤오리즈와 동행해 셰쑹메이의 집으로 향했다. 그동안 팡위치는 병원에 남아 최면 치료받을 준비를 했다.

가는 내내 셰쑹메이는 우리에게 신신당부했다. 집에 도착해서 우리가 의사라는 걸 남편이 절대 알아서는 안 되니 학교 선생님인 척하라고 말이다.

팡위치의 집은 으리으리했다. 집으로 들어가니 과연 팡위치의 아버지가 있었다. 그는 우리에게 고개만 끄덕이고 별말 없이 서재로 들어가더니 문을 닫았다. 바쁜 듯했다.

나는 곧장 팡위치의 방으로 향했다.

"어릴 때 이름을 잘못 썼던 시험지 좀 전부 찾아주세요."

셰쑹메이는 잠시 당황하더니 우물쭈물 이야기했다.

"그건, 벌써 다 없어졌죠."

나는 포기하지 않았다.

"그럼 어릴 때 사진 앨범을 전부 꺼내와주세요."

셰쑹메이는 곧바로 앨범을 가져왔다.

샤오리즈는 휴대폰을 꺼내 방안을 촬영하기 시작했다. 그리고 사진을 바로 한이이에게 전송했다. 얼마 지나지 않아 샤오리즈가 소식을 전했다.

"오, 사진 몇 장으로 바로 효과가 있나보네. 완전 편한데. 그쪽 보조원이 물건은 챙길 필요 없다네요. 벌써 최면 시작했대요."

나는 눈썹을 찡그리며 더 서둘렀다.

"누님, 뭘 그렇게 찾아요?"

"빨리 시험지 찾아봐. 전부. 어서."

내가 정색한 모습에 놀란 샤오리즈는 다급하게 물건을 뒤지기 시작했다. 너무 급하게 하는 통에 책상 모서리에 발을 찍혔다. 비명을 지르며 내려다보니 책상 모서리에 뭔가 깔려 있었다. 쭈그리고 앉아 그 물건을 끄집어냈다. 작은 노트였다. 깊숙이 밀어 넣은 듯 한쪽 귀퉁이만 조금 나와 있었다. 언뜻 보기에는 책상다리를 받쳐놓은 것 같았다. 표지에 이름이 적힌 자리는 새까맣게 덧칠이 되어 뭐라고 썼는지 보이지 않았다.

얼른 펼쳐봤다. 한눈에도 알아볼 수 있는 삐뚤빼뚤한 글씨가 보였다. 팡위커가 쓴 것이다. 팡위커가 쓴 일기라니!

단어 구사나 문장을 통해 아주 어릴 때 썼다는 걸 알 수 있었다. 틀리게 쓴 글씨도 있었고, 한자를 몰라 병음*으로 써놓은 글자도 있었다.

위에 쓰인 날짜를 보니 일곱 살 무렵에 쓴 일기였다. 그렇다면 일곱 살 때 이미 팡위커가 팡위치에게서 분열되어 나왔단 말인가?

얼른 내용을 훑어보았다. 몇몇 문장이 눈에 띄었다.

나는 다른 친구들하고 다른 것 같다. 친구들은 책을 아주 빨리 읽는데, 나는 안 그렇다. 친구들은 산수도 잘 하는데 나는 안 그렇다. 아빠가 쳐다볼 때 무섭다.

나는 시험이 싫다.

엄마하고 아빠가 또 싸웠다. 몰래 들었다. 아빠가 하나 더 낳자고 했다. 엄마가 몸이 안 좋아서 낳지 못한다고 뭐라고 했다. 그리고 엄마가 몸이 안 좋아서 바보 같은 저런 놈을 낳았다고 했다.

오늘 시험을 치는데 갑자기 아무 느낌이 없었다. 깨어나니까 문제가 다 풀려 있었다. 점수가 좋았다. 어떻게 된 거지?

동생이 생겼다. 동생은 엄청 똑똑하다. 엄마도 좋아한다. 아빠도 기뻐한다. 나도 기분이 좋다.

새 이름이 생겼다.

일기는 거기서 멈춰 있었다.

눈앞이 어느새 흐려지고 일기장을 들고 있는 것조차 힘겨웠다. 맨 마지막 장까지 페이지를 넘겼다. 역시나 팡위커는 은밀한 곳에 메시지를 남겨놓았다. 최근에 쓴 필적이었다.

병음(拼音) 중국어 표준 발음을 로마자와 성조로 표기한 규칙.

너가 날 대신해서 엄마를 행복하게 해드려.

샤오리즈가 다가왔다. 경직된 목소리였다.

"시험지는 못 찾았어요. 그런데 이것 좀 보세요."

그가 유치원 기념 앨범을 건넸다. 아이들의 사진과 이름이 수록되어 있었다. 사진 속에서 한눈에 팡위커를 알아보았다. 침울한 표정으로 가장 구석에 앉아 있었다. 이름이 팡위커라고 쓰여 있었다.

처음부터 지금까지 그는 팡위치가 아닌 팡위커였다.

샤오리즈의 입에서 욕이 튀어나왔다. 돌아서며 발길질을 하던 그의 발에 상자 두 개가 나뒹굴었다. 선물 상자 같았다. 비밀 화원 일기에서 팡위치가 이야기했던 엄마의 크리스마스 선물이 떠올랐다.

얼른 상자를 열어보았다. 두 상자 속에 들어 있는 선물은 똑같았다. 축하 카드도 있었다. 먼저 펼친 것은 위치에게 쓴 것이었다.

위치야, 메리 크리스마스. 항상 건강하고, 네 소망이 이루어졌으면 좋겠다.

팡위커에게 쓴 카드를 펼쳤다. 멋진 카드에 딱 한 줄이 적혀 있었다.

내 아들을 놓아주렴.

팡위커가 왜 갑자기 팡위치에게 병원에 가서 치료하라고 했는지, 심지어 목숨을 건 협박까지 했는지 알 수 있었다. 무엇이 그런 결심을 하게 만들었는가? 바로 그가 가장 사랑하는, 가장 행복하게 해주고 싶은 어머니가 그에게 '똑똑한 아들'을 놓아 달라고 부탁을 한 것이다.

그때 셰쑹메이가 방으로 들어왔다. 나와 샤오리즈가 이상하다는 걸 전혀 눈치채지 못한 그녀는 앨범을 펼쳐 우리에게 보여주었다.

"가져가실 거예요? 아니면 사진으로 찍으실 거예요?"

그 앨범에는 찬란하게 웃고 있는 팡위치와 부모의 가족사진이 있었다. 한 장 한 장 넘겨보았지만, 팡위커는 어디에도 없었다. 환하게 웃고 있는 팡위치의 매력적인 미소만 가득했다. 앨범 속에는 열두 살 즈음부터의 사진만 있었다. 그보다 더 오래된 사진은 이 고급스러운 앨범에 어울리지 않는다는 듯, 한 장도 들어 있지 않았다.

"위커하고는 사진 찍은 적 있으세요?"

셰쑹메이가 어리둥절했다. 왜 이런 질문을 하는지 도통 이해할 수 없다는 표정이었다.

"팡위커의 이름은 언제 개명하신 거죠?"

셰쑹메이의 안색이 순식간에 변했다.

나는 앨범을 덮었다.

"팡위치가 어렸을 때 이름을 잘못 쓴 건 사실입니다. 하지만 사람이 바뀌었죠. 팡위커가 이름을 팡위치로 적었으니까요. 그때부터 아이의 성적이 눈에 띄게 좋아졌고요. 그때 분명 뭔가 잘못되었다고 생각하셨겠죠. 그런데 그 잘못된 일이 아들을 향한 어머니의 기대를 충족시켰어요. 그래서 아예 아이 이름을 팡위치로 바꿔버린 겁니다. 개명하고 난 후로는 이름을 잘못 쓰는 일이 없었겠죠. 그렇죠?"

셰쑹메이는 사색이 된 얼굴로 입도 벙긋하지 못했다.

학업 스트레스에 시달리는 똑똑한 동생이 머리 나쁜 형을 불러내 엄마에게 반항한 것이 아니었다. 진실은 성적이 좋지 못한 형이 머리 좋은 동생을 불러내 엄마의 마음을 달래준 것이었다.

"왜 그 이후로 이름을 잘못 쓴 적이 없는지 생각해보셨어요? 그 우울하고 어리숙한 아들은 어디로 갔나요? 그 애는 갑자기 나타난 동생이 엄마를 즐겁게 해주기만을 바랐어요. 그런데 어머니는 애 이름까지 바꾸셨죠. 그때 아이는 부모님이 자기에게 어떤 기대도 하지 않고 자기가 필요하지도 않다는 걸 알았어요. 그날부터 팡위치가 주 인격이 된 겁니다."

"팡위커는 자기가 보조 인격이 되어서도 계속 동생의 성적에 관심을 쏟고 엄마의 기분이 어떤지 신경 썼어요. 그리고 결국에는 엄마를 위해서라면 자기가 없어져도 좋다고 생각한 거예요."

"자기같이 쓸모없는 아들이 엄마를 행복하게 해줄 수 있는 유일한 방법은 바로 스스로 사라지는 길이라는 걸 안 거죠."

셰쑹메이는 아무 저항도 하지 못하고 두려움에 떨었다.

나는 휴대전화를 꺼내 들었다. 한이이에게 전화를 걸어 주 인격과 보조 인격을 반대로 알고 있으니 최면을 계속해서는 안 된다고 말해야 했다. 그런데 내가 통화 버튼을 누르자마자, 셰쑹메이가 달려들어 내 휴대전화를 떨어트리더니 발로 차버렸다.

나는 경악했다. 그녀의 눈빛은 광기로 뒤덮여 미치기 일보 직전이었다. 셰쑹메이가 재빨리 내 앞에 무릎을 꿇고 앉아 흐느끼기 시작했다.

"딱 한 번 남았잖아요. 그러지 마세요. 제발 빌게요. 위치한테 무슨 일이 생기면 안 돼요. 절대로 사라지면 안 된다고요."

나는 도저히 믿기지 않는다는 듯 그녀를 보았다. 말도 제대로 나오지 않았다.

"어머님이 낳은 자식은 팡위커잖아요."

세쑹메이는 밖에 있는 남편이 들을까 봐 울음소리마저 숨을 죽였다. 그리고 내 바짓가랑이를 붙잡았다.

"알아요. 내 아들이 누군지도 모를까요? 그런데 나도 다른 방법이 없어요. 애 아빠는 위커를 절대 받아들이지 못해요. 어릴 때 애를 버릴 뻔했다고요. 어쩔 수가 없어요. 진짜 방법이 없어요. 위치가 우리 아들이어야 한단 말이에요!"

나는 무슨 말을 해야 할지 몰랐다. 화가 난 샤오리즈가 내 휴대전화를 주워들더니 세쑹메이를 뿌리치고 나를 데리고 밖으로 나왔다. 뛰어 나오는 우리 뒤를 세쑹메이가 울면서 쫓아왔다.

택시를 잡아타고 병원으로 돌아오는 길에 샤오리즈가 몇 번이나 전화를 걸었다. 보조원은 이미 최면이 시작되어 한이이를 방해할 수가 없다는 말만 반복했다. 화가 난 샤오리즈의 입에서 욕이 튀어나왔다.

나는 혼란스러움에 정신이 나가 있었다. 머릿속은 온통 뜰에서 만났던 소년 생각뿐이었다.

소년은 자기에게서 분열되어 나온 동생에게 팡위치라는 이름을 지어주었다. '치(奇)'는 '커(可)'에 '크다(大)'는 뜻이 더해진 글자이다. 똑똑하고 사랑스러운 동생을 자기 자신보다 더 대단한 사람이라 여겼다는 뜻이다.

그는 형이 아니라 동생을 만들어냈다. 잠재의식 속에서 자기 자신을 보호자의 위치에 놓고 엄마를 지키려 했고 엄마를 행복하게 하는 동생을 지키려 했다.

가끔 원래의 인격으로 나타나기도 했다. 하지만 세쑹메이가 자신을 보고 싶어 하지 않는다는 걸 알고 인격의 전환도 마음대로 통제할 수가 없자 팡위치처럼 보이게 연기를 했다. 세쑹메이가 의심하거나 힘들어하지 않도록 말이다.

그는 그런 상황에 익숙해져 갔다. 크나큰 고통과 가슴앓이를 참아가며 팡위치를 연기하고, 팡위치에게만 허락된 엄마의 사랑을 지켜보았다. 차츰 자신을 드러내지 않고 다른 사람과 어울리지 않으면서 존재감마저 잃어 갔다. 이미 오래전부터 자신이 떠나야 한다고 생각했을 것이다.

그는 심지어 자신이 주 인격이라는 사실을 팡위치가 알지 못하게 했다. 엄마에게 행복을 안겨주는 동생 곁에서 기꺼이 함께했고 동생을 더없이 아끼고 사랑했다. 팡위치가 뭘 믿고 주 인격이 될 수 있었는지 묻는다면, 그건 분명히 원래 주 인격이던 그가 십 년을 한결같이 사랑하고 돌보았기 때문이라고 할 수 있다.

처음 팡위커를 만났을 때, 고양이에 관해 물었던 것이 무슨 뜻인지 이제야 알 것 같았다. 그 애가 말하고 싶었던 것은 고양이가 아니라 바로 엄마였다.

"다가가면 도망가버릴까요?"

(내가 주 인격으로 있으면, 엄마는 도망가버릴까요?")

"그럼 제가 저 멀리 가면 따라올까요?"

(내가 사라지면, 엄마는 날 그리워할까요? 날 찾을까요?)

"글쎄. 너랑 아무 사이도 아니잖아."

"무슨 사이라면요?"

(우리는 엄마하고 아들 사이예요.)

더는 생각하기도 싫었다. 팡위커라고 두려움과 아쉬움이 없었을까. 다시는 수영할 기회가 없을 것 같았다고 했던 말은 그 때문이었을 것이다. 그 역시 자신의 모습 그대로 살고 싶은 게 당연하다.

샤오리즈가 이해할 수 없다는 듯 물었다.

"팡위커는 왜 저런 엄마 때문에 자기를 희생하려고 하죠? 저런 엄마가 뭐가 좋다고?"

나는 대답할 수 없었다. 아이들은 사랑받지 못할 때 먼저 부모를 원망하지 않고, 오히려 자신이 어디가 나쁘고 사랑받을 가치가 없었는지 반성한다. 부모의 사랑을 갈구하는 것은 아이가 성장하는 과정에서 가장 주된 관심사다. 팡위커 역시 그저 사랑받으려고 노력했을 뿐이다.

다만 팡위커는 도대체 누가 그런 가치가 있는지 깨닫기도 전에 제대로 된 성장이 멈춰버렸다. 그래서 영원히 부모의 사랑을 갈구하는 쳇바퀴에서 헤어 나오지 못한 것이다.

택시에서 내리자마자 총알같이 안으로 튀어 들어갔다. 최면실에 도착하니 보조원이 문 앞을 지키느라 진땀을 빼고 있었다. 샤오리즈가 연달아 퍼부은 전화에 겁을 집어먹은 것 같았다. 하지만 그것도 아무 소용 없었다. 최면이 시작된 이상, 그 누구도 방해해서는 안 된다. 그러지 않으면 환자에게 심각한 영향을 미칠 수 있기 때문이다.

우리는 그렇게 문밖에서 속수무책으로 최면이 끝나길 기다렸다. 한이이가 지친 얼굴로 나오더니 싱긋 웃었다.

"성공했어. 치료는 오늘로 완전히 끝났어."

그 자리에 있던 세 사람은 아무도 웃을 수 없었다. 샤오리즈는 절망에 휩싸여 머리를 벽에 처박았다. 끝내 울음이 터져 나왔다. 무언가 잘못되었음을 직감한 한이이가 무슨 일이냐고 물었다. 나는 샤오리즈가 아무 말도 못하게 막았고, 한이이는 한참이나 우리를 지켜보았다.

그때 다급한 발소리가 다가왔다. 숨이 턱까지 차 헐떡거리는 세쑹메이였다. 한이이가 그녀에게 알렸다.

"딱 맞춰 오셨네요. 아드님 치료는 성공적으로 끝났어요. 지금 쉬고 있으니까 깨어나면 제가 불러드릴게요."

한이이는 말하는 내내 우리를 몇 번이나 힐끔거리더니 최면실로 들어갔다.

셰쓩메이가 안도의 한숨을 내쉬더니 앉아서 천천히 숨을 골랐다. 잠시 후, 그녀의 얼굴에서 기쁨의 빛이 사그라들더니 얼떨떨한 말투로 물었다.

"치료가 성공적으로 끝났다는 게 무슨 뜻이에요?"

분노에 휩싸인 샤오리즈가 목소리를 억누르며 외쳤다.

"어머님의 소중한 아들 위치가 완벽해졌단 말이죠. 팡위커는 다시 나타나지 못하겠지만!"

셰쓩메이가 또 멍하니 있더니 어눌하게 물었다.

"없어졌다면, 그게, 그 애가 죽었다고요?"

"그래요. 죽었다고요. 원하시는 대로 됐잖아요?"

셰쓩메이는 그제야 무언가 깨달은 듯했다.

"내 아들 위커가 죽었다고요?"

그녀의 말에 더욱 화가 난 샤오리즈는 차마 보기도 싫다는 듯 돌아서 버렸다.

한참을 그러고 있던 셰쓩메이가 갑자기 무너져버렸다. 바닥에 엎드린 채 하늘이 무너질 듯 대성통곡을 시작했다.

의외의 상황에 샤오리즈는 깜짝 놀라 물었다.

"무슨 낯짝으로 저렇게 우는 거야?"

셰쓩메이는 점점 더 심하게 더 구슬프게 울음을 쏟아냈다. 평생 자신을 옥죄어 왔던 억울함과 서러움을 모두 씻어내기라도 하는 것처럼.

나는 그녀를 꾸중하려는 샤오리즈를 막아섰다. 그리고 그녀에게 다가가 무릎을 꿇고 이야기했다.

"팡위커는 죽은 게 아니에요."

셰쑹메이가 울음을 참고 눈물이 그렁그렁한 눈으로 나를 보았다.

"치료는 분열된 인격을 하나로 통합하는 과정입니다. 그러니까 위커는 위치의 인격에 흡수되고 통합된 거예요. 둘이 합쳐서 하나가 된 거죠. 예전과 똑같이 모두 어머님 아들이에요. 이제 위험한 일도 없을 거고 둘 다 건강하게 자랄 테니 잘된 일이죠. 치료받기로 한 결정, 잘하셨어요."

"그게 정말이에요?"

"의사가 거짓말해서 뭐해요."

셰쑹메이가 몸을 일으키더니 나에게 연신 고맙다고 인사를 했다. 그리고 눈물을 닦더니 보조원을 따라 위치가 있는 최면실로 향했다.

나는 뒤에서 소리쳤다.

"위치가 괜찮아지면 같이 수영하러 다녀오세요."

셰쑹메이는 고개를 끄덕이며 최면실로 들어갔다.

샤오리즈가 버럭 소리를 질렀다.

"그건 거짓말이잖아요. 뭐하러 그런 소릴 해주는 건데요. 자기가 무슨 짓을 저질렀는지 알게 해야지!"

"알게 하면, 어떻게 될 것 같은데?"

"뭐가 어떻게 되는데요?"

"그러고 돌아가면 아들을 죽였다는 죄책감을 평생 안고 살 텐데, 그럼 팡위치는 앞으로 어떻게 살라고? 그런 미안함이 두 모자 관계에 아무런 악영향도 끼치지 않을 거라고 생각해?"

샤오리즈는 대답하지 못했다.

"팡위커는 이제 완전히 사라졌지만, 팡위치는 아직 살아 있잖아. 샤오리즈, 아이가 행복하게 살아가는 데 제일 중요한 전제 조건이 뭔지 알아?"

"뭔데요?"

"엄마의 행복이야."

샤오리즈는 내 말에 기가 한풀 꺾였다.

뒤돌아서서 걷는데 다리가 천근만근이었다. 샤오리즈가 걱정스러운 듯 물었다.

"괜찮아요? 어떻게 그렇게 아무렇지 않을 수 있어요……. 이 상황이 너무 비정상적인데."

"아니면 어쩔 건데. 나도 데굴데굴 구르면서 눈물 콧물 다 쏟을까? 시간이 지나면 다 알게 될 거야. 마음속에 먼지가 한 겹 한 겹 쌓이고 또 쌓여서 산이 되고 나면 조그만 티끌 하나는 신경도 쓰이지 않는 법이거든. 산이 되도록 해. 샤오리즈."

나는 그의 어깨를 툭툭 쳤다. 그리고 목이 말라 물을 마시러 가려는데 환자복을 입은 환자 한 명이 내 옆을 지나갔다. 나는 옆으로 비켜서서 공간을 내어주었다. 방금 최면을 마치고 나온 환자인 듯했다.

"조금 전 그 산 비유는 오만 아닌가요."

나는 깜짝 놀라 환자를 쳐다보았다. 마흔 남짓의 남성, 단정하고 기품 있는 자세가 입원 병동의 다른 환자들과는 확연히 달라 보였다. 유난히 맑고 또렷해 보이는 남자였다.

그는 나와 샤오리즈가 한 이야기를 들었다. 그리고 나를 향해 웃으며 방금 받은 물을 손에 들고 이야기했다.

"산이라고 생각했던 내가 사실은 작은 물 잔에 불과할 수 있죠. 먼지라고 생각한 것이 그 속에 담긴 뜨거운 물일 수도 있고요. 먼지가 쌓여 산을 이루었다고 했지만, 사실은 그저 끓는 물이 잔에 넘칠 듯 꽉 찬 걸 수도 있다고요. 자신을 단단한 바위라 생각하지만 사실은……"

그가 손톱으로 손에 든 잔을 팅기자, 뜨거운 물이 흔들리며 조금씩 넘쳐흘렀다.

"사실은 금세 터져버릴 수 있겠죠. 부정적인 감정을 수용할 수 있는 자신의 능력을 너무 과대평가하지 마세요. 아주 위험합니다."

말을 마친 그는 웃으며 자리를 떠났다. 차분하고 안정감 있는 걸음걸이는 조금도 아픈 사람 같지 않았다. 호기심이 일었다.

'우리 병원에 저렇게 독특한 분위기를 풍기는 달변가가 있었던가. 내가 모를 리 없을 텐데. 새로 온 환자인가?'

팡위치가 치료를 받고 돌아간 후, 관리를 위해 몇 번 집을 방문했다. 셰쑹메이의 기분은 어떤지, 팡위치에게 별다른 영향은 없는지 확인하고 싶었고, 팡위커가 주 인격이라는 사실을 팡위치가 알지 않도록 당부하기 위해서였다. 한편으로는 팡위치를 만나고 싶은 마음도 있었다.

그 애가 나를 쳐다볼 때마다, 나는 우울하고 음침한 눈빛을 기대했다. 그럴 리 없다는 걸 알면서도.

한번은 그 애에게 비밀 화원 일기장 속 틈새에 남겨져 있던 글을 보여주었다. 팡위치는 별다른 반응을 보이지 않고, 그저 손끝으로 글씨를 어루만졌다.

"예전에도 봤구나?"

팡위치가 고개를 끄덕였다.

"안 그랬으면 제가 어떻게 병원에 갔겠어요. 형은 절 버린 게 아니에요. 다른 방법으로 계속 사랑하고 아껴준 거예요. 저는 아직도 형을 느낄 수가 있어요. 병원의 치료를 못 믿는 게 아니라 뭔가 말로 표현할 수 없는 느낌……."

자신의 느낌을 설명하려고 애쓰는 위치를 보면서 나는 씩 웃었다.

"알겠어. 말로 표현할 수 없는 그 느낌."

그 이후로 나는 입원 병동 통로를 지나가다 문득문득 그 소년을 떠올렸다. 고양이에게서 눈을 떼지 못하던 소년, 사람을 똑바로 보지 못하던 그 소년의 눈 속에는 그 무엇보다도 깊고 순수한 사랑이 숨겨져 있었다.

정신보건센터 입원기록

입원일시 2015/9/11 9:30

담당과실	임상2과	병동	남성 병동	침상번호	3	입원번호	571
성명	팡위치	성별	남	연령	17		
보호자	셰쑹메이	관계	모				

주요 사항

다중인격. '팡위커'라는 형이 있다고 생각함.

인적 사항

상하이 출생. 성장환경 양호하며 성격이 쾌활하고 외향적이다. 가족력 없음. 가정 환경이 훌륭하며 부모님이 좋은 교육 환경을 제공했지만, 환자에게 다소 엄격한 면이 있음.

경과 및 치료

12세부터 인격이 분열되는 현상이 나타남. 처음에는 시험지에 이름을 잘못 쓰는 정도였으나, 점점 거울을 보면서 혼자 대화를 하기 시작함. 표정이나 태도, 말투가 모두 바뀜. 환자는 수영을 못하는데 7개월 전 수영을 하러 갔다가 물에 빠져 병원에 입원함.

정신검사

논리적인 면, 문답 등에 어려움이 없음. 인격 분열을 보임. 인격 전환 시, 변화가 명확함. 팡위치의 인격이 나타날 때, 반응성이 좋고 성격도 쾌활함. 보조 인격 팡위커는 비교적 억압된 느낌. 대화를 즐기지 않음. 환자가 보조 인격에 대한 의존도가 강하며 친밀도가 높음.

초진 진단

다중인격

서명: 류쓰
2015. 9. 13.

불행한 웃음
- 미소우울증

질병예방통제센터에서 최근 새로운 프로젝트를 시작했다. '미소의 집'으로 불리는 이 프로젝트는 스마일마스크증후군이 있는 이들을 대상으로 재활 환자 커뮤니티센터에 공간을 마련하고 지역 주민 누구나 참여할 수 있도록 했다. 행사는 간단한 파티처럼 진행하고 우울증을 떠올리는 분위기는 완전히 배제했다.

우울증의 일종인 스마일마스크증후군은 최근 직장 생활이나 타인과의 교류 과정에서 자주 나타난다. 우울한 기분 상태로 사회적인 에티켓에 걸맞게 자기를 위장하고 억지웃음을 짓는 것을 이른다. 외부에서 받은 스트레스를 잘 해소하지 못하는 사람이 속으로는 견딜 수 없는 상처를 받으면서도 겉으로는 밝고 긍정적인 기분인 척하는 것이다. 그런 사람들은 다른 사람에게 자기 속내를 들킬까 봐 겁을 내고, 자존심도 세다. 마음을 터놓고 소통하거나 솔직하게 표현하는 경우가 드물고 홀로 내면의 어둠과 마주한다. 그들의 미소와 열정은 연기 성향이 강하고 지신의 감정과 내적인 경험이 일치하지 않아 진실한 표현을 하기 어려워한다.

이 증상을 보이는 환자들은 병원 치료를 받는 경우가 드물고 자신을 환자로 여기지 않는 경우도 많아서 의사가 할 수 있는 일에도 한계가 있다. 그래서 사회복지과에서 발벗고 나서서 병원 외부에서 행사를 여는 형식으로 접근해보기로 했다.

미소의 집 프로젝트는 왕 선생의 제안이었다. 사회복지학 석사 학위를 받은 그는 질병예방통제센터를 짊어지고 나갈 훌륭한 인재이다. 유능하고 환자들의 일을 자기 일처럼 여기며 매사에 솔선수범한다. 그의 꿈은 정신병으로 인해 생기는 세상의 모든 고통을 없애는 것이다. 그래서 환자들에게는 인기가 좋지만, 의사들 사이에서는 눈총을 받는 편이었다. 환자의 빠른 회복을 위해서라면 때와 장소를 가리지 않고 의사들을 들들 볶아대는 탓이었다. 본인의 사무실은 분명 저쪽 사회복지부 건물에 있는데 임상1과, 2과에 모습을 보이기 일쑤였고, 뒤를 쫓아다니며 재활 환자의 입원 당시 상황을 묻고 다니는 통에 의사들은 왕 선생만 보이면 피해 다니기 바빴다.

미소의 집 프로젝트는 올해 사회복지부서에서 진행하는 대형 프로젝트였고 기획과 진행을 모두 왕 선생이 맡았다. 듣기로는 재작년부터 거론된 프로젝트였지만 네다섯 차례나 승인이 거절되었다가 올해 겨우 통과되었다고 했다.

프로젝트는 크게 두 부분으로 구성되었다. 첫째는 잠재적인 스마일마스크증후군 환자들이 참여할 수 있는 행사와 교류의 장을 여는 것이다. 여기서는 다양한 게임과 오락 중심 프로그램을 통해 치료에 임할 의사가 있는 사람들을 가려내 작은 그룹을 만든다. 둘째는 그렇게 만들어진 그룹의 모임을 지속하면서 더 많은 사람들이 스마일마스크증후군에 효과적으로 대처하고 병을 극복하도록 돕는 것이다.

이 활동은 우울증을 전면에 내세우지 않았다. 우울증이라는 말은 아예 언급도 하지 않았고, 기존의 식상한 심리학 강연이나 교류 활동과는 완전히 차별화된 레크리에이션 활동을 지향했다. 행사 광고판과 전단지에 쓰인 문구도 '즐거운 듯 즐겁지 않은 사람들의 즐거운 축제' 였다.

처음에는 찾아오는 사람이 많지 않았다. 참가를 원하는 사람 중에도 행사의 목표에 부합하지 않는 사람이 많았다. 온라인에서 간단한 테스트를 진행한 후 현장에 도착한 사람은 열 명 남짓이었다. 게다가 막상 참여자들도 행사장에 직접 나오는 걸 꺼리는 듯했다. 이 활동의 성격을 잘 몰랐고, 그저 '정신건강과 관련이 있다, 먹고 마실 것과 다양한 놀이프로그램이 있다, 무료이다' 정도만 알기 때문이었다.

그리고 그 열 명 중에 프로그램의 진행 조건에 부합하고 미소의 집 그룹 모임에 장기적으로 참여하겠다고 한 사람은 한 명뿐이었다.

당연한 결과였다. 스마일마스크증후군은 학력이 높고 사회적 지위가 높은 비교적 성공한 사람들에게서 나타나는 경우가 많은데, 이들은 사생활 노출에 민감해서 이런 곳에서 자신을 노출하길 꺼릴 뿐 아니라 굳이 이런 활동에 시간을 할애하고 싶어 하지 않았다. 그래서 미소의 집 프로젝트는 오프라인 활동 외에도 온라인 나눔의 날과 생방송으로 테스트를 진행하는 행사를 열었다. 온라인 활동은 더 많은 잠재 환자와 접촉할 수 있는 통로가 되었고, 익명성이 잘 보장되기에 참여도 또한 더 높았다.

오프라인 활동 세 번째 쯤에는 참여자가 삼사십 명으로 늘어났다. 나는 질병예방통제센터로 보직이 변경되어 왕 선생의 프로젝트 현장에서 일하게 되었고, 샤오리즈는 여전히 임상2과 소속이었지만 나를 따라 일을 도왔다. 현장은 생각보다 열기가 뜨거웠다. 환자들은 모두 웃는 얼굴에 이골이 난 사람들이었다. 그래서인지 샤오리즈는 여기 어딜 봐서 우울증 환자가 있냐고, 다들 자기보다 건강한 것 같다고 탄식했다.

주위를 둘러보니 사람들 대부분이 첫 만남의 어색함을 뒤로하고 경쟁이라도 하듯 활기를 띠고 있었다. 환자 서른 명을 쭉 훑어보았다. 오늘은 모임에 계속 참여할 사람을 두세 명 정도 가려낼 수 있을 것 같았다.

행사 진행에 필요한 도구들이 너무나 많아서 이리저리 바쁘게 움직이다가 하마터면 물건을 떨어트릴 뻔했다. 그러다 지나가는 여자아이에게 도움을 청했다. 중학교 교복을 입고 머리를 높이 올려 묶은 여학생이었다. 활달하고 친절한 성격에 말도 솔직담백하게 했다. 그 아이는 재빠른 몸짓으로 나를 돕더니 일부러 몇 번이나 더 왔다 갔다 하면서 물건을 대신 날라주었다.

아이의 이름은 후베이베이였다. 중학교 2학년인 이 아이는 집에 가는 길이었다고 했다. 후베이베이는 땀을 뻘뻘 흘리며 나를 도왔다. 나는 너무 고맙고 미안해서 음식도 먹고 좀 놀다 가라고 했다. 어차피 행사장에 먹거리는 남아돌았으니까.

후베이베이는 무슨 행사를 하는 거냐고 물었고, 나는 심리, 정신 건강을 위한 행사라고 설명해주었다. 행사장을 쭉 둘러본 그 애는 신이 난 듯 웃었다.

"이렇게 놀면서 하는 정신 건강 이벤트도 있네요."

후베이베이는 아주 명랑하고 잘 웃는 아이였다. 어른들만 잔뜩 있는 곳에서도 전혀 겁을 내거나 어색해하지 않고 오히려 아주 자연스럽고 능숙했다. 몸풀기 게임을 할 때도 얼마나 반응이 재빠른지 분위기를 확실히 주도했다. 저녁 내내 울려 퍼지는 그 애의 웃음소리는 주변 사람들에게 금세 전염되었다.

행사가 끝나고 사람들이 모두 돌아간 후, 왕 선생이 계속해서 미소의 집 그룹 모임에 참여할 인원 두 명을 공개했다. 그중 한 사람이 후베이베이였다.

후베이베이가 명단에 들어간 게 이해할 수 없다는 듯 샤오리즈가 왕 선생에게 물었다.

"어디가 우울증 같은가요? 그 아이 덕분에 너무 즐거웠는데요. 게다가 그냥 지나가다 우연히 들어왔잖아요."

그러자 왕 선생이 되물었다.

"어휘 반응 검사에서 그 아이가 제일 먼저 본 단어가 무엇인지 압니까?"

"뭐였나요?"

"학대."

샤오리즈는 더는 묻지 않았다.

어휘 반응 검사는 미소의 집의 여러 활동 중 하나였다. 모두가 웃고 떠드는 가운데 갑자기 모든 활동이 중단된다. 그리고 안내 방송이 나온다. 사방의 벽에 단어 백 개가 뜨면 그중 가장 먼저 눈에 띄는 단어 세 개를 기억했다가 작성해서 제출하고, 다른 사람에게 이야기하거나 상의하지 말라는 것이다.

어휘 반응 검사는 일종의 잠재의식 반응이다. 사람들은 자신이 민감하게 느끼는 단어에 더 빠르게 반응한다. 비슷한 검사로 색깔 반응, 기억 반응, 그림 반응, 눈동자 반응 따위가 있다. 어휘를 기억해야 하는 어휘 기억 검사에서는 30초 이내에 기억하는 단어가 많으면 많을수록 좋긴 하지만 결국 사람들이 더 빨리 기억하는 단어일수록 자기 자신에게 민감도가 높은 단어라고 볼 수 있다. 이런 활동은 잠재의식의 처리 과정을 이용한 것이다. 사람들이 의식적으로 깨닫지 못하기 때문에 거부감이 적고 검사 결과가 직관적이고 사실적이다. 게다가 재미있고 검사 결과를 비밀에 부치기도 쉽다.

벽에 보이는 단어 백 개 중에 절반은 '즐거움, 희망, 행복, 맛집, 디저트, 얼짱, 장미, 햇빛, 반려동물' 같은 긍정적인 어휘고, 나머지 절반은 '슬픔, 절망, 혐오, 공포, 교통사고, 사망, 어둠, 종말' 같은 부정적인 어휘다. 그리고 '우주, 열차, 문고리, 옷'같이 상징성 있는 중립적인 어휘가 일부 섞여 있다.

갑자기 진행된 첫 번째 어휘 반응 테스트에서 후베이베이가 가장 먼저 고른 세 단어는 학대, 감기, 무덤이었다.

어휘 반응 테스트는 행사가 진행되는 동안 총 세 번 이어졌고, 세 번 모두 사람들이 가장 흥이 올랐을 때 예고 없이 진행되었다. 글자의 크기와 색깔이 똑같고 나타나는 방향만 다른 단어 백 개가 네 벽을 가득 채우고 사람들이 빠르게 반응하기만을 기다렸다.

두 번째 10초 어휘 기억 검사에서 후베이베이가 써낸 것은 총 여덟 개 단어였다.

'그림자' '칼' '선지' 'Spider(거미)' '낭떠러지' '거인' 'Suicide(자살)' '매장'.

단어 카드는 각자 따로 쓰고, 참여자들끼리 공유할 수 없었다. 다 쓰고 나서는 벽에 나타난 단어들로 잠시 대화를 나눌 수 있지만 자신이 무엇을 썼는지는 드러내면 안 됐다.

대화를 나누는 몇 분 동안 샤오리즈는 후베이베이가 생글생글 웃으며 옆에 있는 여자와 함께 벽에 적힌 디저트라는 단어를 두고 이야기를 나누는 모습을 분명히 보았다. 심지어 맛있는 디저트를 먹는 모습을 과장된 몸짓으로 흉내 내며 사람들을 즐겁게 만들기까지 했다.

세 차례 진행된 어휘 반응 테스트에서 긍정적인 어휘를 하나도 쓰지 않은 사람은 현장에 있던 서른아홉 명 중에 후베이베이가 유일했다. 이는 극히 드문 일이었다. 보통 잠재의식의 반응은 현재 상태와도 관련이 있다. 어휘 반응은 행사장이 아주 즐겁고 떠들썩할 때 진행되었기 때문에 아무리 못 해도 긍정적인 어휘를 한두 개쯤은 쓰는 게 당연했다.

샤오리즈가 현장에서 대조군으로 실험에 참여하며 10초간 기억한 단어는 총 아홉 개였다.

'전병' 'Joker(조커)' '잠' '의사' 'Fruit(과일)' '카모마일' 'Universe(우주)' '게임' '화장실'.

둘이 써낸 것을 비교해보면 확실히 알 수 있었다. 샤오리즈가 기억한 것은 대부분 긍정적인 어휘였고, 중립적인 어휘가 몇 개, 부정적인 어휘가 가장 적었다.

그리고 왕 선생은 후베이베이와 나눈 이야기를 들려주었다. 행사가 끝나고 행사장을 정리하고 있을 때 왕 선생은 후베이베이를 따로 불러 우울증 검사를 한번 해보겠냐고 물었다고 한다. 후베이베이도 긍정적으로 답해서 검사를 진행했는데, 중증 우울증이라는 결과가 나왔다. 그런데 후베이베이는 검사를 하는 도중에도 웃고 있었고, 오늘 행사가 너무 재미있었다며 다음에 친구들과 함께 와도 되냐고 왕 선생에게 묻기까지 했다.

그 말을 듣고 곧바로 눈치챌 수 있었다. 후베이베이는 오늘 이곳을 우연히 지나친 게 아니었다. 후베이베이는 여기서 스마일마스크증후군에 관한 행사가 있다는 걸 알고 일부러 찾아왔을 것이다. 밖에서 들어올지 말지 고민하며 배회하던 중에 때마침 나와 마주쳤고, 내 부탁을 들어주며 여기로 들어온 것이다.

왕 선생은 그룹 모임 참여 여부를 후베이베이에게 곧바로 물어보지는 않았다. 조금 더 지켜볼 심산이었다. 스마일마스크증후군은 주로 성인에게서 나타나는 질환이고 청소년 환자는 비교적 적기 때문이다. 사춘기 청소년은 원래 감정 변화가 크고 기분이 좋고 싫음이 표정으로 비교적 쉽게 드러나기에 스마일마스크증후군 환자가 굉장히 드문 편이다.

후베이베이는 네 번째 미소의 집 오프라인 행사에도 참석했다. 이번에는 혼자가 아니라 친구 두 명을 더 데리고 왔는데, 하나같이 밝고 유쾌한 여학생들이었다.

이번에는 나도 샤오리즈와 함께 세 소녀를 유심히 관찰했다. 셋은 즐겁게 어울리고 항상 밝게 웃었다. 행사 내내 웃음이 끊이질 않았다.

그런데 그들을 지켜보던 샤오리즈가 인상을 찌푸렸다. 어디가 어떻게 잘못됐는지 말하기는 어렵지만 뭔가 찜찜하다고 했다. 한참 후에 샤오리즈가 나를 돌아보았다.

"근데 쟤네……."

내가 곧바로 말을 받았다.

"너무 닮은 것 같지 않아?"

샤오리즈가 깜짝 놀라 미친 듯이 고개를 끄덕였다.

"근데 또 뜯어보면 생긴 건 완전히 다르지 않아요?"

후베이베이는 뒷머리를 포니테일로 묶고 앞머리 없이 이마를 시원하게 드러내고 있었다. 갸름한 얼굴에 보통 체격이고 키는 큰 편이지만 학생 티가 났다. 두 친구 중 한 학생은 앳된 얼굴에 단발머리를 하고 안경을 꼈다. 아담하고 통통한 체격이 꼭 일본 식당 카운터에 있는 고양이 인형 마네키네코 같았다. 다른 학생은 머리를 어깨까지 길게 늘어뜨리고 옅은 화장을 해 세련된 느낌을 주었다. 계란형 얼굴에 자그마한 눈, 성숙한 분위기였다. 세 사람은 생김새부터 분위기, 복장까지 스타일이 제각각이었고 서로 확연히 달라 보였다. 그런데 또 어딘지 모르게 닮은 느낌이 있었다.

"웃는 모습 때문인지 얼굴이 거의 똑같은 것 같아. 복사한 것처럼 찍어낸 미소 같단 말이지."

우리 앞에 있는 건 세 사람이 아니라, 마치 한 사람이 세 몸으로 복제된 것 같았다.

행사가 끝나고 어휘 반응 검사 결과를 보았다. 세 명 모두 부정적 어휘를 더 많이 골랐고, 이상한 공통점까지 있었다. 반응 검사와 10초 기억 검사에서 세 사람이 전부 한 단어를 공통으로 고른 것이다. 바로 '감기'였다.

후베이베이는 지난번 행사에서도 이 단어를 어휘 반응 검사에서 골랐다. 그리고 이번에는 기억 검사에서 단어를 총 열 개 적었는데, 그중 세 번째가 '감기'였다. 후베이베이의 두 친구 중 한 명은 어휘 반응 검사에서 세 번째로 '감기'를 골랐고 다른 한 명은 기억 검사에서 '감기'를 제일 먼저 기억했다.

그때만 해도 우리들은 이 사실에 별로 신경을 쓰지 않았다. 다섯 번째 미소의 집 행사에 후베이베이가 친구를 또 세 명이나 더 데리고 와서 여학생 참가자가 총 여섯 명이 되자, 보통 성인이 대다수였던 오프라인 모임의 참가자 평균 연령이 확 낮아졌다. 그리고 네 번째 행사와 마찬가지로 서로 다르게 생긴 세 소녀 역시 복사해놓은 듯 똑같은 웃음과 쾌활함을 보여주었다. 게다가 새로 온 세 소녀 역시 어휘 검사에서 하나같이 '감기'를 기억해냈다.

정도는 달라도 이 학생들은 모두 우울증을 앓고 있었다.

결국 왕 선생은 이 기이한 현상에 주목하게 되었고, 행사가 모두 끝난 후 여학생 여섯 명을 모두 불러 모아 사정을 물었다. 처음에는 같은 학년 같은 반일 것이라고 생각했지만, 예상과 다르게 여학생들은 학년만 같을 뿐 각기 다른 반이었고 모두 올해 서로 알게 되었다고 했다.

"서로 어떻게 알게 됐니?"

여섯 소녀는 서로 마주 보고 웃었다. 규격에 짜 맞춘 듯 똑같이 웃는 모습이 꼭 러시아 인형 마트료시카 같았다.

"학교 심리 건강 활동에서요."

"심리 건강 활동? 어떤 활동을 하는데?"

"미소 짓기 활동이요."

왕 선생은 나에게 후베이베이가 다니는 학교로 찾아가자고 했다. 류팅3중학교는 시에서도 우수한 학교로 인정받는 곳이고, 올해는 '심리 건강 우수 모범학교'로 선정되기도 했다. 왕 선생은 청소년의 심리 건강 조사, 연구를 위해 심리 상담 선생님을 만나보고 싶다는 이유를 들어 우선 학교로 연락을 했다.

그날 후베이베이에게서 우리는 학교의 미소 짓기 활동에 관한 이야기를 들을 수 있었다. 매주 진행되는 심리 건강 수업은 올해 처음 시작되었다. 학교는 학생들의 심리적인 문제에 특히 신경을 썼는데, 때마침 교육부에서 청소년 심리 건강 실태를 철저하게 조사하면서 학교에서도 독자적인 복표를 정했다.

매주 한 번 심리 건강 활동 시간에 전 학년이 대강당에 모였다. 그리고 심리 상담 교사 우 선생과 함께 즐거워지기를 연습했다.

첫 수업에서 우 선생은 전 학년을 대상으로 심리 검사를 진행했다. 그리고 점수에 따라 학생들의 자리를 지정해주었다. 심리적으로 건강한 학생은 건강한 학생들끼리, 그렇지 못한 학생은 그렇지 못한 학생들끼리 모여 앉았다. 특히 건강한 친구들은 뒤쪽에 앉히고, 반대일수록 앞쪽에 앉혀서 선생님의 시선과 뒤쪽에 있는 학생들의 시선을 한몸에 받게 했다.

여섯 소녀는 그때 그 수업에서 비슷한 자리에 배정되어 만난 사이였다. 이들의 자리는 맨 앞줄, 그러니까 심리 검사 결과 가장 건강하지 못하고 우 선생 말로는 강력한 지도가 필요한 학생들이었다.

왕 선생은 후베이베이의 설명을 듣고 나서 놀라움을 감추지 못했다. 학생의 심리 건강 상태에 따라 자리를 정하다니, 이건 학생들에게 마음의 병을 차별하라고 가르치는 것이 아닌가?

그러나 자리 배치는 시작에 불과했다. 그 이후 우 선생은 종이를 나눠주고 학생들에게 지금 자신에게 가장 고민스럽고 우울한 일을 적으라고 시켰다. 그리고 앞줄에서부터 뒷줄까지 차례대로 앞에 나와 큰소리로 읽으라고 했다. 우 선생은 이런 활동을 체계적 둔감법* 치료라고 불렀다. 우울한 감정을 털어놓음으로써 누구나 사는 데 어려움이 있음을 서로 알게 하고 앞줄 학생들의 이야기가 뒷줄 학생들에게 본보기가 된다는 것이었다. 앞줄 학생들의 심각한 심리적 문제를 듣고 뒷줄 학생들은 자신에게 큰 문제가 없다고 생각하게 된다는 논리였다.

후베이베이는 다섯 번째로 강단에 올라갔는데, 강단 위에서 한참을 그냥 서 있었다고 한다. 한 글자도 입 밖으로 낼 수가 없어 애꿎은 종이만 부여잡고 있었다. 전 학년이 쳐다보는 가운데 후베이베이는 분명히 사생활이 보장된다고 해놓고 왜 읽어야 하느냐고 물어볼 엄두도 나지 않았다.

미리 나눠준 종이에는 사생활이 공개되지 않으니 안심하고 적으라고 분명히 씌어 있었다. 심지어 자기 이름을 적지 않아도 되었다. 그래서 학생들은 아무 의심 없이 자신의 걱정거리를 적었다. 우 선생이 그걸 모두가 보는 앞에서 읽으라고 시킬 줄은 아무도 생각하지 못한 채.

후베이베이는 차마 읽을 수가 없었다. 그러자 우 선생이 그 글을 가져다가 대신 읽었다. 그게 처음이었다. 후베이베이는 강단 위에 올랐을 때 자기가 마치 이 세상에 존재하지 않는 것처럼 정신이 나갔다고 설명했다.

후베이베이는 부모님의 이혼 때문에 혼란스러운 상황이었다. 아버지의 불륜 상대를 만났고, 아버지는 그 여자를 이모라 부르라고 했다. 후베이베이가 강단 위에 올라간 그날, 후베이베이의 아버지가 바람을 피웠다는 사실을 전교생이 알게 되었다.

체계적 둔감법 불안, 공포 등을 유발하는 자극에 반복적으로 노출시켜 반응을 둔감하게 만드는 행동 치료 방법.

심리 건강 수업이 끝나기 전 우 선생은 학생들에게 당부했다. '이 심리 건강 수업은 일종의 동맹이나 다름없다, 여기서 들은 비밀은 여기서만 알고 있고 문밖으로 나가 함부로 이야기하면 안 된다, 모두 다 못 들은 것으로 하라'는 것이었다.

선생이 그렇게 지시했고 학생들도 모두 알겠다고 대답했지만, 그 날부터 후베이베이는 모두의 시선이 예전 같지 않음을 느꼈다. 심지어 "우리 엄마 아빠도 이혼했어. 괜찮아", "너희 아빠 그 아줌마는 예뻐?"라고 이야기하는 친구들도 있었다.

후베이베이의 우울감은 더욱 깊어졌다. 우울해질수록 매달 있는 심리 건강 수업에서 자리가 더 앞으로 당겨질 수밖에 없었고, 더 일찍 강단에 올라 자신의 고민을 이야기해야 했다. 물론 첫 수업 이후로 고민과 걱정을 사실대로 쓰는 사람은 없었지만 말이다. 옆에 있던 한 여학생은 첫 수업 때 아무 생각 없이 연애 고민을 썼다가 누가 고자질을 했는지 다음 날 바로 담임 선생님께 불려갔고, 결국 부모님을 모셔 와야 했다.

후베이베이는 심리 검사 몇 번 만에 맨 앞줄 첫 번째 자리까지 나아가 첫 순서로 강단에 서게 되었다. 그러나 '고민' 발표에서 진짜 속내는 두 번 다시 보이지 않았다. 그러자 우 선생은 빙그레 웃으며 학생들에게 이야기했다.

"보세요. 전체 학생 중에 제일 우울한 학생의 고민이 오늘 아침에 먹고 싶은 걸 못 산 거라고 합니다. 그러니까 사실 고민이라는 게 별것 아니죠. 여러분은 아직 어리잖아요. 그 정도 일은 놔두면 괜찮아집니다. 웃으면서 다 흘려보내세요."

반항하는 학생이 없었던 건 아니었다. 한 남학생이 자신이 쓴 내용을 읽지 않겠다고 끝까지 고집을 부렸다. 그러자 우 선생은 그 학생을 내쫓고 다시는 심리 건강 수업에 참여하지 못하게 하고는 담임에게 그 학생이 통제 불능이라고 이야기해 부모님이 면담까지 하게 되었다. 게다가 이 수업은 전 학년이 함께 모여 사생활을 이야기하는 자리다 보니 은근히 패거리가 형성되었고, 쫓겨난 학생은 다른 학생들의 따돌림을 받게 되었다. 그 학생은 점점 고립되고 갈수록 더 우울해졌다. 상태가 눈에 띄게 안 좋아지니 마음이 급해진 담임은 학생에게 심리 건강 수업으로 다시 돌아가라고 성화였다.

그렇게 다시 돌아온 남학생은 그 이후로 우 선생에게 반항하지 않았다. 얌전하게 자신의 고민을 쓰고 고분고분하게 읽어 내려갔다.

사실 고민 읽기는 심리 건강 수업의 가장 기초적인 활동이었고, 더 중요한 목표는 학생들에게 어떻게 하면 즐거울 수 있는지를 가르치는 것이었다. 우 선생은 행동을 통해 마음을 끌어내는 '행동 요법'을 쓴다면서 무슨 일이든 웃으면 다 극복할 수 있다고 가르쳤다.

그는 웃는 모습이 담긴 동영상을 구해 와서 학생들에게 웃음을 연습시켰다. 학교에서 항상 이렇게 웃으라고 했고, 강단에 올라 자신의 고민을 읽으면서도 이렇게 웃으며 읽으라고 했다. 일단 웃기 시작하면 고민을 바라보는 시각도 달라진다고 했다.

이 방식은 꽤 효과적이었다. "오늘 숙제를 제출하지 못했다", "오늘 선생님께 지적을 당했다", "급식실에 너무 늦게 가서 먹을 게 없었다", "오늘 걷다가 넘어졌다" 등 원래도 별것 아닌 일들이 웃으면서 얘기하니 더 아무렇지 않게 느껴진 것이다.

그러나 후베이베이는 강단에 올라 아무리 고민을 읽어도 적응이 되지 않았다. 마치 자신이 광대가 된 것 같았다. 우 선생은 후베이베이의 웃는 얼굴을 지적했다. 미소가 진실하지 못하고 가식적이라며 좀 더 진심으로 마음에서 우러나는 즐거움을 느껴보라고 했다.

후베이베이는 하나도 즐겁지 않고 웃기지도 않은 일을 두고 어떻게 진심으로 즐거움을 느끼고 웃어야 할지 이해가 되지 않았다. 그저 입 꼬리를 최대한 끌어올리며 안간힘을 쓸 뿐이었다. 우 선생이 만족해야 강단에서 내려갈 수 있기 때문이었다. 그때가 강단 위에서 두 번째로 정신이 나갔다고 생각한 순간이었다. 그리고 정신을 차려보니 이미 자리로 돌아와 있었다. 우 선생이 그녀의 미소에 합격점을 준 것이다.

이제 학생들 모두가 집단을 이루고 잘 어울리려 노력했다. 쫓겨나거나 외톨이가 되어서도 안 된다고 생각했다. 아이들은 숙제하듯 웃는 연습을 했고, 학부모들은 아이들이 밝아졌다며 칭찬을 아끼지 않았다.

강당의 자리 배치는 계속 바뀌었지만 시간의 제약 때문에 매 수업 고민을 읽는 건 앞줄에 앉은 몇십 명 차지였다. 수업마다 앞에 나가 자신의 비밀스러운 이야기를 하고 억지 미소를 지으며 웃음거리로 전락하고 싶은 사람은 아무도 없었다. 그래서 학생들은 심리 검사에서 어떻게든 높은 점수를 얻어 뒷자리로 가려고 애썼다. 그렇게 점점 요령을 터득한 학생들은 어떻게 하면 검사에서 심리적으로 건강하다는 평가를 받는지 알게 되었다. 솔직한 마음을 털어놓지 않게 된 것은 물론이고 심리 검사에서조차 진실한 감정을 반영하지 않게 되었다.

후베이베이는 계속되는 심리 검사 결과에서 점수가 가장 안 좋은 학생에서 20등으로, 40등으로 변해 갔다. 그러자 우 선생은 후베이베이가 자신의 심리 상태와 감정을 아주 잘 조절하는 학생이라며 모두가 보는 앞에서 칭찬했다. 또 다른 학생들이 배울 수 있도록 강단에 올라 경험을 공유해 달라고 했다. 후베이베이는 우 선생에게 인정받은 그 미소를 띠운 채 모두에게 이야기했다.

"마음의 문제는 감기 같아요. 재채기 몇 번만 하면 지나가버립니다."

거짓말이었다. 후베이베이는 어떻게 '깨달음'을 얻었을까? 우 선생은 심리 건강 수업이 끝날 때면 항상 잘 적응하지 못하는 학생 몇 명을 골라 차례대로 자신의 사무실로 불렀다.

둘뿐인 사무실에서 후베이베이는 만점짜리 미소란 무엇인지, 왜 즐겁지도 않은데 진심으로 웃어야 하는지 물었다. 우 선생은 별다른 말 없이 부모님이 웃는 모습을 사진으로 찍어 오라고 시켰다.

후베이베이는 엄마의 사진을 한 장 찍어 갔다. 이혼 과정 중인 엄마는 초췌하고 피곤해 보였지만, 환하고 따뜻한 미소를 진심으로 지어 보였다.

우 선생이 사진을 보면서 이야기했다.

"이게 바로 만점짜리 미소야."

우 선생은 엄마가 사진을 찍을 때 즐거워 보였냐고 물었다. 후베이베이는 아무 대답도 하지 않았다. 즐거워 보였다고 생각했지만 입을 꾹 닫고 있었다. 그러자 우 선생이 어른들은 너희보다 천 배 만 배는 더 힘든 일들을 겪는다고 했다. 엄마가 웃을 수 있다면 너희들이 웃지 못할 이유가 없다는 것이다. 그리고 엄마보다 더 진심으로 더 기쁘게 웃어야 한다고 했다. 세상일이 다 그러하니까.

그러면서 우 선생은 자신이 가르친 그 백 점짜리 미소를 지었다.

"어른들보다 웃지 못할 일이 없잖아. 어른들도 웃고 있잖니. 너도 웃어야만 해."

더는 할 말이 없었다. 손에 든 엄마의 사진을 보면서 이게 바로 백 점짜리 미소라고 생각했다. 그렇게 후베이베이는 어른 세계의 비밀과 그

세계로 들어가는 비밀번호를 알게 되었다.

우 선생이 손가락으로 제자의 볼을 꾹 누르며 엄마처럼 예쁘게 웃어보라고 했다. 후베이베이는 사무실에서 점심시간 내내 웃는 연습을 했다. 그리고 세 번째로 넋이 나가버렸다. 정신을 차려보니 이미 교실로 돌아와 있었다. 엄마처럼 환한 미소를 띤 채로.

우 선생의 사무실에 갔던 학생들은 이제 아무것도 문제 삼지 않았고 아무것도 궁금해하지 않았다.

이렇게 강당의 성적표는 매달 달라졌고, 앞줄의 학생들은 계속 바뀌었다. 심리 검사 점수가 갈수록 높아지고 학생들이 갈수록 건강해지며 얼굴의 미소도 점점 획일화되어 갔다. 각 반 담임과 교장이 기뻐한 것은 물론이고 학교 교정에도 생기가 흘러넘쳤다. '심리 건강 우수 모범학교' 영예를 거머쥐게 된 것은 당연한 일이었다.

후베이베이는 학교에서 말 잘 듣는 학생으로 쾌활한 척 연기를 해왔지만, 여러 번 기억을 잃었기에 자기에게 문제가 있다는 걸 어렴풋이 알았다. 그래서 이곳에서 스마일마스크증후군에 관한 행사가 있다는 걸 알고 찾아온 것이었다.

왕 선생은 후베이베이의 이야기를 듣고 심리 상담 교사의 말도 안 되는 언행에 분노했다. 심리 건강 우수 모범학교가 알고 보니 심리 건강의 무덤이나 마찬가지였고 후베이베이는 이미 외상후스트레스장애에 시달리는 중이었다.

왕 선생과 함께 심리 상담 교사를 만나러 학교로 갔다. 그의 사무실 문 앞에 붙어 있는 표어를 보고 우리는 멈칫했다.

'마음의 문제는 감기와 같아서 재채기 몇 번이면 지나간다.'

여학생 여섯 명이 어휘 반응 검사에서 공통으로 고른 '감기'의 출처를 찾아냈다. 이들은 우 선생의 사무실 문을 두드릴 때마다 가슴에 응어리가 졌을 것이다. 우울증이 기침 몇 번에 떨어지는 감기처럼 하하 웃으면 지나가는 것이라 강요받았을 테니까.

우 선생이 문을 열고 나타났다. 후베이베이와 소름 끼치도록 똑같은 미소를 입에 건 남자였다. 모든 학생이 이 미소를 그대로 복사한 것 같다는 생각이 들었다.

그런데 왕 선생과 우 선생이 서로를 마주 보더니 흠칫 놀랐다. 우 선생이 먼저 입을 뗐다.

"왕망이네."

왕 선생의 이름은 왕망, 우 선생의 이름은 우쭝이였다. 두 사람은 본과 동기로 사회복지학을 전공했다. 졸업 후 왕 선생은 대학원으로 진학해 학업을 이어나갔고, 우쭝이는 곧바로 취업했다.

왕 선생이 난감한 듯 대답했다.

"네가 왜 여기 있는 거야? 심리 상담 자격증도 없잖아."

우 선생이 경멸의 눈빛을 뿜어냈다.

"넌 정말 여전하구나. 앞뒤가 꽉 막힌 구닥다리 생각뿐이지. 내가 자격이 없다면 학교에서 날 왜 초청했겠어? 중요한 건 얼마나 쓸모 있는지야."

보건복지학 전공만 하고 심리 상담 자격증은 받지 못했는데 어떻게 류팅3중학교 같은 우수한 학교에서 심리 상담 교사로 일한단 말인가?

우쭝이는 대학을 졸업한 후 '교육공방'이라는 회사에 입사했다. 아이들의 불건전한 감정과 불량한 행동을 전문적으로 교정하는 곳이었다. 조교로 일을 시작한 그는 2년 만에 대표 강사로 성장했다. 그가 가르친 학생들은 모두 성격이 밝고 말을 잘 듣는 아이로 바뀌었고, 학부모 사이에서 그는 아이를 건강하고 쾌활하게 만드는 달인으로 통했다.

온라인에서 우 선생의 '교육 바이블', '교육 가이드' 영상을 쉽게 찾아볼 수 있었다. 《암에서 감기 해법 찾기》라는 책도 한 권 출간했는데, 아이들의 심리적인 문제는 감기를 암으로 과장한 것과 같으므로 진짜 암을 보여주어 감기가 사소한 문제라는 걸 알게 한다는 이론이었다.

그 책은 일부 학부모 사이에서 크게 유행했고, 우 선생은 업계에서 꽤 유명인이 되었다. 의뢰가 밀려 들어와 돈도 적지 않게 벌었다. 그러나 어쨌든 그곳은 비주류인 작은 조직이었다. 서른이 넘어 우 선생은 안정적인 직장을 원했다. 때마침 류팅3중학교에서 연락을 해 왔다. 학교에서 자살 사건이 연달아 발생했기 때문이다. 심리 상담 교사를 몇 명이나 바꾸어도 소용이 없는 상황에서 하필이면 교육부에서 관할 학교 학생들의 심리 상태를 조사하겠다고 나서는 바람에 학교로서는 새로운 시도를 해보는 수밖에 없었다.

처음에 우 선생은 학교의 보건교사로 행정과에 소속되어 일을 시작했다. 그때는 아직 비정규직이어서 정식 심리 상담 교사가 아니었다. 그렇게 1년 동안 일하면서 교사 자격증을 취득했고 학교에 정규직으로 채용돼 심리 상담 교사가 되었다.

우 선생은 그렇게 올해부터 본격적으로 전교생의 심리 건강 문제를 책임지게 되었다. 원래 근무하던 심리 상담 교사는 보직을 잃고 업무에서 붕 뜨자 지난달 스스로 일을 그만두었다. 그 교사는 우 선생이 심리 상담 교사 자격증이 없고 교육 방식도 문제가 많다고 지적하며 학교에 항의했으나 학교의 행정과와 교무과에서 그간 큰 성과를 보인 우 선생의 편을 들었고, 화가 난 그 상담 교사는 일을 그만둬버렸다. 그 이후로 우 선생 혼자 심리 건강 수업을 제멋대로 운영한 것이다.

왕 선생은 분노에 차서 물었다.

"네가 학생들에게 한 짓이 정신적인 학대라는 건 알아?"

후베이베이가 어휘 반응 검사에서 제일 먼저 골랐던 단어가 '학대'라는 사실이 떠올랐다. 자기 자신에게 어떤 일이 일어났는지 확실히 인식하지는 못해도 잠재의식 속에서는 이 모든 것이 학대라는 걸 느꼈던 것이다.

우 선생이 코웃음을 쳤다.

"또 시작이네. 너희같이 잘난 체하는 심리 업계 사람들은 말이야, 별것도 아닌 일로 호들갑 떠는 데는 도가 텄어. 꼭 애들 같단 말이야. 애들의 나쁜 습관도 다 너희 같은 인간들이 키운 거야. 약해 빠져서는."

우 선생이 물건을 정리하더니 문 앞으로 다가갔다.

"비켜. 나 수업 들어가야 해."

왕 선생은 조용히 비켜섰다. 그러나 앞으로 걸어가는 우 선생 뒤에 대고 소리쳤다.

"네가 하는 건 교육이 아니야. 그건 복수야. 네 불행한 인생에 대한 복수라고. 네가 억지로 웃고 있으니 학생들도 억지로 웃게 하는 거잖아. 넌 그냥 화풀이하는 거야."

우 선생이 멈춰섰다. 그는 돌아서서 왕 선생을 차갑게 쏘아보더니 재빨리 사라져버렸다.

그 후 왕 선생은 정식으로 학교 책임자를 만나 학교에서 우 선생을 제지하고 내보내야 한다고 설득했다. 근거로 우 선생의 부당한 교육 행위를 들었다.

학교는 의견을 곧바로 받아들이지 않고 시간을 끌었다. 우 선생의 교육 방식이 한쪽으로 치우쳐 있어도 효과만 좋으면 그만이라는 식의 학교 입장을 알 수 있었다.

왕 선생은 학부모들을 설득하기 시작했다. 우 선생의 방법이 위험하다는 걸 직접 알렸다. 그런데 이상하게도 그의 말에 동요하는 사람이 거의 없었다. 알고 보니 우 선생은 사전에 학부모들에게 자신의 교육 방식을 모두 공개하고 있었다. 학부모 대부분이 우 선생의 방식을 알고 있었다. 하지만 다들 아무 문제가 없다고 생각했고, 오히려 대다수가 맞장구를 쳤다.

"어른들도 이렇게 웃는데, 너희들이 즐거워하지 않을 이유가 없지."

대다수 부모가 이렇게 생각했다.

왕 선생은 이렇게 많은 학생 중에 부모에게 학교에서 있었던 일을 이야기한 학생이 어떻게 하나도 없는지 그제야 알게 되었다. 이야기를 하지 않은 게 아니었다. 학부모들은 우 선생의 방식을 이미 알고 있었기에 아이들이 사소한 일에 요란을 떤다고 여긴 것이었다.

그러고 보면 우 선생의 성공은 혼자만의 노력 덕분이 아니었다. 학부모 대다수가 그의 공모자였고 이 과정은 집단적인 분풀이나 마찬가지였다.

우 선생은 학교를 예전 몸담았던 '교육공방'으로 변모시켰다. 교육공방이 존재하는 이유는 누군가의 필요 때문이었다. 정말로 많은 사람이 그를 원했다.

사정을 알고 나서도 왕 선생은 포기하지 않았다. 아래쪽으로는 방법이 없자, 위쪽을 들쑤시기 시작했다. 시내 심리협회와 교육부에 서면으로 류팅3중학교 학생들의 심리 상태가 걱정된다고 경고하며 교육 방식이 부당함을 고발했다. 학교 측에서는 그가 벌인 일을 알고 노발대발 항의했고 류팅3중 학생들의 정신 건강이 염려되는 증거를 내놓으라고 요구했다.

우 선생은 당당했다.

"학생들의 마음이 건강하지 못하다는 걸 증명하려면 우선 검사를 해서 결과를 봐야겠지?"

왕 선생은 결국 교육부 사람들이 지켜보는 가운데 류팅3중 학생들의 심리 검사를 진행했다. 검사 전에는 학생들에게 제발 솔직하게 대답해 달라고, 그게 너희를 돕는 길이라고 신신당부했다.

심리 건강 수업이 진행되던 그 강당에서 각 학년이 따로 검사를 받았다. 학생들은 강당 문으로 들어서자 무의식적으로 예전에 앉던 순서대로 착석했다. 우 선생은 시종일관 아무 말도 하지 않고 활짝 웃는 얼굴로 한쪽에 서 있기만 했다. 모두에게 가르쳤던 그 백 점짜리 미소였다.

검사 결과 학생들은 모두 아주 건강했다. 미소의 집 행사에서 우울증 검사를 받은 후베이베이를 포함한 여섯 명도 건강하다는 결과가 나왔다. 여기 모인 학생들은 전부 '건강'한 상태가 습관처럼 몸에 배어 있었고, 검사를 받는 기술도 대단히 능숙했다.

교육부에서 나온 사람들은 류팅3중 학생들의 심리 상태가 안정되어 있다는 결론을 내렸다. 그러자 별문제도 없는 일에 난리를 친 왕 선생이 괜한 비방을 했다는 의심을 샀다.

우 선생은 빙글빙글 웃으며 왕 선생의 귓가에 속삭였다.

"그러게 왜 굳이. 아이들도 언젠가는 다 성인이 될 텐데 어른들이 살아가는 방식을 먼저 배운다고 나쁠 게 뭐 있어. 그거야말로 심리 건강

교육의 진정한 의미지."

왕 선생은 병원으로부터 질책을 받고 풀이 죽었지만, 우 선생에게 단호하게 말했다.

"아이는 어른이 되기 위해 준비하는 존재가 아니야."

왕 선생은 그 후에도 포기하지 않았다. 학생들이 스스로 문제가 있다는 걸 인식했다고 생각한 그는 학생들에게서 돌파구를 찾으려 했다. 학생들이 돌아가며 편지를 써서 현재 상황을 알리기를 바란 것이다. 그러나 그의 말대로 하려는 학생은 없었다.

후베이베이가 다시 미소의 집 행사에 참여하러 왔을 때 나는 이 일에 관해 물었다. 후베이베이는 얼굴에 여전히 그 백 점짜리 미소를 지으며 나에게 되물었다.

"그런데 선생님들도 똑같지 않아요? 우 선생님은 저희한테 즐거워지라고 얘기해요. 미소의 집에서도 우울함에서 벗어나 즐거워지라고 가르치잖아요?"

순간 나는 당황했다. 교육부에서 실시한 심리 검사에서 학생들이 솔직히 답변하지 않은 이유를 알 것 같았다. 그들은 '건강'한 상태가 습관처럼 몸에 배었을 뿐만 아니라 우 선생과 왕 선생이 다르지 않다고 생각했다. 학생들 눈에 두 사람은 똑같이 심리 건강을 가르치는 사람이고 이 사람들의 목표는 단 한 가지, 우울한 사람들을 즐겁게 만드는 것이다. 그들은 왕 선생을 믿지 않았다. 말로는 사생활을 보호한다지만 예전과 다름없이 고민을 써내게 하려는 속임수일 뿐이라 여겼고, 그런 속임수에 걸려들지 않으려 했다. 아이들은 심리 교육에 이미 고정 관념이 있었다.

나는 잠시 생각한 다음 후베이베이의 머리를 쓰다듬어주었다.

"똑같지 않아. 미소의 집은 너희에게 즐거워지라고 가르치는 게 아니라 즐겁지 않아도 괜찮다는 걸 알려주려는 거야."

후베이베이는 얼떨떨한 표정을 지었다. 그리고 울음이라도 터트릴 듯 입가를 움찔거렸다. 하지만 입꼬리 내리는 법을 모르는 아이는 울 수조차 없었다.

그 이후로도 왕 선생은 지치지 않고 류팅3중학교와 싸워 나갔다. 모든 방법을 동원했다. 서신을 보내고 직접 찾아가서 이야기도 하고 교육부서도 찾아갔다. 아무 소득이 없자 중국심리협회까지 문을 두드렸다.

왕 선생이 이곳저곳을 들쑤시고 다니며 사고를 치고 있으니 센터 전체가 뒤숭숭해졌다. 질병예방통제센터에서는 왕 선생에게 괜한 문제 만들지 말고 본업에 충실하라는 경고를 반복했다. 그때마다 왕 선생은 알았다고 잘 하겠다고 대답했지만 행동은 변함없었다.

우 선생은 왕 선생과 마주칠 때마다 왜 그렇게 돈벌이도 되지 않는 쓸데없는 일에만 신경을 쓰냐며 냉소적으로 비아냥거렸다. 왕 선생의 따뜻하고 열정적인 마음이 우 선생 눈에는 미련하게만 보였을 것이다. 학생들 일은 왕 선생과는 무관할 뿐만 아니라 그 일로 질병예방통제센터에서 해고를 당할 수도 있으니 말이다.

그러나 왕 선생은 아랑곳하지 않았다. 병원의 환자 재활 업무를 보면서 미소의 집 활동도 열심히 진행하고 류팅3중학교 일도 게을리하지 않았다. 왕 선생은 볼 때마다 조금씩 더 야위어 가는 듯했다. 잠시도 가만히 서 있는 법이 없었으니까.

나와 샤오리즈도 왕 선생을 도와 미소의 집 활동을 계속했다. 그 사이 후베이베이는 학생 여남은 명을 설득해 쉬는 날마다 커뮤니티센터를 찾아와 미소의 집 활동에 참여했다. 남학생이 세 명, 여학생이 열한 명이었다. 왕 선생은 모임을 둘로 구성했다. 하나는 성인 모임, 하나는 학생 모임이었다. 스마일마스크증후군은 보통 성인에게 자주 나타나는 질환이기 때문에 학생은 흔하지 않았다. 그러나 이번에는 학생 모임이 인원도 많고 관계도 더 돈독했다.

연말이 되어 반년 정도 운영되던 미소의 집 활동이 중단되었다. 왕 선생 때문은 아니고 프로젝트가 바뀐 것이었다. 질병예방통제센터에서 더 중요하게 진행해야 할 프로젝트가 생겼고, 모든 인력과 물자, 경제적 지원이 그 프로젝트에 집중되었다. 미소의 집은 무기한 보류되었다.

왕 선생도 어쩔 수 없이 이 결정을 받아들였다. 그는 두 달밖에 남지 않은 상황에서 이 사실을 알렸다. 미소의 집 활동은 서서히 마침표를 찍어 가고 있었다. 어떤 심리 상담 활동이든 끝날 때는 종결 의식을 빼놓을 수 없다.

미소의 집 활동의 종결 의식은 어휘 반응과 관련된 치료의 일환이기도 했다. 활동을 시작하면서 처음 어휘 반응 검사를 했을 때, 우리는 벽에 나타나는 단어를 절반은 긍정적인 단어로, 나머지 절반은 부정적인 단어로 채웠다. 그리고 이 비율을 긍정적인 단어 60퍼센트, 부정적인 단어 40퍼센트로 조금씩 바꾸어 나갔다. 이 사실을 참여자들에게 알리지는 않았다. 긍정적인 어휘를 볼 확률을 높임으로써 심리적인 암시를 주어 감정의 변화를 꾀하는 것이었다.

그렇게 매회 활동이 진행될 때마다 긍정 단어의 비율이 조금씩 증가

했고, 사람들이 긍정 단어를 보게 될 확률도 높아졌다. 일곱 번째 활동에서는 긍정 단어가 80퍼센트, 부정 단어가 20퍼센트를 차지했고, 참여자들은 어휘 반응 단어 카드에 긍정적인 단어를 절반 정도 적었다.

그리고 그날 후베이베이가 적어낸 어휘 반응 카드에는 '유머' '창문' '시냇물' 세 단어가 적혀 있었다. 기억 반응 카드에는 '숲' '나약' 'Wind(바람)' '의자' '불고기' '등대' 'Speechless(말을 못 하는)' '천사' 등의 단어가 적혀 있었다. 절반이 긍정적인 단어였다. 카드에 긍정적인 단어가 증가할수록 후베이베이의 얼굴에서 미소가 사라져 갔다. 그리고 이제 홀가분하다고 했다. 자신의 원래 모습으로 돌아간 것이다.

여덟 번째 행사날이 되었다. 미소의 집 프로젝트의 마지막 날이다. 어휘 반응 검사에서 벽에 보이는 단어 백 개는 모두 긍정 어휘로 바뀌어 있었다. 부정적인 단어는 전혀 찾아볼 수 없었다. 이 프로젝트의 종결 의식이자 참여자 전원의 잠재의식에게 보내는 선물이었다.

그날 후베이베이의 기억 카드에 생소한 단어 하나가 등장했다. 벽에서 볼 수 없었던 단어, 바로 '왕망'이었다.

왕 선생은 깜짝 놀라 한참이나 검사지를 쳐다보았다. 후베이베이는 머리를 긁적이며 본 것 같기도 한데 잘못 기억한 것 같기도 하다며 농담을 던졌다. 그렇게 후베이베이의 마음속에 '왕망'은 긍정적인 단어로 남았다.

행사가 전부 끝나고 사람들이 모두 돌아갔다. 후베이베이의 단어 카드를 들고 벽을 향해 서 있는 왕 선생이 보였다. 구석 자리에 선 그의 뒷모습이 떨리는 듯 보였다.

나는 그에게 다가가지 않고 그냥 돌아섰다. 얼마나 힘이 들었을까 싶었다. 반년이나 고군분투하며 애를 끊였는데 프로젝트는 없어지고 학교는 아직도 '교육공방'을 자처하고 있다니. 그러나 오늘 그는 작은 빛을 발견했다. 너무나도 작지만 어쩌면 그가 계속 싸워나갈 수 있는 힘이 될지도 모르는 빛을.

오랜 시간이 흐른 후, 좋은 소식이 전해졌다. 후베이베이와 학생들 60여 명이 모여 사실 관계를 기록하고 서명한 연판장을 작성했다는 것이다. 왕 선생은 그 연판장을 들고 교육부로 향했다.

교육부에서 사람을 세 명이나 보내왔다. 심리협회에서도 학생들의 심리적인 문제를 연구하는 전문 위원을 두 명이나 보내왔다. 그리고 류팅3중의 학생들을 대상으로 다차원적인 심리검사가 진행되었다. 그리고 학생 대부분이 몹시 위험한 수준이라는 결과가 나왔다. 학교에서 제출한 심리 검사 결과와는 정반대였다.

류팅3중은 교육부로부터 공개적으로 질책을 당했고 우 선생은 학교에서 파면되었다. 불미스러운 일이 전부 기록에 남아 다른 학교에서 일자리를 찾는 것 역시 힘들 듯했다.

우 선생이 학교를 떠나던 날 나와 왕 선생은 류팅3중으로 향했다. 짐을 꾸려 학교를 나서던 그와 맞닥뜨렸다. 그의 얼굴에서는 실패와 좌절의 감정이 전혀 느껴지지 않았다. 이 학교가 자신을 받아들이지 않아도 어디서든 밥벌이는 할 수 있을 거라 여기는 듯했다.

왕 선생이 눈살을 찌푸렸다.

"양심의 가책은 없는 거야?"

우 선생은 왕 선생의 말에 비웃음을 흘렸다. 그리고 왕 선생을 스쳐 지나가며 건방진 태도로 대답했다.

"가책이라니. 내 선생님도 나를 그렇게 가르치셨는데."

우 선생은 그렇게 떠나갔다. 나중에 왕 선생이 우 선생에 관해 들려주었다. 우 선생은 예전에 결혼을 했지만 이혼을 하고 지금은 혼자가 된 신세였다. 아내와 아이가 그의 엄한 훈육 방식을 견디지 못해 도망가버린 것이다. 사실 우 선생은 어릴 때 한부모 가정에서 자랐다. 엄마가 불륜으로 집을 나가버리고 학교에서 놀림거리가 된 후, 아버지에게 대들다가 얻어맞아서 뇌진탕을 일으킨 적도 있었다. 그런데도 아버지는 그에게 아픈 척 꾀를 부린다며 얻어맞아도 싸다고 욕을 해댔다. 훗날 우 선생은 전공 공부를 하며 들은 수업에서 모두가 보는 앞에서 어린 시절 이야기를 하도록 강요받았다. 물론 그걸 강요한 지도 교수는 부적절한 행동을 한 사유로 나중에 학교에서 해임되었다.

후베이베이가 우리에게 인사를 하러 왔다. 미소의 집 활동도 끝나버리고 학교 일도 마무리되었으니 이제 따로 왕 선생을 볼 일이 없어진 것이다. 헤어지기 전에 후베이베이가 스마일마스크증후군에 관해 이야기를 꺼냈다. 그러자 왕 선생이 후베이베이의 어깨를 토닥이며 이야기해주었다.

"그건 어른들이나 걸리는 병이야. 넌 아직 어리잖니. 그런 나쁜 습관에 물들 필요 없단다. 지금은 울고 싶으면 울고 기분이 나쁘면 나쁜 대로 괜찮은 나이야. 괜히 즐거워지려고 조급해할 필요 없어. 그런 건 한참 후의 너한테 맡겨둬. 다음에 네가 크고 나면 기쁘고 즐거운 척할 일이 너무나 많겠지만, 지금의 너는 그렇지 않아. 심리적인 문제는 감기가 아니야. 다른 누구보다 너 자신의 감정을 더 중요하게 생각해야 해. 그리고 지금까지 백 점짜리 어른을 만나지 못했다고 해서 평생 그렇지는 않을 거란다."

후베이베이는 그제야 눈물을 흘렸다.

우 선생이 떠나고 류팅3중의 심리 상담 교사 사무실이 텅 비었다. 왕 선생은 문에 붙어 있던 구호를 찢어내더니 안으로 들어갔다. 텅 빈 자리를 보면서도 마음이 놓이지 않아 보였다.

상담 교사가 떠났으니 새로운 교사가 들어올 것이다. 새로 오는 이는 좋은 교사일까?

왕 선생이 불안해한들 그가 관여할 수 있는 부분이 아니었다. 이 학교 일에 그는 이미 충분히 최선을 다했다. 이번에 떠나면 이곳과는 영영 이별하고 다시는 엮일 일이 없을 것이다.

왕 선생은 그렇게 사무실에서 혼자 두 시간이나 서성였다. 그리고 떠나기 전에 책상 옆 벽에 무언가를 적어놓았다. 지워져버릴지 아니면 그대로 남아 있을지 모를 일이지만 왕 선생은 못 쓰는 글씨로나마 한 획 한 획 진지하게 내리그었다.

"강요하지 말고 지켜보세요. 새싹을 잡아당기지 말고 새싹이 저절로 자라도록 바람과 비가 되어주세요."

침묵의 폭식증, 속죄의 거식증
- 식이장애

추신이 처음 병원에 왔을 때 몸무게는 35킬로그램이었다. 정상 체중보다 30퍼센트나 낮아 건강상 위험 수위를 오르내리는 수치였다.

키는 162센티미터에 예쁘장했지만 너무 말라 몸에 뼈만 툭 튀어나온 것처럼 보였다. 반면에 오색찬란하게 염색한 머리는 또 얼마나 풍성한지, 빼빼 마른 몸이 머리카락을 감당하지 못할까 봐 무서울 정도였다.

마스크에 선글라스까지 낀 추신은 외모가 화려한 것 외에 특별한 점은 없어 보였다. VIP 진료실 앞으로 간 그녀가 의자에 앉았다. 엉치뼈가 의자에 부딪히는 소리가 들려왔다. 나의 착각이겠지 싶었다. 아무리 말랐다 한들 뼈가 의자에 부딪히는 소리가 들릴 정도로 마를 수 있단 말인가. 그러나 그녀가 주는 느낌이 그러했다. 아주 예민하고 딱딱한 자세로 자리에 앉는 모습이 마치 칼을 꽂아 넣는 것 같았다.

선글라스를 벗은 그녀가 마스크를 아래턱까지 내렸다. 묻는 말에 성의 없이 대답하는 모습이 건방져 보이기도 했다. 얼굴이 드러나자

뼈가 돌출된 느낌이 더 강해졌다. 눈언저리가 움푹 들어간 데 반해 광대뼈는 툭 튀어나오고, 피부는 아픈 사람처럼 창백했다. 그녀의 얼굴은 마치 종이 위에 실루엣만으로 그려놓은 스케치 같았다. 밑그림으로 대충 그린 간단하고 투박한 선에 아무것도 채워지지 않은 그런 그림 말이다.

갓 그리기 시작한 밑그림, 그게 바로 추신의 첫인상이었다.

류 선생이 삼십 분 정도 진료한 후, 신경성 식욕부진증이라고 진단했다. 본인 말로는 아무것도 먹고 싶지 않고 입맛도 없다고 했다.

추신은 매일 음식을 극소량만 섭취하면서 깡마른 몸매를 유지하고 있었다. 신경성 식욕부진증 환자는 보통 신체 이상형태성 장애를 겪는다. 보통 사람들이 볼 때는 이미 너무 말라서 아름다움을 잃은 수준까지 갔는데도 정작 본인은 더 마를수록 보기 좋다고, 아직 더 살을 빼야한다고 여기는 것이다. 마른 몸에 비정상적으로 집착하며 자신의 몸에 대한 감각과 지각이 완전히 왜곡된 상태이다.

추신을 쳐다보고 있자니 안쓰러운 마음이 들었다. 그러나 자신의 문제를 모르는 그녀는 나의 안타까운 시선을 부러움과 선망의 눈길로 여겼다.

상담이 끝나 갈 무렵 류 선생이 물었다.

"입원을 생각하시나요? 식욕 부진이 계속되면 어차피 병원으로 실려 오실 것 같은데요."

류 선생은 가감 없이 솔직하게 이야기했다. 그러나 병원 방문이 처음인 그녀는 얼굴을 찡그리며 언짢은 기색으로 되물었다.

"입원할 시간 없는데요. 약 같은 건 없나요?"

"생리가 벌써 5개월이나 멈췄잖아요. 체중이 더 늘지 않으면 만병통

치약으로도 못 고칩니다."

신경성 식욕부진증 사망률은 중증 우울증 사망률보다 높다. 그중 절반은 체중이 너무 떨어져서 생명이 위험한 상황까지 간 경우인데 월경이 멈추는 것이 그 신호 중 하나다. 나머지 절반은 자살하는 경우다. 신경성 식욕부진증뿐만 아니라 섭식장애를 겪는 환자들은 보통 우울증, 불안장애를 함께 겪는다. 어느 이론에서는 섭식장애가 우울증이 발현되는 방식 중 하나라고 밝히기도 했다.

섭식장애는 신경성 식욕항진증, 신경성 식욕부진증, 폭식증 등으로 나뉘는데, 이는 환자에게 나타나는 증상으로 구분된다. 섭식장애의 원인은 여러 가지로 복잡하다. '신경성'이라 불리는 이유는 아무 이유 없이 어떤 음식에도 식욕이 생기지 않거나 혹은 별다른 원인도 없이 배가 터질 것 같아도 멈출 수 없는 폭식을 하게 되기 때문이다.

심리적인 문제는 섭식장애에서 가장 중요한 부분이며, 환자의 협조가 치료의 관건이다. 신경성 식욕부진증 치료의 주요 목표는 체중을 늘리는 것이지만 환자에게 음식을 많이 먹게 하는 일은 대단히 어렵다.

류 선생이 이미 심각하게 이야기했지만, 추신은 콧방귀도 뀌지 않았다.

"체중이 더 늘면 안 돼요. 그러면 일자리도 없을걸요."

열아홉 살인 추신은 이미 연예 매니지먼트 회사와 계약한 연습생이었다. 회사의 기준에서 그녀의 모습이 합격인지, 심지어 아름다운지는 문제 삼지 않더라도, 식욕부진증이 그녀의 직업과 어느 정도 관련이 있는 건 확실했다.

"다른 방법을 좀 찾아봐요. 그쪽은 의사잖아요. 사람 구하는 게 본분인 사람."

류 선생이 웃었다.

"환자는 사는 게 본분이에요. 그렇게 일찍 죽어서 뭐 하려고 그래요?"

대화가 아슬아슬하게 선을 넘고 있었다. 류 선생을 흘깃 보았다. 그는 평소 환자에게 이렇게 무례한 사람이 아니다.

아니나 다를까 추신의 얼굴이 어두워졌다.

"죽고 싶으면 이렇게 찾아오지도 않았죠."

류 선생이 아무 반응이 없자 추신은 잠시 분을 삭였다.

"방법이 없는 걸 어떡해요. 그냥 안 먹힌다고요. 입맛이 없고 식욕이 없어요. 어떻게 좀 해봐요. 괜히 거식증이라고 하겠어요."

"거식증이라는 이름은 그냥 증상의 결과를 이르는 말이에요. 음식을 먹지 않는 것이 꼭 입맛이 없다는 뜻은 아니죠. 오히려 거식증 환자는 식욕이 있어요. 그런데 자신의 식욕을 억누르거나 혹은 음식을 먹고 나서 구토를 하거나 설사가 나오는 약을 남용하는 등 보상 행동을 하죠."

설명하는 동안 류 선생의 시선이 추신의 손등으로 향했다. 나도 그녀의 손을 보며 굳은살이 있는지 확인했다. 손가락을 자주 목구멍에 넣어 구토를 유발하면 손등 관절이 치아에 긁혀서 굳은살이 생긴다. 그런데 얼핏 보기에 추신의 손은 깨끗했다.

우리가 뭘 찾는지 눈치챈 추신이 손을 들어 우리 눈앞에 갖다 대고는 앞뒤로 뒤집어 보여주었다. 모욕이라도 당한 듯한 태도였다.

"나는 그런 쓸모없는 인간들하고는 다르다고요. 알겠어요?"

머쓱해진 나와 류 선생이 눈을 마주쳤다.

"어떤 사람들요?"

추신이 경멸하듯 대답했다.

"다른 연습생들요. 감당 못 할 거면 덤비질 말아야지. 먹고 나서 토하는 건 뭐야. 덜떨어진 것들."

류 선생이 고개를 끄덕였다.

"그러니까 본인은 의지력으로 참고 버틴단 말이네요. 자제력에 아주 자신이 있으신가 봐요."

추신이 콧방귀를 뀌고는 칭찬이라도 받은 것처럼 잘 다듬은 손톱을 톡톡 튕겼다.

신경성 식욕부진증은 살이 찌는 것에 극심한 공포를 느낀다. 그래서 철저한 자기 통제력을 자랑스러워하기도 하는데, 이 심리가 그들의 증상이 지속될 수밖에 없는 원인 중 하나일 것이다.

첫 진료가 끝나고 류 선생이 약 처방 없이 단도직입적으로 이야기했다.

"가족들과 상의하시고 입원하시죠."

추신은 '입원'이라는 말에는 별다른 반응을 보이지 않고 눈살을 찌푸리며 투덜거렸다.

"열아홉 살이나 됐는데, 뭐 하러 가족들과 상의를 하느냐고."

류 선생이 멈칫하더니 알았다는 듯 대답했다.

"아, 그렇죠. 열아홉 살이죠."

추신이 문을 쾅 닫고 나가자 류 선생은 아무 일 없다는 듯 다음 환자를 불러들였다.

"두 분이 아는 사이예요?"

"모르는데."

"혹시 기억을 못 하시는 거 아니에요? 어느 날 밤에 혼자 술집에 간 거예요. 거기서 아직 펴보지도 못한 꽃송이 같은 여자가 우울하게 술을 마시고 있는 거죠. 그래서……."

류 선생이 마치 환자를 보듯이 나를 보았다. 잠시 망설였지만 계속 이야기를 이어나갔다.

"지금 방금 두 사람, 그렇고 그런 사이 같았어요. 마치 여자가 변심한 남자를 찾아와서 행패를 부리는 것 같았다니까요."

류 선생은 무덤덤한 표정이었다.

"내가 그랬을 것 같아?"

나는 고개를 저었다. 심리 상담에서는 내담자가 상담사에게 감정이입을 할 수 있다. 그러면 내담자 자신과 자신에게 중요한 역할을 하는 인물이 서로를 대하는 방식, 혹은 평소 익숙한 인간관계 스타일 따위가 상담 도중에 튀어나온다. 내담자와 상담사의 관계가 부지불식간에 환자와 그 누군가의 일상적인 관계로 바뀌는 것이다. 상담을 통해 해결해야 하는 것 중 하나가 바로 환자의 인간관계 방식을 파악하고 그게 적절한지 판별하는 것이다. 그리고 잘못된 점이 있다면 감정 이입된 상황에서 방식을 바로잡아야 한다.

특히 오늘 상담에서는 류 선생이 추신에게 공격적인 자세를 취했다기보다는 추신이 류 선생의 공격을 유도한 것이라고 하는 편이 맞았다. 아마도 그녀의 일상 속 인간관계에서 흔히 있는 상황일 것이다. 류 선생은 원하는 반응을 보여줌으로써 추신이 스스로 느낄 수 있게 했다. 이 여성은 나이 많은 남성에게 혐오감을 느끼고 있었다.

추신이 입원하러 왔다. 첫날 류 선생의 말이 유효했던 것인지 다른 이유가 있었는지 알 수는 없지만, 어쨌든 자기 스스로 찾아와 절차를 밟고 입원했다. 부모는 처음부터 끝까지 보이지 않았다.

주치의인 류 선생은 추신과 상의해서 체중이 적당한 수준까지 올라가면 퇴원해도 좋다고 약속했다. 추신은 순순히 요구 사항을 받아들였다.

류 선생은 식단표를 짜주었다. 조금씩 자주, 하루에 여섯 끼, 매 끼니 400킬로칼로리씩 섭취해 천천히 몸무게를 늘릴 계획이었다.

하지만 추신은 식단표를 류 선생의 얼굴에 냅다 붙여버렸다. 자기는 그렇게 많이 먹을 수 없다는 것이다. 나와 샤오리즈는 터져 나오는 웃음을 겨우 참았다. 정신이 멀쩡한 환자가 류 선생을 이렇게 막 대하는 건 처음 보는 광경이었다. 류 선생은 얼굴이 흙빛이 되어 얼굴에 붙은 식단표를 떼어내더니 매 끼니 500킬로칼로리로 고쳐 썼다.

추신은 입원을 못 하겠다고 난동을 부리며 당장 나가겠다고 했다. 하지만 류 선생은 들은 척도 하지 않고 간호사들에게 지시 사항을 읊더니 한마디를 덧붙였다.

"다른 환자들에게 피해를 주는 행동을 계속하면 적절한 의료 수단을 취하세요."

"그게 뭔데요?"

샤오리즈가 손짓으로 알려주었다.

"묶는 거죠."

류 선생이 자리를 떠나자 추신은 혼자 남아 억지 울음을 짜냈다. 정말 대단하다고밖에 할 수 없었다. 저렇게나 마른 사람이 저렇게 울고불고 떼쓸 힘이 있다니. 추신은 내가 만난 환자 중에 정말 보기 드물게 에너지 넘치는 섭식장애 환자였다. 폭식증과 식욕항진증 환자는 말할 것도 없고 식욕부진증 환자들의 우울 정도는 꽤 심한 편인데, 추신은 정말 혈기왕성했다. 우울 성향이라고는 눈을 씻고 찾아도 없었다.

추신을 달래는 일은 그다지 어렵지 않았다. 나는 추신보다 체중이 더 적게 나가고 더 깡말라서 전혀 예쁘다고 할 수 없는 사람들의 사진을 보여주며 물었다.

"이 사람들 예쁜 것 같아요?"

식욕부진증 환자들이 신체를 보는 관점을 바로잡아주는 것 또한 치료의 일환이며 사진을 보여주는 것은 일종의 혐오 치료법이다.

추신이 나에게 눈이 멀었냐고 험한 소리를 해댔다.

"병원에 입원하지 않으면 반년 만에 이렇게 될 거예요."

"그럴 리가요. 기본적으로 생긴 게 다른데. 나는 야리야리하게 예쁜 쪽이고, 저 사람들은 그냥 삐쩍 말라비틀어진 거고."

샤오리즈가 눈을 흘겼다.

나는 반박하지 않았다. 사진을 보며 진절머리 치는 그녀의 귓가에 그저 조용히 속삭여주었다.

"호르몬의 변화로 인해서 생리가 멈추는 건요, 반 기아 상태에서 나타나는 의학적 증상의 한 가지일 뿐이에요. 거식증에는 수많은 증상이 있거든요. 예를 들어서 피부가 건조해지고 머리카락이 쉽게 끊어지고 손톱이 잘 부서지고 볼이나 몸에 솜털이 올라오고……."

추신은 금세 얌전해졌다. 나의 말이 그녀의 약점을 후벼 팠기 때문이다. 최근 그녀의 머리카락은 아주 건조해져서 쑥쑥 빠지는 중이었다.

안정을 찾은 그녀를 위해 다시 식단표를 고쳐 썼다. 하루에 네 끼, 매 끼니 400킬로칼로리였다. 이보다 더 늘리면 받아들이지 않을 테니 헛수고가 될 터였다.

그 이후로 가끔 추신을 찾아가 식사하는 모습을 지켜보았다. 원래는 샤오리즈가 해야 할 일이지만, 샤오리즈는 여우 같은 추신의 애교를 당해내질 못했다.

식욕부진증 환자들이 전형적으로 보이는 고질병이 있다. 치료에 관해 이야기할 때는 의사가 내거는 조건을 다 받아들인다고 해놓고서는 자기가 원하는 선택을 할 수 없다는 걸 알게 되면, 입에 발린 감언이설로 슬슬 꾀는 것이다. 의사가 듣고 싶어 하는 말만 해서 기분을 띄우고 흥정하듯 딴소리를 하고 심지어 의사들의 미적 기준까지 바꾸려고 시도한다. 거울 속에 보이는 저 여자가 뚱뚱하다는 말을 기어코 들으려는 것이다.

샤오리즈는 조용히 구시렁거리더니 나에게 투덜거렸다.

"저게 뚱뚱한 거면 나는 캡틴 아메리카 수준 아닌가요."

"캡틴 아메리카 모욕하지 마."

샤오리즈는 성질을 내며 가버렸다.

나에게 애교가 통하지 않는다는 걸 안 추신은 태도를 바꿨다.

"언니, 다이어트 좀 하세요. 남친이 뚱뚱한 거 싫어하지도 않나 봐요."

"그쪽 남친은 뚱뚱한 걸 싫어하나 봐요."

"저는 남자 안 사귀어요. 데뷔해야죠. 나중에 유명해진 뒤에 뭐라도 까발려지면 어떡해요. 회사에서 이런 건 철저하게 관리해요."

"그럼 회사에서 체중이나 몸매에 관해서는 뭐래요? 뚱뚱하대요? 기준이 어떻게 된대요?"

"아뇨. 말랐다고 하죠. 체중 관리하는 선생님이 유지 잘 한다고 칭찬을 엄청 해요."

나는 고개를 끄덕였다.

"칭찬이라. 건강 상태에 대해서 회사에서 뭐라고 하는 분은 없어요?"

추신은 어깨를 으쓱하며 그런 바보 같은 질문을 왜 하냐는 듯 아무 대답도 하지 않았다.

나는 그녀가 밥 먹는 모습을 끝까지 지켜보았다. 애교나 응석도 꼬장도 먹히지 않자, 추신은 어느새 얌전해져서 음식을 꾸역꾸역 입으로 밀어 넣었다. 한번 입에 넣은 음식을 족히 서른 번은 씹고 겨우 삼키니 한 끼 식사가 내 세 끼 식사처럼 오래 걸렸다.

게다가 삼킬 때마다 한참을 뜸을 들이고 입에 가득한 음식을 몇 차례에 나누어 삼키는 게 꼭 연하곤란*인 것 같았다.

"목이 불편해요? 삼키는 게 어려운 거예요?"

추신은 잠시 망설였지만 고개를 저었다. 그리고 여전히 몇 번에 나누어 천천히 음식을 삼켰다. 한꺼번에 많이 삼키면 역류할까 두려워하는 것처럼 보였다.

나는 류 선생에게 이 사실을 알리고, 추신의 식도가 너무 가늘어서 삼킴 장애가 있는 게 아닌지 확인해보자고 했다. 섭식장애는 원인이 너무도 다양하니 여러 방면에서 고려해보자는 취지였다.

류 선생이 직접 사진을 찍어보았지만 식도에는 아무 문제가 없었다.

나는 계속해서 추신이 식사하는 걸 지켜보았다. 매번은 아니라도 시간 날 때마다 가서 보았고, 그 외 대부분은 간호사가 그녀와 함께했다. 시간이 지나자 샤오리즈도 추신의 꼼수에 대처하는 데 이골이 났다.

연하곤란 침이나 음식물을 목으로 넘길 때 어려움을 겪는 증상.

따지고 보면 별것도 없었다. 그냥 사탕발림 같은 말을 몇 마디 하는 게 다였으니까. 추신은 예쁘기만 하고 내용물 없이 텅 빈 꽃병 같았다. 그러니 오래 보면 질리는 게 당연했다.

나는 갈 때마다 추신의 이야기를 들어줬다. 회사에 소속된 연습생, 요즘 신상 화장품과 명품 가방, 옷과 패션, 그리고 요즘 누가 제일 잘생긴 미남인지, 또 누가 실력도 없이 갑자기 잘 나가는지, 또 자기가 얼마나 예쁜지 같은 얘기였다.

이야기를 들으며 맞장구를 치는 내내 지루해서 하품이 났다. 추신은 플라스틱 인형 같았다. 길거리 어디나 넘쳐나는 성형 미녀들, 예쁘고 세련됐지만, 단순하고 허영심에 사로잡혀 있고 사소한 기분 때문에 온종일 투덜거릴 수 있는 여자들. 나는 스스로 예쁘다고 생각하는 사람들에게는 관심이 생기지 않았다.

계속 지켜보았지만 추신은 첫인상 그대로인 사람이었다. 스케치처럼 단순하고 거칠고, 변화의 여지가 없어 보였다.

우리는 추신의 체중을 매주 측정하며 꾸준히 증가하는지 확인했다. 처음에는 분명히 1킬로그램이 늘었고, 그 때문에 한동안 힘들어하는 게 보였다. 그런데 그 이후로는 체중이 제자리걸음이었다. 식사량을 늘린 채 한 달이 지났는데도 여전히 딱 1킬로그램만 늘어난 것이다.

류 선생은 매 끼니 500킬로칼로리, 하루 다섯 끼로 식단을 변경했다. 추신도 생명에 지장이 있겠다고 마음을 고쳐먹은 듯했고 아무 저항 없이 받아들였다.

다시 한 달이 지났지만 체중은 여전히 1킬로그램밖에 늘지 않았다. 뭔가 이상했다.

류 선생과 함께 병실을 확인하러 갔다. 추신은 류 선생 주위를 맴돌며 묻는 말에 순순히 대답했다. 그런데 잠시 후 류 선생이 입을 다물었고, 고개를 든 그녀는 무섭게 변한 류 선생의 얼굴을 마주 봤다. 나는 다가가 추신의 손을 들어 올렸다. 그녀는 얼굴이 하얗게 질리며 빠져나가려 몸부림쳤지만, 나는 더 세게 붙잡고 빠져나가지 못하게 했다.

역시나 추신의 검지 끝 손등 뼈에 굳은살이 살짝 생겨 있었다. 나는 그녀의 입을 억지로 벌리고 의료용 손전등으로 그녀의 입속을 살폈다. 치아가 손상된 흔적은 없었지만, 누렇게 변해 있었다.

냉담한 표정으로 추신에게 물었다.

"구토는 언제부터 시작했어요?"

추신은 불쾌한 듯 내 손을 빠져나가며 아래턱을 어루만졌다. 혹시 잘못될까 걱정이 되는지 나에게 눈을 부라렸다.

"힘도 더럽게 세네. 여자 맞아요?"

"언제부터 토했느냐고요. 얘기해요."

이미 다 들통이 났는데도 부끄러워하는 기색이라고는 없었다.

"지난달 초쯤요. 그러니까 누가 그렇게 많이 먹이래요. 그렇게 먹다가는 사람 죽어요."

제일 먼저 폭발한 것은 샤오리즈였다.

"그렇게 토하다 가는 사람 죽겠죠! 머리가 어떻게 된 거 아니에요?"

무려 두 달 동안이나 식단표대로 식사를 챙겨주었다. 그런데 먹은 걸 몰래 토하고 식사량을 조금만 줄여 달라고 응석을 부린 그녀 때문에 샤오리즈는 졸지에 근무 태만이라는 오명을 쓰게 되었다. 그는 예쁘게 보이기 위해 목숨까지 건다는 걸 생각조차 못 했을 뿐이다.

류 선생은 화를 내지 않고 종이 한 장을 디밀었다.

"직접 각서를 쓰세요. 본인이 직접 토했고 음식도 거부했으니까 무슨 일이 생기든 자기 목숨은 자기 책임이고 병원은 무관하다고요."

옆에서 이 사태를 구경하던 환자들이 놀란 표정으로 류 선생을 쳐다보았다. 아마 너무 냉정하게 군다고 생각하는 듯했다.

추신은 심각한 얼굴이 되더니 종이를 뿌리쳤다.

"어째서 무관한데요. 당신들 책임이지. 나는 병원에 입원해서 당신들한테 나를 맡겼잖아요. 그런데 당신들이 무능해서 나한테 음식을 못 먹인 거잖아. 그럼 당신들 잘못이지!"

악다구니를 쓰던 추신의 눈시울이 빨개졌다. 억지를 부리는 건 본인이면서 마치 세상 억울한 일은 다 당한 듯 굴었다.

결국 대화는 엉망진창으로 아무 소득도 없이 끝났다. 추신은 끝도 없이 울다가 까무러쳐버렸다. 음식 섭취가 너무 적어 혈당이 떨어진 것이다. 기절은 생명이 위태롭다는 또 다른 경고였다.

추신이 기절하는 바람에 부모님을 병원으로 불렀다. 그런데 알고 보니 부모는 딸이 입원한 것도 모르고 있었다. 당연히 추신이 회사에서 생활하며 연습 중인 줄 알았고, 아무에게도 이 소식을 듣지 못했다고 했다.

추신의 어머니는 아주 건장한 모습이었다. 까무잡잡한 피부에 튼튼한 몸매인 그녀는 웃는 인상이 아주 푸근하고 친근했다. 소박한 차림새는 흡사 낫을 휘두르며 보리를 베는 시골 아낙이 연상되었다. 집안의 대소사를 책임지고 척척 해내는 어머니지만 어여쁜 딸아이의 마음은 전혀 몰랐던 듯했다.

아버지는 세련된 스타일이고 추신과 똑 닮은 모습이었다. 몸은 야리야리했고, 피부는 이마 혈관이 보일 정도로 새하얬다. 키는 170cm 남짓, 이미 중년의 나이인데도 앳된 소년의 모습이 엿보였다. 왜소한 아

버지와 후덕한 어머니가 나란히 앉아 있으니 한눈에도 이 집안의 결정
권자가 어머니라는 게 느껴졌다.

역시나 예측한 대로 상담하는 내내 아버지는 거의 입을 떼지 않았고
대답은 어머니가 전담했다. 나는 추신의 어머니를 찬찬히 살펴보았다.
사람이 조금 세 보이긴 해도 친절하고 말도 잘 하는 편이었다. 그런데
막상 추신을 만나니 어쩔 줄 모르고 어색해했다. 한참 멋 부리고 예쁠
나이인 딸을 어떻게 대해야 할지 잘 모르는 것 같았다. 그저 평소 하던
대로 관심을 보이기 위해 옷을 챙겨오고 안부를 묻는 게 다였다. 서너
마디 주고받으니 대화가 끊겼다. 추신이 별다른 반응을 보이지 않았기
때문이다.

엄마도 그런 추신의 모습에 이미 익숙한 듯 크게 개의치 않았다. 그
저 눈가를 붉히며 딸을 안아줄 뿐이었다. 내 딸이 왜 이렇게 여위었는
지 알 수 없다는 듯이. 추신은 엄마 품에서 벗어나고 싶은 티를 냈지만
많이 움직이지는 않았다. 아버지는 곁에서 두 사람을 지켜보다가 의자
를 가져다 앉더니 사과를 깎기 시작했다. 추신은 그런 부모님이 민망
했는지 자꾸만 돌아가라고 했다.

어머니는 회사에 휴가를 내고 저녁에 돌아와 추신과 함께 있겠다고
했지만, 류 선생이 허락하지 않았다. 보호자가 병실에 함께 있는 건 규
정상 불가능했다. 그러자 어머니는 밖에서 자다가 면회 시간이 되면
병실에 들어가겠다고 했다.

추신이 얼른 어머니를 말렸다.

"아무것도 모르면서. 가세요. 난 여기 잘 있으니까. 우스운 꼴 보이지
말라고요."

결국 내가 추신의 부모님에게 병원에서 가까운 여관을 한 군데 알

려주고 하룻밤 주무시고 내일 와서 하루 더 보고 집으로 돌아가시라고 이야기했다. 그리고 추신의 상태는 하루 이틀에 좋아지기도 힘들고 몇 달씩 휴가를 내고 함께 있는 것도 무리라고 설명했다.

병원 밖으로 안내를 해드리는데 추신의 아버지가 그러는 게 좋겠다며 어머니를 타일렀다.

"몇 달이 뭐? 회사에 들어간 후로는 일 년에 얼굴도 몇 번 못 봤잖아. 이제 좀 자주 보겠다는데 왜 안 된다는 거야? 애가 저렇게 됐잖아. 저 지경이 됐다고."

아버지의 표정이 일그러졌다.

"그런데 애가 당신을 보고 싶어 하지 않잖아."

그러자 추신의 어머니는 꿀 먹은 벙어리가 되었다.

류 선생과 샤오리즈는 징계를 받았다. 샤오리즈는 두 달 동안 추신이 구토하는 걸 알아차리지 못해 환자가 위험해질 때까지 방치했다는 이유로 직무상 과실 처분을 받았고, 류 선생은 추신에게 각서를 들이밀며 책임을 떠넘겼다는 이유로 같은 병실 환자에게 신고를 당해 처벌을 받았다.

류 선생은 억울한 면이 있었다. 사실 각서는 없었고 그냥 백지였을 뿐인 데다 추신을 자극하려고 한 말이지 진짜 쓰게 할 마음은 없었기 때문이다. 하지만 다른 환자들은 그렇게 생각하지 않았다. 샤오리즈가 괜히 류 선생을 두둔하려다가 오히려 욕을 얻어먹기도 했다.

그래서 샤오리즈는 며칠간 기분이 가라앉아 있었다. 류 선생은 별다른 반응 없이 할 일을 묵묵히 했지만 나는 오히려 그게 더 걱정이었다. 추신의 식사에는 나도 어느 정도 책임이 있었다. 샤오리즈가 눈치채지 못할 수는 있어도 내가 그래서는 안 되었다. 류 선생은 관리하는 환자가 한둘이 아니고 추신을 지켜보는 것은 내 몫이었다. 그리고 류 선생은 내 보고를 받고 사태를 가볍게 생각했다.

이번 일을 대하는 나에게 문제가 크다는 걸 깨달았다. 상담사에게는 손을 댈 수 없고 마치 맹점같이 느껴지는 환자가 있는데, 바로 어떻게 대처해야 할지 알 수 없는 부류의 환자 혹은 편견이 있는 환자들이다. 보통 그런 환자를 만났을 때 상담사는 더 도움받기 좋을 곳을 소개한다. 직접 상담하다가는 문제를 놓치기 쉽기 때문이다.

추신이 딱 그런, 나에게 맹점이 되는 환자 유형이었던 것 같다. 철부지 성형 미인. 추신을 대하는 내 태도는 진지하지 않았고 무성의하기도 했다. 그제야 그녀가 그날 왜 그렇게 울부짖으며 억울해했는지 알 것 같았다. 감정은 상호작용을 한다. 자신을 철없는 아이라고 치부한 내 마음을 분명 느꼈을 것이다. 자신을 존중하지 않는 나에게 생명을 소중히 여기는 척할 필요가 있었을까.

"당신들한테 나를 맡겼잖아요. 그런데 당신들이 무능해서 나한테 음식을 못 먹인 거잖아."

추신은 이렇게 소리쳤다. 어쩌면 병원에 대한 실망감을 호소한 건지도 모른다. 그녀가 어떤 삶을 살았는지 나는 전혀 모른다. 혹시 자신이 속했던 어딘가에서 실망하고 다른 어딘가를 믿어보자고 마음먹은 건 아니었을까. 추신은 목숨 건 도박을 하는 심정으로 병원을 찾아왔을지도 모른다. 그러니 믿음이 무너진 순간에 실망이 더 커졌을 것이다.

"당신들한테 나를 맡겼잖아요."

이 말을 되새길수록 추신의 마음에 진 응어리가 느껴졌다. 어쩌면 그녀는 속이 텅 빈 예쁘기만 한 꽃이 아닐 수도 있다. 추신의 거식증이

예뻐지고 싶다는 병적인 집착 때문이 아니라 다른 이유 때문일 수 있다는 생각이 들었다.

갑작스레 솟구친 의욕 덕분에 정신이 맑아졌다. 이게 상담하는 사람의 고질적인 문제인가 하는 자조적인 생각이 들기도 했다. 어째서 나는 사람들 마음속의 가장 어두운 숲을 보았을 때야 비로소 끓어오르는 걸까. 어째서 나는 부서지고 상처 입은 사람만을 '사랑'하게 되는 것일까.

추신은 향기롭고 가녀린 플라스틱 꽃병이면서 빛을 향해 돌진하는 무해한 인간이다. 만약 그 빛이 진짜라면 그녀에게는 그게 더 좋은 삶의 방법이 아니었을까?

나는 추신을 찾아가 물었다.

"어머니를 싫어하세요?"

추신은 상대하기 싫은 듯 간결하게 대답했다.

"아뇨."

"어머니가 강제로 매니지먼트 회사에 보냈나요?"

"아뇨. 제가 가고 싶어 했어요. 엄마는 오히려 못 가게 하셨죠. 결국은 동의하셨지만."

"어머니하고는 왜 그렇게 서먹한 거예요? 둘 사이에 무슨 일이 있었나요?"

"이게 보통 아닌가요? 엄마랑 엄청 친하세요?"

딱히 반박할 말이 없어서 잠시 말문이 막혔다.

"음식을 먹기 싫은 게 어머니하고 관련이 있나요?"

추신은 잠시 주저하더니 말하기 싫은 모양인지 돌아누워 이불을 덮었다.

"아니라고요. 아, 피곤해. 함부로 떠들지 마요. 당신네 정신과 사람들은 맨날 똑같다니까. 근거도 없이 자기 마음대로 헛소리나 하고 말이야."

한 가지 생각이 스쳤다. 어머니를 싫어하는 추신은 어머니와 관련된 모든 것, 심지어 어머니의 생김새까지 인정하지 않기에 더 살을 빼려고 한다. 음식을 거부함으로써 어머니와 닮기를 거부하는 것이다.

"맨날 똑같다는 건, 심리 상담을 받아보셨다는 거네요?"

추신은 대답하지 않았다.

"회사에서? 연습생들을 대상으로 한 심리 상담이었나 봐요?"

추신은 깜짝 놀라 나를 돌아보더니 눈을 끔뻑거렸다.

나는 웃음이 났다.

"그 심리 상담사가 추신 씨를 좀 귀찮아하지 않던가요? 별것도 아닌 걸로 유난스럽다면서?"

추신은 여전히 동그란 눈을 깜빡거리며 나를 보았다. 그런 그녀에게 허리를 숙이고 다가가서 이야기했다.

"저한테서도 똑같은 느낌을 받았다면 미안합니다. 다시는 그런 일 없도록 할게요."

추신이 침대에서 몸을 일으켰다. 휘둥그레진 눈이 민망함에 어쩔 줄 모르고 있었다. '정신 나갔나? 갑자기 웬 오글거리는 소리야?' 하는 표정이었다.

나는 아무렇지 않게 어깨를 으쓱했다.

"그렇다고 저 혼자 잘못한 건 아니에요. 추신 씨도 절 그렇게 대했잖아요. 사과해야 하는 거 아니에요?"

"그럴 리가요."

"그랬어요. 저한테 진심 아니었잖아요. 류 선생님한테도 그렇고. 중요한 일을 숨기는 바람에 우리는 주변부만 맴돈 꼴이 됐어요. 놀리니까 재밌던가요?"

적반하장으로 캐묻는 나 때문에 기가 찬 추신은 코웃음을 쳤다. 그리고 다시 정색하고 말했다.

"안 그랬다니까요."

"지나간 일은 이제부터 묻지 않을게요. 대신 지금부터는 솔직하고 성실하게 할 거죠?"

"좋아요."

"추신 씨, 회사 사람에게 성추행을 당한 적 있나요?"

추신은 갑작스러운 물음에 당황했다. 전혀 예상치 못할 돌발 질문이었다.

섭식장애의 심리적 원인은 너무나 복잡하며, 그 무엇이든 원인이 될 가능성이 있다. 우선 추신의 직업과 식욕부진증 사이에는 분명히 어느 정도 관련이 있을 것이다. 자신의 몸을 극도로 마른 상태로 유지하려 하고 음식을 삼키는 데에도 어려움을 겪는다. 삼키기를 거부한다는 건 다른 무언가를 연상시켰다. 생식기 거부. 음식 거부는 자기 몸의 기관으로 어떤 물체가 들어가는 걸 거부하는 것이기도 하다. 추신이 몸담은 회사의 성격을 봤을 때 그런 생각이 드는 것도 무리는 아니었다. 게다가 섭식장애와 성(性)은 원래 관련이 깊다. 예를 들어 폭식증, 탐식증은 식욕, 성욕의 보상 심리로 나타나기도 한다.

추신이 내 물음에 고개를 저었다.

"아니요."

"그럼, 살면서 누군가에게 성희롱이나 성폭행을 당한 일이 있나요?"

추신은 인상을 찌푸리며 상당히 거북해했다. 이런 질문에 눈 하나 깜짝하지 않을 만큼 강심장은 아니다.

삼십 초쯤 흘렀을까, 추신이 고개를 저었다.

"아니요."

"방금 망설이는 동안 무슨 생각을 떠올렸나요?"

말을 아끼는 추신의 얼굴이 점점 공허해져 갔다. 원래의 그 스케치 그림으로 되돌아가는 듯했다. 그러나 나는 그 스케치 원고에서 부러져 버린 색연필의 흔적을 찾았다. 너무 대놓고 정곡을 찌르는 게 아닌가 싶기도 했지만, 잔인하게도 그 부러진 부분을 추신의 앞에 다시 들이 대야만 했다.

"그럼 혹시 다른 사람이 당하는 걸 본 적은요?"

추신이 나를 노려보았다. 분명히 매우 놀란 눈치였다. 나는 더 캐묻지 않았다.

어느 날 일이 터졌다. 그 일 때문에 추신이 잠시 외출을 하게 되어서 나와 샤오리즈가 동행했다.

추신의 어머니가 회사로 찾아간 것이다. 들어갈 때는 건강하고 멀쩡했던 딸을 도대체 어떻게 관리했길래 이 모양이 됐는지 묻고 싶었을 것이다.

경비원이 문밖에서 저지했고 소란을 피우면 경찰을 부르겠다고 윽박질렀다. 애초에 그럴 마음은 없었지만 그 말을 듣고 화가 난 어머니가 입구 바닥에 주저앉아 버렸다. 그리고 어떻게든 들어가서 확실히 따져야겠다고 고집을 부렸다. 아버지는 너무 민망해서 이러지도 저러지도 못한 채 그냥 사람들 틈에 숨어버렸다.

지나가던 사람들이 사진을 찍기 시작했다. 엔터테인먼트 회사가 연습생들을 혹사하고 학대한다는 정보라도 캐낼까 싶어 기자도 한두 명 달려왔다. 그러자 회사에서 병원에 연락해 추신에게 어서 와서 엄마를 모셔가라고 부탁했다.

현장에 도착해보니 추신의 어머니는 꼴이 말이 아니었다. 누구한테 한 대 얻어맞은 듯 풀어헤친 머리에 눈가도 시뻘게져 있었다. 평소보다 열 살은 더 들어 보이는 모습이었다. 추신도 처음에는 창피하다고 화를 내며 엄마를 얼른 데려가야겠다고 펄쩍 뛰었지만 막상 엄마의 모습을 보고는 할 말을 잃었다.

의아했다. 전화로는 분명 그렇게 심각한 상황이 아니라고, 몸싸움까지 가지는 않았다고 했는데 이게 어떻게 된 일이지?

투우 소처럼 경비원과 대치하고 있던 어머니는 추신을 보더니 억눌렸던 긴장과 힘이 풀리며 걷잡을 수 없이 눈물을 쏟아냈다. 그리고 추신을 붙잡고는 차마 입에 담기 힘들다는 듯 겨우 말문을 열었다.

"저 사람들이, 저 사람들이 그러더라……."

어머니의 손가락이 옆에 있는 기자 두 명을 가리켰다. 기자들은 겸연쩍은 와중에도 여전히 셔터를 눌러대고 있었다. 경비원이 그들을 막아섰다. 추신이 이맛살을 찌푸렸다.

"뭐라는데요? 무슨 일이에요?"

어머니는 추신을 단단히 붙잡고 눈을 맞추더니 고통스럽게 입을 열었다.

"저 사람들 말로는 네가 회사 사람들한테 몹쓸 짓을 당했다던데?"

추신은 깜짝 놀라 어리둥절했다. 어머니는 금방이라도 무너져버릴 것 같은 표정으로 말도 제대로 못 하고 가까스로 추신을 붙잡고 있었다. 추신이 표정이나 말 한마디로 조금이라도 긍정의 답변을 내비친다면 그 자리에서 쓰러져 죽을 것만 같은 상태였다.

추신이 버럭 소리를 질렀다.

"아니야! 무슨 말도 안 되는 소리를 들은 거예요!"

딸의 대답에도 어머니는 믿기지 않는 듯 날카롭게 물었다.

"진짜 아니야? 네가 갑자기 이렇게 됐잖아. 갑자기 이렇게……."

추신이 큰 소리로 대답했다.

"아니라고!"

추신이 눈을 부릅뜨고 기자들을 노려보았다. 기자들은 민망해하면서도 여전히 카메라를 추신에게 향했다. 너무도 마른 그녀의 모습을 보고 아무 일도 없었다고 믿는 사람이 누가 있겠는가. 기자는 추신을 설득하기 시작했다.

"숨기지 마세요. 정당하게 해결할 수 있도록 저희가 도와드릴게요. 이런 제보가 처음도 아니고 그쪽도 처음이 아닙니다. 너무 부담 갖지 마세요."

어머니의 얼굴이 더 창백해졌다. 샤오리즈가 그 기자를 때릴 듯 덤벼들어서 경비원이 기자들을 다른 쪽으로 끌고 갔다. 주변에 사람들이 점점 더 모여들었다. 추신은 다시 한번 어머니에게 그런 일은 없었다며 고래고래 소리를 질렀다.

"나 아직 처녀예요. 병원에 가서 검사라도 해보든가."

상황이 이렇게까지 흐르자, 추신도 점점 이성을 잃기 시작했다. 어머니는 가만히 침묵하더니 눈물을 닦으며 벌떡 일어났다. 그리고 추신의 얼굴을 쓰다듬었다. 더러워진 손 때문에 추신의 얼굴도 더러워졌다. 하지만 추신은 엄마의 손길을 피하지 않았다.

"집에 가자. 연습생은 그만해. 그만둬."

경비원 한 명이 괜히 한마디를 쏘아붙였다.

"따님한테 손 하나 댄 사람이 없다잖아요. 그만두려면 조용히 해결하면 그만이지, 이 난리를 피우고."

어머니는 뭐라고 대거리를 하고 싶었지만 딱히 할 말이 떠오르지 않았다. 차마 따지고 들지 못한 어머니는 억울함에 화가 나고 애가 타 울음을 참으면서 외쳤다.

"열네 살에 여기로 보냈을 때는 건강했어! 아주 건강했다고!"

추신은 그런 어머니를 보며 아무 말도 하지 못했다.

우리 네 사람은 그렇게 회사 앞을 벗어났다. 차에 타려는데 사람들 속에 추신의 아버지가 있었다는 게 떠올랐다. 하지만 이미 모습이 사라진 뒤였다.

병원으로 돌아오는 내내 어머니는 울음을 그치지 못했다. 마음이 완전히 무너져버린 어머니는 엉엉 울면서 연신 추신의 손을 잡아끌며 미안하다고 했다. 여전히 추신의 말을 못 믿고 그녀가 몹쓸 짓을 당했다고 믿는 것 같았다. 기자들이 했던 제보라는 말 때문이었다.

어머니의 울음을 그칠 방법을 찾지 못한 추신이 드디어 입을 열었다.

"내가 아니라, 다른 애예요."

어머니는 어리둥절했다.

"다른 애?"

"응. 다른 연습생."

어리둥절한 어머니가 다시 물었다.

"그럼 너, 너는 왜 이렇게 살이 빠진 건데?"

"내가 봤거든. 너무 역겨워."

어머니는 다시 눈물을 쏟았다. 그리고 추신을 꽉 안아주며 연습생은 관두고 집에 가자고 했다. 이제야 추신의 말을 믿은 것이다.

나는 추신을 바라보았다.

'그래서 그 사건이 거식증의 원인이라는 건가?'

추신은 병실로 돌아가 힘겹게 침대에 몸을 뉘었다. 온종일 감정의 기복이 너무 심했던 탓이다. 지금 그녀의 몸은 무리한 자극을 감당할 수 있는 수준이 아니다.

류 선생이 추신을 진찰하는 동안 나는 추신의 어머니와 병실 밖에 앉아 있었다. 어머니는 너무 울어서 눈이 퉁퉁 붓고 앞이 보이지 않을 지경이었다. 내가 따뜻한 물을 떠 왔을 때는 어머니가 지갑에서 조그마한 사진을 한 장 꺼내서 보고 있었다.

물을 건네고 함께 사진을 보았다. 사진 속에는 여자아이가 둘 있었다. 한 명은 추신과 꼭 닮았고, 살집이 토실토실한 다른 한 명은 추신보다 좀 더 큰 애 같았다.

"이게 추신이에요?"

어머니가 고개를 끄덕였다.

"옆에 있는 분은요?"

어머니는 침울한 표정으로 사진을 쓰다듬었다.

"언니예요."

"언니요? 언니가 있어요? 친자매예요?"

"둘 다 내가 낳았죠. 아빠는 달라요. 첫째는 전남편의 아이예요."

추신은 한 번도 친언니가 있다고 이야기하지 않았다. 진료 기록부에 적힌 가족 관계에도 부모만 언급되어 있었고, 그녀는 외동딸이라고 적혀 있었다.

어머니가 한숨을 쉬었다.

"내 팔자가 안 좋아서 큰 애를 일찍 보냈는데 작은 애도 고생을 하네요."

일순간 숙연한 마음이 들었다.

"언니가…… 돌아가셨군요?"

"보냈어요. 열세 살 때. 그때 추신이 열 살이었고요."

"어떻게 가신 거예요?"

"배불러 죽었어요."

나는 무슨 말인지 이해가 되지 않았다. 어머니는 나의 눈을 바라보며 진지하게 말했다.

"배불러 죽었다고요. 너무 많이 먹어서. 위가 터져버렸어요."

멍한 내 머릿속으로 많은 것들이 스쳐 지나갔다. 너무 많이 먹어서 위가 터지다니.

"어떻게 많이 먹었는지 자세하게 설명해주실 수 있나요? 하루에 얼마나 먹었는지, 몇 끼나 먹었는지?"

어머니는 이상하다는 듯 나를 보더니 설명을 시작했다.

"잘 기억나지는 않는데 볼 때마다 계속 먹었던 것 같아요. 아주 뚱뚱하게 될 때까지요. 하루에도 몇 번이나 추신이 먹는 양의 네다섯 배를 먹어치웠어요. 어느 날 밤에 음식을 몇 시간이고 먹고 잤는데, 다음날 일어나보니까 애가 이상한 거예요. 병원에 데려갔는데 급성 위 확장이라고 위가 찢어졌다고 하더라고요. 방법이 없었어요."

나는 손발이 얼어붙었다. 폭식증, 언니가 폭식증이라니. 한 집에서 언니는 폭식증을 앓고 동생은 거식증을 앓다니, 우연의 일치라고 하기엔 납득하기 어려웠다.

"요 며칠 계속 생각해봤는데, 추신이 이렇게 된 게 내 탓 같아요. 언니가 그렇게 죽고 나서 내가 너무 겁이 나서 추신한테 음식을 많이 못 먹게 했거든요. 귀에 못이 박히도록 적게 먹어라, 적게 먹어라 했어요. 선생님, 제가 잘못한 거 맞죠? 어릴 때 제가 맨날 석게 먹으라고 해서 애가 이렇게 된 거죠?"

"그 전에는 어땠는지 말씀 안 하셨잖아요. 추신 씨가 원래 얼마나 먹었나요?"

어머니는 잠시 생각하더니 대답했다.

"많이 먹지는 않았어요. 그때쯤 계속 조금씩만 먹었죠. 토할 때도 많았고요."

나는 숨을 크게 들이쉬었다.

"추신 씨 언니가 왜 그렇게 갑자기 폭식하게 됐는지는 혹시 아세요?"

어머니는 고개를 저었다.

"알면 좋았겠지만, 저도 몰라요. 갑자기 그러더라고요."

더는 아무것도 묻지 않고 조용히 사진을 들여다보았다. 뚱뚱하고 마른 두 소녀가 카메라를 향해 '브이'를 그리고 있었다.

류 선생은 검사를 마친 후 유동식 식단을 짜주었다. 추신의 어머니는 병실로 들어가 딸과 이야기를 잠시 나눈 후, 샤오리즈와 함께 먹을 것을 받으러 갔다. 음식을 직접 보아야 안심이 되겠다고 했다.

나는 떠나지 않고 추신의 침대맡에 자리를 잡았다. 여전히 아주 힘들어 보였다.

"언니가 있었다면서요."

추신은 깜짝 놀라 안절부절못했다.

나는 떨리는 음성으로 말을 이었다.

"엄마에게 거짓말을 했네요. 회사 사람이 성폭행당하는 걸 본 게 아니라 언니였어요. 그렇죠?"

추신의 얼굴이 하얗게 질렸다. 원래도 혈색 없던 얼굴이 침대 시트처럼 새하얗게 질려버렸다. 그녀는 너무 놀라서 입도 벙긋하지 못했다. 내 추측이 맞은 걸 증명하는 표정이었다.

언니가 갑자기 음식을 과하게 먹어 살을 찌운 이유는 성폭행을 당했기 때문이었다. 사람이 자기 자신을 뚱뚱하게 만드는 데는 정신분석학적으로 다양한 이유가 있다. 예컨대 성별의 특징이 드러나지 않게 만들어 자기가 특정 이성에게 성적인 매력을 풍기지 않게 하는 경우도 있다. 게다가 성과 연관된 스트레스 반응으로 폭식이 나타나는 사례도 적지 않다.

"무엇을 봤는지, 어떻게 봤는지가 바로 거식증을 해결할 관건이에요. 그 시기에 자주 토하셨다던데요."

한참 후 놀란 토끼 눈이 되었던 그녀의 표정이 평온을 되찾았다. 추신이 쭈뼛거리며 이야기했다.

"엄마가 잘못 기억한 거예요. 자주 토했던 건 내가 아니라 추츠였어요."

"추츠요?"

"언니 이름이 추츠였어요."

"나한테 언니 이야기하는 거 괜찮겠어요?"

추신은 한참 후에야 나에게 당부했다.

"약속해주세요. 영원히 비밀로 지키겠다고. 절대 다른 사람한테 얘기하면 안 돼요."

"도를 넘은 일은 지키겠다고 약속하기 힘들어요. 예를 들어 불법적이거나 생명의 안위에 직결되는 일들이요."

추신은 당연하다는 듯 대답했다.

"네."

추신이 이야기를 시작했다. 그녀가 열 살이었던 어느 날부터 이복 언니 추츠가 폭식을 시작했다. 집에 준비된 음식은 항상 비슷한데, 언니가 추신의 것까지 먹어버리는 바람에 알게 된 일이었다. 그리고 언니는 아깝게도 먹은 음식을 화장실에서 모두 게워냈다.

나중에는 엄마도 이 사실을 알게 되어 왜 그러냐고 물었다. 하지만 언니는 이유를 말하지 않았고, 그냥 배가 고프다고만 했다. 그렇게 추츠는 매일 식사량이 많아졌고 체중이 늘기 시작했다. 세 살 차이인 자매는 원래 체중이 비슷했다. 그런데 여름 방학을 보내는 사이에 추츠의 체중은 추신보다 7.5킬로그램이나 늘어났다.

추신은 그때 언니가 왜 그러는지 알지 못했다. 그냥 중학교에 들어가 성격이 좀 변했나 보다 생각했다. 그러던 어느 날 밤, 자다가 깨서 화장실에 갔는데 언니 방에서 무슨 소리가 들려왔다. 언니가 또 몰래 뭘 먹고 있다고 생각해서 잔소리를 한 마디 해주려고 문을 살짝 열었다. 그런데 그 순간 상상도 못 한 장면을 목격하고 말았다.

아빠가 언니 방에 있었다. 언니가 아빠의 다리 위에 앉아 있고, 아빠는 언니의 몸을 어루만지며 더듬었다. 언니는 울고 있었다.

추신은 그날 밤 자기가 어떻게 방으로 돌아왔는지 기억도 하지 못했다. 그날 이후에도 언니는 제정신이 아닌 듯 음식을 먹었고 미친 듯이 토했다. 그리고 결국 자신의 위가 터질 정도로 먹다가 죽고 말았다.

언니가 죽은 후부터 추신은 먹는 것을 거부하기 시작했다. 먹는 것만 보면 무서웠다. 언니의 죽음이 비참하고 고통스러웠기에 그녀에게는 음식이 무엇과도 비교할 수 없는 공포의 대상이 되었다. 그 두려움에는 문틈으로 보면서도 이해할 수 없고, 영원히 비밀이 될지도 몰랐을 그날 밤도 포함되어 있었다.

추신의 이야기를 듣고 나는 오랫동안 아무 말도 하지 못했다. 어느 정도 추측을 하긴 했지만 진짜일 줄은 몰랐기 때문이다.

추신의 식욕부진증은 언니를 통해 습득되었으며, 삼킴 장애는 폭식에 대한 공포 때문에 생겼다. 그러니까 음식을 거부한다기보다 삼키길 거부하는 것이다. 언니가 음식을 마구 쑤셔 넣는 걸 똑똑히 본 그녀에게 삼키는 행위와 그 소리는 악몽이나 다름없다. 게다가 무언가를 먹고 삼키는 동작의 이미지는 그녀가 깨트려버린 비밀과도 깊은 관련이 있다.

게다가 공교롭게도 섭식장애는 생물학적 요인의 영향이 아주 크다. 섭식장애 환자 가족 내에서 섭식장애 환자가 나올 확률은 일반인의 네다섯 배나 된다. 이 두 자매가 겪은 각기 다른 섭식장애를 유전적으로도 설명할 수 있다는 뜻이다.

"어머니께 말씀드릴 생각은 해봤어요?"

추신이 고개를 저었다.

나는 잠시 생각하다가 확인해야 할 사항이 있어 다시 질문을 던졌다.

"아버지가 혹시 추신 씨를……."

추신이 눈을 커다랗게 뜨며 고개를 내저었다.

"아뇨. 언니는 아빠하고 혈연관계가 아니었잖아요."

"혈연관계든 아니든 잘못된 일이라는 걸 아실 텐데요."

추신은 아무 대꾸도 하지 않았다.

"그러니까 미워해야 할 사람이 아버지인데, 왜 어머니에게 그렇게 쌀쌀맞게 대하세요?"

추신은 입을 굳게 닫고 있었다.

"추신 씨는 양심의 가책을 느꼈겠죠. 그래서 집을 나온 거고요. 엄마의 다른 딸이 무슨 일을 당했는지 알지만 엄마에게 말할 수가 없었을 테니까요. 그래서 꺼림칙한 마음이 계속 들다 보니까 엄마를 원망하는 마음까지 생겨난 거지요. 엄마는 왜 이렇게 사람 보는 눈이 없어서 저런 남편을 만났는지, 왜 자신과 추츠 언니의 삶을 이렇게 망치는지."

추신이 내 말을 반박했다.

"함부로 떠들지 마요."

"병이 어디서 왔는지 알았다고 해서 저절로 치료되는 건 아니에요. 추신 씨의 거식증은 스스로 노력해야만 고칠 수 있어요. 추신 씨는 언니처럼 되지 않을 거예요. 언니의 고통을 본인이 계속 떠안지 마세요. 그리고 언니의 뜻과 의지, 열세 살 소녀가 고통을 없애기 위해 택한 그 방식을 자신에게 적용하려 하지 마세요."

추신은 가만히 듣고만 있었다.

"그때 아무 말도 하지 않은 본인에게 벌주고 싶겠죠. 언니가 어떻게 죽었는지 똑똑히 봤으니까요. 하지만 어머니에게 말씀드렸다고 생각해보세요. 아마 가족들은 더 일찍 흩어졌을 거고 언니의 병도 더 깊어졌을 수 있어요. 모든 게 다 까발려진 상황에서 더 큰 고통을 받다가 다른 방식으로 자신을 놓아버렸을 수도 있고요."

추신이 망연자실한 표정으로 나를 보았다.

"추츠 씨는 당사자였지만 신고하지 못했어요. 이유야 어찌 됐든 언니가 살아 있었을 때, 어떻게 할지 결정은 언니 몫이었어요. 언니가 죽은 지금은 더더욱 추신 씨가 대신 결정할 필요가 없죠."

"그런데 그 일이 너무 미안하고 가슴에 남아서 그때 언니가 아무것도 할 수 없었던 이유와 언니의 고통, 무기력을 어른의 시선으로 이해하려고 하는 거잖아요. 그때 아무 말도 하지 못한 걸 후회하면서 무엇으로든 보상하고 바꿔보려 하는 걸 말릴 사람은 없어요. 하지만 이건 아셔야 해요. 그때 추신 씨가 가만히 있었다고 해서 추신 씨를 탓할 사람은 없습니다. 그때는 추신 씨도 아이였고, 언니보다 더 어렸잖아요. 그래도 지금은 이렇게 커서 무엇이 옳고 무엇이 그른지 아는 나이가 되었네요. 언니는 그런 기회조차 없었어요."

추신의 눈시울이 빨개졌다.

나 역시 견디기가 힘들었다. 처음 그녀와 만났을 때, 이렇게 큰 비밀을 짊어지고 있으리라고 누가 상상이나 했겠는가. 인형처럼 예쁘게 다듬어놓은 소녀, 속이 텅 빈 흑백 선의 스케치 같은 소녀. 추신의 색연필이 부러져버린 건 언제였을까? 열 살이었던 그때, 언니가 병원 침대 위에서 떠나버렸던 때가 아니었을까.

나는 추신을 가만히 안아주었다. 그녀는 순순히 내 품에 안겨 울먹였다.

"이런 일은 흔하지 않죠?"

"추신 씨가 겪은 일 말이에요? 흔하지 않죠."

추신이 망설이다가 물었다.

"불쾌하고 지독한 가정사는 어느 집에나 있고, 그게 정상이라고 생각했어요. 근데 다른 사람들은 건강하고 행복하게 자랐더라고요. 내가 정상이 아닌 거예요?"

나까지 목이 메었다. 순간 추신이 너무나 가엾다는 생각이 들었다. 열아홉 살이면 아직 한참 어린 나이 아닌가. 그런데도 그 나이의 고집과 생각으로 절망을 묵묵히 겪어내고 자기의 방법을 차근차근 찾아가고 있었다.

추신이 간직하고 있던 에너지가 이제야 빛을 발하는 것처럼 느껴졌다. 그녀를 꽉 채우고 있는 내면의 특별함과 진정한 아름다움이었다. 추신은 이제 플라스틱 인형이 아니고 흔해 빠진 성형미인도 아니다. 생각해보면 당연한 일인 듯싶다.

그리고 어렴풋이 이런 생각이 들었다. 겉으로 공허해 보이는 수많은 소녀가 사실은 전혀 그렇지 못한 비밀을 짊어지고 살아가고 있는 건 아닐까.

샤오리즈와 추신의 어머니가 음식을 가지고 돌아왔다. 추신은 차분하게 먹기 시작했다. 어머니는 초췌한 얼굴로 웃으려 애썼다. 회사 일도 집안일도 언급하지 않았다. 나는 속으로 한숨만 푹푹 내쉬었다. 추신이 어떻게 이야기를 꺼내겠는가. 이미 불행을 겪을 만큼 겪은 어머니에게 어떻게 더 불행을 안겨준단 말인가.

오후가 되자 추신의 아버지가 왔다. 평소처럼 의자를 가져다 침대 옆에 자리를 잡고 앉아 사과를 깎았다. 추신은 사과를 먹지 않고 어머니에게 사과를 먹여주었다. 어머니는 두말없이 사과를 받아먹었다.

속이 뒤집히는 것 같아서 조용히 병실 밖으로 나왔다. 샤오리즈가 따라 나와 어디 가느냐고 물었지만 아무 말도 하지 못했다. 그 길로 화장실로 달려가 헛구역질을 했다.

거울 속의 나를 보며 물었다.

'왜 그래? 갑자기 왜 그런 거야?'

한참 후에야 알 수 있었다. 추신의 감정을 내가 느낀 것이다. 아무렇지 않게 가족들을 바라보는 그녀의 속마음과 느낌이 나에게 고스란히 전해진 것이다.

그러고 나서 샤오리즈와 함께 점심을 먹으러 갔다. 점심시간이 지난 식당에는 사람이 없었다. 나는 음식을 2인분이나 시켜 무언가에 홀린 듯이 쉬지 않고 입안으로 밀어 넣기 시작했다.

샤오리즈가 인상을 찌푸렸다.

"방금 토하고 온 거 아니에요? 그렇게 금세 속이 좋아졌어요?"

나는 고개를 저었다. 그리고 연신 음식을 집어삼키며 대답했다.

"그냥 비밀 한 가지를 꼭꼭 숨겨 두고 싶어서."

비밀을 꼭꼭 숨겨 두고 싶어서 닥치는 대로 음식을 밀어 넣었다. 속이 아주 꽉 막혀버리길 바라면서.

추츠의 마음이 이러했을까? 그녀는 미친 듯이 음식을 쓸어 담아 입안을 꽉 채우고 목소리를 억누르고 비밀을 가슴 깊이 삼키길 반복하고 또 반복했을 것이다. 그렇게 오랜 시간이 흐르는 동안 입으로 들어간 음식이 비밀로 둔갑했고 먹을 때마다 그 비밀을 곱씹고 또 곱씹게 되었다.

그리고 추신은 음식을 거부하는 방식으로 비밀을 밀어내려 했다. 어떻게든 이 비밀을 외면하려 했지만, 헤어날 수 없었고 결국은 모든 걸 짊어질 수밖에 없었다.

추신이 어머니에게 솔직하게 얘기했는지 안 했는지 나는 알지 못한다. 하지만 치료받는 몇 달 동안 어머니는 꾸준히 병원에 와서 딸을 보살폈다. 두 사람의 사이도 퍽 괜찮아 보였다. 반대로 아버지는 오는 횟수가 줄다가 나중에는 거의 찾아오지 않았다.

추신의 체중은 오르락내리락 하긴 하지만 점차 회복되고 있다. 얼굴에 살집이 좀 붙으니 훨씬 더 보기가 좋아졌다. 물론 그녀 자신은 만족하지 못하고 예전의 마른 모습이 좋다고 생각한다. 신체 이상형태성 장애는 바로잡기가 너무 어렵지만, 체중을 늘린 것만으로도 충분히 좋아졌다고 생각한다.

추신은 한 번 더 연습생으로 돌아가겠다고 했다. 어머니도 반대하지는 않았다. 단, 일주일에 한 번씩 만나 잘 지내고 있는 걸 확인시켜주어야 한다는 조건을 걸었다. 벌써 몇 년 동안이나 가족들과 떨어져 서먹해진 그녀에게 이런 친밀함은 아주 생소하고 낯설었다. 하지만 애원하다시피 하는 어머니 때문에 그러겠다고 약속했다.

추신의 체중이 류 선생이 목표로 잡은 수치까지 늘어나는 데는 두어 달이 더 걸릴 예정이었다. 치료 과정은 계속 반복되었고 그녀와 류 선생은 여전히 티격태격했다. 생각해보니 그녀가 나이 많은 남성에게 혐오감을 느낀 이유도 바로 자신의 비밀 때문이었다. 그리고 나는 이 일을 아무에게도 이야기하지 않았다. 류 선생에게조차.

나를 잃고 타인에게 잊히는
– 알츠하이머

월요일 아침, 평소처럼 회진이 시작되었다. 이번 달부터는 재활의학과에서 실습을 하는데, 이곳은 노령 환자가 많고 노인성 치매를 앓는 환자가 대다수이다. 휠체어 이동이 필요한 환자가 전체의 삼분의 일이고 보행이 가능한 환자들도 행동이 아주 느리다. 겉보기에는 아주 느긋하고 평화롭고 공격력이라고는 없어 보이지만, 생각 외로 보호사들을 들볶는 사람들이 많다.

진료과장과 함께 병실을 반 정도 돌았을까, 어느 병실에 들어섰는데 그야말로 야단법석이었다. 한 할머니가 자기 배설물을 베개 아래 감춰둔 일이 사건의 발단이었다. 방안에서는 냄새가 진동했는데, 하룻밤이 지나서야 발견을 했다. 그런데 보호사가 배설물을 치우려고 하자 할머니가 거부하면서 손으로 움켜쥐고 그대로 입안으로 넣으려 했다.

다행히 가까운 데 있던 재활의학과 의사가 할머니를 제지했다. 거동이 불편한 환자에게 마사지를 해주려고 왔다가 할머니를 본 것이다.

할머니가 겨우 진정했을 때 그 의사의 하얀 가운은 오물로 범벅이 되었고 얼굴까지 더럽혀져 있었다. 옆에 있던 간호사가 화를 꾹 참으며 말 한마디 없이 할머니의 침대 시트를 갈았다. 몇 번이나 반복했는지 모를 만큼 익숙하고 숙련된 솜씨였다.

하지만 안정을 되찾은 듯 보였던 할머니가 다시 난리를 피웠다. 시트를 가는 것이 마음에 들지 않은 것이다. 간호사는 이불을 바닥에 던져 놓고 과장을 쳐다보았다. 감정을 주체하기 힘들어 보였다.

"우선 갈지 말고 그냥 두세요. 익숙한 환경을 편해하시니까. 이불에서 편안한 냄새를 느끼시나 봐요."

"다른 환자들은 어떻게 하죠? 냄새를 견디기 힘드실 텐데."

주위의 다른 할머니 환자들이 화난 눈빛을 쏘아내고 있었다. 처음에 이 사실을 알린 것도 다른 환자들이었다.

과장은 그 할머니와 우선 대화를 하려고 했다. 하지만 말을 꺼내기도 전에 할머니가 괴성을 지르며 이불을 둘둘 감아버리는 바람에 오물이 온 침대를 뒤덮고 말았다. 놀랄 정도로 비명을 지르는데 다른 할머니들은 대수롭지 않은 표정이었다. 많이 봐서 익숙한 듯했다. 간호사들도 별다른 반응을 보이지 않고 냉랭한 눈으로 할머니를 보았다.

과장이 아무리 설득해도 소용이 없자, 재활의학과 의사가 나섰다.

"제가 말씀드려볼게요."

그 의사가 웅크리고 앉더니 얼굴에 묻은 오물은 신경도 쓰지 않고 할머니와 다정하게 이야기를 나누기 시작했다. 나는 멀리 떨어져 있어서 무슨 이야기를 하는지는 들리지 않았다. 한참 후에 할머니가 이불을 쥔 손을 놓았다. 간호사가 때를 놓치지 않고 할머니에게서 이불을 빼앗았다. 그러자 할머니가 또다시 거칠게 달려들었다. 간호사는 할머니에게 들이받혀 바닥으로 넘어졌고 내 발치에서 '쿵'하고 큰 소리가 났다. 나까지 깜짝 놀랄 정도였다. 간호사는 무릎이 깨질 듯 아팠을 텐데도 슬그머니 일어났다. 얼굴에는 여전히 아무 표정이 보이지 않았다. 그녀는 바짓단을 툭툭 털더니 할머니에게는 눈길도 주지 않고 그대로 이불을 가지고 가버렸다.

계속해서 설득이 이어졌지만 효과는 없었다. 할머니가 말을 잘 알아듣지 못했기 때문이다. 과장과 함께 병실에서 나왔을 때 나는 머리가 어지러울 지경이었다. 할머니는 여전히 병실에서 소란을 피우고 있고, 그 의사가 달랠 때만 잠시 조용해졌다. 하지만 그러다 이내 또 시끄러워졌다. 우리가 병실을 완전히 떠날 때까지 그 의사는 세수도 제대로 하지 못했다.

이런 사건은 재활의학과에서 맞이하는 평범한 아침의 평범한 일상에 불과했다. 이곳으로 온 첫날에 나는 여기가 다른 병동과는 다르다는 걸 알았다. 정말 만만치 않은 곳이었다.

오후가 되자 환자들의 활동 시간이 돌아왔다. 움직일 수 있는 노인 환자들은 모두 활동실을 향해 천천히 움직였다. 재활의학과의 활동실에는 '재활 구역'이라는 특별한 공간이 따로 마련되어 있었다.

그곳에는 노인들의 운동에 적합한 스트레칭 기구 따위가 다양하게 갖추어져 있고, 사면이 유리로 되어 있었다. 하지만 이용하는 환자는 극히 드물었다. 노인환자들은 대부분 '놀이 구역'의 크지 않은 테이블에 옹기종기 모여 앉아 움직이지 않았다. 앞에는 텔레비전이 설치되어 있어서 볼 사람들은 보고 놀이를 하고 싶은 사람들은 놀이를 했다.

나는 한 할아버지와 도형 맞추기 놀이를 했다. 빈 구멍이 있는 나무판에 각 도형 블록을 모양에 맞게 끼워 넣는 놀이다. 할아버지는 사각형 블록을 들고 원형 모양에 맞춰 넣으려고 애를 썼다. 당연히 들어갈 리가 없지만 할아버지는 포기하지 않았다. 내가 도움을 드리자 할아버지는 한참을 멍하니 보다가 이번에는 삼각형 블록을 들고 원형 모양에 넣으려고 했다.

나는 힘이 빠졌지만 계속해서 도형에 맞는 구멍을 찾아주었다. 한참 후에 할아버지가 마침내 제대로 블록을 끼워 넣었고, 나는 할아버지보다 더 기뻐했다. 그런데 할아버지는 무심하게 다시 사각형 블록을 들고 삼각형 구멍에 넣으려고 애를 썼다.

그 옆에는 한 할머니가 활동 시간이 시작될 때부터 지금까지 쉬지 않고 소리를 지르고 있었다. 휠체어에 묶인 할머니는 고개를 내밀고 나에게 소리를 질렀다. 내가 처음 온 날부터 그랬다. 아침에 배설물을 숨기고 먹으려 했던 그 할머니다. 후 씨여서 다들 후 할머니라고 불렀다. 내가 재활의학과로 배정받은 첫날에 가장 유심히 본 첫 환자가 바로 후 할머니였다. 그때도 지금과 똑같은 모습이었다. 할머니는 휠체어에 묶여 가련한 모습으로 끊임없이 나에게 소리를 질렀다.

"살려줘. 살려줘."

할머니의 목소리가 마치 깨진 유리 조각을 밟는 소리 같아서 듣고 있기가 괴로웠다. 무슨 일이냐고 가서 물으니 할머니는 정확하지 않은 발음으로 여기 간호사들이 자기를 묶어놔서 너무 힘들다고 자기는 병이 없다고 이야기했다. 말하는 중간중간 이야기가 끊겨 횡설수설했다. 그리고 할머니는 잠깐 이야기를 하다가 무슨 말을 했는지 금세 잊어버려서 했던 얘기를 계속 반복했다.

치매 환자라는 걸 바로 알 수 있었다. 목에 흉터가 있는 것 같아 가까이 다가가서 보려는데 간호사가 나를 제지했다.

"할머니가 직접 그러신 거예요."

아침에 침대 시트를 갈아준 간호사였다. 량샤오추 간호사는 눈빛이 유난히 차갑고 서늘했다. 오래 쳐다보고 있으면 약간 으스스한 기운이 느껴지기도 했다. 알고 보니 량샤오추는 후 할머니의 전담 간호사였다. 후 할머니의 말썽이 너무 심해서 다른 간호사들이 돌보려 하지 않자, 그 일이 모두 량샤오추 차지가 되었다.

량샤오추는 다른 간호사들처럼 모여서 수다를 떨지 않았다. 언제나 혼자였고, 점점 더 무리와 멀어졌다. 다른 사람들이 그녀를 두고 좀 이상하다고 수군거리는 소리도 들었다.

할머니의 목에 난 흔적을 본 나는 보호사들이 노인들을 학대한다는 얘기를 들은 게 떠올랐다.

"이렇게 계속 묶어 두나요? 언제 풀어드리는 건가요?"

량샤오추가 어이없다는 듯 쳐다보았다.

"풀어드리고 난리 나면 직접 처리하실 거예요? 책임진다고 하면 바로 풀어드리죠. 누가 묶어 놓고 싶겠어요? 일 터지면 내 책임이니까 그렇지."

대놓고 쏘는 그녀의 태도에 나는 잠시 얼떨떨했다. 곰곰이 생각해보니 내가 괜히 의심하듯 말을 한 것 같았다. 다시 한번 후 할머니가 어째서 저렇게 묶여 있는지 예의 바르게 물었다.

하지만 량샤오추는 여전히 냉담한 모습이었다. 아무것도 모르는 내가 못마땅한 듯했다.

"병이 있잖아요. 두고 보시면 다 알게 되겠죠."

그로부터 며칠이 지나는 동안 나는 량샤오추의 말뜻을 충분히 이해할 수 있었다. 후 할머니가 사람들을 괴롭히는 수준은 정말로 장난이 아니었다. 후 할머니는 다양하고 복잡한 증상을 보였는데, 노인성 치매는 그 다양한 증세의 기저 질환일 뿐이었다.

알츠하이머, 속칭 노인성 치매는 나이가 들면서 인지 기능이 퇴행하는 뇌 질환이다. 갈수록 기억이 잘 나지 않고 방향을 구분하지 못하며 의식이 불분명해진다. 가장 핵심적인 문제는 인지 능력 감퇴이다.

이 병을 이해하는 가장 간단한 방법은 인간의 성장 발달과 대비하는 것이다. 예컨대 어린이들의 정신 성장이 인지 기능의 향상이라면, 노인들의 치매는 인지 기능의 쇠퇴. 성장 발육이 반대로 진행되는 것이다. 그래서 생각과 마음가짐이 유아에 가까워지게 된다. 물론 후 할머니는 다른 정신질환 증상도 있었지만, 노인들의 정신질환에서는 통상 증상을 따로 구분하지 않고 개괄적으로 하나로 분류한다.

정신이 온전할 때는 후 할머니도 귀여운 면이 있었다. 할머니는 재활의학과 의사 한 명에게 여자를 꼭 소개해주고 싶어 했다. 아침에 병실에서 할머니를 진정시키려고 한 바로 그 의사다. 하오 선생은 나이가 서른쯤인데 사귀는 사람이 없다. 후 할머니는 젊은 여자만 보면 하오 선생과 만나보라고 이야기했고, 재활의학과의 여자 의사 중에 그 소리를 안 들은 사람은 하나도 없었다.

하오 선생은 재활의학과에서도 후 할머니를 감당할 수 있는 유일한 인내심 대장이었다. 평온한 상태의 후 할머니를 휠체어에 태우고 재활 구역으로 가는 그를 심심찮게 볼 수 있었다. 하오 선생은 몸을 웅크리고 후 할머니의 다리를 스트레칭해 드리곤 했다. 그러면 후 할머니는 비록 발음이 분명하지는 않았지만 거울 속의 자기 모습을 보며 하오 선생과 즐겁게 이야기를 나누었다.

나도 좀 배워볼 요량으로 처음 두 사람의 대화에 끼어들었을 때 후 할머니는 역시나 나에게 하오 선생과 만나보라고 이야기했다. 난감해 지려는 찰나, 너무나 흔한 일인 듯 아무렇지도 않은 하오 선생을 보니 마음이 놓였다. 할머니는 막무가내였다.

"진짜라니까. 사람 좋아. 믿음직해. 만나면 복 받는 거라니까."

"집도 있고 차도 있고 다 있어. 아가씨만 없지. 집에 어른도 없어. 수발들 사람 없으니까 편하지."

"세상에 이런 총각이 없다니까. 자꾸 이것저것 따지지 말고. 진짜 괜찮은 총각이라니까."

할머니는 당부하는 내내 내 손을 맞잡고 있었지만 정작 나를 보고 있지는 않았다. 나는 생글생글 웃으면서 '네네' 하고 대답했다. 하지만 다음에 다시 만났을 때 할머니는 나를 알아보지 못했고, 다시 손을 붙잡고 하오 선생 이야기를 했다.

그런데 언제부턴가 우리 셋이 이야기할 때면 왠지 모를 불편한 시선이 느껴졌다. 주위를 둘러보니 환자들 무리에 량샤오추가 있었다. 음산한 표정으로 우리를 바라보는데 정확히 누구를 보는 건지 알 수 없었다. 혹시라도 나와 눈이 마주치면 자연스럽게 눈을 거두었지만 그 이후에도 그녀는 멀리서 우리를 지켜보았다. 그 시선이 불편해서 그 자리가 가시방석 같았다.

하오 선생은 재활의학과에서 아주 인기가 많았고, 모두가 그와 얘기하는 걸 좋아했다. 후 할머니가 중매 이야기를 할 때마다 여의사나 간호사 중에 마음이 설레는 사람이 더러 있을 거라는 생각이 들었다.

"그 할머니 진짜 대단해. 가족들도 오죽했으면 두 손 두 발 다 들었겠어."

"그러니까 여기로 보냈지. 못 견디는 거야. 돈으로 집안의 평화를 사는 거지."

"여기 가족들 손에 오지 않은 사람이 누가 있어. 후 할머니가 좀 더 심한 거지 뭐. 아, 그거 알아? 후 할머니 예전에 대로 한복판에 완전히 버려졌다잖아. 집에 가는 길을 못 찾아서 걸어서 다른 지역까지 갔대. 다행히 경찰이 병원으로 데려왔는데, 그때도 가족들한테 연락하느라 한참 걸렸고."

"연락해서 뭘 해. 일부러 버린 게 분명한데. 가족들도 보통이 아니네."

하오 선생은 그 말을 듣는 내내 미소만 지을 뿐 한마디도 거들지 않았다. 어떻게 생각하냐고 묻자 겨우 얼버무릴 뿐이었다.

"가정사잖아요. 그럴 만한 이유가 있었겠죠."

그때 량샤오추가 매섭게 우리를 노려보았다. 그리고 쓸데없는 소리를 지껄이는 사람들이 혐오스럽다는 듯 휙 나가버렸다. 그러자 이야기의 주제는 후 할머니에서 량샤오추로 자연스럽게 넘어갔다.

하오 선생은 환자들에게 직접 재활 마사지를 해주었다. 자력으로 움직일 수 없는 환자는 너무 오랫동안 가만히 있으면 몸이 굳기 때문에 반드시 움직이게 해주어야 한다. 보통 재활 마사지는 오후 내내 이어지는데, 한 병실 한 병실 차례대로 진행했다.

나는 하오 선생을 따라다니며 마사지를 배웠다. 그는 침대 위에 누운 하반신 마비 노인 환자에게 아주 참을성 있게 정성 들여 마사지를 해주었다. 어깨부터 손끝까지, 다시 앞가슴에서 등으로 주무르는 순이었다. 환자의 몸을 뒤집을 때는 주의해야 할 점이 많다. 그는 아주 숙련된 손길로 조심스럽게 침대 위 환자의 자세가 편안한지 살폈다. 대퇴

부를 마사지할 때는 들어 올리고 내리는 기계적인 동작을 계속 반복했다. 종아리, 발까지 이어지는 그의 손길은 섬세하고 느긋했다.

마사지할 때 그는 가끔 환자들과 이야기를 나누며 긴장을 풀어주었다. 몸은 오랫동안 움직이지 않으면 굳는다. 마음도 그렇다. 반응할 수 있는 환자들은 그의 말에 이런저런 대답을 했지만, 아무런 반응을 보이지 않는 환자들도 있었다. 그럴 때는 마치 그가 시신을 주무르고 있는 것처럼 보였다.

가만히 보고만 있는 것도 힘이 드는데 이렇게 열심인 하오 선생에게 존경심이 솟아나는 게 당연했다.

'매일 저렇게 기계적으로 움직이는 게 힘들지 않나? 어떻게 저렇게 꼼꼼하게 할 수 있지?'

내 눈빛을 알아챈 듯, 하오 선생이 웃으며 물었다.

"보기만 하니까 졸리시죠."

나는 좀 민망했다.

"선생님이야말로 수고가 많으시죠."

후 할머니가 왜 하오 선생만 보면 어린애처럼 환하게 웃는지 이제 알 것 같았다. 그는 노인들에게 마음을 다하는 진국인 사람이었다.

하오 선생이 쉬지 않고 손을 놀리면서 대답했다.

"일이잖아요. 어쨌든 누군가는 해야 하고요."

그렇게 병실 두 개를 더 함께 돌았다. 하품이 끊이질 않아서 하오 선생에게 가서 커피 한 잔 마시고 오겠다고 이야기하고는 잽싸게 빠져나왔다. 한참 후에 다시 돌아가 보니 량샤오추가 병실에 와서 하오 선생과 함께 환자의 몸을 뒤집으며 이야기를 나누었다.

량샤오추의 눈빛이 평소와 달리 웃음기를 듬뿍 담고 있는 걸 발견한 나는 그녀가 우리를 왜 그렇게 모골이 오싹할 만큼 노려보았는지 단박에 알 수 있었다. 하오 선생에게 갖다 주려고 커피를 내려왔지만 병실로 들어가지 않았다.

어느 날, 후 할머니가 또 이식증 증세를 보였고, 무언가를 삼키다가 사레가 들리자 호흡을 제대로 하지 못하고 그대로 쓰러졌다. 먼저 달려온 간호사는 대경실색했다. 목을 붙잡고 숨이 넘어가려는 할머니와 할머니의 손에 있는 걸 본 간호사는 잠시 어찌할 줄 모르다가 겨우 할머니를 부축해 일으켰다.

그때 량샤오추가 나타났다. 그녀는 상황을 보더니 즉시 달려들어 그 간호사를 밀쳐내고 할머니를 눕혔다. 그리고 할머니의 입안에서 배설물을 끄집어내 이물질을 제거한 후에 곧바로 인공호흡을 실시했다. 후 할머니의 호흡이 돌아왔을 때, 량샤오추의 입에는 오물이 잔뜩 묻어 있었다.

달려온 진료과장이 후 할머니의 상태를 체크하는 동안 량샤오추는 아무 말 없이 밖으로 나갔다. 다른 간호사들이 곁을 지나며 무의식적으로 그녀를 피했지만, 량샤오추는 신경 쓰지 않았다.

그런데 소식을 듣고 달려온 하오 선생과 마주치자 안색이 변하며 자신의 입을 가렸다. 하지만 하오 선생은 그녀에게 눈길조차 주지 않고 곧바로 방으로 뛰어 들어갔다. 량샤오추는 뒤에 남아 그가 사라진 방향을 한참이나 보고 있었다. 잠시 후, 안에서는 하오 선생이 후 할머니를 아이 다루듯 달래는 소리가 들려왔다.

나는 입을 씻으러 간 량샤오추를 따라 들어가 종이 타월을 뽑아주었다. 량샤오추는 나를 보지도 않고 내 손에 들린 종이 타월을 받지도 않았다. 나 역시 뭐라고 말문을 열어야 할지 알 수 없었다.

　며칠 후 프런트데스크에서 진료차트를 보다가 간호사들이 량샤오추에 관해 이러쿵저러쿵 이야기하는 걸 들었다. 간호사들은 그날 량샤오추의 모습을 웃음거리로 삼았고, 심지어 사진을 찍어 퍼뜨리는 사람도 있었다. 그리고 하오 선생은 후 할머니를 싫어하지 않는 아주 마음씨 좋은 의사 선생님이라고 찬사를 퍼부었다.

　이들은 아주 무례하고 거리낌 없이 수군거렸다. 깔깔거리며 웃긴 동작을 흉내 내다가 량샤오추가 간호사실로 들어오자 모두 입을 딱 닫았다. 그리고 뒤에서 량샤오추의 입을 가리키는 손짓을 했다. 또 웃음이 터졌다. 이번에는 량샤오추의 면전에서 아주 노골적으로. 무엇이 그렇게 웃긴지 알 수 없었다.

　량샤오추가 벌떡 일어나더니 노트를 테이블 위에 세게 내리꽂았다. 그리고 뒤돌아서 간호사들을 하나하나 노려보았다. 간호사들은 순간 뜨끔했다. 평소 음울하고 말없이 무리를 겉돌던 량샤오추가 이렇게 정면으로 맞선 것은 처음이었기 때문이다. 이들은 잠시 당황했다.

　한 간호사가 먼저 입을 열었다. 눈을 치뜨며 사뭇 당당한 태도였다.

　"네 얘기 안 했어. 뭘 흥분하고 그래."

　다른 간호사가 옆에서 거들었다.

　"맞아."

　하지만 량샤오추는 냉소했다.

　"너희들 나 질투하니?"

　간호사들은 순간 멈칫하더니 화를 내기 시작했다.

　"뭐라고?"

　량샤오추의 시선이 그날 후 할머니를 보고 아무 처치도 못 한 간호사를 향했다.

"그날 내가 구하지 않았으면 할머니가 돌아가신 게 네 책임이 됐을 거야!"

량샤오추는 신랄하게 말하고 꼿꼿하게 간호사실을 빠져나갔다. 간호사들이 다시 뒷말을 시작했고 나는 도저히 듣고 있기가 힘들어 량샤오추를 따라 밖으로 나와버렸다. 활동실로 가니 량샤오추가 한쪽 구석에 꼼짝 않고 서서 한쪽을 주시하고 있었다. 그녀의 시선 끝에는 후 할머니의 휠체어를 밀고 재활 구역에서 나오는 하오 선생이 있었다. 후 할머니는 평소 보기 드문 인자한 미소를 띠고 있었다.

간호사들이 하는 말이나 하오 선생의 평상시 언행으로 봐서 하오 선생은 정말 좋은 의사라는 생각이 들었다. 저렇게 대하기 힘든 환자에게 저 정도 정성을 들이는 것은 결코 쉬운 일이 아니다. 그러니 아무리 쌀쌀맞은 량샤오추라도 마음을 품는 게 당연했다.

나는 량샤오추 옆으로 가서 속삭였다.

"하오 선생님 좋아하시나 봐요."

량샤오추는 화들짝 놀라 고개를 홱 돌리더니 나를 매섭게 쳐다보았다. 엄청난 비밀을 들킨 사람처럼 아무 말도 하지 않았다.

량샤오추의 반응이 너무 재미있었다. 다시 그녀를 보니 문득 역시 량샤오추도 어쩔 수 없는 스무 살 앳된 아가씨라는 게 느껴졌다. 좋아하는 감정을 잘 숨기지도 못하면서 부끄러운 마음 때문에 어떻게든 숨기려고 애쓰고 있지 않은가. 나는 그녀의 어깨를 다독여주었다.

"나 입 무거워요. 재활의학과에는 친한 사람도 없고 딱히 말할 사람도 없어요."

하지만 그녀는 여전히 나를 빤히 보았다. 하는 수 없이 투항하듯 두 손을 들어 보였다.

"차라리 우리 둘이 친구 해요. 아예 내 수다 상대가 되면 좋겠네. 그럼 그 비밀도 죽을 때까지 묻힐 테니까."

량샤오추는 어이없어했다. 혹시 어디 아픈 건지, 그게 아니라면 어떻게 친구가 되자는 소리를 하는 건지 영문을 모르겠다는 듯 아무 대답도 하지 못했다.

"무 선생, 샤오추 씨."

하오 선생이 우리를 부르며 후 할머니와 함께 다가왔다. 량샤오추는 약간 어색해했지만 가만히 자리를 지키고 서 있었다. 후 할머니는 기분이 꽤 좋은지, 나를 보더니 또 하오 선생과 만나보라는 이야기를 시작했다.

"집도 있고 차도 있고 다 있어. 아가씨가 없어서 그렇지. 집에 늙은이도 없으니 얼마나 편해."

"좋네요. 너무 좋아요."

나는 웃으며 할머니 얘기를 들어주었다.

후 할머니의 눈빛이 량샤오추를 향했다. 그 순간, 량샤오추가 잔뜩 긴장하면서도 기대하는 것이 느껴졌다. 그런데 후 할머니는 그녀를 흘긋거릴 뿐 아무 관심도 없다는 듯 중매에 관해서는 일언반구도 꺼내지 않았다.

할머니의 기억 속에 하오 선생은 너무나 친절하고 상냥하지만, 량샤오추는 이불을 뺏고 자기를 의자에 묶어 두고 야단치는 모습뿐인 듯했다. 할머니는 량샤오추에 대한 불만을 온 얼굴로 드러내며 하오 선생 앞에서 그녀를 무시했다. 량샤오추는 어찌할 바를 몰라 그대로 굳어버렸고 우리 사이에는 어색함만 가득했다. 다행히 후 할머니가 금세 다른 일에 관심을 보여서 하오 선생이 휠체어를 밀어 할머니를 데리고 자리를 떠났다.

서로 눈치만 보고 있는데 저쪽에서 한 노인 환자가 울부짖기 시작했다. 량샤오추가 달려갔지만 오히려 그 환자에게 붙잡히고 말았다. 환자는 량샤오추의 손을 자기 바지춤으로 집어넣으려고 했다. 나는 다급하게 달려가 량샤오추를 도와 환자를 제압했다.

성(性) 중독 증세를 보이는 그 환자는 수시로 발작을 했다. 오죽하면 나이가 많은 아내가 감당할 수 없어 병원으로 데려온 경우였다. 처음 진료를 받으러 왔을 때 나도 같이 있었는데, 그는 잠깐의 진료 시간도 참지 못해 손을 바지 안에 넣은 채 있었다.

량샤오추가 약을 가져왔지만 환자는 안 먹는다고 완강히 버텼다. 실랑이하는 통에 량샤오추의 손이 환자의 손에 잡혀 바지 안으로 들어갔다. 환자가 고래고래 소리를 지르는 사이 그녀는 약을 억지로 먹였고 잠시 후 환자가 안정을 되찾고 나서야 그녀의 손은 풀려날 수 있었다. 량샤오추는 무표정한 얼굴로 손을 치켜들고 화장실로 달려갔다. 그런 그녀의 뒷모습을 보며 그녀가 몇 번이나 바닥에 나동그라지면서도 환자에게 달려들어 심폐소생술을 하던 장면이 떠올랐다.

노인 환자들의 활동 시간이 끝났다. 하오 선생이 창가에서 볕을 쬐며 쉬고 있기에 나도 옆으로 다가갔다.

"재활의학과는 환자가 거의 어르신들이네요."

"여기는 노인과가 없으니까 다들 어지간하면 재활의학과로 오시죠. 노년에 오는 치매도 치료가 힘드니 회복되든 중증이 되든 단언할 수가 없잖아요. 그러니 그나마 여기가 어울리는 거죠."

"여기 오는 어르신 중에 퇴원하시는 분은 없나요?"

"있죠."

그가 아래턱으로 창문 밖을 가리켰다.

"여기서 나가면 저리로 가세요."

그가 가리키는 곳을 바라보니, 병원 맞은편에 있는 요양원이었다. 말이 요양원이지 사실은 양로원이다.

"원래 여기 재활의학과도 양로원이나 마찬가지예요. 부모를 직접 모시기 싫은 사람들이 노인 환자들을 보내오니까요. 병이 있는 환자는 치료해야 해서 보내고, 병이 없는 환자는 나이가 많아서 보내고. 노인 중에 크고 작은 병이 없는 사람이 몇이나 되겠어요."

"입원도 비용이 만만치 않게 들 텐데요."

언제 왔는지 량샤오추가 내 말을 받았다.

"비싸죠. 보험이 있는지에 따라 다르겠지만, 기본적으로 보험은 다들 있으니까요. 약값하고 입원비만 해도 대략 한 달 4천 위안에, 병실이나 식사 등급에 따라서 달라지는 비용이 최소 2천 위안이죠. 그리고 요즘 환자들이 복용하는 약은 국가 의료 보험으로 보장이 안 돼요. 다 신약이거든요. 의사들이 그런 신약을 자꾸 권해요. 사실 효과는 별 차이 없는데 오래된 약을 권하지 않으니 신약을 살 수밖에요."

나는 깜짝 놀라 황급히 주위를 둘러보았다. 다행히 다른 의사가 주변에 없었다. 량샤오추가 정말 간도 크다는 생각을 하며 하오 선생을 바라보았다. 그의 표정은 아무런 변화가 없었다. 아마도 크게 괘념치 않는 듯했다.

량샤오추도 아래턱으로 맞은편을 가리켰다.

"저 요양원은 더 비싸요. 저기는 한 달에 오륙천부터 시작하거든요.

그나마 부모님을 정신 병원에 데려다 놓는 게 나은 거죠. 예전에 우리 병원에서 퇴원한 할머니가 있었거든요. 근데 한 달에 1만 2천 위안이나 드는데도 며느리가 할머니를 끝까지 요양원으로 보냈대요."

나는 뭐라 대답도 하지 못하고 듣고만 있었다. 하오 선생은 아까부터 줄곧 입을 다물고 눈으로 맞은편 요양원을 노려보고 있었다.

량샤오추가 하오 선생의 눈길을 쫓으며 계속 이야기했다.

"정말 대단하지 않아요? 정신병원 바로 앞에 요양원을 짓다니. 저건 누가 봐도 노인들 돈을 걷어가겠다는 얘기죠. 여기 있는 환자들이 집에 있으면 어느 자녀들이 편히 살 수 있겠어요? 돈으로 평화로운 삶을 사다니 얼마나 좋아요. 당연히 그래야죠."

왠지 모르게 그녀가 일부러 이런 이야기를 한다는 느낌이 들었다. 하지만 왜 그러는 건지 이유는 알 수가 없었다. 너무 비관적으로만 생각하는 것 같았다.

"정말로 병을 잘 치료하고 건강을 회복하길 바라는 사람도 있겠죠."

그녀가 웃었다.

"있겠죠. 하지만 매주 목요일 오후 면회 시간에 다 보셨잖아요. 면회 오는 가족들은 몇 명뿐이에요. 여기 입원한 환자가 얼만데요. 그리고 찾아오는 분들도 다 노인들이에요. 면회객 중에서 젊은 사람들이 몇이나 있던가요?"

나는 더는 아무 대꾸도 하지 못했다.

그렇게 우리 셋은 조용히 볕을 쬐었다. 그때, 갑자기 어수선한 분위기에 뒤를 돌아보았다. 사망한 환자 위로 흰 시트를 덮은 침상이 지나가고 있었다. 나는 놀랐지만 량샤오추는 이미 익숙한 듯했고 하오 선생도 아무렇지 않았다. 자주 보는 광경이었던 것이다.

침상을 밀고 가는 간호사의 얼굴에 난감한 기색이 가득했다.

"연락됐어?"

옆에 있던 다른 간호사 역시 피곤하다는 듯 대답했다.

"연락했지. 손자가 받더라고. 근데 무슨 일인지 전혀 몰라. 환자가 여기 있다는 것도 모르더라니까."

간호사들이 눈 깜짝할 사이에 침상을 밀고 로비에서 사라져 갔다. 흰 천이 덮인 침상도 함께 멀어져 아무것도 보이지 않았다. 그런데 나는 그 침대가 지나가는 순간, 로비에 있던 사람들 모두가 아무렇지도 않았다는 걸 깨달았다. 로비에 머물던 나이 많은 환자들도 모두 그 침대를 보았지만 정말 아무 일 없다는 표정으로 침대가 지나가길 기다렸다가 각자 제 할 일로 돌아갔다.

나는 침대가 사라진 방향을 혼자 멍하니 보고 있었다. 량샤오추가 나를 비웃는 것 같았지만 뭐라고 했는지 기억이 나질 않는다. 아마 그렇게 경험이 없냐고 한 것 같다. 정신을 차리고 보니, 줄곧 무표정하게 침묵을 지키던 하오 선생 역시 그 침대가 사라진 방향을 바라보고 있었다. 그의 눈빛은 나보다 더 얼빠진 사람 같았다.

내 시선을 느낀 하오 선생이 "또 소란 피우시네" 하고는 다급하게 멀어졌다. 그의 다리가 조금 비틀거렸다.

나는 량샤오추에게 물었다.

"누구예요? 후 할머니?"

"또 누가 있겠어요."

망연자실한 량샤오추가 달갑지 않은 말투로 대답했다. 뭔가 섭섭해하는 듯도 했다.

밑도 끝도 없이 내가 물었다.

"할머니가 다른 여자들한테 하오 선생님 중매 서주는 게 부러워요?"

량샤오추가 멈칫했다.

"할머니가 하오 선생님하고 만나보라는 소리를 한 번도 안 했어요?"

매섭게 째려보는 그녀의 눈빛에 그만 입을 다물고 말았다.

그 이후로도 할머니는 나를 몇 번이나 하오 선생과 엮어주려고 이야기를 꺼냈다.

"집에 노인네가 없어. 만고 편할 거야."

할머니는 휠체어에 묶이는 빈도가 갈수록 줄어들었다. 예전처럼 소란을 피우는 일이 줄었기 때문이다. 대신에 흐리멍덩한 상태로 가만히 있는 시간이 늘었고, 점점 하오 선생을 못 알아보기 시작했다.

오후에는 후 할머니 상담의 슈퍼비전*이 있었다. 노인 정신질환 연구 분야의 권위자 한 명이 초청되었다. 인턴인 나는 배우려는 마음으로 참석했다. 하오 선생도 참석했는데 회의석에 앉지 않고 뒤에 외따로 떨어져 있었다. 원래 재활의학과 의사가 꼭 이 자리에 있을 필요는 없었다.

후 할머니가 휠체어를 타고 들어왔다. 할머니는 여전히 정신이 맑지 않은 상태였다. 고개를 푹 떨군 할머니에게는 아무도 보이지 않는 것 같았다.

슈퍼바이저가 탁자에서 펜을 하나 집어 할머니 앞에 대고 흔들었다.

"이게 뭔지 아세요?"

후 할머니의 눈동자가 펜을 따라 움직였지만 아무 대답도 없었다.

슈퍼비전(Supervision) 상담가의 능력을 발전시키기 위해 더 전문적인 지식과 경험을 가진 상담 전문가가 관리 감독 혹은 지도, 조언, 교육하는 활동.

다시 책을 한 권 집어 보였지만, 후 할머니는 여전히 아무 반응도 하지 않았다. 슈퍼바이저가 이번에는 지갑에서 액수가 각기 다른 지폐와 동전을 골고루 꺼냈다. 후 할머니가 반응을 보였다. 뚫어지게 돈을 쳐다본 것이다. 슈퍼바이저가 동전 하나를 집어 들었다.

"이건 얼마예요?"

후 할머니가 잠시 망설이다가 대답했다.

"1위안."

그가 다시 10위안짜리 지폐를 들었다.

"이건요?"

"10위안."

"이건요?"

"100위안."

회의실 안의 사람들이 후 할머니가 '돈을 보고는 눈이 뜨였다'고 농담을 했다. 그러자 슈퍼바이저가 우리에게 설명했다.

"어르신의 인지 수준을 확인하고 무엇을 인지하는지 확인할 때 돈이 꼭 필요합니다. 요즘 어르신들은 대부분 돈에 민감도가 높고 반응도 잘 보이시거든요."

다시 후 할머니에게 물었다.

"왜 자꾸 소란을 피우세요. 밖에 나가고 싶으세요?"

후 할머니는 한참 후에야 대답했다.

"아들, 아들이 기다려."

"아들이 기다린다고요? 아드님이 할머니 보러 오셨어요?"

후 할머니가 다시 어눌하게 대답을 했지만 뭐라고 하는지 잘 들리지 않았다.

"아드님이 와서 데려간다고 약속하셨어요?"

후 할머니는 뜸을 들이다 대답했다.

"약속했어."

"아드님 이름이 뭔지 기억나세요?"

후 할머니가 조용해졌다.

"할머니 이름이 뭐예요?"

"후, 후……."

결국 회의실에서 나갈 때까지 할머니는 이름을 이야기하지 못했다. 후 할머니가 나가고, 슈퍼바이저가 우리를 바라보았다.

"최근에는 별다른 소란이 없었죠?"

담당 의사가 대답했다.

"네. 없었습니다."

슈퍼바이저가 웃으며 물었다.

"그럼 아주 편해지셨겠어요. 아주 좋지요?"

담당 의사도 웃으며 대답을 하려 하자 슈퍼바이저가 정색했다.

"환자가 소란을 피우지 않으면 불안하지 않다는 뜻이죠. 불안감은 인지 기능을 나타내는 지표가 되고요. 이는 환자의 인지 기능이 더 떨어졌다는 말입니다."

인지 기능이 갈수록 저하된다는 건 알츠하이머가 더 심해지고 있다는 뜻이다. 담당 의사가 순간 웃음기를 싹 거두었다.

"병원에는 좋은 일이겠죠. 이제 난리도 안 피우고 나가고 싶어 하지도 않으시니 인력도 물자도 많이 절약될 테고요."

그의 말이 모두를 민망하게 만들었다. 최근 며칠 얌전해진 후 할머니가 의료진들의 수고를 확실히 덜어주었기 때문이다.

"그래서 환자를 어떻게 치료해야 할지 저는 말씀드리기가 어렵습니다. 환자를 이렇게 가만히 두고 차분하게 만들어서 일을 덜지, 아니면 인지 기능을 다시 회복하는 데 중점을 두고 치료를 진행해 날뛰게 할지, 병원에서 결정하셔야 할 일인 것 같습니다."

누구 하나 입을 열지 못했다. 어느 정신 병원이나 직면할 수밖에 없는 어려운 문제였다.

슈퍼바이저가 웃으며 말을 이었다.

"기본적으로 노인들의 정신질환 자체가 가장 큰 문제겠죠. 중국의 노인 전문 정신과가 점점 줄어들고 있어요. 노년에 정신질환을 앓는 게 너무 보편적이 되니까 생리적인 질병과 결부시켜 그냥 하나로 뭉뚱그려버린 거죠. 젊은 환자들의 정신질환은 정신분열, 강박증, 불안장애, 우울증으로 나누는 데 반해, 나이 든 환자들의 증상은 별로 중요하게 생각하지도 않는 겁니다. 우리가 할 수 있는 데는 한계가 있고, 앞으로 인지 능력을 회복시키는 치료를 하고 싶어도 환자 가족들이 동의할지 알 수 없으니까요. 어느 집에서 난리 치는 늙은이들을 환영하겠습니까. 그러니까 병원에서도 수동적일 수밖에요."

장내에 정적이 흘렀다. 잠시 후, 뒤에 앉아 있던 하오 선생이 갑자기 질문을 던졌다.

"그럼 인지 능력을 회복시키는 치료를 하기로 했다면요? 뭘 해야 합니까?"

슈퍼바이저가 그를 바라보며 대답했다.

"회복이 말처럼 쉬운 건 아니죠. 이런 환자는 이미 잃은 기능보다는 아직 남아 있는 기능에 더 초점을 맞추어야 합니다. 저하된 인지 능력을 되돌릴 수는 없어요. 상태는 갈수록 악화될 겁니다. 여러분이 할 수

있는 건 환자에게 남아 있는 기능을 조금이라도 더 오래 유지하는 거
예요."

모두가 다시 침묵에 휩싸였다. 그런데 밖에서 공기를 가르는 비명이
들려왔다. 너무나 귀에 익은 소리, 후 할머니가 울부짖는 소리였다.

며칠 조용한가 싶었는데 오늘 다시 시작된 것이다. 가장 먼저 튀어
나간 건 하오 선생이었고 내가 그 뒤를 이었다.

밖으로 나가자 할머니에게 달려든 량샤오추가 이미 바닥에 나뒹굴
고 있었다. 얼굴이 시뻘겋게 변한 걸 보니 뺨을 몇 대 얻어맞은 것 같았
다. 하오 선생이 후 할머니의 휠체어 앞에 쭈그리고 앉아 어떻게든 할
머니를 진정시키려 애쓰고 있었다. 하지만 아무 소용이 없었다.

량샤오추가 일어나 할머니를 짓누르기 시작했다. 그런데 하오 선생
이 갑자기 그녀를 제지했다. 항상 무표정으로 일관하던 하오 선생의
얼굴이 이번에는 금방이라도 무너질 듯 고통스러워 보였다. 다시 후
할머니의 찢어질 듯한 비명이 터져 나왔다. 그러자 하오 선생이 할머니
의 손을 움켜잡고 고함을 질렀다.

"어머니! 멈추세요! 어머니!"

어머니라니 당황스러웠다. 지켜보던 의사들 모두 어안이 벙벙했다.
량샤오추의 얼굴만 놀란 기색이 없었다.

하오 선생이 후 할머니의 아들이라고? 여기 있는 아무도 그런 사실
을 몰랐다. 량샤오추만 빼고. 왜 모두에게 감춘 걸까? 부끄럽고 창피해
서? 아니면 굳이 말할 필요가 없어서?

하오 선생이 어머니를 부르짖었건만 후 할머니는 여전히 잠잠해질
기색이 없었다. 결국 의사들이 진정제를 놓은 다음에야 잠이 들었다.
하오 선생은 그런 후 할머니 곁을 계속 지켰다.

나와 량샤오추는 병실 문밖에 서서 그를 보았다. 하오 선생이 아들이라는 사실을 언제, 어떻게 알았느냐고 묻지 않았다. 그런데 량샤오추가 이런 이야기를 했다. 하오 선생 집에 치매 있는 어머니가 있어 아내가 견디지 못하고 결국 이혼했는데, 그후 후 할머니가 경찰의 손에 이끌려 아들이 일하는 곳이라는 여기로 오게 되었다는 것이다. 가족에게 연락된 후에도 할머니는 계속 혼자 남겨졌다고 했다. 아들에 관한 기억을 잃어버릴 때까지.

자기를 깡그리 잊은 어머니가 휠체어에 묶여 자신을 낯선 사람 대하듯 구해 달라고 애원하는 모습을 마주한 하오 선생의 심정을 떠올렸다. 그는 의사로서 어머니를 풀어줄 수 없어 그저 지켜보기만 했을 것이다. 그러다 어느 날부터 낯선 의사로 가장해 마사지를 해드리고 돌봐드린 것이다. 그가 짊어진 마음의 짐은 나날이 덜어졌을까, 아니면 갈수록 더해졌을까?

후 할머니는 하오 선생이 아들이라는 사실은 잊어버렸지만 아들에게 좋은 여자를 소개해줘야 한다는 건 기억하고 있었다. 어쩌면 할머니의 무의식 속에는 아들의 결혼 생활이 자기 때문에 망가졌으니 직접 만회하고 싶은 마음이 있었는지도 모른다. 그래서 그 말을 그렇게 강조했을지도.

"집에 늙은이가 없어, 시집가면 만고 편하다니까."

할머니는 스스로 아들의 삶에서 사라지기를 바랐다.

하오 선생이 병실에서 나왔다. 그와 마주쳤지만, 아무도 말을 꺼내지 않았다. 잠시 함께 걷는 중에 하오 선생이 갑자기 발걸음을 멈추었다.

"제 잘못이에요. 진짜 어머니를 잃어버린 적이 있거든요."

어떤 말을 해주어야 할지 알 수 없었다. 하오 선생에게 후 할머니의 존재는 단순히 환자가 아니라 자신이 어머니를 버렸다는 증명 그 자체였을 것이다. 그런 어머니가 매일같이 눈앞에 나타나 그의 치부를 건드렸을 테니 얼마나 괴로운 시간이었을까. 하오 선생은 이런 괴로움을 느낌으로써 자신을 일깨우고 벌을 내리려 한 것일까? 어머니를 다른 병원으로 모실 수도 있었는데 말이다.

재활의학과에서 노인환자들에게 가장 친절하고 가장 참을성 있는 의사에게 이런 일이 있었다니. 하오 선생만큼 환자들에게 인내심을 발휘할 수 있는 사람이 이 세상을 통틀어도 극히 적다는 건 의심할 여지도 없다. 그런데 그런 사람조차 후 할머니와 같은 어머니는 견뎌내지 못했다.

하오 선생이 저벅저벅 앞으로 걸어 나갔다. 나는 그의 발걸음을 따르지 않았다. 량샤오추가 다가와 내 옆에 서더니 멀어지는 그의 모습을 바라보았다. 그때 우리 눈에 들어온 것은 하오 선생이 아니라 이 세상에 수없이 많은 아들 중 한 사람이었다.

량샤오추가 불쑥 이야기했다.

"엊그제 신문에서 봤는데요, 한 할머니가 남편이 잠들기를 기다렸다가 몰래 집을 나왔대요. 한참 동안 찾지 못해서 남편이 완전 정신이 빠졌는데, 나중에 경찰이 호숫가에서 발견한 거예요. 한밤중에 몰래 호수에 몸을 던진 거죠. 왜 그랬는지 아무도 이유를 모르고 정신질환을 앓은 적도 없대요."

이야기만 듣는데도 숨이 막혔다. 정신이 멀쩡한 어르신이 남편이 잠들기를 기다려 조용히 혼자 집을 나가 자살을 하다니 무슨 말이 더 필요할까. 무엇이 그녀를 그토록 억눌렀던 것일까? 그 누구도 알지 못한다.

나는 모든 게 무겁게 가라앉은 재활의학과를 다시 둘러보았다. 활동실 안에서 천천히 움직이는 노인들을 보았다. 이 노인들은 한 가정의 정신병을 모두 품고 있다. 어쩌면 이 사회 전체, 이 시대 전체의 정신병을 다 품고 있다고도 할 수 있을 것이다. 그러나 그들을 품어줄 사람은 아무도 없다. 그들은 그렇게 조용히 죽거나 잊히길 기다린다.

후 할머니는 그 이후로 좋아졌다가 나빠지길 반복했고 중매를 서는 횟수도 점차 줄었다. 후 할머니가 하오 선생의 어머니라는 게 밝혀진 후부터 할머니가 중매 얘기를 꺼낸 수많은 여의사, 간호사들이 그를 멀리하기 시작했다. 미혼인 여자 중에는 진짜 솔깃한 사람도 있었을 것이다. 하오 선생이 그만큼 괜찮은 사람이었기 때문이다. 그러나 모든 게 알려지고 나서는 모두 생각을 접었다.

간호사들에게서 착하고 좋은 선생님으로 정평이 나 있던 하오 선생은 이제 난폭하고 문제 많은 어머니를 둔 골치 아픈 남자가 되었을 뿐 아니라 어머니를 외면한 천하의 몹쓸 녀석으로 전락하고 말았다. 이런 남자를 이제 누가 거들떠나 보겠는가.

그래도 량샤오추는 예전과 다름없이 매일같이 후 할머니의 수발을 들었다. 눈으로는 여전히 하오 선생을 좇다가, 가끔 서로 눈이 마주치기도 했다.

그러던 어느 날 세 사람이 함께 이야기 나누는 모습을 보게 되었다. 그날따라 후 할머니는 량샤오추를 빤히 쳐다보았다. 량샤오추가 어색해하자 갑자기 한마디를 툭 던졌다.

"남자친구 있어? 저 총각 어때?"

량샤오추는 몹시 당황했다. 넘어져도, 맞아도, 그 어떤 모욕적인 순간에도 안색 하나 변하지 않고 꿋꿋했던 량샤오추의 얼굴이 완전히 무장 해제되었다. 그리고 펑펑 울었다. 나는 온통 새빨개진 량샤오추의 두 눈을 보면서 남몰래 그를 살피던 그녀의 눈길을 떠올렸다. 사실 그녀가 바란 것은 딱 하나, 바로 중매를 서주겠다는 할머니의 말 한마디였을 것이었다.

그 이후 나는 다른 병동으로 옮겨 재활의학과를 떠나게 되었다. 작별 인사는 아무하고도 하지 않았다.

짓눌린 듯 답답한 재활의학과의 분위기는 끝까지 적응하기가 힘들었다. 그곳에는 절망이 가득했다. 노인들이 느끼는 절망과 무력감은 내가 발을 들이는 순간부터 끝없는 어둠 속으로 빨려들게 했다. 그 감정은 가정과 사회, 그리고 시대의 안타까운 불행의 총체였다.

재활의학과에서 노인 환자들을 돌보는 의사와 간호사들을 진심으로 존경하게 되었다. 그런데 한편으로 걱정스러운 마음이 들기도 했다. 환자가 아무리 소리를 질러도 외면할 수밖에 없는 상황에 익숙해진 그들이 현실 속에서 똑같은 외침을 들었을 때, 혹시 무감각하게 대응하지는 않을까?

어둠 속에서 혼자 묵묵히 호수로 몸을 던진 노인의 이야기와 네모난 블록을 동그란 구멍에 억지로 끼워 넣으려던 환자의 모습은 언제나 내 마음 한구석을 차지하고 있다. 숙제하듯 매일같이 그들의 모습을 떠올리지는 못하겠지만, 분명히 기억하고 복기할 것이다. 나의 기억 따위 그들에게는 아무 소용이 없겠지만 앞으로 어르신 환자를 대하는 나의 태도에는 틀림없이 도움이 될 테니까.

사랑받고 있다는 착각
– 색정형 망상장애

임상2과 남성 병동은 요즘 좀 뒤숭숭하다. 한 환자가 보호사에게 성추행을 당했다고 신고를 했기 때문이다. 그는 그 보호사가 화장실에 가는 자기를 부축하면서 엉덩이를 쓰다듬었다고 했다.

보호사는 남자였고, 환자도 남자였다. 심각하다면 심각한 이 사건은 시간이 흐를수록 병동 사람들 입에 심심풀이 땅콩처럼 오르내리며 파다하게 퍼져나갔다.

보호사는 곧바로 정직 처분을 당했다. 들리는 바로는 보호사가 자기는 추행을 한 적이 없다고 끝까지 항변했지만, 환자 가족들이 병원에 찾아와 난동을 피우는 바람에 병원에서 별수 없이 업무를 중단시켰다는 것이다.

정직된 보호사와 달리 성추행을 당했다는 환자는 처분을 꽤 만족스러워했다. 환자의 이름은 쑨즈샹, 41세로 작곡가였다. 음원 사이트 쿠거우뮤직에도 그가 발표한 곡이 올라가 있었다. 입원하기 전에는 집에서 타이완 출신 유명 여가수 덩리쥔의 곡을 전부 모아 새롭게 발표하는 작업을 진행 중이었다고 했다.

입원 당일에 쑨즈샹은 병실에 라디오 한 대를 놔 달라고 요구했다. 라디오가 없으면 자신의 창작 활동에 영향을 준다나. 입원 후 한 달 동안 머리맡 라디오는 매일 켜 있었지만 그는 여전히 한 곡도 쓰지 못했다. 마지막으로 작곡한 게 언제냐고 물으면 항상 얼버무리며 말을 돌렸다.

그는 오른쪽 다리에 문제가 있어서 줄곧 휠체어를 사용했다. 그런데도 라디오만 켜면 칠팔십 년대 댄스곡에 맞춰 휠체어 위의 몸을 열심히 흔들어댔다. 그의 진단명은 '망상형(편집형) 조현병'이었다. 하지만 겉보기에는 편집증 증상이 얼마나 있는지 알아보기 힘들었다.

아침에 회진을 도는데 쑨즈샹의 병실 앞에서 과장이 나에게 이런 말을 했다.

"환자를 오랫동안 쳐다보지 말게."

쑨즈샹은 오늘 기분이 괜찮은지 과장에게 아주 반갑게 인사를 했다. 대답도 꼬박꼬박 잘 하고, 과장이 다리를 보겠다고 하니 무릎에 덮은 담요를 직접 걷어 올리겠다고 나섰다.

그는 우선 다리 위에 덮인 담요를 반쯤 젖혀 한쪽 다리를 드러냈다. 그리고 허리를 굽혀 바짓단을 아래에서부터 말아 올리기 시작했다. 일부러 아주 느릿느릿 꼼꼼하게 움직이며 괜히 시간을 끌고 있다는 느낌이 들었다. 옷자락을 무릎까지 말아 올리자 과장이 그만 멈추라고 했다. 그는 동작을 멈추고 바짓가랑이를 가만히 잡고 있었다.

과장이 손을 뻗어 그의 무릎을 눌러보았다. 그가 전율하며 몸을 움츠렸다.

"차갑네요."

과장이 무릎을 살펴보고는 어디가 아픈지 물었고, 쑨즈샹은 성실하게 대답했다. 그리고 바짓단을 더 위로 말아 올려 핏줄이 올라온 다리를 드러냈다. 벌레처럼 꿈틀거리는 핏줄과 보랏빛 실핏줄이 그대로 드러난 그의 다리는 유난히 하얬다. 그러나 건강하지 못해 창백한 상태가 아니라 생기와 활력이 넘쳐 보였다. 스스로 일어서지 못하는 사람의 다리라는 것이 믿기지 않을 정도였다.

쑨즈샹이 바지를 고관절이 있는 곳까지 말아 올리자, 과장은 그만하라고 했다. 그제야 그가 화들짝 놀란 듯 천천히 바지를 끌어 내렸다. 아주 꼼꼼하고 정성스럽게 바지를 내린 그는 담요 반쪽을 툭툭 털어 다시 다리 위에 덮었다.

나는 그 모습을 멍하니 쳐다보고 있었다. 쑨즈샹은 내 시선이 본인에게 향해 있다는 걸 알아차리고는 나를 향해 씩 웃어 보였다.

병실에서 나온 후 과장에게 쑨즈샹의 다리는 어떻게 된 거냐고 물었다. 과장은 어느 날 갑자기 다리를 움직일 수 없게 되었는데, 병리적인 증상은 아니라고 했다. 검사를 해보니 골다공증 증세가 살짝 있지만 마비를 일으킬 정도는 아니라는 것이다.

"오후에 슈퍼비전이 있어. 자네가 기록 좀 해."

"성추행 사건 때문인가요?"

"그건 아니야. 원래 슈퍼비전을 받아야 하는 상태야. 나아지질 않잖아."

오후에 슈퍼비전 회의가 열렸다. 본원에서 전문가가 왔다. 신체형 장애, 즉 심인성 신체화 장애 연구 분야에 크게 공헌한 인물이었다.

심인성 신체화 장애는 대개 심리적인 원인으로 인해 생리적인 질병이 나타나는 것을 말한다. 예컨대 의학적인 원인 없이 마비된다든지 극심한 통증을 느끼는 걸 말하는데, 생물학적으로 흔히 볼 수 있는 현상이다. 위궤양 같은 소화기 질환 역시 심인성 증상인 경우가 많다.

정신질환 영역에서는 심리적 요인으로 인한 장애가 더욱 복잡하고 다양하게 나타난다. 예를 들어 한 여자아이가 비만이 되었다고 하자. 아이가 많이 먹은 이유는 아버지의 성적 학대에서 벗어나기 위해 잠재의식이 자신의 성적 특징을 지우려고 했던 것일 수 있다. 그게 아니면 자기 관리를 너무 심하게 시키고 날씬한 몸을 강요하는 엄마에게 반항하기 위해서일 수도 있다. 혹은 길거리에서 굶어 죽는 아이들에 관한 기사를 읽고 공포심을 습득했기 때문일 수도 있다. 아사한 아이들의 고통과 감정에 공감하고 자기에게 내재화해서 음식을 평소 먹던 양의 곱절로 먹어야 공포심이 사라지는 것이다.

그 외에도 비만을 일으키는 심인성 원인은 열 가지도 넘게 열거할 수 있다. 사람의 마음은 아주 복잡하면서도 쉽게 부서지고 상처를 받는 소우주이며 우리는 우리를 둘러싼 여러 가지 경험들을 좋고 나쁨을 구분하지 않고 그대로 받아들인다. 그래서 다양한 방어기제가 생겨나고, 어떤 사소한 요소라도 병의 원인이 될 수 있다.

과장은 쑨즈샹의 다리가 마비된 것이 심인성 장애라고 의심하고 있었다.

슈퍼비전 회의가 열리기 전, 나는 일찌감치 도착해 진료 기록을 복사해 두고 참석자 명부를 작성하고 차를 준비했다. 이번에 오는 슈퍼바이저는 회의 전 항상 먹는 군것질거리가 따로 있어서 그 과자가 있는 곳을 찾아가서 사 왔다.

그리고 바보 같은 질문을 했다. 적어도 류 선생만큼은 분명 바보 같다고 생각했을 것이다.

"환자가 마실 차도 준비해야 하나요?"

류 선생은 웃음을 그치지 않았다.

"이식증 환자가 와서 컵을 먹어버릴 수도 있는데, 준비해야겠어, 안 해야겠어?"

쑨즈샹이 이식증 환자는 아니지만, 지금까지 여러 번 비슷한 회의에 참석했을 때 환자에게 차를 제공한 것은 본 적이 없었다. 아주 당연하게 약속된 불문율인 듯했다.

슈퍼바이저가 과자를 다 먹었을 때쯤 쑨즈샹이 휠체어를 밀면서 들어왔다. 그는 회의실에 사람들이 예상보다 많은 걸 보고는 아주 즐거워했다. 정중하게 사람들을 향해 인사를 하고, 나와 과장에게 눈길이 닿자 바지를 툭툭 털었다.

슈퍼바이저가 질문을 시작했다.

"다리는 언제부터 이렇게 된 겁니까?"

"한 일년 전부터요."

"그때 무슨 일이 있었나요? 갑자기 이렇게 되지는 않았을 텐데요."

"딱히 기억나는 게 없어요. 갑자기 마비되더라고요."

"바지 좀 올려주세요."

쑨즈샹이 담요를 걷고 바지를 걷어 올렸다. 이번에는 바짓단을 돌돌 말아 올리지 않고 한 번에 무릎 위까지 쓱 끌어올렸다. 슈퍼바이저가 다리를 눌러보았다.

"여기 느낌 오나요?"

"아뇨."

"그럼 여기는요?"

"느낌 없어요."

"네. 바지 내리세요."

쑨즈샹이 당황했다.

"위는 아직 안 보셨잖아요."

"위쪽은 감각이 느껴지나요?"

쑨즈샹이 아무 대답도 하지 못하고 바짓단을 내렸다.

"보호사가 추행한 일에 관해서 이야기 좀 해주시죠."

쑨즈샹은 그때 상황을 아주 상세하게 설명했다. 그날 오후, 그가 화장실이 가고 싶어 보호사를 불렀다. 보호사가 휠체어를 밀어 화장실로 갈 때까지 두 사람은 웃으며 즐겁게 이야기를 나누었다. 쑨즈샹은 두 다리가 마비되어 힘을 쓸 수 없기 때문에 화장실에 가서 변기 위에 앉으려면 보호사가 붙잡아주어야 했다. 그는 두 손을 보호사의 목 뒤로 둘러 어깨 위에 걸고, 거의 매달리듯 움직여 변기 위에 앉았다. 그런데 보호사가 손을 놓으면서 그의 엉덩이를 쓰다듬었다.

이야기를 듣던 감독관이 물었다.

"일이 벌어진 건 27일이라고 하셨는데, 29일까지 왜 아무 말씀 없으셨나요? 이틀 동안 왜 가만히 계신 거죠?"

"그 사람도 저를 돌보는 게 쉽지 않을 텐데 그냥 그럴 수도 있다고 생각하고 넘어가려고 했죠. 저한테 더러운 말만 안 했어도 참았을 거예요."

"더러운 말이요?"

"28일에 저한테 엉덩이가 탱탱하다고 그러더라고요."

슈퍼바이저가 고개를 끄덕였다.

"그게 더럽다고 느끼셨다는 거죠?"

"그게 아니면 뭐겠어요?"

"제 말씀은 그 말을 듣고 모욕당했다고 느끼셨다는 거죠?"

쑨즈샹은 한참 동안 말이 없었다. 그의 얼굴에 살짝 홍조가 돌았다. 나는 그의 모습과 표정을 기록했다.

"방금 '그럴 수도 있다고 생각하고 넘어가려고 했다'고 하셨는데, 그건 무슨 말씀인가요?"

"사람이 충동적인 행동을 하는 건 정상이잖아요."

"그 사람이 환자분께 충동적인 마음이 들었다는 겁니까?"

"그야 당연하죠."

"다시 마주쳤을 때, 보호사에게 불쾌했다고 말씀하긴 했습니까?"

"아뇨."

"왜 안 그러셨어요?"

"무슨 이유가 있겠어요. 그냥 안 한 거지."

슈퍼바이저는 쑨즈샹의 과거에 관해 물었고, 그는 하나하나 성실하게 답변했다. 여러모로 아주 협조적인 환자처럼 보였다. 유일하게 어색하고 이상하게 느껴지는 점은 환자가 말이 너무 많다는 점이었다. 어찌나 말이 많은지 기록하고 있는 내 손에 쥐가 날 지경이었다.

대화 주제가 바뀌었다.

"연인은 있었나요?"

쑨즈샹의 진료 기록에는 미혼이라고 되어 있었다. 환자의 친밀하고 깊은 관계를 이해하는 것은 상담자에게 꼭 필요한 부분이었다.

쑨즈샹은 득의양양한 표정이었다.

"누구를 말씀하시는 거죠?"

슈퍼바이저가 잠시 망설이더니 대답했다.

"제일 기억에 남는 분에 관해 말씀해주시죠."

쏜즈샹은 네 번의 연애 경험을 풀어놓았다.

첫 번째 상대는 하루타라는 일본인 기타리스트로, 둘은 어느 콘서트에서 만났다. 하루타는 록 밴드 활동을 하기로 계약하고 데뷔를 기다리는 중이었고, 때마침 만난 쏜즈샹의 재능을 알아보고는 일본으로 가서 함께 꿈을 펼쳐보자고 했다. 하지만 그 약속은 지켜지지 않았고, 중국을 떠난 하루타는 다시 돌아오지 않았다.

두 달 후 쏜즈샹은 처음으로 병원에 입원했다. 이웃 사람이 그가 여자 친구도 없이 혼자 지내는 걸 보고는 소개팅을 해주겠다고 했는데 그 말을 들은 쏜즈샹은 갑자기 자기도 애인이 있다면서 이웃에게 욕을 하고 난리를 치면서 달려들었다. 그러면서 자기 말을 믿으라고 협박을 하는 통에 이웃이 경찰을 불렀고, 결국 정신병원까지 오게 된 것이다.

당시 입원 기록은 그럭저럭 양호한 편이었고, 퇴원까지는 한 달도 걸리지 않았다.

"퇴원 후에 어디로 가셨죠?"

"일본이요."

"그분을 찾으러 가셨나요?"

"네."

"찾으셨어요?"

"찾았는데요, 이미 결혼을 했더라고요. 그래서 부인을 찾아가서 우리가 서로 사랑하는 사이였다는 걸 얘기했어요. 그랬더니 이미 알고 있다는 거예요. 그 사람이 내 얘기를 자주 했대요. 그런데 그 와이프는 자기는 신경 안 쓴다면서 여기 계속 있을 거냐고 물어보더라고요."

"그래서 뭐라고 하셨어요?"

"당연히 그럴 수 없다고 했죠. 명분이 없잖아요. 어떻게 된 건지 그 사람도 이혼은 못 하겠다고 하고. 그래서 내가 이혼 안 하면 인터넷에 익명으로 다 폭로해버릴 거라고 협박을 했거든요. 그런데도 이혼 못 한대요. 나한테 비행기 표를 사주면서 중국에 가 있으래요. 중국 오면 저를 보러 오겠다고요. 그래서 그러겠다고 했어요."

"왜 그러겠다고 하셨어요?"

"인터넷으로 지켜보면 되니까요. 아무래도 나한테 오기는 힘들겠죠."

쏜즈샹의 이야기는 논리적이고 디테일이 살아있는 것 같기도 했다. 하지만 질문에 답변할 때는 약간 앞뒤가 맞지 않는 엉뚱한 말을 했다. 본인은 모르는 듯했지만 이는 정신분열의 사고 기능 혼란과 장애의 전형적인 특징이다. 나는 회의 기록에 '응답이 부적절함'이라고 썼다.

그 이후로 이 연애는 흐지부지 끝났다. 그 기타리스트가 중국에 다시 오지 않았기 때문이다. 슈퍼바이저가 다시 물었다.

"다시 일본으로 그 사람을 찾아가지는 않았나요?"

"갈 수가 없죠. 나한테 중국에 있으라고 했잖아요. 그쪽으로 갔다가는 바로 붙잡힐 거예요."

"누가 붙잡아요?"

"하루타요."

"그 사람이 왜 붙잡을까요?"

쏜즈샹의 얼굴이 달아오르며 수줍다는 듯 대답했다.

"왜겠어요, 가둬 두려고 그러는 거지."

회의실에서 함께 이야기를 듣고 있던 인턴들은 모두 허탈한 표정을 지었다. 나는 '피해망상, 감시망상'이라고 기록했다.

쑨즈샹의 두 번째 연애 상대는 직장 상사였다. 그 사람은 독재자 같은 성격에 거칠고 질투심도 강한 성숙하지 못한 사람이었다. 떠도는 소문을 가지고 쑨즈샹을 심하게 닦달해 크게 싸우기도 했다.

두 사람은 쑨즈샹이 다른 남자 동료와 너무 가까이 지낸다는 이유로 헤어졌다. 그가 보복이라도 하듯 쑨즈샹을 차버린 것이다. 그래놓고 그는 쑨즈샹의 집을 자꾸 찾아왔다. 쑨즈샹은 그를 떼어내려고 몇 번이나 이사했지만, 번번이 찾아오는 그를 벗어날 수가 없었다.

"왜 경찰에 신고하지 않으셨습니까?"

쑨즈샹은 슈퍼바이저의 질문에 그리움이 가득한 말투로 대답했다.

"그래도 한때 사랑했던 사이인데 어찌 그럴 수 있을까요. 아이처럼 제멋대로 굴기는 해도 아주 좋은 사람이에요."

쑨즈샹은 마치 시라도 읊듯이 이야기했다. 그의 목소리가 심금을 울리듯 회의실에 울려 퍼졌다. 표현 역시 무척 과장된 편이었다. 그래도 그가 작곡가여서인지 썩 이상하게 들리지는 않았다.

"그 사람은 계속 절 쫓아왔고, 우리는 만나고 헤어지고를 반복하면서 꽤 오랜 시간 인연을 이어갔어요. 그때 그 사람이 결혼반지까지 사들고 왔는데 제가 거절했어요. 서로 생각이 너무 달랐거든요. 그 사람은 통제하려는 욕구가 너무 강해서 화장실 가는 시간까지 정해 두었어요. 그 정도면 병인 거 아니에요? 그리고 그 사람 어머니도 혼자였거든요. 남편도 없이 혼자 계시는데, 우리가 함께 지내는 건 안 되죠."

"그분 어머니가 혼자 계시는 게 왜 그 사람하고 환자분이 함께 지내면 안 되는 이유죠?"

"당연히 안 되죠."

"통제하려는 욕구가 강하다고 하셨는데, 어떻게 헤어지셨어요?"

쑨즈샹은 입을 오므리며 웃음기를 띠었다.

"사실 헤어졌다고 할 수도 없죠. 시간이 오래돼서 그냥 그렇게 된 거 아니겠어요. 지금도 가끔 저한테 메시지를 보내요. 차단해도 소용이 없어요."

세 번째 연애 상대는 공무원인 샤오강이었다. 쑨즈샹은 그가 고지 식하고 재미없고 어리숙한 사람이었다고 했다. 그런데 자기가 그 사람 에게 새로운 인생을 열어주었다고 말했다.

"저를 만나기 전에는 이렇게 자극적인 경험을 해본 적이 없다고 하 더라고요. 좁은 틀에 맞게 살아가는 바른 생활 어린 아이였던 거죠. 정 해진 대로 차근차근 진학하고 취업하고, 안정적으로 세상 물정 모르고 살아가던 사람이 저를 만나고 나서 타고난 천성이 해방돼버린 거죠."

그의 얼굴이 아주 즐겁고 행복해 보였다. 하지만 금세 표정이 돌변 했다.

"근데 도가 지나쳤나 봐요. 유흥업소 드나드는 것도 알려주고 연애 하는 법도 가르치고 기타도 가르쳐줬는데, 그걸 다른 사람한테 써먹는 거예요. 똑똑했다고 할 수도 있겠죠. 의사 선생님들은 모르겠지만 나 쁜 남자가 그러는 건 하나도 안 무섭거든요. 나쁜 남자들이 그렇다는 건 누구나 다 알 수 있고 마음의 준비도 할 수 있잖아요. 진짜 무서운 건 이런 평범하고 조용한 남자들이에요. 몰래 딴짓을 하리라고는 절대 생각할 수가 없는, 말 하나하나 행동 하나하나가 성실하고 솔직하고 거짓말이 한눈에 드러날 것 같은 그런 사람들. 나를 2년이나 속였을 거라고는 진짜 털끝만큼도 생각을 못 했다니까요."

"그 사실은 어떻게 아셨나요?"

쑨즈샹이 잠시 얼빠진 표정이 되었다가 퍼뜩 정신을 차렸다. 아주 자연스러웠다. 그는 조금 전 당황한 모습은 존재하지 않았다는 듯 태연자약했다.

"그냥 그렇다는 걸 알았죠. 알고 나서 절망에 빠졌고요. 처음 만났을 때 좀 어리바리하긴 해도 안쓰러운 마음에 함께하기로 한 거였고, 그래도 삼 년이라는 시간 동안은 완전히 빠져 있었거든요. 여러분은 모르시겠지만, 그 사람 너무 주도면밀했어요. 공무원이었거든요. 아주 조그만 단서도 남기질 않았죠. 나는 자기가 사흘이 멀다 하고 선보러 가는 것까지 다 넘어가 줬는데, 나한테는 퇴근길에 데리러 가는 것도 못 하게 했어요."

"그래서 화가 나서 일하는 곳까지 찾아가서 들쑤셔놨어요. 그랬더니 일을 그만뒀고요."

쑨즈샹의 표정에 또다시 행복이 찾아왔다.

일을 그만둔 샤오강은 쑨즈샹을 원망했다. 사생활 파문으로 다시는 공무원 생활을 할 수 없게 되었기 때문이다. 그리고 그 길로 아예 쑨즈샹의 집에 눌러 앉아버렸고, 쑨즈샹은 그의 뒷바라지를 기꺼이 받아들였다. 그들은 지금까지 함께 살고 있었다. 이번에 입원한 것도 샤오강이 그를 병원에 보내서였다.

나는 그의 진료 기록을 살펴보았다. 거기에도 '친구인 남성이 그를 병원으로 데려왔다'라고 씌어 있었다.

네 번째 상대는 리리라는 여자였다.

리리는 꽃집을 운영했고, 두 사람은 어느 장례식장에서 처음 만났다. 리리가 장례식장에 꽃을 납품하고, 쑨즈샹은 거기에 연주를 하러 왔다가 만난 것이었다. 두 사람은 아주 의외의 장소에서 예상치도 못하게 호감을 느꼈다. 쑨즈샹은 그게 다 분위기 탓이었다고 말했다.

장례식이 끝나고 쑨즈샹은 종종 리리가 생각났지만 달아올랐던 마음은 이미 식어 있었다. 그러다가 리리의 꽃집이 그의 집에서 멀지 않은 길가에 있다는 걸 알게 되었고, 우연히 다시 마주치게 되었다. 어쩌면 인연인 것 같기도 했다.

리리는 아주 열정적이었다. 그의 집 앞에 매일같이 꽃을 한 송이씩 꽃말을 적은 손글씨 편지나 장두시*와 함께 보냈다. 꽃송이의 숫자까지 정확하게 맞춰 낭만적인 의미를 담기도 했다.

쑨즈샹은 자신을 세심하게 배려하는 리리의 마음을 느낄 수 있었다. 남자들을 만날 때와는 사뭇 다른 느낌이었다. 여자는 예민하고 연약하면서 감정의 밀도가 높아 쉽게 변덕을 부리기도 했다. 어떨 때는 쏟아지는 소나기에 꽃잎이 떨어져 버린 국화 같기도 하고, 또 어떨 때는 화창한 햇볕 아래 개나리처럼 느껴지기도 했다. 그는 그런 그녀를 어떻게 대해야 할지 어렵기만 했고 별다른 답변 없이 그냥 묵묵히 꽃과 마음을 받기만 했다.

슈퍼바이저가 잠시 그의 말을 끊었다.

"그때도 샤오강하고 같이 살고 계셨나요? 여전히 연인 관계로?"

"아마도 그랬겠죠. 저도 긴가민가해요."

시간이 한참 흐른 후, 쑨즈샹은 리리에게 거절 의사를 확실히 밝혔

장두시 각 줄의 첫 글자만 따서 세로로 읽었을 때 또 다른 의미를 담고 있는 줄글 형식.

다. 그러자 리리는 이루지 못한 사랑에 한이 맺혔는지 알레르기 반응을 일으키는 꽃을 그에게 보냈다. 아예 병원으로 보내버리려는 속셈이었다.

"알레르기 반응이 일어난 건 어떤 꽃이었나요?"

쑨즈샹의 얼굴이 또 얼떨떨해졌다. 그러다가 금세 또 말을 이었다.

"알레르기를 일으키는 꽃이요. 병원을 몇 번이나 갔었다니까요. 보세요. 아직도 다 낫지 않았어요."

그는 소매를 걷어 올렸다. 팔목 안쪽에 보이는 자그마한 붉은 점들은 확실히 알레르기 반응 같았다. 나는 이 내용도 기록했다.

쑨즈샹이 이야기를 마치고 돌아갔다. 슈퍼바이저는 안경을 내려놓고, 미간 사이를 만지며 말했다.

"가족들이 곧 온다고 했죠?"

과장이 대답했다.

"벌써 도착했습니다. 문밖에 계신데, 들어오라고 할까요?"

슈퍼바이저가 손을 내저었다.

"잠시만요. 일단 지금까지 나눈 얘기를 마무리합시다. 쑨즈샹 환자는 이야기할 때 성적인 분위기를 많이 풍기네요. 보호사가 성추행했다고 묘사한 부분도 너무 자세해요. 쑨즈샹 환자의 태도도 그렇고요."

과장도 고개를 끄덕이며 그의 말에 호응했다.

"그런 문제가 좀 있죠. 저희도 인지하고 있습니다."

"다리에 생리적 문제가 없는 건 확인한 거죠?"

"영상을 찍어봤는데요, 아무것도 없었습니다."

"신경 관련 투약은요?"

"늘리지 않고 계속 동일하게 유지 중입니다. 다리에 부종이 약간 있는데 용량이 과한 것 같아서 줄여야 하나 생각 중입니다."

슈퍼바이저가 진료 기록을 넘기며 대답했다.

"줄이지 마세요. 근 이십 년간 병력이 있고 약물에 대한 내성이 비교적 높다는 점을 고려해야죠. 줄이지 말고 적당히 늘려서 지켜보세요. 차도가 전혀 없다는 건 투약에 문제가 있다는 뜻일 수 있습니다."

과장이 고개를 끄덕였다.

"그리고 다리 말인데……. 다른 부위도 검사를 진행한 적이 있나요?"

"다리만 검사했습니다."

"다른 곳도 검사해보길 추천합니다. 의사로 오래 지내다 보면 시야가 갈수록 좁아지기도 하잖아요. 내과 의사들은 환자가 오면 어떤 증상이든 우선 내부 장기와 관련지어 생각하게 됩니다. 사실 다른 병인이 있을 수도 있는데 말이죠. 정신과 의사도 마찬가지예요. 환자의 마비 증세가 심리적인 문제와 관련 있다고 의심이 되겠지만, 다른 원인에 의한 병변 가능성을 배제할 수는 없습니다. 약물 치료에 별 반응이 없고 다리도 증세가 호전되지 않는 상황입니다. 정신적인 측면의 치료가 효과가 없으면 다른 원인을 고려해봐야겠죠."

인턴들은 자신들을 위한 슈퍼바이저의 상세한 설명에 방아라도 찧듯 연신 고개를 끄덕였다.

"환자 어머니 들어오시라고 하세요."

과장이 문을 열었다.

슈퍼바이저는 웃음을 지으며 다시 안경을 썼다. 그리고 인턴들에게 이야기했다.

"좋아요. 지금부터, 쑨즈샹 환자가 했던 이야기는 모두 잊어버립시다."

쏜즈샹의 어머니는 상당히 젊은 편이었다. 머리가 희끗희끗한 부인이 들어올 거라는 예상은 완전히 깨졌다. 건강하고 혈기왕성한 어머니의 검은 머리에는 윤기가 흘렀다. 진료 기록을 보니 어머니의 나이가 쉰여덟이었다. 열일곱에 아들 쏜즈샹을 낳은 것이다. 아버지에 관한 정보는 비어 있었다.

어머니의 이름은 쏜치샹, 차림새를 보니 가정 형편은 꽤 나쁘지 않아 보였고, 세상사에 초연한 느낌도 들었다.

어머니가 자리에 앉자, 내가 물을 한 잔 따라주었다. 그녀는 나에게 미소 지었지만, 찻잎 하나도 띄우지 않은 맹물에는 손도 대지 않았다.

슈퍼바이저가 질문을 시작했다.

"아드님에 관해 좀 여쭤보겠습니다."

"그러세요."

"하루타라는 사람을 아시나요?"

하루타. 쏜즈샹의 첫 번째 연애 이야기에 등장한 일본 기타리스트이다.

그녀가 잠시 기억을 더듬었다.

"하루타……. 그 일본 밴드요?"

"아는 사이인가요?"

"아니요. 즈샹이 방에 포스터는 붙어 있어요. 사춘기 때 연예인 좋아하고 따라다니던 때가 있었는데 그 밴드를 좋아했어요."

"연예인을 따라다녀요?"

"네. 일본에 콘서트인지 뭔지 보러 가기도 했어요."

"쏜즈샹과 그 사람이 사귀는 사이였나요?"

어머니는 어리둥절해했다.

"그 사람? 누구요? 하루타에 멤버가 네 명이 있는데……."

"하루타가 그 밴드의 이름이군요?"

그녀가 고개를 끄덕이며 피식 웃었다.

"네. 의사 선생님이 뭘 잘못 아신 것 같은데요. 엄청 유명한 밴드예요. 그리고 멤버 나이도 거의 즈샹이 아빠뻘이고요. 연애는 말도 안 되는 소리죠."

나는 깜짝 놀라 인터넷으로 바로 하루타라는 이름을 검색해보았다. 정말로 데뷔한 지 삼십 년이 지난 일본의 오래된 밴드가 있었다. 조금 전 쑨즈샹이 했던 말과는 전혀 앞뒤가 맞지 않았다. 시간상으로나 정황상으로나 열 살 꼬마가 아직 데뷔하기 전의 '하루타'를 만나 연애를 했다는 것은 있을 수 없는 일이었다.

인턴들은 모두 혼란에 빠졌고, 슈퍼바이저가 조금 전에 "쑨즈샹 환자가 방금 했던 이야기는 모두 잊어버립시다"라고 했던 말의 진짜 뜻을 그제야 알아챘다.

"그럼 쑨즈샹 환자가 직장 상사와 연애하다가 헤어진 일이 있나요?"

어머니의 표정이 어색하게 굳어졌다.

"아, 그건……. 그것까지 얘기하던가요. 직장 상사를 쫓아다니다가 회사에서 잘린 적이 있긴 했어요."

인턴들은 다시 당황했고 과장이 재차 물었다.

"쑨즈샹 환자가 상사를 쫓아다니다가 잘렸다고요? 상사가 쑨즈샹 환자를 쫓아다닌 게 아니고요?"

"네. 그런데 꼭 즈샹의 잘못만은 아니었어요. 그 상사라는 사람, 만난 적이 있는데 상종할 만한 인간이 아니더라고요."

과장이 또 물었다.

"그 시기에 이사를 자주 다녔나요?"

"네. 그 상사가 용서를 안 하고 끝까지 물고 늘어지더라고요. 어떻게든 막아보려고 했는데 경찰서까지 끌려가고 너무 난리를 쳐서 이사할 수밖에 없었어요."

나는 심호흡을 하고, 지금까지 기록했던 쏜즈샹의 러브 스토리에 진실을 덧붙이기 시작했다.

색정형 망상장애, 즉 에로토마니아라는 질환이 떠올랐다. 환자는 누군가가 자신을 좋아하고 사랑한다고 굳게 믿는다. 여러 차례 거절을 당해도 다 그만한 이유가 있다고 여긴다. 그리고 머릿속으로 두 사람의 관계를 구성하고 일방적으로 그려 나간다. 그들은 사랑받고 있다는 환각에 쉽게 빠진다. 그러니 어떻게든 연관성이 생기거나 그 사람의 두 다리만 유심히 쳐다봐도 관심이 있다는 오해를 불러일으킬 수가 있다.

사실 맞아떨어지는 부분도 있긴 하다. 상사라는 신분이나 회사에서 해고당하고 이사하게 된 것, 그리고 하루타라는 밴드, 기타리스트, 일본에 콘서트를 보러 간 것 모두 사실이었다. 그는 단지 사건을 왜곡하고 더 세부적인 지점들을 채워 넣은 것뿐이다.

네 편의 연애담은 모두 그의 망상일 가능성이 컸다.

아침 회진에 과장이 환자를 오래 쳐다보지 말라고 했던 게 기억났다. 색정형 망상장애 환자들은 특히 민감해서 자신을 보는 시선을 느끼면 자기를 좋아한다고 오해하기 때문이다.

그리고 보호사의 성추행 사건이 다시금 떠올랐다. 그 보호사와 있었던 일도 편집하고 왜곡한 것은 아닐까?

슈퍼바이저는 계속해서 세 번째 이야기의 주인공 샤오강에 관해 물었다. 하지만 쑨치샹은 샤오강이 누군지 모른다고 했다. 아마 샤오강이 나타났을 때부터 쑨즈샹이 어머니와 멀어진 것 같았고, 어머니도 아들에게 신경을 쓰지 못한 듯했다.

이야기하다 보니 쑨치샹의 모습이 쓸쓸해 보였다. 특히 슈퍼바이저가 리리에 관한 이야기를 꺼냈을 때는 정말 아무것도 몰라 허탈해하는 모습이 안타깝기까지 했다. 아들을 꽤 아끼고 아들에 관해서라면 뭐든 알고 싶은 것 같았다.

"지금부터는 어머님에 관해 여쭤보고 싶은 게 있는데, 실례가 안 된다면 환자의 아버님에 관해 물어도 괜찮을까요?"

"괜찮아요. 어차피 애 아빠에 관해서는 저도 기억이 별로 없어요. 괜찮은 사람이었다고는 말 못 하겠고요."

"두 분이 함께 사셨나요?"

"함께 살았죠. 결혼한 유부남이라는 걸 몰랐을 때까지는. 그걸 안 건이미 아이가 생겼을 때였어요. 제가 몸이 안 좋아서 아이를 지우면 다시는 낳을 수가 없다고 하더라고요. 그래서 차마 그러지 못했어요."

"그 이후로 다른 분을 만나려고 생각하지는 않으셨나요?"

쑨치샹이 고개를 가로저었다.

"그 시대에는 혼전 임신으로 사람들 입방아에 오르는 것만으로도 벅찼어요. 다시 누구를 만나면 사람들한테 또 싫은 소리를 들었을 거고, 더 미움을 샀겠죠."

슈퍼바이저가 고개를 끄덕였다.

"다른 사람들이 싫은 소리 하는 게 신경 쓰이세요?"

쑨치샹이 의아한 듯 되물었다.

"그게 무슨 말이에요. 다른 사람들 말에 신경 안 쓰는 사람이 있나요?"

"본인 스스로 만나고 싶지 않으셨던 거예요?"

"견딜 만했어요. 즈샹이 있었으니까. 걔가 어릴 때는 참 착했거든요. 똑똑하고 영리하고 귀여워서 사람들한테 귀여움을 많이 받았어요. 안고 나가면 다들 부러워할 정도로. 하늘이 그래도 공평하다고 했다니까요. 나쁜 남자를 만나게 했지만, 대신에 착하고 예쁜 아들을 줬다고요."

슈퍼바이저가 그녀의 말을 반복했다.

"사람들한테 귀여움을 많이 받았군요."

쑨치샹이 망설이다 말을 이었다.

"뭐, 지금은 안 그렇지만. 병이 나고부터는 정말 방법이 없더라고요. 병나기 전에는 항상 사람들한테 귀여움받고 어디 가나 특출난 아이였는데."

슈퍼바이저가 또박또박 물었다.

"쑨 여사님, 본인은 아들이 남들한테 귀여움받아야 한다고 생각하십니까, 아니면 진짜 귀여움받는 사람이라고 생각하십니까?"

그녀가 반감 섞인 말투로 물었다.

"그게 무슨 차이가 있나요?"

"어릴 때 자주 데리고 다니셨나요?"

그녀는 고개를 끄덕였다.

"미혼모 신분에 혼자 돌아다니면 손가락질받기 일쑤였어요. 그런데 즈샹이를 데리고 나가면 모두 저한테 잘 대해주더라고요. 다들 애를 좋아하고요. 그래서 밖에 나갈 때는 거의 데리고 다녔어요."

"밖에서 말을 안 듣거나 한 적은 없었나요? 그래도 아이니까 장난이 심하다거나 엄마를 화나게 한 일이 있었을 것 같은데요."

쑨치샹이 눈을 내리깔았다.

"그런 적도 당연히 있었죠."

"그럴 때는 주변에서 사람들이 보고 있었을 텐데 어떻게 하셨나요?"

쑨치샹이 침묵을 지켰다. 기억을 떠올리고 싶지 않은 듯했다. 그녀는 탁자 위의 플라스틱 컵을 움켜잡았다. 그리고 카랑카랑한 목소리로 말했다.

"아이를 교육하는 데는 몇 가지 방법이 있잖아요."

회의실에 침묵이 흘렀다. 그 방법이 무엇인지 예상 가능했지만 슈퍼바이저는 끝까지 확실하게 물었다.

"어떤 방법 말씀이시죠?"

"야단치고 때려야죠. 심하지는 않게."

그가 고개를 끄덕였다.

"직장에 다니셨나요?"

"아뇨."

"그럼 평소 뭘 하면서 시간을 보내셨죠?"

쑨치샹이 잠시 생각하더니 대답했다.

"즈샹이랑 집에 있을 때는 예의범절도 가르치고 했죠."

"예의범절이요?"

"어떻게 해야 예절 바른 아이가 되는지, 어떻게 해야 사람들한테 사랑받는지 그런 문제들이요. 우리 집이 다른 집하고는 달랐으니까요. 학교 성적보다는 아이 성격이나 몸가짐에 더 신경 썼습니다."

"환자가 어렸을 때 하루 24시간 중에 얼마나 아드님한테 시간을 쏟았습니까?"

그녀가 머리를 쓸어 넘기며 대답했다.

"열 몇 시간씩 됐겠죠. 아빠가 없으니까 제가 더 신경 써서 돌봐야 했고요."

나는 기록하던 손을 멈추었다. 하루 중 열 몇 시간이라니. 아이에게는 무서운 일이었을 것이다.

"그럼 어머니가 좋아하는 것이나 취미는 없었나요? 아니면 계속 아드님 케어만 하셨나요?"

"······ 애가 집에서 나가고 나서부터 취미가 생겼어요. 그림 그리기도 해당할까요?"

"당연하죠. 그림 그리신 것 좀 볼 수 있을까요?"

쏜치샹은 휴대전화를 꺼내더니 머리를 귀 뒤로 넘기며 말했다.

"어릴 때 조금 배워본 정도고 한참 동안 안 그리다가 최근에 다시 시작했어요. 근데 참 신기한 게, 자꾸 옛날 것만 그리게 되더라고요."

쏜치샹은 SNS 게시글을 뒤져 가장 마음에 드는 사진을 하나 고른 후, 나에게 휴대전화를 건넸다. 나는 그녀의 휴대전화 화면을 회의실에 마련된 스크린에 띄웠다. 놀랍게도 그녀의 그림 솜씨와 기법은 아주 뛰어났다. 그림은 판타지 풍의 유화였고 대단히 훌륭했다.

그런데 내가 진짜 놀란 것은 그림 그리는 수준보다 그림의 내용이었다. 회의실의 온도가 몇 도나 뚝 떨어진 듯 썰렁한 기운이 감돌았다.

그녀의 그림은 너무 억압되어 있었고, 너무나 복잡했다. 굳이 이 그림을 분석하려 들지 않아도, 디테일 하나하나가 나의 눈을 자극했다. 그림 속의 집은 어두컴컴하고 하얀 커튼이 절반쯤 걷혀 있다. 창밖은 칠흑같이 어둡고, 그 어둠 속에 하얀 입이 셀 수 없이 많이 들어차 있다. 방문은 살짝 열려 누군가 훔쳐보는 듯하다.

방 안에는 가구가 어지럽게 놓여 있다. 언뜻 칼과 깨진 술병, 엉클어진 붉은 실, 기저귀 같은 것들이 보이며, 부서지고 으깨진 석류도 있다. 켜져 있는 텔레비전에서 꼬불꼬불 뻗어 나온 망원경은 침대 위까지 이어져 있다.

가장 과장이 심한 것은 침대였다. 침대는 그 자체가 거대한 눈이었는데, 검은 잠옷을 입은 곱슬머리 여자아이가 그 눈 위에 누워 있다. 일고여덟 살 정도로 보이는 아이는 미소를 지으며 뱃속에서 꺼낸 꼭두각시 인형을 껴안고 있다. 그 인형은 남자아이였고 몸 뒤에 날개가 달려 있다. 날개는 이 그림 전체에서 가장 밝은 요소였다.

이 그림은 사람들의 감시와 뒷말을 나타내는 상징물로 가득했다. 반쯤 걷힌 커튼, 셀 수 없이 많은 입, 문틈, 텔레비전, 망원경, 침대의 눈까지. 석류는 처녀의 상징물일 텐데 산산이 으깨져 있었다. 침대 위에 누운 곱슬머리 여자아이는 쑨치샹의 자화상이 분명했다. 수면은 보통 가장 편안해야 할 시간이다. 그때조차 눈 위에 누워 있다는 것은 감시받고 있다는 느낌이 그녀의 머릿속에서 무척이나 강렬함을 의미했다.

그녀의 뱃속에서 나온 남자아이 인형은 쑨즈샹일 것이다. 그런데 그 인형의 입술에는 빨간 립스틱이 칠해져 있고, 입은 옷은 치마처럼 보였다. 아래턱을 고정하는 선이 떨어져 부자연스럽게 웃는 인형은 등을 돌린 채, '자애롭게' 쑨치샹을 바라보고 있었다.

쑨즈샹의 성장 환경을 단번에 짐작할 수 있었다. 그는 어머니의 손에 놀아나는 꼭두각시 인형이었을 것이다. 스스로 그 사실을 깨닫지 못한 채 어머니의 억압과 자신의 우울감을 온몸으로 견디고, 오로지 어머니의 사랑을 받기 위해 통제욕 강한 어머니가 하라는 대로 조종당했을 것이다. 쑨즈샹은 그림 속에서 유일하게 밝게 빛나는 날개처럼 어머니 쑨치샹이 암울한 인생에서 붙잡을 수 있는 단 하나의 희망이었던 것이다.

쑨즈샹의 다리가 어떻게 마비되었는지 어느 정도 추측이 가능했다.

쑨치샹은 사람들의 평가를 기다리고 있었지만, 회의실의 누구도 쉽사리 입을 열지 않았다. 역시 침묵을 깨트린 것은 슈퍼바이저였다. 그는 담담하게 이야기했다.

"상상력이 풍부한 그림이군요."

쑨치샹은 기분 좋은 듯 웃었다. 슈퍼바이저가 나를 보았고, 나는 그의 의중을 눈치채고 바로 화면을 종료했다.

"보호사가 성추행한 사건에 관해서는 여전히 고소를 취하할 생각이 없으신 거죠?"

"당연하죠. 그럴 수도 있다고 생각하고 그냥 넘길 수도 있지만, 여기서까지 그런 억울한 일을 당해서는 안 되잖아요."

'그럴 수도 있다.' 또 똑같은 말이 등장했다.

쑨치샹의 부드러운 목소리와 경쾌한 말투는 여전히 아가씨인 듯한 착각이 들게 했다. 아니, 아가씨가 틀림없었다. 열일곱에 쑨즈샹을 낳은 후로 그녀는 전혀 성장하지 않았다.

자신이 그린 자화상 속에서도 쑨치샹은 아직 어린 소녀였다.

떠나기 전에 쑨치샹이 근심이 가득한 얼굴로 물었다.

"즈샹이 병세는 어떻게 해야 할까요? 제가 뭘 할 수 있을까요?"

슈퍼바이저가 그녀를 잠시 보다가 대답했다.

"평소에 이 말씀만 자주 해주시면 됩니다."

"어떤 말이요?"

"귀염받지 않아도 괜찮아."

쑨치샹은 잔뜩 굳은 표정으로 나갔다.

참석했던 사람들이 모두 떠나고 슈퍼바이저는 오늘 있었던 슈퍼비전 회의의 결론을 냈다.

"나머지 두 이야기까지 확인하지는 않았지만, 환자의 색정형 망상 증세가 심하다는 걸 알 수 있었습니다. 그쪽에 집중해 치료를 해보시죠. 환자와 적정 거리를 유지해 두 번째 피해가 일어나지 않도록 해야 한다는 점에 유의하세요. 환자의 다리는······."

그는 잠시 말을 끊었다가 계속 이어갔다.

"다들 짐작은 하시겠지만, 그 짐작을 치료에 적용하지 않으면 아무 소용이 없습니다. 검사할 수 있는 건 일단 하세요. 그리고 여건이 된다면 환자 어머니도 함께 치료에 참여하시는 게 어떤지 권해보시고요."

회의가 끝난 후 과장은 사회복지과에 연락했다.

사회복지과는 환자가 사회생활에 적응하는 것을 지원하는 부서로 업무상 외근이 잦은 편이다. 보통은 재활 환자들 방문 지도 등을 진행하고, 가끔 임상1과나 2과에서 필요할 때 업무지원을 하기도 한다.

"쑨즈샹 환자를 데려왔다는 샤오캉이라는 사람하고 연락이 전혀 안 돼. 주소를 남겼는데, 쑨즈샹도 거기 산다고 되어 있더라고. 가서 방문 관리 좀 하게."

"쑨즈샹 환자의 세 번째 러브스토리의 진위를 가리는 겁니까? 보호사의 성추행 사건을 변호하기 위해서요?"

나의 물음에 류 선생이 말했다.

"벌써 밝혀진 게 두 건이나 있잖아. 환자의 망상이 심하다는 건 이미 증명됐지."

그러자 과장이 덧붙였다.

"동거인의 증언이 제일 비중 있지. 어쨌든 쑨즈샹을 데려온 사람이잖나. 진짜 법정까지 가게 된다면 그 사람의 역할이 아주 중요해."

"그럼 제가 사회복지과와 함께 가보겠습니다. 직접 가기는 어려우시잖아요. 별일이야 없겠죠."

과장이 내 말에 동의했다.

"그러게."

사회복지과에서 사람이 금세 도착했다. 내가 사회복지과에서 근무했을 때 지도하고 교육해주신 선생님이었다. 가는 길에 내가 쑨즈샹 환자의 상황을 간략하게 설명했다. 주소로 찾아가 보니 고층 아파트 단지였다. 초인종을 몇 번이나 누르고 나서야 누군가가 문을 열어주었다. 마흔 정도 돼 보이는 땅딸막한 남자였다. 그는 땀을 뻘뻘 흘리며 고양이의 발톱을 손질하는 중이었다.

내가 샤오강 씨냐고 묻자, 그는 그렇다고 했다.

"그럼 쑨즈샹 씨 아시죠? 병원에 직접 데리고 오셨다던데요."

샤오강의 표정이 일그러졌다. 우리를 상대하고 싶지 않다는 눈치였다.

"저 찾지 말라고 이야기했잖아요. 세입자라서 좋은 마음으로 병원까지 데려다준 게 답니다. 그 사람이 그렇게 된 건 저랑 아무 상관도 없어요. 세 들어오기 전부터 원래 그랬다고요."

나는 깜짝 놀라 물었다.

"세입자요? 그럼 집주인이세요?"

"그렇죠."

"그럼 병원에 데려오셨을 때, 관계를 쓰는 란에 왜 친구라고 쓰셨어요? 세입자라고 관계를 분명히 쓰셨어야죠."

샤오강은 귀찮다는 듯 대답했다.

"내 집에 정신병이 있는 사람이 살고 있다는 걸 누가 알면 어떡합니까? 세는 또 어떻게 놓고요?"

말문이 막힌 나는 한참 후에야 물었다.

"그럼 혹시 공무원이세요?"

샤오강은 당황했다.

"······ 어떻게 알았어요? 퇴직한 지는 좀 됐고, 지금은 임대료로 생활하는 중입니다."

무슨 말을 더 어떻게 해야 할지 알 수 없었다. 세 번째 이야기의 진위는 이로써 확인된 셈이었다.

그때, 집 안에 있던 고양이가 밖으로 살금살금 나왔다. 그러자 샤오강이 버럭 소리를 질렀다.

"리리, 어딜 나가. 들어가."

나는 너무 깜짝 놀랐다.

"방금 뭐라고 부르셨어요?"

"리리요······. 아, 쑨즈샹의 고양이예요. 입원해서 돌봐줄 사람이 없어서 하는 수 없이 제가 우선 돌보고 있습니다. 원래 고양이 털 알레르기까지 있대요. 병원에도 몇 번이나 갔다 왔다는데, 못 키우겠다고 해서요."

고양이가 신발장 위로 뛰어오르더니 분재 잎사귀를 한 움큼 뜯고는 도망가버렸다. 샤오강은 화가 나서 욕을 퍼부었다.

나는 그 화분들을 뚫어져라 쳐다보았다.

꽃이 피어 있었다.

"고양이가 심술이 어찌나 심한지, 꽃이며 잎사귀며 다 뜯어버려요. 예전에 쑨즈샹하고 같이 살 때도 매일 아침 꽃을 뜯어서 문 앞을 아주 엉망진창을 만들었을걸요."

나는 그에게 보호사의 일 때문에 증언을 좀 해달라고 부탁했지만 거절당했다. 우리는 결국 인사를 하고 돌아섰다.

사회복지과 선생님이 고개를 갸우뚱거리며 물었다.

"그러니까 그 이야기가 전부 그 환자의 망상이었다는 거죠?"

첫 번째, 그를 일본으로 데려가겠다고 약속했던 남자는 그가 좋아했던 락 밴드였다.

두 번째, 질투심에 불타 결혼하자고 했던 직장 상사는 반대로 그가 쫓아다닌 사람이었다.

세 번째, 몰래 바람을 피우고 회사에서 잘려 그가 먹여 살리게 되었다는 공무원 동거남은 그의 집주인이었다.

네 번째, 매일 그에게 꽃을 갖다 바쳤던 리리라는 여자는 풀과 꽃을 뜯길 좋아하는, 그가 키우던 고양이었다.

쑨즈샹은 커 가면서 점점 깨달았을 것이다. 엄마가 원하고 엄마가 입버릇처럼 말하는, 누구에게나 사랑받는 아이는 절대 될 수 없다는 사실을 말이다. 그리고 혼자 아무리 망상에 빠져도 자기가 사랑받지 못한다는 사실은 숨기고 감추기 힘들었을 것이다. 결국 그는 이 점을 받아들이지 못했고, 엄마 역시 그렇지 못했다.

그는 엄마의 생각, 이상과 자기 자신을 분리하지 못하고, 아주 깊이 뒤엉켜 들어가고 말았다. 엄마의 생각이 곧 자기 생각이라고 여겼다.

그럼 그는 어떻게 해야만 할까. 밖으로 나가면 언제나 사람들이 자기를 좋아하게끔 만들어야 하는데. 어릴 때, 엄마가 모두에게 칭찬을 듣기 위해 자신을 정성 들여 치장해준 것처럼 해야 하는데.

아, 그렇다면 밖으로 나가지 않으면 된다.

다리를 못 쓰게 되면, 밖으로 나갈 수가 없다.

그의 탓이 아니다. 밖으로 나가고 싶지 않은 게 아니다. 나갈 수가 없는 것이다.

'귀염받지 않아도 괜찮아'를 받아들이는 게 다리가 마비되는 걸 받아들이는 것보다 더 힘들었으니까.

정신보건센터 입원기록

입원일시 2015/10/11 18:00

담당과실	임상2과	병동	남성 병동	침상번호	2	입원번호	554
성명	쑨즈샹	성별	남	연령	41		
보호자	쑨차샹	관계	모				

주요 사항

오른쪽 다리에 원인미상의 마비. 정상적인 직립과 보행이 불가능함.

인적 사항

작곡가로 작품을 발표한 적이 있음. 하루 흡연량 반 갑.

아버지에 관한 정보 없음. 어머니 쑨차샹이 17세였을 때 쑨즈샹을 낳고 키움. 아들 관리가 철저함.

경과 및 치료

1년 전 환자의 오른쪽 다리가 이유 없이 마비됨. 집에서 쓰러진 후, 친구인 남성이 치료를 위해 병원으로 데려옴. 검사 결과, 환자의 다리에 생리적인 병변이 없으며 기능도 정상임.

정신검사

설명이 비교적 논리적이고 디테일이 완벽함. 그러나 질의응답에서는 말이 맞지 않음.

피해망상, 감시망상임.

초진 진단

1. 심인성 하지마비 2. 색정형 망상장애

서명: 류쓰
2015. 10. 11.

"내 바지 어딨어?"

– 연극 치료

매주 수요일 오후는 정신병원의 연극 심리 치료 시간이다.

나와 샤오리즈는 과장과 회의를 하다가 늦게 도착했다. 연극에 참여하는 것이 아니라 참관만 하는 것이라서 뒤에 가서 앉으려고 살금살금 안으로 들어갔다.

연극 심리 교실에 참여한 환자는 열 명 남짓으로 많지는 않았다. 우리가 도착했을 때, 심리 치료 지도 선생은 환자들과 함께 워밍업을 하고 있었다. 환자들은 선생의 구령에 따라 어색하지만 주거니 받거니 이리저리 뛰기도 하며 몸을 움직이는 중이었다. 문이 열리자, 환자들의 시선이 일제히 우리에게 날아와 꽂혔다.

그들의 눈빛에는 궁금함이라고는 없었다. 누군가 갑자기 나타났을 때 보통 사람들이 감정을 담아 쳐다보는 것과는 사뭇 달랐다. 잠시 주의력을 빼앗긴 듯 심드렁하고 무관심한 태도로 우리를 멍하니 지켜보았다.

연극을 총괄하는 한이이가 워밍업을 방해한 우리에게 눈을 부라렸다. 한이이는 부전공으로 사이코드라마(심리극)를 공부하고, 작년에 미국에서 사이코드라마 디렉터 자격증을 취득했다. 비교적 젊은 나이에 심리극 디렉터로 인정받은 셈이었다. 그래서 병원에서 원래 혼자 일하던 연륜 많은 심리 치료사의 환자를 일부 나누어 맡게 되었다.

샤오리즈가 숨을 죽인 채 혼잣말로 욕을 하다가 나에게 물었다.

"한이이 누님이 왜 여기 있어요?"

나는 자리에 앉았다.

"원래 담당이었어. 퇴원한 재활 환자들이 정기적으로 참여하러 오는 프로그램이잖아. 심리극 형식으로 진행하는 게 적절하지. 궁 선생님은 입원 환자들 담당이고."

샤오리즈가 내 기색을 살피며 말했다.

"네, 누님이 아무렇지 않다면야 상관없죠."

샤오리즈는 나와 한이이가 같은 공간에 있는 것을 무척이나 경계하고 두려워한다. 그도 그럴 것이 우리가 싸우는 걸 가장 많이 목격한 사람이니까.

한이이는 환자들의 흐트러진 주의력을 다시 집중시키고 계속해서 워밍업을 진행했다. 그중에 스물여덟아홉 살 정도 된 남자 환자가 멀리서 나를 향해 고개를 꾸벅하더니 입꼬리를 힘겹게 들어 올려 웃었다. 그리고 휙 돌아서서 다시 활동에 집중했다.

나는 황급히 손을 흔들었다. 그는 분명히 나를 보았지만, 다시는 시선을 마주치지 않았다.

샤오리즈가 황급히 내 손을 붙잡았다.

"한 번 더 까불면 한이이 누님이 죽이러 올걸요!"

나는 손을 내려놓고 그 환자를 계속 주시했다. 고개를 한 번만 돌리면 내가 자기를 지켜보고 있다는 걸 분명히 알 것이었다.

그 환자의 이름은 추페이, 삼 개월 전 퇴원했다. 낯을 많이 가리고 말주변도 없지만, 재활 프로그램만큼은 적극적으로 참여했다. 글쓰기를 좋아해서 퇴원 후에 블로그를 하나 만들어 단편소설을 써서 올리기 시작했다. 주로 신성(神性)에 관한 글을 올렸는데, 보는 사람은 많지 않았지만 나는 그가 재능 있는 작가라고 생각했다.

추페이가 입원해 있을 때도 글쓰기에 관해 이야기하면서 매우 친해졌다고 생각했는데, 그는 항상 나를 낯설게 대했다. 이야기할 때는 아주 유쾌하고 즐겁지만 그 분위기가 사라지면 다시 어색해한다. 누구에게나 그렇게 굴었다.

그에게 재활 프로그램을 권하면서 개선되길 기대한 부분도 바로 그것이었다. 사람과의 관계를 다시 쌓는 것 말이다.

추페이가 재활 프로그램에 참여하러 병원에 오는 날, 시간이 있으면 나는 꼭 그를 보러 갔다.

샤오리즈가 궁금한 듯 물었다.

"추페이 환자는 웃는 게 왜 저런대요?"

"아, 내가 시킨 거야. 나랑 만나는 날에는 꼭 웃으면서 인사하기로 약속했어."

샤오리즈가 눈을 흘겼다.

"너무한 거 아니에요? 저럴 거면 차라리 안 웃는 게 낫지. 울지도 못하는 사람인데 웃는 게 되겠어요? 감정이라는 게 없는 사람인데."

"내가 저 환자 블로그 팔로우하라고 했잖아. 거기 올린 소설 봤어?"

샤오리즈가 고개를 가로저었다.

"팔로우는 했는데 그거 볼 시간은 없었거든요."

그렇다고 딱히 뭐라고 할 수는 없었다. 샤오리즈는 글쓰기에 관심 자체가 없는 사람이니.

"그거 보면 알 거야. 감정이 없는 게 아니라 넘치고 넘치는 사람이라는걸. 표현이 안 될 뿐이지 글 속에 다 들어 있어."

워밍업은 순조롭지 못했다. 환자들은 자신 있게 움직이지 못했고, 즉흥적으로 몸을 움직이는 활동을 부끄러워했다. 그러자 한이이가 모두에게 가면을 하나씩 나눠주었다. 검은 펜으로 눈, 코, 입을 그려 넣은 평범한 흰색 가면이었다. 표정은 모두 똑같이 웃는 모습이었다.

소도구 이용은 연극 심리 치료에서는 흔하게 쓰인다. 사회적 교류 활동에 두려움을 느끼는 환자들이 수줍음을 떨쳐낼 수 있게 도와준다. 역시 가면을 쓴 환자들의 동작이 아까보다 더 대담해졌다. 삼삼오오 쭈뼛쭈뼛 모여 있던 시작과는 달리 이제는 서로 널찍하게 떨어져 몸을 풀었다.

나는 추페이가 뒤집어쓴 웃는 얼굴 가면을 가만히 보았다. 즐거움을 감추지 못하는 듯 보였다. 어쩌면 그가 지금까지 평생 저런 표정을 못 지었겠다는 생각에 사진이라도 찍어 보여주고 싶은 마음이 간절했다. 그러나 심리극은 사생활과 함께 환자들의 안정감과 편안함이 절대적으로 보장되어야 하는 활동이기에 촬영은 할 수 없었다.

워밍업이 끝나고 한이이의 주도로 본격적인 활동이 시작되었다.

"오늘 우리가 진행할 주제는 공포입니다. 모두 예전에 겪었던 일 중에서 두려웠던 일을 떠올려보세요. 너무 어렵고 복잡하지 않은, 간단한 상황이면 됩니다."

"오늘 제일 먼저 자신의 경험을 공유해주실 분은 누구일까요?"

환자들은 습관처럼 서로의 얼굴을 두리번거렸다. 그나마 가면을 써서 표정까지 알아보지는 못했다. 삼사 분쯤 지난 후에 추페이가 손을 들었다. 한이이가 그를 교실 한가운데로 이끌었고, 다른 환자들은 한쪽에 일렬로 섰다.

"추페이 씨, 오늘 어떤 두려움에 관해 이야기 나누고 싶나요?"

추페이는 한참 후에 입을 열었다.

"예전에 학교에서 있었던 일이에요."

나는 놀랐다. 추페이는 정신질환 때문에 중학교를 중퇴하고 그 이후로 학교에 가지 않았기 때문이다. 그러니까 그가 지금 하는 이야기는 아마도 중학생 시절 이야기일 것이다.

등장인물은 추페이를 포함해 총 네 명이고 모두 같은 학교 학생들이었다. 주제가 두려움이기 때문에 '두려움' 역시 이 심리극 속에 한 역할로 등장했다.

한이이가 물었다.

"다른 역할도 필요할까요? 기억에 남는 물건이나 느낌, 감정 모두 가능해요."

추페이가 잠시 생각하다 이야기했다.

"바지요."

"어떤 바지인가요?"

"교복 바지요."

"좋습니다. 그럼 역할이 총 여섯이네요. 이제 역할을 맡을 사람을 찾아볼까요. 여기 계신 분 중에서 한 사람을 골라주세요. 추페이 씨 역할을 할 대역인 거죠. 누가 본인하고 제일 비슷한지 보고, 데리고 나와주세요."

추페이는 사람들을 둘러보았지만 가면 때문에 아무것도 알아볼 수가 없었다. 그러자 한이이가 모두에게 잠시 가면을 벗으라고 했다.

추페이가 한 사람 한 사람을 살펴보았다. 그와 똑바로 시선을 마주치는 사람도 있고 시선을 피하는 사람도 있었다.

그는 약간 가냘파 보이는 남자 환자 앞으로 다가갔다. 마흔 살 전후로 보이는 그 환자는 기품 있는 분위기를 풍겼다. 추페이가 그를 가리켰다.

"저분이요."

아무리 봐도 어디가 추페이 자신과 닮았다는 건지 이해가 되지 않았다. 추페이는 건장한 체격에 키도 꽤 컸지만, 그 남자 환자는 추페이보다 한참이나 작고 왜소했다. 그러나 심리극에서 보조자를 선택하는 건 잠재의식에 의한 직감이기에 다른 사람이 이해하지 못해도 신경 쓸 필요가 없다. 본인이 닮았다고 생각하는지 아닌지가 관건이다.

한이이 역시 동의를 표했다.

"좋아요. 그럼 치쭤 씨가 본인의 분신이에요."

치쭤라는 환자는 추페이에게 이끌려 그의 뒤에 가서 섰다.

"이제 교복 바지 역할을 할 사람을 골라주세요."

추페이는 성격이 털털해 보이는 여자 환자를 골라 데리고 나왔다.

"두려움 역을 맡을 사람을 한 명 더 골라주세요."

추페이는 환자들을 쭉 훑어보더니 다시 제자리로 돌아왔다. 적당한 인물을 찾지 못한 것 같았다. 그런데 그가 갑자기 무리를 벗어나 이 광경을 흥미롭게 지켜보던 나를 지적했다.

"저분이요."

나는 심리극 그룹 내 참여자가 아니라 관객이었을 뿐이다. 하지만 이 사적인 공간 안에 함께 있으니 원칙을 따지면 구성원이기도 했다. 연극 심리 치료에서 관객과 배우는 모두 하나이다. 결국 참여 여부는 디렉터의 결정에 따르는 수밖에 없었다.

팔짱을 낀 한이이가 조롱하듯 물었다.

"저분이요. 어디가 자신의 두려움과 닮았다고 생각하나요?"

추페이는 왜 그런지 이유를 말하지 않았다.

그런데도 한이이는 동의했고, 관객이던 나는 갑자기 보조자가 되었다. 추페이가 나를 가운데로 데려가자 샤오리즈가 뒤에서 킥킥거렸다.

심리극에서는 '보조자'의 연기 실력이 중요하지 않다. 주인공의 서술에 따라 그의 이야기를 어떤 형식으로 표현함으로써 장면을 보는 주인공이 감정의 정리와 해방을 통해 카타르시스에 이르도록 하는 것이 가장 중요하다. 정해진 각본은 없으며 연기는 모두 즉석에서 행해진다. 아무 준비 없는 상태에서 이루어지는 즉흥적인 표현이 필요하기 때문이다. 그래서 보통 사람 누구라도 심리극의 보조자로 참여할 수 있다.

추페이는 학생 역할로 세 사람을 더 골라냈다. 셋 중 한 명이 우두머리였고, 두 사람은 우두머리를 따라다니는 똘마니였다. 우두머리로 뽑힌 환자는 체구가 엄청 컸다. 분신으로 뽑힌 환자에 비해 덩치가 두 배는 돼 보였다. 추페이는 그를 다빙이라고 불렀다.

한이이가 사람들에게 지시했다.

"지금부터 모두 자기 역할에 집중하세요."

치쑤가 모두에게 알리듯 이야기했다.

"나는 이제부터 치쑤가 아닙니다. 추페이의 분신입니다."

나도 따라 말했다.

"나는 이제부터 무거가 아닙니다. 추페이의 두려움입니다."

우두머리 역을 맡은 환자가 말했다.

"나는 이제부터 셰즈궈가 아닙니다. 추페이의 동창 다빙입니다."

다른 보조자들도 각자 한 번씩 외쳤다. 이건 심리극을 시작할 때 하는 일종의 의식이다. 참여자들이 극에 몰입하는 데 도움을 주는 동시에 자기 자신과 역할을 구분하게 만든다. 그래서 극이 진행되는 도중 생기는 여러 감정은 모두 그 역할의 것이고 자기 자신의 것이 아님을 암시한다.

한이이는 추페이에게 각 역할의 위치를 정해주라고 했다.

추페이는 나, 그러니까 자기의 두려움을 분신인 치쑤와 가장 가까운 자리에 있게 했다. 그러나 나와 그 분신은 서로 등을 돌린 상태였다. 이는 추페이와 그의 두려움이 서로 상충한다는 걸 말한다. 두려움을 전혀 받아들이려 하지 않지만 그 두려움에 언제나 얽매여 있다는 뜻이다.

세 학생은 분신을 빙 둘러쌌다. 우두머리는 분신의 정면에 아주 가까이 서 있고, 똘마니 둘은 분신의 양옆에 섰다. 왜소한 분신인 치쑤가 덩치 큰 우두머리 앞에 서 있으니 더 작고 나약해 보여 압박감이 더 크게 느껴졌다.

바지 역할을 맡은 보조자는 모두가 모여 있는 곳 밖에 동떨어져 의자 뒤에 서 있었다. 분신과 거리가 가장 멀지만, 그래도 분신과 마주 보는 위치였다.

이렇게 배치를 해놓고 보니 인물의 관계도가 얼추 그려지고 내용도 눈에 들어왔다. 분석하는 것은 나의 무의식적 습관이다. 사실 심리극은 분석하지 않고 보여주기만 하는 심리 치료 형식이다. 이 치료의 핵심은 표현과 체험이며, 설사 분석을 한다 해도 실연이 완료된 후 다 함께 토론할 때까지 기다려야 한다.

극이 시작되었다. 추페이는 한이이의 지도에 따라 당시 무슨 일이 일어났는지, 각 역할이 어떤 말을 했는지 설명했다. 그리고 보조자들은 그의 말투와 표현, 동작 등을 모방해 당시에 일어난 일을 재연했다.

학교 폭력 이야기였다. 추페이가 학교에서 있었던 일이라고 얘기했을 때 이미 짐작한 바였다.

추페이의 직접적인 발병 원인 역시 동료 학생들에 의한 구타였다. 그 이후로 사람들 말소리가 귓가에 맴돌았고, 누군가 자신을 해치려 한다고 의심하는 증상이 나타났다. 환각과 피해망상이 날로 심해졌고, 의사는 조현병 진단을 내렸다. 그 이후 추페이는 다시 학교로 돌아가지 않았다.

추페이가 다빙의 뒤에 서서 학생들이 자기를 때렸던 장면을 이야기할 때 잠시 망설이는 한이이의 표정이 보였다. 다빙 역할 보조자가 추페이의 분신을 때리는 장면을 제대로 연기하도록 둘지, 혹시 이것이 추페이에게 부가적인 피해를 일으키는 건 아닌지 고민한 것이다. 이런 종류의 윤리적 문제는 심리극에서 피할 수 없는 난제이다.

예전에 심리극 치료 팀 활동에 참여한 적이 있었는데, 성폭행을 당한 여성에게 심리적인 개입을 해야 하는 상황이었다. 재연하는 보조자들이 성폭행당하는 과정을 중시해야 하는지, 피해 여성에게 정서적 상해를 다시 입히게 되는 것은 아닌지를 놓고 당시 우리를 지도하던 연극 치료 디렉터도 오랫동안 고심했다. 결국 그 여성과 재연 수준에 관해 몇 번이나 확인하고 나서 그 과정을 연기할 수 있었다.

사건의 재연은 심리극 공연에서 대단히 중요한 과정이다. 여성은 재연을 통해서 제삼자의 시선으로 사건을 바라볼 수 있고, 대역의 도움으로 당시의 공포감을 밖으로 표출할 수가 있다. 그리고 이런 과정을 통해 스스로 이제 안전하다는 것을 느끼게 된다. 이미 다 지나간 일인데도 당시의 무기력과 공포가 현재의 자신을 옴짝달싹 못 하게 하고 있다는 것, 그리고 안전해진 지금의 자신은 그때의 두려움을 완전히 극복하고 벗어던질 수 있는 사람이라는 걸 깨닫게 된다.

그러나 성폭력처럼 충격적인 사건으로 생긴 상처는 치료 역시 간단하지 않다. 그 여성은 심리극에 일곱 번이나 참여하고 떠났다. 결과적으로 얼마나 좋아졌는지는 정확하게 알 수 없다. 하지만 그때 나는 그녀가 무너지고 다시 일어서는 모습을 똑똑히 목격했다.

학교 폭력도 굉장히 까다로운 주제였다. 그러나 사건이 일어난 지 벌써 십여 년이 지났고, 추페이가 정신병원에서 반복적으로 치료를 받아왔으니 상처를 받아들이는 민감도는 어느 정도 낮아져 있을 것이다. 심리극 치료가 처음이지만 앞에 나와서도 줄곧 침착함을 유지했고 특별한 감정 변화도 없어 보였다. 물론 그가 감정 표현이 없는 것이 좋다고 생각하지는 않았다.

나와 추페이가 익숙한 사이라는 걸 아는 한이이가 나에게 시선을 던졌다. 나는 고개를 끄덕여 보였고, 한이이는 연기를 속행하기로 했다.

'다빙'이 추페이의 설명에 따라 분신을 쥐어 패기 시작했다. 진짜 힘을 주지는 않았지만, 실제처럼 몸 위에 손을 갖다 댔다. 분신 역의 치쭈는 역에 몰입한 상황이었고, '다빙'의 키가 너무 커서인지 엄청난 위협을 느끼는 듯했다. 그는 전혀 아프지 않은데도 본능적으로 소리를 지르고 있었다.

나는 즉시 추페이를 살폈다. 추페이는 아무렇지 않게 이 광경을 바라보고 있었고, 아까와 똑같이 별다른 반응을 보이지 않았다. 그들을 완전히 낯선 사람인 것처럼 대했다. 조금 실망스러웠다.

극이 계속 이어졌다. 추페이의 눈에서 처음으로 감정을 읽을 수 있었던 순간은 바로 그가 교복 바지 역을 맡은 보조자를 쳐다보았을 때였다. 그 교복 바지는 다빙 무리에게 얻어맞을 때 빼앗긴 것이었다. 그는 화장실에 갇혀 있었다. 바지 없이는 밖으로 나갈 수 없기 때문이었다. 그는 그렇게 화장실에 하루 종일 숨어 있었고, 방과 후 어두워지고 나서 순찰을 하던 학교 경비원에게 발견되었다. 바지는 그 이후에도 찾지 못했다.

추페이가 교복 바지 역할 보조자에게 다가갔다. 그때 갑자기 교실 문을 노크하는 소리가 들렸다. 한이이가 얼굴을 찡그렸다. 그녀는 치료 시간을 방해받는 걸 제일 싫어했다.

한이이는 모든 사람들에게 그 자리에 그대로 서 있으라고 하고는 문을 열었다. 정장에 구두를 신은 남자가 서 있는 게 보였다.

나와 샤오리즈는 즉시 눈짓을 주고받았다. 뭔가 수상한 냄새가 솔솔 풍겼다. 설마 한이이의 남자가 찾아온 건가? 서른이 다 되도록 결혼도 안 하고 밖으로만 나돌던 사람이 드디어 남자를 병원까지 찾아오게 만들어?

샤오리즈는 그들의 이야기를 엿들으려고 몰래 뒷문으로 나갔다. 그런데 그가 나가자마자 한이이가 빠른 걸음으로 다시 들어왔다. 짜증스러웠던 표정이 싹 사라진 모습이었다. 그녀는 심리극을 잠시 중단하겠다면서 서둘러 마무리 짓겠다고 했다. 대단히 중요한 손님을 모두에게 소개하겠다는 것이었다.

내가 아는 한이이는 이렇게 대책 없는 사람이 아니었다. 그녀가 심리극을 중단한다는 건 분명 아주아주 중요한 일이라는 뜻이다.

심리극이 마무리 단계로 접어들었다. 주제가 두려움이었기 때문에 심리극의 목표 지점은 바로 이 두려움이라는 역할에 있었다. 한이이는 추페이를 향해 자신의 두려움에게 한마디 해 달라고 주문했다.

추페이는 내 앞으로 와서 나를 한참 동안 보았다. 그리고 무표정한 얼굴로 이야기했다.

"수고했어."

자신의 두려움에게 수고했다니, 나는 당황스러웠다. 그리고 충격을 받았다. 이 두려움은 추페이를 십 년 넘게 따라다녔을 것이고 그는 벗어날 수 없었다. 두려움에 사로잡혀 고통받는 동안 가장 힘들었을 것은 분명 그 자신이다. 그런데 그 두려움이 눈앞에 실제로 나타났는데도 욕은커녕 수고했다니. 나는 이 충격이 나의 것인지, 아니면 '두려움'의 것인지 분간이 되지 않았다. 나는 지금 무거가 아니라 추페이의 두려움이었기 때문에.

한이이가 물었다.

"추페이의 두려움, 당신은 추페이에게 할 말이 없나요?"

나는 덜덜 떨며 추페이의 손을 붙잡았다.

"추페이, 나는 그렇게 나쁜 존재가 아니야. 네가 나를 가만히 두어도 나는 널 해치지 않아. 언젠가는 스스로 떠날 거야."

가만히 듣고 있던 추페이가 쭈뼛쭈뼛 고개를 끄덕였다.

한이이가 손뼉을 치며 이야기했다.

"좋습니다. 이제 역할에서 나오세요!"

"나는 추페이의 분신이 아니라 치쑤입니다."

"나는 추페이의 두려움이 아니라 무거입니다."

"나는 추페이의 동창 다빙이 아니라 셰즈궈입니다."

이는 심리극을 마무리하는 의식이다. 참여자들이 극을 하며 얻은 부정적인 감정을 일상으로 가져가지 않게 하기 위해 자신을 분리하는 절차이며 심리극에서 빠져서는 안 될 순서이다.

한이이는 모두에게 자리를 지켜 달라고 하더니 자기는 그 정장 차림의 남자와 이야기를 나누러 나갔다. 한이이는 나가면서 치쑤라는 남자 환자에게 눈짓을 보냈다. 그러자 치쑤가 환자들을 인솔해 다른 활동을 시작했다.

뭔가 찜찜했다. 내가 여기 있는데. 아무리 내가 마음에 들지 않는다고 해도 엄연히 인턴 의사가 여기 있는데 환자들을 나에게 맡기지 않고 환자에게 맡긴다고?

환자들이 재미있다는 듯 다시 가면을 썼다. 추페이도 따라서 가면을 썼다. 그러나 나는 그가 줄곧 한쪽만을 바라보고 있다는 걸 눈치챘다. 아까 그 교복 바지 역할 환자가 서 있던 곳이었다.

그 바지에 관해서는 나도 궁금증이 풀리지 않아 그에게 가서 물어보았다.

"바지를 왜 그렇게 멀리 놔두신 거예요? 그것도 마주 보는 상태로? 멀리 놔두고 싶었던 거예요? 아님 가까이 두고 싶었던 거예요?"

추페이가 고개를 흔들고 한마디를 남겼다.

"계속 찾고 있는 거죠."

그리고 다른 환자들 쪽으로 가버렸다. 나는 그 자리에 멍하니 서 있었다. 그는 폭력을 행사한 동창들이 가져간 그 바지를 계속해서 찾고 있었다. 마음속으로 혼자. 그 바지는 찾을 수 없기에 그만큼 떨어진 먼 곳에 있었고, 또 그만큼 찾고 싶기에 마주 볼 수 있는 자리에 있었다.

바지는 원하지만 갖지 못하는 것의 상징이 되어버린 것이다.

나는 샤오리즈 옆으로 가 앉았다. 그리고 멍하니 무대 위를 바라보았다. 그러고 보니 치쑤가 환자들을 아주 능수능란하게 통솔하는 게 보였다. 유려한 말솜씨에 여유 있는 태도는 심지어 한이이보다 더 훌륭해 보였다. 말 몇 마디만으로도 각자 다른 성격의 환자를 휘어잡아 활동은 아주 효율적이고 집중적으로 진행되고 있었다.

샤오리즈에게 물었다.

"저 치쑤라는 환자, 누군지 알아?"

"저 환자요. 임상2과 환자예요. 입원한 지는 좀 됐어요."

"입원 환자라고? 그런데 어떻게 퇴원한 재활 환자들하고 같이 있는 거야?"

샤오리즈가 어깨를 으쓱했다.

"모르죠. 한이이 누님이 데려온 거니. 증상이 별로 심하지 않아서 과장님도 허락한 것 같아요."

한이이가 남자와 함께 들어왔다. 키는 한이이와 비슷한 정도로 큰 편은 아니었지만, 풍기는 분위기가 남달랐다. 문으로 들어오며 웃는 모습이 친근하고 호감 가는 인상이었다.

샤오리즈가 내 귓가에 투덜거렸다.

"자기보다 작은 남자는 쳐다도 안 본다더니!"

"꼭 그렇진 않지. 나이가 많으니 마음대로 고르기도 힘들겠지."

한이이의 시선이 느껴져 우리는 옷매무새를 다듬고 바르게 앉았다. 한이이가 그 남자를 소개했다. 이름은 멍스하오, 의료 관련 사업의 투자자였다. 우리 병원에서 운영하고 있는 재활 환자 커피숍 프로젝트도 그가 투자했으니 우리 병원 재활 환자들의 '물주'라고 할 수 있었다.

퇴원한 재활 환자들은 대부분 취업이 어렵다. 사회생활을 하는 데 아직 많은 어려움을 겪기 때문이다. 오랫동안 입원했기 때문에 정상적인 사회생활에 적응하기가 쉽지 않고, 회사들도 정신병력이 있는 사람은 거절하는 경우가 많다. 어렵사리 구직한다 해도 업무나 인간관계로 인한 스트레스로 질환이 재발하기도 한다.

치료 후 퇴원을 했는데도 계속해서 문제가 발생하는 데 의문을 품는 사람도 있을 것이다.

사실 정신질환 환자의 회복에 관한 의료진의 정의는 몇 번의 변화 단계를 거쳤다. 가장 초기에 회복의 기준은 증상의 완전한 소멸이었지만 이는 거의 불가능했다. 대부분 정신질환 환자의 증상을 완치할 수 없었기 때문이다. 그런데 수용할 수 있는 병상에는 한계가 있다. 그래서 '공동체'라는 개념이 생겼다. 환자가 공동체에서 생활을 영위하는 방식이 외국에는 활성화되어 있지만, 국내는 관련 프로그램이 아직 부족한 실정이다.

우리 병원에도 정신질환자 공동체가 있어서 환자들이 사회와 비슷하게 만들어진 그곳에서 생활하게 한다. 그러나 공동체 또한 환자가 여전히 사회와 격리되어 있다는 한계가 있다. 이 단계에서 정신과 의료인들은 환자의 회복에 관한 정의를 '증상을 가지고 사회에서 생존할 수 있음'이라고 바꾸기 시작했다. 증상이 완치되지 않는 이상 환자가 사회적인 기능을 회복하고 하루라도 빨리 사회로 돌아가게 만드는 것이 치료의 주요 방향이 된 것이다.

그러나 증상이 심각한 재활 환자들 대다수는 퇴원 후에도 장기간에 걸친 사회적 훈련을 거쳐야 진정한 의미의 사회 복귀가 가능해진다. 그런 의미에서 연극 심리 치료, 독서회 같은 프로그램은 모두 재활 환자를 위한 후속 훈련인 것이다.

우리 병원에서 운영하는 커피숍에서는 재활 환자들이 직접 커피, 밀크티, 케이크, 에그타르트 따위를 만들고, 업무도 제조, 매입, 정산, 배달 등으로 정확하게 나누었다. 병원의 의사들 모두 커피숍 운영을 환영하고, 나 역시 커피, 간식을 전부 거기서 구매한다. 병원이라는 안전한 환경에서 보통 사람들과 너무 부대끼지 않으면서도 성과에 대한 보상이 확실한 이 방법은 갓 퇴원한 재활 환자들이 사회적 기능을 회복하는 데 큰 도움이 된다.

이 카페에 투자를 한 사람이 바로 멍스하오였다. 그리고 그가 오늘 한이이를 찾아온 것은 커피숍이 아닌 재활 환자들의 순회공연 때문이었다. 한이이는 연극 심리 치료를 무대에 올리고 싶어 했다. 우리 병원에서 관리하는 공동체 몇 군데에서 순회공연을 하는 계획이었다.

멍스하오는 이 순회공연에 투자할 계획이었고, 우리 병원 공동체뿐만 아니라 다른 병원의 공동체에도 이 사업을 확장하길 바랐다. 한 발짝 한 발짝 조금씩이긴 하지만 그들은 장기간에 걸친 재활 환자 지원 프로젝트를 구상하고 있었다.

모두가 이 소식을 듣고 뛸 듯이 기뻐하며 가면을 벗어들었다. 감사 표시를 어떻게 해야 할지 몰라 자신의 모습을 있는 그대로 보이는 것으로 대신하려는 것이다.

멍스하오는 웃는 낯으로 환자 한 명 한 명과 악수를 나누었다. 그런데 추페이는 자기 순서가 되어도 손을 내밀지 않았다. 심지어 가면조차 벗지 않았다. 멍스하오는 잠시 어쩔 줄 몰라 헤맸지만, 관계에 어려움이 있는 환자라는 걸 깨닫고 더는 부담을 주지 않았다. 그는 추페이의 어깨를 다독이고 다음 환자에게로 향했다.

멍스하오가 떠나고 환자들도 모두 돌아갔다. 추페이만 그 자리에서 꼼짝도 하지 않고 서 있었다. 그는 웃고 있는 가면을 그대로 쓴 채, 문 쪽을 계속 바라보았다.

이상하다는 생각이 들어 그에게 다가가 물었다.

"무슨 일이에요?"

추페이는 대답도 하지 않고 여전히 문을 보았다.

뭐가 짚이는 데가 있어 다시 물었다.

"멍스하오라는 사람 혹시 아는 사이예요?"

추페이는 여전히 미동도 하지 않았다. 나는 그의 가면을 벗겼다. 무표정한 얼굴이 드러났다. 그의 그런 얼굴을 수도 없이 보았지만, 이번만큼은 무언가 잘못되었다는 생각이 들었다.

"아니요."

연극 심리 교실을 나와 한이이를 찾아갔다.

"심리극을 무대에 올린다고요? 심리극은 비밀이어야죠. 그게 지켜져야 안전한 거잖아요. 재활 환자들이 많은 관객 앞에서 감정을 공유하는 건 아직 무리일 것 같은데요."

"관객들도 환자야. 그렇게 긴장할 필요도 없고 사람이 그렇게 많지도 않을 거야. 예전에 공동체 환자 친목의 밤에 가봤잖아. 한 공동체당 인원은 서른 명도 안 돼. 환자들은 표현하고 싶은 욕구가 있다고. 무대에 올랐을 때 노래만 불러도 얼마나 즐거워하는지 본 적 없지?"

나는 아무 대답도 하지 못했다. 환자들에게도 보여주고 싶어 하는 속내가 있다는 건 당연히 알았다. 사회에서 배척당하고 회사에서 외면받은 그들에게 필요한 것은 어떤 방식으로든 자신의 가치를 인정받는 일이기 때문이다. 그들이 무대에 올라 다른 환자를 치유할 수 있다면 그들 자신도 잃는 것보다 얻는 것이 훨씬 많을 것이다.

"너무 위험하지 않나 해서요. 무대 위에서 통제가 안 된다면요."

"그건 내 능력에 달린 거 아니겠어. 설마 닐 걱정해서 하는 말은 아니지?"

나는 입을 다물었다.

"내가 하려는 건 심리극이 아니라, 그냥 연극일 뿐이야."

그 말을 듣고 보니 나도 이해가 되었다. 그녀가 생각하는 건 표현을 통한 예술 치료일 뿐, 개인적이고 비밀스러운 심리극이 아니었다. 심리극의 형식을 무대에 어울리도록 바꾸어 연출하겠다는 것이다.

관중이 참여할 수 있는 표현 예술 치료는 국내외에서 이미 자주 이루어지고 있다. 학교에 다닐 때 한이이와 워크샵에 몇 번 참여한 적도 있었다. 무대 위의 배우들이 환자의 심리를 공연으로 펼치고 무대 아래에서 이삼백 명이 이를 관람했는데, 연기자와 관객이 공감하고 어우러지는 현장이 뭉클하고 감동적이었다.

연극 심리 치료는 고대 그리스의 디티람보스*에서 기원한다. 사람들은 술의 신과 영적으로 교감하기 위해 길에서 무리를 이루어 노래하고 춤을 추었다. 하지만 나중에 사람들이 춤과 노래로 신과 통할 수 없다는 것을 인식하자 점점 사람들이 술의 신과 추종자를 연기하는 배우들을 지켜보면서 관객과 연기자의 구분이 생겨났다. 그때부터 연극

디티람보스(Dithyrambos) 포도주의 신 디오니소스를 찬미한 합창과 춤.

이라는 개념이 생겨났다고 한다.

연극에는 치유의 특성이 있다. 관객들은 비극을 보면서 극중 인물들을 동정하거나 두려워하고 더 나아가 자신의 감정을 쏟아내게 된다.

고대 그리스의 극장은 콜로세움처럼 원형이어서 관객들이 무대를 둘러싸고 공연을 감상했다. 이런 극장은 우물 모양인데, 우물은 잠재의식의 형상이기도 하다. 그러니까 최초의 연극은 관중이 연기자의 공연 행위에 자신의 잠재의식을 투사하고 마음속의 고통과 울분을 발산하는 목적도 있었던 것이다.

한참 후에 단체 연극 심리 치료라는 개념도 생겨났고, 심리극으로까지 발전했다. 바로 대본이나 준비된 연출 없이 오로지 즉흥적으로 진행되는 사이코드라마다. 연기자, 관객, 연출자 세 주체가 극을 진행하면서 자신의 감정을 쏟아낸다. 그리고 역할을 교대해 상대의 처지를 이해하고 갈등과 모순의 해결에 이르게 된다.

한이이는 아주 오래전부터 연극 심리 치료를 공연하고 싶다고 원장에게 건의했다. 하지만 원장은 오랫동안 고민했고, 최근에야 겨우 이야기가 진행되기 시작했다.

나는 본과 1년 차 때가 떠올랐다. 그때 연극 동아리에 가입했는데, 대학원 석사 2년 차였던 한이이가 바로 연극 동아리 회장이었다. 동아리에 가입하던 날 한이이는 대본이 없는 즉흥극을 시연했다. 나는 그때 아직 심리극이 무엇인지 개념도 모를 때였다. 극을 다 보고 나서 한이이가 모두에게 연극이 무엇이냐고 질문을 던졌다. 하필 그때 지목당한 나는 어리벙벙한 채로 연극의 본질은 치유라는 소리를 아무렇게나 지껄였다. 그 대답이 나와 한이이를 이어준 계기였다.

심리학을 업으로 삼은 사람들에게 연극은 딱 잘라 설명할 수 없는 매력적인 장르다. 학부 생활을 하면서도 수많은 선후배가 연극동아리 활동에 참여했다. 맏언니인 한이이의 열렬한 홍보 덕분인지 내 동기 신입 회원 서른 명 중에 열 명은 심리학 전공자였다. 한이이 선배가 동아리를 탈퇴할 때까지 그 현상은 쭉 이어졌다.

몇 년이 지났건만 한이이는 여전히 자신이 하고 싶은 일에 열정을 쏟고 있다. 물론 지금 나와의 관계는 최악이지만, 나는 여전히 마음속 깊이 그녀를 존경한다. 그래서 그녀와 이야기를 나누고 그녀를 지지하기로 했다. 앞으로 나아가려면 모험이 필요한 법이니까.

다음 날, 추페이가 불참했다. 증세가 도져 집에서 나오지 못한다고 했다. 깜짝 놀라 물었다.

"왜 또 발작이? 오랫동안 괜찮았잖아. 계속 문제없었다고!"

샤오리즈도 알 수 없다는 듯 고개를 저었다.

"모르겠어요. 발작했다던데요. 추페이 환자 어머니가 전화로 오늘은 안 되겠다 하셨어요."

나는 추페이 집으로 전화를 걸었다. 그의 어머니가 추페이는 지금 잠들었다고 했고, 나는 그와 통화할 수 없었다.

사흘이 지나고서야 추페이가 다시 돌아왔다. 그는 가면에 중독이라도 된 듯 심리극을 하는 내내 가면을 벗지 않았다. 한이이도 그에게 굳이 벗으라고 강요하지 않았다. 그러나 그는 그날 이후로 한 번도 먼저 손을 들고 자신의 이야기를 하지 않았다.

한이이는 그의 학교 폭력 이야기를 공동체 무대에 올릴 첫 번째 심리극 주제로 정했다. 그날 서둘러서 끝내버리는 바람에 환자의 마음속에 남은 섭섭한 마음을 덜어내려는 이유도 있었고, 이 이야기가 완전히 결론지어지지 않았기 때문이기도 했다. 대본이 없는 이야기이니 심리극에 부합하기도 하고, 이미 반쯤 진행되었으니 재활 환자들도 낯설지 않고 익숙하게 극을 진행할 수 있을 것이었다.

그러나 나는 걱정이 되었다. 추페이의 이야기가 폭력과 관련이 있어 만일의 경우에 사람들을 너무 자극하면 현장이 혼란에 빠질 수 있기 때문이었다. 추페이는 세상을 따돌리기라도 하듯 계속 가면을 쓰고 있었다. 소극적으로 변해버렸어도 그는 나를 보고는 여전히 고개를 끄덕였다. 가면 때문에 그가 나를 향해 웃었는지 알 길은 없지만, 가면이 웃고 있으니 웃고 있는 듯 보이기도 했다.

나는 억지로 저럴 거면 차라리 안 웃는 게 낫다는 샤오리즈의 말이 떠올랐다. 그리고 반성하기 시작했다. 혹시 추페이에게 웃으라고 한 내 말이 이 가면처럼 가짜로라도 억지로라도 웃으라는 강요는 아니었을까. 강요하지 말았어야 했는데.

멍스하오가 병원을 찾는 횟수가 잦아졌다. 공연의 진행 상황을 확인하기 위함이었다. 심리극에 문외한인 그는 대본 같은 것이 있는 줄 알았던 모양이다. 배우들을 지도하는 데 집중하는 한이이를 대신해 내가 멍스하오에게 심리극에 관해 설명해주었다. 그는 흥미가 생겼는지 자기도 참여할 수 있냐고 물었다. 인사치레로 한 말일 수 있지만 환자들과 어울리는 걸 전혀 개의치 않는 태도에 친근감이 들었다.

그런데 그와 이야기를 나누는 동안 따가운 시선이 느껴졌다. 바로 추페이였다. 웃고 있는 가면을 쓴 채 그 자리에 서서 꼼짝도 하지 않고 우리를 바라보는 모습이 약간 무섭기도 했다.

멍스하오는 아무렇지 않은 듯 농담을 했다.

"제가 환자들한테 아주 인기 있게 생겼나 봐요."

멍스하오가 돌아가는 길에 나는 병원 근처에 가볼 만한 곳들을 소개해주려고 했다. 그러자 멍스하오가 손을 내저었다.

"저도 이 동네 잘 압니다."

"잘 아시는군요."

"중학교를 이 근처에서 나왔거든요. 그때 많이 돌아다녔죠."

"위화중학교요?"

"네. 잘 아시네요."

왠지 싸한 느낌이 들었다.

"실례지만 나이가 어떻게 되는지 여쭤봐도 될까요?"

멍스하오가 웃으며 대답했다.

"그게 뭐 실례라고요. 내년이면 서른이에요."

스물아홉 살. 추페이와 동년배다.

최근에 추페이가 왜 그렇게 이상한 행동을 보였는지 알 것 같았다.

안으로 들어가 추페이를 찾았다. 그는 여전히 그 자리에 앉아 있었다. 몸을 꼿꼿이 세우고 문 쪽을 노려보고 있었다. 내가 그의 시선을 방해하자 그는 흠칫 놀라더니 약속한 대로 인사를 꾸벅했다. 가면이 여전히 나를 향해 웃었다.

나는 가면 속 그가 입꼬리를 어색하게 끌어올렸을 것이라 믿었다. 나와 약속했으니 분명히 그리했을 것이다.

추페이 옆으로 다가가 앉았다. 그리고 그의 가면을 벗겼다. 여전히 무표정한 얼굴이 드러났다.

"멍스하오, 그 사람이 다빙인가요?"

위화중학교는 추페이가 다녔던 바로 그 학교다.

추페이가 얼어붙었다. 그러나 아무 대답도 하지 않았다. 나 역시 침묵했다. 어쩐지 무력감이 느껴졌고 무슨 말을 해야 할지도 막막했다. 세상 참 좁다. 어릴 때 주먹을 휘둘렀던 사람이 지금은 은혜를 베푸는 투자자가 되어 나타나다니.

나는 그에게 다시 가면을 씌워주었다. 내가 할 수 있는 것 역시 그와 똑같이 나를 가리는 것뿐이었으니.

나는 이 일을 한이이에게 알렸고, 한이이는 추페이에게 무대에 오르는 것이 무리이지 않겠냐고 물었다. 추페이는 단칼에 고개를 저으며 바로 무대 위로 올랐다.

그 이후로도 심리극 연습 때마다 추페이는 가면을 썼다. 한번은 워밍업을 하다가 가면이 실수로 벗겨지고 말았다. 그는 황급히 가면을 주워 쓰려고 했지만 너무 당황해 허둥지둥하는 바람에 가면을 다시 땅에 떨어트리고 발로 밟고 말았다. 추페이는 그 자리에 뻣뻣하게 굳은 채로 부서진 가면을 쳐다보았다.

나는 그가 무슨 생각을 하는지 짐작이 갔다. 어릴 때 구타를 당했던 자기와 부서진 가면을 연결 지어 생각하고 있을 것이다. '그때도 형편없이 맞았는데 지금도 형편없이 부서지는구나.' 하고 말이다.

치쑤 환자가 부서진 가면을 침착하게 주워들었다. 그리고 소품함에서 다른 가면을 꺼냈다. 하지만 추페이가 그걸 받아들지 않아서 치쑤는 가면을 도로 집어넣었다.

그때 멍스하오가 '어' 하더니 나에게 웃으며 말을 걸었다.

"저분은 제가 예전에 알던 동창하고 많이 닮으셨는데요"

나는 할 말이 떠오르지 않아 가만히 있었다.

멍스하오의 눈길은 이미 추페이에게 머물러 있었고, 급기야 "맞는 것 같은데" 하고 혼잣말을 했다.

심리극이 끝나고 멍스하오가 추페이에게로 다가갔다. 다급하게 따라붙는 내 심장이 벌렁거렸다.

"혹시 위화중학교 다니지 않았어요? 나랑 동창인 것 같은데, 이름이 추 뭐였죠?"

추페이는 전혀 관심 없다는 듯 그를 쳐다보았다. 내가 중재하려고 하는데 추페이가 대답했다.

"추페이."

"아, 맞다, 맞다. 추페이였지. 그때도 이렇게 말 없고 조용한 스타일이었잖아. 하하하. 여기서 옛 친구를 다 만나네. 정말 오래간만이다."

멍스하오는 말하는 내내 친한 척 추페이의 어깨를 두드렸다. 추페이는 자기도 모르게 그의 손을 피했고, 몸은 잔뜩 움츠러들어 굳어 있었다.

나는 그 모습을 옆에서 지켜보았다. 멍스하오는 추페이보다 키도 훨씬 작고 덩치도 작았다. 하지만 호의를 표시하기 위한 그의 가벼운 손짓이 추페이에게는 엄청난 무게로 다가왔을 것이다.

추페이의 심리극 첫날이 떠올랐다. 그는 자신의 분신으로 왜소한 치쑤를 골랐고, 멍스하오 역할에 덩치가 큰 환자를 골랐다. 현실 속 두 사람의 체격과는 완전히 딴판이었다. 오랜 시간이 지나 이제 추페이의 체격이 멍스하오를 완전히 압도하게 되었지만, 추페이의 마음속에서 두 사람의 모습은 여전히 그에게 얻어터지던 열다섯 살 때 그대로 멈춰 있었다.

멍스하오가 손을 거두었다.

"아아, 이것 때문에 그러는구나. 내가 실례했네. 신경 쓰지 마. 그냥 옛 친구를 하도 오랜만에 만나서 흥분해서 그런 거야."

멍스하오는 그 이후로도 들뜬 목소리로 혼자 떠들었고, 떠나면서도 잊지 않고 추페이에게 눈짓을 보냈다.

"심리극에도 주인공이 있잖아. 내가 우리 친구를 꼭 주인공으로 해 달라고 할게."

멍스하오가 가방을 챙기러 갔다.

나와 추페이는 원래 자리에 그대로 서서 만면에 웃음을 띤 멍스하오가 다른 환자들과 인사하는 모습을 지켜보았다.

"저 사람은……."

다 잊었다. 멍스하오는 모든 걸 다 잊어버렸다.

그날 추페이는 한 번도 입을 열지 않았다.

평소처럼 멍스하오를 배웅하는데 그가 나에게 물었다.

"추페이는 무슨 병이 있나요? 너무 안됐어요. 그때는 참 착한 애였는데 어떻게 이런 병을 앓게 된 걸까요."

딱히 해줄 말이 없었다.

"그때 두 분 친하셨나요?"

멍스하오는 학창 시절의 기억을 떠올리는 듯 잠시 골똘히 생각했다.

"그럭저럭요. 제가 반장이었으니까 반 친구들하고는 친한 편이었죠. 저 친구는 항상 말이 없고 조용했어요. 딱히 누구랑 어울리지도 않고. 제 기억으로는 글을 잘 썼던 것 같아요."

내가 아무 반응이 없이 걷자 멍스하오가 농담조로 이야기했다.

"어쩐지 병이 있었구나. 그때도 제가 매번 숙제 제출하라고 그렇게 얘기를 하는데 제 말을 못 알아듣는 것 같았다니까요. 그래서 몇 번이나 얘기하고 그랬어요……. 아니, 무 선생님, 혹시 저 친구 말을 잘 못 알아들는 병인가요?”

“…… 아니요.”

멍스하오가 고개를 갸웃거렸다.

“저 친구도 쉽지 않고 의사들도 쉽지 않겠어요. 다들 얼마나 힘드실까. 그만 나오셔도 돼요. 얼른 들어가세요.”

그는 콧노래를 흥얼거리며 병원 정문을 빠져나갔다. 나는 문가에 서서 멍스하오가 방금 나에게 한 말을 곱씹었다. 멍스하오의 말투는 사교적이고 친근했다. 그에게 추페이는 그저 누군가와 대화하기 위한 이야깃거리에 불과했다. 그는 자신이 추페이를 때렸다는 걸 정말로 기억하지 못했다.

뒤돌아서던 나는 화들짝 놀랐다. 추페이가 내 뒤에 서 있었기 때문이다. 그 역시 집으로 돌아가는 길이라는 걸 깜빡 잊었다.

내 뒤에 얼마나 오래 있었는지, 멍스하오의 말을 언제부터 듣고 있었는지 알 수 없었다. 발걸음이 무거웠다. 어떻게 입을 떼야 할지 난감하기만 했다. 멍스하오의 말을 듣고만 있었던 나 자신이 마치 우두머리를 따라 추페이를 괴롭히는 똘마니가 된 기분이었다.

추페이는 나에게 다가와 언제나처럼 억지로 입꼬리를 끌어올리며 인사를 하더니 문밖으로 멀어졌다. 그는 어둑해진 거리로 향했다. 오가는 차들의 헤드라이트가 마치 그를 때리기라도 하듯 달려들었다.

그날 밤, 추페이의 블로그에는 소설이 한 편 업데이트 되었다. 아주 짧은 우화였다. 한 어부가 물고기 한 마리를 잡아 올렸다. 어부는 물고기를 통 속에 두었다가 대야에 넣었다가 냄비에 넣었고 결국 접시 위에 올려 맛있게 먹었다. 그리고 다 먹고 남은 물고기 뼈를 땅에 심으면 거기서 물고기라 열릴 거라는 기상천외한 생각을 한다. 하지만 뼈는 여전히 그대로였다. 글의 맨 마지막에는 이렇게 쓰여 있었다.

그들은 나쁜 짓을 하고도 잊어버린다.
그들은 나쁜 짓을 하고도 잊어버린다.

그 짧은 이야기를 나는 세 시간 동안이나 읽고 또 읽었다.

공동체 순회공연의 첫날이 다가왔다. 내가 현장에 도착했을 때, 한이이와 환자들은 벌써 워밍업을 하고 있었다. 공동체 소속 환자들이 잇달아 들어왔다. 작은 강당에는 자리가 삼사십 석 정도 있었다.

멍스하오도 도착했다. 그는 나를 불러 옆에 앉히고는 방금 찍은 사진을 보여주며 웃었다.

"추페이가 사진발이 아주 잘 받아요. 하하. 그렇죠?"

아니. 그 사진 속 방금 무대에 오른 추페이는 잔뜩 굳어 어쩔 줄 모르는 바보처럼 보였다.

공동체의 환자들이 모두 자리에 앉자, 연극이 시작되었다. 추페이는 이번에도 치쑤를 자신의 분신으로 골랐다. 그러나 다빙 역에는 그렇게 덩치가 크지 않은 환자를 골랐다. 두려움이라는 역할은 없었다. 한이이가 빼버린 것인지 추페이가 원하지 않았는지 알 수 없었다.

극은 지난번처럼 아주 순조롭게 진행되었다. 뒤를 돌아보니 공동체의 환자 관객들도 아주 집중해서 재미있게 보고 있었다. 문제는 다빙의 이야기가 재연될 때 터졌다.

그때 '다빙' 역 환자는 추페이의 뒤에 서 있었고, 한이이의 지시에 따라 추페이가 당시 다빙을 먼저 연기했다. 추페이가 자신의 분신인 치쑤를 마주 보았다. 그리고 그때 다빙이 했던 말투 그대로 치쑤에게 말했다.

"야, 너네가 보기에 얘는 사람 말을 알아듣는 거 같냐, 아닌 것 같냐? 이렇게 맞는데도 찍소리도 안 한다고? 완전 나무토막 아니야? 그럼 쪼 개서라도 고쳐놔야지 않겠어? 벙어리도 아니고, 입이 있는데 소리를 안 지른다. 그 주둥이는 뭐에 쓰는 건데? 아, 먹을 때……. 야, 저 자식 입 벌려. 누가 저 입안에 오줌이라도 싸버려. 그래도 소리를 안 지르나 보 자고……. 이게 날 물어! 맞으려고! 저놈 바지 벗겨! 싹 다 벗기라고!"

단숨에 말을 쏟아낸 추페이가 숨을 헐떡였다. 마지막에는 거의 울 부짖듯 소리를 질렀다.

강당이 적막에 휩싸였다. 한이이는 잠시 할 말을 잊었다. 연습할 때 는 전혀 없던 부분이었다. 추페이가 이야기한 적 없었기 때문이다.

나는 넋을 잃었다. 과연 저 사람이 평소에 말도 없고 감정도 없던 무 뚝뚝한 추페이란 말인가? 그렇다면 이 심리극의 설정이 그를 완전히 해방시킨 것이나 다름없다. 그것도 아주 의외의 방향으로 말이다.

추페이가 한 말을 그대로 반복해야 하는 다빙 역의 환자는 그대로 멍하니 있었다. 이렇게 긴 대사를 기억하는 것도 힘들거니와 그런 말 을 차마 입에 담기 힘들었던 것이다.

한이이가 차분하게 분위기를 이끌었다.

"다빙 씨, 그대로 말씀하세요. 기억한 그대로 말씀하시면 됩니다. 한 마디라도 괜찮아요."

다빙 역 환자는 추페이에게 겁을 먹은 듯 혼란스러운 얼굴로 어쩔 줄 몰라 쩔쩔매고 있었다. 조현병 회복 중인 그에게 방금 전 추페이의 모습은 너무 충격적이고 자극적이었기 때문이다. 그러나 '다빙'은 단 한마디라도 따라 하기 위해 추페이의 모습을 그대로 흉내 내기 위해 노력하면서 험악하게 소리를 질렀다.

"저놈 바지 벗겨! 싹 다 벗기라고!"

관객들도 조금씩 술렁거리기 시작했다. 한이이는 극을 계속 진행하게 했다. 그리고 추페이에게 당시 자신이 다빙에게 어떻게 반응을 했는지 분신에게 시범을 보이라고 주문했다.

추페이는 '다빙'과 마주 보고 섰다. 치쑤가 그의 곁에 함께 섰다. 추페이는 '다빙'을 죽일 듯이 노려보았다. 다빙 역이 겁에 질려 한발 물러섰다.

한참 후, 추페이가 입을 열었다.

"내 바지 어딨어?"

가슴이 철렁했다. 이건 추페이가 그 당시에 멍스하오에게 했던 말이 아니다. 이 상황은 아직 멍스하오가 바지를 숨기기 전이었으니까. 이건 지금의 추페이가 멍스하오에게 묻는 말이다. 추페이는 이미 통제 불능 상태에 접어들었다.

한이이 역시 이를 깨달았지만 차분하게 다음 장면을 기다렸다.

그녀와 마찬가지로 추페이의 차분하고 냉정한 분신, 치쑤가 추페이의 말투를 그대로 따라 했다.

"내 바지 어딨어?"

추페이가 또 묻고 치쑤는 이를 따라 했다.

"내 바지 어딨어?"

"내 바지 어딨어?"

"내 바지 어디 있냐고!"

"내 바지 어디 있냐고!"

"내 바지 어디 있냐고!"

치쑤가 이번에는 말을 따라 하지 않았다.

추페이의 얼굴이 흉악하게 일그러졌다. '다빙'이 뒷걸음질쳤다. 추페이는 카세트 플레이어처럼 똑같은 말을 반복하며 무섭게 다그쳤다. 아주 오랫동안 억눌러 왔던 감정의 응어리가 한순간에 폭발해버린 것이다. 오래 참아 왔던 사람일수록 터지면 더 무서운 법. 지금 추페이를 막아설 수 있는 사람이 없다는 생각에 마음이 무겁게 가라앉았다.

추페이는 분노를 참지 못하고 '다빙'을 무대 아래까지 밀고 내려왔다. 바로 멍스하오가 있는 방향이었다.

나는 즉시 일어나서 멍스하오 앞을 막아섰다. 추페이는 멍스하오보다 훨씬 커서 마음만 먹으면 멍스하오나 추페이에게 끔찍한 일이 벌어질 수 있었다. 추페이가 단박에 내 앞으로 달려들었다. 그의 두 눈은 새빨갛게 충혈되었고, 이미 사람을 알아보지 못하는 지경이었다. 나는 거의 애원하듯 그를 바라보았다.

'안 돼, 안 돼요. 추페이 씨. 진정해요.'

그 순간 그는 전혀 이해하지 못하는 듯 보였다. 자기 감정을 전혀 드러내지 않고 숨기고만 있던 추페이가 드디어 감정을 표현한 순간인데 항상 감정을 표출하라던 내가 이제 그만하라고 하다니 이해가 되지 않을 만도 했다. 그 순간 나도 나 자신이 싫어지려 했으니까. 하지만 나는 그를 막아서야만 했다.

추페이에게 맞을 수도 있다고 생각했다. 하지만 다행히도 추페이는 거기서 멈추었다. 얼굴은 여전히 무섭게 일그러져 있었지만. 그는 나와 마주 서서 미친 사람처럼 똑같은 질문을 퍼부었다.

"내 바지 어딨어!"

"내 바지 어디 있냐고!"

내 앞에서 길길이 날뛰는 추페이의 물음은 내 뒤에 있는 사람을 향한 것이었다. 그러나 내가 앞을 막아섰기에 그 물음은 고스란히 나에게만 전해졌다. 쉬지 않고 거듭 쏟아져 나오는 그의 물음은 억울한 심정까지 담아내고 있었다.

'왜 멍스하오를 막아서는 겁니까?'

나는 눈물이 날 것 같았다. 지금에야, 추페이가 내 앞에서 분노를 터뜨리게 된 지금에야 그의 바지가 무엇을 뜻하는지 깨달았기 때문이다.

그때 차마 내지 못한 용기였다. 아이들에게 맞았던 때가 아닌, 맞고 나서 열 몇 시간을 화장실에 갇혀 있을 때 내지 못한 용기. 그때 왜 밖으로 나갈 용기를 내지 못했을까? 그때 왜 수치심에 사로잡혔을까? 내 잘못도 아닌데, 왜 이렇게 오랜 세월 동안 마음의 짐을 담고 살아왔을까? 추페이가 계속해서 찾고 싶어 했던 교복 바지는 바로 그때 잃어버리고 그 이후로도 영원히 내지 못한 용기와 열심히 살아가려는 의지였다.

멍스하오를 다시 만났을 때도 여전히 가면을 쓰고 숨은 쪽은 추페이였다. 왜 폭력을 당한 사람이 부끄러움을 느껴야 하는가?

사나운 얼굴로 행패를 부리는 그가 흘리는 눈물을 본 사람은 나뿐이었을 것이다. 그는 끝까지 그 물음을 멈추지 않았다.

"내 바지 어딨어!"

폭력은 한순간이지만 그 폭력을 견디는 시간은 길고 길었다.

현장은 엉망진창이 되었고, 심리극은 그대로 끝이 났다. 추페이는 현장에 도착한 관리자들에게 끌려갔다. 끌려 나가면서도 '내 바지 어딨어'라고 외치는 그의 목소리가 강당에 울려 퍼졌다.

한이이는 무대 위에서 멍하니 지켜보다가 등장한 모든 사람을 불러 극을 마무리했다.

두 다리가 완전히 풀린 나는 의자 위에 털썩 앉았다. 옆을 살피니, 멍스하오 역시 안색이 좋지 않았다. 내가 그에게 물었다.

"추페이 씨 바지는 어딨어요?"

멍스하오가 눈살을 찌푸렸다.

"바지? 무슨 바지요? 내가 저 녀석 바지가 어디 있는지 어떻게 압니까?"

놀라웠다.

"아직도 생각이 안 나세요?"

멍스하오가 옷을 툭툭 털면서 대답했다.

"방금 연극 말씀이시군요. 옛날에 그런 일이 있었던 것 같기도 하네요. 몇 년이 지났는데 아직도 그걸 기억하나 봐요. 제정신이 아닌 거죠."

나는 어이가 없어 할 말을 잃었다.

"이번 연극은 대실패군요."

그의 안색이 좋지 않았던 건 돈이 아까워서였다. 멍스하오가 긴 한숨을 쉬고 일어서서 아량이라도 베푸는 척 이야기했다.

"여러분들 하시는 일이 쉽지 않다는 거 저도 잘 압니다. 그래도 다음에는 준비를 좀 잘 해주세요. 대본 없는 연극 같은 건 하지 마시죠. 정상적인 시나리오가 있는 건 안 되겠습니까."

이번에도 대꾸할 말이 없었다. 그러자 멍스하오가 내 어깨를 툭툭 쳤다.

"너무 기죽지 마시고요. 다음에 잘하면 되죠. 아직 시간이 있잖아요. 오늘 연극에 나온 그 일은 어릴 때 누구나 철없던 시절이 있잖습니까.

나이 들고 성숙해지면 잊어버려야죠. 전 먼저 갈게요. 정리 잘 하세요."

멍스하오가 떠났다. 그는 자신의 악행을 잊어버린 걸 성숙이라고 표현했다. 나는 그가 정말로 바지의 행방을 모른다고, 자기가 추페이의 바지를 벗긴 일을 아예 기억도 못 한다고 믿었다.

병원으로 돌아왔다. 추페이가 병실에 틀어박혀 아무도 들어오지 못하게 한다는 소식을 들었다. 들어오기만 하면 물건을 던져 때려 부순다는 것이다. 사람들은 함부로 그의 병실에 발을 들여놓지 못했다. 한 번도 말썽을 피우거나 문제를 일으킨 적이 없는 사람이어서 더 그랬다. 의사와 환자들이 문 앞에서 장사진을 이루고 있었다.

내가 다가가자 샤오리즈가 곧바로 붙잡아 세웠다.

"들여보내 주지도 않아요. 헛수고하지 마세요. 과장님 올 때까지 기다려요. 한이이 누님 위에 깨지러 불려 가는데 과장님이 방패막이한다고 따라가셨어요."

그래도 나는 아랑곳하지 않았다.

"나는 들어갈 수 있어."

"그걸 어떻게 알아요?"

"나는 추페이의 두려움이거든."

나는 노크를 하고 문 틈새로 물었다.

"추페이 씨, 두려움과 만나볼래요?"

추페이는 천천히 고개를 돌려 나를 보았다. 아무 대답도 표정도 없었다. 나는 발 한쪽을 안에 집어 넣어보았다. 그가 아무것도 던지지 않았다. 그가 안정된 상태라는 걸 확인한 후 나는 병실로 들어가 문을 닫고 다가갔다.

추페이는 나를 보고도 아무 반응이 없었다. 그와 마주 보고 앉아 웃으며 물었다.

"두려움을 또 만났군요. 지금 그 두려움이 당신 주위를 맴돌고 있나요? 욕을 퍼붓고 싶어요? 쫓아내고 싶어요?"

추페이는 묵묵부답이었다. 나는 계속해서 그에게 말을 걸었다.

"혹시 지금 가상 만나고 싶은 게 두려움이 아니라 억울함인가요? 아니면 분노? 뭐든 괜찮아요. 제가 그것들이라고 생각하고 그냥 편하게 쏟아놓으세요."

추페이가 나를 한참 동안 바라보더니 드디어 입을 열었다.

"무 선생님!"

깜짝 놀라 눈물이 왈칵 쏟아질 뻔했다. 이런 상황에서도 그는 나에게 화풀이를 할 마음이 없었다. 그는 나에게 당신은 나의 두려움도 분노도 억울함도 아닌 당신 그 자체, 무거라고 말하고 있었다.

우리는 한참 동안 그대로 앉아 있었다. 그의 기세가 한풀 꺾였다는 걸 느낄 수 있었다.

"제가 두려움 역을 했을 때 말했었죠. '나는 그렇게 나쁜 존재가 아니야. 언젠가는 내가 스스로 떠날 거야'라고요."

추페이가 나를 바라보았다.

"지금은 제가 추페이 씨의 고통이 돼서 이렇게 말하고 싶네요. '네가 얼마나 오랫동안 괴로웠는지 느낄 수 있어. 너는 몹시 나쁜 일을 당했잖아. 하지만 그 일이 어쩌면 네 글쓰기의 감수성과 영감이 되었는지도 몰라. 네 고통은 아무 의미 없는 일이 아니었던 거지. 그러니까 찾지 못한 네 바지도 어쩌면 새 옷이 되어줄지도 모르지.'"

그가 나를 빤히 바라보며 맞받아쳤다.

"그런데 제가 그렇게 감수성 있는 작가가 될 필요는 없었잖아요. 차라리 무식해도 행복한 장사꾼이었으면 좋았을걸."

나는 더 아무 말도 못 하고 도망치듯 병실을 빠져나왔다. 그의 고통에 억지로 가치를 부여한 내 말이 너무 부끄러웠다. 예전에는 분명 나도 그런 위로의 말을 혐오했는데. 추페이의 대답은 내 말에 쐐기를 박았다. 그 고통에 어떤 의미를 가져다 붙인다 한들 '아니어도 됐는데'를 이길 수는 없었다.

나는 기다란 병원 복도에 서 있었다. 자동차 헤드라이트들이 나를 향해 달려드는 것만 같은 느낌이었다. 그때 누군가가 곁을 스쳐 지났다. 환자복을 입은 사람, 치쑤 환자였다.

"그의 과거를 단정 지으려 하지 말게. 현재만을 보는 게 좋아."

나는 망연자실해 지푸라기라도 잡는 심정으로 물었다.

"그럼 과거는 어떡해요?"

치쑤가 웃었다.

"젊은 사람들이나 그런 걸 묻지."

치쑤가 나는 듯 사라졌다. 발소리조차 들리지 않았다. 뒤에서 멍하니 그를 바라보고 있으니, 조금 전 나 자신이 끔찍이도 싫었던 마음이 점차 풀어졌다.

그리고 퍼뜩 떠올랐다. 아, 전에도 치쑤 환자를 본 적이 있구나. 위커, 위치 형제 일이 있었을 때, 탕비실에서 나에게 산의 비유는 너무 오만한 거 아니냐고 했던 바로 그 사람. 그날 보았던 뒷모습과 판박이였다.

한이이는 징계를 받았고, 환자의 심리극을 무대 위에서 상연하는 활동은 잠시 접었다. 방으로 찾아가니 그녀는 다리를 꼬고 앉아 TV를 보며 간식을 먹는 중이었다. 바닥은 포장 봉투로 가득했다.

내가 쓰레기를 치우며 방으로 들어섰다. 사실 그녀를 위로하고 싶어 찾아온 것이었지만 하는 꼬락서니를 보니 그럴 마음이 싹 가시는 바람에 퉁명스럽게 말했다.

"나는 선배가 실패했다고 생각 안 해."

한이이는 뒤통수를 한 대 맞은 표정을 지었다.

"그 정도야? 너까지 나를 동정하다니. 원래 쉬운 일이 아니야. 마음속으로 각오는 했어."

나는 고개를 끄덕이고 밖으로 나왔다. 동정이 아니었다. 나는 정말로 그렇게 생각했다. 무대 위의 공연은 실패했을지 몰라도 심리극은 성공적이었다.

추페이는 여전히 바지를 찾지 못했지만 다시는 바지를 찾으려 하지 않았다. 그는 재활 프로그램에 열심히 참여했고 예전보다 더 열정을 보였다. '나를 만나면 반드시 웃는다'는 약속도 계속 지켰다. 아직도 억지스러운 미소이긴 했지만 예전만큼 경직된 얼굴은 아니었다. 그는 감정을 털어놓은 그 사건 이후 마침내 자신의 감정과 친구가 될 수 있었다.

멍스하오는 여전히 병원을 자주 찾았다. 확실히 괴짜 같은 구석이 있어서인지 한번은 소품을 좀 사다 달라고 했더니 바지를 쇼핑백 가득 사 온 것이 아닌가. 나는 난감해서 얼굴도 제대로 들지 못했지만 그는 오히려 당당하게 추페이의 어깨를 두드리며 이야기했다.

"바지 찾고 싶다고 했잖아. 낡은 바지가 뭐가 좋다고. 새 바지 중에 마음대로 골라봐."

그의 말은 그렇게 공격적이거나 자극적이지 않았다. 그가 벌인 일은 상당히 자극적이었지만 말이다. 추페이의 표현이 딱 맞아 떨어진다는 생각이 들었다. 멍스하오야말로 무식하지만 행복한 장사꾼이었다. 그가 저지른 나쁜 짓에 대해 따질 수 없을 정도로 무식했지만. 천진난만함과 잔인함은 본래 유의어가 아니던가.

추페이는 마치 어떤 의식을 치르는 것처럼 정말로 바지 한 벌을 골랐다. 그리고 14년 동안 이어온 바지 찾기를 드디어 마무리지었다.

그는 보는 사람이 얼마 없는 그 계정을 꾸준히 운영해 나갔다. 나는 그가 글을 올릴 때마다 읽고 '좋아요'를 눌러주었다. 그의 글을 관심 있게 보고 있다는 걸, 고통 속에서 피워낸 꽃이 아닌 그냥 꽃도 관심을 받을 수 있다는 걸 알려주려 했다. 이제 부디 그가 진흙탕 속에 있던 날들은 잊고 스스로 한 송이 꽃으로 활짝 피어 살아가기를.

고양이 소녀
– 지속적 애도장애

모리를 처음 만난 건 병원 화장실이었다. 그 애는 변기와 칸막이 사이에 숨어 허둥대는 나를 무심하게 보고 있었다. 열한 살 소녀라기엔 너무 차분한 눈빛이었다. 몸집이 크진 않았지만 그렇다고 그리 작지도 않은 그 애가 어떻게 변기 뒤 틈새로 들어갔는지 짐작할 수 없었다.

샤오리즈가 그 애를 안아 올렸을 때는 이미 거기 숨은 지 열일곱 시간이 지난 후였다.

지난주 목요일 저녁의 일이었다. 나는 혼자 병실을 둘러보고 있었다. 환자들이 저녁 식사를 마치고 각자 병실에서 쉬는 시간, 임상2과 병동 전체에는 불투명한 백열등만 켜져 있었다. 그때 갑자기 고양이 울음소리가 들려 깜짝 놀랐다. 소리가 연이어 계속 들려왔다.

병동에서는 절대 고양이를 키울 수가 없다. 누가 감히 고양이를 병원에 데려왔을까? 귀를 자극하는 울음소리를 따라 화장실로 들어섰다. 맨 마지막 칸에서 흘러나오는 소리였다.

문을 열려고 했지만 웬일인지 열리지 않고 안에서 나는 소리도 뚝

그쳤다. 고양이가 병원 화장실에 숨어든 것도 모자라 문까지 잠근다고?

뒤통수를 한 대 맞은 듯 얼떨떨한 상태로 샤오리즈에게 전화를 걸어 화장실 문을 열 도구를 가져오라고 했다. 샤오리즈는 하품을 하며 그냥 도망가게 두면 되지 않냐고 하다가 뒤늦게 깨닫고 버럭 소리를 질렀다.

"화장실에는 창문도 없잖아. 도대체 어떻게 들어온 거예요?"

그러나 샤오리즈가 도착하기 전에 그 문을 열었다. 정확히 말하자면 문이 저절로 열렸다. 애당초 문은 잠겨 있지 않았고 안쪽에서 받치고 있던 대걸레가 쓰러지면서 천천히 밀려난 것이었다. 그리고 나는 그 '고양이'를 발견했다. 환자복을 입은 여자아이가 변기 뒤에 웅크린 채 표정 없는 얼굴로 나를 응시했다.

아이가 소리를 냈다. 고양이 울음소리였다. 머리가 쭈뼛 선 나는 그 자리에 굳어버렸다. 때마침 나타난 샤오리즈는 잠시 어리둥절해했지만, 그 아이를 알아보았다.

"모리? 어떻게 1과에서 2과까지 왔대? 1과에서 지금 애 찾느라 난리 났어요."

샤오리즈가 1과에 연락을 넣자 간호사 몇 명이 왔다. 앞장서서 나타난 류 선생은 근심 가득한 얼굴이었다.

모리는 류 선생이 담당하는 환자였다. 샤오리즈의 품에 안겨 얌전하던 모리가 류 선생을 보자마자 발버둥치기 시작했다. 고양이 울음소리가 얼마나 처절한지 한이라도 품은 것 같았다. 날카롭게 울려 퍼지는 소리는 정말 고양이 울음소리 같았고 진짜 고양이 소리보다 훨씬 더 크고 우렁찬 소리에 온몸에 소름이 돋았다. 임상2과 병동 전체에 들릴 만큼 큰 소리에 환자들이 술렁거리기 시작했다.

간호사들은 얼른 모리를 데리고 1과로 돌아갔고 샤오리즈도 같이 딸려갔다. 모리가 그의 밤톨 같은 곱슬머리를 붙잡고 놓지 않았기 때문이다.

류 선생에게 물었다.

"선생님을 왜 이렇게 적대시하는 거예요? 고양이한테서 생선이라도 뺏으셨어요?"

나의 농담에도 전혀 받아칠 여유가 없는지 류 선생은 입을 한일자로 굳게 다물었다.

"생선이면 차라리 좋겠네."

임상2과 병실을 다 돌 때까지도 1과에서 소란이 멈추지 않았다. 모리의 고양이 울음소리가 너무 강력했다. 나중에 감시 카메라를 확인해보니 모리는 배식차 안에 숨어 2과까지 간 것이었다. 크지도 않은 배식차에 음식까지 들어 있었을 텐데, 어떻게 그렇게 좁은 곳에 숨어들 수 있었을까? 혹시 그 애가 뼈를 접는 기예라도 부리는 게 아닌지 싶은 생각이 들었다.

모리는 고양이 울음소리를 따라하는 증상으로 지난달 입원했다. 올해 나이는 열한 살이었고, 여덟 살 때부터 고양이 소리를 내기 시작했다. 매번 한 달 정도 병원에 입원하기를 삼 년째 반복하고 있다.

류 선생에게 물었다.

"고양이 소리만 내나요? 말은 할 줄 알아요?"

"못 해. 증상이 보통 한 달 정도 계속되는데 그 기간이 끝나고 나면 말을 해. 말문이 트이면 이상 행동이 곧 끝난다는 뜻이고."

"주기적으로 나타난다는 거군요?"

류 선생이 고개를 끄덕였다.

"응. 매년 3월과 10월에 증상이 발현돼."

주기성을 보이며 특정 기간에 발작하고 시간이 지나면 괜찮아지기를 반복하는 정신질환도 많다. 예컨대 우울증을 앓는 남자 환자가 있었다. 그는 매년 6월이 되면 첫째 주에서 셋째 주까지 우울증을 겪었다. 처음에는 대학 입시*에 실패한 게 원인이 되어 우울증이 시작되었다. 그런데 그때 이후로 해마다 6월이 되면 아무런 이유 없이 우울증 증상이 찾아왔다.

결혼하고 사업이 잘 되고 가정에 행복이 넘치던 해의 6월에도 또다시 절망과 우울감에 빠져들었다. 병원에 처음 찾아왔을 때 그는 최근에 우울할 일이 전혀 없는데 왜 갑자기 우울해졌는지 모르겠다며 혼란스러워했다.

사실 우리가 살면서 겪는 중대한 사건들은 자기도 모르게 마음속에 각인된다. 스스로 잊었다고 생각할지 모르지만, 몸은 계속해서 이를 기억하고 증상을 반복하며 사건을 거듭 일깨운다. 그 환자는 대학 입시에 실패했던 경험과 느낌을 의사와 충분히 상담한 후에야 주기적인 우울증 발작을 겪지 않게 되었다.

"3월과 10월에 모리가 무슨 일을 겪은 걸까요?"

류 선생이 고개를 저었다.

"딱히 없대. 가족들한테 물어봤거든."

"3월, 10월이면 개학하고 한 달 정도 기간이잖아요. 학교와 연관 있

---

* 대학 입시중국의 대입시험 가오카오(高考)는 매년 6월에 치러진다.

는 게 아닐까요? 학습에 문제가 있거나, 아니면 학교에서 괴롭힘을 당한 걸까요?"

"처음 병원에 왔을 때 여덟 살이었어. 2학년이었고. 공부는 별문제 없었던 것 같고, 어머니가 담임 선생님을 찾아가서 학교 폭력 같은 문제가 있었는지 확인했는데 전혀 없었다네."

역시 이런 기본적인 사항은 나뿐만 아니라 류 선생도 이미 생각을 했다.

나는 류 선생을 따라 모리를 보러 갔다. 그 애는 침대 밑에 숨어 나오지 않으려 했다. 간호사가 붙잡으려 하면 소리를 지르고 손을 물어 버리는 통에 간호사들은 하는 수 없이 그 애를 침대 아래에 내버려 두었다. 거기서 빠져나와 도망가버리는 것이라도 막자는 속셈이었다.

류 선생이 몸을 웅크리고 침대 아래로 몸을 들이밀었다. 무슨 말을 꺼내기도 전에 모리가 또다시 날카로운 소리를 지르기 시작했다. 성난 고양이가 내는 하악질 소리를 너무나 흡사하게 내는 통에 온몸의 털을 곤두세운 고양이가 떠오를 정도였다.

류 선생은 모리를 더 자극하지 않으려고 몸을 일으켰다. 인내심이 바닥을 친 듯 냉랭하게 굳은 모습이었다.

나는 두 사람의 모습을 잠시 지켜보다가 프런트데스크로 갔다. 열쇠 등을 담아 놓는 스테인리스 접시를 씻어다가 간호사에게 비스킷을 받아 잘게 부수고 접시에 담았다. 그리고 모리의 병실로 돌아와 접시를 침대 가까이에 놓아 두고 입으로 부르는 소리를 냈다.

류 선생이 나의 의도를 눈치채고 뒤로 물러났다. 간호사들도 각자 숨어서 쥐죽은 듯 조용히 기다렸다. 5분 정도가 지나자, 모리가 침대 아래에서 나왔다. 네발로 기어서 아주 조심스럽게 접시로 다가가더니 냄새를 맡았다. 그리고 바닥에 가만히 웅크리고 앉아 비스킷을 먹기 시작했다. 간호사들은 안도의 한숨을 내쉬고 모리를 씻기고 옷 갈아입힐 준비를 했다.

모리의 행동거지는 고양이와 너무나도 흡사했다. 비좁은 곳에 들어가길 좋아하고 분노를 표현하는 행동이나 냉담하고 차가운 눈빛이 완전히 고양이 그 자체였다.

이런 질문이 떠올랐다. 모리는 단순히 고양이 흉내를 내는 걸까, 아니면 진짜 자기가 고양이라고 생각하는 걸까?

"이렇게 똑같이 흉내 내는 걸 보니 고양이하고 오랫동안 함께 생활했던 것 같아요. 집에서 고양이를 키우나요?"

류 선생이 잠시 생각하더니 대답했다.

"키웠는데 3년 전에 죽었대."

"3년 전에 죽었다고요? 그럼 시기가 딱 맞아떨어지잖아요. 모리의 증상이 처음 시작된 게 3년 전이니까 그 고양이의 죽음과 관련이 있지 않을까요?"

류 선생은 아무 말도 하지 않았다. 반응이 아무래도 이상했다. 임상 2과에서 모리를 찾았던 날도 그랬다. 뭔가 깊은 고민을 숨기고 있는 것 같았다.

"고양이는 몇 월에 죽었대요?"

"1월에."

"1월이라면 3월과 10월하고는 주기가 좀 안 맞는 것 같네요. 3월은 그래도 좀 가까우니까 기분이 침체될 수 있겠지만, 10월은 왜 그런 걸까요?"

내가 자꾸 떠들어대는 것이 귀찮았는지 류 선생이 내 이야기를 뚝 끊었다.

"지금 임상2과 근무 기간 아니야? 1과까지 와서 뭐 하는 거야? 실습 일지는 다 썼어? 시간이 남아도는 거야?"

"배우러 온 거잖아요. 이런 케이스는 본 적이 없어서요. 호기심에 끌린 거죠."

"호기심이 화를 부르지. 반길 사람 없으니까 신경 꺼."

나를 쫓아내려는 류 선생을 끝까지 물고 늘어지며 물었다.

"고양이가 죽은 것과 관련이 있으면 애도 치료를 해야 하지 않을까요? 그 사실을 받아들이지 못하고 고양이를 그리워하고 미련이 남아 스스로 고양이가 된 것 아닐까요?"

"원래 애도 치료를 준비 중이었어. 그런데 아이가 너무 비협조적이어서 진행을 못 한 거야. 최근에는 더 심해져서 나만 보면 도망가기 바쁘고."

류 선생의 고민을 이해할 수 있을 것 같았다. 소아 환자가 죽음을 받아들이고 죽음이라는 추상적인 개념을 이해하게 만드는 애도 치료는 당연히 성인 대상 치료보다 훨씬 힘든 일이다. 거기다 아이가 이에 협조하지 않는 상황이라면 그 어려움은 몇 배가 된다. 모리는 류 선생을 회피하는 성향을 확연히 보였다. 치료를 거부하는 것이다.

정신분석학에서는 증상의 존재 자체가 환자의 생존을 위해 있다고 본다. 환자가 살아가는 데 필요하기에 증상이 발현된다는 것이다. 따라서 치료 거부 역시 본능적인 반응이라 할 수 있다. 예를 들어 모리는 고양이의 죽음을 받아들이지 못하고 스스로 고양이가 되었다. 이는 잠재의식이 모리 자신을 속여 고양이가 여전히 존재한다고 느끼게 만듦으로써 자신이 계속 살아갈 수 있게 만드는 것이다.

나는 생각을 더듬어보았다.

"병원에는 가족들이 데려온 거죠? 치료에 협조하지 않는 것도 고양이의 죽음에 어떤 이유가 있기 때문이 아닐까요? 가령 고양이를 죽게 만든 사람이 모리인 거예요. 양심의 가책을 느끼고 오히려 이런 증상을 통해 심리적인 보상을 하려는 거죠. 자기 자신이 고양이가 돼서 그 죽음을 부정함으로써 불편한 마음을 덜어내고, 또 고양이와 역할을 바꿈으로써 자기 자신을 벌주려는 마음은 아닐까요?"

류 선생은 어이가 없다는 듯 열의 없는 눈빛으로 나를 보았다.

"계속 지어내봐."

나는 입을 닫았다. 임상1과에 있을 때도 그는 내가 아무 근거 없이 이야기를 꾸며내는 걸 제일 싫어했다.

"그 고양이는 몰래 집을 나갔다가 차에 깔려 죽었어. 모리하고는 아무 상관이 없지. 그리고 곧 증상이 시작된 건 고양이의 죽음을 받아들이지 못했기 때문이야. 둘이 아주 사이가 좋았거든."

"네."

류 선생이 귀찮은 듯 손을 휘둘렀다.

"2과로 돌아가."

"애도 치료는 어떻게 계획하고 계세요? 고양이 장례를 치러주실 건가요?"

"응."

장례는 일종의 고별 의식이다. 고별 의식을 거치며 환자는 돌아가신 분에 대한 깊은 슬픔을 쏟아내고 죽음을 받아들여 마음속 깊이 작별을 고하게 된다. 그러면서 애도 치료가 이루어진다.

사람이 살아가는 데는 많은 의식(儀式)이 필요하다. 나쁜 감정을 물이라 하고 그 물이 멈추지 않고 계속 흐르고 있다면, 의식은 그 물길에 수도꼭지를 그려 넣는 작업이다. 물론 진짜는 아니지만, 사람의 마음속에 수도꼭지가 있으면 언제든 감정을 여닫을 수 있다는 개념이 생긴다.

애도 치료가 계획된 주에 모리는 다시 한번 탈출을 시도했고, 이번에도 임상2과에서 발견되었다. 다만 이번에는 내가 아닌 치쑤 환자가 그 애를 찾아냈다. 연극 심리 치료에 참여하는 치쑤는 나와 그나마 말이 통하는 환자이다.

우리가 모리를 찾느라 애를 먹고 있을 때였다. 치쑤가 갑자기 고양이 소리를 내기 시작했다. 너무도 자연스러웠다. 치쑤는 그렇게 한 걸음 한 걸음 고양이 흉내를 내며 그 애를 찾아다녔다.

뜨끔했다. 사실 나도 고양이 소리를 내볼까 했지만 부끄러운 생각이 들어 감히 그러질 못했기 때문이다. 치쑤는 한 치의 망설임도 없이 고양이 흉내를 내며 계속해서 나아갔다. 내가 사람을 찾고 있는 동안 그는 진짜 '고양이'를 찾으려 한 것이다.

곧 모리가 대답하는 소리가 들려왔다. 모리는 활동실의 상자 안에 숨어 있었다. 치쑤가 그 애를 안아 올렸다. 치쑤의 품에 안긴 모리는 얌전하고 착했다. 울음소리도 나긋나긋해져 있었다.

나는 우두커니 서서 물었다.

"아는 사이예요?"

그러자 치쑤가 모리를 어르며 대답했다.

"일전에 정원으로 산책하러 나갔을 때 애도 나왔었거든. 그때 만났지."

"그럼 자꾸 2과로 도망가는 게 치쑤 씨 때문은 아니겠죠?"

"그럴 수도 있겠지. 나를 아주 친근하게 여기는 것 같아."

모리는 정말 치쑤에게 편안하게 기대어 있었다. 나는 치쑤에게 다가가 모리를 데려오려 했지만, 모리는 가지 않겠다고 버텼다. 차가운 눈빛으로 쳐다보는 게 나에 대한 적개심이 뚜렷했다.

"내가 잘못한 것도 없는데 그러네요."

"흰 가운이 불만인 것 같은데. 의사를 싫어하거든."

이미 알고 있지만 일부러 캐물었다.

"왜 의사를 싫어할까요?"

"아마도 만날 때마다 뭔가를 잃어서겠지."

"뭔가를 잃어요? 증상이요?"

치쑤는 가만히 있다가 한참 후에야 입을 뗐다.

"무 선생, 직접 물어보지 그래."

"…… 저한테 대답 안 할 텐데요."

"모의 환자가 돼본 적 있나?"

모의 환자? 처음 들어보는 얘기였다.

"모의 환자. 그러니까 스스로 환자가 되어보는 거지. 가능한 한 증상이 있다고 생각하면서 감정을 이입하고 극도로 공감해보는 거네."

놀라웠다. 치쑤 환자는 항상 놀랍게 핵심을 찌르는 말로 나를 당황하게 했다. 뭐라고 대답하기도 전에 류 선생이 다가와 그의 말을 막았다.

"의사라도 그렇게까지 하는 건 힘들죠."

치쑤가 웃으며 입을 닫았다. 류 선생이 모리를 붙잡았다. 모리는 또다시 난동을 피우기 시작했고, 머리통을 깨부술 듯 날카로운 소리가 울려 퍼졌다. 하지만 내 귓가에는 여전히 치쑤의 말이 맴돌았다.

환자가 협조하지 않으면 애도 치료는 진행할 수가 없다. 모리가 슬픔을 받아들이려 하지 않고 사실 자체를 부정하면 어쩔 도리가 없는 것이다.

류 선생이 모리의 엄마를 불렀다. 이혼을 하고 혼자 딸을 키우는 아이 엄마를 샤오리즈는 장 여사라고 불렀다. 장 여사가 병원에 도착하자 모리는 태도가 180도 달라졌다. 엄마 앞에서 모리는 마치 젖먹이 아기 고양이 같았다. 모녀 사이가 대단히 각별한 느낌이었다.

장 여사가 모리의 증상을 싫어하고 거부하지 않는다는 건 다행이었다. 환자가 재활하는 데 중요한 요소가 건강한 사회적 지지 체계 여부이다. 그중 가족의 태도는 특히 중요하다. 그러니 장 여사가 자식인 모리를 아끼지 않거나 더 나아가 미워하고 배척할 경우, 치료가 더 어려워질 수 있다. 엄마가 자신을 혐오한다는 현실을 피하려면 증상이 더욱 심해질 것이 자명하니까.

나와 샤오리즈는 옆에서 둘의 모습을 지켜보았다. 샤오리즈도 모리가 장 여사를 따르는 게 무척 안심되는 모양인지 한참을 지켜보다 문득 그런 말을 했다.

"누님, 늑대 소년도 있잖아요. 모리가 이러는 게 꼭 비정상이라고만은 할 수 없는 것 같아요."

나는 그의 빵빵한 머리를 툭 건드리며 말했다.

"늑대 소년은 늑대가 키운 거잖아. 그런 환경에서 자랐으니 그런 거지. 모리도 고양이가 키운 거면 저게 당연하겠지만, 모리는 사람이 키웠잖아. 그러니 문제지."

샤오리즈가 혀를 차며 한숨을 내쉬었다. 그런데 그 순간, 내 등 뒤에서 식은땀이 흘러내렸다는 걸 샤오리즈는 까맣게 몰랐을 것이다. 나는 휴대전화를 꺼내 눈앞에 펼쳐진 모골이 송연해지는 모습을 조심스럽게 촬영했다.

장 여사가 돌아가자마자, 나는 샤오리즈를 끌고 류 선생에게로 갔다.

"보여드릴 게 있어요."

나는 촬영한 영상을 재생했고, 류 선생은 곧바로 눈을 부라렸다.

"이건 환자 사생활 침해야!"

나는 휴대전화를 흔들었다.

"네, 네, 네. 그럼 또 점수에서 까세요. 제 인턴 평가 점수는 이미 박살이 났거든요. 그래 봐야 마이너스밖에 더 되겠어요. 인턴 수료 못 하면 내년에 다시 만나면 되죠."

샤오리즈가 신이 나 떠들었다.

"좋아요, 좋아. 내년에도 식당 카드 충전 안 해도 되겠네."

한바탕 이야기가 오간 후, 우리 셋은 탁자에 둘러앉아 머리를 맞대고 내가 찍은 불법 영상을 보기 시작했다.

영상 속에서 모리는 엄마 다리 위에 상반신을 엎드린 채였고, 장 여사는 류 선생과 이야기를 나누고 있었다. 테이블이 시선을 가려 류 선생 쪽에서는 모리의 모습이 확실히 보이지 않았다.

영상을 보는 류 선생의 얼굴이 심각해졌다. 샤오리즈의 표정은 여전히 오리무중이었다.

"이게 뭐가 잘못됐어요?"

나는 한심하다는 듯 샤오리즈를 향해 눈을 치떴다. 류 선생이 대신 설명했다.

"두 사람 지나치게 가까워."

샤오리즈의 얼굴에 여전히 물음표가 가득했다. 나는 샤오리즈를 붙잡고 그의 아래턱을 살살 긁어주었다. 그리고 다른 손으로 그의 곱슬곱슬한 머리칼부터 허리춤까지 쓰다듬으며 웃는 낯으로 물었다.

"다정하니까 좋아? 우리 친하니까 좋지?"

샤오리즈는 온몸에 닭살이 돋아 단숨에 뒤로 물러났다. 그리고 나를 가리키며 흥분해서 소리쳤다.

"날 개 취급했어!"

나는 손을 내려놓고 가만히 기다렸다. 샤오리즈는 나를 향해 소리 없이 욕을 하고는 무엇이 잘못되었는지 알아챘다. 그러고는 점점 표정이 굳더니 휴대폰으로 달려들어 영상을 다시 틀었다.

영상 속 장 여사는 류 선생의 설명을 유심히 듣는 중이었다. 그러면서 한 손으로는 다정하게 모리의 아래턱을 긁고 한 손으로는 모리의 머리를 어루만졌다. 그리고 자신의 다리 위에 엎드린 모리를 머리부터 허리까지 반복해서 쓰다듬었다. 모리는 편안한 듯 실눈을 뜨고 엄마의 손길을 따라 머리를 이리저리 들이밀었다.

샤오리즈는 영상을 보며 차마 아무 말도 하지 못했다. 장 여사의 손짓은 틀림없이 고양이를 어루만질 때의 행동이었다.

나는 류 선생과 눈을 맞추며 이야기했다.

"모리가 그렇게 된 건 자의가 아닐 가능성이 커요. 엄마가 모리를 고양이로 키운 겁니다."

샤오리즈가 화들짝 놀라 말했다.

"그게 아닐 수도 있죠. 모리한테 증상이 나타난 지 3년이나 됐잖아요. 엄마가 그동안에 모리와 어떻게 소통해야 할지, 어떻게 해야 모리가 기분이 좋아지고 순해지는지 자연스럽게 익힌 걸 수도 있잖아요?"

"모리의 증상은 매년 딱 두 번 3월, 10월에만 나타나. 증상 지속 기간도 한 달이 안 되고, 증상 발현 후에는 휴지기가 반년 정도나 되거든. 보통은 엄마라도 저런 딸의 증상을 온전히 받아들이고 저렇게 과하게 예뻐하긴 힘들지."

류 선생은 '과하게'라는 표현으로 샤오리즈를 설득했다. 내가 그의 말을 보충했다.

"여기서 중요한 건 엄마의 행동이 아니라 태도라는 점이야. 딸이 아무리 귀엽고 예쁘다고 해도 저런 병을 앓으면 마음속으로는 거부감이나 슬픈 감정이 들어야 정상이지. 근데 봐봐. 어디가 슬퍼 보여?"

영상 속에서 장 여사는 웃지는 않았지만 모리가 자신의 손길에 머리를 맡기고 기분 좋은 반응을 보일 때마다 은근히 들뜨고 즐거워하는 듯 보였다.

샤오리즈는 더는 말이 없었다. 상냥하고 아름다운 장 여사의 얼굴이 별안간 무섭게 느껴진 것이다. 의기소침해진 그에게 물었다.

"장 여사님을 왜 그렇게 좋아해?"

"예쁘잖아요. 성격도 좋고. 병원에 올 때마다 저한테도 먹을 걸 갖다줘요. 이런 거 못 받는다고 말씀드려도 꼭 저한테 비스……."

갑자기 그가 입을 닫았다. 그리고 무언가 떠오른 듯 얼굴이 하얗게 질렸다. 나는 불쌍하다는 듯 고개를 절레절레 흔들었다.

"너한테 비스…… 뭐? 비스킷? 어머, 고양이한테 질려서 개가 키우고 싶었나 보네."

샤오리즈의 얼굴이 일그러졌다. 뾰로통한 얼굴에서 금방이라도 울음이 터질 것 같았다.

"내가 진짜 그렇게 개 같아요?"

나는 할 말을 잃었다. 샤오리즈와 알고 지낸 지 반년이 지났건만, 그의 요점 파악 능력은 매번 나를 놀라게 했다.

퇴근 시간에 나는 사무실을 정리했다. 진료 기록을 치우는데, 문득 장 여사의 이름이 눈에 띄었다. 장무리.

그 이름을 두어 번 되뇌어보았다.

"어머, 이것 봐요. 무리, 무리. 이름이 모리하고 너무 비슷하지 않아요?"

두 사람은 썰렁한 농담을 들은 듯 '아' 하고 심드렁하게 대꾸했다. 하지만 잠시 후, 곰곰이 생각해보더니 정말로 이름이 너무 비슷하다는 걸 눈치챘다.

정신병원 의사의 촉이 발동했고, 나는 다시 물었다.

"음, 혹시 모리의 죽은 고양이 이름이 뭐였는지 알아요?"

점점 싸한 기분이 들며 우리 셋은 긴장하기 시작했다.

모리의 고양이, 그 고양이의 이름도 모리였다.

류 선생이 곧바로 장 여사에게 전화를 걸어 진짜인지 물어보았고, 장 여사는 서로 친근하고 다정하게 부르기 위해서 이름을 그렇게 지었다고 했다.

그러니까 한 집에 모리가 셋이나 있었던 것이다.

어느덧 모리가 입을 열고 말을 했다. 3월의 증상 발현 기간이 끝났다는 뜻이다. 장 여사는 모리를 데리러 왔고, 우리에게 감사 인사를 했다. 샤오리즈는 뭔가 찜찜한 기분이었지만 장 여사를 친절하게 대했다.

류 선생은 예전과 마찬가지로 몇 가지 주의 사항을 알려주었고, 장 여사는 그의 말을 열심히 받아 적었다.

장 여사는 나와 친하지는 않아도 또 만나자며 따뜻한 작별 인사를 건넸다. 나도 생글생글 웃으며 대답했다.

"안녕히 가세요. 10월에 또 봬요."

처음에는 당연하다는 듯 아무렇지 않던 장여사가 잠시 주저하더니 나에게 고개를 끄덕였다. 나는 뒤에서 손을 흔들며 소리쳤다.

"모리 데리고 직접 오시길 기다릴게요."

장 여사가 나를 다시 한번 더 눈여겨보더니 점점 멀어졌다.

샤오리즈가 어리벙벙한 표정으로 프런트데스크로 돌아갔다. 나는 류 선생과 잠시 그대로 서 있었다.

"류 선생님, 모리 엄마에게 문제가 있다는 거 이미 알고 계셨죠?"

류 선생이 침묵으로 내 말에 동의했다. 그날 내가 영상을 보여주었을 때, 그는 전혀 놀라지 않았다. 게다가 처음부터 모리를 대할 때 뭔가 갈등하고 망설이는 태도를 보였다. 나는 계속 말했다.

"모리가 저 집의 지표 환자*라는 걸 알고 계셨던 거예요."

류 선생은 입구에 서서 한참 동안 아무 말도 하지 않았다. 나도 딱히 더는 할 말이 없었다. 어깨를 으쓱하고 돌아서서 샤오리즈를 찾아 점심을 먹으러 갔다.

모리는 장 여사 가족의 지표 환자이다. 모리가 고양이화(化) 된 것은 이 가족을 위해, 혹은 장 여사를 위해서였다. 모리가 병원에서 치료를 잘 하고 돌아가도 어김없이 증상이 재발한다는 것을 류 선생은 잘 알

지표 환자 전염이나 유전자에 의해 다른 사람에게 전파될 수 있는 질병을 앓는 집단의 첫 환자.

았다. 진짜 문제가 있는 사람은 바로 장 여사였기 때문이다.

이는 심리 치료에서 가족 치료가 특히 중시된 원인이기도 하다. 이런 경우에 환자를 대상으로 한 단독 치료는 무용지물이다. 환자가 가정으로 돌아가고 본래의 생활 패턴에 갇히게 되면 증상이 다시 나타나기 때문이다. 이럴 때는 환자 한 사람이 아니라 가족 전체의 생활 방식을 치료해야 한다.

하지만 정신과 의사에게 이는 능력 밖의 일이다. 매일 진료해야 하는 환자가 너무나도 많기 때문이다. 의사는 충분한 시간과 인내심을 투자할 수 있는 가족 치료사가 아니다. 그런 점에서 류 선생 역시 소극적이고 무력할 수밖에 없었을 것이다. 물론 원래도 귀찮은 일을 싫어하고 피할 수 있으면 피하자고 생각하는 사람이긴 하지만 말이다.

일주일이나 지났을까, 류 선생이 나와 샤오리즈를 데리고 장 여사의 집으로 방문 지도를 갔다. 초유의 사태였다. 어떻게든 일을 키우지 않는 것이 신념인 류 선생이 자발적으로 나서서 방문 지도를 가자고 하다니. 심지어 방문 지도는 바쁜 의사들이 직접 갈 필요도 없이 사회복지과로 넘기면 그만인 일이었다.

장 여사의 집은 자그맣고 아늑했다. 들어서자마자 내 곁의 두 남자는 최대한 예의 바르고 공손하게 굽실거리며 인사를 건넸다. 그리고 소파에 얌전하게 앉아 장 여사가 내오는 다과를 기다렸다.

속에서 한숨만 나왔다. 하나는 그녀의 호의에 껌뻑 넘어간 인간, 하나는 체면 차리는 양반이니, 이도 저도 가릴 것 없는 내가 나서야 할 게 아니겠는가. 나는 소파에서 일어나 대뜸 물었다.

"장 여사님, 집 구경 좀 해도 될까요?"

장 여사는 난처한 기색이었지만 내가 그렇게 물은 이상 거절하기도 힘들었다.

"집이 너무 좁아서 구경할 것도 없어요. 모리, 언니한테 집 좀 보여드리렴."

샤오리즈가 소심하게 중얼거렸다.

"언니? 거의 이모뻘인데?"

나는 그의 곁을 지나며 곱슬곱슬한 머리카락을 몇 가닥 쥐어뜯었다. 모리가 따라붙는 게 내키지는 않았지만 하는 수 없이 손을 잡고 방으로 들어갔다. 방 안은 깔끔하게 정돈되어 있었다. 내가 찾는 물건은 아마도 우리가 오기 전에 싹 정리한 듯했다.

하지만 장 여사가 간과한 것이 있었다. 물건은 꼭 눈으로만 보는 게 아니다. 고릿한 냄새가 났다. 두 사람은 오랫동안 고양이를 키웠기 때문에 후각이 이미 무뎌졌을 수 있다. 하지만 이 방에서는 분명 동물을 키울 때 나는 냄새가 났다. 고양이가 죽은 지 3년이 지났는데, 아직도 고양이 키우는 냄새가 나다니. 무엇 때문일까? 나를 방으로 이끈 모리는 혼자 놀기 바빠 나에게 신경도 쓰지 않았다. 모리가 가지고 노는 것은 털 뭉치였다. 나는 모리에게 다가가 털 뭉치를 집어 높이 들어올렸다. 그러자 모리가 흥분하며 털 뭉치를 빼앗으려고 덤벼들었다.

주기적으로 나타나는 고양이화 증상은 이미 지나갔다. 그러니 지금 나타나는 행동은 모리의 일상적인 반응이란 뜻이다. 장 여사는 평소에도 고양이와 놀아주는 방식으로 아이를 대했을 것이다. 나는 털 뭉치를 모리에게 돌려주고 잠시 지켜보았다. 그리고 갑자기 힘들어 쓰러지는 척하며 바닥에 주저앉았다.

모리가 깜짝 놀라 두 눈을 커다랗게 뜨고 나를 보았다. 엄마를 부르려는 모리를 붙잡고 일부러 힘든 척을 했다.

"언니가 배고파서 그래. 너무 배고파. 모리가 언니한테 먹을 것 좀 줄래? 네가 평소에 먹는 거 있잖아. 조금만 먹으면 괜찮을 거야."

모리는 잠시 망설이다가 어느 상자 뒤에서 무언가가 담긴 빨간 비닐봉지를 끄집어냈다. 그리고 책상 위 필통을 집어 안에 있는 연필을 비우고 비닐봉지 속에 있는 걸 부어서 내 앞에 밀어놓았다. 고양이 사료였다.

내가 물끄러미 바라보기만 하자 모리는 어쩔 줄 몰라 쩔쩔맸다. 어떻게 먹어야 하는지 모른다고 생각했는지, 바닥에 엎드려 고개를 필통에 갖다 대고 시범을 보이기 시작했다. 그렇게 세 번이나 흉내를 내고서 마지막에는 사료 한 알을 혀로 핥아 입안에 쏙 집어넣고는 씹기 시작했다.

그 순간 화가 머리끝까지 치밀었다. 열한 살밖에 되지 않은 모리에게 엄마라는 사람이 고양이 사료를 먹이다니. 그렇게 3년을 먹어왔을 것이 아닌가. 당장이라도 밖으로 뛰쳐나가 욕을 퍼붓고 싶은 심정이었다. 그때 치쑤의 말이 스쳤다.

"모의 환자가 돼본 적 있나? 가능한 한 증상이 있다고 생각하면서 감정을 이입하고 극도로 공감해보는 거네."

나는 고양이 사료를 멍하니 쳐다보다가 한 움큼 쥐어 입안에 털어넣었다.

얼떨떨한 채로 방에서 나와보니 류 선생이 의례적인 질문은 다 마친 상태였다. 샤오리즈는 심심한 듯 여기저기를 기웃거리다가 방에서 나오는 나를 불렀다. 그가 선반 위에서 강아지 사진이 들어 있는 액자를 집어 들더니 자기를 가리키며 조용히 물었다.

"닮았죠?"

너무 웃겼다. 두말할 필요도 없이 꼭 닮았다. 아주 오래된 액자 속 개는 샤페이였다. 얼굴은 축 늘어지고 온몸에 느슨한 주름이 있었다.

나는 액자를 받아들었다. 샤오리즈가 "어" 하고 놀라더니 아주 작은 소리로 속삭였다.

"뒤에 글자가 쓰여 있어요."

얼른 액자를 뒤집어 샤오리즈와 머리를 맞대고 보았다. 오래전에 쓰인 글자인지 희미해졌지만, 보이긴 했다. 글씨로 봐서는 아이가 쓴 것 같았다. 그 글자를 읽고는 숨이 턱 막혔다.

모리, 잘 가. 보고 싶어.

또 모리라니. 이 개를 가리키는 건가? 이 집의 네 번째 모리였다.

고양이를 기르기 전에 개를 길렀던 건가? 모리가 개를 키웠다는 이야기를 한 적은 없었다.

우리는 천천히 뒤돌아서서 류 선생과 함께 소파에 앉은 상냥하고 친절한 여인을 바라보았다. 우리의 시선을 느꼈는지 그녀가 우리를 쳐다보고는 싱긋 웃음을 지었다. 샤오리즈는 얼른 시선을 피했고, 나는 그녀와 시선을 맞추었다. 그런데 알고 보니 그녀가 쳐다본 것은 내가 아니라 내 손에 들린 액자였다.

나는 그쪽으로 다가가 그녀에게 액자를 건네며 말을 걸었다.

"죄송해요. 강아지가 너무 귀여워서 제가 좀 유심히 봤네요. 아주 소중한 반려동물이었나 봐요?"

장 여사가 고개를 끄덕였다.

"네. 아버지가 기르던 개예요. 저와 함께 자랐죠."

나는 어리둥절했다.

'아버지가 기르던 개? 그럼 액자 뒤에 글씨를 쓴 사람도 장 여사라는 말이군.'

"이 개 이름도 모리네요. 직접 지은 이름인가요?"

장 여사가 대답하지 않았다.

나는 잠시 기다리다가 허심탄회하게 털어놓기로 마음먹었다.

"실례지만 한 가지 여쭤볼게요. 혹시 장 여사님도 어릴 때 모리라고 불리셨나요? 이름이 모리하고 너무 비슷해서요."

장 여사는 여전히 아무 반응이 없었다. 나의 말이 아무렇지도 않은 듯 딱히 부정하지도 않았다. 나는 한 발 더 다가서며 다그쳤다.

"그럼, 이 개 이름이 모리인 것과 어릴 때 모리라고 불린 게 무슨 관련이 있나요?"

장 여사가 드디어 고개를 들어 나를 보았다.

류 선생이 인상을 찌푸렸다.

"무거."

나는 뒤로 물러서며 두 손을 들어 보였다.

"방금 안에서 모리가 저에게 이런 이야기를 했거든요. 죽은 고양이는 모리가 원해서 키운 게 아니라 엄마가 키운 거고, 할아버지가 엄마에게 준 고양이었다고요."

조금 전 방에서 고양이 사료를 배불리 먹은 나는 정신이 멀쩡한 모리의 마음을 열고 애도 치료를 시도해보았다.

"모리는 고양이가 죽어서 힘들었지?"

모리가 고개를 끄덕이다가 다시 도리질을 쳤다.

"작은 모리도 힘들었는데, 큰 모리가 더 힘들었어요."

"큰 모리는 누구야?"

모리는 대답하지 않았지만, 나는 그게 장 여사라고 추측했다.

"모리의 고양이가 죽었는데 왜 큰 모리가 더 힘들었어?"

모리가 다시 고개를 저었다.

"엄마 고양이예요. 외할아버지가 엄마한테 줬어요."

고양이의 죽음으로 더 힘들었던 사람은 모리가 아닌 장 여사란 뜻이었다. 그런데 증상이 나타난 사람은 왜 모리일까?

사실 조금 전까지는 이 부분을 별로 신경 쓰지 않았다. 누구의 고양이였든 집 안에서 키우면 결국 모두 다 같이 돌보게 되기 때문이다. 아이가 고양이와 함께 어울릴 시간이 많았다면 고양이가 죽었을 때 슬프고 아파하고 병이 나는 것도 무리는 아니었다. 그런데 모리라는 개가 죽었다는 말에 모든 이야기가 하나로 꿰어졌다.

류 선생은 이미 알고 있었다. 애도 치료가 필요한 것은 장 여사라는 사실을. 류 선생이 장 여사에게 물었다.

"모리는 장 여사님의 고양이었군요. 모리가 죽고 나서 충격이 크셨지요?"

장 여사가 고개를 끄덕였다.

"그럼 혹시 그 이후로 혹시 갑자기 화가 난다든지, 아니면 정신이 없다든지 한 적 있으신가요?"

장 여사가 어렴풋이 기억을 더듬었다.

"있는 것 같아요. 기억이 정확하지는 않지만, 가끔 제가 영문도 모른 채 이상한 곳에 가기도 하고, 정신 차려보면 무언가를 하고 있고······.
그걸 어떻게 설명해야 할지 모르겠어요."

　의식이 분리되다니! 해리 현상은 외상후스트레스장애 증상이다. 환
자는 이때 자신의 의식과 몸이 분리되는 것을 느낄 수도 있고, 자신이
누구인지, 무엇을 했는지 기억하지 못하기도 한다. 해리 현상이 심해지
면 다른 인격이 생기기도 한다.

　류 선생은 계속해서 그녀에게 질문을 던졌다.

　"그게 몇 월이었는지 기억하세요? 고양이가 죽은 건 1월이었죠. 여
사님께 그런 일이 있었던 건요?"

　그때를 기억하고 싶지 않은 듯 장 여사가 얼굴을 찡그렸다. 하지만
류 선생은 이글거리는 눈으로 그녀를 봤다. 그 눈빛을 차마 피하지 못
한 장 여사가 기억해내려 한참 동안 생각에 잠겼다.

　"아마 3월쯤이었을 거예요."

　3월! 나와 샤오리즈의 심장이 덜컥 내려앉았다. 처음 모리의 증상이
발현된 이유를 찾았다! 장 여사가 고양이의 죽음 때문에 정신적인 붕
괴를 경험했기 때문이었다.

　이어서 내가 그녀에게 물었다.

　"그럼 혹시 그때 무엇을 하고 있었는지 기억하세요? 무엇이든 괜찮
아요."

　장 여사가 고개를 저었다. 대답을 회피하는 기색이 역력했다.

　"기억이 없어요."

　류 선생이 질문을 이었다.

　"그럼 의식이 돌아온 후에는요? 무엇을 하고 있었는지 기억하세
요?"

장 여사가 긴장하며 대답을 피했다. 이 질문이 핵심을 찔렀다는 걸 느낄 수 있었다.

"저희는 모리가 다시 건강해지기를 바랄 뿐입니다. 3월과 10월에 병원에서 만나는 이런 상황이 해마다 계속된다면 모리의 인생이 어떻게 될 것 같으세요?"

장 여사의 얼굴이 하얗게 질렸다. 류 선생이 마음을 단단히 먹었다.

"이런 모리가 나중에 아이를 낳았을 때 아이는 어떻게 되겠습니까?"

류 선생의 이 말이 장 여사를 무너뜨렸다. 그녀는 창백한 얼굴을 감싸 쥐며 온몸을 바들바들 떨었다.

"정신이 돌아왔을 때, 제가, 제가 고양이 사료를 먹고 있더라고요. 밤에, 주방에서, 고양이 밥그릇에 머리를 들이밀고 사료를 먹고 있었어요……. 모리가 옆에서 그걸 봤고요."

"모리가 옆에서 봤다고요? 보기만 했습니까?"

장 여사가 숨을 크게 들이마셨다.

"저를 보더니 다가와서 같이 고양이 사료를 먹었어요. 그 이후로 자주 고양이 사료를 뒤져서 찾아 먹었고요."

집 안에 정적이 흘렀다. 그렇게 된 것이다. 모리의 입장에서는 고양이가 죽고 엄마가 정신적 붕괴를 겪으며 자기를 알아보지도 못하는 상황이었다. 게다가 엄마가 늦은 밤 고양이 사료를 먹는 이상한 행동까지 했다.

처음에는 그렇게 혼란스러웠던 엄마로부터 영향을 받아 시작되었을 것이다. 모리는 고양이 사료를 먹는 자기 모습이 엄마를 진정시킨다는 걸 알게 되었다. 그런 모리와 엄마의 상호 작용은 점점 고양이 모리와 엄마의 상호 작용으로 바뀌었다. 엄마가 정신을 차리고 살아가게 하려고 모리는 스스로 고양이로 변했다.

방에 있던 모리가 엄마의 울음소리를 듣고 다급하게 달려 나와 엄마를 껴안았다. 하지만 엄마를 위로하기에 자신의 모습이 부족하다고 느꼈는지, 습관처럼 고양이 울음소리를 내기 시작했다.

장 여사는 딸의 그런 모습에 또다시 무너져 내렸다. 모리를 부둥켜안고 울지 말라고 울지 말라고 달래주었다.

하지만 모리는 초조한 듯 자꾸만 고양이 소리를 흉내 냈다. 증상이 발현되지 않은 시기에는 고양이 소리를 내도 병원에서처럼 머리털이 쭈뼛 설 정도로 비슷하지 않았다. 그래도 모리는 더 고양이 같은 소리를 내기 위해 열심이었다.

결국 샤오리즈도 함께 울기 시작했다. 그러나 류 선생만은 여전히 무표정으로 일관했다. 사람들이 혼란의 도가니로 빠져드는 순간에도 그는 멀쩡히 깨어 있어야만 했다. 그는 계속 질문해야 하니까.

류 선생이 외쳤다.

"장 여사님, 모리의 고양이 울음소리를 그치게 하려면 말로만 떠들어서는 안 됩니다. 행동을 보이셔야죠."

장 여사는 눈물이 그렁그렁한 채로 류 선생을 쳐다보았다.

"저희에게 협조해주셔야 합니다. 모리에 관해서, 이 집에 있었던 모든 모리에 관한 일을 빠짐없이 상세하게 이야기해주십시오."

장 여사가 고개를 끄덕였다. 샤오리즈는 모리를 달래서 데리고 들어가려 했다. 그러나 모리는 장 여사를 죽어라 껴안고 놓지를 않았다. 옴짝달싹하지 못하는 샤오리즈에게 류 선생은 관두라는 의미로 고개를 끄덕였다.

"그럼 이제 10월에 관해서 얘기를 좀 해볼까요. 모리의 증상이 장 여사님의 불안한 상태 때문에 나타났다는 건 이제 알겠습니다. 그럼 매년 10월에는 무슨 일이 벌어지는 건가요?"

장 여사는 생각 끝에 고개를 흔들었다.

"없어요. 10월에는 아무 일도 없었어요."

"어릴 때 키우셨다는 그 모리라는 개는 몇 월에 죽었습니까?"

"겨울이었어요. 구체적인 날짜는 기억을 못 하지만, 겨울에 밖에서 얼어 죽었어요."

겨울이라면 10월은 분명 아닐 것이다. 개 때문에 그렇다 하기에는 시차가 너무 컸다.

다 같이 이야기를 나누어도 뾰족한 답이 나오지 않았다. 그러다 문득 드는 생각이 있어 장 여사에게 물었다.

"혹시 아버님이 아직 살아 계신가요?"

장 여사는 고개를 저으며 돌아가셨다고 답했다.

"그럼 아버님 기일은 언제죠?"

장 여사는 깜짝 놀란 듯 눈이 휘둥그레졌다. 그쪽으로는 전혀 생각해보지 못한 것이다.

"그게, 사실 기억이 안 나요……. 근데 그건 말도 안 돼요……. 잠시만요. 제가 좀 찾아볼게요."

그녀는 모리를 안고 방으로 들어갔다. 비틀거리면서도 다급한 발걸음이었다.

잠시 후 그녀가 나왔다.

"10월 8일이네요."

모두 침묵했다. 모리의 두 번째 증상 발현 주기의 원인을 찾았다.

장 여사는 도저히 믿기지 않는다는 듯 몹시 당황한 얼굴이었다.

"그런데 저는 날짜도 기억을 못 하고 있었는데요. 저는 아버지를 전혀 그리워하지 않아요. 생각한 적도 없다고요……. 불가능하잖아요. 저도 기억을 못 하는데 모리가 어떻게 그걸 알았겠어요? 외할아버지하고는 같이 살지도 않았고 얼굴도 몇 번 본 게 다예요."

"여사님은 기억하지 못한다고 생각하시지만, 몸은 성실합니다. 매년 10월에 감정적인 변화를 겪는다는 걸 모리가 포착한 겁니다. 아이들은 꽤 민감하거든요."

장 여사는 류 선생의 설명을 여전히 이해하지 못하고 황당한 표정을 지었다.

"모리야, 가을에 개학하면 한 달 동안 엄마가 평소하고 다른 점이 있니?"

안정을 되찾은 모리가 엄마를 껴안으며 대답했다.

"엄마가 밥도 잘 안 먹고 밤에 잘 때도 울어요."

장 여사는 마음이 또 한 번 무너지며 서 있기조차 힘들어했다. 샤오리즈는 장 여사가 쓰러지기라도 할까 봐 얼른 모리를 데려오려 했지만 장 여사가 모리를 품에 안고 놓지 않았다. 그녀는 다시 꼿꼿하게 일어섰다. 무너지기 직전의 자신을 간신히 붙잡고 참아냈다.

별안간 모리가 엉엉 울기 시작했다. 엄마를 대신해 울음이 터진 것이다. 딸을 바라보던 장 여사는 그제야 류 선생의 말이 무슨 뜻인지 알아챘다.

류 선생이 설명했다.

"모든 가정이 마찬가지입니다. 가족 안에서 증상을 떠안게 되는 사람이 있죠. 이 집에서는 그게 여사님이 아니라 모리였던 거예요. 여사님이 해소하지 못한 여러 감정이 두 사람의 상호 작용으로 전부 모리에게 전해진 겁니다. 아이들은 아무래도 수용적인 존재고 민감하니까요. 모리는 엄마가 주는 감정이 좋은 것이든 나쁜 것이든 그대로 받아들일 수밖에 없었을 겁니다. 그리고 아주 짧은 시간 내에 증상이 나타났죠. 그게 지표 환자로서 아이가 보내는 경고입니다. 그 점에 꼭 주목하셔야 하고요."

장 여사는 좌절했다. 그리고 모리를 안고 소파에 앉아 함께 엉엉 울었다.

한참 후, 그녀는 그간 있었던 일들을 모두 털어놓았다. 장 여사의 아버지는 한때 어린 장 여사를 개처럼 키웠다. 모리라는 강아지는 그녀가 태어나기 전부터 아버지가 키우던 개였다. 아버지는 이혼 후 모리에게 위안을 받으며 크게 의지했다. 그리고 장 여사에게 모리라는 이름과 비슷한 무리라는 이름을 지어주었다.

모리가 죽고 아버지는 비정상적으로 변하기 시작했다. 장 여사를 모리라고 부르기도 하고, 밥을 개 밥그릇에 담아주기도 했다.

장 여사는 자신에게 일어난 수많은 일을 이야기했다. 그러나 오히려 아버지를 향한 자신의 감정이 어떤지는 한 번도 언급하지 않았다. 옳고 그름을 판단하지도 않았다. 남의 얘기를 전하듯 그저 담담하게 설명할 뿐이었다. 그러나 매년 10월 모리에게 그렇게 강력하게 영향을 주었다는 사실이 모든 걸 설명해주고 있었다.

좋든 나쁘든 장 여사와 아버지의 애착 관계는 매우 깊고 애틋했다. 의식하거나 의식하지 않거나 어떤 상황에서 장 여사가 아버지의 기일을 잊어버렸을지는 몰라도, 잠재의식은 아직 그날을 기억하고 있었다. 그리고 모두 몸으로 나타났다.

아이와 부모의 애착 관계는 세대 전달력이 강하다. 양육자가 자녀를 키우는 방식은 자신이 어릴 때 부모님께 어떻게 키워졌는지에 크게 좌우된다. 양육자가 어릴 적 부모와 맺은 애착 관계는 양육자가 자녀와 맺는 애착 관계로 그대로 전해진다. 물론 이 점은 스스로 깨닫지 못하기 마련이다.

모리가 넷이나 되는 모리의 집은 전형적으로 애착 관계가 대물림된 경우였다. 류 선생이 애착 관계의 세대 전달에 관해 이야기하자 장 여사는 한참 동안 충격이 가시지 않은 듯했다. 장 여사는 아버지의 양육 방식을 결코 좋아할 수 없었다. 그런데 부지불식간에 자기 역시 아버지와 같은 사람이 되어 있었다. 아버지와 자기 사이의 비극이 자기와 딸의 모습으로 다시 재연된 것이다.

그런 장 여사의 모습에 가슴이 아렸다. 그녀의 성장기는 너무나 고통스럽고 힘겨웠을 것이다. 그리고 지금은 이혼한 상황이지 않은가. 충분한 사랑과 보살핌을 경험하지 못한 장 여사가 어떻게 모리에게 사랑을 나누어줄 수 있단 말인가? 지금 이 상황도 그녀에겐 이미 최선이었다. 그래서 장 여사에게 이렇게 이야기해주었다.

"그래도 모리를 병원에 보내셨잖아요. 스스로 이미 아셨던 겁니다. 이런 불안한 애착 관계가 형성되는 걸 끊어내고 싶었던 거예요. 일부러 그러신 게 아니란 거 잘 알아요. 그러실 리가 없죠. 그냥 방법을 모르셨던 거예요. 그저…… 아프셨던 거예요."

장 여사가 대성통곡을 했다.

나는 잠시 멈추었다가 말을 이었다.

"그래서 모리의 고양이 사료를 비스킷으로 바꾸신 거예요?"

아까 방에서 모리의 입장에 공감하기 위해 고양이 사료를 한 입 먹었다. 그런데 막상 먹어보니 그건 고양이 사료가 아니라 달콤한 비스킷이었다.

나는 장 여사의 어깨를 토닥여주었다.

"장 여사님은 마음속으로 이미 수도꼭지를 그리고 계셨던 거예요. 위에서 흘러온 나쁜 물이 자신을 통해 모리에게 흘러가는 걸 막고 싶었던 거죠. 지금은 그 그림을 완성만 하면 됩니다. 저희가 도와드릴게요."

장 여사는 결국 모리와 함께 병원으로 치료받으러 왔다.

옷을 말끔하게 차려입고 엄마의 손을 잡고 나타난 모리는 이제 고양이가 아니라 사람이었다.

류 선생이 여전히 주치의를 맡았다.

장 여사는 애도 치료를 두 차례 받았다. 고양이 모리와 아버지에 대한 애도 치료였다.

샤오리즈가 해바라기 씨를 까먹으며 이야기했다.

"내가 그랬잖아요. 류 선생님이 장 여사한테 관심 있는 거라고. 그렇게 바쁜 사람이 가족 치료까지 신경 쓸 겨를이나 있어요? 그게 얼마나 귀찮은 일인데. 사랑의 힘이 아니면 뭐겠어요?"

나도 덩달아 해바라기 씨를 까먹으며 대답했다.

"그건 어렵지. 모리가 류 선생님을 얼마나 싫어하는지 봤잖아. 모리가 류 선생님을 아빠라고 부르기에는 앞길이 너무 캄캄한 것 같아."

우리의 대화를 엿들은 치쑤가 우스갯소리를 던졌다.

"두 사람 꼭 그렇게 병실에서 해바라기 씨를 까먹어야겠나? 환자는 난 것 같은데."

내가 해바라기 씨를 한 줌 쥐어 그의 손에 놓아주며 대답했다.

"치 선사님, 제자로 받아주시겠습니까. 저는 어떤지요?"

치쑤가 한숨을 쉬고는 해바라기 씨를 까먹었다.

장 여사와 모리의 치료는 장기간 이어졌고, 나는 병원에서 이들을 자주 보았다. 모리가 사랑스럽게 웃으면 장 여사는 무의식적으로 딸의 아래턱을 긁다가 갑자기 정신을 차리고 코를 쓰다듬어주었다. 그녀 마음속의 수도꼭지는 그렇게 완성되는 중이었다.

정신보건센터 입원기록

입원일시 2015/9/19 11:48

담당과실	임상과	병동	여성 병동	침상번호	6	입원번호	653
성명	모리	성별	여	연령	11		
보호자	장무리	관계	모				

주요 사항

고양이 흉내를 내며 인간의 생각과 행동을 상실. 입원 후 한 달이면 증세가 좋아져 퇴원함.

인적 사항

상하이 출신. 한부모 가정. 교육 수준이 괜찮은 편. 환자와 어머니 사이가 각별하다. 어머니는 이혼 후 재혼하지 않았으며 학대 정황도 없음. 처음 증상이 발현한 것은 2년 전. 학교 폭력 정황도 없음. 반려동물이 죽은 후, 애도 치료를 받지 않음.

경과 및 치료

3년 전, 환자가 키우던 고양이 '모리'가 불의의 사고로 죽고 환자에게 고양이과의 동물을 흉내 내는 행동이 나타남. 본원에서 여섯 차례 입원 치료를 받음. 매년 3월과 10월에 반복해서 입원함. 주된 이유는 고양이 흉내와 사람의 언어 능력, 사고 능력 상실, 정상적인 식사 거부. 증상은 한 달간 계속됨. 위 패턴을 3년 동안 반복함.

정신검사

환자의 발작 기간에는 인간의 습성을 완전히 상실. 좁은 곳에 숨기 좋아하고 강한 경계심과 공격성을 보임. 치료에 강하게 저항, 애도 치료를 진행할 수 없음. 발병하지 않는 시기에는 심리 상태가 양호함.

초진 진단

장무리? 지표환자?

서명: 류쓰
2015. 9. 19.

적색 공포증
– 습득성 공포

외래 진료를 참관한 어느 날 오후, VIP실로 들어서니 류 선생이 진료를 보고 있었다. 함께 있던 환자는 재진을 받으러 방문한 여성 환자였다. 회의가 있어서 몇 분 늦게 도착한 나는 살그머니 들어가서 한쪽에 앉았다. 그런데 환자가 나를 보고는 질겁하며 의자를 뒤로 물렸다. 극도의 두려움을 느끼며 견디기 힘들어하는 듯 보였다.

류 선생이 인상을 썼다.

"우선 나가 있어."

나는 이유도 모른 채 진료실에서 쫓겨났다. 류 선생의 진료가 끝날 때까지 도대체 무엇이 그 환자를 그렇게 두렵게 만들었는지 알 수 없었다. 한 시간 후, 진료실을 나서는 환자는 새까만 선글라스를 끼고 있었다. 입술이 유난히 창백한 그녀는 밖에서 기다리던 나에게 눈길도 주지 않고 그길로 병원을 빠져나갔다.

나는 곧장 진료실로 들어가 물었다.

"저 환자 왜 그러는 거예요? 왜 저렇게 절 무서워해요?"

"널 무서워한 게 아니라 손에 들린 그걸 무서워한 거야."

내 손을 내려다보았다. 노트 한 권, 펜 한 자루 말고는 아무것도 없었다. 류 선생이 손을 내밀어 노트를 가리켰다.

"노트 색깔 말이야."

나는 여전히 얼떨떨했다.

"빨간색이 왜요…… 빨간색을 무서워한다고요?"

"응. 적색 공포증이야."

환자 이름은 뤄뤄, 스물일곱 살, 적색 공포증으로 상담을 받았다. 그녀는 빨간색 물건을 전혀 볼 수 없고, 만약 보게 되면 무서워서 어쩔 줄 모른다. 증상이 나날이 더 심각해져서 일상생활과 일까지 지장을 받는 상황이었다.

뤄뤄는 빨간색 옷, 빨간색 과일, 텔레비전 속의 빨간 화면은 물론, 심지어 간장을 듬뿍 넣은 훙사오러우*마저도 무서워했다. 그리고 점점 시간이 지나자, '빨간색'이라는 글자만 봐도 견디기 힘들어했다. 외출은 꿈도 꾸지 못했다. 바깥세상은 통제가 불가능하기 때문이다. 집안에서야 빨간색 물건을 전부 치우면 그만이지만, 집 밖은 그럴 수가 없다. 뤄뤄는 하는 수 없이 병원을 찾아 도움을 청했다.

"두려움을 느끼는 대상의 범위가 너무 넓어. 자기 입술과 구강까지 무서워할 정도야."

나는 깜짝 놀랐다.

"완전히 새빨간 색만 무서워하는 게 아니군요?"

"응. 아주 광범위해."

훙사오러우(紅燒肉) 간장 양념에 졸인 삼겹살 요리.

유난히 창백했던 입술이 립밤 때문이었다는 걸 나는 깨달았다.

"선글라스도 일부러 전문가를 찾아서 특수 처리한 거야. 빨간색이 시야에 들어오지 않게 하려고. 그래야 안전하다는 생각이 든대."

"그럼 빨간색을 무서워하는 원인은 찾았나요?"

"아니."

뤄뤄가 다시 병원을 찾았을 때, 나는 신경 써서 다른 색 노트를 챙기고 혹시나 나에게 빨간색 물건은 없는지 살핀 후 류 선생을 따라 진료실로 들어갔다.

뤄뤄는 여전히 그 특수한 선글라스를 끼고 왔는데 이번에는 진료실 안에서도 벗지 않겠다고 했다. 지난번 내 새빨간 노트에 놀라서 벗을 엄두가 나지 않는다고 했다.

류 선생은 온화하게 그녀를 달랬다.

"괜찮아요. 지금 진료실에 빨간색 물건은 없습니다. 선글라스는 벗으셔도 돼요. 이게 치료의 첫걸음이 될 거예요."

뤄뤄는 잠시 망설이다 선글라스를 벗었다. 불안해서 안절부절못하고 주눅 든 모습이었다. 그런 그녀를 보고 있자니, 병원에 상담하러 오기까지 얼마나 큰 용기가 필요했을지 짐작이 갔다.

뤄뤄의 옷차림은 단정하고 소박했다. 온몸이 하얗고 밖으로 드러난 피부조차 혈색이라고는 느껴지지 않았다. 공포심이 너무 극심해서 신체 증상까지 나타난 게 아닌가 하는 생각이 들었다. 빨간색을 보고 싶지 않다는 생각 때문에 몸의 핏기까지 잃어버린 것 같았다.

사실 우리 몸에 나타나는 신체 증상들은 대부분 심리 질환과 관련이 있다. 정신을 '보호'하기 위해 신체적 병증이 발현되는 것이다. 홍사오러우만 봐도 두려움을 느끼는 사람은 보통 고기를 먹지 못한다. 조리를 했지만, 붉은 핏빛이 연상되어 차마 육식을 못 한다. 그래서 불면 날아갈 종잇장처럼 비쩍 마르게 된다.

류 선생이 다양한 질문을 던졌고, 뤼뤼는 바로바로 대답했다. 그러나 딱히 쓸모 있는 정보는 없었다. 류 선생은 언제부터 빨간색이 두려워졌는지 물었고, 뤼뤼는 아주 어릴 때부터라고 얘기했다. 어릴 때는 증상이 별로 심하지 않았는데 점점 두려움이 커졌다며 본인도 정확히 설명 못 했다.

심리학자 존 왓슨이 진행한 '어린 앨버트 실험'이라는 유명한 행동 심리학 실험이 있다. 앨버트는 흰 쥐, 토끼, 마스크, 담요 같은 물건을 아무런 거리낌 없이 대하는 아기였다. 존 왓슨은 앨버트가 흰 쥐에게 다가갈 때마다 쇠막대를 부딪치는 큰 소리로 겁을 줬다. 상황이 반복되자 앨버트는 흰 쥐를 보기만 해도 울음을 터뜨리게 됐고, 앨버트에게는 '흰 쥐를 만짐 = 깜짝 놀라고 무섭게 됨'이라는 공식이 성립했다.

앨버트가 공포를 느끼는 대상은 점점 많아졌다. 움직이는 흰 물체뿐만 아니라 흰 털 담요, 흰 수염이 달린 마스크까지 무서워하게 됐다. 앨버트의 머릿속에 '흰 쥐 = 흰 쥐와 비슷한 모든 것 = 놀람'이 조건반사로 굳어진 것이다.

이 실험은 후대에 비윤리적이라는 비난을 받았지만, 조건반사의 형성과 원리에 관해 중요한 시사점을 줬다. 평소 공포를 느끼지 못하던 대상도 두려운 물건과의 관련성으로 인해 조건반사적으로 두려움을 느낄 수 있다는 점이다.

한 시간 정도 진료를 했지만 별 소득이 없었다. 뤼뤼의 심리적 방어 기제가 강했다. 뤼뤼 자신은 모든 걸 허심탄회하게 털어놓고 싶어 하고 주어진 질문에 충실히 답변했지만, 전부 단편적이고 지엽적인 이야기뿐이었다. 나는 그녀가 무력감과 절박함을 느낀다는 걸 알 수 있었다.

류 선생이 기억하지 못해도 괜찮다며 뤄뤄를 안심시켰다. 공포의 근원이 되는 '흰 쥐'를 찾을 수 없으면 그건 그대로 두고, 인지행동요법이나 체계적 둔감법으로 치료를 하는 것도 가능했다.

뤄뤄가 돌아간 후, 내가 물었다.

"부모님께 여쭤보는 건 어떤가요? 본인은 기억 못 해도 부모님은 기억하실 수 있잖아요."

류 선생이 책상을 정리하며 대답했다.

"됐어. 체계적 둔감법으로 가자고."

뭔가 더 묻고 싶었는데 류 선생이 내 말을 막았다.

"너는 늘 정신분석을 생각하지만, 모든 정신질환이 꼭 원인을 파헤치고 알아내야 하는 건 아니야."

류 선생은 생물학, 인지행동주의에 집중하는 편이고 정신분석은 썩 내켜하지 않는 편이었다. 그래서 나는 입을 꾹 닫았다.

그때 밖에서 여자의 비명과 함께 무언가 부딪히는 소리가 들려왔다. 나와 류 선생이 뛰쳐나가 보니 뤄뤄가 기절해 쓰러져 있었다. 앞 바닥에는 페인트가 쏟아져 흥건했고, 벽에 페인트를 칠하던 두 작업자가 몸 둘 바를 모른 채 서서 우리를 바라보았다.

뤄뤄가 깨어났다. 그녀는 정신이 돌아오자 제일 먼저 얼굴부터 더듬었다. 그리고 선글라스가 잘 있다는 걸 확인하고는 안도의 한숨을 내쉬었다.

"정신이 드세요? 기분은 좀 어떠세요?"

자기 혼자 있는 게 아니라는 사실을 뒤늦게 알아차린 뤄뤄는 화들짝 놀라 나를 보더니 고개를 가로저었다.

"괜찮아요."

"깨어나실 때 혹시 무서워하실까 봐 선글라스 씌워드렸어요. 혹시 불편하신 건 아니죠?"

"그럼요. 고마워요."

"여기는 류 선생님이 쉬시는 곳이에요. 입원한 게 아닌데 갑자기 쓰러지셔서 여기로 모셨어요."

"제가 폐를 끼쳤네요. 이제 가볼게요."

"급하게 가지 마시고 좀 더 쉬다 가세요. 밖에 페인트칠하는 분들이 아직 있거든요. 그쪽으로 지나가야만 해서요."

뤄뤄는 페인트칠이라는 소리만으로도 일순간 몸이 굳었다. 집에 가겠다는 말도 쏙 들어갔다.

그런 그녀를 잠시 지켜보다 물었다.

"엎어진 페인트는 흰색이었는데, 그것도 무서우셨던 거예요?"

뤄뤄가 아무 대답도 하지 않았다.

"선글라스도 끼고 계셨잖아요. 무슨 색 페인트인지 구분도 안 되었을 텐데, 그걸 뭘로 착각하신 거예요?"

뤄뤄가 잔뜩 긴장했다. 내가 물 한 컵을 건넸다. 뤄뤄는 물을 받아들었지만 아주 짧은 순간 왠지 거부하고 물러나려는 듯이 보였다. 뭔가 짚이는 데가 있었다.

"바닥에 쏟아진 페인트를 피로 생각하셨나요?"

뤄뤄가 놀라 고개를 숙이고 대답을 피했다. 그러나 신체 반응은 그녀의 의지를 거슬렀다. 내 말을 듣자마자 그녀의 몸이 사시나무 떨리

듯 부들부들 떨렸다.

"뭐뭐 씨, 혈액공포증이 있으신가요?"

뭐뭐는 멍하니 있다가 나에게 되물었다.

"제가, 제가 혈액공포증이 있나요?"

"저도 여쭤보는 거예요. 평소에 피를 보고 머리가 어지럽거나 호흡이 빨라지거나 심장이 두근거리거나 지금처럼 의식을 잃은 적이 있으세요?"

뭐뭐는 알 듯 말 듯한 대답을 했다.

"자주 그러는 것 같아요. 빨간색을 보면 그러니까요. 피도 빨간색이니까 그게 당연하다고 생각했어요."

나는 잠시 생각을 정리하고 차근차근 설명했다.

"평소에 선글라스를 끼면 빨간 물건을 본다 해도 인식할 수가 없잖아요. 그런데 페인트나 액체류에는 더 강한 연상 작용이 일어나는 것 같아요. 선글라스 때문에 색깔을 알 수 없는데도 곧바로 피를 떠올리는 거죠. 그래서 감당하기 힘든 생리적인 반응이 일어나고요."

뭐뭐가 고개를 끄덕끄덕했다.

나는 좀 더 깊이 들어가보기로 했다.

"피에 대해서는 다른 빨간색 물건보다 더 민감하게 반응하시네요."

"그런 것 같아요."

"혹시 부모님 중에 혈액공포증이 있는 분이 계신가요?"

뭐뭐가 잠시 뜸 들이다 대답했다.

"아버지요."

그렇다면 거의 확신할 수 있었다. 혈액공포증은 보통 가족력이 있고 유전될 가능성도 있기 때문이다. 몸에 상해를 입거나 피를 보았을 때 강한 반응을 보이는 미주 신경이 유전된 경우다. 환자의 신체는 과한 자극을 받았을 때 높아진 혈압을 낮추기 위해 일시적으로 뇌 혈류량이 감소한다. 이때 대뇌에 공급되는 피가 부족해지면 실신하게 된다.

뭐뭐의 공포증은 특정한 대상을 향한 공포증의 일종으로, 그 시작은 피에 대한 공포였다. 그리고 점차 피와 관련된 모든 사물에 공포를 느끼게 되는 수준, 적색 공포증으로까지 악화됐다. '흰 쥐' 역할을 하는 게 무엇인지 찾아낸 듯했다.

뭐뭐를 쉬게 하고 류 선생에게 이 상황을 알리고 싶었다. 침대 위에 앉아 여전히 불안해하는 그녀에게 다정하게 이야기했다.

"류 선생님은 퇴근 전까지 안 오실 거예요. 이 방안도 제가 싹 정리했으니 빨간색 물건은 없고요. 편안하게 선글라스 벗으셔도 됩니다. 페인트칠 다 끝나면 제가 다시 올게요."

뭐뭐가 잠시 망설이더니 고개를 끄덕이고 선글라스를 벗었다. 조금씩 마음의 문을 열고 나를 믿기 시작한 것 같았다.

그런데 그때 내가 뭔가 더 말하려는 순간, 뭐뭐가 재빨리 뒤를 돌아보았다. 언제부터인지 창밖에 새빨간 나일론 끈이 나부끼고 있었다. 뭔가를 묶었던 것인지 지저분하게 먼지가 묻어 있었다. 바람에 끊어져 창문 앞까지 날아온 것 같았다.

보통 사람이라면 신경도 쓰지 않을 흔한 상황이었다. 게다가 흔들리는 끈의 폭이 워낙 가늘어서 잘 보이지도 않았다.

하지만 뭐뭐의 커다란 눈이 그 빨간색 나일론 끈을 발견했다. 그녀의 낯빛이 창백해지며 호흡이 가빠지기 시작했다. 나는 얼른 달려가 커튼을 닫았다. 뒤돌아보니 뭐뭐는 이미 선글라스를 끼고 있었다.

놀란 가슴이 쉽사리 진정되지 않는 그녀를 보면서 조금 전 나타난

나일론 끈은 뤄뤄가 세상을 향해 마음을 여는 걸 막아서는 불가항력의 존재라는 생각이 들었다.

단순한 느낌인지, 아니면 방금 뤄뤄에게 깊이 공감한 탓인지 알 수 없지만, 잠시나마 선글라스를 벗고 나에게 믿음을 보여주었던 그녀가 한낱 끈 때문에 세상에서 내쫓긴 것만 같았다.

류 선생에게 가서 혈액공포증 가능성에 관해 이야기를 나누었다. 류 선생은 별다른 반응을 보이지 않았다. 사실 이야기할 만한 거리가 아니기도 했다. 정말 원인이 혈액공포증이라면 유전적 문제, 생리적 장애이기 때문에 정신분석은 큰 의미가 없다. 후천적인 원인은 상대적으로 적으며 체계적 둔감법으로 다스리는 게 적절했다.

대개 바람, 비, 물과 같은 자연환경이나 터널, 교량 같은 특정 상황, 특정 동물에 대한 공포증의 치료 가능 여부는 당사자의 필요와 결심에 달렸다.

이런 불편을 평생 겪으면서도 참을 수 있는 범위 내에서 그 영향을 억제하며 치료 없이 살아가는 사람도 적지 않다. 그러나 뤄뤄의 공포는 그 범위가 너무 넓어져 스스로 참아낼 수 있는 수준을 넘어선 것이 분명했다.

다음 진료를 약속한 날짜가 되었다. 뤄뤄는 제시간에 도착하지 못했다. 자동차 사고가 나서 병원에 입원했다고 했다.

퇴근 즉시 뤄뤄가 입원한 병원으로 달려갔다. 류 선생이 그녀에게서 별일 아니라는 전화를 받았다고 했지만, 여전히 마음이 놓이지 않았다. 교통사고를 당했다면 다치고 피를 흘렸다는 뜻일 테니 뤄뤄는 물리적 외상보다 정신적, 심리적 외상을 더 크게 입었을 것이다.

도착하니 뤄뤄는 선글라스를 끼고 혼자 침상에 앉아 있었다. 다른 환자들은 실내에서 선글라스를 낀 그녀를 이상한 사람 보듯 수시로 흘끔거렸다.

뤄뤄는 나의 방문에 놀라면서도 반가워했다. 우리가 만난 게 고작 일주일 전이었는데 그 사이에 그녀는 더 비쩍 마르고 창백한 모습이었다. 얼굴에는 수심이 가득했다. 뤄뤄는 자동차에 부딪히지는 않고 넘어져 찰과상만 살짝 입었다며 놀란 것뿐이라고 설명했다.

"피를 보셨어요?"

"선글라스가 벗겨져서요, 조금 봤어요."

"사고 당시에 비명을 지르셨겠어요?"

뤄뤄는 난감한 듯 대답했다.

"기억이 잘 나지는 않는데, 질렀겠죠. 근데 좀 지나쳤나 봐요. 저를 차로 받은 줄 알고 운전한 사람이 오히려 깜짝 놀랐더라고요."

어떤 상황이었는지 상상이 갔다.

뤄뤄가 기절해 쓰러지고 운전사는 그녀를 병원으로 데려왔다. 그리고 한바탕 검사가 이어졌고 아무 이상이 없는 걸 확인하자 그 운전사는 화를 내기 시작했다. 그는 뤄뤄가 일부러 쓰러져 사기를 쳤다고 의심하고 소란을 피워댔다. 반면 뤄뤄는 따지기는커녕 대들지도 못했고, 운전사는 욕을 해대며 그대로 가버렸다.

그 이야기를 하는 내내 뤄뤄는 뭔가 불편해 보였다. 손님을 대접하기에 익숙지 않아 보였다. 얼굴이 점점 더 어두워졌다. 나를 대하는 내내 갈피를 잡지 못하고 헤매는 것 같았다.

"뤄뤄 씨, 왜 그렇게 절망적인 모습이에요?"

뤄뤄가 놀라서 아무 말도 하지 못했다. 잠시 나가서 걷겠냐고 물었다. 병실에는 사람이 많아 자신의 증상을 편히 말하기가 여의치 않았기 때문이다. 뤄뤄는 잠시 망설이다 그러자고 했다.

나는 그녀를 부축해 복도로 나왔고, 깨끗한 곳을 찾아 앉혔다. 뤄뤄는 각별히 신중을 기했다. 걸을 때도 천천히, 볼 때도 천천히 움직였고, 의자의 구석구석을 꼼꼼히 뜯어보고 수상한 점이 없다는 걸 확인한 후에야 자리에 앉았다. 의심이 도를 지나친 듯했다.

그러나 나는 뤄뤄를 이해했다. 공포증은 본질적으로 불안장애의 일종이기 때문이다. 공포증 환자는 자극물이 보이든 보이지 않든 줄곧 신경이 곤두서 있는 초조한 상태가 지속되며, 언제 어디에서 자극물이 나타날지 몰라 전전긍긍한다.

의자에 앉자마자 뤄뤄가 소스라치게 놀라 비명을 질렀다. 찰과상을 입은 다리에서 피가 아주 조금 배어 나온 것이다.

선글라스를 끼고 있었지만, 뤄뤄는 여전히 두려움을 이겨내지 못하고 몇 번이나 소리를 질렀고, 나는 얼른 손수건을 꺼내 피를 막았다. 그런데도 뤄뤄는 또다시 패닉에 빠지며 손으로 얼굴을 감싸고 숨을 헐떡였다. 피 한 방울로 이런 반응을 보인다는 건 적절치 못했다. 오랫동안 참아 온 무언가가 더는 견디지 못하고 폭발한 것이 틀림없었다.

"어쩌다 부딪혔어요?"

뤄뤄가 연신 고개를 저었다.

"모르겠어요. 부딪힌 줄도 몰랐어요."

"평소에도 자주 부딪히고 다치세요?"

뤄뤄가 고개를 끄덕였다. 얼굴은 혼란스럽고 말에는 조리가 없었다.

"제게 귀신이라도 붙은 걸까요. 왜 맨날 이러는지, 왜 맨날 제 눈에만 띄는지."

뤄뤄는 명확하지 않게 횡설수설했지만 나는 그 순간 깨달았다.

"그런 생각이 자주 들지 않으세요? 아무리 열심히 노력해도 무서워하는 물건들을 피할 수 없다는 생각이요. 무서워하면 할수록 더 나타나고, 마치 무언가가 숙명처럼 그 무서운 물건들을 보게 만드는 것 같다는?"

뤄뤄가 섬뜩하다는 듯 나를 보며 더 횡설수설했다.

"맞아요. 딱 그래요. 무 선생님, 어떻게 아셨어요?"

"뤄뤄 씨에게서 다 느껴져요."

뤄뤄의 안색이 잿빛으로 어두워지며 망연자실한 표정을 지었다.

"사실, 그거 숙명 아니에요. 유전자 때문일 겁니다."

뤄뤄가 굳은 얼굴로 나를 바라보았다.

"저에게 큰 영향을 끼친 이론 한 가지를 소개해드릴게요. 유전자-환경 이론이라는 거예요. 뤄뤄 씨가 생각하는 숙명이라는 걸 설명해줄 수 있을 거예요."

유전자-환경 이론은 환경을 선택하는 데 유전자가 아주 큰 영향을 미친다고 말한다. 혈액공포증이 있는 사람을 예로 들어보자. 혈액공포증이 있는 사람은 피와 상해에 민감하게 반응하는 미주 신경이 유전되었다. 그 유전자를 물려받은 자녀의 성격 특징에는 충동적인 기질이 뚜렷하게 나타난다. 사람들과 쉽게 부딪히기도 하고, 무신경하고 충동적인 행동으로 부딪히고 다치는 경우가 종종 있다. 호기심이 강해 길에서 교통사고가 난 것을 목격하면 굳이 쫓아가서 지켜보는 성향 탓에 피를 자주 접하게 된다.

"뤄뤄 씨의 유전자는 뤄뤄 씨가 그런 상황과 마주하게끔 끊임없이 유도하고 있어요. 자신의 존재감을 드러내는 거죠."

뭐뭐는 내 말을 듣고 좌절했다.

"뭐뭐 씨는 대단히 민감한 사람이에요. 바람이 풀잎에 바스락거리기만 해도 신경이 쓰이죠. 그날 류 선생님의 휴게실에서도 말이에요. 보통 사람들은 있는지 없는지도 몰랐을 나일론 끈 한 가닥에 깜짝 놀라셨잖아요. 이번 교통사고는 제가 정확한 경위는 모르지만 아마 이렇게 됐겠다 싶어요. 뭐뭐 씨가 조심조심 주변을 살피면서 길을 건너요. 위협할 만한 게 뭐가 없나 계속해서 두리번거리면서요. 그러다가 오히려 갑작스러운 상황을 피할 여력이 없었던 겁니다."

"뭐뭐 씨는 조심해야 할 수많은 것들에 항상 너무 집중하고 몰두해요. 그런데 그럴수록 부상의 위험이 더 커져요. 마치 불가항력의 힘이 그렇게 몰아가는 것처럼, 더 절망하고 좌절하게 되죠."

뭐뭐가 나의 손을 붙잡으며 물었다.

"그럼, 그럼 어떻게 해야 할까요?"

"유전자라는 건 태어나면서 정해지는 거예요. 하지만 숙명이라 할 수는 없습니다. 해결 방법을 함께 찾아가면 돼요. 좌절하지 마세요. 뭐뭐 씨를 지옥으로 내모는 사람은 아무도 없어요. 스스로 이 문제를 깨닫고 생각하기 시작하면 분명히 개선의 여지가 있을 겁니다."

뭐뭐는 어렴풋이나마 무언가를 깨달은 듯, '유전자'라는 말을 중얼거렸다. 그러나 잿빛 얼굴은 여전했고 더는 아무 대꾸도 하지 않았다.

병원을 나서기 전 내가 물었다.

"회사에는 휴가를 내셨겠네요. 며칠 쉬실 생각이세요?"

뭐뭐가 고개를 저었다.

"회사는 그만뒀어요."

"언제 그만두셨어요?"

뤄뤄가 고개를 떨구었다.

"작년에 관뒀어요."

"공포증 때문에요?"

그녀가 고개를 끄덕였다.

"그것도 없잖아 있죠. 동료들하고 관계도 안 좋았고요. 다들 제가 일부러 그런 척한다고 생각했어요. 종일 선글라스를 끼고, 툭하면 깜짝깜짝 놀라고 사소한 일에 난리를 치니까요."

마음속의 수치심이 또 고개를 들었는지, 목소리가 모기처럼 기어들어 갔다. 이렇게 하소연하는 것마저도 유난스럽다고 생각한 것이다.

나는 침묵했다. 세상 사람들은 겪어보지 않고서는 타인의 고통을 상상하지 못한다. 그녀를 지켜보다 이야기했다.

"스스로 병이 있다, 자신이 잘못됐다는 생각을 하세요?"

뤄뤄는 대답하지 않았지만, 표정이 모든 걸 말해주었다.

나는 손을 그녀의 어깨에 얹었다.

"그거야말로 잘못이에요."

뤄뤄가 몸을 움츠렸다.

"사람들은 아픈 게 문제라고 생각해요. 즐겁지 않은 것도 네 문제, 우울한 것도 네 문제, 사람들과 어울리지 못하는 것도 네 문제, 깜짝깜짝 놀라는 것도 네 문제, 아픈 것도 네 문제라고 하죠. 그리고 문제 있는 사람은 잘못됐다고 말해요."

굳게 다문 뤄뤄의 입이 파르르 떨렸다.

"하지만 저도 열심히 참는데……."

"열심히는 소용없어요. 사람들은 뤄뤄 씨의 노력 따위 거들떠보지도 않아요. 보이는 모습만 신경 쓰죠."

뤄뤄가 다시 고개를 푹 숙였다.

"그럼 전 어떡해요."

내가 그녀의 머리를 쓰다듬었다.

"사람들은 고통에 둔감해요. 자신의 고통이 아니면, 가능한 한 멀찍이 두려 하죠. 사회 전체의 인식을 바꿀 수 없다면 바뀌어야 하는 건 나 자신입니다. '스스로 잘못됐다는 마음'으로 병원에 와서 아무 잘못이 없다는 의사 선생님의 말씀을 듣고 치료를 잘 받고 나면 다시 용기가 생기겠죠. 그런데 사회로 돌아가면 다시 사람들이 뤄뤄 씨를 저울질할 거예요."

"판단의 주도권을 다른 사람들에게 맡겨버리면, 뤄뤄 씨는 평생 끊임없이 잘못하는 사람이 될 수밖에 없습니다."

가만히 서 있는 뤄뤄의 모습은 바람 한 줄기만 불어도 날아갈 듯 나약하고 가냘프게 보였다.

"뤄뤄 씨, 주도권을 찾아오자고요."

뤄뤄는 한참이나 침묵을 지키더니 갑자기 떠나가라 울음을 터뜨렸다. 그리고 오랫동안 감히 울지도 못했다고, 남들에게 너무 많은 민폐를 끼쳐 울 수조차 없었다고, 그렇게 엄살 부릴 수가 없었다고 토로했다. 나는 그녀를 토닥이며 오래도록 달래주었다.

그렇게 한참을 울고 들어가는 그녀의 뒷모습에 어느새 생기가 돌았다. 그전처럼 창백한 회색빛이 아니었다. 어쩌면 오색찬란하게 빛나는 이 당당한 세상 앞에 그 창백함이 물러나는 게 아닌가 하는 생각이 들었다.

뤄뤄가 치료를 시작했다. 체계적 둔감법을 이용해 피에 관한 민감도를 낮추는 치료에 돌입했다. 그러나 혈액공포증 때문에 혼절하는 걸 막으려면 단계를 아주 세밀하게 나누어야 했고, 그렇게 조금씩 조금씩 노출을 늘리는 방법은 진척이 매우 더뎠다.

세 번째 치료가 끝나고 인상을 잔뜩 찌푸린 류 선생에게 물었다.

"효과가 하나도 없나요?"

류 선생이 아무 말도 하지 않았다. 그렇다는 뜻이다.

"그럴 리가요. 치료하려는 의지가 강한데 어째서 효과가 없을까요. 노출 훈련을 하다 보면 보통 어느 정도 효과가 나타나잖아요."

류 선생이 진료 기록을 내 앞에 들이댔다.

"이거 읽어봐."

뤄뤄의 진료 기록은 진료 횟수가 쌓이며 꽤 두툼해져 있었다. 맨 마지막 장의 가족관계에 '정정'이라고 빨갛게 쓰인 글씨가 보였다.

깜짝 놀란 나는 눈이 휘둥그레졌다. 도저히 믿기 힘들었다.

"뤄뤄 씨가 양녀라고요? 친자식이 아니라요?"

나는 뒤통수를 맞은 듯 멍해졌다.

"그럼 혈액공포증요? 유전될 리가 없잖아요."

류 선생이 고개를 끄덕였다.

"아버지 쪽으로는 혈액공포증과 관련된 가족력이 있는 게 확실해. 그런데 환자는 입양된 거라 전혀 상관이 없겠지."

"그럼 혹시 환자의 친부모님에게 혈액공포증이 있었을 가능성은요, 그래서……."

류 선생이 코웃음을 쳤다.

"가능성이야 있지. 세상에 절대 불가능한 게 어디 있겠어. 그런데 그럴 가능성이 크다고 봐?"

나는 아무 대답도 하지 않았다. 가능성이 크고 작고는 문제가 아니라는 걸 잘 알기 때문이었다. 이제부터는 양부의 혈액공포증이 양녀에게 '전염'되었다는 게 바로 핵심이었다.

머리가 지끈거렸다. 여태까지 했던 추측을 모두 뒤집어엎어야 했다. 뤄뤄가 앓는 적색 공포증의 시작은 혈액공포증이 아니었다. 그럼 그녀는 왜 그렇게 피를 무서워하는 걸까?

그날 병원에서 그녀에게 유전자-환경 이론에 관해 설명해주었던 게 떠올랐다. 놀라기도 하고 받아들이는 듯 보였지만, 표정이 썩 밝아지지는 않았다. 미주 신경이니 뭐니 본인에게 유전될 리 없다는 걸 이미 알고 있었던 모양이다.

나는 갑자기 의문이 들었다.

"아니, 그런데 그런 중요한 내용을 왜 이야기하지 않았을까요?"

류 선생은 말이 없었다. 나는 그 길로 돌아서며 이야기했다.

"가서 물어봐야겠어요."

류 선생이 곧바로 나를 불러 세웠다.

"무거, 환자의 일에 너무 깊이 관여하지 마. 객관성에 영향을 주니까."

나는 뒤도 돌아보지 않고 대답했다.

"제 환자가 아니라 류 선생님 환자잖아요. 저는 그냥 친구로서 물어볼 거예요."

류 선생이 뒤에서 눈을 부라렸다.

"저 고집불통."

직접 뤄뤄에게 물어보니, 그녀는 중요하지 않다 생각해 말을 하지 않았다고 했다. 유전자에 관해서는 왜 아무 대꾸도 하지 않았느냐는 물음에는 고개를 푹 숙였다.

"일리 있는 말씀이라고 생각했거든요. 그리고 제가 능동적으로 하는 게 중요하다고 하셔서 굳이 이야기할 필요를 못 느꼈어요."

이 대답을 듣고 말문이 막혔다. 입양된 일에 관해 자세히 묻는 것 말고는 도리가 없었다.

뤄뤄는 네 살이 되기 전에 입양되었다. 양모는 아이를 낳은 적이 없어 자녀는 뤄뤄 하나뿐이었다. 양부모와 사이가 좋은지 묻자 약간 얼버무리는 듯했다. 그럭저럭 좋지도 나쁘지도 않으며 지금은 각자 자기 일에 신경 쓰기 바쁘다고 했다.

더 자세한 것들을 묻자 뤄뤄는 생각이 잘 안 난다고 했다. 어릴 때의 기억이 너무 단편적이고 파편적이라 일일이 떠올리고 하나로 모으기도 쉽지 않았다. 제대로 된 답변이 나오지 않자 류 선생의 무력감이 이해되기 시작했다. 뤄뤄는 분명히 치료에 협조적이고 동기 부여도 확실한 환자인데 막상 입에서는 쓸 만한 정보가 전혀 나오지 않았다. 뭔가를 숨기려는 의도가 있는 것도 아니고 본인도 치료에 애쓰는데도 말이다.

잠재의식이 무언가 말하려는 그녀를 방해하는 게 틀림없었다. 잠재의식이 그녀를 보호하려는 것이다. 나는 환자를 괴롭히지 않고 그만 보내주기로 했다. 뤄뤄는 이맛살을 찌푸리는 나의 모습에 긴장한 듯했다. 내가 자기를 포기할까 봐 걱정됐는지 병원 문을 나서면서도 계속해서 뒤를 돌아보았다. 그런 그녀를 안심시키려고 보이지 않을 때까지 문 앞을 지키고 서 있었다.

그 이후 며칠간은 계속해서 뤄뤄 생각을 했다. 하지만 아무런 단서도 떠오르지 않았다. 그녀는 확실히 피와 상해에 공포를 강하게 드러내지만 혈액공포증은 아니다.

　며칠을 끙끙 앓다가 나는 치쑤를 찾아갔다. 치쑤는 환자이긴 했지만 식견이 보통이 아니다. 환자의 상태에 맞춰 독창적인 견해를 내놓아 아이디어를 자주 제공하고 가르침을 주기 때문에 나는 이제 무슨 고민이 생기면 그에게 가서 물어보는 습관이 생겼다.

　다른 환자들은 모두 활동실에 있고, 치쑤는 혼자 병실에 앉아 책을 읽는 중이었다. 내가 문을 노크하자, 그가 고개도 들지 않고 물었다.

　"이번에는 무슨 일이지?"

　"저인 줄 어떻게 아셨어요?"

　치쑤가 책장을 넘기며 대답했다.

　"이 병동에서 병실에 들어갈 때 노크하는 사람은 자네 한 명뿐이야."

　나는 '헤헤' 웃으며 그에게 다가갔다.

　"아니, 치 선사님께서 절 칭찬하시는 건가요?"

　치쑤가 눈꺼풀을 들어 올렸다.

　"그렇게 부르지 말게."

　나는 생글생글 웃었다.

　"제자도 안 받는다고 하고 스승님이라고 부르지도 못하게 하잖아요. 그거 말고 뭐라고 불러드려야 할까요?"

　치쑤는 나의 말에도 아랑곳하지 않으며 책을 내려놓았다.

　"얘기해보게."

　나는 공손하게 앉아 이야기를 시작했다.

　"공포증 환자예요. 적색 공포증이 있는데, 그 원인이 뭔지 못 찾겠어요. 찾았다고 생각했는데 헛다리를 짚었거든요…… 극도로 공감하라고 말씀하셨는데, 그 환자의 공포증은 어떻게 공감할 수 있을까요? 제가 빨간색을 무서워하지도 않는데요."

"그럼 두려워하는 게 뭔가. 자네를 가장 두렵게 하는 물건이 뭐지?"

"벌이요. 그리고 상어. 만약에 상어가 날아다니는 날이 온다면 저는 그날로 자살해버릴 거라는 생각을 한 적이 많아요."

치쑤가 어처구니가 없다는 듯 물었다.

"상어가 왜 무서운가? 상어에 물리기라도 했어?"

나는 손을 내저었다.

"그럴 리가요. 상어에 물렸다면 지금 여기서 이렇게 이야기할 수나 있었겠어요? 그냥 어릴 때 텔레비전에서 봤는데 담수호에 사는 상어인지가 사람을 잡아먹는데 진짜 겁나더라고요. 역시 어린 시절의 트라우마가 심해서인지……."

그 순간 무언가 내 머리를 스쳐 지나갔다. 속이 다 뻥 뚫리는 것 같았다.

"하고 싶은 말씀이……."

치쑤는 빙그레 웃을 뿐 말이 없었다. 잔뜩 흥분한 나는 그를 끌어안고 그 자리에서 빙빙 돌고 싶을 지경이었다. 뤄뤄의 공포증은 습득된 거야! 습득된 거라고! 어떻게 그걸 잊었지, 공포증 중에는 자신이 직접 겪은 게 아니라 가짜로 습득된 경우도 있잖아!

뤄뤄의 적색 공포증이 시작된 원인은 혈액공포증이 확실했다. 그러나 그 혈액공포증은 유전이 아니라 습득된 것이다.

예를 들어 어느 건물에서 엘리베이터 사고가 나서 사람이 끼어 죽었다. 사망자의 모습은 처참하니 이를 본 사람들에게는 심한 트라우마가 남을 것이다. 직접 엘리베이터 사고를 경험한 것은 아니지만 사망자의 모습을 보았기에 엘리베이터 공포증이 습득된다.

게다가 끔찍한 사고 소식을 듣기만 한 옆 동 사람들도 엘리베이터에 관한 가짜 공포를 습득한다. 더 넓게는 사고현장 근처도 아니고 엘리베이터가 없는 곳에 사는 사람들도 텔레비전이나 기사로 이런 사고를 접할 수 있고, 경고성이 짙은 문구를 통해 엘리베이터 공포를 얻기도 한다.

내가 상어를 무서워하는 것과 같은 이치다. 실제로 물린 경험도 없고 심지어 본 적도 없다는 사실은 내가 상어를 무서워하는 데 어떤 방해도 되지 않는다.

유전으로 인한 혈액공포증은 아니겠지만, 뤄뤄에게 혈액공포증을 안겨준 가장 가까운 질환자는 다름 아닌 그녀의 양아버지이다. 과연 무엇이 양아버지의 혈액공포증을 뤄뤄에게 학습시킨 걸까?

계속해서 치쑤에게 묻고 싶었지만 류 선생이 병실로 들어왔다. 말투가 곱지 않았다.

"또 뭘 가르치시는 거죠?"

얼른 뒤를 돌아보았다. 치쑤에게 하는 말이었다.

치쑤는 류 선생에게 고갯짓할 뿐, 아무 대답도 하지 않았다.

류 선생이 나를 데리고 나와 이야기했다.

"다시는 저 환자 찾아와서 얘기하지 마."

"왜요?"

류 선생은 말이 없었다.

"류 선생님, 치쑤 환자랑 아는 사이예요?"

"저 사람은 환자니까 당연히 알지."

"제 말은 환자와 의사 사이가 아니라요."

류 선생은 아예 못 들은 척 내 말에 대꾸도 하지 않았다.

"합당한 이유를 말씀 안 해주시면 저도 어쩔 수 없어요. 환자와 소통하는 것도 제 실습 중 하나니까요."

"이유? 이 병원의 누구든 그 환자와 대화해도 돼. 너만 빼고."

너무나 의외의 말이었다.

"왜 저만 안 돼요?"

류 선생은 내가 아무리 물어도 시원하게 대답해주지 않았다. 그래서 치쑤에 관한 문제는 잠시 접어두고 뭐뭐의 혈액공포증에 관한 새로운 추론을 들려주었다.

류 선생이 조용히 내 이야기를 듣더니 물었다.

"환자에게 최면을 걸고 싶은 거군?"

"류 선생님 생각은요?"

류 선생은 다음 날이 되어서야 나에게 답변을 주었다.

나는 류 선생의 진료 의뢰서를 들고 한이이에게 갔다. 그녀는 언제나처럼 요란한 스타일로 꾸미고 있었다. 내가 어수선한 그녀의 머리와 몸에 걸친 액세서리, 손끝의 네일아트를 가리키며 이야기했다.

"전부 없애야 할 거야."

한이이가 기가 찬 듯 비웃음을 흘렸다.

"한 대 맞고 싶어 몸이 근질근질 하구나? 우리 엄마도 뭐라고 안 하는걸."

나는 진료 의뢰서를 그녀의 책상 위에 내리꽂았다.

"환자가 적색 공포증이야. 자극할 생각 하지 마."

한이이는 서류를 살펴보더니 고분고분 대답했다.

"알았어. 언제 하는데?"

"이번 주중에."

나는 한이이에게 뤄뤄의 상황을 대강 알려주었다.

"어렸을 때 양부에게 학대당한 게 아닌지 의심하는구나?"

"모르겠어. 단순히 습득한 걸 수도 있고."

최면을 하는 날, 뤄뤄는 무척이나 긴장한 듯 보였다. 나는 그녀를 안심시키려 애썼다.

"잊어버린 옛 기억을 되살리려는 것뿐이에요. 그럼 적색 공포증을 치료하는 데 도움이 될 거예요."

뤄뤄가 고개를 끄덕이고 최면실로 들어갔다. 그날 한이이는 내가 여태껏 본 중에 가장 차분하고 소박한 모습이었다.

최면이 꽤 오래 진행되었다. 최면실에서 나오는 한이이의 표정이 무거웠다.

"어떻게 됐어?"

"좀 힘드네. 경계심이 너무 강해. 잠재의식까지 가도 입을 안 열어. 하는 수 없이 그림으로 그리라고 했어."

그녀가 그림을 건넸다. 얼른 살펴보니, 온통 새빨갛게 칠해진 종이가 눈에 들어왔다.

그림 속에는 어지럽게 그어진 빨간색 줄무늬가 있었다. 실력은 형편없었다. 엉망진창으로 그린 낙서라고 하는 게 어울릴 것 같았다. 그러나 종이를 꽉 채운 빨간색이 눈길을 사로잡았고, 그 한 획 한 획이 가슴에 줄을 긋는 것만 같았다. 꾹 눌러서 그린 탓에 종이는 거의 찢어지기 직전이었다.

도화지에는 창문과 문이 있는 방 안이 그려져 있었다. 그런데 창문과 문, 벽에 온통 빨간색 흔적이 남겨져 있었다. 분명 어린아이 수준이었지만 오싹하고 무서운 느낌이 가득했다.

이 빨간 흔적은 뭐지? 피?

"저 바닥 가운데 뒤엉켜있는 시커먼 덩어리 두 개는 뭐야? 양부모인가?"

한이이가 고개를 저었다.

"몰라. 얘기를 안 하던데."

마음속으로 불안한 생각이 들었다. 혈액공포증을 가진 양부, 그리고 피로 둘러싸인 집 안은 그 자체로 굉장히 보기 힘겨운 광경이다.

나는 그림을 챙기며 물었다.

"환자는 어디 있어?"

"안에. 깨어나더니 울기 시작하더라고. 뭔가를 기억해냈는지 모르겠어. 추가적인 피해가 없을 순 없을 거야. 이제 네가 가서 얘기해봐."

나는 당황했다.

"내가? 난 안 되는데……."

한이이가 내 말을 단칼에 잘랐다.

"안 되긴 뭐가. 이미 최면에서 깼고 너한테 다시 걸라는 것도 아닌데. 경계심이 너무 강하고 날 신뢰하질 않아서 뭘 물어볼 수가 있어야지. 네가 가봐."

그래도 내가 우물쭈물하자 한이이가 나를 안으로 밀어 넣었다.

"뭘 그렇게 무서워해? 평소에는 천방지축으로 날뛰면서. 실력 발휘 좀 해봐."

그런 소리를 들으니 당황스러움이 좀 가시는 듯도 했다. 안으로 들어가니 뤄뤄가 눈을 감은 채 상담 소파에 누워 있었다. 온 얼굴에 눈물 흔적이 남아 있었다.

그녀가 깨어 있다는 걸 안 나는 가까이 다가가 앉으며 가볍게 말을 걸었다.

"뭐뭐 씨, 무거예요. 제 말이 들리면 눈동자만 움직여주세요."

잠시 후, 그녀의 눈동자가 살짝 움직였다. 최소한 대화하려는 마음이 있다는 걸 확인한 나는 한숨을 돌렸다.

"방금 그린 그림은 몇 살 때 일어난 일인가요?"

뭐뭐는 뜸을 들이다 겨우 대답했다.

"네 살, 다섯 살이요."

"아무리 봐도 전 잘 모르겠어요. 자세히 말씀해주실 수 있나요? 뭐뭐 씨에게 일어났던 일을 알고 싶어요. 시커먼 덩어리 두 개는 뭐뭐 씨의 양부모님인가요?"

뭐뭐가 잠시 후 고개를 끄덕였다.

이야기가 순조롭게 이어졌다.

"두 분은 뭘 하고 있나요?"

뭐뭐가 한참 후에 대답했다.

"싸워요. 아버지가 어머니를 때려요."

나는 숨을 크게 들이켰다.

"빨간 건, 피인가요?"

뭐뭐가 고개를 끄덕였다.

"왜 이렇게 많은 피가 벽에까지 묻어 있는 걸까요? 아버지가 어머니를 때릴 때 그렇게 됐나요?"

뭐뭐가 말을 하지 않았다. 나는 계속해서 기다렸고, 그녀가 입을 열었다.

"일부는 그렇고, 어머니 스스로 그어서 그렇게 된 게 더 많아요."

"스스로 그었다고요?"

"아버지는 혈액공포증이 있잖아요. 어머니는 아버지가 자기를 더 못
때리게 하려고 일부러 욕을 하고 더 심하게 자극했어요. 아버지가 자
기를 때려서 피를 내면 곧 기절하니까요. 피가 부족하다 싶으면 자해
를 해서 온 방 안에 피를 묻혔어요. 그러면 아버지가 피를 보고 비명을
지르면서 기절해버렸거든요. 아버지는 그러고 깨어나면 더 화를 냈어
요. 피를 무서워하면서도 어머니를 또 때렸어요. 어머니는 자해하는 수
법을 반복했고요."

순간 할 말이 떠오르지 않았다. 한참 후에야 질문을 이어갔다.

"그럼 뤄뤄 씨는요, 그때 어디에 있었죠?"

"제 방 안요. 그런데 엄마가 자꾸 나를 데리고 나와서 아버지, 그
'짐승 같은 놈'을 보게 했어요. 나중에 내가 이런 '짐승 같은 놈'을 만나
서는 안 된다고 하면서요. 어머니는 아버지가 두려움에 기절하고 다시
깨는 모습을 자꾸만 보게 했어요."

"아버지가 뤄뤄 씨를 때렸나요?"

그녀가 고개를 저었다.

"한 번도요."

떨리는 심정으로 질문을 이어갔다.

"부모님의 그런 상황은 언제까지 이어졌나요?"

"학교에 다닐 때까지요. 어느 날, 아버지 생일이었어요. 학교 가기 전
에 어머니가 오늘 저녁에 축하하자고 아버지도 일찍 집에 들어오실 거
라고 했거든요. 그런데 그날 저녁 집에 돌아가서 문을 열었는데, 아버
지가 공포로 발작을 일으켜 기절하셨어요. 어머니가 온 집안을 전부
빨간색으로 칠해놓아서요."

숨이 턱 막혔다.

"아버지가 기절하고 저도 비명을 지르기 시작했던 것만 기억나요. 그 이후로는 의식을 잃었어요. 아마 일이 점점 심각해지니까 이웃집에서 우리를 병원으로 데려간 것 같아요. 그때 아버지가 못 깨어날 뻔해서 어머니가 후회를 하셨어요. 그러고는 다시 싸우는 일도 없었어요. 이웃 사람이 경찰에 아동 학대가 의심된다고 신고를 하고 경찰이 찾아오고 하니까 두 분 다 무서웠던 거죠. 가끔 아버지가 술주정하면서 욕하고 때린 건 몇 번 있었지만요."

마음의 빗장이 풀린 뤄뤄는 차분하게 이런저런 이야기를 해주었다. 의식을 잃고 병원에 간 이후부터 기억이 흐릿해지기 시작했다고 했다. 외부로부터의 충격이 기억을 가슴 깊은 곳에 봉인해버린 것이리라. 그 후로 빨간색을 무서워하기 시작했지만 왜 그렇게 됐는지 알지 못했다. 그리고 빨간색을 두려워하는 자신의 반응이 아버지와 비슷하다는 것을 눈치챘다.

뤄뤄는 중학교와 고등학교에 다니면서는 기숙사 생활을 했다. 대학에 입학하자 곧바로 독립했고, 지금은 설날에만 집에 잠깐 들른다.

뤄뤄는 지금까지 너무나 많은 일을 잊어버렸지만, 딱 한 가지 장면은 똑똑히 기억이 난다고 했다. 아버지의 폭력으로 아이를 잃었던 어머니가 뤄뤄를 아버지 앞에다 데려다 놓고 "때리는 거 좋아하잖아. 얘도 때려죽이면 되겠네." 하던 모습이었다.

그 이후로 뤄뤄는 본능적으로 부모에게서 멀어졌다. 그러나 뜻밖에도 적색 공포증 증상은 그녀를 끈질기게 물고 늘어지며 쉽사리 떨어지지 않았다.

모든 이야기를 들은 나는 뤄뤄의 적색 공포증이 습득된 경로를 알아낼 수 있었다. 뤄뤄는 양부의 혈액공포증, 양모가 당했던 폭력에 대한 공포, 피를 이용해서 폭력에 맞서는 양모에 대한 공포를 모두 습득했다. 이 가족에게 있는 빨간색에 대한 모든 갈등과 문제를 그대로 떠안은 것이다.

직접적인 학대가 아니더라도 아이가 이런 광경을 두 눈으로 목격하고 경험한 것은 학대나 다름없다.

말을 많이 한 탓에 뤄뤄가 많이 지쳤는지 마침내 꼭 감은 눈을 떴다. 그러나 눈빛은 여전히 생기가 없었다.

"그때 부모님을 보면서 무슨 생각을 했어요?"

뤄뤄가 웅얼거렸다.

"무슨 생각요?"

"스스로 무능하다고 느끼진 않았나요? 아무것도 할 수 없고, 이런 일을 막을 수도 없다고요."

뤄뤄가 멍하니 그대로 있다가 또 눈물을 흘리기 시작했다. 그리고 고개를 끄덕였다.

"네. 가만히 서서 볼 수밖에 없는 나 자신이 너무너무 싫었어요. 그분들이 싸우지 않길 바랐지만, 나는 아무것도 할 수 없었거든요."

나는 그녀의 머리를 살그머니 쓰다듬었다.

"체계적 둔감법이 효과가 없었던 게 바로 그것 때문이었나 봐요. 잠재의식이 무능했던 자기 자신을 벌주는 거예요. 자신의 상황이 나아지는 것을 막으면서요. 그분들은 아직 그 심연 속에서 고통받고 있는데, 어떻게 혼자서 거길 벗어나냐고 따지는 거예요."

뤄뤄는 숨도 제대로 쉬지 못할 정도로 서럽게 울었다. 그리고 또 그 질문을 던졌다.

"그럼 전 어떡해요?"

나는 그녀를 다독였다.

"이 점을 아셔야 해요. 그 심연을 헤매는 건 그분들의 고통을 함께하는 게 아니라 나를 거기에 얽어매는 것일 뿐이에요. 우선 뤄뤄 씨가 거기서 나와야 그분들도 끌어올릴 수 있어요. 심연의 바닥에 있는 사람이 바닥에 있는 다른 사람을 구할 수는 없잖아요."

뤄뤄는 아는 듯 모르는 듯 고개를 끄덕이고, 소파에서 몸을 일으켰다. 나는 그녀와 함께 최면실 밖으로 나왔다.

돌아가는 뤄뤄를 보고 있는데, 한이이가 다가와 나를 부축했다. 어찌 된 상황인지 어리둥절한 내게 그녀가 말했다.

"너 방금 쓰러질 뻔했어."

응? 내가 쓰러지는 걸 어떻게 모를 수 있지?

한이이가 눈가를 찡그렸다.

"매주 슈퍼비전 받고 있어? 부정적인 감정에 관해서 말이야."

나는 고개를 저었다.

"지금은 불필요한 것 같은데."

한이이가 표정을 구겼다.

"매주 한 번씩 나한테 와."

한이이의 말을 종잡을 수가 없었다. 내가 이상한 건지, 아님 한이이가 이상한 건지. 우리 둘은 서로 마주치지 않는 게 최선이었다. 그러나 이번에는 왠지 모르게 진지한 한이이의 모습에 하는 수없이 고개를 끄덕였다. 그래도 굳이 찾아가진 않을 것 같았다.

그날 이후 체계적 둔감법이 뤄뤄에게 효과를 보이기 시작했다. 호전되는 속도도 빨라서 잔뜩 찌푸린 류 선생의 얼굴이 드디어 환해졌다.

나는 매번 치료실 밖에서 뭐뭐를 기다렸다. 그녀는 밖으로 나올 때마다 얼굴이 하얗게 질려 있었지만 나를 보면 항상 환하게 웃어주었다. 그리고 치료 과정과 자신이 느낀 바를 공유해주었다.

그런데 네 번째 치료가 진행된 날, 뜻밖의 일이 발생했다. 치료실 앞에 누가 흘렸는지 모를 빨간 페인트 자국이 있었다. 뿌려진 모습이 붉은 피와 흡사했다. 나는 평소보다 늦게 도착했고, 때마침 뭐뭐가 문을 열고 나오다가 빨간 자국을 정면으로 보게 되었다.

공포심이 그녀의 얼굴을 덮쳤다. 이제 병원에서는 선글라스를 끼지 않기 때문이었다. 갑작스럽게 마주친 '핏방울'과 치료실에서 준비한 치료용 피는 완전히 달랐다. 마음의 준비가 전혀 되지 않았던 뭐뭐는 어쩔 줄 몰라 당황했다.

그 모습을 발견한 내가 다급하게 소리를 질렀다.

"뭐뭐 씨, 이제 거의 다 좋아졌잖아요. 어릴 때처럼 그렇게 무력하고 나약한 사람이 아니에요. 지금은 충분히 뛰어넘어갈 수 있어요. 네다섯 살의 뭐뭐가 아니라 스물일곱 살의 뭐뭐가 되어봐요!"

뭐뭐는 그 '핏방울'을 죽어라 쳐다보았다. 호흡이 거칠어지고 얼굴이 하얗게 질렸다. 한참을 쳐다보며 침을 삼키던 그녀가 애써 침착함을 유지하며 그 옆을 지나쳤다. 나는 안도의 한숨을 푹 내쉬었다. 그런데 그녀가 대걸레를 손에 들고 다시 되돌아오는 게 아닌가.

뭐뭐는 그 빨간 자국을 닦아내기 시작했다. 시간은 오래 걸렸지만 말끔하고 깨끗하게 닦아냈다. 그 모습을 지켜보던 나는 하마터면 눈물을 흘릴 뻔했다. 스물일곱 살의 뭐뭐는 스스로 피를 닦아낼 수 있음을 몸소 증명한 것이다. 뭐뭐는 분명히 성장했고, 더는 무기력하고 무

능력하지 않다. 옛 상처를 혼자 씻을 수 있고 심연의 고통과 아픔도 전부 지워버렸다. 그녀는 진정으로 용감한 사람이다.

나는 류 선생에게 달려가 페인트 작전은 너무 모험적이긴 했지만 효과만큼은 만점이었다고 칭찬 세례를 퍼부었다. 그런데 류 선생은 도통 알 수 없다는 얼굴로 무슨 페인트 작전이냐며 자기는 그런 적이 없다고 했다.

정말 이상했다. 류 선생이 아니라면, 누구란 말인가? 치료실 문 앞에 페인트를 저렇게 잔뜩 뿌려놓은 건 분명 병원 사람이다. 그러나 환자는 너무 많고, 의사들은 너무 바빠 이런 사소한 일에 신경 쓸 만한 사람이 없다.

결국 나는 간식거리를 사서 무명의 사부님께 감사 인사를 드리러 갔다. 그런데 거기서 의외의 인물을 만났다. 한이이였다. 한이이는 치쑤와 이야기를 나누고 있었는데, 치쑤에게 아주 공손한 태도였다.

마음속의 의혹이 더욱 짙어졌다. 류 선생과 한이이가 모두 치쑤와 아는 사이? 그런데 류 선생은 치쑤를 대하는 태도가 상당히 불량스러웠던 반면, 한이이는 그를 아주 공경하는 것 같은 모습이었다.

나는 한이이가 병실을 나간 후에야 안으로 들어갔다. 그리고 방금 보았던 모습에 관해서는 전혀 언급하지 않고 사 온 간식을 내밀었다.

"치 선사님, 부디 받아주십시오."

치쑤는 사양하지 않고 간식을 받아 펼쳐놓았다.

나는 편안한 마음으로 그의 곁에 앉아 간식을 집어 들고 방금 있었던 영문 모를 일에 관해서 이야기를 나누었다. 그리고 한참을 이야기하다가 한가지 질문을 하게 되었다.

"아참, 치 선사님. 극도로 공감하라는 말씀이요, 혹시 인생의 좌우명

같은 건가요?"

치쑤가 웃었다.

"그런 셈이지. 자네는 어떤가."

"저는요. 저도 별반 다르지 않은 것 같아요……. 타인의 고통에 최대한 상상력을 발휘하라."

치쑤가 멈칫했다.

"고통에 무감각해지지 않기를 바라거든요. 항상 민감해야죠."

치쑤는 한참 동안 침묵을 지켰다.

"그런데 그 말처럼 된다면 자네는 더 많은 고통과 아픔을 견뎌내야 할 거야. 다른 사람들이 스쳐 지나가기만 해도 자네는 태풍을 맞은 듯 흔들릴 거고, 다른 사람들이 태풍이 되어 다가온다면 자네는 갈기갈기 조각나 흩어지고 말겠지."

나는 고개를 끄덕였다.

"그렇겠죠. 그런데 사람은 누구나 타고난 본성이나 사명이 있잖아요. 아마 그게 제 본성인 것 같아요. 치 선사님, 고통을 견디는 데 최적화된 사람이 있을까요, 없을까요?"

치쑤는 입술을 굳게 닫았다.

"그런 사람은 없어."

뤄뤄가 체계적 둔감 치료를 열 번 받은 후, 류 선생은 회복 판정을 내렸다. 뤄뤄는 얼떨떨한지 잠시 아무 반응이 없다가, 머뭇거리며 다시 찾아와도 되냐고 물었다.

류 선생은 흔쾌히 대답했다.

"오세요. 재발하거나 다른 정신병이 생기면 오셔도 됩니다. 언제든 환영이죠."

뭐뭐는 입을 꾹 다물어버렸고, 나는 어이가 없어 눈을 허공으로 까뒤집었다. 류 선생은 정말 앞뒤가 꽉 막힌 무신경한 남자이다. 온 우주가 사라져버리는 순간까지 그가 독신이기를.

뭐뭐를 배웅해주었다. 그녀의 눈시울이 또 붉어졌다. 얼마나 두려울지 이해할 수 있었다. 오늘부터 그녀는 자신의 모든 것을 다 포용해주던 병원과 작별을 고하고 사회의 냉정한 시선과 저울질을 마주하게 될 것이다.

나는 그녀의 어깨를 토닥이며 웃었다.

"두려워 말아요. 주도권은 이미 뭐뭐 씨의 것이니까."

뭐뭐가 고개를 끄덕였다.

나는 뒤로 한 발짝 물러나서 손을 흔들었다.

"지금은 그 주도권이 뭐뭐 씨 손안에 있지만 또 빠져나가려고 할 거예요. 그러니까 계속해서 그 주도권을 쥐기 위해 맞서 싸우세요. 스물일곱, 스물여덟, 서른, 마흔의 자신을 위해서 내가 옳다고 생각한 편에 서세요. 타인의 고통에 아무런 상상력도 발휘하지 못하는 사람들에게 그 주도권을 넘겨주지 마요. 그럴 자격이 없는 사람들이니까."

뭐뭐는 결연한 눈빛으로 진지하게 고개를 끄덕였다. 그리고 밝고 경쾌한 걸음걸이로 조심스럽지만 용감하게 세상을 향해 나아가기 시작했다.

정신보건센터 입원기록

입원일시 2015/8/15 17:30

담당과실	외래진료실	병동		침상번호		입원번호	531
성명	리워워	성별	여	연령	27		
보호자	쟈오치	관계	양부				

주요 사항

빨간색 물체를 무서워해서 정상적인 생활이 불가능함.

인적 사항

신체 건강한 편이었고, 발병 전에는 원만한 성격이었음. 친부모는 미상, 현재의 양부모에게 입양되었음. 양부가 혈액공포증을 앓았음.

경과 및 치료

오랜 기간 원인 미상으로 빨간색에 공포를 느낌. 빨간색 옷, 음식, 물감, 자신의 입술 등 빨간색 물품을 보면 두려움을 느낌. 빨간색 액체에 특히 두려움이 심하고 심할 때는 기절하기도 함.

정신검사

판단력이 좋고 논리적임. 시간, 장소 등에 관한 대답이 적절함. 새빨간 색에 강렬한 두려움을 느낌. 제어할 수 없는 자율신경 증상을 수반하며 부분적으로 기억이 소실됨.

초진 진단

적색 공포증

서명: 류쓰
2015. 8. 15.

불온한 욕망

– 강박증

질병예방통제센터로 근무처가 변경되어 퇴원환자 방문지도를 나갔을 때, 한 재활 환자의 맞선 자리에 몰래 따라가게 되었다. 환자 이름은 수펀, 조현병과 심각한 강박증을 함께 앓았고 이혼한 34세 여성이었다. 내가 방문 지도를 하러 갔을 때는 퇴원한 지 이미 한 달 반이나 지났을 때였다.

나는 남의 맞선 자리에 낀 것이 너무 어색하고 난감해서 한 시간 이십 분 동안 바늘방석에 앉은 듯했다. 정작 두 당사자는 아무것도 모르고 있었지만.

맞선은 수펀이 사는 동네 주민 위원회에서 주선한 것이었다. 맞선 상대는 지적장애인(속칭 정신지체인)이었다. 수펀의 성격상 그 자리에서 상대를 불편하게 만들 게 뻔했기에 뒷수습을 잘 해야겠다고 마음먹고 있었는데 실상은 완전히 달랐다. 수펀은 아주 차분하게 맞선 상대를 눈여겨보고 있었다.

수펀은 넉 달 전 입원했던 환자였다. 스스로 조현병과 강박증이 있다고 했다. 외국에서 대학원에 다니다 질환 때문에 학업을 중단하고 돌아왔다. 귀국 후 유아교육 교사로 일하다가 얼마 못 가 일을 그만두었다.

수펀은 학식과 경험이 풍부한 인상을 주었는데, 특히 어휘력과 문장력이 남달랐다. 똑같이 정신병원에 입원했어도 다른 환자들과 확연히 차이가 났다.

수펀과 이야기를 나눈 적은 딱 한 번이었고 두 번 다시 그럴 일이 없었다. 그녀의 태도는 어떤 이야기도 입 밖으로 꺼낼 수 없게 만들었다. 이른바 '거세' 당한 지식인인 수펀은 학업을 제대로 마치지 못한 아쉬움이 가슴 속에 대못처럼 남아 있는 상태였다. 그래서 자신의 특성을 이용해 거의 행패 부리다시피 사방팔방으로 하소연을 하고 다녔다. 대상은 학업을 중단하게 만든 몹쓸 병이었다. 그러다 보니 병원 역시 당연한 수순이었고, 그녀의 발병과 정신병 환자로 가득한 병원은 떼려야 뗄 수 없는 사이인 듯 보였다.

수펀의 얼굴에는 항상 어둠이 드리워 있었다. 주치의 선생에게도 뜨뜻미지근하니 모호하게 대했고, 상담이 끝나면 혹여 자기에게 친한 척 개인적인 질문이라도 할까 봐 꽁무니를 빼기 바빴다. 곁에서 상담을 지켜보던 나는 그녀가 주치의 선생의 말문을 막기도 하고 심지어 경멸하는 태도로 대하는 것도 볼 수 있었다.

한마디로 수펀은 여자들로부터 '미움'받는 데 능숙한 사람이었다. 그래서 수펀의 주치의는 여자에서 남자로 바뀌었다. 류 선생이 주치의를 맡고 나서부터 치료는 순조로웠다.

수펀의 조현병은 양성 증상이 뚜렷하지 않고 음성 증상이 더 나타나는 경우인데, 치료도 그럭저럭 잘 진행되었다. 그러나 강박증은 조금 복잡한 면이 있었다. 병원에 오기 전에도 혹시 냉장고가 누전되어 폭발하지 않을까 하는 생각에 냉장고 문을 하루에 수십 번이나 여닫았다고 했다.

그리고 현관문에 초인종이 떨어지고 난 구멍에 하루에도 몇 번씩 손가락을 집어넣었다. 그 구멍이 눈에 띄기만 하면 손가락을 집어넣는 것을 참을 수가 없었다. 전기가 통하는지 아닌지 확인하고 싶어서였다. 또 거기서 그치지 않고 온 아파트의 초인종을 전부 못 쓰게 만들고 남의 집 초인종 구멍까지 쑤시려 들었다.

정신병원에 오게 된 것도 입주민 위원회의 요청 때문이었다. 수편이 미쳐 날뛰며 드라이버로 남의 집 초인종을 부숴버린 것이다. 경비원들이 수편을 꽁꽁 묶어 병원으로 데려왔다.

그게 수편과의 첫 만남이었다. 산발을 하고 잠옷을 입은 그녀는 아직도 드라이버를 손에 쥐고 있었다. 손바닥 가운데로 드라이버 끝을 꼭 그러쥐어 상처까지 난 상태였다. 고통이 참기 힘들었을 텐데도 얼굴색 하나 바뀌지 않고 매서운 눈빛이 살아 있었다. 수편은 그렇게 난감한 상황에도 도도하고 거만한 모습을 유지했다. 손을 놓게 하려고 한 발짝 다가서는 순간 드라이버가 나를 향해 날아들었다. 다행히 얼른 몸을 피해서 귓가를 살짝 스쳐 지나갔다.

힘껏 던진 그 한 방은 나의 호의를 거절한다는 일종의 경고였다.

입원 이후에도 조용한 날이 없었다. 환자들은 수편이 한밤중에 병실에서 글을 가르치듯 이상한 행동을 한다고 불만을 제기했다. 그런데 황당한 점은 그런 행동을 하면서 쥐 죽은 듯 아무런 소리도 내지 않는다는 것이었다.

수편은 손가락을 지휘봉 삼아 침대에 누워 자는 환자를 가리키며 꾸짖기도 하고 비웃기도 했다. 자다 깬 환자는 컴컴한 침대맡에 웬 여자가 서서 손가락으로 자기를 가리키고 있으니 엄청 놀라곤 했다.

그 때문에 쉬고 있던 간호사들이 비명에 잠이 깨길 여러 번이었다. 간호사들은 감시 카메라를 몇 번이나 돌려보고 나서야 수펀에게 그들을 해칠 의도가 없었음을 확인했다. 수펀은 그저 '수업' 중이었고, '학생'을 지명해 질문한 것뿐이었다.

영상을 본 나는 무서워 소름이 돋았고, 샤오리즈도 깜짝 놀라 무음으로 쌍소리를 퍼부었다. 그러나 평소 외모를 따지는 샤오리즈는 수펀에게 좋은 인상을 갖고 있었다. 수펀은 세련된 외모에 도도한 분위기라서 샤오리즈 같은 젊은이들이 호감을 품을 만했다.

수펀은 샤오리즈에게 한 번도 웃는 낯을 보인 적이 없었지만 그가 여러모로 챙겨주는 걸 딱히 거부하지도 않았다. 남자들이 자기에게 잘 보이려고 살랑거리는 데 이미 익숙해진 듯했다. 하지만 동시에 경멸하기도 했다.

나는 수펀의 눈빛 속에서 또 다른 점을 발견했다. 경멸이 아닌 마치 무언가를 갈망하는 모습이었다. 그런 수펀의 모습은 스스로 숨기고 인정하지 않으려는 태도 때문에 더 노골적인 멸시로 나타났다.

반복해서 영상을 돌려보는 나에게 샤오리즈가 이해할 수 없다는 듯 뭐가 그렇게 재미있냐고 물었다. 나는 영상을 다시 재생시키며 되물었다.

"뭘 하는 것 같아?"

"수업하잖아요. 딱 보면 알겠네. 예전에 애들도 가르쳤다잖아요."

"꼭 무슨 의식 치르는 것 같지 않아?"

"네?"

나는 화면을 가리켰다.

"밤마다 수업하는 동작을 반복하는 건 사실 강박적 의례 행위야. 강박적 의식과 의례 행위는 스스로 받아들일 수 없는 강제적인 생각을 억누르고 몰아내기 위함이거든. 강박증의 핵심은 생각이지 행동이 아니야. 어떤 생각이 억제되려면 증상이 심각하게 나타나게 돼."

"그 말은 수펀이 계속해서 수업 행위를 반복하는 게 어떤 생각을 쫓아내기 위함이란 거죠? 초인종을 고장 내고 구멍을 낸 것도, 냉장고를 열었다 닫았다 하는 것도 전부?"

샤오리즈가 한 번만 듣고도 이렇게 잘 알아듣다니.

"나도 정확한 건 모르지. 류 선생님께 가서 여쭤봐."

그러자 그가 어깨를 으쓱했다.

"됐어요. 그 환자한테 관심 없어요."

수펀이 밤에 '수업'하는 행동은 다른 환자들의 수면을 심각하게 방해했다. 그리고 그녀의 증상은 중증병동에 입원해야 할 정도는 아니었다. 게다가 본인의 퇴원 의지가 강력하고 조현병 증세도 비교적 잘 관리됐다. 그래서 류 선생이 퇴원을 허락했다.

퇴원 후 수펀의 진료 기록은 사회복지과로 이관되어 지역 재활 환자를 관리하는 부서에 배정되었다. 그녀를 담당하게 된 사람은 왕 선생이었고 1년 동안 몇 차례 방문지도를 실시할 예정이었다.

수펀은 오래된 아파트에서 살았다. 세대 수도 많지 않고 그곳에 오래 살았기에 이웃들과 관계도 아주 끈끈했다. 수펀네 집은 아파트 입주민들에게도 관심의 대상이었다. 수펀이 네다섯 살 때 아버지가 돌아가셨는데 수펀의 어머니는 재혼하지 않았다. 주변 이웃들은 그런 그들을 안타깝게 여겨 챙겨주려 했다. 수편의 어머니가 번번이 사양해서 사람들은 너무 정 없이 군다고 했다. 그리고 최근에는 서른네 살 수편이 결혼한 지 반년도 되지 않아 몹쓸 병에 걸리고 학교를 그만두고 직장에서 잘렸다. 3년 전에도 이혼한 이력이 있는 그녀가 단지 내에서 미쳐 날뛰니 구설에 시달리는 건 너무나 당연했다.

왕 선생과 함께 방문 지도를 하러 갔다. 위원회 사람들이 아주 열성적으로 상황을 보고했다. 그들의 말에서 수편은 당장 불을 질러 건물을 태워 먹어도 이상하지 않은 미친 여자로 묘사되었다. 동시에 그들이 쏟아놓은 거친 말 속에는 말만 꺼내도 화가 미칠 거라는 불안과 공포가 숨어 있었다. 자기들끼리는 수편을 '미친년'이라고 불렀다.

"무슨 짓이든 서슴지 않을 여자라고요! 완전히 정신이 나갔어요!"

사람을 홀리는 불여우라고 하는 사람도 있었고 천박한 여자라고 욕하는 사람도 있었다. 그러나 뭘 그렇게 천박한 짓을 했냐고 물어보면 제대로 대답하는 사람이 하나도 없었다. 한 아주머니는 수편이 사람을 꼬드기는 여자라고 못을 박았다.

수편이 퇴원한 후, 열성적인 위원회 사람들이 그녀의 맞선을 주선하고 나섰다. 보살펴주는 남자가 있으면 그래도 나을 거라는 심산이었다. 수편을 불여우라고 타박하던 아주머니가 주축이 되었다.

그러나 수편의 어머니는 맞선을 거절했다. 어머니 역시 수편과 마찬가지로 도도한 데다가 애지중지 키운 딸에 대한 기대가 컸기 때문이다. 늘 남들 입에 오르내리며 살아온 그녀에게 똑똑한 수편은 유일한 자랑거리였다. 그렇게 살다 보니 수편의 어머니도 눈이 높아져 웬만한 사람은 딸의 배필로 성에 차지 않았다.

수편이 병을 얻고 학업을 중단하고 이혼하고 직장까지 잃는 사건이 줄줄이 일어나자, 어머니는 엄청나게 좌절했다. 하지만 마지막 자존심만은 어떻게든 지키고 싶었다. 어차피 이 아파트 사람들이 소개하는 남자 중에 잘난 사람은 없을 거라 생각하니 그런 맞선 자리에는 안 나가는 게 낫다는 생각도 들었다.

위원회 사람들은 언짢아했다.

"그렇게 혼자 결정하지 말고, 적어도 수편에게 물어라도 봐야지. 지금 걔 처지도 그렇고 나이도 많아서 신랑감 찾는 건 하늘의 별 따기야. 그나마 우리나 되니까 이렇게 마음 써주는 거지. 수편을 나중에 자기처럼 외롭고 의지할 데 없이 늙어 가게 할 거야? 엄마가 돼서 그러면 안 되지."

수편의 어머니는 자신의 약점을 공격당하자 얼굴이 하얗게 질렸다. 그 바람에 위원회 사람들은 얘기도 마저 끝내지 못하고 수편에게 쫓겨났다. 수편은 욕 한마디 입 밖으로 안 꺼내고 몇 가지 질문만으로 위원회 사람들을 초토화해버렸다.

"여자가 왜 꼭 결혼해야 하는데요?"

"결혼이 그렇게 좋으면 남편분이랑 오붓하게 계시지 뭐 하러 여기까지 와서 이러쿵저러쿵하세요?"

"혹시 본인이 이혼하고 싶은데 그러지는 못하겠고 이미 이혼한 사람들은 가만두고 볼 수 없어서 그러는 거예요?"

위원회 사람들은 수편에게 욕을 퍼부으면서 꽁무니를 뺐다. 그날 이후 수편이 병이 단단히 들어 고칠 가망이 전혀 없다는 유언비어가 단지에 파다하게 퍼졌다. 이웃들은 수편이 말하는 여성의 자유 독립에 관한 가치관을 이해할 수 없었고, 그걸 정신병이자 아녀자의 도리를 모르는 거라고 치부했다.

나와 왕 선생이 갔을 때도 사람들은 한참이나 하소연을 늘어놓고, 수편 정도면 병원에 입원해야 하는 게 아니냐고 수도 없이 물었다.

위원회 사람들에게서 겨우 빠져나온 나와 왕 선생은 단지에서 한 남자와 마주쳤다. 듬직한 체격에 위로 치뜬 두 눈, 편평한 콧날과 상악, 얇은 입술, 지적장애인으로 보였다.

그는 죽은 새를 든 채 머리를 꼿꼿이 들고 앞을 향해 달려 나갔다. 그런데 주변을 전혀 살피지 않는 바람에 넘어져서 죽은 새와 함께 바닥에 나뒹굴었다. 왕 선생이 그를 일으키고, 나는 죽은 새를 주워 그에게 주었다. 왕 선생은 자신의 직업 대로 이야기를 좀 나누며 증상을 확인하고 싶어 했지만 그는 우리에게 관심이 없었다. 새를 손에 들고 어디론가 가려고 했다. 내가 물었다.

"묻어주려고요?"

그의 입이 간신히 열렸다.

"날아요. 6층."

언어 구사 능력이 좋지 못했다. 단어를 나열할 뿐이고 완전한 문장을 구성할 수 없었다. 대략 추측하건대 지능 지수가 9살 이하 아동 수준인 것 같았다.

"걔를 날려주려고요? 6층으로 날릴 거예요?"

그는 고개를 세차게 끄덕였다.

"그런데 걔는 이미 죽었어요. 날 수 없어요."

내 말을 이해하지 못한 그는 고집스럽게 우리 곁을 떠나려고만 했다. 그가 달려왔던 방향을 바라보았다. 외관 전체가 통유리로 된 건물이 있었다. 그게 유리인지 모르고 새가 부딪혀 떨어져 죽은 것 같았다. 그는 거기서 새를 주웠고, 새니까 날 수 있다고 여긴 것이다.

내가 몇 가지 더 물어보려는 찰나, 위원회 사람들이 다가왔다. 그들은 험악한 얼굴로 그의 손에 들린 새를 땅바닥에 내던지더니 창피한 듯 그를 뒤로 숨겼다.

"얘가 이런다니까. 바보같이. 죽은 새는 만지면 안 된다고 몇 번을 얘기해. 세균이 있다니까 말을 안 들어……. 의사 선생님들, 오해하지 마세요. 우리 단지에 몹쓸 병에 걸린 사람은 이 천치 녀석하고 그 미친년, 딱 둘뿐이고 다른 사람들은 다 정상이에요."

그들은 그를 '천치'라는 별명으로 불렀다. '천치'는 그 틈에 얼른 새를 주워 도망을 갔고 그러다 또 고꾸라지며 새와 함께 바닥에 뒹굴었다.

왕 선생은 정말 따뜻하고 재활 환자들을 살뜰히 돌보는 의사여서 환자들에게 인기가 많았는데 이번에 만난 수펀에게는 어쩐지 별로 인정을 받지 못했다.

그러나 희망을 버리지 않았고, 수펀의 주치의인 류 선생을 찾아갔다. 류 선생은 왕 선생과 성격이 정반대다. 피할 수 있는 일은 피하자는 방침에 냉정한 말과 독설도 아무렇지 않게 하는 사람이다. 그래서 열정이 넘치는 왕 선생을 부담스러워했다. 하지만 왕 선생은 류 선생이 진료를 쉬는 시간마다 찾아가 뒤꽁무니를 졸졸 쫓아다니며 귀찮게 굴었다.

몇 번 그렇게 시달리다 보니 류 선생은 저 멀리서 "류 선생님!" 하는 소리만 들려도 후다닥 도망가 숨기 바빴다.

샤오리즈는 신이 났다.

"류 선생님이 왕 선생님을 누님보다 더 귀찮아하는 것 같은데요."

왕 선생은 수펀에게 독서 모임이나 연극 심리 치료 같은 재활 활동에 참여하라고 독려했고, 몇 번의 노력 끝에 수펀이 연극 심리 치료에 참여하게 되었다. 수펀은 나름 교양 있는 지식인이니 연극 심리 치료에 흥미를 느낄 만도 했다.

수펀은 연극에 참여한 후, 다른 사람들에게는 데면데면해도 추페이와는 꽤 친해졌다. 연극 심리 치료 모임에서 오랫동안 활동해 온 추페이는 글쓰기를 좋아하고 글재주가 있어 퇴원 후 계속 SNS 계정을 운영하고 있었다.

추페이는 원체 말수가 적고 표정을 드러내지 않는 사람이었지만 수펀과는 이야기를 잘 했고, 두 사람은 치료 중간중간 쉬는 시간마다 함께 수다를 떨었다. 수펀은 추페이가 아닌 다른 재활 환자들과는 거리를 두어서 다른 사람들은 전혀 성에 차지 않는다는 걸 확연히 알 수 있었다.

나 역시 추페이를 만나려고 연극 치료실로 찾아가도 수펀이 그와 함께 있으면 가까이 다가가지 않고 근처에 혼자 앉아 있었다. 몇 번인가 그런 일이 반복되자, 추페이가 먼저 나에게 다가왔다. 그리고 약속대로 나를 향해 어색한 그 웃음을 지었다.

어느 날 내가 물었다.

"왜 왔어요?"

추페이가 잠시 망설이다 말했다.

"수펀 씨를 좋아하지 않으시네요."

나는 추페이가 생각보다 대단히 민감하다는 데 살짝 놀랐다.

"새 친구를 사귀셨네요. 제가 다 반갑고 기뻐요."

추페이는 물끄러미 서 있더니 수펀에게로 돌아갔다. 그의 뒷모습을 보고 있자니, 아들을 장가보낸 듯 섭섭한 마음이 들었다.

샤오리즈에게 속마음을 이야기했더니 대뜸 그런 말을 했다.

"그래도 깨어 있는 어머니네. 마음에 안 드는 여자라도 방해는 안 하겠다는 거잖아요."

며칠 후 주민 위원회에서 전화가 걸려왔다. 수펀이 드디어 선을 보겠다고 했는데 혹시 소개할 사람이 없냐는 내용이었다. 그런 일로 질병예방통제센터에 연락하다니 정말 염치없는 사람들이었다. 우리가 책임져야 할 일도 아니니 도와드리기 어렵다고 정중하게 설명하면 그만이었다. 그런데 안타깝게도 전화를 받은 사람이 왕 선생이었다.

눈치 없는 왕 선생이 일을 돕겠다고 나섰다. 그리고 나를 찾아와 수펀과 추페이 사이가 괜찮은 것 같으니 추페이의 뜻은 어떤지 한번 물어보라고 했다.

"추페이 환자하고 수펀 환자가 친하잖아요. 추페이 환자 나이가 곧 서른인데 연애 한 번 못 해봤고, 이제 재활해서 상태도 안정적이니 그런 개인적인 문제들도 고민할 때가 됐죠. 확실해요. 잘못 봤을 리가 없어요. 추페이 환자가 수펀 환자한테 분명 마음이 있다니까요. 그렇지 않고서야 그렇게 조용하고 과묵한 사람이 어떻게 수펀 환자하고만 그렇게 신이 나서 얘기를 하겠어요."

"그럼 직접 가서 물어보시지 그래요?"

"무 선생님이 추페이 환자하고 사이가 좋잖아요. 이번 일은 공개적으로 진행하긴 그런데, 제가 가서 물어보면 너무 사무적으로 느껴지지 않을까요? 선생님이 물어보는 건 친구 사이의 관심과 배려 차원이니까 성격이 다르죠."

왕 선생은 나를 쫓아다니며 반나절을 종알거렸다. 류 선생이 왕 선생만 만나면 무서워하면서 도망 다닌 심정이 이해가 되었다. 나는 피하지도 못하고 결국 얼굴에 철판을 깔고 추페이를 찾아갔다.

어색함을 무릅쓰고 추페이에게 의향을 물었고, 추페이는 잠시 생각하는가 싶더니 미소를 지었다. 난 좀 놀라웠다. 그가 이렇게 자연스럽게 웃음을 보인 경우가 처음이었기 때문이다. 친구를 사귄 것이 그의 정서적 감수성을 높이는 데 확실히 큰 도움이 된 듯했다.

추페이는 진지하게 대답했다.

"무 선생님, 저와 수펀은 친구입니다. 다른 뜻은 없어요."

"네. 알겠어요. 혹시나 해서 그냥 물어본 거예요."

추페이는 여전히 미소를 잃지 않았다. 그런데 그 모습을 가만히 보고 있으니 어딘지 모르게 누군가와 많이 닮아 있다는 느낌이 들었다.

위원회에서 또 전화가 왔다. 좋은 사람을 찾았으니 신경 쓰지 말라는 것이었다. 그리고 왕 선생과 적당한 시간을 잡아 약속을 정했다. 수펀이 심리 상태가 안정적이지 못하니 가능하면 전문가가 맞선 자리에 나와 지켜봐 달라는 이유였다.

왕 선생과 내가 맞선 장소에 도착했을 때 수펀 어머니의 얼굴은 흙빛이었다. 그녀는 맞선 상대가 지적장애인이라는 걸 알고는 수펀을 데리고 그대로 돌아가려 했다.

주선자는 위원회 소속 사람이었다. 스스로 생각해도 너무했다 싶었는지 미친 수펀이 무슨 일이라도 벌일까 봐 두려워했지만 끝까지 억지를 부렸다.

"본인들 조건이 어떤지도 생각해야지. 너도 그 모양이니까 저쪽이나 별 차이 없어. 괜히 이것저것 트집 잡지 마. 적어도 바람은 안 피우겠지."

수편이 소개받은 남자는 이전에 우리가 아파트 단지에서 마주쳤던 '천치'였다. 주선자는 자기가 마치 이 사람들 때문에 안타까워 미치겠다는 듯 왕 선생과 나에게 속닥거렸다. 단지에 정상이 아닌 사람이 둘 있는데 한데 어울려 살면 서로 도움도 되고 아이도 낳을 수 있으니 얼마나 좋겠냐는 것이다. 우리는 위원회 사람들의 구역질 나는 변명임을 단번에 눈치챘다.

수편 어머니가 욕설을 퍼부었다.

"천치는 유전이야! 자식도 천치라고!"

주선자가 투덜거렸다.

"천치 자식이라도 없는 것보단 낫지 뭘."

수편의 어머니가 화를 주체하지 못하자 왕 선생이 나서서 설명했다.

"꼭 유전이 원인이라고 할 수는 없습니다. 출산 시 감염이나 양육 환경이 좋지 못한 게 원인이 되기도 하고요. 그리고 지적장애가 심하면…… 아이를 가지기도 쉽지 않습니다. 그런 유전자가 유전되지 않도록 자연 선택이 이뤄지는……"

왕 선생의 말이 끝나기도 전에 수편 어머니의 얼굴은 완전히 잿빛이 되었다. 나는 울 수도 웃을 수도 없는 이 황당한 상황이 이제 끝났구나 싶었다. 그런데 전혀 예상치 못하게 수편이 어머니에게 이 맞선을 계속 보겠다고 하는 것이 아닌가.

분위기는 일촉즉발의 살얼음판이었지만 우리는 계속 자리를 지켰다. 수편의 어머니는 당장이라도 폭발할 기세였고, 주선자는 어쩔 줄 몰라 벌벌 떨고 있었다. 나와 왕 선생도 민망하고 난처해 미칠 지경이었다. 그런데 그 와중에도 수편과 '천치'는 평온하기만 했다.

'천치'의 이름은 스처였다. 수편은 스처와 주선자를 비난하거나 잘

난 체하지 않고 스처에게 가벼운 질문을 몇 가지 던졌다. 스처는 더듬더듬 대답했는데 어떤 부분은 알아듣기도 힘들었다. 그러나 수편의 질문에 최선을 다해 답변했고, 그녀의 말을 한마디도 놓치지 않았다.

"나이가 어떻게 돼요?"

"서른하나요."

"이름 쓸 줄 알아요?"

스처는 잠시 망설이더니 컵의 물을 테이블 위에 붓고 삐뚤빼뚤하게 '스처' 두 글자를 적어 내려갔다.

수편이 물로 쓴 두 글자를 보더니 이야기했다.

"오늘 뭐 하러 나온 건지 알아요?"

"색시 얻으러요."

주선자가 일러주었다는 걸 알 수 있었다. 주선자가 민망한 표정을 지었고, 수편 어머니의 시선에는 독기가 서렸다.

수편이 그런 그를 보며 희미하게 미소를 보였다.

"내가 좋아요?"

스처의 눈빛은 멀뚱멀뚱했지만 맑고 진지했다. 그가 고개를 끄덕였다.

"좋아요."

주선자 아주머니의 표정이 묘하게 복잡해졌다. 속으로 아마 '천치'마저도 살살 꾀는 수편이 보통 불여우가 아니라고 욕하는 듯했다. 그러면서도 난감함을 감추지 못했다.

지금 이 순간 수편의 표정과 태도가 가식이라는 건 스처를 제외한 이 자리의 모두가 알 수 있었다. 주선자를 곤란하게 하려는 의도가 분명했다. 그리고 뻔뻔한 그녀의 행동에 민망함은 나머지 사람들 몫이었다. 당사자를 제외한 모두가 가시방석 같았던 맞선 자리는 한 시간 이십 분이나 계속되었다.

그 사이에 수편의 강박증세가 또 나타났다. 수편은 커피 잔을 들었다가 잔 받침에 살짝 부딪혔다가 다시 들었다가 났다 들었다 놓는 행동을 시종일관 반복했다. 스처가 질문에 하나씩 대답할 때마다 그 빈도는 점점 잦아졌다. 그러다 한 번씩 커피 잔을 들어 테이블에 놓았다가 잠시 후 다시 잔 받침 위로 옮기며 잔을 한시도 가만히 두지 않았다.

수편의 강박적 행동을 관찰해보았다. 마음속의 어떤 생각을 털어내고자 그런 행동이 나타나는 듯했다. 그녀의 다른 강박적 의례 행위와 연관 지어 몇 가지 추측을 해보았다.

맞선이 끝나고 왕 선생은 위원회가 너무했다고 투덜거렸다. 눈도 높고 도도한 수편의 성격상 지적장애인이 눈에 찰 리 만무한데, 주선자가 두 사람을 같은 수준으로 놓고 이야기를 하니 이보다 더 노골적인 모욕이 어디 있냐는 것이었다.

나는 대꾸도 하지 않았다. 머릿속에 한 가지 일이 떠올랐기 때문이다.

단지에서 스처를 처음 만난 날, 스처는 죽은 새를 6층으로 날려 보내야 한다고 고집스럽게 이야기했다. 그때 왜 6층이냐고 물어보고 싶었는데 위원회 사람들이 나타나는 바람에 이야기가 끊겼었다. 지금 생각해보니 수편의 집이 바로 6층이었다.

맞선 자리가 그렇게 허둥지둥 끝나고, 위원회 사람들은 잠시 조용해졌다. 그런데 왕 선생이 그 단지에 뻔질나게 드나들기 시작했다. 그는 스처가 병원에서 치료와 훈련을 받을 수 있도록 가족들을 설득하려 했다.

　지적장애인은 장애의 정도에 따라 훈련을 거쳐서 자립 능력이 향상될 수도 있다. 그래서 스처의 지능지수를 알아보고 정도를 판단해 얼마나 좋아질 수 있을지를 확인하는 게 우선이었다.

　스처의 부모는 이혼 후 각자 재혼해 가정을 이루었고, 스처는 혼자 오래된 아파트에 방치되어 할머니 손에 자랐다. 친부모들은 정기적인 경제적 지원 외에는 거의 왕래가 없었지만, 여전히 법적 보호자 신분이었다. 왕 선생이 그의 집으로 찾아갔을 때 할머니는 스처의 부모에게 전화를 걸었다. 그들은 왕 선생의 설명을 다 듣기도 전에 무조건 그러라고 했다.

　스처의 지능지수 검사 결과는 나의 추측과 별반 다르지 않았다. 약 8세의 지능을 가진 그는 중등도 지적장애에 속했다. 언어 지체가 있고, 사람과의 친밀도를 구분할 수 있으며 감정 기복이 심했다. 오랜 기간 훈련을 거친다면 깊지 않은 대인 관계가 가능한 수준이다.

　그런데 스처가 병원에 가지 않으려 했다. 왕 선생이 데리러 간 날, 스처는 어디론가 숨어버렸고 온종일 단지를 뒤졌지만 찾지 못했다. 스처의 할머니는 겁이 나서 스처에게 강요하지 않았고, 결국 병원 치료는 무산되고 말았다.

　얼마 지나지 않아 위원회에서 왕 선생에게 스처를 병원으로 보내겠다고 연락을 해왔다. 스처가 남의 물건을 훔치다가 붙잡혔다는 것이었다. 왕 선생과 나는 곧바로 달려갔다. 스처가 훔친 물건은 다름 아닌 커피 잔 받침이었다. 스처가 맞선을 보았던 그 식당을 어슬렁거리며 잔 받침을 수도 없이 훔쳐갔다고 했다.

　훔친 잔 받침은 수편의 집이 있는 건물 층계참에 가지런하게 쌓여 있었다. 얼추 여남은 개는 돼 보였다. 누군가의 눈에 띄었으면 하는 의도가 한눈에 보였다. 당당하게 앞에 나설 수는 없고, 자기만의 꾀를 낸 것이다. 잔 받침을 쌓아놓았지만 아무도 건드리지 않도록 한 것도 전부 의도한 바였다.

스처는 그곳에 도착하자, 자기를 붙잡고 있던 사람의 손아귀에서 벗어나 다급하게 잔 받침 있는 곳으로 다가갔다. 그리고 품속에서 조심스럽게 잔 받침 하나를 꺼내 맨 위에 살짝 올려놓았다.

잠시 후 위원회 사람 중 누군가가 그를 비웃었다.

"뭐야. 바보 천치도 여자한테 환심 사야 한다는 걸 아는 거야? 그런데 이게 다 뭐야. 컵 받침? 진짜 바보 녀석이네."

스처는 그런 조소에 꿈쩍도 하지 않았다. 쌓을수록 높아지는 잔 받침을 꿋꿋이 지키려고만 했다.

나는 좀 얼떨떨했다. 맞선을 본 날, 나만 수펀을 관찰했던 게 아니었다. 스처도 수펀을 관찰했다. 스처는 수펀이 잔으로 받침을 부딪는 반복 행위를 기억하고는 수펀이 잔 받침을 좋아하기 때문이라고 이해한 것이다.

스처는 방금 이곳에 와서 잔 받침 하나를 더 올려 둠으로써 오늘의 임무를 완수했다. 식당 점원은 그가 매일 잔 받침을 훔쳤다고 이야기했다. 나는 날짜를 따져보며 물었다.

"스처 씨, 매일 와서 하나씩 올려 두는 거예요?"

스처가 고개를 끄덕였다.

수펀이 한 번도 잔 받침을 가져간 적이 없는 게 확실했다. 6층에 사는 그녀는 이 일을 아예 모를지도 모른다. 마찬가지로 스처가 온종일 죽은 새를 들고 다니며 자기를 대신해 수펀이 사는 6층까지 날아가길 바라는 걸 수펀은 아예 모르고 있을 것이다. 그야말로 '천치'의 어리숙한 사랑 표현이 아닐 수 없었다.

계단참의 잔 받침은 모조리 빼앗겼다. 그러자 평온하던 스처가 갑자기 포악하게 변하며 잔 받침을 챙겨 들던 위원회 아주머니를 밀쳐 쓰러트렸다. 다른 아주머니들이 우르르 달려들어 말렸지만 스처가 폭발하면 이렇게 무서워진다는 건 상상도 못 한 일이었다.

결국 아파트 경비원이 달려와서 스처의 저항을 제지했다. 경비원은 잔 받침을 식당 점원에게 돌려주었다. 스처는 꼼짝도 하지 못하고 제압당한 채 비명을 질렀다. 나는 도저히 흉내조차 낼 수 없는, 정말 기괴한 소리였다. 평소 말을 자주 하지 않는 그는 사람들이 고함을 지를 때 어떻게 하는지 모르는 듯했다. 스처는 본능에 따라 동물의 비명을 내질렀고, 차마 듣고 있기 어려운 그 소리는 나의 마음을 그대로 후벼팠다.

그날 이후 '천치가 미친년에게 매일 잔 받침을 선물한다'는 소식이 단지 내에 퍼졌다. 난처해진 수펀 어머니의 일그러진 얼굴을 기대하는 얄궂은 사람도 있었다.

왕 선생은 스처에게 병원 치료를 더 권하지 않았다. 스처가 단지 밖으로 벗어나길 원치 않으니 아예 집으로 찾아가 훈련하면 될 일이었다. 스처의 8세 지능 수준에는 교정해야 할 것들이 너무나도 많았다. 그러나 교정 단계에서 누군가와 연인으로서 관계를 맺는 것은 적절하지 않았다.

스처는 환자가 되었다. 그런데 수펀은 재활 중인 환자였다. 그들 사이에는 지적 수준 외에도 서로 다른 수준의 환자라는 걸림돌이 있었다. 수펀에게는 이 사실이 별다른 영향을 끼치지 않았다. 사실 '천치'가

미친 여자를 좋아한다는 것도 미친 여자에게는 아무 상관 없는 일일
수 있었다.

위원회 아주머니는 스처의 머리를 가리키며 눈이 천장에 달린 그 여
자는 너를 발톱의 때처럼 생각하니 이제 그만 잊어버리라고 했다. 그
러더니 또 한참을 깔깔거리며 웃었다. 어차피 두 사람 다 도긴개긴이
라고 생각한 것이다.

사람들은 '천치'가 맞선 때문에 갑자기 저렇게 미쳐 날뛴다고만 생
각했다. 그를 비웃는 것 외에 이 일에 관심을 두는 사람은 거의 없었다.

그 와중에 왕 선생이 스처에게 글자 쓰는 법을 가르쳤고, 스처는 '수
편과 스처' 이 다섯 글자를 매일 연습했다.

그는 흰 종이를 펼쳐 들고 왼쪽부터 '수편과 스처'를 쓰기 시작해 한
행의 육분의 일 정도를 채우고 나면 더 이어서 쓰지 못하고 줄을 바꾸
어 다시 왼쪽부터 쓰기 시작했다.

종이 한 장의 오른쪽이 텅텅 비자, 왕 선생은 스처에게 여기도 꽉 채
우라고 했다. 그러나 스처는 더 쓰지 않았다. 그 종이를 본 나는 스처가
아마 자신의 마음을 소심하게나마 표현한 게 아닌가 하는 생각이 들
었다. '수편과 스처' 뒤쪽의 비워 둔 곳은 '수편과 스처'가 수많은 일을
함께하며 채워 나갈 공간인 것이다.

수편과 스처는 장난을 쳤다, 수편과 스처는 밥을 먹었다, 수편과 스
처는 함께했다, 수편과 스처는 절대 헤어지지 않는다…….

하얗게 남겨진 그 공간에서 둘은 무엇이든 가능하다. 어린아이의 지
능을 가진 그는 그 여백 속에서 무한한 상상의 나래를 펼치고 있었다.

그러나 스처를 한없이 즐겁게 만드는 그 다섯 글자가 단지 사람들
의 눈에는 '미친년과 천치'로 보였고, 의사의 눈에는 '재활 환자와 환자'

로 보였다. 그 누구도 그들을 '수펀과 스처'로 보지 않았다.

　일주일 후 스처가 얻어맞았다. 수펀 어머니의 형제들이 집에 왔다가 때마침 단지를 돌아다니던 스처와 만났고, 어찌 된 일인지 주먹을 휘두른 것이다.

　왕 선생과 나는 연락을 받고 재빨리 달려갔다. 남자 세 명이 스처를 땅바닥에 내동댕이치고 그의 몸에 주먹을 마구 꽂아 넣고 있었다. 스처는 주먹세례에도 아랑곳하지 않고 이를 악물고 앞으로 기어갔다. 그리고 손을 뻗어 쓰러진 잔 받침들을 가지런히 바로잡으려 했다.

　그제야 수펀이 사는 단지 건물 아래에도 잔 받침이 하나 놓여 있다는 걸 알게 되었다. 계단 입구에는 누구의 소행인지 잔 받침이 딱 맞게 들어갈 만한 사각형이 그려져 있었다. 스처는 계속해서 날아드는 주먹을 맞으면서도 사각형을 벗어난 잔 받침을 원래 자리로 되돌려놓으려고 안간힘을 썼다. 몸이 마음대로 되지 않아 자꾸만 받침이 비뚤어졌지만, 두 번 세 번 노력했다.

　위원회 여자들은 남자들의 기세에 차마 달려들지 못하고 옆에 서서 비명만 지르는 중이었다. 경비원이 옆 아파트의 경비원까지 불러와 모두 네 명이 달려들어서야 그들을 떼어냈다.

　그때 누군가의 시선이 느껴졌다. 고개를 들어보니 3층 계단 창문에서 수펀이 보였다. 그녀는 웃고 있었다.

　아래쪽의 난투극을 바라보며, 숨도 제대로 쉬지 못하면서 죽어라 잔 받침을 바로잡으려는 '천치'를 바라보며 그녀의 얼굴은 즐거움으로 가득했다. 마치 짐승과 싸우는 검투사의 경기를 감상하는 듯 들떠 있었다. 그 순간 나는 수펀이 어떤 생각을 하는지 깨달았다. 그녀는 누가 봐도 즐겁고 행복했다. 한 남자가 자신을 위해 목숨을 거는 모습, 자아도취에 빠지기에 그보다 더 좋은 광경은 없을 것이다.

경비원이 그들을 떼어내고 나서야 폭행이 끝났다. 수편은 아무런 기적도 없이 3층 창문에서 사라졌다. 그녀가 거기 서 있었던 것이 나의 착각이 아니었나 싶을 정도로 조용히 사라졌다.

이로써 나는 한 가지 사실을 알게 되었다. 수편은 '천치'가 잔 받침을 자신에게 선물한다는 것, '천치'가 사랑에 빠졌다는 것, '천치'가 사람들에게 얻어맞을 것을 이미 알고 있었다. 그리고 스처의 사랑을 자기 마음대로 가지고 놀았다. 심지어 이 야단법석을 좀 더 똑똑히 보려고 일부러 3층까지 내려왔다.

왕 선생이 스처를 병원으로 데려갔다. 나는 위원회 사람들과 함께 아파트 보안 카메라를 살펴보며 몇 가지를 확인했다.

그리고 스처가 얻어맞으면서도 잔 받침을 올려놓으려고 애썼던 사각형을 다시 가서 보았다. 분필로 그린 사각형은 아주 반듯했다. 분필은 선생님이 주로 쓰는 물건이다.

수편이 사는 동의 계단 입구를 비스듬히 비추는 보안 카메라를 보니, 그녀의 친척들이 먼저 스처를 때렸다. 수편의 어머니가 좋게 좋게 이야기하고 가라고 하는데도 스처가 말을 들으려 하지 않고 잔 받침을 놓겠다고 억지를 부리자 수편 어머니의 분노와 혐오감이 극에 달한 상황인 듯했다.

나는 영상을 더 앞으로 돌려 달라고 부탁했다. 보름 전쯤 왕 선생이 스처에게 잠깐이라도 수편을 찾아가지 말라고 했던 날 영상이었다. 낮에 그렇게 훈련을 하고도 스처는 밤에 수편이 사는 동 아래에 나타났다. 그는 매일 밤 잔 받침 하나를 몰래 챙겨와 계단 입구에 놓았다. 그리고 두세 시간을 기다렸다가 잔 받침을 챙겨서 자리를 떠났다. 그리고 다음 날 저녁에 다시 와서 그 위치에 잔 받침을 놓았다. 예전에 그랬던 것처럼 매일 찾아가기를 무려 보름 동안 이어갔다.

위원회 사람들은 다시 한바탕 비웃었다. 나는 영상을 계속해서 최근으로 빨리 감았다. 그러자 아주머니들이 뭘 보려고 그러느냐고 물었다.

사각형 틀. 그 틀이 아직 나오지 않았다.

위원회 아주머니들 몇몇은 돌아갔고, 나는 몇 시간 동안 영상을 들여다보았다. 그리고 마침내 그 사각형을 보았다. 나흘 전 밤에 스처가 잔 받침을 가지고 갔을 때, 공동 현관문이 열리고 한 사람이 밖으로 나왔다. 수펀이었다.

그녀가 스처를 만나러 내려온 것이다! 보안 카메라에 소리는 녹음되지 않았지만 어렴풋이 모습이 보였다. 그들은 아무 대화도 나누지 않았다. 수펀이 쭈그리고 앉아 분필로 계단 입구에 사각형을 그렸고, 스처를 보며 그 틀을 손짓으로 가리켰다.

스처는 알았다는 듯 손에 든 잔 받침을 수펀이 그린 틀 안에 놓았다. 아주 조심스럽고 반듯하게 틀에 맞춰 내려놓았다. 수펀은 다시 안으로 들어갔고, 스처는 늦은 밤까지 그 자리에 우두커니 서 있었다. 바람이 불어 잔 받침이 조금이라도 틀어질까 봐 가만히 지키고 서 있었다.

위원회 사람들이 소리를 질렀다.

"우와! 저 여자 지금 뭐 하는 거야? 저 바보 천치를 완전히 갖고 노는 거 아냐! 저런 몹쓸 짓을! 저 여자가 스처를 꼬드긴 거네! 애가 아주 정신 못 차리게 혼을 쏙 빼놓은 거야!"

나는 화면의 오른쪽 모서리를 가리키며 경비원에게 물었다.

"이 부분 크게 좀 볼 수 있을까요?"

내가 가리킨 부분은 수편의 집이 있는 동의 3층 계단 창문이었다. 경비원이 화면을 조정해주었다. 카메라의 위치상 아주 일부만 찍혔고 영상을 확대하니 아주 흐릿해지긴 했지만, 확실히 보였다. 3층의 계단 창문가에 한 여자가 서 있었다. 수편이었다.

위원회 사람들이 이번에도 놀라며 몸서리쳤다.

"세상에, 천벌을 받지. 집에 안 들어가고 몰래 서서 천치를 보는 거야?"

아니다. 그녀가 바라보는 것은 천치 스처가 아니다. 자신의 말을 신념처럼 받들고, 자신을 위해 잔 받침을 지키는 한 남자이다.

틀을 그리고 잔을 놓도록 가리키는 이런 행동은 일종의 통제 욕구를 보여준다. 분필을 사용한 것 역시 그녀가 어린 학생들을 통제하고 장악했던 상황을 상징적으로 드러낸다. 그녀는 잔 받침이 딱 하나 들어갈 만큼 사각형을 아주 작게 그렸다. 이는 그녀의 구속 욕구가 강하고 상대의 사소한 부분까지 놓치지 않는다는 점을 의미한다. 수편은 자신에게 사랑을 바치는 남자를 통제하려는 욕구가 있거나 혹은 사랑하고 목을 매는 애정 자체에 통제 욕구를 느낀다.

보안 카메라 영상을 계속 돌려보았다. 그날 밤 이후로 스처는 매일 잔 받침을 가져와 틀 모양 안에 조심스럽게 놓으며 기뻐했다.

오늘 밤에도 그는 얼어터진 몰골로 나타나 잔 받침을 그 사각형 틀안에 놓을 것이 분명했다. 그게 수편이 정한 규칙이기 때문이다.

여자는 그가 잔 받침을 선물하는 걸 알고 있었지만 한 번도 그걸 받아들이지 않았다. 대신 사각형 틀을 그림으로써 자신이 정한 방식대로 그가 사랑과 정성을 바치길 바랐고, 자신의 행복하고 즐거운 나르시시즘을 받들어주길 바랐다.

스처는 왼팔만 탈골되었을 뿐이고 다른 곳은 괜찮았다. 위원회 아주머니들은 이번 폭력 사태를 직접 나서서 처리하고 싶어 했지만 스처의 할머니는 사건 규명을 원하지 않았다. 개운치 않은 상황이지만 아주머니들도 어쩔 도리가 없었다.

위원회 사람들이 머리를 맞대고 어떻게 하면 수편네에게 대가를 치르게 할지를 고민하는 사이에 갑자기 두 주인공이 데이트를 시작했다.

붕대를 감은 스처와 수편이 함께 거니는 모습이 단지 안에서 자주 목격되었다. 스처는 팔이 빠진 것도 아랑곳하지 않고 원숭이처럼 천방지축이었다. 이쪽에서 꽃을 꺾고 저쪽에서 흙을 파헤치다가, 어느새 죽은 새를 주워 수편의 눈앞에 갖다 바쳤다. 그러나 수편은 잔 받침 때처럼 알 수 없는 미소만 지을 뿐이고 한 번도 선물을 받지 않았다.

단지 사람들은 그들의 모습을 볼 때마다 꼴불견이라는 듯 '천치'가 얻어맞아 저 모양이 되니 미친년이 불쌍해한다며 그들을 비웃고 비아냥거렸다.

고생은 왕 선생의 몫이었다. 스처는 낮에 받는 훈련에는 관심도 없고 몰래 수편을 찾아가려는 생각만 했다. 화가 난 왕 선생은 이를 바득바득 갈았다.

"당분간은 수편에게 접근하지 말라고 수백 번은 이야기했다고요. 교육받고 좋아지면 둘이 연애를 하든 깨를 볶든 누가 막겠습니까."

왕 선생은 수편을 만나 잠시라도 스처와 만나지 말아 달라고 이야기했지만 아무 소득이 없었다. 오히려 스처가 그 사실을 알고 왕 선생에게 반발심이 생겼고, 훈련 프로그램만 진척이 더뎌졌을 뿐이다.

그러던 어느 날 스처를 만나러 아파트로 찾아갔다가 수펀을 찾아온 추페이와 마주쳤다. 추페이와 병원 밖에서 마주친 건 나도 처음이었다. 우리는 함께 걷다가 수펀과 스처를 발견했다. 단지 내 공원에서 스처가 모래 놀이를 하는 중이었고, 수펀은 아이를 돌보는 엄마처럼 한쪽 난간에 기대어 그를 바라보고 있었다.

눈살이 저절로 찌푸려졌다. 오늘은 분명히 스처가 훈련 프로그램에 참여하는 날인데 또 수펀에 이끌려 밖에 나와 있었기 때문이다. 수펀은 스처가 훈련을 받아 자신의 손아귀에서 벗어나는 걸 전혀 바라지 않았다.

우리가 다가가자 수펀이 추페이에게 고갯짓을 했다. 추페이가 그녀에게 다가갔다.

나는 스처에게 손짓을 했다.

"스처 씨, 이리 오세요."

스처가 나를 보았지만 미동도 하지 않았다.

수펀도 스처에게 소리를 질렀다.

"스처, 이리와."

스처가 즉시 손의 모래를 털고 수펀에게로 달려갔다. 수펀은 그를 마음대로 주무른다는 승리감을 만끽하며 나를 향해 웃어 보였다.

나는 멀찍이 서서 그녀를 차갑게 노려보았다. 수펀에게로 다가가던 추페이가 아무 말 없이 돌아서더니 내 뒤로 와서 섰다.

질병예방통제센터 업무가 바빠졌다. 왕 선생은 양쪽 일을 하느라 분주했고, 나도 스처에게 발길을 거의 끊었다. 그러던 중 위원회에서 또 연락이 왔다. 스처가 어젯밤 수펀의 집으로 들어간 후 아직 나오지 않는다는 소식이었다.

나와 왕 선생은 다급하게 아파트로 향했다. 왕 선생은 위원회 사람들에게 두 사람 사이가 너무 가까워지면 알려 달라고 부탁을 해놓은 상태였다. 훈련을 받는 스처가 그렇게 깊은 관계를 맺는 일은 없어야 했기 때문이다.

아파트로 가는 왕 선생의 얼굴에 근심이 가득했다.

"설마 아니겠죠? 수펀 씨가 스처 씨를 그렇게까지 좋아하는 것 같지는 않던데요."

"아뇨. 수펀이 그를 원하는 거예요."

왕 선생은 깜짝 놀라 차의 속도를 높였다.

도착해보니 위원회 사람이 아래에서 기다리고 있었다. 그 사람 말로는 수펀의 어머니가 방금 집에 올라가더니 잠시 후에 다시 나왔는데 화가 머리끝까지 나 있었다고 했다. 우리는 즉시 수펀의 집으로 올라갔다. 현관문이 활짝 열려 있었다. 화가 난 어머니가 문도 닫지 않고 밖으로 나가버린 것 같았다. 얼른 안으로 들어가보았다. 침실 문이 굳게 닫힌 채, 아무런 기척도 들리지 않았다. 위원회 사람이 소리를 질러보았지만 대답이 없었다.

내가 앞으로 나섰다.

"제가 해볼게요."

닫힌 방문 앞으로 가서 노크했지만, 역시나 인기척이 없었다. 하는 수 없이 문을 열어젖혔다. 방 안의 냄새가 코로 확 끼쳐왔다.

수펀이 혼자 침대 위에 있었다. 나는 방 안으로 들어가 딴 사람들의 시선을 피하려고 문을 닫았다.

"스처 씨는요?"

수펀은 누군가 방에 들어온 것이 아무렇지도 않은 듯 눈길조차 주지 않았다.

"갔어요."

"둘이 잤어요?"

"변태도 아니고 그런 걸 왜 물어요?"

나는 연거푸 물었다.

"둘이 잤냐고요?"

수펀은 여전히 대답하지 않았다. 사람을 무시하고 경멸하는 듯한 그녀 특유의 눈빛이 또다시 배어 나왔다.

수펀에게 한 걸음 다가서며 이야기했다.

"당신은 남자가 필요해요. 그래서 그를 보자마자 계획이 섰겠죠. 커피 잔으로 끊임없이 받침을 치면서 그 위에 차마 내려놓지 못한 건, 그와 함께하고 싶다는 마음속 갈망을 밀어내려고 했던 행동이에요. 그렇다는 게 너무 일찍 티가 나면 안 되니까, 성적인 문제에 관해서는 점잖은 척해야 한다고 생각한 거죠. 그래서 그가 선물하는 잔 받침이 하나하나 늘어날수록 욕망을 억누르려 했지만, 한편으로는 그 욕망이 점점 더 커졌을 겁니다. 당신의 강박증이 더 심해질수록 그와 함께하고 싶은 욕망이 더 강해졌다는 뜻이죠."

거만하던 그녀의 표정이 산산조각 났다.

사실 두 사람이 맞선을 봤던 날 이미 생각한 바였다. 자칫 무의미해 보일 수 있는 강박증 환자들의 강박 행동은 사실 자기 스스로 받아들이기 힘든 내면의 생각과 상상을 쫓아내기 위한 것이다.

커피 잔과 잔 받침은 원래 한 쌍으로 성관계를 상징한다. 그리고 수펀이 입원하기 전 했던 강박적 행위, 초인종 구멍에 쉴 새 없이 손가락을 집어넣고, 냉장고를 수시로 열었다 닫은 행동도 역시 성적인 상징과 관련되어 있다. 수편은 현실적으로 성적인 경험을 하기가 힘들지만, 그런 경험을 그 누구보다 원하고 갈망했다. 다른 집 초인종을 못 쓰게 박살 낸 것도 다른 사람의 성적 쾌감에 대한 질투를 드러낸다.

밤새 병실에서 한 수업 의식도 선생님이라는 신분이 그녀에게는 성을 억압하는 존재를 상징했기 때문이다. 수편은 가르치는 행위를 반복함으로써 스스로 부끄러움을 알고 본능과 거리를 두며 정숙한 사람이 되도록 일깨우려 했다.

위원회 사람 중에 그녀를 불여우라 칭한 사람이 있었다. 그건 수편이 정말 어떤 행동을 해서가 아니었다. 분출되지 못하고 과도하게 쌓인 그녀 내면의 성적 에너지가 무슨 행동을 하든 성적인 긴장감과 분위기를 유발했기 때문이었다.

"삼 년 전 이혼하고 병원에 들락거리면서 새로운 연애를 시작할 수 없었겠죠. 배운 사람으로서 아무나 함부로 사귈 수도 없었을 거고요. 마음속의 욕망을 떨칠 기회가 전혀 없었을 겁니다. 그때 바보 스처가 나타났어요. 스처는 아주 엄격하게 자신을 억누르던 당신을 무력화시켰죠. 당신의 '추악한 위선'에 전혀 신경 쓰지 않고, 심지어 그 위선을 사랑했으니까요. 당신이 스처와 가까워진 건 그가 불쌍해서도 그의 행동에 감동해서도 아니에요. 당신 자신이 편안해질 방법을 찾은 겁니다. 나의 테스트를 통과하고 나의 통제 욕구를 완전히 만족시킬 수 있는, 나에게 안전한 통로를 확보한 거죠."

수편이 나를 뚫어지라 쳐다보았다. 나는 침대 곁으로 다가서며 냉소하듯 말했다.

"당신이 어떤 말에 가장 상처를 받을지 다 알아요. 말하지는 않겠습니다. 전 선량한 사람이니까요."

수편은 잠시 가만히 있더니 돌연 웃음을 터뜨렸다. 그리고 이불을 걷어내고 몸을 일으켰다. 몸도 제대로 가리지 않은 그녀 뒤로 옷이 어수선하게 흩어져 있었다.

나보다 키가 큰 그녀가 천천히 나에게로 다가왔다. 그리고 땀에 흥건하게 젖은, 남자의 아랫도리를 주물렀을 그 손으로 내 얼굴을 쓰다듬었다. 수편은 내 눈을 똑바로 응시하며 말했다.

"당신도 참 불쌍하네요."

나도 그녀를 똑바로 바라보았다.

"내가 욕망에 지배당했다고 생각하는군요. 그럼 당신은 그 선량함에 지배당하지 않은 적 있나요?"

나는 말려들지 않았다.

"당신은 자신의 도구조차 제대로 다룰 줄 모르잖아요. 기껏 며칠도 못 참아요? 왕 선생이 찾아와 스처 씨가 지금 교정받아야 하는 시기라고 말했을 텐데요. 둘이 잠자리는 고사하고 최대한 만나지 말라고 얘기했잖아요. 아무것도 모르는 사람을 데리고 이런 짓을 벌이다니 당신은 정말 최악이에요."

수편이 비웃음을 흘리며 한 걸음 물러섰다.

"웃기는 소리 하지 마요. 교정 훈련은 무슨. 삼십 년을 그렇게 살아왔는데 이제 와서 당신네가 훈련하는 게 무슨 소용이죠? 그 사람의 비극은 엄마 뱃속에서부터 시작된 게 아니라, 자비 없는 이 세상과 당신들 같은 뒷북치는 인간들로부터 시작된 거예요. 지적 능력이 떨어진다고, 교정이 필요하다고 단정 짓는 게 바로 저 사람을 옭아매는 족쇄가 되는 거라고요."

"좋아요. 교정 훈련이 무슨 소용인지 말씀드리죠. 스처는 지금 당신이 주는 사랑을 완전히 받아들였어요. 하지만 그 사랑이 떠나가버리면, 그러니까 당신의 욕구를 해소하는 도구의 기능을 상실하고 지겨워 버림받게 된다면 그 상실감을 어떻게 해야 할지 아무도 알려주지 않아요. 성욕의 도구였던 트라우마에서 벗어나 앞으로 혼자 어떻게 살아가야 할지, 엄마 뱃속에서부터 시작된 비극과 자비 없는 세상의 비극에서 어떻게 벗어나야 할지 아무도 알려주지 않는다고요. 그래서 스처가 여덟 살의 머리로 이 모든 걸 이해하도록 우리가 가르쳐준다는 겁니다. 자기가 그런 도구 취급을 당하고 있다는 것을, 그리고 당신의 사랑은 겉과 속이 다른 가짜 사랑이라는 것을, 당신이 스처를 망쳐버리기 전에 미리 경계하도록 알려준다는 거죠."

여덟 살의 지능을 가진 이가 자유의지를 갖도록 하자는 건 왕 선생의 노력으로 이루어진 시도였다.

수펀은 아무 대답이 없었다.

내가 그녀에게 다가섰다.

"교정 기간에 당신과 잠자리를 갖는 바람에 스처는 훈련의 최적기를 놓쳐버렸어요. 반드시 상처를 받을 거고, 당신 때문에 우리에게 적개심을 갖게 될 거예요. 새로운 세계를 맛보기도 전에 당신을 받아들여버렸으니까요. 아, 물론 당신은 그런 것 따위 안중에도 없겠죠. 내 맘대로 주무를 수 있는 잠자리 도구 하나만 있으면 그만인 사람이니까."

수펀은 줄곧 침묵했지만 무언가를 떠올린 듯 얼굴에 미소를 띠었다. 엉망진창이 된 침대를 뒤로한 채 웃고 있는 그녀의 모습은 몹시 역겨웠다.

나는 말을 마치고 돌아섰다. 문을 열기 직전 그녀의 목소리가 나를 붙잡았다.

"내가 사랑하지 않는다고 확신하나요?"

하지만 나는 아무 대답도 하지 않고 문손잡이를 돌렸다. 그런데 그 때 갑자기 뒷쪽에서 경쾌한 바람이 불어왔다. 싸한 느낌이 들어 뒤를 돌아보니 수편이 어느새 창문가에 서 있었다. 열린 창문 너머에 방범 창은 없었다.

수편은 실오라기 하나 걸치지 않은 몸으로 창턱에 걸터앉아 두 다 리를 살랑살랑 흔들었다. 그녀의 집은 6층이다.

갑자기 벌어진 일에 나는 일순간 아무런 반응도 할 수 없었다.

"뭐 하는 겁니까? 놀라게 하려는 거예요?"

수편이 소리 내 웃었다.

"놀라게 하긴요. 책상 위에 유서 있어요. 봐도 돼요."

유서? 오늘 자살하겠다고 이미 마음먹고 있었다는 건가?

책상 위에 정말로 종이 한 장이 있었다. 나는 수편에게 시선을 고정 하고 책상으로 다가가 종이를 집어 들었다. '유서'라고 커다랗게 쓴 두 글자가 눈을 사로잡았다. 수편에게서 눈을 뗄 수 없어 대충 훑어보니 문장이 날카롭고 신랄했다. 법원에 제출하는 소장이라고 하는 게 더 어울릴 것 같은 글이었다.

유서에는 최근 그녀가 정신병으로 인해 겪은 수많은 어려움이 적혀 있었다. 그녀는 이 아파트 단지와 이 사회를 고발하며 그 가해자로 '당 신들 하나하나'를 지목했다. 사실보다 부풀려진 부분도 많았고, 선동 하려는 어조가 매우 강했다.

수편이 컴퓨터를 가리켰다.

"인터넷에도 똑같이 올려놨어요. 한 시간 후에 내가 저 아래에 눕게 되면 자동으로 업로드될 거예요."

나는 깜짝 놀랐다. 이제야 이해가 되었다. 네티즌에게 호소하려는 것이다. 그 유서가 인터넷에 퍼진다면 이 아파트 주민들은 신상이 탈탈 털릴 것은 물론 도덕적인 비난에 시달리게 될 것이 분명하다.

역시나 이미 계획된 일이었다. 그런데 이상했다. 수펀은 아무리 봐도 자신의 목숨을 가벼이 여길 사람이 아니고, 무기력하고 나약한 사람도 아니다. 게다가 복수할 기회를 남에게 순순히 넘길 사람은 더더욱 아니다. 그렇다고 지금 이 상황이 진퇴양난의 막다른 골목인 것도 아니다. 완벽한 이기주의자인 그녀가 어째서 자신을 포기한단 말인가?

게다가 수펀은 성적 에너지가 저렇게 굉장한 사람이 아닌가. 성적 에너지는 개인의 인생을 건설하는 능력과 생존의 의지도 어느 정도 나타낸다고 볼 수 있다. 수펀은 방탕함에 빠져 삶의 꿈과 이상을 잃은 허무한 사람들과는 다르다. 게다가 지금은 자신의 욕망이 제대로 충족되지 않은 상황이다. 수펀은 그렇게 쉽게 자신을 놓을 만한 사람이 전혀 아니다!

그러나 현실은 내게 생각할 여유조차 주지 않았다. 수펀의 두 다리가 이미 창턱 밖으로 걸쳐 있었다. 아래쪽에서 누군가 그녀를 발견했고, 비명을 지르기 시작했다. 수펀은 창턱에 앉아 다리를 흔들며 사람들의 시선을 즐겼다. 그 시선이 공포에 찬 것이든 엽기적인 호기심이든 전혀 개의치 않았다. 새하얀 살결이 햇볕에 투명하게 드러났다.

내 눈에 비친 그녀는 여인에서 어린 소녀로 변해 있었다.

냉정하고 침착하게 방법을 생각하려 했지만 머릿속이 쉴 새 없이 윙윙거렸다. 이런 장면을 무수히 많이 상상해보았는데 막상 진짜 눈앞에

닥치니 손발이 얼어붙고 말문이 막혀 어찌해야 할지 감이 잡히지 않았다. 여러 생각이 홍수처럼 밀려들었다. 그리고 허둥지둥 수펀이 했던 질문의 말꼬리를 붙잡았다.

"수펀, 아래쪽 잘 보여요? 사람들 많아요?"

"적진 않네요."

"그 사람들 속에 스처가 있어요?"

흔들리던 수펀의 다리가 딱 멈추는가 싶더니 다시 흔들거렸다.

"그 사람은 자러 집에 갔어요."

"당신이 죽는 모습을 보여주고 싶지 않아서 일부러 보낸 거군요?"

"그만 설득하고 당신도 가봐요."

"설득이라뇨. 앞으로 벌어질 일에 관해서 설명하는 것뿐이에요. 당신이 뛰어내리고 남겨질 스처의 시각에서 말이에요."

수펀은 말이 없었다.

"스처는 잠에서 깨어나면 평생 처음 느껴보는 즐거움을 안겨준 당신에게 곧바로 달려오겠죠. 하지만 저 아래쪽에 남은 핏자국 말고는 아무것도 찾지 못할 겁니다. 그러면 그는 그 쾌락이 잠깐일 뿐이었다고, 당신이 예전처럼 자기를 만나주지 않는다고 생각하겠죠. 그리고 남아 있는 그 사각형 틀에다가 한 달이고 두 달이고 계속 잔 받침을 가져다 놓을 겁니다. 당신을 만나지도 못하겠지만요. 스처는 흰 꽃으로 장식된 검은 차가 당신 집 아래에 있는 걸 보고, 누군가가 들고 있는 유골함도 보게 되겠죠. 그리고 핏자국이 날이 갈수록 연해지는 걸 지켜볼 거예요. 아파트 단지 사람들이 불쌍한 눈빛으로 자길 본다는 것도 모르고, 잔 받침을 반복해서 그 자리에 갖다 놓겠죠. 당신이 내려와 자길 만나주길 기다리면서."

"그만해요."

"그러다 한참 시간이 지나면 결국 언젠가는 물어보겠죠. 수펀은 왜 집 밖으로 나오지 않느냐고. 스처를 불쌍하게 보던 사람들이 알려줄 거예요. 수펀은 죽었다고. 죽으면 어디로 가냐고 묻겠죠. 그럼 죽는다는 건 천치 같은 너를 더는 만날 수 없는 거라고 하겠죠. 수펀은 자기에게 기쁨을 주었다고, 왜 만날 수 없냐고 묻겠죠. 사람들은 그렇게 대답할 겁니다. 수펀은 이미 몇 달 전에 죽었다고. 너하고 즐거웠던 그 이후에 곧바로 죽었다고. 그러면 스처는 즐거움에는 대가가 따른다고 깨닫게 될 겁니다. 수펀 씨가 자기에게 즐거움을 줬던 일은 자기의 즐거움을 영원히 뺏기 위함이었다고, 수펀 씨가 문을 열어준 것은 자기를 향한 모든 문을 닫아버리기 위한 것이었고, 수펀 씨가 자기에게 웃어준 것은 절망을 안겨주기 위한 것이었다고 말이죠."

"그만하라고!"

수펀의 몸이 가만히 있지 못하고 바깥쪽으로 쏠렸다. 아래쪽에서 비명이 들려왔다.

나는 심장이 쪼그라들고 식은땀이 흘렀다. 겨우겨우 다시 입을 열었다.

"그는 수펀은 어떻게 죽었냐고 물어볼 거예요. 사람들은 저기서 뛰어내렸다고 알려주겠죠. 그러면 그는 이곳에 와서 설 겁니다. 당신이 앉아 있는 그 자리에서 떠올리겠죠. 자기가 당신 집의 창문으로 날려보내려고 했던 그 새들, 사람들이 전부 죽었다고 말했던 그 새들을요. 당신이 그 새들을 따라 날아가버렸고, 이제는 자기 차례라고 생각하겠죠. 그래서 몸을 날려 한 마리 죽은 새가 되어 당신에게 날아가겠다고 생각할 거예요."

수펀이 소리를 지르며 온몸을 부들부들 떨었다.

나는 심호흡을 했다.

"그래도 뛰어내릴 거예요? 경찰차 소리가 들리네요. 아파트가 이렇게 시끌벅적해졌으니 잠을 자던 스처도 깨어날 거예요."

일 분 정도 침묵이 이어졌다. 나는 가만히 서 있었고 수펀도 꼼짝도 하지 않고 앉아 있었다. 숨 막히는 적막이 흘렀다. 다시 한번 요란한 사이렌 소리가 울리자 수펀이 다리를 거두어 들였다. 그녀는 다리에 힘이 풀렸는지 바닥으로 고꾸라졌다. 나를 올려다보는 눈빛에 독기가 서려 있었다.

"당신 정말 끔찍하네요."

나는 방문을 열어젖혔다. 왕 선생과 위원회 사람이 곧바로 안으로 뛰어들었다. 나는 마지막 힘을 짜내어 왕 선생을 붙잡고 이야기했다.

"인터넷으로 유서를 써놨어요. 꼭 글 내리게 하세요."

그 말을 마치자마자 나는 화장실로 뛰어들어 변기를 부여잡고 토하기 시작했다. 위에서 경련이 일었다. 왕 선생이 놀라 쫓아와 괜찮냐고 물었다. 나는 얼른 그를 밀어내고 화장실 문을 걸어 잠갔다. 그리고 다시 변기를 붙잡고 하늘이 노래지도록 구역질을 해댔다.

난리통 속에 경찰이 다녀갔다. 나는 부축을 받고 주민 위원회 사무실에서 잠시 안정을 취했다. 아주머니들은 귀가 아프게 고맙다며 인사를 했지만 나는 대답할 기력조차 남아 있지 않았다.

그때 사진 한 장이 내 주의를 끌었다. 사무실 벽, 아파트 게시판에 붙여놓은 입주민 사진 중 한 장이었다.

사진 속에 어린 시절의 스처가 있었다. 생긴 모습은 지금과 거의 비슷했다. 사진이 찍힌 시간을 살펴보니 스처가 여덟 살 때였다. 시소에 앉아 있는 스처의 맞은 편에는 다름 아닌 수편이 앉아 있었다. 그녀 집에도 이 사진이 있는 것을 보았다. 수편이 열한 살 때였다. 스처와 수편은 시소 양 끝에 앉아 있었다. 스처는 입이 찢어지게 웃고 있었고, 수편은 빙그레 웃는 표정이었다.

어렴풋이 이 두 사람은 그때부터 혹은 그 전부터 이미 아는 사이였다는 생각이 들었다. 어린 동심에 서로 좋아한다는 표현도 했을 것이다. 그러나 그 이후 수편은 무럭무럭 자라 성장해버렸다. 반면 스처의 성장은 여덟 살에 영원히 멈춰버렸고, 여덟 살의 마음으로 십 년을 하루같이 수편만을 바라보았다. 그럼 수편은 어땠을까?

얼른 눈으로 사진들을 훑었다. 삼 년 전에 찍힌 사진에 시선이 머물렀다. 다른 사람을 찍은 사진에 수편이 사는 동이 함께 찍혀 있었다. 그 사진 속 스처는 수편에게 죽은 새를 날리고 있었다. 그리고 3층, 눈에 잘 띄지 않는 창문가에 한 사람이 서 있었다. 수편이었다. 그녀가 스처를 내려다보고 있었다.

선을 본 이후가 아니었다. 분명히 그보다 훨씬 더 오래전 사진이었다.

스처가 날린 죽은 새는 정말로 수편의 눈망울 속에 훨훨 날아올라 있었다.

병원으로 돌아오는 길에 추페이의 계정에 새로운 글이 올라온 것을 보았다. '바보를 사랑한 여자'라는 제목이었다. 게시글을 열어보니 시였다.

샬레 속의 바보, 여자는 현미경.
몸을 길게 뽑아낸 여자가 바보의 몸에 난 무늬를 살핀다.

무늬에 이름을 짓고, 무늬의 성격을 규정한다.

바보의 무늬는 현미경에게서 주어진 것.

매달리는 바보, 여자는 철사.

그의 다리를 졸라매 멋들어지게 매듭짓는다.

바보를 조각조각 잘라 손톱 안으로 쏟아붓는다.

손끝을 빠는 그녀의 군침 소리가 천둥처럼 울린다.

바보는 비밀을 밝히고,

여자는 비밀을 묻었다.

여자에게 달려간 바보, 그녀의 식욕에 딱지가 되어 앉는다.

"여자에게 달려간 바보, 그녀의 식욕에 딱지가 되어 앉는다."

나는 이 마지막 구절을 반복해서 되뇌었다.

병원에 도착해 치쑤를 찾아갔다. 그는 혼자였다. 나는 치쑤 옆에 앉아 아무 말도 꺼내지 않았다. 그가 날 흘끔 보더니 말없이 다시 책으로 시선을 옮겼다.

마침내 내가 입을 열었다. 조금 회복되었어도 쇠 긁는 소리 같은 쉰 목소리가 듣기에 거북할 정도였다.

"저 좀 도와주실 수 있으세요?"

치쑤가 책을 덮었다.

"얘기해보게."

"어떤 환자를 대할 때, 제가 유독 악랄해져요."

"자네가 이야기하고 싶은 게 역전이* 문제는 아니겠지. 솔직해지게."

나는 흠칫 놀랐다. 치쑤 앞에서 나는 투명해지는 것만 같았다.

나는 고개를 떨구고 한참이나 말을 잇지 못했다. 입이 떨어지지 않았다.

"제가 절 과대평가했나 봐요. 평소에 늘 죽음도 자유이고, 죽을 수 있는 권리는 개인에게 있으니 죽겠다는 사람을 말릴 수 없다고 생각해 왔거든요. 그런데 수펀이 눈앞에서 죽겠다고 하니까 저도 똑같이 말리게 되더라고요. 심지어 평소에 제일 저급하다고 생각한 방법을 썼어요. 사랑하는 사람을 이용해서 붙잡았죠."

"저급해도 쓸모는 있었네!"

나는 아무 대답도 하지 않았다.

"문제는 그게 아니네. 무거. 자네는 그 사람의 목숨을 구해놓고 왜 그렇게 죄책감을 느끼나?"

다시 긴장감이 감돌았다. 나는 벌떡 일어나 문밖으로 향했다.

"할 일이 있어서요. 가볼게요."

치쑤가 뒤에서 부르는 소리가 들렸지만 나는 뒤도 돌아보지 않고 걸음을 재촉했다.

투신 소동 이후로 수펀은 다시 입원했고 스처도 결국 질병예방통제센터에 의해 병원으로 왔다. 같은 곳에 있어도 둘은 만나지 못했다. 스처는 난동을 피우며 물건을 부수기도 했다. 그러나 시간이 흐르면서 점점 기세가 꺾였고, 왕 선생과의 훈련을 통해 참고 기다리는 만족지연 능력을 익히기 시작했다.

역전이(逆轉移) 내담자의 전이에 대해 일어나는 상담자의 반응. 전이는 내담자가 자신에게 중요한 인물의 모습을 상담자에게 투사하는 현상을 말한다.

수펀은 자신이 스처를 망치고 있다는 걸 인정하고 스처와 거리를 두기로 했다. 어떤 사랑은 그 자체로 썩어 들어가 곰팡이 속에서 꽃을 피우기도 한다. 그녀는 그 곰팡내 나는 곳을 벗어나야 환한 햇빛을 받고 사랑을 키워나갈 수 있을 것이다.

위원회에서 사진을 몇 장 보내왔다. 지난 두 달 동안 커뮤니티 게시판에 붙여놓았던 나와 왕 선생의 사진이었다. 우리는 사진이 너무 못나왔다며 불평을 쏟아놓았다. 그러다 왕 선생이 웃었다.

"여기 추페이 환자도 있네요. 한 장 가져다주세요."

아파트 단지에서 우연히 마주쳤던 날 찍힌 사진이어야 했다. 그런데 사진을 받아들고 날짜를 확인한 나는 어리둥절하고 말았다. 4월 7일. 그날은 추페이와 마주쳤던 날이 아니다. 수펀이 뛰어내리려고 한 날의 바로 전날이었다.

예상치도 못했던 사실이 갑자기 표면 위로 떠올랐다. 추페이를 만난 다음 날 수펀이 투신하려 했다. 추페이는 도대체 무슨 말을 한 걸까?

수펀의 투신 소동은 이상한 것투성이였다. 그녀가 자신의 목숨을 그렇게 쉽게 버릴 만한 사람이 아니었다는 점도 그러했지만, 유서의 내용이 너무 수상했다. 사람들을 선동하려는 성격이 너무 강했다. 마치 유서를 퍼트리기 위해 죽는다는 생각이 들 정도였다. 게다가 필체가 꽤 익숙했다. 추페이가 쓴 것 같았다.

하지만 추페이는 수펀의 친구이고 그녀를 해칠 이유가 없다. 게다가 내가 아는 추페이는 아주 순하고 선량한 사람이다. 내가 생각이 너무 많은 걸까. 추페이의 글솜씨가 좋으니 수펀이 유서를 좀 다듬어 달라고 부탁하는 것도 무리는 아니지 않은가.

그 이후로 연이틀 동안 나는 정신을 차리지 못했다. 한번은 물을 따르러 갔다가 멍하니 빈 컵으로 돌아서는데 뒤에서 웃음소리가 들렸다. 뒤를 돌아보니 치쑤가 서 있었다. 그가 스스로 나를 찾아온 건 처음이었다.

나는 뭐라고 입을 열어야 할지 몰라 허둥댔다. 머릿속에는 온통 물음표만 떠올랐다.

치쑤가 한숨을 쉬고는 나에게 손을 내밀었다.

"스승으로 모시겠다고 하지 않았나?"

나는 어리둥절해 어쩔 줄 모르다가 엉겁결에 일회용 컵을 그대로 내밀었다. 치쑤는 빈 컵을 받아들더니 차를 마시는 시늉을 했다. 나는 겨우 입술을 달싹이며 바보처럼 울먹였다.

"스승님."

그렇게 나는 치쑤 환자를 스승으로 모시게 되었다.

스처는 질병예방통제센터에서 진행하는 수공예 수업에서 도예 과정을 선택했다. 그리고 딱 한 가지 작품만을 고집했다. 바로 잔 받침이었다. 처음으로 만든 작품은 엉성하고 삐뚤빼뚤해 엉망진창이었다. 하지만 그는 잔 받침을 만드는 일만큼은 비상한 인내심을 발휘했고, 작품도 점차 제대로 된 모양을 갖추어 갔다. 그는 모든 잔 받침 아래에 '수편과 스처'라고 글씨를 새겼다. 모양을 망쳐 못쓰게 된 작품에까지 말이다.

스처는 이제 소란을 피우지 않았다. 차분하게 참을 줄도 알게 되었다. 스처는 자기가 만든 잔 받침을 가지고 병원 밖으로 나가기를 손꼽아 기다렸다. 기다림은 이제 그에게 즐거움을 주었다. 그는 당장 느낄 수 없는 행복을 찾고 기다리는 데 익숙해졌다.

수편은 예전 그대로 고고하면서도 어두침침한 분위기를 풍기며 병실의 복도를 돌아다녔다. 여전히 그 누구도 성에 차지 않는 눈빛이었다. 그녀는 수공예 수업에는 거의 관심이 없었다. 하지만 막상 내가 데려다 놓으니 수업에 잘 참여했다. 나는 그녀에게 커피 잔을 만들어보라고 했다. 적당한 치수까지 알려주었다.

그렇게 나는 스처가 잔 받침을 만든다는 걸 모르는 척, 그가 만드는 잔 받침의 크기도 모르는 척 뻔뻔하게 우연의 일치인 것처럼 상황을 꾸몄다. 그녀가 언젠가 곰팡이 소굴 밖으로 나왔을 때, 스처가 직접 만든 잔 받침과 자신의 커피 잔이 기적처럼 꼭 맞아떨어진다는 걸 알게 된다면 낭만의 덫에 풍덩 빠지지 않을까 하는 생각을 하면서 말이다.

정신보건센터 입원기록

입원일시 2015/7/4 15:56

담당과실	임상I과	병동	여성 병동	침상번호	I	입원번호	644
성명	수펀	성별	여	연령	34		
보호자	야오전제	관계	모				

주요 사항

정신질환으로 발작, 초인종을 부수고 사람들에게 피해를 줌.

인적 사항

상하이 출신으로 교육 수준이 높음. 외국에서 대학원 재학 중 정신질환 때문에 수료만 함. 귀국 후 유치원에서 교사로 일하다가 질환으로 실직. 네 살 때 아버지가 병환으로 돌아가심. 어머니는 재혼하지 않았음. 환자에 거는 기대가 높고 집안 분위기가 억압적인 편.

경과 및 치료

조현병 양성 증상이 뚜렷하지 않고 강한 공격성이나 이상 행위가 없음. 냉장고가 누전되어 폭발할까 봐 하루에 수십 번씩 냉장고 문을 여닫고, 문밖의 초인종 구멍으로 손가락을 집어넣어 전기가 통하는지 통하지 않는지를 확인하거나 아파트 초인종을 모두 고장 내는 등 강박 증세가 비교적 심함.

정신검사

커뮤니케이션 능력 정상, 의식이 뚜렷함. 환각 증세 없음. 참을성이 없음. 성질을 내고 소란을 피우는 행동이 있으며 강박 행동이 심하다.

초진 진단

조현병, 심한 강박증.

서명: 류쓰
2015. 7. 4.

빛을 찾아서
− 전환장애

어느 날 오전, 경찰차의 요란한 사이렌 소리가 쪽잠을 깨웠다.

창밖을 내다보니 빨갛고 파란 경광등이 시선을 사로잡았다. 경찰차 문이 열리고 경찰 두 명이 차에서 내려 회색 옷을 입은 남자 한 명을 인솔해서 약물중독 감정과로 향했다.

얼마 후 과장이 나에게 필기구를 챙겨 따라오라고 했다. 과장의 뒤를 따르며 어디 가는 거냐고 묻자, 경찰이 병원으로 이송해 온 방화범의 정신 감정에 협조를 요청해 왔다고 했다.

"저도 봤어요. 방금 감정과로 간 그 사람 말씀하시는 거죠?"

"응. 방화범들은 약물 남용 문제가 심심찮게 나타나거든, 그걸 먼저 체크해봐야지."

우리가 도착하자, 감정을 맡은 의사가 때마침 방화범에게 벽에 기대서서 몸을 낮추고 두 손을 앞으로 쭉 뻗으라고 시켰다. 그리고 다섯 손가락이 떨리는지 살폈다.

의사의 보조는 방화범의 머리카락에 약물 성분이 남았는지 확인하는 중이었다. 모발 뿌리에서 3센티미터 이내의 머리카락 샘플로 검사해서 양성 반응이 나오면 6개월 이내 약물을 투약했다는 사실이 입증된다.

과장이 안으로 들어가자 검사를 하던 의사가 과장에게 인사를 하고 방화범의 엉거주춤한 자세를 계속 살폈다. 특별히 눈에 띄는 증상은 나타나지 않았다. 모발 검사 결과를 기다리는 수밖에 없었다.

나는 방화범을 관찰하기 시작했다. 나이가 열일고여덟이나 되었을까, 무척 어려 보였다. 그런데 경찰에 붙잡혔을 때 흔히 보이는 불편함이나 난처함은 전혀 찾아볼 수 없었고 딩딩하고 편안한 표정으로 거만하게 앉아 있었다. 권위의 상징인 경찰과 의사가 가득한 방 안에서 그는 조금도 주눅 들지 않았다.

나이가 어린 건 딱히 대수롭지 않았다. 미성년자가 방화를 하는 건 흔한 일이기 때문이다. 방화 행위의 심리 연구 역시 기본적으로 미성년자를 대상으로 하고, 오히려 성인을 대상으로 한 연구는 적다.

방화범은 겉보기엔 청소년이지만 무척 성숙한 느낌이 들었다. 학교에 다니는 학생이나 갓 졸업한 사회 초년생 같지 않았다. 이미 사회 물을 먹었다는 게 한눈에 보였다. 그렇다고 학교를 그만두고 제멋대로 떠도는 비행 청소년 같지도 않았다. 자기만의 분위기가 확실했고, 겉으로만 센 척하고 허세를 부리는 그맘때 청소년들과는 확연히 다른 모습이었다. 예술 쪽에 몸담고 있겠다는 직감이 들었다.

과장이 인턴인 나를 데려왔듯, 천 경관도 샤오커라는 신입 경찰을 데려왔다. 과장이 천 경관을 따로 불러 데리고 나가면서 나에게는 감정실에 남아 샤오커에게서 사건 정황을 파악하라고 지시했다.

방화범의 이름은 차오랑, 열일곱 살, 중학교 때 학교를 중퇴한 영상 촬영자였다. 경찰에서 수사 중인 방화범 조직의 일원이기도 했다. 그가 속한 방화범 조직은 인터넷으로 자신들의 방화 영상을 자주 유포했다. 온라인범죄수사과에서는 끈질기게 수사한 끝에 반년 만에 겨우 차오랑을 체포한 것이다.

샤오커는 용의자를 데리고 정신병원에 감정하러 온 것이 처음이었다. 그래서인지 초반에는 조금 얼어 있는 것 같았지만 털털한 아저씨처럼 수다를 떠는 내 태도에 긴장이 조금 풀린 듯했다.

그는 방화범 조직 수사하기가 너무 어렵다고 했다. 단서라고는 인터넷에 올라온 방화 영상이 전부인데 서피스 웹*상에서는 그 출처가 어디인지 찾을 수 없고, 다크 웹(Dark Web)을 이용해야 한다고 했다. 온라인범죄수사과에서 2주 가까이 매달린 끝에 영상 하나의 출처를 겨우 찾았는데 해당 웹페이지는 이미 없어진 지 오래였다.

다크 웹에 있는 불법적인 사이트 대다수가 그런 식으로 불쑥 생겼다가 금세 자취를 감춘다고 했다. 서버가 국외에 있고, 분 단위, 심지어 초 단위로 아이피(IP) 주소를 바꾸기 때문에 추적도 불가능하다고 했다.

샤오커가 나에게 물었다.

"다크 웹이라고 아세요?"

"조금은요."

우리가 일상생활에서 주로 사용하는 인터넷은 서피스 웹으로, 웹 환경의 일부만을 차지한다. 서피스 웹의 이면에 바로 드러나지 않는

서피스 웹(Surface Web) 표면 웹이라고도 하며, 일반적인 인터넷 사용자들이 접근하고 사용하는 웹을 말한다.

딥 웹(Deep web)이 존재하는데, 일반적인 검색엔진으로 검색이나 접근이 불가능한 곳으로 비밀과 익명성이 어느 정도 보장된다. 다크 웹은 바로 그 딥 웹보다 더 깊은 곳에 있다. 원래는 사용자가 신분을 숨기고 사생활이 노출되지 않도록 돕는 기술이었지만, 그런 특징 때문에 이제는 사이버 범죄의 온상이 되고 말았다.

다크 웹 사용자의 아이피를 우회하는 서비스는 여러 단계로 이루어진다. 각 단계는 암호화되어 있고, 그것도 실시간으로 바뀌기 때문에 아주 폐쇄적이다. 그만큼 익명성이 확실히 보장되기 때문에 다크 웹의 세계는 어둡다. 다크 웹은 인신매매, 장기매매, 마약밀매, 무기밀매, 포르노영상, 학살 테러 등 다양한 범죄와 불법의 집결지이다.

"그 안에서 어떤 일들이 벌어지는지 상상도 못 하실 거예요. 인격과 존엄이라고는 조금도 없는 곳입니다."

차오랑이 속한 곳은 방화에 관심 있는 사람들이 모인 집단이었다. 집과 차, 심지어 사람까지 불태우고 그 영상을 다크 웹에 공유해 금전적인 이익을 챙겼다. 자기 대신 방화를 저지르도록 그들을 고용하고 현장을 구경하는 사람까지 나타났다. 거래는 디지털 가상 화폐인 비트코인으로 이루어졌다. 차오랑은 방화 영상을 올릴 때마다 비트코인 세 개를 벌 수 있었다.

실제 비트코인의 시세를 검색해본 나는 화들짝 놀랐다. 비트코인 한 개가 5만 위안에 육박했기 때문이다. 차오랑은 불을 한 번 지르고 16만 5천 위안을 벌어들였다.

샤오커가 덧붙였다.

"비트코인 시세는 변동이 빨라요. 그 세 개를 받았을 때는 시세가 6만 정도였으니까 총 18만 위안이었겠죠."

나는 순간 말문이 막혔다. 18만 위안을 내고 불 지르는 걸 보는 세계라니.

"18만 위안짜리 영상은 어땠어요?"

샤오커가 영상을 보여주었다. 어느 아파트 1층 한 세대에서 불길이 일었다. 크게 번지지는 않았지만 연기가 많이 났다. 영상에는 잔잔하게 음악이 깔렸다.

"생방송이 아니네요. 음악까지 깔았어요?"

샤오커가 고개를 끄덕였다.

"네. 이 영상은 방화 이틀 후에 올린 거예요."

"불탄 저 집에 무슨 원한이라도 있대요?"

"그냥 무작위로 골랐대요. 집주인하고는 아무 원한도 없고요. 저희도 조사해봤는데 실제로 모르는 사이였어요. 방화 당시 집에는 중학생 남자아이가 혼자 있었고 아버지는 집에 없었어요. 문이 잠긴 상태였고 이웃집에서 신고했는데 소방차가 도착했을 때 아이는 이미 기절한 상태였어요. 다행히 아이는 구출됐고 재산상의 손해 말고 다른 피해는 없었어요. 아이가 너무 놀라서 집에 가지 않고 병원에 있으려 한다는 것 말고는."

샤오커가 잠시 뜸을 들이고 다시 이야기를 이어갔다.

"그래도 누군가의 심부름을 대신해준 게 아닌지에 대한 혐의도 배제하지 않고 있어요. 무리 안의 공범 중에 이 집과 원한이 있는 사람이 있을 수도 있고, 고용된 것일 수도 있으니까요. 무작위로 골랐다고는 했는데, 혹시 그런 것도 방화벽(放火癖)이라고 할 수 있을까요?"

나는 고개를 저었다.

"꼭 그렇지는 않죠. 방화범 중에서 방화벽이 있는 사람은 극히 드물어요. 방화범 대부분이 불을 지르지만 꼭 방화벽이 있지는 않아요. 저 사람의 방화에는 금전 문제가 얽혀 있잖아요. 단순히 자신의 쾌락을 위한 방화가 아니라면 방화는 아마 도구일 뿐이겠죠. 그런데 이 영상을 보면……, 아, 그런데 그렇게 꼭꼭 숨어 있다고 했는데, 저 사람은 어떻게 잡은 건가요?"

"다른 영상을 보여드릴게요. 뭐가 다른지 한번 보세요."

그는 다른 방화 영상을 틀었다. 차 한 대가 불타고 있었다. 불은 활활 타올라 이미 최고조에 올랐고 차체까지 완전히 집어삼킨 상태였다.

"이건 차오랑이 찍은 게 아닌 것 같아요."

"어떻게 아셨어요?"

"차오랑이 찍은 건 뭐랄까 좀 더 미적인 느낌이 있어요. 영상 촬영자라면서요."

"맞아요. 바로 그거예요. 저희도 몇몇 영상이 각도나 빛, 분위기 따위가 다른 방화 영상과 확실히 다르다는 걸 알게 되었죠. 이 영상을 찍은 방화범은 분명히 촬영 작업을 하는 사람이라고 추측했습니다. 그래서 비슷한 분위기의 영상을 찍은 사람 중 한 명일 거라고 가정하고 지리적 프로파일링 기법을 적용했죠. 범죄자가 어떤 행동을 할 때 심리적으로 안정감을 느끼는 범위가 있어요. 자기에게 완전히 낯선 곳에서는 범죄를 저지르지 않고 바로 자기 집 앞도 피하는 거죠. 그 행동반경에는 규칙성이 있습니다. 방화가 일어난 지점이 지도에서 형성하는 점, 선, 면의 분포를 보고 상관관계를 분석해서 활동 반경의 중심점을 찾아낼 수 있어요. 그 지점에 보통 용의자의 거주지가 있을 확률이 높죠. 그리고 영상이 촬영된 각도로 신장을 분석했습니다. 그렇게 해서 우리가 찾아낸 지점에서 사진, 영상 관련 일을 하면서 신장이 178센티미터

정도인 혼자 사는 젊은 남성일 거라는 결론이 났죠."

"그럼 이제부터는 저 사람을 통해서 공범들을 잡는 건가요?"

"네. 그게 제일 빠른 방법이니까요. 차오랑 한 놈 잡는데도 너무 힘들었거든요. 근데 당최 입을 열지 않아요. 보통내기가 아닙니다."

그는 코를 쓰다듬었다.

"뭔가 속으로 찔리는 게 있으면 그거라도 꼬투리 잡아서 입을 열게할 텐데 말이죠."

그의 말 속에 뼈가 있었다. 차오랑을 데리고 정신 감정을 하러 온 것은 사실상 과장이 그와 상담을 해서 동료들 정보를 캐내기를 바란 것이었다. 하지만 나는 짐짓 모른 체 가만히 있었다. 그가 나를 가만히 보더니 말을 이었다.

"어리게만 보지 마세요. 완전 베테랑이에요. 무려 십 년이나 방화를해 왔거든요. 첫 방화가 여덟 살 때였어요. 그리고 뭐든지 다 태워요. 숲, 차고, 사람……."

"사람도 불태웠다고요?"

"태웠죠. 시체를 태웠다고 하더라고요. 원래 죽어 있는 사람이었다고. 저희가 집을 수색했을 때, 찍어 놓은 방화 영상은 다 봤는데 그건없었어요. 하지만 방화범 조직에서 태워 죽인 사람은 한둘이 아닙니다."

샤오커는 차오랑의 다른 방화 영상을 보여주었다. 차오랑이 불을지르는 주기는 두 달에 한 번꼴로 아주 규칙적인데, 이번 아파트 방화는 달랐다고 했다. 지난 방화 이후 한 달도 지나지 않았다고 한다.

나는 18만 위안짜리 아파트 방화 영상을 가리켰다.

"이게 체포되기 전 마지막 방화인가요?"

"네. 여긴 자기 집하고도 아주 가까웠어요. 그래서 저희의 프로파일링에 혼선이 생겼죠. 안 그랬으면 더 빨리 잡을 수 있었을 겁니다."

"얼마나 가까웠는데요?"

"바로 옆 아파트였어요."

"꽤 큰 모험이네요."

"방화범이잖아요. 충동적이고 자신을 조절하지 못하는 게 일반적이죠."

나는 고개를 저었다.

"하는 거로 봐선 충동적인 유형의 방화범은 아니에요."

"어째서요?"

"촬영한 방화 영상에 자신의 기대치가 있잖아요. 미적인 것이든 아니면 다른 것이든 추구하는 바가 있는 거죠. 불에 대한 감정이 남다르다는 게 영상에서도 보여요. 그러니까 배경 음악까지 넣었겠죠. 저 사람에게 방화는 엄숙하고 진지한 일이에요. 분명 본인이 원하는 시간, 장소, 촬영하는 각도 따위를 고려해서 불을 지르고 영상을 찍었을 겁니다. 아무렇게나 충동적으로 행동하진 않았을 거예요. 십 년이나 되는 방화 경험이 있고, 그 주기도 규칙적이었다고 하셨죠. 불을 지르는 것에서 일종의 질서를 찾았을 겁니다. 노하우도 많이 쌓였고요. 자신의 충동을 주체하지 못하는 보통의 방화범들과는 좀 다른 케이스 같네요."

샤오커는 잠시 침묵했다.

"그럼 평소와 달리 단기간에 다시 방화를 한 건 무슨 문제가 있어서라고 보시는 거죠?"

"아뇨, 그건 아니고. 전 아직 전문가도 아닌데요. 그저 생각나는 대로 말씀드린 거예요."

샤오커는 뭔가 더 묻고 싶어 했지만 나는 화장실에 간다고 핑계를 대고 그곳을 빠져나왔다.

때마침 복도에서 과장과 천 경관이 이야기하는 소리를 들었다. 과장의 말투에 불만이 섞여 있었다.

"여기는 정신병원이야. 정신 감정을 하는 곳이지 범죄 심리를 다루는 곳이 아니라고. 지금도 날 기다리는 환자가 차고 넘쳐. 일 좀 그만 떠넘겨."

천 경관이 히죽히죽 웃었다.

"허. 나도 하도 쪼아대니 방법이 없어서 그러지. 일곱 달을 쫓아다녀 이제 겨우 하나 잡았어. 그 미친놈들이 제멋대로 활개 치고 다니는 걸 두고만 볼 수는 없잖아!"

과장이 그를 타박했다.

"지난번에도 범죄 심리전문가 초빙한다며? 어디 있는데?"

"초빙했지. 오는 중이래. 그러니까 이번 한 번만 도와줘. 딱 한 번만이야. 내가 약속할게."

두 사람이 계속해서 무언가를 이야기하는 사이에 나는 고양이처럼 살그머니 그 자리를 떠났다.

과장과 천 경관은 막역한 친구 사이였다. 과장은 천 경관이 데려오는 용의자의 정신 감정을 도와주었는데, 문제는 천 경관이 너무 자주 찾아온다는 것이었다. 말이 정신 감정이지, 밀수품 처리반처럼 비공식적인 일을 이것저것 도와 달라고 하는 통에 과장은 골치가 아팠다. 과장의 휴대폰에 천 경관은 '흡혈귀'로 저장되어 있었다.

잠시 후 과장이 사무실로 돌아왔다. 어느 정도 타협점을 찾은 모양

이었다. 차오랑의 모발 검사 결과도 나왔다. 음성이었다. 적어도 반년
은 마약을 흡입하지 않았다는 뜻이다.

나의 추측을 뒷받침해주는 결과였다. 차오랑은 전형적인 방화범이
아니다. 방화범은 심리 상태가 매우 불안정하고 문제 행동도 많은 편
이다. 방화는 그중 하나일 뿐 대부분 약물 중독이나 동물 학대, 반사회
적 행동, 성범죄 따위가 동시에 나타난다. 그들은 자존감 결여, 좌절감,
우울감, 압박감, 분노, 사랑받지 못한다는 감정에 오랫동안 시달린다.

미성년의 방화 동기는 주로 충동, 분노 표출. 무료함 달래기 등이다.
호기심이나 흥미를 따르지 이익을 따지거나 꾀하지 않는다. 그러기에
차오랑과 보통 방화범의 범죄 프로파일은 다를 수밖에 없었다. 그는
다른 사람들보다 냉정하고 침착했다.

차오랑이 찍은 방화 영상의 분위기와 규칙적인 방화 주기뿐만 아니
라 그를 직접 대면했을 때 느낀 점과도 일맥상통하는 부분이었다. 그
는 조사에 아주 협조적이었다. 그렇다고 자신의 권리를 빼앗기고 무력
하게 순종하는 느낌도 아니었다. 차오랑의 눈빛은 또렷하고 차분했다.
완벽한 영상 촬영자의 눈빛이었다. 그는 불을 포착하는 눈빛으로 사람
을 보았다. 그가 나를 본 순간 나는 마치 타들어 가는 느낌을 받았다.

차오랑은 약물 검사실에서 나와 심리 검사를 하러 갔다. 검사하는
동안 나와 과장은 천 경관이 가져온 차오랑의 취조 영상을 보았다. 영
상은 매우 길었지만 중간중간 편집이 되어 있었다. 과장이 눈살을 찌
푸리자 천 경관이 해명했다.

"처음부터 끝까지 봐야 하는 규정은 알고 있어. 그런데 제기랄 너무
긴 거야, 취조를 몇 번이나 했거든. 진짜 다 보여줬으면 너도 날 바로
쫓아냈을걸."

나는 과장이 왜 영상을 처음부터 끝까지 보려는지 알았다. 자신의 관점과 경찰의 관점이 다를 수 있기 때문이다. 경찰 측에서 잘라낸 영상 속에 그들에게는 별것 아닌 듯 보여도 과장에게 중요한 단서가 되는 부분이 있을 수도 있다.

영상을 몇 분간 보고 있자니, 그들이 왜 차오랑에게 속수무책인지 알 것 같았다.

"동료들은 어디 있어?"

"그걸 왜 저한테 물어요?"

"네 동료니까 너한테 묻지 누구한테 물어?"

"그 사람들이 어디 있는지 제가 왜 안다고 생각하세요?"

"공범이니까. 연락했을 거 아니야. 그러니까 당연히 네가 알겠지."

"인터넷 게임에서 만난 친구가 어디 사는지 다 아세요?"

"수작 부릴 생각 하지 마! 얼른 불어. 우리한테 협조하고 공이라도 세우면 너한테도 이로울 거야."

"우리 중에 누가 붙잡히든 그렇게 꼬드길 거였어요?"

"그럼. 얼마나 잘 협조하는지 봐야겠지만."

"그런 위험은 어차피 모두가 다 아는데 자기 위치를 서로 알려줄 것 같아요?"

영상을 함께 보던 천 경관이 또 열을 냈다.

"이 녀석이 이렇게 우리를 갖고 논다니까. 대답도 제대로 안 하고."

나와 과장은 서로 마주 보았다.

"소크라테스식 문답법."

차오랑은 취조를 받으며 소크라테스 문답법으로 대화를 끌고 갔다. 상대방의 물음에 대답하지 않고 오히려 질문을 던져 답하도록 유도하여 상대방이 자신의 모순점을 깨닫고 그 함정에 빠지게 만드는 대화법이다.

'동료들은 어디 있냐'는 물음에 '공범끼리는 안전을 위해 서로의 주소를 노출하지 않는다'고 말하면 그만인 것을 굳이 대화를 질질 끌면서 경찰 스스로 모순에 빠지게 만들어버리는 것이다.

이 대화법은 소크라테스가 제자들을 가르치기 위해 처음 시도한 방법이었고, 지금은 논리적인 사유를 훈련하는 데 활용된다. 소크라테스 문답법은 심리 상담에서도 자주 쓰인다. 내담자 스스로 자신의 말과 행동, 사고의 모순을 돌아보게 해 깨우침을 주는 것이다.

취조 영상을 다 보고 나니 차오랑이 이미 심리 상담을 받아본 적이 있을 것 같다는 느낌이 어렴풋이 들었다. 한마디씩 주고받으며 유도 질문을 던지는 모습이 어딘지 모르게 익숙했다. 상담하는 동안 이 정도로 그를 훈련시키고, 심지어 상담가를 흉내 내는 수준까지 이르게 하다니 그를 상담했던 사람은 대단한 고수가 틀림없었다.

천 경관이 물었다.

"심리 상담 결과는 어땠어?"

과장은 그의 말을 무시하고 영상을 맨 앞으로 돌려보라고 했다.

"아니, 여기 말고. 더 앞으로."

"그 앞은 아직 취조 시작도 안 했을 때인데."

천 경관이 영상을 맨 앞으로 돌렸다. 경찰이 취조실 등을 차오랑에게 비추며 조사가 시작되었다. 차오랑은 고개를 틀어 그 등을 바라보았다. 영상 속에서 불빛이 그의 얼굴로 쏟아졌지만, 그는 전혀 피하지 않았다. 번쩍이는 빛에도 눈이 부시다는 반응은 전혀 없었고, 오히려 고개를 그쪽으로 돌려 불빛을 정면으로 주시했다.

과장은 그 부분을 반복해서 돌려 보았다.

천 경관이 물었다.

"무슨 문제라도 있어?"

과장이 나에게 눈짓을 보냈다. 나는 과장의 의도를 곧바로 눈치채고 휴대전화를 꺼냈다. 그리고 플래시를 켜서 천 경관의 눈앞에 갑자기 들이댔다. 그는 빛을 피하며 무의식적으로 손을 들어 불빛을 가렸다.

과장이 영상 속의 차오랑을 가리켰다.

"보통 사람들은 어두운 곳에서 갑자기 강한 빛을 비추면 피하거나 눈을 가리거든. 근데 봐봐."

"이건 무슨 뜻일까?"

"지금쯤 아마 검사가 끝났을 거야. 이게 무슨 뜻인지 가서 살펴보자고."

차오랑의 심리 검사 결과가 나왔다. MMPI(미네소타 다면적 인성 검사) 결과가 좀 이상했다.

MMPI는 열 가지 임상 척도와 네 가지 타당도 척도로 구성된 검사다. 열 가지 임상 척도로는 건강염려증 척도, 우울증 척도, 히스테리 척도, 반사회성 척도, 남성성-여성성 척도, 편집증 척도, 강박증 척도, 조현증 척도, 경조증 척도, 내향성 척도가 포함되는데, 이 척도들은 정신 질환을 감별하는 데 가장 자주 쓰인다.

그중 반사회성 척도는 정신병질 인격을 진단하여 용의자의 반사회적이고 공격적인 인격을 감별해낸다. 나는 핵심이 되는 수치 몇 가지를 빠르게 훑어보았다.

"타당도 척도는 정상이니 거짓은 아닌 것 같아요. 그런데 반사회성 척도의 지표가 높지 않아요. 반사회적, 공격적 성향이 강하지 않다는 뜻이죠."

방화범의 동기는 주로 금전적 이익 추구, 복수, 인정받고 싶은 욕구 표현, 흥미 따위다. 이 몇 가지 동기에는 많든 적든 반사회적이고 공격적인 면이 어느 정도 반영된다. 그런데 차오랑의 검사 결과는 평범한 방화범의 결과와 부합하지 않는다. 내가 추측한 대로 그는 전형적인 방화범과는 거리가 멀었다.

결과표를 계속 훑어봤다.

"그런데…… 건강염려증 수치가 꽤 높아요. 너무 높은데요."

건강염려증은 신체 기능에 대한 비정상적인 관심과 불안을 말한다. 샤오커가 이해할 수 없다는 듯 물었다.

"그게 무슨 뜻인가요?"

과장이 잠시 생각에 잠겼다가 입을 열었다.

"그런데 집은 수색했어? 진료 기록이라든가 검사 결과지라든가 하는 건 없었어? 있으면 전부 가져와 줘."

"지금 사람 보내서 사진 찍어 오라고 할게."

과장과 천 경관이 사진으로 받을 자료를 확인하러 간 사이에 샤오커가 그게 공범을 찾는 데 중요한 자료냐고 물었다. 나는 그에게 친절하게 설명해주었다.

"말을 안 하니까요. 조직에 충성도가 아주 높거나 아니면 약점을 잡힌 거겠죠. 이 방화범 조직이 어떻게 생겨났으며 무리의 결속력을 어떻게 다졌는지, 그가 조직에 들어간 목적이 무엇인지 우리가 우선 알아내면 취조하기가 아무래도 수월해질 거예요."

그가 불을 지르는 것에 흥미를 느끼는 이유를 알아내는 것이 급선무였다. 보통 방화의 동기는 그 사람 자체의 문제로 보기는 힘들다. 설명하기 어렵고 이해하기 힘든 상황일수록 그 사람의 심리적인 문제에 더 가까이 다가가야 한다.

샤오커가 고개를 끄덕였다. 그의 모습이 안절부절못하는 것처럼 보였다.

"마음이 급하세요?"

샤오커가 쓸쓸하게 웃었다.

"어떻게 안 급하겠어요. 범인이 바로 코앞에 있잖아요. 잡지 못하면 또 불이 날 텐데요."

진료 기록과 검사지가 빠르게 도착했다. 놀랍게도 그의 집 서랍 안에는 진료 기록지와 각종 검사 결과지, 그리고 영상 기록이 가득했다.

과장이 검사 결과지와 MRI 결과를 빠르게 확인했다. 종이를 쓱쓱 넘기던 그가 말했다.

"별다른 문제는 없다고 나오는데."

"그러니까. 우리가 의사한테 다 확인한 거야. 그 녀석 아무 병도 없어. 나보다 더 건강하다니까. 근데 무슨 검사를 그렇게 열심히 해대는지."

뒤죽박죽으로 섞인 검사 결과지의 날짜를 보니 간격이 너무 짧았다. 병원에 뻔질나게 찾아가 검사를 했다는 뜻이다. 과장이 검사 결과지를 책상에 내려놓았다.

"건강염려증인 것 같군."

건강염려증은 일종의 불안장애다. 환자는 자신이 큰 병에 걸리지 않았는지 항상 의심하며 이로 인해 불안해한다. 병원에서 진료를 받고 의사가 아무 문제 없다고 이야기해도 의심과 불안이 쉽게 사라지지 않는다. 건강염려증 환자는 자신의 몸과 건강에 지나치게 신경을 쓰고 관심을 쏟는다. 그런 과도한 관심 때문에 몸은 더 예민해지고 신체 감각을 잘못 해석해 자신에게 진짜 어떤 증상이 있다고 믿게 된다. 그래서 점점 더 큰 불안과 공포에 시달리게 되며, 이런 상황이 반복되어 악순환으로 이어진다.

건강염려증은 보통 나이가 많은 사람들에게서 나타난다. 그러나 차오랑은 젊고 어린데도 건강염려증을 앓는 듯했다.

샤오커가 목을 쭉 빼고 검사결과지를 보았다.

"도대체 무슨 병을 알아내려고 검사를 한 걸까요?"

나는 다시 한 번 진료 기록을 확인하고, 그가 주로 머리 쪽 기관들을 검사했음을 알았다. 그와 동시에 그가 취조실의 불빛을 바라보았던 장면과 그가 찍은 독특한 분위기의 방화 영상이 떠올랐다.

과장의 판단이 빨랐다.

"눈."

그제야 깨달은 내가 덧붙였다.

"불을 지르는 게 아니라 빛을 찾는 거였어요."

전등을 한 아름 안고 과장을 따라 격리실로 들어갔다. 차오랑과 처음 이야기를 나누는 자리였다.

안으로 들어가며 과장이 나에게 물었다.

"같이 들어가고 싶은 거 확실하지?"

내가 고개를 끄덕이자 과장이 한숨을 쉬었다.

"후회하지 마."

테이블을 사이에 두고 앉은 차오랑이 우리를 보았다. 누가 오든 상관없다는 듯 유유자적한 모습이었다. 흰 가운을 입은 우리를 보았으니, 정신과 의사들이 뭔가를 하기 위해 찾아왔다는 걸 알았을 것이다.

천 경관과 샤오커가 한쪽에 서서 차오랑을 지켜보았다.

과장이 자리에 앉아 질문을 시작했다.

"차오랑 씨, 저희 모습이 아주 친숙하시죠? 흰 가운이요."

"그럭저럭요."

"이런 옷을 입은 사람들을 아주 오랫동안 만나오셨더라고요."

"집을 뒤졌습니까?"

"저기 서 있는 두 사람이요. 저희는 그럴 수가 없죠."

그 두 사람은 묵묵히 서 있기만 했다.

"묻고 싶은 게 뭡니까?"

과장이 나를 보았다. 나는 품에 안고 온 전등을 테이블 위에 모조리 다 쏟아놓고 불을 전부 켰다. 따갑도록 눈이 부셨다.

차오랑이 그제야 나를 똑똑히 바라보았다.

"너무 밝은가요?"

차오랑이 과장을 한참 동안 보다가 주춤한 듯 반문했다.

"그쪽은요?"

"전 눈이 너무 부신데요. 차오랑 씨는요?"

"괜찮아요."

과장이 자신의 눈을 가리켰다.

"제가 부러운가요? 눈부신 것 말입니다."

입을 꾹 닫은 차오랑의 눈빛이 서늘했다.

"그럼 질문을 좀 바꿔보죠. 태양의 밝기가 10이라면 이 불빛은 몇이나 됩니까?"

"태양이요? 10까지는 안되죠. 최고라 해도 9 정도. 여기 있는 건 기껏해야 3 정도?"

"불은요? 불은 밝기가 얼마나 될까요?"

차오랑이 대답하지 않고 과장을 노려보았다. 정적이 흐르는 격리실 안에서 나는 숨을 죽였다.

"당신이 카메라로 찍는 불빛이 밝은가요? 현장에서 직접 보는 불이 밝은가요? 아니면 찍고 나서 인터넷에 올릴 때 더 밝은가요?"

차오랑이 잠자코 있다가 갑자기 앞으로 숙이며 웃음을 터뜨렸다.

"그쪽을 불 태우면 엄청 밝겠네요."

천 경관이 경고했다.

"차오랑! 말조심해!"

과장이 괜찮다는 듯 손을 내저었다.

"처음으로 눈이 안 보일지 모른다고 생각한 건 몇 살 때죠?"

"여덟 살."

"생각할 틈도 없이 대답하네요?"

"누가 물어본 적이 있었거든요. 그때는 한 이 주 동안 생각했죠."

"당신을 진료한 정신과 의사인가요?"

차오랑은 대답하지 않았다.

"여덟 살 때 무슨 일이 있었죠?"

"머리가 깨져서 한동안 눈이 안 보였어요. 그 이후에 완치됐다고는 하는데 여전히 잘 안 보였고."

"저도 검사 결과지 봤습니다. 눈에 문제는 없던데요."

"그쪽이 문제없다면 문제없는 거겠죠."

"정신과 의사가 건강염려증에 관해서도 이야기하던가요?"

"네."

"그럼 잘 아시겠군요. 당신의 실명이 오히려 눈에 신경을 너무 써서 유발된 증상일 수 있다는 걸요. 그건 거짓 실명이고 전환장애라고 합니다."

"아."

자신의 병에 대해 듣는 태도가 심드렁했다. '진짜인지 가짜인지 나랑 무슨 상관이야, 난 그냥 안 보인다고.' 이런 태도였다. 오랫동안 해온 눈 검사와 심리 상담이 실패로 이어져 이제는 무감각해졌음을 알 수 있었다.

차오랑은 공범 문제 외에는 전부 순순히 대답했다. 그의 실명은 간헐적으로 나타나다가 성장하면서 점점 더 심해졌다고 했다. 보이지 않는 기간이 점점 더 길어지고 갈수록 더 잘 안 보였다. 불을 볼 때마다 밝기가 떨어져만 갔고, 그래서 점차 불을 더 크게 지르게 되었다. 처음에는 물건 태우기로 시작해 이제는 차를 태우고 집을 태우는 수준까지 이르렀다. 불은 점점 더 활활 타올랐지만, 그의 눈에는 점점 더 어둡게 보이기만 했다.

증상이 생기자 여러 가지 불편함이 따라오기 시작했다. 병원에서 검사해도 아무 문제가 없다고 하니 선생님도 친구들도 보이지 않는다는 그의 말을 믿어주지 않았다. 친구들은 차오랑이 사람들을 속인다고 생각해 그를 따돌리고 괴롭혔다. 중학교를 중퇴한 이유 중 하나였다.

"부모님은요?"

"돌아가셨어요."

어릴 때 집에 불이 났다고 했다. 밖에서 난 불이 집을 덮친 것이다.

하필 밤이라 아무것도 보이지 않아서 밖으로 나오지도 못할 뻔했다. 다행히 문가의 불빛이 그를 밖으로 이끌었는데 부모님은 함께 나오지 못했다.

그날 이후 그의 삶 속에서 빛이라고는 오로지 불빛밖에 남지 않았다. 그래서 실명이 찾아올 때면 밤이든 낮이든 가리지 않고 불빛만을 쫓기 시작했다.

차오랑은 카메라 렌즈가 자신의 눈이라고 했다. 자기를 대신해 가장 완벽하고 눈부신 불빛을 담아내기 때문이다. 그는 그렇게 인생의 마지막 빛을 카메라에 고스란히 담기 시작했다.

"그러니까 실명이 없는 휴지기에 방화할 곳을 정하고 실명이 찾아오면 불을 지른다?"

차오랑은 아무 말도 하지 않았다.

"불을 지를 때 타는 대상을 확인하고 카메라까지 설치했잖아요. 그것도 사람들 눈을 피해서. 사실은 눈이 잘 보이는 거예요. 스스로 인식하지 못할 뿐이겠죠."

차오랑이 웃음을 터뜨렸다.

"모르긴 누가 몰라요? 내 눈이 잘 보여야 한다는 건 누구보다도 내가 더 잘 알죠. 하지만 보이지 않는걸요."

그 순간 그의 절망감이 그대로 느껴졌다. 그는 간헐적으로 찾아오는 실명에 십 년 동안 시달리며 갖은 수단을 다 써보고 병원에서 무수히 많은 검사를 했다. 가장 최근 진료 기록이 몇 개월 전이니 아직도 포기하지 않았다는 뜻이다. 그러나 절망은 끝없이 거듭되었다.

정신질환자의 증상이 대부분 그러하다. 자신의 행동과 상황이 논리적으로 전혀 타당하지 않지만 스스로는 깨닫지 못하고, 혹여나 깨닫는

다 해도 비상식적인 자신의 논리를 바꿀 마음은 전혀 없다.

차오랑의 뇌는 자신의 눈이 오로지 불빛만 볼 수 있다고 믿게 했고, 그의 건강염려증은 날이 갈수록 심해지고 의심도 증폭되었다. 그리고 심리적인 증상이 신체까지 지배해 결국 거짓 실명이 일어나는 전환장애에 이르렀다.

과장이 물었다.

"그럼 방화 조직엔 왜 들어간 건 겁니까?"

조직에 관해 묻자 차오랑은 또 입을 꾹 닫았다.

"그들만이 당신을 이해한다고 생각했나요?"

"최소한 그쪽처럼 꼬치꼬치 캐묻지는 않거든요."

"만약 제가 당신을 치료할 수 있다면, 그들에 대한 정보를 줄 건가요?"

이야기의 관건이 될 만한 질문을 던지자 천 경관과 샤오커가 긴장하며 차오랑을 뚫어지게 보았다. 나 역시 심장이 두근거리기 시작했다.

"치료할 수 없어요."

과장이 반박하려 했지만 차오랑이 그의 말을 막았다.

"어떻게 치료한다는 건지 압니다. 최면을 걸고, 그 상태에서 눈을 검사하겠죠. 검사 점수는 좋게 나올 거고 똑똑히 보인다는 결론이 나겠죠. 그쪽은 영상까지 찍어 내가 확실히 볼 수 있다는 걸 증명할 테고요. 아니면 불빛을 오랫동안 보게 만들어서 실명을 유도할 수 있다는 걸 깨닫게 할 거예요. 신체의 어떤 부위에 주의력을 집중해서 증상을 일으킬 수 있다는 걸 보여주는 방법으로요. 가장 직접적으로는 최면을 걸고 내 잠재의식을 움직여 눈을 뜨라고 명령하는 방법이 있죠. 좀 더 우회적인 방법으로 내가 신체적인 증상에 집중하는 걸 줄이는 훈련을 하고, 인지행동요법을 활용해 계속 대화하는 형식의 상담 치료를 하는 방법이 있을 거고요."

나는 멍해졌다. 내가 생각해낼 수 있는 모든 치료 방법을 그가 줄줄 읊었기 때문이다. 게다가 건강염려증, 전환장애는 정신질환 중에서도 치료가 까다로운 편이다. 과장도 아마 진짜 치료를 하려는 게 아니라 증상이 유도된다는 걸 보여준 후에 그가 자신을 믿게 만들어 공범에 대한 정보를 캐내려는 의도였을 것이다.

"소용없어요. 다 해봤거든요. 그리고 전 피암시성이 너무 약해서 최면에 걸리지도 않아요."

방 안의 공기가 순간 얼어붙었다. 그전에 상담했던 의사가 이미 차오랑에게 다양한 방법을 시도한 듯했다. 무덤덤한 그의 말투에서 절망이 묻어났다. 그는 일찍이 자신의 어두운 미래를 받아들이고 단념한 것이다.

과장이 그에게 물었다.

"그래서 의사가 뭐라고 하던가요?"

"그냥 마음대로 하라던데요."

과장과 나는 깜짝 놀랐다.

"당신이 불을 지르는 걸 아는데도요?"

"네."

"말리거나 신고한 게 아니라요?"

"그 말을 들으니, 그쪽이 나를 치료할 수 없다는 건 확실히 알겠네요."

과장이 말없이 눈살을 찌푸렸다.

"트라우마에서 벗어날 수 없으면 가두어 두지 말라고 하더라고요.

그게 더 무서운 존재가 되기 전에 세상이 무서운 곳이란 걸 맛보아야 한대요."

과장의 미간 주름이 더욱 깊어졌다. 나도 걱정이 앞섰다. 환자의 증상을 개선하고자 할 때 나 역시 그런 말을 즐겨 했기 때문이다. 바로 그 말을 방화범의 입을 통해 들으니 의미가 완전히 다르게 느껴졌다.

그를 상담한 정신과 의사는 위험한 사람이다.

과장은 차오랑의 눈 부위에 몇 가지 검사를 진행했다. 꾀병이 아닌지 확인도 했다. 그는 지금 실명 증상의 휴지기인데도 시력이 아주 나쁘다는 결과가 나왔다. 빛에 민감도가 거의 떨어지는 것으로 보아 빛을 느끼는 광수용기(光受容器) 세포에 문제가 있는 듯했다. 휴지기 동안에도 차오랑의 눈 속은 어둠의 세계였다. 밤에는 거의 실명이나 다름없었고, 그래서인지 빛에 대한 갈망이 보통 사람들과 비교할 수 없을 정도로 강했다.

차오랑이 하품을 하며 침묵을 깨트렸다.

"어서 결론을 내시죠."

"잘 생각해요. 감옥은 더 어두운 곳이에요. 그 안에서 오랫동안 썩다가 밖으로 나오면 빛을 보기는 더 힘들 겁니다. 공범에 관한 정보를 제공하면 감형이라도 받을 수 있겠지만."

"이제 상관없어요. 제 마지막 불은 이미 다 놓았거든요."

그러니까 지금 붙잡힌 것과 상관없이 지난번 방화가 그의 마지막 불이었다는 뜻일까? 이제 곧 불도 보이지 않을 거라는 사실을 알고 인생의 마지막 불을 질렀다는 뜻일까?

취조는 교착 상태에 빠졌다. 천 경관, 샤오커, 과장, 그리고 나까지,

쉽사리 입을 여는 사람이 없었다. 차오랑의 심리적인 문제가 무엇인지 알아냈으나, 아무 소용이 없었다. 스스로 고칠 의지가 없는 사람을 대하기가 가장 어려운 법이다.

그때 샤오커가 흥분을 감추지 못했다.

"무슨 개 같은 소리를. 눈이 먼다고 방화를 한다고요? 그리고 눈이 아직 먼 것도 아니잖아요. 세상에 눈먼 사람이 얼마나 많은데, 그 많은 사람이 불을 지르면 지구가 완전히 잿더미가 됐을걸요!"

천 경관이 탄식했다.

"됐고, 일단 데려가자……. 저 병은 완전히 치료할 수 없는 거야?"

"힘들지."

천 경관의 눈이 더 퀭해 보였다. 과장은 생각에 잠긴 듯 인상을 구겼고, 샤오커의 얼굴은 아까보다 더 침울해졌다. 나는 줄기차게 휴대전화만 들여다보다가 이야기했다.

"과장님, 아직 방법이 있을 것 같아요."

세 사람의 눈이 일제히 나에게로 쏠렸다. 긴장한 나는 한참 동안 들여다보던 샤오커의 휴대전화를 과장에게 건넸다.

"이 영상들 좀 보세요. 이건 차오랑이 말한 그 마지막 방화 영상이고, 그 앞에 있는 것들은 그전에 저지른 방화 영상이에요."

과장이 영상을 유심히 보았다.

"마지막에 찍은 건 방화 규모가 너무 작은데."

18만 위안을 받고 다크 웹에 올린 영상이었다. 불의 규모가 작은 데 비해 연기만 엄청났다. 아파트 1층에서 찍은 그 화재 영상은 불꽃이 그다지 화려하지도 않고 기세도 대단하지 않았다.

내가 과장에게 이야기했다.

"맞아요. 그전에 찍은 방화 영상에서는 불길이 아주 거세서 산화제를 사용한 것 같았거든요. 불을 보는 것이 목적이기 때문에 당연히 불길이 세게 일어날수록 좋았던 거죠. 그런데 본인에게 제일 중요할 수 있는 마지막 방화에서 불이 이렇게 작다니요. 그건 자기 내면의 원칙에 어긋나는 거잖아요. 갈수록 눈이 안 보이는 사람이 불을 점점 작게 낼 수는 없죠. 특히나 자신의 방화에 막을 내리는 중대한 장면에서는 말할 것도 없죠."

과장이 생각에 잠겼다.

"그리고 이 방화는 두 달에 한 번이라는 규칙적인 주기까지 깨면서 한 달 만에 벌어졌어요. 방화 지점도 바로 자기 집 근처고요. 지리적 프로파일링 결과에 전혀 부합하지 않는 장소예요. 여러 가지 이유를 고려했을 때 이번 방화는 그가 공들여서 준비했다기보다는 급작스럽게 진행된 것 같습니다."

"차오랑은 원래 자신의 방화에 요구 조건이 까다로운 사람이에요. 그리고 실명 휴지기에 앞으로 저지를 방화에 착오가 없도록 엄청난 조사를 하는 사람이기 때문에 이렇게 급하게 움직일 리가 없어요. 마지막 불을 놓아서 이제 상관없다고 했던 말은 이렇게 다급하게 진행한 방화에 만족했다는 뜻인데, 모순되는 점이 너무나도 많아요."

"그 말은?"

이제 생각이 또렷해졌다.

"이번 방화는 차오랑에게 가장 중요한 질서, 심지어 방화 목적을 깨부순 사건이에요. 만약 그 이유를 알아낼 수 있다면 꼼짝도 하지 않는 차오랑의 입을 열게 할 수 있을 겁니다. 그게 심리적인 약점일 테니까요."

과장은 잠시 침묵하더니 이야기했다.

"시도해볼 순 있겠지. 차오랑의 방화 영상을 전부 가져다줘. 다크 웹에 있는 흔적들까지 모조리 다. 그리고 차오랑의 집에 있는 증거물, 사건 현장 사진 들도 전부 가져와."

축 처진 천 경관의 얼굴에 다시금 화색이 돌았다. 천 경관과 샤오커는 각자 어디론가 바삐 전화를 걸었다.

몇 시간 후에 나와 과장의 책상에는 두툼한 사건 자료들이 가득 놓였다. 사건 파일의 복사본은 두꺼워도 너무 두꺼웠다. 샤오커가 휴대 전화에 복사해 온 몇 기가바이트짜리 방화 영상과는 차원이 달랐다.

천 경관이 두 손을 마주쳤다.

"저들을 반년 동안이나 쫓아다니며 모은 자료들을 전부 가져왔어."

과장의 얼굴이 급격히 어두워졌다.

"······ 누가 이렇게 다 가져오래."

천 경관이 두 손을 펴 보였다.

"네가 이것저것 다 갖다 달랬잖아. 다시 왔다 갔다 하지 않게 다 준비했지. 보안 철저하게 해야 해. 이 사무실 밖으로는 절대 갖고 나가면 안 되고."

과장이 책상 위에 산더미처럼 쌓인 자료를 툭툭 쳤다.

"벽돌이야? 이렇게 두껍게?"

천 경관이 코를 문지르며 큭큭 웃었다.

"네가 고생하는 거 잘 알지. 경찰에 최고의 고문으로 평가해 달라고 이야기 잘 해놓을게."

"그 말도 벌써 십 년째다."

그렇게 나와 과장은 사람 잡을 만큼 무더기로 쌓인 자료에 매달렸다. 천 경관과 샤오커는 차오랑을 경찰서로 데려갔다. 경찰은 계속해서 방화범 조직을 조사했고, 나와 과장은 차오랑에게서 잠시 벗어나 자료와 씨름을 시작했다. 샤오커가 우리와 합류했다.

나는 첫날부터 혼란에 빠졌다. 자료가 너무 많고, 경찰 수사에 대한 지식과 경험이 전혀 없었기 때문이었다. 그걸 보는 것만으로도 진이 빠지는데 과장을 보필해 회진까지 돌아야 했고 이제는 인턴 실습 보고서와 졸업 논문까지 작성해야 했다.

나는 안 될 길 알면서도 과장에게 뻔뻔하게 물어보았다.

"제 인턴 실습 보고서는 차오랑 사건에 관해 써도 될까요?"

"그럼. 차오랑의 죄를 벗겨서 병원에 입원하게 만들어. 그럼 자네 인턴 실습 보고에 들어갈 수 있겠지."

나는 입을 꾹 닫았다. 눈물을 흘릴 겨를도 없었다. 환자와 진료 차트를 보고 연구에 매달릴 시간과 에너지조차 모자랐으니까. 나는 그제야 과장이 왜 천 경관을 피해 다녔는지, 그리고 격리실로 들어가기 전에 왜 나에게 후회하지 말라고 이야기했는지 알 것 같았다. 정신과 업무와 경찰 수사 업무는 어느 하나 힘들지 않은 것이 없었고, 동시에 하자니 정말 죽을 것만 같았다.

하지만 무슨 뾰족한 수가 있겠는가? 내가 내 입으로 참여하겠다고 했으니 쓰러지는 한이 있더라도 끝까지 해내야만 했다. 게다가 과장은 나보다 훨씬 바빴다. 진료와 회진, 강의를 쳇바퀴 돌 듯 돌고 사무실로 와 사건 자료 앞에 앉았다.

어렴풋이 기억이 났다. 학교에서 실습 배정을 할 때, 나는 법원과 정신병원 사이에서 한참을 망설이다 정신병원을 택했다. 그 당시에는 내가 여기까지 와서 사건에 매달리게 될 줄은 꿈에도 알지 못했다.

자료는 엄청난 양이었지만 쓸 만한 정보는 사실 거의 없었다. 영상을 올린 다크 웹 웹 페이지에서 캡처한 사진들을 뒤지다 보니 구역질이 올라왔다. 그 사진들은 몇 안 되는 웹 페이지가 사라지기 전에 겨우 확보한 것들이었다. 한 영상 아래에는 영어, 일어, 혹은 러시아어같이 내가 알아볼 수 없는 외국어로 댓글이 줄줄이 달려 있었고, 경찰에서 번역한 내용이 덧붙어 있었다.

샤오커가 보여주었던 영상을 웹 페이지의 방화 영상 중에서 찾아냈다. 화면 속에서 차량 한 대가 불타고 있었다. 불길이 거세게 활활 타올랐다. 차오랑이 촬영한 솜씨는 아니었다. 투박하고 조잡하게 찍힌 영상은 자극적으로 타오르는 불을 쫓아다니기 바빴다.

차가 불탈 때 영상 한구석에서 어떤 여자가 지나가는 것이 보였다. 그 여자는 깜짝 놀라 도망을 갔고, 영상을 찍던 사람은 렌즈로 그 여자를 뒤쫓았다. 여자는 비명을 지르며 신발이 벗겨지는 데도 뒤를 돌아볼 겨를도 없이 도망쳤다. 영상 속에서 웃음소리가 들렸다. 만화 속 캐릭터를 흉내 낸 웃음소리에 등골이 서늘했다. 영상은 금세 원래 앵글로 돌아왔다. 그저 여자를 놀라게 하고 싶었던 듯했다.

댓글 창엔 실시간으로 댓글이 올라왔다.

"코인은 내가 낸다. 여자한테 불 질러. 생방으로."

일본어로 된 댓글도 있었다.

"시뻘겋게 불타는 차를 잡아 뜯어서 저 여자한테 꽂아버려."

그 밑에는 차마 입에 담지 못할 댓글이 수십 개나 달려 있었다. 속이 메슥거리는 걸 참고 하나하나 유심히 보았다. 그리고 사진 한 장을 뒤로 넘기다가 순간 멍해졌다. 다크 웹에 올린 경찰서 사진이었다. 샤오커에게 물었다.

"이건 근무하시는 경찰서죠?"

"네."

놀라웠다.

"경찰서에도 불을 지른다고요?"

경찰서를 불태우는 데 비트코인 여섯 개가 현상금으로 걸려 있었다. 비트코인 여섯 개면 거의 30만 위안이었다.

샤오커가 설명을 해주었다. 방화범 조직에 들어가기란 보통 힘든 일이 아닌데, 장기 회원으로 온라인에서 오랫동안 활약상을 보여준 사람만 선이 닿는다. 그만큼 폐쇄적이고 경계심이 강하다. 도저히 방법을 찾지 못한 경찰이 그들을 유인할 계획을 세우고 불을 지를 곳을 지정해 비트코인 세 개를 상금으로 걸었다. 그리고 그곳에 경찰들이 매복해 있었다.

누군가 제안을 받아들였고 접선을 요청해 왔다. 그러나 약속한 날, 그 장소에는 아무도 나타나지 않았다. 그런데 경찰이 지정한 곳에서 아주 먼 시장에서 방화가 일어났다. 경찰 병력이 약속 장소에 집중되어 있었기 때문에 대처가 너무 늦어졌다.

경찰이 그들에게 놀아난 것이다. 방화범 조직은 애당초 이 현상금이 진짜라고 믿지도 않았고, 현상금을 건 사람이 누구인지까지 알아냈다. 그리고 며칠 지나지 않아 경찰은 다크 웹에 올라온 경찰서 사진을 발견했다. 경찰서 방화에 오히려 현상금이 걸려 있었다.

나는 깜짝 놀라 혀를 내둘렀다.

"간이 이렇게나 크다고요?"

"불은 안 내겠지만 경고의 의미였겠죠. 우리를 비웃는 거예요. 자기들이 못 할 건 아무것도 없다고 생각하고 아주 법도 없이 날뛰는 극악무도한 놈들이에요. 그런데 진짜 덤벼들더라도 괜찮을 것 같아요. 호랑이 굴에 제 발로 들어오는 격이니."

목덜미가 뻐근해졌다. 샤오커가 왜 이렇게 다급하게 구는지 이해가 되었다. 용의자가 법 밖에서 날뛰는 걸 막아야 한다는 것 말고도 다음 방화 목표물이 바로 경찰서가 될 수 있기 때문이었다.

그제야 이 사건에 막중한 책임감이 느껴졌다. 한눈팔던 마음을 다잡고 완전히 몰두해야겠다는 생각이 들었다. 그런 나에게 샤오커가 위안을 주었다.

"괜찮아요. 원래 하던 대로 하시면 됩니다."

나는 일에 박차를 가하며 다른 일은 모두 손에서 놓았다. 밤샘 작업이 시작되었고, 나는 차오랑이 찍은 방화 영상을 살펴보는 일만 계속 반복했다.

그러다 우연히 그의 방화 영상과 함께 다크 웹에서 캡처한 댓글을 보았다. 그가 영상에 음악을 깔았다고 쌍욕을 하는 댓글이 있었다. 불이 활활 타는 소리를 듣고 싶은데 무슨 얼어 죽을 음악이 나오냐는 불평이었다.

그때부터 차오랑의 방화 영상에 깔린 배경 음악에 주목했다. 그가 방화로부터 얻는 쾌감은 다른 방화범들과는 다르다. 불은 그에게 광명, 새로운 탄생을 뜻한다. 그러므로 음악을 포함해 차오랑이 방화 영상에 덧붙이는 모든 예술적인 효과는 모두 그 나름의 의미를 지닌다.

영상에 쓰인 음악은 대부분 순수 연주 음악이었고, 마지막 방화 영상에 삽입된 음악만 가사가 있는 에스파냐 동요였다. 그 가사는 대충 이런 내용이었다. '나를 봐요. 지켜봐요.'

'나를 봐요, 지켜봐요?'

차오랑이 삽입한 곡은 누굴 봐 달라는 뜻이었을까? 불을 낸 사람? 아니면 피해자?

마지막 방화 영상을 반복해서 보았다. 불이 난 곳은 1층이었고, 영상은 멀지 않은 곳에서 찍힌 듯했다. 촬영 각도로 봤을 때 평평한 곳에서 카메라 렌즈를 그 집 베란다로 향한 구도였다. 베란다 문이 열려 있고, 촘촘하게 설치된 방범창 창살 사이로 연기가 뭉게뭉게 올라왔다.

그날 그 집에는 아이만 있었다. 아이는 기침을 하다가 기절했지만, 다행히 제때 구조되었다. 그리고 그때 놀란 나머지 지금까지 병원에 입원해서 집으로 돌아가지 않겠다고 버티고 있었다.

나는 계속해서 영상을 돌려 보며 실내의 광경을 확인하려고 시도했다. 그러나 연기가 너무 자욱해서 집 내부가 잘 보이지 않았다. 베란다와 마주 보는 방 안에 누군가의 그림자가 있다는 정도만 겨우 확인할 수 있었다. 아마 그날 화마에 갇힌 아이의 그림자였을 것이다.

나는 샤오커에게 이 영상을 조금 더 또렷하게 만들 수 있냐고 했다. 그는 경찰서에서 가능한 방법을 다 동원했지만 이게 최선이었다고, 더 또렷하게 하려면 증거물을 검사하는 기관으로 보내 며칠이 걸릴 텐데 꼭 필요하냐고 물었다.

내가 그렇다고 대답하자 샤오커는 두 번 묻지 않고 영상자료를 기관으로 보냈다.

그 외 자료들 중 차오랑의 집에서 찾아낸 연습장이 있었다. 그 속에는 그가 직접 구상한 촬영 구도나 아무렇게나 그린 스케치가 있었고, 불과 나눈 대화를 끄적인 내용도 있었다. 그는 불을 자신과 대화를 나누는 상대로, 그리고 뭔가 영감을 주는 신비한 기호로 여겼다. 그가 그린 불은 눈 모양이었고, '화안(火眼)'이라고 불렀다. 아마도 불꽃 속에서 자신의 눈을 찾아 헤매는 것이리라.

경찰이 문서로 만들어놓은 SNS 대화 기록에서 베타(β)라는 사람을 발견했다. 둘은 가끔 대화를 나누었고, 내용도 아주 간단했다. 대화 내용으로 보아 베타는 그를 상담한 정신과 의사인 듯했다.

베타는 이미 일 년 전쯤 계정을 삭제하고 자취를 감춘 상태였다. 차오랑은 그와 나누었던 단편적인 대화들을 캡처해놓았다. 최근 일 년간 아무 대화가 없었으니, 상담도 일 년 전에 끝났다는 뜻이었다.

차오: 제가 불을 마주 보고 생각에 잠길 때가 바로 제 눈이 나타나는 순간이라고 하셨잖아요. 그런데 눈이 갈수록 안 보여요.

베타: 불의 결말은 소멸이죠. 불의 눈도 똑같습니다. 불의 눈을 가진 당신에게 주어지는 필연적인 결말이라는 생각은 왜 못하시나요? 사물의 발전은 궁극적으로 소멸에 이릅니다.

차오: 다른 방법은 전혀 없나요?

베타: 속으로 생각만 하며 애쓰기보다는 터뜨리는 게 나아요. 그걸 이용해봐요.

오싹한 기분이 들었다. 이 정신과 의사는 차오랑에게 정말로 불을 지르라고 부추기고 있었다. 띄엄띄엄 이어지는 대화 내용은 빙산의 일각일 뿐이겠지만, 무서운 사람이라는 걸 깨닫기에 충분했다.

그는 차오랑을 위해 아주 이성적이고 명석하게 방화라는 일을 분석했고, 체계화, 개념화, 심지어 승화하는 과정을 통해 차오랑이 아무 거리낌 없이 불을 지르도록 만들었다.

정신과 의사의 도덕적 판단이 환자에게 얼마나 중요하고 권위적인 의미를 지니는지 뼈저리게 느껴졌다. 그는 단순히 차오랑의 죄의식만 해방시킨 게 아니라 차오랑의 법적, 도덕적 경계를 허물어버림으로써 차오랑에게 자신의 욕망을 마음껏 펼칠 수 있는 자유와 자기 자신에 관한 무한 긍정을 선사했다.

그러나 정작 나를 두렵게 만든 것은 따로 있었다. 이 정신과 의사의 상담 대상이 만약 방화범이 아니었다면 나도 그의 말에 동의했을 것이라는 점이었다.

나는 샤오커에게 차오랑이 방화를 하기 전 촬영한 사진과 영상이 전부 필요하다고 이야기했다.

"마지막 방화 지점이 급작스럽게 정한 곳이라고 해도 방화에 진심을 다하는 사람이잖아요. 최소한 여기를 그전에 봤고 자신의 촬영 기준에 부합한다고 생각했으니까 작업에 착수했을 거예요. 그러니까 그전에 이 집을 촬영했을 가능성이 크죠."

그러자 샤오커가 대답했다.

"그가 사는 곳과 아주 가까우니까 익숙했겠지요. 바로 옆 아파트 단지이니까요."

"그럴 수도 있죠. 그냥 한번 찾아보고 싶어요."

"차오랑이 그 전에 사진 찍은 게 뭐 어때서요?"

"뭔가를 찍었을 수도 있으니까……. 확실히 알고 싶어요. 왜 이곳에 불을 지르기로 한 건지. 경찰 조사에서는 이 집과 차오랑이 아무 원한도 없는 사이라고 결론을 내렸지만, 누굴 대신해준 것이든 충동적인 것이든 그 행동에 따른 심리적인 변화와 궤적은 분명히 있게 마련이에요."

내 말을 들은 샤오커가 자료를 복사해 왔다.

"그가 촬영한 모든 파일이 이 안에 있습니다."

나는 거의 2테라바이트나 되는 하드디스크를 받아들고 깜짝 놀랐다.

"이렇게 많아요? 한 달은 봐야겠네요. 혹시 골라내는 것도 가능해요?"

샤오커가 잠시 침묵하더니 대답했다.

"그 작업 꼭 해야 하는 건가요? 영상을 일일이 골라내려면 엄청난 인력이 필요해요. 조사 방향이 틀리게 되면 팀 전체가 시간 낭비를 하는 꼴이 되고요. 우리가 하는 일이 항상 그렇긴 하지만, 지금 그럴 여유가 있는 건 아니거든요."

나의 요구가 어떤 의미인지를 확실히 이해시키려는 무거운 말투였다. 나는 살짝 주춤했고, 진짜 필요한지 아닌지 확신하기가 어려웠다. 그래서 과장에게 의향을 물었고, 과장은 잠시 생각하더니 직접 천 경관에게 전화를 걸었다.

영상 확인 작업이 시작되었다. 특수한 기술을 활용해 모든 동영상과 이미지에서 이 집의 특징이 들어간 것만을 걸러냈다.

경찰 쪽에서 사진과 영상을 조사하는 동안 나는 그 외에 놓친 것이 없는지 생각하고 또 생각했다. 날이 갈수록 초조해졌고, 불면증까지 생겼다. 나의 선택으로 수많은 사람이 고생하고 있다는 중압감에 짓눌려서 하루도 마음이 편한 날이 없었다. 샤오커가 재촉하지 않으니 오히려 내가 더 마음이 급했다.

낮에 과장을 따라 회진을 도는 내 모습은 구천을 떠도는 영혼처럼 넋이 나간 채 입만 중얼중얼 떠드는 상태였다. 뭔가 알 듯 하다가도 생각이 쉽사리 정리되지 않았고, 초조하기만 했다.

치쑤 환자가 나를 보더니 무슨 일이냐고 물었다. 나는 울상을 지었다.

"사부님."

아직 해결되지 않은 사건이라 뭐라고 말은 못 하고 그냥 잠시 마주 보고 힘든 내색만 했다. 치쑤는 아무것도 묻지 않았다.

"마음이 어지러울 때는 처음의 자리로 돌아가보는 것도 괜찮지."

처음의 자리. 사건의 원점. 방화. 불의 의미. 태우다. 따뜻하다. 소멸하다. 신비한 기호, 빛, 신호……

뭔가 감이 와서 나는 차오랑의 방화 동기를 다시금 되짚어 보기 시작했다.

방화는 행위에 따라 사람을 향한 방화와 사물을 향한 방화 두 가지로 구분할 수 있다. 동기로 봤을 때는 표현성과 도구성으로 나눌 수 있다. 우선 차오랑의 경우에는 도구적 동기는 배제할 수 있다. 도구성은 방화를 목적 달성을 위한 도구로 사용한다는 뜻이다. 예를 들어 누군가에게 보복하기 위함이나 돈을 위해서라든가 혹은 다른 범죄의 흔적을 덮기 위함이다.

차오랑에게 마지막 범행은 무대의 커튼콜과 같은 것이었으며, 스스로 그 사실을 인정했다. 절대 도구로서의 방화가 아니었다. 18만 위안 역시 부수적인 보상이었을 뿐이다.

그러면 차오랑의 동기는 표현성일 수밖에 없다. 사람을 향해 무언가를 표현하고 전달하려는 동기 말이다. 범죄자들은 통상 정서적인 문제나 정신적인 장애를 겪는 경우가 많다. 이런 방화 범죄는 도움을 청하는 일종의 구조 요청과 같다. 방화자는 사법 기관과 사회 복지 단체 같은 곳에서 사회적으로 관심받고 싶어 한다.

그때 문득 차오랑이 영상에 깔았던 음악이 떠올랐다.

'나를 봐요, 지켜봐요……'

드디어 깨달았다.

증거물 검사 기관에서 영상 복원 작업이 끝났다고 연락이 왔다. 영상이 완전히 깨끗하지는 않지만 베란다에 열린 문으로 실내의 상황을 볼 수 있을 정도였다. 집 안에 아이가 서 있었다. 그런데 아이는 불을 보고도 꼼짝도 하지 않았다. 제자리에 가만히 서서 바깥을 응시했다.

화면을 확대해보니 그 아이는 영상을 찍는 카메라를 똑바로 보고 있었다. 차오랑과 아이는 서로 마주 보고 있었다!

다급해진 내가 샤오커에게 물었다.

"아이가 불에 놀란 이후로 병원에서 나가지 않으려 한다 했죠?"

"네."

"빨리 가서 그 애부터 찾아요!"

"무슨 일인데요?"

"이 방화는 그 애와 차오랑이 같이 저지른 거예요!"

샤오커가 깜짝 놀랐다.

"뭐라고요?"

"저 애는 차오랑이 자길 찍고 있는 걸 알았다고요! 차오랑은 자기를 위해 이 불을 지르지 않았어요. 저 애를 위해 불을 냈어요. 그래서 혹시나 애가 죽을까 봐 불도 작게 낸 거라고요. 아이는 놀라서 집에 가지 않으려는 게 아니라, 일부러 병원에 있으려 하는 거예요. 얼른 그 애를 찾아가서 둘이서만 얘기를 나눠보세요. 보호자는 대동하지 말고요. 뭘 하는 건지 절대 보호자가 알게 해서는 안 돼요. 애한테 도움이 필요하냐고 물어보세요. 혹시 집에 갇혀 있었다거나 다른 무언가가 있을지도 몰라요."

차오랑이 고른 음악의 '나를 봐요, 지켜봐요'라는 가사에서 '나'는 차오랑 자신을 말하는 것이 아니라 그 남자애를 가리키는 것이었다. 이 화재를 본 사람과 사회가 이 아이에게 주목하기를 바란 것이다. 영상 속에서 남자아이는 짙은 연기와 불길을 가만히 견디었다. 살려 달라고 소리를 지르지도 않았다. 차오랑은 불을 지름으로써 아이 대신 외치고 있었다.

차오랑을 다시 만난 것은 경찰서에서였다. 천 경관이 과장과 나를 취조실로 안내했다. 과장은 자리에 앉지 않고 한쪽으로 비켜서서 나에게 말했다.

"자네가 해봐. 직접 알아낸 거니까."

나는 눈을 질끈 감고 자리에 앉았다. 잠시 후 차오랑이 취조실로 끌려왔다.

그가 자리에 앉자, 나는 단도직입적으로 이야기를 시작했다.

"샤오이가 다 얘기했어요."

샤오이는 바로 그 불난 집의 중학생 아이였다.

차오랑이 눈 하나 깜짝하지 않고 물었다.

"그게 누군데요?"

"당신이 불길 속에서 구한 그 남자애요."

차오랑이 웃었다.

"무슨 소리예요, 나는 걔네 집에 불을 질렀어요."

"당신이 경찰에 신고했잖아요. 아이가 당신이랑 공모했다고 다 인정했어요."

나를 보는 차오랑의 눈길이 어지럽게 흔들렸다. 실명 증상이 다시 찾아오는 듯했다.

"내가 그 애랑 왜 그런 짓을 벌이겠어요?"

나는 휴대전화를 들어 영상을 하나 틀었다. 촬영하는 사람이 무작정 거리를 걸으며 보이는 풍경을 카메라에 담은 자연스러운 영상이었다. 분량은 십몇 초 정도로 짧은 편이었다. 그때 카메라 렌즈에 어느 아파트 1층 베란다가 포착되었다. 샤오이가 한 남자에게 맞고 있었다. 남자는 샤오이의 머리를 베란다 방범창으로 세차게 밀쳤다. 방범창은 새를 가둔 철창처럼 촘촘했다.

차오랑이 찍은 사진, 영상을 전부 모은 2테라바이트짜리 하드디스크 안에서 찾아낸 영상이었다. 나는 휴대전화를 내려놓고 말했다.

"풍경을 찍다가 이 장면을 목격했겠죠. 한 번이 아니었고요. 샤오이가 가정 폭력에 오랫동안 시달려 왔고, 학교도 못 가고 집에 갇혀 있다는 걸 알았어요. 그래서 그 애가 집에서 나올 수 있도록, 사회적 관심을 받을 수 있도록 불을 낸 거예요."

항상 변화 없이 무덤덤하던 그의 얼굴에 한 가닥 그늘이 드리웠다. 그는 한마디도 하지 않고 나를 바라보았다.

그날 샤오커는 병원으로 샤오이를 찾아갔다. 유일한 보호자인 아버지를 피해 샤오이를 만났고, 아이는 모든 것을 털어놓았다. 아버지가 자신을 두들겨 패고 나면 문을 걸어 잠그고 밖으로 나가버렸고, 며칠이나 돌아오지 않았다고 했다. 견디다 못해 베란다에서 자살 시도를 했고, 그때 갑자기 차오랑이 나타나 계획을 이야기해서 자기도 동의했다고 했다.

차오랑은 베란다 밖에서 물었다.

"도망치고 싶니?"

샤오이는 두꺼운 방범창 너머 낯선 이와 시선을 마주쳤다.

"도망갈 수가 없어요."

"내가 도와줄게. 불을 피울 수 있니?"

샤오이가 고개를 저었다.

"핸드폰 좀 줘봐."

"없어요."

차오랑은 자신의 휴대전화를 아이에게 건넸다.

"여기 홈페이지로 들어가서 나한테 주문하면 돼."

"돈이 없는데요."

"그럼 대신 네 물건을 하나 줘."

그렇게 거래가 성사되었고, 차오랑은 샤오이를 위해 불을 질렀다. 불을 적당히 조절했고, 알리기 위해 이웃집 문까지 두드렸다.

잠자코 나의 말을 듣고 있던 차오랑이 물었다.

"갠 어떻게 되는 거예요?"

"근데 그 애는 왜 구한 거예요? 연고가 있는 것도 아니고 전혀 모르는 사이잖아요."

차오랑은 한참 동안 입을 다물고 있다가 결국 이야기를 시작했다.

어느 날 오전, 차오랑은 한 아파트 단지를 지나가고 있었다. 그때 갑자기 실명이 시작돼서 길을 제대로 보지 못하고 넘어졌다. 당황해서 허겁지겁 길을 더듬고 있는데 한 줄기 손전등 빛이 그에게 닿았다. 햇빛 속에서 미약한 불빛이었지만 그에게는 오히려 잘 보였다. 불빛을 비춘 것은 방범창 안에 갇힌 샤오이였다. 환한 대낮에 아이가 차오랑에게 한 줄기 빛을 밝혀준 것이다.

그 빛은 지난 십 년 동안 처음으로 그에게 묻지도 따지지도 않고 마음으로 공감해준 기적이나 다름없는 호의였다. 그 순간 차오랑은 신이 존재한다고 믿게 되었다.

나는 고개를 끄덕였다.

"그래서 그 애가 자살하려는 걸 보았을 때 마지막 불을 지르자고 급하게 결정했군요."

"정신과 의사가 그러더라고요. 마지막 불은 진짜 빛을 태워야만 한다고."

이번 불은 그리 크지 않았지만, 이제 차오랑에게 빛은 불 그 자체가 아니었다. 불 속에 서서 자신의 렌즈를 바라보는 그 애가 바로 자신의 빛이고 광명이었다. 차오랑은 진짜 빛에 불을 질렀다. 샤오이에게 빛과 희망을 찾아주기 위해서.

"불을 내는 대가로 받은 물건이 그 손전등인가요?"

차오랑은 아무 대답도 하지 않았다.

"당신을 상담한 정신과 의사는 누군가요?"

이번에도 당연히 대답은 없었다.

천 경관이 헛기침 소리를 냈다.

"공범은 누구죠?"

천 경관이 눈살을 찌푸렸다. 밑도 끝도 없는 나의 질문이 아무런 쓸모가 없다고 생각하는 것 같았다.

차오랑 역시 차갑게 비웃음을 흘렸다.

"불을 지르는 건 도움을 청하는 구조 요청이잖아요. 실명에서 구해 달라는 외침, 샤오이를 구해 달라는 간절한 외침이요. 맞죠?"

차오랑은 묵묵부답이었다.

"다른 방화범들은 어떨 것 같아요? 그들에게도 불은 구해 달라는 외침이에요."

차오랑이 어리둥절해했다.

"다른 방화범들도 목숨을 걸고 불을 지르죠. 살려 달라고 악다구니를 쓰는 거예요. 그런데 사람들은 불과 그들이 저지른 나쁜 짓만 봐요. 그 뒤에 감춰진 울음은 듣지 못해요. 당신은 샤오이를 구했잖아요. 왜 그들은 구하지 않으려는 거죠?"

차오랑의 안색이 창백해지기 시작했다. 나는 그를 몰아붙였다.

"당신이 믿는 그 광명의 신은 그렇게 가식적인가요? 갑자기 알게 된 샤오이를 통해 당신만의 의식을 완성하라고 했으면서, 지척에서 들려오는 동료들의 울음소리는 외면하라고 가르치던가요? 그게 진정한 빛이고 광명입니까?"

차오랑이 씨근덕거리며 응수했다.

"아니, 그게 아니지. 그 녀석들이 불을 지르는 건 그냥 다 망가뜨리고 없애버리려는 거라고!"

기회는 다시 오지 않는다. 그래서 나는 끈질기게 물고 늘어졌다.

"다른 사람을 망가뜨리기 위해 불을 지른다고 생각해요? 그들이 망쳐버리고 싶은 건 자기 자신이에요. 보이는데 보이지 않는 척한다는 의심의 눈초리를 받는, 전환장애 정신병자, 그리고 세상에 환영받지 못해 증오와 추악함으로 가득한 나 자신을 견딜 수 없는 사람이라고요. 그들은 자기 자신을 미워하는 마음조차 인정할 수가 없는 겁니다. 그래서 약해빠진 자기 자신을 태우기 위해 불을 지르는 거예요. 나약하다고 여기는 만큼 더 큰불을 내면서 더 크게 살려 달라고 외치는 거죠. 그들은 악한 척하는 겁니다. 그 악함으로 자신의 비참함을 감추려는 거예요. 하지만 아무도 그 소리를 듣지 못해요. 그래서 당신은 스스로 영웅이 되기로 한 거죠. 자기 자신들의 부르짖음에 스스로 대답하기 위해서.”

“당신은 샤오이를 구한 게 아니라 단지 자기 자신을 구한 겁니다. 빛과 광명의 신이요? 그건 당신이 자신을 속인 것에 불과해요. 결국에는 하나도 쓸모없는 존재였단 걸 깨달을 거예요.”

차오랑은 목석처럼 굳어져 입술도 달싹이지 못했다. 나는 강력하게 이야기했다.

“당신은 그들이 살려 달라고 부르짖는 소리를 들었어요. 하지만 다른 어느 사람들처럼 눈을 감으려 하는 중이죠. 샤오이를 구하고 자기 자신을 구했잖아요. 그들도 구해주세요.”

천 경관이 취조실에서 차오랑을 데리고 나가는 순간에도 나는 그를 향해 외쳤다.

“정말 치료할 생각 없는 거예요? 아직 희망이 있어요.”

차오랑이 고개를 돌려 나를 한참 동안 보다가 소리 없이 입술만 달싹여 뭐라고 말했다. 하지만 나는 알아들을 수 없었다.

그 후 샤오커로부터 소식을 들었다. 차오랑이 방화범 조직의 공범 중 두 사람의 정보를 제공했다는 것이다. 그는 그 두 사람밖에 모른다고 했다. 그중 한 명은 소방관이고 샤오이 집 화재 현장에서 구조를 돕기도 한 사람이었다. 그는 체포되면서 울음을 그치지 않았다고 했다.

그 심정이 충분히 이해되었다.

“불과 관련이 있는 환경에서 장기간 생활하는 사람 중에 방화벽을 보이는 사람이 있어요. 심지어 그들은 일부러 사람을 구하러 다님으로써 현실에서 억눌린 자존감을 높이고 영웅적인 존재감을 얻기도 합니다. 소방관이 그런 일을 벌였다는 것도 딱히 놀라운 일은 아니네요."

샤오이는 지금 경찰의 보호를 받고 있으며, 경찰에서 공익변호사*를 알아봐주고 있다고 했다. 아버지와의 관계, 방화를 공모한 사건에 관한 결과가 어떨지는 변호사가 어떻게 변호를 하는지에 달렸다. 다만, 미성년이고 불을 저지른 곳도 자기 집이기 때문에 가벼운 처벌에 그칠 것이다. 샤오커가 나에게 물었다.

"그런데 아직도 이해가 안 되네요. 샤오이는 왜 신고할 생각을 하지 않고 이렇게 불을 낼 생각을 했을까요? 자칫하면 자기가 목숨을 잃을 수도 있는데 말이죠."

나는 한숨을 쉬었다.

"학습된 무기력이라고 아세요? 개를 전기가 흐르는 우리 안에 가두는 거예요. 거기서 도망가려고 하면 전기가 통하겠죠. 그런 상태로 오랫동안 두면 개는 도망갈 생각을 하지 못하게 돼요. 그러면 우리를 열어 두어도 아예 밖으로 나가지 않죠. 이미 도망치는 걸 포기했으니까요."

창살 속에 오랫동안 갇혀 있던 아이는 창문이 열려 있고 전화할 수 있는 상황에서도 도망갈 수 있다는 생각을 미처 하지 못했다. 살려 달라고 외치는 건 엄두도 내지 못했을 것이다. 샤오이는 불길 속에서 그저 침묵할 뿐, 아무것도 할 수 없었다. 그를 대신해 소리친 것은 무섭게 타오른 불이었다.

샤오커가 영상 하나를 보내 왔다.

공익변호사(公益律師) 중국 정부 법률구조 기관 혹은 비영리 단체 등에 고용되어 무료로 법률 서비스를 제공하는 변호사.

"이건 소방관 집에서 찾은 방화 영상이에요. 다른 공범에 관한 단서가 있을지 분석 좀 부탁드려요."

'겨우 한숨을 돌리나 했는데, 또? 이 경찰 두 분 정말 너무하시네.'

과장의 휴대전화에 천 경관이 '흡혈귀'라고 저장되어 있다는 게 떠올랐다. 그리고 나도 샤오커에게 '어린 흡혈귀'라는 새 별명을 지어주었다.

나는 샤오커에게 전문가의 도움을 받아야 한다고 알리고, 사건에 관해 얼마나 공개해도 괜찮을지 물었다. 샤오커는 방화단 사건이 사회적으로 불러일으킬 반향을 생각할 때, 사건이 종결된 후에는 모두 공개가 되겠지만 지금은 공범이 다 잡히지 않았으니 정보가 새어나가 일을 망칠까 봐 걱정이라고 했다. 그러면서 붙잡힌 사람들에 관한 내용은 비밀을 지키되, 다른 것들은 이야기해도 된다고 했다.

그래서 나는 임상2과의 치쑤를 찾아가 단도직입적으로 사건의 자초지종을 이야기했다. 치쑤는 환자복을 입은 채, 수척해진 몸을 침대 가장자리에 기대고 앉아 조용히 귀를 기울였다.

"사건이 해결되진 않았군."

"완전히는요. 공범들이 아직 일망타진되진 않았어요."

"이야기를 처음부터 되짚어보자고. 차오랑은 어릴 때 집에 불이 나서 부모님이 모두 돌아가셨어. 그 불은 아마 차오랑이 냈을 거야."

나는 영문을 모르고 되물었다.

"뭐라고요?"

"그날 저녁 문가의 불빛이 자기를 이끌었다고 했다면서. 눈도 잘 안 보인다는 여덟 살짜리 아이가 빛을 보고 그 불구덩이에서 빠져나왔는데, 건강한 부모가 그걸 보지 못하고 안에서 죽었다? 그건 말이 안 되지. 게다가 샤오이의 일에서도 불을 내서 사회적인 관심을 불러일으킨다는 생각을 했잖나. 그건 일반적인 생각은 아니지. 본인이 그런 일을 겪어봤기에 잘 아는 거야. 여덟 살 때, 부모가 자기 눈에 무관심한 것에 반항하려다가 일이 커진 것 같군."

어이가 없었다.

"그리고 샤오이는 자기 집에 난 불만 공모를 한 게 아니라 아예 방화범 조직의 일원인 것 같군. 차오랑이 다른 조직원에 관해 자백한 건 자네의 말을 듣고 마음이 움직여서가 아니야. 샤오이를 지키려고 주의를 돌리기 위함이지. 샤오이는 경찰에 신고하지 않았어. 신고할 수가 없었던 거지."

나는 그 자리에서 몸이 뻣뻣하게 굳었다.

"하지만……. 그건 다 추측이잖아요."

"자네도 내 말에 흔들렸잖나."

반박할 말이 생각나지 않았다.

"무거, 이야기를 겉으로만 들어서는 안 되네. 사람을 쉽게 믿어서는 안 돼. 어떤 사람이라도."

나는 하얗게 질린 얼굴로 얼떨떨하게 치쑤의 병실을 빠져나왔다.

샤오리즈가 다가와 물었다.

"무슨 일이에요? 귀신이라도 본 얼굴을 하고서는. 또 치쑤 환자하고 얘기했어요? 둘이 할 얘기가 뭐 그렇게 많아요? 나는 입원한 지 일 년이 되어도 몇 마디 안 해봤는데."

그 순간 무언가 불안한 생각이 내 뇌리를 스쳤다.

"치쑤 환자가 입원한 지 얼마나 됐다고?"

"일 년쯤이요. 한참 됐죠."

도저히 믿고 싶지 않은 생각이 머릿속에 떠올랐다. 베타, 그는 일 년 전쯤 계정을 삭제했고 그 이후로 차오랑과 연락을 끊었다. 그리고 치쑤는 일 년 전에 입원해 외부와 단절되었다. 치쑤의 능력으로 보자면, 외부에서 당연히 정신질환, 심리와 관련된 일을 업으로 삼았을 것이다. 심리 상담사든 정신과 의사든 말이다.

'도대체 무슨 생각을 하는 거야? 미쳤어?'

하지만 나는 베타에게서 어딘지 모르게 익숙한 의연함과 위엄을 느꼈다. 그 느낌은 치쑤와 마주했을 때만 생기는 느낌이었다.

'더는 생각하지 말자. 더는.'

그런데 방금 그가 한 말을 되짚어보면, 그는 차오랑에 대해 잘 아는 것만 같았다.

'이제 진짜 더 생각하지 말자.'

나는 큰 걸음으로 저벅저벅 걸어 나갔다. 샤오리즈가 뒤에서 뭐라고 소리를 질러댔다. 그때 무언가 내 뇌리를 확 스쳤고, 이번에는 확실히 알 수 있었다. 차오랑이 나에게 소리 없이 했던 마지막 말. "네가 아는 사람."

"네가 아는 사람."

차오랑은 내 마지막 물음에 대답한 게 아니라, "당신을 상담한 정신과 의사는 누군가요?"라는 질문에 답한 것이었다.

"아는 사람."

내가 그 사람을 아는지 차오랑이 어떻게 안단 말인가? 우뚝 선 나의 발 아래 세계가 무참하게 뒤틀리고 있었다. 더는 생각하고 싶지 않았다.

간호사실로 미친 듯이 달려가 진료 기록을 놓는 선반 앞에서 겨우 멈춰 섰다. 치쑤를 사부님으로 모시기로 하고, 그를 존중하는 의미로 한 번도 진료 기록을 열어보지 않았다. 그를 환자로 대하고 싶지 않았기 때문이다.

선반 앞에서 한참을 망설이던 나는 온몸을 부들부들 떨며 진료 기록을 꺼내 펼쳤다. 텅 비어 있었다. 파일 안에는 아무것도 없었다. 어떻게 아무것도 없을 수가 있지?

나는 사무실로 돌아가 전자 진료 기록부로 그의 기록을 확인했다. 내 접속 정보로는 열람 권한이 없다고 나와 아무것도 볼 수가 없었다.

그대로 멍하니 앉아서 화면만 바라보았다.

"열람 권한이 없습니다."

베타, 치쑤, 진료 차트가 베일에 싸인 환자, 정신병원에 입원한 정신과 의사, 그리고 나의 사부.

정신보건센터 입원기록

입원일시 2015/7/4 15:56

담당과실	임상2과	병동	남성 병동	침상번호	4	입원번호	641
성명	차오량	성별	남	연령	18		
보호자		관계					

주요 사항

연쇄적인 방화 행위.

인적 사항

어린 시절 일어난 화재 사고로 인해 부모를 모두 잃었음. 당일, 시력에 장애가 나타나 빠져나오지 못 할 뻔함. 문 앞의 불빛에 이끌려 겨우 빠져나왔다고 함. 그때 이후로 실명 발작이 일어나면 불빛을 따라감.

경과 및 치료

여덟 살 때 두부 손상으로 일시적인 실명이 있었음. 완치 후에도 여전히 시력이 돌아오지 않았고, 간헐적으로 가성 실명이 나타남. 안부에 병변은 없으나 나이가 많아지면서 실명이 나타나는 시간이 점점 늘어남.

정신검사

사고가 침착하고 명료함. 범죄 프로파일링과 부합하지 않음. 타당도 척도는 정상으로 거짓이 아님. 정신병적 지표는 높지 않고 반사회성, 공격성도 강하지 않음. MMPI 건강염려증 척도 결과가 매우 높음. 신체 기능에 과도한 관심과 신경을 쏟고 있음.

초진 진단

가짜 실명, 전환장애

서명: 류쓰
2015. 8. 17.

앨리스의 악몽
– 페티시즘

오전에 과장을 따라 회진을 돌았다. 중증병동 마지막 병실로 들어서는데 침대 위에 있는 꼭두각시 인형이 제일 먼저 눈에 들어왔다. 빨간 옷에 눈이 커다란 인형은 아주 정교했고 키가 내 절반쯤 될 정도로 컸다.

인형은 벽에 기대어 문을 마주 보고 앉아 있었다. 꼭 주인 대신 우리를 맞이하는 것 같았다.

과장이 인형에게 웃으며 인사했다.

"굿모닝."

인형은 당연히 답이 없었지만 나도 따라서 인사를 했다.

침대 위에 있던 사람이 천천히 몸을 일으키더니 커다란 인형을 품에 끌어안았다. 화려한 색감의 인형과 새하얀 환자복이 확연히 대비되었다. 표정도 분위기도 활기찬 인형과 달리 환자는 아무런 감정이 없는 듯 보였다. 자신의 색깔과 생명력을 전부 다 인형에게 줘버린 것 같은 모습이 어딘지 괴이하게 느껴졌다.

과장은 평소처럼 질문을 던졌고 그는 평소처럼 그대로 침묵을 지켰다. 꼭두각시 인형만 환하게 웃으며 화답했다.

환자의 이름은 우샹추. 중증 우울증을 진단받았으며 직업은 유명한 인형사였다. 특정 인형극 극단 소속은 아니었고 입원하기 전까지 길거리에서 공연했다. 사실 증상으로 봐서는 중증병동에 입원할 정도는 아니었다. 그러나 자신의 인형과 떨어지려 하지 않는 것이 문제였다. 그 인형의 모습이나 크기, 색상이 너무 현란해서, 함께 생활하는 동안 다른 환자들의 감정을 자극할 수 있었다. 그래서 그는 중증병동의 단독 격리 병실을 배정받았다.

원래 주치의는 우샹추와 인형을 억지로라도 분리하려고 했다. 안전 문제 때문에 환자는 개인 물품을 가지고 입원할 수 없기 때문이다. 그런데 그전까지 아무런 반응이 없던 우샹추가 인형을 뺏긴 순간 갑자기 미친 사람처럼 달려들어 인형을 빼앗았다. 무섭게 돌변하는 그의 눈빛에 부모님까지 혼비백산하고 말았다. 결국 상의 끝에 과장은 그에게 단독 병실을 배정했다. 그에게 심리적으로 아주 중요한 애착 물건인 꼭두각시 인형을 강제로 분리하는 것이 우울증 회복에 좋지 않은 영향을 미칠 수 있다는 결론이었다.

우샹추의 부모는 실망했다. 아들이 늘 껴안고 있는 그 인형을 싫어했던 것이다. 그러나 그들은 군소리 없이 단독 병실 비용을 지불했다. 그것도 무려 일 년 치를 선불로.

우샹추가 병원에 입원한 지 근 한 달이 지났다. 하루하루가 늘 비슷하게 흘러갔다. 의사가 회진할 때도 그는 거의 반응을 보이지 않았고, 종일 인형만 끌어안고 있었다. 과장이 질문을 마치고 병실을 나가도 나는 그대로 남아 있었다. 과장의 동의하에 나는 매일 한 시간씩 그와 시간을 보내기로 했다.

나는 호주머니에서 가는 줄을 몇 가닥 꺼내 우샹추에게 건넸다. 그는 일언반구도 없이 줄을 인형 몸에 둘둘 감았다.

처음 그 줄을 우샹추에게 주었을 때는 무척이나 민망했다. 그가 줄을 받지도 않고 나를 빤히 바라보기만 했기 때문이다. 나는 괜히 멋쩍어 쓸데없는 이야기를 했다.

"몇 가닥뿐이라서 이걸로 인형을 움직이게 할 수 있을지 모르겠네요."

우샹추의 꼭두각시 인형은 병실로 반입 허가를 받기 전, 안전 검사를 통과하지 못했다. 인형 몸체가 못, 쇠붙이, 나사 등으로 제작됐기 때문이었다. 환자의 안전에 심각한 위험을 초래할 수 있었기에 과장은 고심에 고심을 거듭했다. 그리고 인형에 대단히 각별한 애정을 쏟는 우샹추가 이 인형을 부수거나 분해하지 못할 거라 판단하고 겨우 반입을 허락했다. 그러나 인형 손에 달린 조작용 쇠꼬챙이를 떼어내야 했고, 그 바람에 인형은 공연용이 아닌 장식용으로 전락하고 말았다.

나는 내가 지켜보는 동안 그가 가는 줄을 이용해 잠시나마 인형극을 할 수 있게 해 달라고 과장에게 허락을 구했다. 병실을 떠날 때는 줄을 꼭 회수할 것이며, 이런 활동이 우샹추의 우울증 치료에 도움이 될 수 있을 거라고 이야기했다. 허락이 떨어졌고, 나는 그에게 줄을 가져다주었다.

그렇게 처음 줄을 갖다 준 날, 우샹추는 한참이나 가만히 보더니 대뜸 이렇게 말했다.

"내 건 줄이 아니라 막대와 꼬챙이로 조종하는 인형이에요. 줄은 필요 없어요."

민망해진 나는 줄을 얼른 다시 챙겨 넣었다.

"…… 미안해요. 제가 잘 몰라서."

잠시 침묵이 흐른 후 그가 나에게 손을 내밀었다. 어리둥절해서 줄을 그에게 주었다. 아마도 나의 호의를 헛되게 하고 싶지 않았던 모양이다. 우샹추는 줄을 들고 한참을 꼼지락대더니 인형의 손에 매기 시작했다. 원래 쇠꼬챙이를 끼우는 자리에 줄을 매면서 그가 설명했다.

"줄로 조종하는 꼭두각시도 줄은 애당초 만들 때 꿰는 겁니다. 위치나 균형을 맞추는 방법이 따로 있고, 여러 장치와도 잘 맞춰서 구멍을 뚫은 다음 꿰어야 하는 거라서요. 지금은 도구도 마땅치 않고, 이렇게 대충 매어서는 아무것도 안 돼요. 줄도 적당하지가 않고 양도 부족합니다. 원래 열여섯 가닥 이상 있어야 하는데, 내 인형의 크기에는 최소 스물다섯 가닥은 있어야 할 거예요."

그가 이렇게 말을 많이 하는 건 처음 보았다. 나는 어색하게 웃었다.

"양이 모자라는 건 알겠어요. 그런데 도구는 신청할 수가 없네요. 조종하는 꼬챙이는 요청해봤는데, 안 된대요……. 줄로 조종하는 것도 할 순 있으신 거잖아요."

우샹추가 줄 하나를 골라 인형의 몸에 대충 감았다. 그제야 나는 그의 인형에 다리가 없다는 것을 알았다. 막대 인형극 인형들은 모두 다리가 없다.

손을 조종하는 꼬챙이가 없으니 그는 줄의 반대쪽 끝을 손가락에 매었다.

"할 수 있죠. 예전에 조종했어요."

그리고 우샹추는 자리에서 일어났다. 동작이 아주 느렸다. 이는 우울증 환자들의 전형적인 모습이다. 그는 대충 임시로 묶은 줄을 이용해 간단하게 인형극 공연을 했다.

일단 공연이 시작되자 침체된 모습은 온데간데없이 사라졌다. 그의 손이 조종하는 인형은 펄쩍 뛰기도 하고 손뼉도 치고 손을 쭉쭉 뻗더니 춤도 추고 술도 마셨다. 줄은 허술하게 묶였지만 재빠르고 날렵한 춤사위가 과연 예술가다웠다.

내가 손뼉을 치자 우샹추가 공연을 멈추었다. 오랫동안 공연을 하지 않아서 반응에 얼떨떨해진 그가 이야기했다.

"이 막대 인형은 큰 편이라 줄로 조종하는 건 별로예요. 둔해 보이죠."

"그래요? 전혀 그렇게 안 보여요. 그런데 방금 그 노래는 인형의 겉모양하고 딱 맞지는 않는 것 같은데요?"

보통 막대 인형극 인형은 중국 전통 의상을 입는다. 그런데 우샹추의 인형은 현대적인 모습이었다.

"네. 방금 공연으로 선보인 건 전통적인 스타일로 편곡한 겁니다. 전통 막대 인형극 형식이죠. 제가 평소에 잘 하지 않는 쪽이에요."

"그럼 어떤 공연을 하세요?"

우샹추는 잠자코 있더니 인형 몸에 감긴 줄을 풀었다. 그리고 원래 쇠꼬챙이를 꽂는 자리에 줄을 네 가닥만 남겼다. 조종하는 꼬챙이를 대신하는 줄 네 가닥으로 인형극을 하려는 것이었다.

그는 갑자기 인형을 자기보다 더 높이 들어 올렸다. 그리고 왼손으로 인형 바닥의 보이지 않는 막대를 움직여 인형의 머리를 이리저리 움직였다. 오른손으로는 꼬챙이를 대신한 줄 네 가닥을 떨어 인형의 손을 조종했다.

인형의 새빨간 치마와 새까만 단발머리가 아주 무겁고 암시적인 느낌이 들었다. 높이 들려 사방으로 요동치는 머리와 뱀처럼 꿈틀거리는 몸체의 움직임이 기괴하기 그지없었다. 게다가 그는 처음 들어 보는 괴상망측한 노래를 부르기 시작했다. 인형은 그의 노래를 타고 기괴하게 몸부림치다가 갑자기 멈추었다. 그리고 마치 무언가로 눈앞이 가려진 것처럼 춤사위가 아주 느려졌다. 온몸을 떨며 전율하던 인형은 두 손으로 눈앞의 무언가를 벗겨내려 했지만, 줄로 조종하는 손은 쇠꼬챙이를 사용하는 것처럼 민첩하지 못했다. 그래서 손을 아래로 쓸어내리는 수밖에 없었다. 빠르게 또 느리게 움직이는 인형의 입은 웃기도 하고 울기도 했다.

나는 그의 공연을 정신없이 바라보았다. 그가 인형을 허공에 높이 들고 병실의 구석구석을 돌아다니는 바람에 나는 거의 벽에 붙어 있다시피 했다.

공연이 끝났다. 숨을 헐떡거리는 그의 눈빛은 넋이 반쯤 나가 있었다. 충격을 받은 내가 먼저 말을 걸었다.

"이건……"

"앨리스의 악몽입니다."

"제목을 직접 지으신 거예요?"

"네."

인형도 직접 만들고 춤도 직접 짰다는 우샹추의 작품은 꿈속 이야기를 하고 있었다. 이야기의 흐름이나 전개가 논리적이라기보다는 자유분방하고 자기만의 개성이 넘쳤다. 전통적인 인형극 공연과는 무척 달랐다. 포스트모더니즘 철학이 바탕에 깔려 있었다. 그래서인지 찾는 사람도 적고 인형극단에서도 그를 받아주지 않은 것 같았다.

인형극단은 대부분 중국의 전통적인 예술 경향을 계승하고 있었다.

그들에게 우샹추는 전통과 풍속을 저해하는 존재나 마찬가지였다. 그와 똑같이 젊지만 외국에서 명성을 떨치는 인형사가 그에게 그런 말을 했다고 했다.

"발전은 계승 후의 일이다. 사람들에게 하찮은 관심이나 인기를 끌려고 할 게 아니라 우선 인형이라는 예술을 완전히 내 것으로 만들어야 한다."

우샹추와 오랜 시간 이야기를 나눈 것은 아니었지만, 공연을 통해 그의 진심이 나에게 전해졌다. 그 이후로 나는 줄을 챙겨서 자주 그를 찾아갔다. 그는 그때마다 한 시간 정도 공연을 펼쳤고, 줄을 나에게 돌려준 후에는 인형을 안고 침대로 돌아가 침묵으로 일관했다.

오늘도 여느 때와 마찬가지였다. 과장이 자리를 뜬 후 내가 그에게 줄을 건넸다. 그런데 그가 줄을 거부했다. 오늘은 줄을 사용하고 싶어 하지 않았다. 직접 손으로 인형을 들어 올려 인형에 있는 막대를 잡고 인형극을 시작했다. 인형의 머리와 몸이 흔들렸다. 두 손을 지지하는 꼬챙이도, 감긴 줄도 없었다. 몸이 제멋대로 움직이고 팔이 부러진 듯 펄럭거렸지만, 줄이 없는 인형의 모습은 오히려 훨씬 자유로워 보였다.

줄로 조종하는 인형은 수많은 줄에 매달린 채 바닥에 붙어 공연한다. 조종하는 사람은 인형보다 높은 곳에 있다. 그런데 막대로 조종하는 인형은 꼬챙이로 지탱되고, 사람이 아래쪽에서 인형을 받쳐 들어서 공중에 떠 있다. 우샹추는 바로 그 막대 인형을 마음대로 부렸다.

인형이 줄에 매달려 바닥에 있을 때 내 관심은 우샹추에게 쏠려 있었다. 그가 촘촘하게 묶은 줄을 어떻게 움직여 인형을 조종하는지 보려 했다. 그런데 인형이 줄을 벗고 높이 들어 올려지니 나의 관심은 인형에게로 향했다. 우샹추를 바라보는 것도 잊고 높이 올려진 인형의 모습에 눈을 빼앗겼다.

오후에는 매주 금요일마다 열리는 팀별 슈퍼비전 일정이 있었다. 딴 생각하느라 건성으로 듣고 있던 나에게 과장이 질문을 던졌다. 무슨 얘기를 하고 있었는지 전혀 알지 못해 멍하니 있는데 샤오리즈가 얼른 알려주었다.

"우샹추 환자 케이스요. 류 선생님이 페티시즘 같다고 얘기하셨는데 과장님이 어떻게 생각하냐고 물으세요."

나는 정신을 가다듬고 생각을 정리했다.

"페티시즘은…… 저는 페티시즘이 아닌 것 같습니다."

류 선생이 반박했다.

"인형에 대한 콤플렉스가 강합니다. 분리 불안도 심하고요. 인형 디자인이나 색감, 형태에 성적인 면이 투사되어 있습니다."

"그렇다고 인형에게 성적인 매력을 느끼는 상태는 아닙니다. 인형을 대상으로 한 강렬한 성적 환상이나 성적 행위가 이루어지는 것도 아니고요. 오랫동안 관찰했습니다만, 인형을 안는 정도로 그칠 때가 가장 많았고 다른 행동은 없었습니다. 그건 페티시즘 환자들이 성을 환기하는 물체를 얻고 성급하게 만족을 얻는 모습과는 부합하지 않죠."

"성적 환상이 없다는 걸 어떻게 아는 거죠?"

"있다는 건 어떻게 아시는 거죠?"

샤오리즈가 눈을 희번덕거리고, 한이이는 실소하더니 휴대전화를 집어 들었다.

류 선생이 설명을 이어갔다.

"진료했을 때 환자 부모님이 다 얘기하셨죠. 환상을 갖고 있다고. 인형을 여자라고 생각하면서 진짜 실존하는 사람이라고 생각한다던데요. 그리고 직접 부모님에게 소개해주려고 했다던데. 그게 병원에 입원시킨 이유이기도 하고요."

"인형을 여자로 생각했다고 일 년이나 병원에 가둬둔다고요? 진단이 정확히 나오지도 않았는데 돈부터 지불한 사람들이에요."

류 선생은 여유 넘치는 태도로 나를 바라보았다.

"논점에서 벗어났군요."

"제 말은 환자 부모님의 말씀을 다 믿을 수 없다는 거예요. 그분들이 우샹추를 미워해서 일부러 증상을 부풀려 이야기했을 수도 있다고요."

"그분들이 함께 산 게 삼십 년인데, 고작 한 달 관찰한 의견이 더 믿을 만하다는 건 무슨 근거죠?"

"저는 의사잖아요……. 인턴이지만."

"환자하고 가까워진 이상, 의사라고만은 볼 수 없겠죠."

나는 어깨를 으쓱해 보이고는 입을 닫았다.

보다 못한 과장이 이야기했다.

"의견을 물은 거지, 싸우라는 게 아니야. 다과라도 나누면서 얘기나 들어보자는 거잖아. 그래서 자네 의견은?"

나는 다시 정신을 차리고 기운을 냈다.

"중증 우울증 진단에는 이의가 없습니다. 우샹추 환자는 인형극에 큰 꿈과 이상을 갖고 있는데, 그게 생활을 유지하는 벌이로 연결되지 못하는 상태예요. 그가 추구하는 방식은 주류 인형극단에서 외면받았고, 가족들도 그를 도와주지 않습니다. 잘나가는 공무원 형이 부모님의 사랑을 독차지하고 있고요, 우샹추 환자는 집에서 완전히 내놓은 둘째 아들일 뿐이에요. 게다가 내성적인 성격에 예민하고 생각도 많은 사람입니다. 우울증이 생기지 않을 수가 없는 상황이죠."

"인형에 쏟는 각별한 애정에 관해서라면 저는 그게 심리적인 애착 물건이라고 생각해요. 모체에서 나온 탯줄과도 같은 상징적 존재인 거죠. 그에게 인형은 세상과 연결된 유일한 통로이고 상상 속의 친구예요. 남자든 여자든 성별이 중요한 게 아니라 무언가와 연결된 끈끈한 유대감인 거죠……. 아마 인형은 그가 붙잡을 수 있는 유일한 존재일 겁니다. 부모님의 사랑도 없고 꿈과 이상도 좇지 못하고 삶을 꾸려나가는 것도 녹록지 않으니 자기 자신이 이 세상에 놀아나는 꼭두각시 인형 같겠죠. 그러니까 그 인형에 자신의 모습을 투영하고 있는 것에 불과하다는 겁니다."

모두가 침묵했다. 멍하니 있다가 문득 주변을 의식한 나는 어색하게 사과를 구했다.

회의가 끝나고 과장이 나에게 얘기 좀 하자고 붙잡았다. 면담이 끝나고 회의실을 나서는데 샤오리즈가 앞에서 기다리고 있었다.

"과장님이 뭐라고 하셨어요?"

"그냥 좀. 너무 몰입해서 전문성을 해치는 일 없게 하라시네. 나는 의사지, 그 환자의 친구가 아니라고 말이야."

"그건 누님 트레이드마크잖아요. 어차피 말해도 듣지도 않을 거고. 근데 표정이 왜 그렇게 안 좋아요?"

나는 인상을 잔뜩 썼다.

"문제는 내가 몰입하지 않았다는 거지."

"네?"

"사실 회의할 때 내가 무슨 말을 했는지도 모르겠어……. 그냥 나오는 대로 떠든 거야."

샤오리즈가 깜짝 놀랐다.

"…… 그것도 발전이라고 할 수 있으려나? 이제 환자들한테 신경을 덜 쓴다는 거잖아요……. 그런데 요즘에 어쩐지 이상하긴 해요. 자꾸 어디에 정신을 파는 거예요? 뭘 하든 맥이 풀려 집중도 못 하고."

나는 한참 동안 망설이다 말했다.

"샤오리즈, 만약에 말이야, 내가 살아가는 이 세상이 내 생각과 다르다는 걸 알게 됐어. 그럼 어떨 것 같아?"

샤오리즈는 종잡을 수 없다는 듯 물었다.

"그게 대체 무슨 말이에요?"

나는 고개를 저었다.

"됐어. 아무것도 아니야."

입원 병동으로 가는 길에 샤오리즈가 물었다.

"근데 류 선생님은 또 왜 그런 거예요? 왜 요즘 누님 일에 사사건건 트집이에요?"

나는 웃었다.

"왜 내가 못 잡아먹어서 안달이라고 하지 않고?"

"어쨌든 두 사람 만나기만 하면 기관총처럼 쏴대잖아요."

한숨이 나왔다.

"내가 치쑤 환자한테 상담 도움받는 걸 알았거든."

샤오리즈는 어리둥절했다.

"그게 뭐 어때서요? 치쑤 씨가 환자이긴 해도 그만큼 대단하잖아요. 류 선생님이 그것 가지고 뭐라고 해요? 규정에 어긋난다고 해요?"

샤오리즈에게 어떻게 설명해야 할지 난감했다.

"…… 류 선생님은 날 위해서 그러는 거야."

이렇게 이야기하고 나니 또다시 마음이 무거워졌다.

그때 갑자기 익숙한 실루엣이 눈에 들어왔다. 치쑤였다. 나는 병실로 얼른 숨으며 샤오리즈를 끌어당겼다. 샤오리즈가 왜 그러냐고 물었다.

"치쑤 환자하고 사이 좋잖아요. 왜 피하는 거예요?"

나는 아무 대답도 하지 않았다. 아직 치쑤를 어떻게 대해야 할지 생각이 정리되지 않은 상태였다. 내가 망설이는 기색을 조금이라도 보이면 그는 분명 알아챌 것이다. 치쑤 앞에서 나는 그저 투명해지고 마니까.

"본인이 숨는 건 그렇다 치고, 왜 나까지 끌어당겨요?"

"네가 일단 눈에 띄면 네 눈빛 하나로도 내가 숨어 있다는 걸 들킬 테니까."

샤오리즈는 한참 말이 없다가 쭈뼛거리며 물었다.

"그 말은 치쑤 씨가 너무 똑똑하다는 뜻이에요, 아니면 내가 너무 바보 같다는 뜻이에요?"

나는 생글생글 웃으며 되물었다.

"네 생각엔 어떤데?"

월요일 아침 회진 후 과장이 병실을 떠났다. 나는 평소와 마찬가지로 줄을 우샹추에게 건넸다. 그가 줄을 받지 않아서 나는 다시 줄을 챙겨 넣었다. 그리고 그의 막대 인형극을 기다렸다. 그러나 평소와 달리 그는 미동도 하지 않았다. 우샹추가 인형을 안고 침대에 가만히 앉아 나를 보더니 대뜸 이야기했다.

"무 선생님, 저랑 게임해요."

또 정신이 나가 있던 나는 그의 갑작스러운 말에 정신을 차렸다. 의 아했다.

'극심하게 우울해하는 사람이 게임을 하자고 한다고?'

"저한테 질문 다섯 개만 해보세요."

"질문 다섯 개로 상대방을 파악하는 게임인가요?"

근 한 달간 과장이 했던 수많은 질문에 그는 전혀 대답하지 않았다. 나 역시 인형극을 보며 한두 마디씩 이야기를 나눈 게 다였다. 갑자기 왜 저렇게 태도가 바뀌었는지 알 수는 없지만 어쨌든 좋은 징조였다.

"흔치 않은 기회를 얻었네요. 사실 제가 미세한 표정 읽는 걸 잘 못 하거든요. 자세하게 얘기 좀 해주세요. 질문 다섯 개는 제가 뭘 물어보든 다 대답해줄 거죠?"

"네."

나는 그의 대답이 떨어지기가 무섭게 질문을 시작했다.

"첫 번째 질문. 연애를 해 보셨나요?"

우샹추는 뜸을 들였다. 그런 질문을 하리라고는 생각하지 못한 듯 했다.

"…… 해봤어요."

이어지는 말을 기다렸지만 그게 끝이었다.

"그게 다예요? 좀 더 얘기해줄 수 없어요?"

"그럼 그게 두 번째 질문이에요."

"너무 빡빡한데요. 좋아요. 그럼 두 번째 질문, 그 인형 이름은 뭐예 요?"

"훙."

"무슨 뜻이 있나요?"

"이 질문에 답하면 질문은 두 개만 남는 거예요."

"알았어요. 얘기해봐요."

그가 잠시 생각하더니 이야기했다.

"홍은 내 여자친구예요."

부모의 말이 사실인 듯했다. 그는 정말로 인형을 여자로 생각하고 있었다. 그게 아니라면 자기 환상 속에 있는 여자를 인형에 투영한 것이리라.

"네 번째 질문, 예전에는 인형을 줄로 조종했는데 지금은 왜 막대로 조종하는 거죠?"

"홍을 줄로 꽁꽁 묶어서 속박하고 조종하는 게 싫었어요. 나보다 더 높은 곳에서 자유롭게 훨훨 날기를 바랐거든요. 그러니 제가 할 일은 홍을 밑에서 받쳐주는 다리가 되는 거겠죠."

막대 인형은 다리가 없다. 다리가 있어야 할 부분에 막대가 있다. 인형사들은 그 막대 부분을 잡고 인형의 몸과 머리를 조종한다. 길게 늘어트린 윗도리와 바지는 얼핏 다리처럼 보이기도 한다. 다리가 필요한 공연은 적고, 그럴 때는 가짜 다리를 붙이기 때문에 '세 다리'라고 불리기도 한다.

"막대 인형이든 줄 인형이든 본질적으로는 꼭두각시 인형인 거잖아요. 사람이 조종하고, 그냥 보기 좋고 재미있는 놀이에 불과하단 말이죠."

한참 후에 그가 입을 열었다.

"다릅니다."

"뭐가 다르죠?"

"그게 다섯 번째 질문인가요?"

"아뇨. 다섯 번째는…… 근데 왜 절 쳐다보지 않으세요?"

우샹추는 당황하면서도 여전히 고개를 들지 않았다. 그는 줄곧 땅바닥만 내려다보았다.

"그 질문에는 대답할 수 없으세요?"

그는 입을 꾹 닫고 있었다.

그를 한참 동안 지켜보던 나는 가까이 다가가 무릎을 꿇고 억지로 시선을 맞추었다.

"질문을 다른 거로 바꿀까요?"

"아뇨."

"그러면 마지막 질문을 허탕치게 되는데……. 제가 스스로 알아맞혀야 하는 건가요?"

우샹추는 나를 보면서 계속 침묵했다.

그의 눈빛에서 어떤 동물이 떠올랐다. 야생의 낯선 곳, 지나가는 차 앞에 천진난만하게 서서 차가 달려드는 걸 전혀 두려워하지 않는 그런 눈빛이었다.

병실을 떠나기 전에 내일 다시 이 게임을 해도 될지 물었다. 그는 대답하지 않았다. 그날따라 인형은 평소보다 더 화려해 보였고, 그는 더욱더 창백해 보였다.

우샹추는 스스로 목숨을 끊었다.

다음날 그 소식을 듣고 나는 정신이 혼미해졌다. 현실인지 꿈인지 분간이 되지 않았다. 그의 병실까지 어떻게 갔는지도 기억이 나지 않는다. 피로 흥건하게 젖은 침대를 보고도 어떤 자극도 못 느꼈다. 그 요란한 인형을 자주 보는 바람에 화려함과 창백함이 뒤섞인 비현실적인 장면에 익숙해졌다.

그는 침대에 누워 있었고, 인형은 머리가 떨어진 채 땅바닥에 널브러져 있었다. 새빨간 치마가 침대 위의 핏자국과 혼연일체를 이루어, 마치 인형이 피로 물든 침대에서 태어난 것 같은 착각이 일었다.

경찰이 오고 현장을 봉쇄했다. 천 경관과 샤오커가 담당이었다. 샤오커가 뭐라고 말을 걸었지만 하나도 들리지 않았다. 마치 현실에서 분리된 듯 귓가에 웅웅거리는 소리만 들렸고, 다른 사람들의 말은 아득히 먼 곳에서 울려오는 듯했다.

우샹추의 시체가 옮겨졌다. 류 선생이 샤오커에게 시체를 발견한 과정을 설명했다. 천 경관은 과장과 잠시 이야기를 나누더니 1차적으로 자살이라고 판단했다. 우샹추가 혀를 끊은 것이다.

샤오커가 간호사 몇 명과 나를 데리고 회의실로 가서 질문했다. 간호사들에게 질문을 마친 그가 찡그린 얼굴로 물었다.

"왜 그러세요?"

나는 멍하니 이야기했다.

"제가 몰랐던 거예요. 어제 질문 다섯 번 할 기회를 줬는데"

"그게 무슨 말이에요?"

"저한테 기회를 줬거든요. 자기가 곧 죽을 거라는 걸 알아챌 기회를요. 근데 제가 날려버린 거예요."

우샹추는 나에게 도움을 청하는 것이었는데 나는 엉뚱한 농담 따먹기만 열심히 한 것이다. 아니, 사실 열심히 하지도 않았다. 그저 그에게 호기심이 일었을 뿐이었다. 환자의 고통은 안중에도 없고 심지어 그를 놀리기까지 했다. 심리학자의 엽기적인 호기심으로 오만불손한 건방을 떨었다.

최근 나는 줄곧 나 자신만의 생각에 사로잡혀, 그에 관한 일들을 건성으로 했고 그와의 관계를 너무 가볍게 생각했다. 줄 몇 가닥으로 이미 친해졌다고 여기고 그를 다 안다고 오해했다. 왜 그런 어리석은 생각을 했을까? 정말 잔인할 정도로 어리석었다. 어쩌면 내 잠재의식은 그에게 시간을 낭비하고 싶지 않았는지도 모른다. 그저 정해진 규칙대로 일로써 그를 '해결'해버리고 나 자신의 문제에 좀 더 집중하고 싶었는지도 모른다.

'왜 나를 보지 않냐'는 내 마지막 질문에 그가 답하지 못한 이유를 이제야 알 것 같았다. 내가 자신의 죽음에 관한 책임을 떠안을 거라고 예상한 것이다. 나에게 미안했던 것이다.

샤오커가 잠시 생각하더니 이야기했다.

"제 말 좀 들어보세요. 우샹추는 원래 중증 우울증 환자였어요. 질환에 관해서는 제가 잘 모르지만 제가 오늘 그렇게 많은 사람한테 일일이 확인했잖아요. 과장님도 포함해서요. 그런데 그들 중에 아무도 그의 자살 징후를 눈치채지 못했어요. 이 환자의 죽음은 선생님과 아무 관련이 없습니다."

"그래서 저한테 털어놓으려고 한 거예요. 그런데 내가 그 입을 막아버린 거죠."

부검 결과가 나왔다. 검시관은 자살이라고 판단했고, 사인은 질식이었다. 우샹추가 혀를 끊어내자, 잘리고 남은 혀뿌리가 목으로 말려들어가 숨통을 막았고 질식사한 것이다.

우샹추가 있던 곳은 중증병동이었고 24시간 적외선 보안카메라가 작동한다. 영상을 확인해보니 그가 자살을 행동으로 옮긴 시간은 새벽

두세 시쯤이었다. 그의 몸을 둘둘 감은 이불이 덜덜 떨리고 있었다. 혀를 깨무는 데 분명히 극심한 고통이 따랐을 것이다.

어젯밤 당직한 간호사는 놀라 울음을 터뜨렸다. 그녀는 모두 다 지켜볼 수는 없었다고, 보안카메라가 한둘이 아니니 계속 영상만 쳐다볼 수는 없는 노릇이라고 변명했다. 그가 이불을 싸매고 웅크린 모습을 잠깐 보긴 했지만, 우샹추가 인형으로 자위를 하고 있을 거라고 여겨 더는 신경 쓰지 않았다고 했다.

샤오커가 그녀에게 물었다.

"예전에도 그런 적이 있었나요?"

"저도 잘 몰라요. 그런데 그 환자가 인형을 끼고 사는 것은 페티시즘이라고 다들 그러던데요……. 원래 좀 이상한 사람이었잖아요."

우샹추의 부모가 병원으로 달려왔다. 슬픔에 젖어 있었지만 크게 애통해하지는 않았다. 그때 우샹추의 형, 우가오양이 내 눈에 띄었다. 그는 정중하면서도 성숙한 태도로 부모님을 위로했다. 동생의 뒷일을 처리하고 의사들에게까지 감사와 미안함을 전했다. 그리고 경찰의 조사에도 적극적으로 협조했다. 동생 우샹추와 달라도 너무 달랐다.

우샹추가 현실에서 동떨어진 채 꿈만 꾸며 살아가는 거지였다면, 우가오양은 환한 양지에서 열심히 노력하는 모범 청년이었다. 유별나게 과묵해 사람들을 힘들게 했던 둘째의 죽음은 훌륭한 형의 등장과 함께 그다지 안타까울 것 없는 일처럼 느껴졌다.

천 경관은 마지막으로 자살이라고 결론을 내렸다. 하지만 몇 가지 의문점이 남아 있었다. 천 경관이 머리가 떨어져버린 인형을 들고 이야기했다.

"이 인형 안에는 못, 철사, 나사못, 조종하는 선, 쇠붙이 등 예리한 물품이 잔뜩 있어. 죽을 때 그런 물건들을 얼마든지 사용할 수 있었는데, 왜 혀를 깨문 거지? 혀를 깨물어 끊어낸다는 게 상식적으로 이런 물건을 사용하는 것보다 훨씬 힘들고 고통스럽잖아."

천 경관은 사진 한 장을 꺼내놓았다. 현장을 찍은 사진이었다. 꼭 그러쥐었던 우샹추의 손을 펼친 것이었는데, 그 안에는 얇은 줄이 있었다. 모두 한 덩이로 뭉쳐 손안에 쥐고 있었다.

"그리고 죽을 때 여기 이 줄을 손에 꼭 쥐고 있었어. 무슨 뜻일까? 줄은 어디서 났을까? 재질을 살펴보니 인형 몸의 장치를 연결하는 줄은 아니던데."

나는 당황해 어찌할 바를 몰랐다.

"…… 그 줄, 제가 준 거예요."

"뭐라고요?"

몸이 덜덜 떨렸다.

"제가 줄 인형극용으로 가져간 거예요. 회진할 때마다 가져가서 한 시간 정도 인형극에 사용하게 해주고 끝나면 가지고 나왔어요……. 방심한 틈을 타서 몇 가닥을 남긴 것 같네요. 제가 부주의한 탓에 제대로 세어보질 않았습니다."

마음이 한층 더 무거워졌다. 내가 이렇게까지 해이해지다니. 줄이 모자란 것도 모르고 환자를 너무 믿은 데다가 얕보기까지 했다. 그는 나의 이런 어리석음을 알고 계획을 세운 것이다.

천 경관이 물었다.

"저걸 숨겨서 뭘 하려고 했을까? 줄이 아주 질겨서 목을 매는 데도 사용할 수 있겠어. 우선 숨겼다는 건 그런 자살 방법도 생각했다는 뜻일 텐데, 결국 사용하지 않았잖아. 왜 그런 걸까? 줄을 사용하긴커녕 손에 쥐고만 있었어."

과장이 되물었다.

"목을 맨다고? 스스로 가능했을까?"

샤오커가 줄 몇 가닥을 이어 침대 난간에 묶었고 땅바닥에 앉았다. 줄의 길이를 조절해 자신의 목에 걸자 엉덩이가 허공에 뜬 상태가 되었다. 그리고 그는 그 자리에 주저앉으며 말했다.

"이건 감옥에서 자주 쓰이는 자살 방법이에요. 수감자가 시트를 침대 가장자리에 묶어서 자신의 체중을 이용해서 목을 매는 거죠. 혀를 깨물어 죽는 것보다 훨씬 빠르고요."

"그 방법은 움직임이 너무 커서 감시 카메라에 찍히면 들킨다고 생각했겠지."

천 경관이 침대 가장자리를 두드리며 계속 이야기했다.

"병원 침대 높이도 개선을 좀 해야겠어. 이 정도 높이면 누워서도 목을 맬 수 있으니까. 이불을 덮으면 혀를 깨무는 것과 똑같이 발견할 수가 없어."

과장은 인상을 찡그리고 아무 대답도 하지 않았다. 샤오커가 이어서 이야기했다.

"더 깔끔하고 더 빠른 방법이 있는데 왜 굳이 혀를 깨물 생각을 했을까요? 사실 혀를 깨무는 건 그렇게 확실한 방법도 아니잖아요. 혀에는 신경이 많아서 고통도 훨씬 더 강할 거고, 혀가 잘리기도 전에 아픔으로 인해 혼절할 수도 있잖아요. 게다가 출혈량도 많아서, 죽기 전에 이미 감시 카메라로 발견될 가능성이 커요. 그런데도 끝까지 혀를 깨물었다는 건 죽고자 하는 의지가 아주 결연했다는 뜻이죠. 한 치의 망설임도 없을 만큼."

"인형 안에 있는 예리한 부품들을 사용하지 않았다는 건 인형에 특별한 감정을 품었다는 뜻이지. 인형을 살인범으로 만들고 싶지 않았던 거야."

"그럼 줄은요? 죽음에 이르면서까지 손에 쥐고 있던 줄로 무엇을 전하고 싶었는지가 관건 아닐까요? 설마 줄을 살인범으로 만들고 싶지 않았던 건 아닐 거잖아요."

왠지 알 것 같았다.

"…… 저예요. 이 줄을 사용하지 않은 이유는 저를 살인범으로 만들고 싶지 않았던 거예요. 제가 죽음에 책임을 지지 않길 바랐나봐요."

"그럼 왜 손에 쥐고 있었을까요? 우리가 이 줄을 발견할 수 있게 말이죠."

나는 바들바들 떨며 침대로 다가가 그 줄 몇 가닥을 집어 들었다.

"경찰이 발견하길 바란 게 아니라 제가 발견하길 바란 거예요……."

"제가 볼 수 있도록 손에 쥐고 있었던 거예요. 저에게 주는 상담료였던 거죠."

내가 그런 말을 하는 까닭을 모르는 사람들은 어리둥절했지만, 나는 갈수록 정신이 또렷해졌다.

"저에게 알려주는 거예요. 공범으로 모는 게 아니라 저에게 해야 할 일이 있다고 알리려고요. 저에게 부탁하는 거예요……. 제 마지막 질문의 답이었던 거예요. 저에게 추측해보라고요. 자신의 사망 이유를."

그 순간 나는 고개를 번쩍 들었다.

"이 자살에는 문제가 있어요!"

다른 사람들에게 설명할 겨를도 없이 나는 다급하게 병실 안을 둘러보았다. 그리고 재빠르게 수상한 점을 발견하기 시작했다. 그 순간 머릿속에는 여러 가지 생각이 물밀 듯이 밀려들어 조바심에 어찌할 바를 몰랐다. 우리가 중요한 걸 놓친 게 분명했다 우샹추의 죽음은 생각처럼 그렇게 간단하지 않았다. 적어도 그가 나에게 전하고자 하는 메시지만큼은 간단하지 않았다.

과장은 천 경관에게 잠시 기다리라고 했고, 샤오커 역시 조용히 나를 지켜보기만 했다. 나의 시선이 병실 안의 모든 곳을 훑었다. 그리고 바닥에 널브러진 머리 없는 인형에서 멈추었다. 나는 한참 동안 인형을 응시하다가 와락 집어 들고는 침대 모서리에 내리꽂았다.

천 경관이 깜짝 놀랐다.

"아이고, 현장을 훼손하시면 안 됩니다."

침대에 부딪힌 인형은 아까와 같이 멀쩡했다.

"이 인형은 바닥에 떨어져서 부서진 것처럼 보이지만, 그렇게 해서 망가질 수는 없는 것 같네요."

그러자 샤오커가 물었다.

"안에 있는 날카로운 부품을 꺼내려고 우샹추가 일부러 그랬다는 건가요?"

"하지만 부품으로 자살하진 않았죠."

"혹시 자살에 필요한 도구 같은 게 있는지 확인하려 한 거 아닐까요?"

나는 고개를 가로저었다.

"첫째, 자살은 이미 계획되어 있었어요. 제가 준 줄을 숨겼다는 점으로 알 수 있죠. 도구가 있는지 확인했다면 굳이 지금까지 기다릴 필요가 없었을 거예요. 그런데 우샹추가 죽기 직전까지 인형은 아무렇지도 않았잖아요. 그에게 인형은 도구가 아니었던 셈이죠. 둘째, 인형은 그가 직접 만든 거예요. 안에 어떤 부품이 있는지 낱낱이 다 알고 있으니까 확인할 필요가 없다는 뜻이에요. 날카로운 뭔가가 필요했다고 하면 아래쪽으로 손을 넣어서 꺼내도 돼요. 목까지 떼어낼 필요가 없어요. 셋째, 우샹추에게 이 인형은 자기 자신을 넘어서는 의미가 있어요. 자살하겠다고 인형을 부술 수는 없었을 거란 말이죠. 그건 일종의 모욕이나 마찬가지니까요. 게다가 목을 떼어낸 건 아주 상징적인 방법이에요……. 카메라 영상에서는요?"

샤오커가 대답했다.

"그런 모습은 찍히지 않았어요. 이불 속에서 떼어낸 것 같아요. 그래서 간호사도 그가 인형을 가지고 자위를 한다는 의심을 한 것 같고요."

내가 생각에 잠긴 사이, 과장이 불쑥 입을 열었다.

"심리적 사망이군."

그 말을 듣는 순간 모든 것이 이해되었다.

"우샹추가 인형을 살해한 거로군요."

천 경관과 샤오커는 어안이 벙벙한 표정이었다.

"인형을 먼저 살해하고 스스로 목숨을 끊은 거예요."

샤오커가 물었다.

"…… 왜 인형을 살해해요? 아니, 살해라니. 뭔가 말이 이상한데요. 인형이 살아 있던 것도 아니고."

과장이 설명했다.

"우샹추에게는 살아 있었겠죠."

"그래서 인형을 살해했다는 게 무슨 뜻인데? 인형을 애틋하게 생각해서 죽을 때 같이 데리고 간 거잖아. 특별한 의미는 없어 보이는데."

"같이 데리고 가는데 왜 평소처럼 안고 가지 않았을까요? 인형을 바닥에 던져버렸잖아요. 우리에게 인형의 죽음을 보라고요……. 이 현장에 있는 모든 게 우샹추가 저에게 남긴 수수께끼예요. 이렇게 해놓은 의미가 분명히 있어요."

우리는 그 후로도 몇 시간이나 생각에 생각을 거듭했지만, 아무 소득이 없었다. 하는 수 없이 병실을 나서면서 샤오커에게 현장 사진을 전부 복사해 나에게도 달라고 부탁했다. 그런데 샤오커는 아무 대답이 없었다. 잠시 망설이던 그가 말했다.

"이 사건에서는 빠지세요."

내가 깜짝 놀라 물었다.

"왜요?"

"지금까지 저 때문이라는 말을 몇 번이나 한 줄 아세요?"

"저에게도 혐의가 있는 건가요?"

"그런 뜻이 아닙니다."

"그럼 사진 저에게도 보내주세요. 안 주시면 보안 카메라 영상이라도 볼 거예요."

샤오커가 한숨을 쉬었다.

"그렇게 하시던가요."

돌아서는 그에게 내가 소리쳤다.

"샤오이는 아직 병원에 입원해 있나요?"

그가 멈칫하더니 대답했다.

"퇴원하고 집으로 갔습니다. 그런데 갑자기 그건 왜 물으세요?"

"집으로요?"

"걱정하지 마세요. 공익변호사가 구해져서 복지 시설 몇 군데와 연락 중입니다. 아버지와 어떻게 분리해야 할지 상황을 보고 있어요."

"…… 제가 얘기 좀 해볼 수 있을까요?"

샤오커가 무언가를 눈치챘다.

"왜요?"

나는 복잡한 심경이었다.

"십 년 전에 일어난 사건인데요. 만약 그때 입건이 안 되었다면 지금 다시 수사할 수 있을까요?"

샤오커가 사뭇 진지한 표정으로 물었다.

"그건 왜 물으세요?"

나는 숨을 크게 들이쉬었다.

"아뇨. 아직 확인된 건 아니니 나중에 다시 말씀드릴게요."

그리고 나는 돌아섰다. 샤오커가 뒤에서 나를 불러세웠지만 돌아보지 않았다.

며칠 지나지 않아 류 선생이 갑자기 나에게 우리 병원에서 곧 열리는 '정신 건강 국제 학술 세미나'를 함께 준비하자고 했다. 나는 거절했다.

"지금은 여유가 없어서요. 다른 인턴을 찾아보시는 게 좋겠어요."

"본인이 인턴인 줄 알고는 있는 거야?"

"지금까지 학술 세미나 준비는 인턴이 참여하지 않았잖아요."

류 선생은 자료를 뭉텅이로 건넸다.

"이번에 초빙된 외국 교수님들 자료야. 숙지해. 당일 소개 자료도 만들고."

나는 자료를 받지 않았다. 대치 상황이 이어졌다.

"본분에 집중해. 우샹추의 일은 더 관여하지 말고."

"제 환자였어요."

"네 환자가 아니야. 그 환자 주치의는 나였어."

"그럼 우샹추 환자는 왜 류 선생님이 아니라 저에게 뭔가를 알리려고 했을까요."

그가 차갑게 웃었다.

"널 지옥으로 끌고 들어가기 위해서지. 자기가 있던 그 지옥으로."

"그렇다면 저는 기꺼이 들어가겠어요."

류 선생은 더는 말도 붙이지 않고 돌아서서 가버렸다. 나에게 신경 쓰지 않기로 한 것 같았다.

그 후로 며칠간 나는 우샹추의 죽음에 매달렸다. 보안 카메라 영상을 구해서 그가 이불을 뒤집어쓸 때부터 간호사가 이불을 들칠 때까지의 과정을 보고 또 보았다.

수업에 몇 번 빠져 지적을 당했고, 실습 노트 평가에서 감점을 받았다. 수련의를 담당하는 주임 교수님까지 나에게 꾸지람을 하셨지만 그 순간 무슨 말씀을 하셨는지 하나도 기억이 나지 않았다.

오후에 샤오리즈가 밥을 가져다주었지만 입맛이 없었다. 안 먹겠다, 먹어라 옥신각신하다가 식판이 그의 몸에 부딪혔고, 국이 온 얼굴로 튀었다. 나는 더는 견디기가 힘들었다.

"귀찮게 좀 하지 마."

샤오리즈는 어쩔 줄 몰라 그 자리에 우두커니 서 있었다. 그리고 한참 후에야 눈치를 보며 이야기했다.

"누님, 요즘 너무 이상해요."

"요즘이 아니라 나 원래 이상했어. 네가 날 몰랐던 거야."

샤오리즈는 멋쩍은 얼굴로 가만히 서 있었고, 나는 마치 그를 없는 사람인 양 취급했다. 한참 후에 그가 굳은 표정으로 바닥을 정리하더니 나가버렸다.

나는 병동을 정처 없이 돌아다니며 치쑤와의 슈퍼비전을 상상하기 시작했다. 머릿속으로 가상의 누군가를 떠올리고 대화를 나누는 건 내가 자주 하는 방식이다.

치쑤라면 이렇게 물었을 것이다.

"무거, 왜 주변 사람들을 자꾸 밀어내는 건가?"

"불안해서요. 두려움은 사람들을 더 가깝게 만들지만, 불안은 서로를 멀어지게 하잖아요."

치쑤는 나를 꿰뚫어 볼 것이고, 나는 사실대로 털어놓을 것이다.

"스승님 때문에요. 저의 기본적인 신뢰를 무너뜨렸으니까요."

그러면 그는 계속해서 나의 속을 들여다볼 것이다. 아니, 어쩌면 저 밑바닥에 있는 더 치욕스러운 말을 끄집어내게 할지도 모른다. 그러면 나는 그로부터 도망칠지 도망치지 않을지 갈팡질팡할 것이다. 우리는 이 놀이를 즐기고 있었다. 나는 열심히 쌓았고 그는 무너뜨렸다.

하릴없이 걷던 나는 어느 병실 앞에 멈추어 섰다. 치쑤의 방이었다. 문은 닫혀 있고 치쑤는 안에 있었다. 나는 안으로 들어가지 않고 문 옆 벽에 살며시 기대섰다. 머릿속으로 계속해서 치쑤와 대화를 이어갔다. 이것도 나쁘지 않다. 어쨌든 인간이란 상상만으로도 살아갈 수 있는 생물이니까.

치쑤와의 대화를 끝낸 나는 야간 당직 근무를 신청했다. 원래 인턴 의사는 야간 당직을 하지 않지만, 과장은 나의 야간 근무를 허락해주었다. 나는 샤오커에게 메시지를 보내고 바로 휴대전화를 꺼버렸다. 아마 경찰서에서 내 욕을 엄청 할 것이다.

깊은 밤, 우샹추가 있던 병실로 가서 환자복으로 갈아입고 문을 걸어 잠갔다. 머리가 떨어진 인형이 아직도 바닥에 그대로 있었다. 표시해 둔 위치에 가만히 놓인 인형이 나를 바라보았다. 침대보와 이불은 증거 수집이 끝나 이미 새것으로 교체되었다. 나는 인형을 집어들고 칠흑 같은 어둠 속에서 침대 위로 기어 올라갔다. 그리고 인형을 꼭 껴안고 누웠다.

이불을 머리 위까지 덮어썼다. 그리고 치쑤가 나에게 알려준 대로 극도로 공감하려고 노력했다. 우샹추가 매일 밤 어떤 생각을 했는지 그 마음을 헤아려보려고 했다. 인형을 감싸 안았을 때, 이불 속에 웅크리고 있었을 때, 나를 볼 때, 그는 과연 무슨 생각을 했을까?

인형은 생각보다 거칠고 손에 닿는 감촉이 썩 부드럽지 않았다. 나는 인형 몸체 아래의 막대를 더듬었다. 그녀의 생명줄이자 그녀의 영혼이 살아 움직이게 만드는 도구였다. 막대에는 패인 흔적이 빼곡했다. 그가 지금껏 손톱으로 눌러 새긴 흔적이 흉터처럼 남아 있었다. 우샹추는 침대에 들 때마다 이 막대를 붙잡고 그녀를 살려내, 살아 있는 홍과 함께 잠이 들었다. 이 흉터들은 그가 참고 견딘 흔적이다. 과연 무엇을? 도저히 걷잡을 수 없는 고통과 죽고 싶다는 마음이다. 그는 그런 고통이 찾아올 때마다 인형을 보면서 살아남아야 한다고 번번이 마음을 다잡았을 것이다.

나는 이불을 걷고 나와 문 쪽을 바라보았다. 내가 서 있던 자리를 보며 그곳에 무거가 서 있다고 상상했다.

'나는 지금 우샹추다. 그리고 오늘은 죽기 전날 밤이다. 무거에게 질문을 다섯 개만 해보라고 했다. 무슨 생각일까?'

나는 그 자리에서 환상 속의 무거를 뚫어지라 바라보았다. 그리고 우샹추의 말투로 입을 열었다.

"무 선생님, 저랑 게임해요."

다음 날 아침, 샤오리즈가 와서 문을 열었다. 그는 귀신이라도 본 것처럼 나를 노려보았다.

"왜 여기서 잤어요? 여기 아직 출입 금지 아니에요? 맙소사, 얼굴이 왜 이렇게 무서워요……. 밤새도록 못 잤어요? 아니면 귀신이라도 씐 거예요?"

나는 초점 없는 멍한 눈으로 대답했다.

"중요한 포인트 하나를 잘못 짚었어."

"뭘요?"

"우샹추는 고통스러웠어. 너무너무 고통스러워서 죽으려는 의지가 결연했지. 여기 있는 매분 매초 죽고 싶었다고."

"그래서요?"

"그렇게 고통스러운데 왜 지금까지 버티고 버텼을까?"

"그전까지는 내가 질문 다섯 개를 잘못 해서 우샹추가 죽으려 한 것을 알아차리지 못했다고 생각했거든……. 그런데 내가 틀렸어. 반대로 생각해야 했어. 나한테 뭔가 알려주려고 한 거였어. 아주 중요한 무언가를. 그렇게 고통스러워하면서 지금까지 버틴 건 오로지 믿을 만한 사람을 찾기 위해서였던 거야. 다 이야기하기 전에는 죽을 수가 없기 때문에."

"그런데 우샹추가 죽었어. 그 말은 내가 한 다섯 질문이 요점을 제대로 짚었다는 뜻이지. 그는 하고 싶은 말을 나한테 다 했어."

샤오리즈가 눈을 끔뻑거렸다.

"답은 그 다섯 질문 안에 있어! 종이하고 펜!"

샤오리즈가 프런트로 달려가 필기구를 가져왔다. 나는 그날 그와 주고받았던 문답 다섯 가지를 순식간에 써 내려갔다.

1. 연애해보셨나요?

해봤어요.

2. 그 인형 이름이 뭐예요?

훙.

3. 무슨 뜻이 있나요?

훙은 내 여자친구예요.

4. 예전에는 인형을 줄로 조종하셨는데 지금은 왜 막대로 조종하게 되신 거죠?

훙을 줄로 꽁꽁 묶어서 속박하고 조종하는 게 싫었어요. 나보다 더 높은 곳에서 자유롭게 훨훨 날기를 바랐거든요. 그러니 제가 할 일은 훙을 밑에서 받쳐주는 다리가 되는 거겠죠.

5. 근데 왜 절 쳐다보질 않으세요?

마지막 질문에는 답이 없었다. 나에게 직접 얘기해보라고 했다.

"마지막 질문에 대한 답은 그가 손에 쥐고 있던 그 줄이야. 미안함과 부탁의 의미였지. 나에게 그걸 상담료로 내면서 죽음의 비밀을 밝혀주길 바랐나봐."

내 눈이 종이에 쓰인 질문들 사이를 오가다 세 번째 질문에서 멈추었다.

훙은 내 여자친구예요.

문득 그런 생각이 들었다.

"…… 혹시 홍이라는 사람이 진짜 존재하는 건 아닐까?"

"네? 홍은 또 누군데요?"

"이 인형 이름이 홍이야."

머릿속이 뒤죽박죽 엉키는 와중에 황당무계한 스토리가 무섭게 솟아났다.

"연애를 해봤다고 했잖아. 그런데 인형을 홍이라고 부르고, 속박하는 게 싫고 자유롭게 훨훨 날기를 바란다고 했어. 그리고 인형을 마치 사람처럼 대했고……. 나는 그가 상상으로 여자친구를 만들어냈다고만 생각했는데, 그의 말을 되짚어보면 진짜 홍이라는 여자친구가 있었던 거야. 이 막대 인형은 여자친구의 모습을 본떠 만든 거지."

샤오리즈가 난감한 표정을 지었다.

"너무 간 거 아니에요? 내 생각에 여자친구는 상상 속의 인물인 것 같은데."

"우샹추 환자 부모님하고 형 우가오양을 다시 한 번 병원으로 오라고 불러."

"무슨 명분으로요? 시신이 여기 있는 것도 아니잖아요. 우샹추 환자의 유류품이 있어서 가지러 오시라고 전화했더니 부모님이 그냥 버리라고 하던데요."

나는 머리를 굴렸다.

"우샹추 환자가 유서를 남겼다고 해. 그걸 모두에게 공개한다고."

우샹추의 형이 왔다. 그의 부모는 오지 않았다. 우가오양은 부모님을 번거롭게 할 필요 없이 그냥 자기에게 유서를 달라고 했다.

"유서는요?"

"홍이라고 아세요?"

그는 지긋지긋하다는 듯 대답했다.

"그 녀석 인형 아닙니까."

"진짜 홍을 말하는 거예요."

그는 흠칫했다. 하지만 막연함이나 놀라움이 느껴지지 않는 얼굴이었다.

"홍이 진짜 존재한다는 걸 아시는군요."

그가 얼굴을 찌푸렸다.

"진짜 존재하다뇨. 그냥 환상 속에 만들어낸 여자일 뿐이죠."

어느 날, 괴짜 동생이 형 우가오양에게 갑자기 털어놓는다. '형, 나 여자친구 생겼어!' 형은 믿지 않는다. 동생은 여태껏 한 번도 이성에게 관심이 없었기 때문이다. 자기가 애지중지하는 그 인형 말고는 여성의 느낌이 드는 그 어떤 것과도 접촉하지 않는 동생이었다. 우샹추는 음침하고 더러운 변태들처럼 인형에게만 애정을 쏟았다. 그러니 동생을 좋아할 여자가 있을 거라고는 생각도 하지 않았다.

"이 인형 때문에 환상일 거라고 확신하는 겁니까?"

"그뿐만이 아니죠. 그 홍이라는 여자에 대해서 아무것도 얘기하지 않던데요. 몇 살인지, 어디 사는지, 직업이 뭔지, 부모는 무슨 일을 하는지, 그런 건 고사하고 성이 무엇인지도 말을 안 했어요. 그냥 이름이 홍인 것만 알아요. 그게 환상이 아니면 뭐겠습니까? 정말 말도 안 되는 얘기죠. 당신은 의사잖아요. 아시다시피 걘 미쳤어요. 홍이 어떻게 생겼냐고 제가 물어도 봤어요. 그랬더니 글쎄 그 인형을 제 눈앞에 들이미는 겁니다. 이렇게 생겼다고요."

우가오양이 자기가 말해놓고도 어처구니가 없다는 듯 넥타이를 느슨하게 당겼다. 우샹추가 병원에 오기 전에 훙과 도망갈 거라는 얘기를 형에게 한 적이 있다고 했다. 그날 밤이 되자 우샹추는 정말로 여행 가방을 끌고 인형을 든 채 집을 나섰고, 그는 사실인지 확인하려고 뒤를 밟았다. 그러나 우샹추는 인형을 안고 밤새도록 혼자 터미널에 서 있었다. 그를 찾아온 사람은 아무도 없었다.

우가오양이 코웃음을 쳤다.

"저도 미친 거죠. 그 말을 진짜 믿다니."

그 후로 우샹추는 진짜 미쳐버렸고, 존재하지도 않는 여인을 찾겠다고 사방을 헤매고 다녔다. 분명히 약속했다고, 나타나지 않을 리가 없다고 말하는 그를 어찌할 방법이 없자 가족들이 그를 병원으로 보냈다.

"주치의 선생님께는 이 일을 왜 얘기하지 않으셨어요?"

"뭘 얘기해요. 그건 의사들이 해야 할 일 아닙니까. 좋아요. 오늘 제가 아주 바닥까지 다 보여드릴게요. 그 끝도 없는 궁금증을 완전히 풀어드린다고요. 이런 일 하시는 분들이 사람의 어두운 심리를 파헤치기 좋아한다는 건 저도 잘 압니다. 그래요. 저는 그 녀석이 무슨 병에 걸렸는지, 좋아질지는 애당초 관심도 없었습니다. 그냥 여기 쭉 갇혀 있기를 바랐어요. 다시 밖에 나와서 절 귀찮게 하지만 않으면 좋겠다고 생각했다고요. 사실 자살한 것도 털끝만큼도 놀랍지 않았어요. 어릴 때부터 그렇게 생각했거든요. 저 녀석은 언젠가 자기 손에 죽겠구나 하고요. 같이 안 살아보셨으니까 이해 못 하실 거예요. 그냥 처음부터 이 세상 사람이 아닌 놈이었습니다."

나는 고개를 끄덕이며 아무 대꾸도 하지 않았다. 그는 말이 너무 많았다고 생각했는지, 말투를 가다듬어 상냥하게 말했다.

"죄송합니다. 제가 너무 흥분했네요. 요즘 너무 일이 많았거든요. 이해해주셨으면 합니다."

"이해합니다."

우가오양이 넥타이를 풀고 단정한 모습의 모범생 분위기로 다시 돌아갔다.

"유서는요?"

나는 편지를 그에게 주었다. 살짝 초조해 보였지만, 그는 최대한 태연자약한 모습으로 안에 있는 종이를 꺼내 펼쳤다. 그리고 이내 눈살을 찌푸렸다.

"어째서 텅 비어 있죠?"

그는 종이를 앞뒤로 뒤집어 가며 확인했다. 그리고 혹시 빠트린 게 없는지 봉투를 뒤져보았다.

내가 웃었다.

"유서에서 동생이 후회하고 절망하는 모습을 보고 싶으셨나요? 형을 향한 부러움과 질투, 미움을 확인하고 싶으셨어요?"

우가오양이 긴장했다.

"그럼 실망하셨겠어요. 동생 분은 아무 말도 남기지 않았거든요. 여기 있는 한 달 동안 단 한 번도 형에 관해 얘기한 적이 없어요."

우가오양은 대단히 큰 모욕을 당한 듯 표정이 완전히 일그러졌다.

"당신이 뭘 안다고! 그놈은 원래부터 병신이었어요! 골칫거리였다고! 나는 일자리를 마련해주겠다고 애를 쓰는데 면접장에 그 인형을 끼고 나타나다니, 그 많은 사람 앞에서 내 체면이 뭐가 되냐고! 오밤중에 거실에서 인형을 붙들고 노니까, 심장이 안 좋은 아버지가 화장실

가려다가 깜짝 놀라서 응급실까지 실려 가셨다고요. 견디다 못한 어머니가 인형을 불태워버리려고 했더니 우리 침대에 불을 붙여버리지를 않나. 우리 집에 나무 인형을 제 짝이라고 믿는 변태가 있다는 걸 동네이웃들이 다 알아요. 그래서 가둬 두려고 하니까 온종일 도망칠 궁리만 해요. 부모님은 사람들이 물어볼까 봐 창피해서 집 밖에 나가지도 못해요. 집에서 티끌만큼이라도 쓸모 있는 구석이 있었으면 여기까지 보내진 않았을 거라고요!"

그의 말을 다 들은 내가 되물었다.

"왜 내가 쓸모 있어야만 부모님이 나를 사랑하는 것인지, 한 번도 의심해보지 않으셨죠?"

그는 어안이 벙벙한 표정을 지었다.

"생각은 해보셨을 거예요. 그런데 의심하기를 포기했겠죠. 그냥 그 규칙에 순응해 말도 잘 듣고 쓸모 있는 아들이 되어 부모님께 사랑받아야겠다고 마음먹었으니까요. 그래서 날이 갈수록 비상식적인 행동을 하는 동생을 보며 즐겁고 또 질투가 났을 겁니다. 올바르고 완벽한 아들이 되어서 부모님의 사랑을 독차지하니 즐거웠겠죠. 하지만 한편으로는 눈총받고 괴팍한 삶을 살더라도 누구보다 자유를 누리는 동생을 보면서 질투도 났을 거예요. 인정하고 싶지는 않겠지만, 하수구 속의 쥐 같은 삶을 살아도 오히려 나보다 더 자유롭고 고귀한 사람이라는 생각이 들었겠죠."

우가오양의 안색이 창백해졌다.

"재미있네요. 동생을 그렇게 싫어하면서 한편으로는 늘 신경 썼다는 게. 동생이 당신을 질투하기를 바랐겠지만, 우샹추 씨는 한 번도 당신을 의식한 적이 없어요. 우가오양 씨, 그렇게 사는 거 너무 피곤하지 않나요."

우가오양의 얼굴이 산산이 조각나고 있었다. 부모님 품 안에서 선생님이 시키는 대로 각종 상장에 둘러싸여 자란 그의 얼굴에 질투와 부러움, 만족감과 상실감, 오만함과 공허함이 잇달아 교차했다.

나는 자리에서 일어났다.

나는 아예 우샹추의 병실에 살림을 차렸다. 샤오리즈가 숨넘어가게 달려와 소리쳤다.

"누님, 큰일 났어요! 또 민원 들어왔어요. 우가오양한테서요."

나는 아랑곳하지 않고 그에게 물었다.

"가져왔어?"

샤오리즈가 봉투 한 뭉치를 내밀었다. 안에는 샤오커가 보내온 당일 현장 사진이 들어 있었다.

"아, 샤오커 경관님이 대신 전해 달래요. 사건 현장을 한 번만 더 훼손하면 누님을 용의 선상에 올리고 수사 협력에서 배제한대요."

그러거나 말거나 사진만 쳐다보는 나에게 샤오리즈가 걱정스럽게 말했다.

"경찰에서 그렇게 경고를 하는데 우샹추 환자 침대에 그러고 있으면 어떡해요."

"그냥 겁만 준거야. 증거 수집은 한참 전에 끝났어. 출입 금지는 그냥 형식적인 절차고. 아직 사건 해결이 안 됐잖아."

그리고 나는 사진을 침대 위에 쫙 펼쳐놓았다. 사진을 보는 게 영상보다 더 직관적이어서 훨씬 편했다.

"당최 모르겠네요. 뭘 찾으려는 건지. 그 환자 자살한 거잖아요. 경찰도 이미 다 확인했고요."

나는 아무 말도 하지 않았다.

"우가오양을 불러서 물어봐도 홍이라는 여자가 진짜 존재하는지 확인할 수 없었잖아요. 아마 환상 같은 거겠죠."

"성도 모르고 주소도 모르고 직업도 모르고 가족도 모르고 아무것도 모르고 그냥 이름이 홍이라는 것만 아네. 네 생각에는 환상일 것 같아?"

"그게 아니면 친구의 이야기라던가 뭐 그런 거겠죠."

"그 반대지. 만약 정말 환상이었다면 오히려 더 확실하게 그 사람을 만들어냈을 거야. 이름, 가정 환경, 직업, 사회적 지위와 관계까지, 계속해서 세세하게 채워 나갔을 거야. 그의 세상에 진짜 살아 숨 쉬는 사람처럼 만들어놨을 거라고. 그래야 말이 되지. 다른 사람에게 자기 여자 친구를 소개할 때, 최선을 다해서 어떤 사람인지 묘사해야 그 사람이 진짜 존재하는 것 같잖아."

"그러니까 우샹추 환자가 성도 직업도 가족도 나이도 주소도 아무 것도 모르는 여자와 연애를 했고, 그 여자를 위해서 똑같이 생긴 인형을 만들었다는 거예요?"

"그렇게밖에는 해석이 안 돼."

샤오리즈가 떨떠름한 표정을 지었다.

"그 말을 정말 믿는다는 거죠? 너무 허무맹랑하잖아요. 우가오양 씨가 뒤를 따라갔는데 아무도 없었다고 했잖아요."

"다른 사람이라면 그럴 리가 없겠지만, 우샹추 환자라면 가능하다고 봐. 이상주의자였거든."

"우샹추 환자가 왜 누님을 골랐는지 알 것 같네요. 아마 이 세상에서 자신을 믿는 유일한 사람일 테니까요."

나는 순간 뭐라고 반응해야 할지 알 수 없었다.

"그럼 진짜 여자친구가 있었다고 치면, 그래서 어쩔 건데요? 그리고 장소라도 좀 다른 곳으로 옮기면 어때요, 어쨌든 사람이 죽어 나간 방인데, 무섭지도 않아요?"

"사람들이야."

"네?"

"두 사람이 죽었다고."

니는 땅바닥의 인형을 가리켰다.

"훙도 죽었어."

눈이 커다래진 샤오리즈가 공포스러운 눈빛으로 나를 보았다.

"우샹추가 인형을 살해했어. 나에게 보여주려고 한 거야. 훙이 죽었다는 걸."

나는 사진을 한 장 집어 들었다. 우샹추의 시신이 침대 위에 누워 있는 사진이었다.

"옆이 이렇게나 비어 있어. 인형을 놓을 만한 공간이 충분하다고. 평소에 항상 인형을 안고 있었는데, 이번에는 왜 인형을 바닥에 놓았을까?"

샤오리즈는 그저 멍한 표정이었다.

"왜 그랬을까요?"

"훙을 잃었다는 걸 보여주는 거야. 우가오양이 말한 대로 같이 도망가기로 약속한 날 밤에 훙이 나타나지 않았잖아. 그래서 우샹추 환자가 미친 듯이 찾아다녔던 거고. 그리고 인형의 머리를 떼어버린 건 훙이 실종된 게 아니라 죽었다는 걸 알려주려는 거야."

나는 침대 위에 펼쳐놓은 사진들을 다시 훑어보았다. 이 사망 현장은 그가 나에게 던진 수수께끼였다. 사소한 부분 하나하나 다 의미를 품고 있었다. 살아 있을 때는 과묵하고 입이 무거운 사람이었는데, 죽고 나니 담아 둔 하소연을 쏟아내기 바빴다.

몸에서 떨어져 나와 바닥에 뒹구는 인형의 얼굴에는 여전히 웃음꽃이 활짝 피어 있었다. 우리는 서로를 마주 보았다.

"여기엔 시신 두 구가 있었던 거야."

나는 샤오커에게 최근 한 달 반 사이에 여성의 사망이나 실종 신고 들어온 게 없었는지 물었다.

"사망은 딱히 없고, 실종은 두 건 있었어요. 한 명은 찾았고, 한 명은 익사했어요. 그런데 찾은 여자는 마흔여덟 살에 이미 결혼한 사람이고, 익사한 여자는 열세 살 여자아이였어요. 일치하는 부분이 있는 것 같아요?"

"익사했다는 여자아이 사진 좀 보여주세요."

샤오커가 사진을 찾아냈고, 나는 보자마자 아니라는 걸 알았다. 인형과 생김새가 완전 딴판이었다.

그러니까 홍의 시신은 아직 찾지 못한 셈이다.

"도대체 어떻게 찾겠어요? 이름도 나이도 주소도 직업도 생김새도 인간관계도 전혀 모르고 달랑 홍이라는 이름 한 글자만 아는데. 방법이 없죠. 실제 존재하는 사람인지 아닌지도 모르잖아요. 최소한 실종자의 프로필이라도 알아야지."

나는 꿀 먹은 벙어리가 되었다.

"진짜 존재하는 사람이라면 죽은 지 한 달이 지났는데 왜 아무도 경찰에 신고하지 않았을까요? 설마 우샹추에게만 이름 모를 무명씨가 아니라 이 세상에서 아예 이름 없이 살아가는 그런 사람일까요? 다른 사람하고 아무런 인간관계를 맺지 않는 그런 사람일까요? 그럴 가능성이 없는 건 아니겠지만, 그것만으로는 범위가 너무 넓어요. 게다가 인간관계가 전혀 없는 사람이라고 해도 죽었다면 시신은 처리해야 하잖아요. 지금까지 발견된 게 없다는 것도 이상해요."

"만약 아주 가까운 사람이 범인이라면? 그녀가 죽은 걸 알고도 신고할 필요가 없는 사람이라면요."

샤오커기 잠시 망설였다.

"그녀의 가족이나 친구를 말하는 거죠?"

"정확히는 그녀의 유일한 가족이나 친구를 말하는 거죠."

"그거 말고는요? 그것만으로는 찾을 길이 없어요. 실종자에 관해 좀 더 추측해보죠."

나는 심호흡을 하고 브레인스토밍을 시작했다.

"여자고요, 나이는 15~30세 정도, 미혼이면서 사회와 단절된 사람이에요. 관계를 맺고 있는 대상은 부모님이 유일할 거고요, 학교는 다니지 않거나 무직이고요……. 한부모 가정일 가능성이 커요."

"관계를 맺는 대상으로 부모님이 유일하다는 건 어떻게 확신하시죠?"

"우샹추 환자는 형에게 도망간다고 했어요. 가족들의 동의를 받지 못했을 때나 누군가에게 통제되는 상황일 때 쓰는 말이죠. 그러니 친구로부터 떠난다는 말은 아닐 거예요. 홍의 가정사도 우샹추와 어느 정도 비슷하겠죠. 저한테 줄 인형 얘기를 하면서 속박이라는 말을 한두 번 쓴 게 아니에요. 홍이 가족에게 속박된 상황 또한 서로가 서로에게 끌린 이유 중 하나였을 겁니다. 그런데 홍은 우샹추보다 더 자유가 없었던 것 같아요. 가족 구성원 간 결속력이 더 강하다는 뜻일 테고, 그렇다면 구성원이 많지 않은 가족일 가능성이 크죠. 나이가 그리 많지는 않을 겁니다. 나이가 많다면 우샹추의 인형극 문법을 감상하기 어려웠을 거예요."

"계속 말씀하세요."

손에 든 인형을 살펴보았다. 우샹추가 홍의 모습을 완전히 그대로 본떠 만들었다면…….

"입은 옷으로 봐서는 집안 형편이 그럭저럭 괜찮아 보여요. 편모나 편부가 안정적인 고소득 직업을 갖고 있을 겁니다."

"그게 특별한 표지가 되진 못해요. 범위가 너무 넓습니다."

"홍의 다리에 마비나 수축이 왔거나 장애가 있거나 혹은 절단되었을 것 같아요."

샤오커가 놀라서 물었다.

"왜 그렇게 생각하세요?"

나는 인형을 들어 보였다.

"막대 인형은 다리가 없어요. 대신 막대가 그 자리를 차지하고 있죠."

"제가 우샹추 환자에게 다섯 가지 질문을 했을 때, 자기는 홍의 다리가 되고 싶다고, 그녀가 더 높은 곳에서 자유롭게 날 수 있도록 받쳐주고 싶다고 했어요. 그 답이 바로 그가 저에게 준 가장 중요한 정보였어요. 홍은 분명 다리에 심각한 문제가 있을 거예요. 혼자서는 걷기도 생활하기도 어렵고요. 그게 그녀가 사회와 단절된 원인 중 하나일 거예요."

샤오커가 아무 말 없이 받아 적었다.

"주소는 아마 둥화루 쪽이겠죠. 우가오양이 그날 밤 우샹추 환자의 뒤를 밟아서 찾아간 곳이 둥화터미널이거든요. 홍은 다리가 불편하니까 둘이 도망가려 했다면 홍의 집에서 멀지 않은 곳에서 만나려 했을 거예요."

샤오커가 생각을 더듬었다.

"둥화루 일대라면 출입 통제가 잘 되는 고급 아파트 단지네요."

나는 고개를 끄덕였다.

"우샹추의 행동반경 안에서 찾아보세요. 길거리 공연을 자주 했던 길목하고 둥화루 쪽이 겹치는 지점으로요. 보행이 힘든 홍과 우연히 마주치는 게 쉽지는 않았을 것 같은데, 두 사람이 함께 찍힌 영상이 있을 거예요. 휠체어를 탄 여자와 인형사가 서로 만난 순간이요."

샤오커도 고개를 끄덕였다.

"일이 어마어마하겠는데요. 그래도 일단 방향은 보이네요."

"그리고 마지막으로."

"뭐죠?"

"홍의 보호자는 사회적으로 지위도 높고 고학력일 겁니다. 장기간 홍을 세뇌하고 정신적으로 통제했으니까요. 제 생각에는 보호자가 홍에게 어떤 식으로든 폭력을 가했고, 홍이 우샹추에게 그 사실을 이야기하자 우샹추가 홍하고 급하게 도망가려 했던 것 같아요. 그런데 홍이 실종되었고 우샹추는 홍이 죽었다고 생각한 거죠. 살해당했다고요."

"그 보호자가 용의자라고 확신하나요?"

"네."

샤오커가 노트를 덮었다.

"알겠습니다. 그리고 한 가지 말씀드릴게요. 경찰에 신고하지 않은 이상 홍의 일은 수사할 수가 없습니다."

나는 놀라서 잠시 할 말을 잃었다.

"제가 신고할게요……. 아뇨. 우샹추가 신고하는 거예요. 여자친구 홍이 실종되었다고요."

그 이후 샤오커가 알려주었다. 경찰서로 돌아가 확인해보니 실제로 우샹추가 이미 신고를 했다는 것이다. 그런데 실종자에 관해 물어도 아무것도 모르니 아무도 그 말을 믿지 않았다고 했다. 이름 말고는 성도 모르고 아무 정보가 없어서 신고 자체가 성립하지 않았다. 그리고 나중에 우샹추의 가족들이 와서 그를 데려가면서 정신병이 있다고, 홍은 그의 상상으로 만들어낸 사람이라고 이야기하니 당연히 그의 말을 믿지 않았고 신고도 제대로 되지 않았다.

그렇게 우샹추는 모든 기대가 물거품이 된 채 병원으로 오게 되었다. 가족도 의사도 경찰도 모두 홍이 그의 환상이라고만 하니 시간이 지나면서 스스로 의심을 하게 되었을 것이다. 그 여인이 그리고 자기 품에 있는 인형이 모두 한바탕 꿈은 아니었는지 말이다.

그는 우회적인 방법으로 나에게 증거를 암시했다. 어쩌면 유일하게 자신의 이야기를 듣고 믿어줄 수 있는 사람에게 진상을 밝혀 달라고 도움을 구한 것이다. 그는 이 세상에, 그리고 그를 억누르고 입을 막는 사람들에게 자신을 갈기갈기 찢는 결연한 방식으로 보여주었다. 진짜 그녀를 찾고 있다고, 이건 정신병자의 헛소리가 아니라고 말이다. 결국 우샹추의 신고는 그가 죽고 나서야 접수되었다.

일주일 후 샤오커가 실종자 정보에서 일치하는 사람을 찾아냈다.

이름은 웨이훙, 스물세 살, 하지마비가 있으며 둥화3길의 복층식 아파트 단지에 살았다. 보호자는 아버지 혼자인데, 웨이천시 의과대학 교수였다.

"웨이훙의 사진 메시지로 보냈어요."

나는 사진 속 여자의 모습을 보고 화들짝 놀랐다. 보자마자 그녀가 훙임을 알 수 있을 정도로 우샹추의 목각 인형을 빼닮았기 때문이었다. 단발머리와 앞머리, 가늘고 긴 목, 웃지 않을 때도 웃음기가 서린 눈, 웃을 때도 슬픔이 묻어나는 입가가 판에 박은 것 같았다.

"자료를 확인하니 웨이천시에게 자녀가 둘이었더라고요. 큰아들은 어릴 때 교통사고로 잃고, 둘째 딸이 그 사고로 반신불수가 되었답니다."

"대체성 징벌, 높은 통제 동기. 프로파일링과 일치하네요."

"가보니까 역시 웨이훙은 없더라고요. 웨이천시 말로는 할머니하고 같이 여행을 갔답니다. 확인해보니 할머니가 집에 없는 건 맞아요. 연락도 닿지 않고요. 평소에도 여행지에 오랫동안 가 있으면서 아예 왕래를 안 하는 것 같아요. 웨이훙의 아파트 출입 사실을 확인해봤거든요. 다리가 불편하니 자가용으로 데려다줬다는데, 아파트 감시 카메라 영상 보존 기간이 30일밖에 되지 않아요. 두 달 전 출입 기록은 없는 상황이라 그 말이 사실인지 확인할 수가 없었어요. 그런데 교통 관련 부서 쪽으로 도로변 카메라를 확인했거든요. 웨이천시가 말한 시각에 지나가는 승용차를 발견했어요. 그날 시내를 벗어나긴 했어요. 썬팅이 돼 있어서 차 안에 사람은 보이지 않았지만요. 웨이천시는 딱히 뭘 묻지도 않고 담담하던데요. 저희를 집안으로 들어오라고까지 하더라고요."

"분명히 사전준비를 했을 거예요. 집은 뒤져보셨어요?"

"수색영장이 없어서요. 한 바퀴 둘러보기만 했어요. 특별한 건 없었고 아주 깨끗하게 정리가 돼 있었어요. 속으로 이미 다 계산을 끝냈겠죠."

"집에 혹시 휠체어가 있던가요?"

샤오커가 잠시 생각하더니 대답했다.

"있었어요. 왜 그러시죠?"

"웨이훙은 죽었어요. 여행을 간 게 아니에요."

"어떻게 확신합니까? 휠체어가 여러 대 있을 수 있잖아요. 다른 걸 타고 갔을 수 있죠."

"사람을 어떤 식으로 가스라이팅하는지 아세요? 모든 선택권을 박탈하는 거예요. 반신불수인 웨이훙은 더 통제하기가 쉬웠을 거예요. 저라면 그녀를 휠체어 한 대에 익숙해지도록 할 거예요. 앉는 자세부터 냄새까지 휠체어와 완전히 하나가 되게 만드는 거죠. 꼭 필요하지 않은 이상, 새로운 거로 바꾸지 않습니다. 그녀가 휠체어라는 상징적인 속박과 굴레에 완전히 젖어 들게 해야 하거든요. 예를 들어 그녀가 우울할 때, 휠체어에 남은 긁힌 자국을 보거나 생일에 선물 받아 휠체어에 걸어놓은 펜던트 장식을 본다면 속박된 자신의 모습 속으로 완전히 가라앉을 수 있거든요."

"저라면 그녀에게 새 휠체어를 볼 기회도 주지 않을 거예요. 몸부터 마음까지 아예 선택지라는 걸 없애는 거죠. 내가 제공한 것을 받아들이고 거기에 적응하게 할 겁니다. 휠체어는 정신적 통제에 아주 유용한 물건이에요. 여행을 떠나서 내 옆에 없더라도 그 휠체어에 앉기만 하면 그녀의 마음이 항상 나에게 얽매여 있는 거니까요. 그 휠체어가 바로 나란 말이죠."

"만약 웨이홍이 정말 여행을 갔다면, 웨이천시는 웨이홍이 그 휠체어를 가져가지 않도록 두지 않았을 거예요. 심지어 웨이홍이 살아 있는 한, 잘 때 빼고는 그 휠체어에서 벗어나지도 못하게 할걸요."

샤오커는 조용히 듣고 있더니 이야기했다.

"그러고 보니 휠체어에 스카프가 매여 있었어요."

"속박의 표시였겠죠."

"웨이홍이 실종된 지 곧 두 달이에요. 기간이 길어질수록 시신을 찾을 확률이 낮아져요. 시외로 빼돌렸다면 더 찾기 힘들어질 거고요."

"아뇨. 웨이천시는 시신이 자기에게서 떨어지는 것을 허락할 수 없었을 거예요."

웨이천시가 경찰서로 불려갔다. 그날은 나도 경찰서로 갔다. 샤오커가 이미 나에게 웨이천시에 관한 자료를 전부 보내준 후였다.

취조실 앞에서 천 경관이 나를 막아섰다.

"그 장난감은 왜 가져왔어요?"

나는 웨이홍의 인형을 안고 있었다. 머리는 사람을 시켜 몸에 임시로 붙여놓은 상태였고, 몸체도 약간 변형했다. 나의 독단적인 결정을 우샹추가 싫어하지 않기만을 바라면서.

나는 천 경관에게 대답했다.

"필요해서요."

천 경관이 잠시 생각하는가 싶더니 진지하게 말했다.

"시간은 많이 못 드려요. 증거가 없어서 대답을 안 해도 그냥 보내야 합니다. 그러면 다음에 언제 다시 부를 수 있을지 알 수 없어요. 그래도 직접 대면한다는 거죠?"

나는 크게 심호흡을 했다.

"질문 다섯 개면 됩니다."

"뭐라고요?"

"질문 다섯 개만 하면 웨이홍을 찾아낼 수 있다고요."

천 경관은 어이없다는 표정으로 나를 들여보내주었다.

웨이천시는 이미 취조실에 정자세로 앉아 있었다. 평온한 얼굴이었다. 학자 같은 기품이 있고 단정하고 온화한 분위기를 풍기는 그는 안경 쓴 모습마저도 반듯했다. 그가 나를 향해 고개를 끄덕였다. 신문을 받는 데 대한 우려나 초조함은 찾아볼 수 없었다.

온화한 분위기 때문인지 첫인상만 봐서는 변태적인 통제광이라는 이미지가 전혀 떠오르지 않았다.

나는 예의 바르게 이야기를 시작했다.

"웨이 교수님, 안녕하세요. 오랜만에 인사드립니다."

그가 나를 바라보며 물었다.

"우리 구면인가요?"

"교수님은 기억하지 못하실 겁니다. 작년에 주관하신 뇌 기능 게놈 컨퍼런스를 운 좋게도 지도교수님과 함께 참관했습니다."

웨이천시가 고개를 끄덕였다.

"제 기억에는 없습니다만 그래도 인연이 있는 셈이네요. 그래요, 지금은?"

"지금은 정신건강의학과의 인턴입니다. 가끔 경찰 쪽 업무에 도움을 드리고요."

그가 따뜻하게 웃었다.

"경찰에서 그쪽에게 신문하게 했군요."

"실종 사건에서 가족에게 의례적인 탐문을 하는 게 그리 심각한 사안은 아니니까요. 제 경험치를 높일 기회를 주는 거죠."

웨이천시가 한숨을 내쉬었다.

"샤오훙은 실종된 게 아닙니다. 전에도 제가 말씀드렸는데, 할머니가 데려가신 거예요. 저도 지금 연락이 닿지 않습니다만, 애 할머니가 워낙 자유분방하셔서요. 딱히 별스러운 일도 아니에요. 그러다 얼마 지나면 돌아오세요. 누가 경찰에 신고했는지 모르겠네요. 샤오훙은 다리가 그래서 친구도 딱히 없는데 말이죠."

나는 노트를 뒤적이며 말했다.

"저도 웨이훙이 실종됐다고 보지 않아요. 신고해봤자 일만 커지겠죠."

웨이천시가 무심결에 시계를 보고는 나를 향해 웃어 보였다.

"제가 알기로 훙은 도망을 갔거든요."

웨이천시가 멈칫하며 고개를 들었다.

"훙은 도망갔어요. 우샹추라는 남자와 함께요."

나는 도망갔다는 표현을 다시 한번 강조했다.

웨이천시가 나에게 집중하기 시작했다. 그가 어느새 입가의 웃음기를 거두고 무슨 뜻인지 모르겠다는 듯 이야기했다.

"아닙니다."

"훙이 아버지와 할머니에게 거짓말을 하고 혼자 도망을 간 것 같네요."

웨이천시가 눈살을 찌푸렸다.

"그럴 리가요. 제 딸입니다. 제가 잘 알지요."

"생각만큼 그렇게 잘 알지는 못하시나 봐요. 훙은 분명히 도망을 갔어요. 저는 그들이 어디로 갔는지 알고 있습니다."

웨이천시는 뭔가 문제가 생겼다는 걸 알아챘다. 몸을 뒤로 기대더니 양손으로 팔짱을 끼고 나를 노려보았다.

"어딘가요?"

나는 웃음을 보였다.

"둘은 도망 갔어요. 지옥으로요."

웨이천시는 잠시 말이 없다가 잘못된 학생을 꾸짖는 엄한 교수님처럼 경고했다.

"아무리 인턴이라도 지금 뱉은 말에 책임을 져야 할 겁니다."

"이상하네요, 웨이 교수님. 따님이 죽었다고 말하는데 왜 놀라지 않고 화만 내시나요?"

그는 대답이 없었다.

"지옥이라는 말에 화가 나신 겁니까, 아니면 도망갔다는 말에 화가 나신 겁니까? 도망갔다는 표현이 그렇게 듣기 거북하신가요?"

"무슨 말인지 모르겠군요."

"훙이 죽었다는 말입니다. 당연히 놀랍지 않겠죠. 훙이 이미 죽었다는 걸 알고 계실 테니까요. 바로 당신의 손에."

웨이천시는 질렸다는 듯 고개를 저었다. 그의 반듯한 얼굴은 남을 속이기에 안성맞춤이었다. 그는 이런 애송이는 상대도 하기 싫다는 듯 이야기했다.

"이봐, 자네는 지금 경찰을 대표하는 거야. 도대체 언제부터 경찰이 헛소리를 나불거리면서 사람을 모욕하기 시작했나?"

"맞는 말씀이에요. 그런데 제가 이 일을 하는 데 제일 중요한 능력이 입을 나불거리는 거거든요. 믿으시려나 모르겠는데, 저는 교수님이 사람을 죽였다는 말만 할 수 있는 게 아니라 시체를 숨긴 장소까지 알아낼 수 있어요. 질문 다섯 번이면 충분하죠."

웨이천시가 나를 뚫어지게 보았다. 감당도 못 할 말을 내뱉으며 호언장담하는 천방지축 어린아이를 보는 눈빛이 역력했다. 속마음을 내색하지 않으려고 별다른 움직임을 보이지는 않았지만 불쾌한 표정은 거두지 않았다.

"얼토당토않은 소리 하지 말게."

웨이천시에게 그때까지의 내 모습은 도를 넘어선 허세로밖에 보이지 않았다. 이상한 말을 하면 할수록 아무 증거도 없는 유도 신문처럼 보였기에 그다지 위협적으로 느끼지도 못했을 것이다.

나는 어깨를 으쓱해 보이고는 테이블 위의 인형을 불쑥 집어 들었다.

"제가 들어올 때부터 줄곧 이걸 쳐다보시네요. 낯익지 않나요? 얘는 웨이훙이에요. 우샹추가 그녀를 위해 만들었어요. 많이 닮았죠."

빨간 치마를 두른 인형은 확 튀어서 멀리서도 눈에 띄었다. 웨이천시는 인형이 안으로 들어올 때부터 눈길을 빼앗겼고, 애써 시선을 피하려 했다. 나는 인형을 상관없는 장식품처럼 가만히 두었다. 그러나 인형은 시종일관 우리 둘 사이와 오고 가는 대화 속에 가로놓여 있었다.

나는 인형을 최대한 아무렇지 않게 웨이천시에게 건넸다. 그는 인형을 받지 않았다. 그리고 눈길을 피하지도 않았다.

"인형일 뿐이잖아요. 그렇게 경계하실 필요 없어요. 우샹추가 훙을 향한 사랑을 이 인형에 모두 쏟아부었다는 걸 좀 느껴보세요. 교수님의 사랑과 비교하면 어느 것이 진짜인지요……. 감히 딸을 안지도 못하시겠죠. 거부할까 봐요? 당신을 비난할까 봐서요?"

조금 전과 달리 그는 나를 훈계하지 않았다. 내 말에 대답도 비웃음도 없이 오랫동안 인형만 바라보고 있었다. 삼십 초 정도 그대로 있던 웨이천시가 인형을 받아 들었다.

나는 몰래 안도의 한숨을 내쉬었다. 가장 중요한 관문이었기 때문이다. 그가 인형을 받지 않으면 사실 이야기를 더 진행할 수 없는 상황이었다. 애초에 인형을 새롭게 단장한 것도 인형을 그의 손에 성공적으로 건네기 위함이었다.

내가 인형을 가리켰다.

"오늘 선생님을 신문하는 건 그 애예요. 제가 아니라. 웨이홍에게 지금 어디 있는지 직접 물어보라고 할 거예요. 선생님한테는 아주 익숙한 일일 거예요. 따님과는 계속 갈등이 있었지만 항상 이기는 쪽이셨을 테니까요."

웨이천시는 인형을 손에서 놓고 싶어 보였지만 눈길은 인형에 사로잡혀 있었다. 새빨간 치마가 눈을 자극했다. 그는 하염없이 인형만 보았다. 인형의 목에는 커다랗고 새까만 십자가가 걸려 있었다. 소맷부리에 수놓은 꽃은 추모용으로 쓰는 새하얀 꽃이었다. 그녀의 다리 부분은 텅 비어 힘없이 나풀거렸다. 안에 있던 막대는 창백하리만치 새하얀 바짓단으로 바뀌어 힘없이 주저앉았다.

웨이천시는 이게 함정이라는 걸 알았다. 그를 향한 규탄과 그가 느껴야 하는 참회의 의미가 가득 담긴 인형을 일부러 그에게 보여주었다는 걸 알았다. 그러나 그는 인형을 손에서 놓을 수가 없었다.

지금까지 딸과의 불화에서 항상 이기는 쪽은 확실히 그였다.

"그럼 질문 다섯 개를 시작해볼까요. 첫 번째 질문입니다. 우샹추를 아세요?"

"모릅니다."

"좋아요. 두 번째 질문입니다."

웨이천시가 나를 힐끔 보았다. 단 한 번의 의심이나 추궁도 없이 이렇게 쉽게 넘어가리라 생각지 않았던 것이다.

"웨이훙이 우샹추와 알고 지낸 걸 아세요?"

"모릅니다."

"네. 세 번째 질문입니다."

웨이천시가 긴장을 늦추었다. 내가 허세를 부리고 있다고 확신한 듯했다. 손에 든 인형이 이제 무겁지 않았다.

"웨이훙이 임신을 했나요?"

그의 몸이 굳었다. 여유 있던 표정 그대로 얼굴이 경직되었다. 마치 반전이 있는 희극 같았다.

그의 기색을 살핀 내가 단정 지었다.

"임신했군요."

"자네……."

"제가 어떻게 알았느냐고요?"

나는 그의 손에 들린 인형을 가리켰다.

"웨이 교수님, 엄지손가락이 지금 어디 있는지 한번 보세요."

웨이천시가 얼른 고개를 숙여 자신의 손가락을 확인했다. 그의 손이 인형의 배를 눌러 빨간 치마가 움푹 꺼져 있었다. 십자가 펜던트가 그의 엄지손가락 끄트머리 앞에 머물러 마치 무엇인가를 지목하는 듯 보였다. 놀란 그가 급히 손을 움츠렸지만 그 동작이 이미 모든 것을 반영하고 있었다.

"앞서 여쭤본 질문 두 개의 답은 딱히 궁금하지 않았어요. 그냥 우샹추와 웨이홍은 언급했을 때 교수님의 반응을 보고 싶었죠. 아마 의식하지 못하셨겠지만 손가락으로 인형의 배를 계속 만지고 누르시더라고요. 교수님의 몸은 훨씬 솔직하네요."

웨이천시가 인형을 뿌리치려고 할 때 나는 이렇게 말했다.

"성급하게 움직이지 마세요. 인형을 내려놓는 순간 교수님이 홍을 어디에 숨겼는지 노출하게 될 수도 있으니까요. 테이블 왼쪽에 놓을 건지 오른쪽에 놓을 건지, 살며시 놓을 건지 세게 놓을 건지, 고이 내려놓을 건지 던져버릴 건지, 똑똑히 생각하셔야 할 겁니다."

웨이천시는 동작을 멈추고 미동도 하지 않았다.

"조심하시고요, 손 단속 잘 하세요. 함부로 만지지 마시고요. 안 그러면 홍을 어떻게 죽였는지 제가 다 알아냅니다."

그는 결국 인형을 내려놓지 못하고 그대로 든 채 이러지도 저러지도 못했다. 그러면서 아까처럼 정색하고 훈계하듯 말했다.

"신문이 장난인 줄 아나."

"우샹추가 제게 가르쳐준 게임이에요. 질문 다섯 개로 교수님을 짚어내게 했거든요. 우샹추와 게임을 한다고 생각하세요. 우샹추와 교수님의 딸 웨이홍이 교수님과 같이 노는 거라고요. 오늘 지금 여기 앉아 있는 건 제가 아닙니다. 교수님이 갈라놓은 원앙 한 쌍이죠."

"교수님이 마음대로 주무르던 하찮은 꼭두각시 인형 한 쌍이 어떻게 그 줄을 휘감아 당신을 끌어내리는지 똑똑히 지켜보세요."

웨이천시는 아무 말 없이 손에 가득한 붉은 빛만 바라보았다. 웃음기를 띤 새까만 눈동자가 확실히 닮아 있었다. 그는 등골이 오싹해졌다. 우샹추가 본 그녀는 이런 모습이었던가. 분노가 이는 동시에 뒤가 서늘하더니 결국 한기가 그를 덮쳤다.

"네 번째 질문입니다. 웨이훙이 임신을 했는데 우샹추와 몰래 도망 가려는 것을 알게 되어서 딸을 살해했어요. 맞습니까?"

웨이천시는 나를 똑바로 주시하면서 조금도 흔들림 없이 말했다.

"나는 훙을 죽이지 않았네."

나는 웃었다.

"웨이 교수님, 사람들이 거짓말을 할 때 시선을 피한다고 오해하셨나봐요. 그런데 그렇지 않습니다. 사실 사람들은 거짓말을 할 때 상대방을 뚫어지게 쳐다봅니다 지금 교수님처럼요."

그의 얼굴에 벌써 노한 기색이 떠올랐다. 이렇게 연거푸 농락을 당하다니, 살면서 이렇게까지 체면을 구긴 적은 아마 거의 없었을 것이다.

"마지막 질문입니다……. 손 저리지 않으세요? 인형은 내려놓으시죠."

자리에서 일어난 나는 한쪽으로 가서 준비되어 있던 흰 천을 잡아당겼다. 아래에는 모래 놀이 상자 두 개와 도구함 세트가 있었다. 샤오커에게 병원에서 가져다 달라고 한 것들이다.

"인형은 여기 두시고 여기 도구 중에서 두 개를 골라보세요. 오늘 신문은 이것으로 끝났어요."

웨이천시는 쉽사리 움직이지 않았다. 당연했다. 너무 뻔히 보이는 상황이었으니까.

"모래 놀이에 관해서는 웨이 교수님도 어느 정도 알고 계시겠지만, 뭐 어떻겠어요. 웨이훙을 죽이지 않았고 시신을 숨긴 것도 아닌데요. 들고 계신 인형은 언젠가는 내려놓으셔야 하잖아요. 테이블 위에 놓으나 여기 놓으나 어차피 별 차이 없어요."

'문간에 발 들여놓기' 효과이다. 인형을 받으라는 나의 요구를 받아들인 이상, 웨이천시는 인형을 모래 놀이 상자에 놓으라는 요구 역시 쉽게 받아들일 것이다. 자신의 행동에 일관성을 보이려면 그럴 수밖에 없기 때문이다.

웨이천시는 처음부터 이 인형의 역할이 모래 놀이의 도구였다는 것을 그제야 깨달았다. 그가 인형에 시선을 빼앗겼던 그 순간부터 이 취조실은 거대한 모래 놀이 상자였고, 그는 그렇게 제 발로 빠져들었다.

한참 동안 침묵을 지킨 웨이천시가 냉랭하게 말했다.

"변호사가 오기 전까지는 아무 대답도 하지 않겠습니다."

그러나 나는 여유 있게 웃었다.

"이미 잘 아시죠? 변호사를 선임한다고 말하는 순간 이미 죄를 시인했음을요."

웨이천시는 눈을 감고 내 말에 반응하지 않았다.

나는 잠시 기다렸다 이야기를 이어갔다.

"12년 전 교통사고로 아들을 잃고 딸은 하반신 마비가 되었죠."

그는 뜨끔했지만 눈을 뜨지는 않았다.

"자료를 찾아보니 사고 시각이 밤 1시 경이더라고요. 그렇게 늦은 시각에 아이 둘을 데리고 고가도로를 타고 어디로 가던 중이었을까요?"

웨이천시의 눈동자가 조금씩 떨렸다.

"그 시기는 교수님이 부인과 이혼한 지 얼마 안 된 때였죠. 제가 호기심이 좀 많아서요. 보는 김에 전처 되시는 분에 대해서도 좀 찾아봤습니다. 그때 사모님이 교수님과 이혼한 지 보름 만에 재혼하셨던데, 급해도 너무 급하셨더라고요."

"그런데 제가 더 알아보니 교수님이 이혼 소송으로 장장 육 개월 동안 씨름을 하셨더군요. 이혼 소송 판결이 나면 15일 후에야 재혼할 수가 있잖아요. 15일, 고작 보름이죠. 그러니까 전 사모님은 본인이 법적으로 재혼을 할 수 있는 첫날 바로 결혼을 한 거예요. 정말 한 시도 지체할 수 없었다는 건데……. 사모님이 혼인 기간 내에 불륜을 저지르셨나요?"

웨이천시의 손아귀에 힘이 들어갔다. 분노를 참고 있었다.

"이혼은 사모님이 하자고 하셨을 텐데, 아무리 체면이 중요한 교수님이라지만 그것까지도 잡아내려 하시다뇨. 심지어 이혼 소송까지 갔는데도 동의를 하지 않으시다니, 정말 사랑하셨나 봅니다……. 아, 제가 실수했네요. 사랑이 아니라 복수를 하고 싶으셨던 거겠죠. 떠나려고 할수록 더 곁에 묶어 두고 싶었을 테니까요……. 그런데 어쩌나, 안타깝게도 법원에서 이혼 판결을 내리고 말았네요."

나는 그에게 한 발짝 다가섰다.

"그때 분명히 분노에 치를 떨었을 겁니다. 모든 기대와 희망이 산산이 조각났겠죠. 웨이훙이 당신을 떠나겠다고 말했을 때처럼요. 그래서 그녀에게 복수하기로 결심합니다. 늦은 밤, 그 고가도로를 타고 올랐죠. 그 길이 어디인지 전 부인의 자료를 보다가 발견했어요. 전 부인의 새집이 있는 곳으로 가는 길, 그들이 행복한 신혼 생활을 시작한 그 집으로 가는 길에 낭떠러지가 있었어요. 그 사고는 우연이 아니었어요."

웨이천시가 눈을 부릅뜨더니, 도저히 믿기지 않는다는 듯 나를 보았다. 그의 표정에서 내 추측이 맞았음을 직감했다.

"두 아이를 죽음으로 내모셨어요. 그 결과 아들은 죽었고 딸은 장애를 얻었죠. 혼자서만 멀쩡하게 살아남으셨고요. 그 긴 세월 동안 웨이

홍을 꼼짝도 못 하게 옆에 묶어 두셨는데, 도대체 무엇을 붙잡고 싶었던 겁니까? 죄책감이었겠죠. 곁에 두고 속죄하기 위해 홍을 꽉 잡고 묶었죠."

웨이천시의 얼굴이 하얗게 질렸다.

"너무 아이러니하죠. 오랜 시간 동안 딸을 사랑하면서 동시에 미워하는 마음이었을 테니까요. 웨이홍의 존재는 당신에게 큰 고통이자 동시에 행운이었습니다. 시시각각으로 그때 저지른 어리석은 일을 일깨워주었으니까요. 그런데 당신에게 크나큰 죄책감을 들게 했던 딸이 당신 곁에서 도망쳐 행복을 찾아가겠다고 하다뇨? 그걸 어떻게 허락할 수 있었겠습니까. 함께 고통스러워야 마땅할 텐데 말이죠."

웨이천시의 온화하고 단정한 얼굴이 점차 일그러졌다.

"그 입 닫아. 닥치라고."

"인형을 놓으세요. 놓고 나서 저에게 요구하시면 저도 더는 말 안 할 겁니다."

잠시 후, 그가 체념한 듯 자리에서 일어났다. 모래 상자 앞으로 걸어가는 그의 눈가가 새빨갰다.

모래 상자는 마른 모래와 젖은 모래로 두 개가 준비되어 있었다. 심리 분석에서 자주 사용되는 도구인 모래 상자는 인간의 집단 무의식을 드러낸다. 모래 상자 도구의 배치와 그 원형적 상징은 그 사람의 무의식적인 측면을 모두 반영한다. 사람의 의지로 통제하고 막을 수 있는 것이 아니며 투사성이라는 특성이 있다. 그래서 당사자 역시 자신의 행위가 무엇을 의미하는지 알지 못한다.

웨이천시가 긴장한 모습으로 두 모래 상자를 지켜보더니, 인형을 마른 모래 상자 안에 살그머니 놓았다.

"마른 모래 상자라면…… 땅에 묻지는 않았군요. 비가 와서 젖을 수 있거나 야외가 아닌 실내에 숨겨 두었군요? 건조한 곳에요."

웨이천시는 자신을 표정을 감추고는 모래 놀이 도구함 앞으로 갔다. 장소에 관해 아무런 단서를 제공할 수 없도록 건물, 교통, 집, 가구 등의 도구는 전부 외면하고 동물로 구성된 도구함 쪽으로 향했다.

그때 취조실 창문 밖의 천 경관과 샤오커는 조바심을 내고 있었다. 이제 마지막 질문만 남은 데다가, 웨이천시는 어떤 도구를 골라야 장소에 대한 추측을 피할 수 있을지 알고 있기 때문이었다.

웨이천시가 순식간에 동물 인형 두 가지를 골랐다. 생각할 틈도 없이 그냥 고른 것 같았다. 인어와 거북이였다. 그리고 역시 순식간에 그 둘을 마른 모래 상자 안에 던지고 빠르게 물러섰다.

그는 자신이 할 수 있는 범위 내에서 최소한의 행동으로 가장 똑똑한 선택을 했다. 인형을 제대로 놓지 않음으로써 웨이훙과 그 동물 인형의 관계에 관해 힌트를 주지 않았고, 놓을 위치를 고르지도 않았다. 그래서 내가 얻은 것은 그 동물 인형 두 개라는 단서뿐이었다.

고민을 해보았지만 정보가 너무 제한적이어서 확신이 들지 않았다. 그러나 내가 당황한 사실은 숨기고 모든 유는 무에서 창조된다는 일념으로 열심히 연결고리를 찾아보았다. 처음 이 방법을 써보자고 결심했을 때도 마찬가지 생각을 하지 않았던가 싶어 왠지 자조적인 느낌이 들었다.

시간이 한참 흐르고 진지하게 말을 꺼냈다.

"인어는 과도기를 의미합니다. 반은 사람이고 반은 물고기, 변화와 변신의 상징이죠…… 웨이훙의 몸에 어떤 처리를 해서 변화시켰군요?"

"인어와 거북이는 모두 장수와 영생의 뜻이 있으니…… 웨이훙의 모습이 영원히 살아 있도록 처리했을 거고요."

웨이천시가 아무 대답도 하지 않았다.

"둘은 모두 물에 삽니다…… 웨이훙의 시신을 실내에 숨기긴 했지만, 물이 있는 곳이군요?"

웨이천시가 긴장한 기색이 역력했다.

나는 인어와 거북이를 노려보다가 멈칫했다.

"거북이에는 다른 뜻이 있죠. 부화 후에도 새끼를 돌보지 않는다…… 부화."

나는 숨을 깊이 들이쉬고 그를 매섭게 노려보았다.

"당신 웨이훙의 아이를 꺼냈군요."

웨이천시는 그 자리에 완전히 굳어 있었다.

온몸이 벌벌 떨렸다.

"태아를 끄집어내려 했지만, 집을 더럽히진 않았어요. 도구와 장소가 필요했겠죠……"

벌떡 고개를 들고 그를 주시했다.

"학교, 당신이 강의하고 있는 학교!"

웨이천시는 더 버틸 수 없는 지경이 되었다.

나는 그를 죽일 듯 노려보며 물었다.

"훙을 학교 해부실에 두었습니까? 영원한 삶…… 딸을 해부용 표본으로 만든 거 아니에요? 그렇게 해야 영원히 당신의 눈길이 닿는 곳에 둘 수 있으니까, 그래야 영원히 당신의 통제 아래 둘 수 있으니까!"

웨이천시가 맥없이 땅바닥에 주저앉았다. 반듯한 얼굴에 모든 것이 끝났다는 표정과 함께 두려움이 떠올랐다.

천 경관과 샤오커가 취조실로 들어왔지만 나는 여전히 살기 어린 눈으로 웨이천시를 쏘아보았다.

"아이는요, 당신이 증오한 그 배 속의 아이는 꺼낸 다음 어떻게 했어요? 시체실에 놔둘 수 없었을 텐데요."

웨이천시가 갑자기 웃음을 지었다. 참담했던 이 싸움에서 마침내 나를 짓밟을 유일한 기회를 잡았다는 듯한 표정으로 이야기했다. 낮게 깔린 목소리는 악의로 가득 차 있었다.

"개한테 먹였어."

샤오커가 그를 데리고 나갔다. 그리고 나는 그 자리에 한참 동안 서 있었다. 천 경관이 나를 툭 치며 현장으로 인원을 보냈다고 했다.

병원으로 돌아와 소식을 기다렸다. 우샹추의 병실에 앉아서 홍의 인형을 안고 계속 기다렸다. 기다림의 시간은 정신이 아득해질 정도로 견디기 힘들었다.

며칠이 지났을까, 휴대전화가 울렸다. 샤오커였다. 웨이천시가 일하는 학교의 시체보관소에서 반신불수에 개복된 사체가 발견되었다는 것이다. 유전자를 대조해보니 웨이홍이었다. 시신은 이미 포르말린으로 처리된 상태였다. 일 년 후, 다시 건져내면 학생들의 해부대 위에 오를 수 있는 상태였다.

그런데 홍의 시신은 이미 기증이 약속되었다고 했다. 웨이홍이 살아 있을 때 시신 기증에 서명했기 때문이었다. 웨이천시는 웨이홍이 서명하도록 어떻게 꾀었을까. 얼마나 철저하게 딸을 통제했을까. 죽어서도 자신의 손아귀에서 벗어날 수 없음을 딸이 알게 하려 한 것이다.

스물세 해로 짧은 생애를 마감한 웨이홍이 도대체 어떤 삶을 살았는지 감히 상상하기도 힘들었다. 사건이 해결되고 대단원의 막이 내렸건만 내 가슴은 답답하기만 했다. 샤오커의 목소리가 아득하게 들려왔다.

곁에 있던 샤오리즈는 속도 모르고 바보스러운 이야기만 했다.

"환상이 아니라 진짜 그 사람을 찾아냈어요? 진짜 대단하다. 질문으로 그걸 다 알아내다니!"

"웨이천시도 말하고 싶었던 거야. 인형 훙을 그의 손에 건넸을 때 내가 물어도 될지 말지를 이미 결정한 태도였거든. 훙을 내던지지 못했잖아. 웨이훙을 죽이면서 오랫동안 품어 왔던 마음속의 죄책감까지 죽여버린 거야. 그 사람 마음은 이미 지옥이었을 거야."

나는 품 안의 인형을 내려다보았다. 아무 근심도 걱정도 없는 미소가 여전했다. 귓가에 우샹추가 해준 막대 인형 이야기가 맴돌았다. 그는 훙을 속박하고 조종하지 않고 그녀를 받쳐주는 다리가 되겠다고 했다. 반면 웨이천시에게 웨이훙은 무조건 내 말을 들어야 하고 내가 이끄는 대로 움직여야 하는 줄 인형이었다. 꼭두각시에게 자의식이 생기고 스스로 줄을 끊으려 하자, 아버지는 딸을 완전히 말살시켜야만 했다.

하수구 속 쥐 같은 둘째 아들과 휠체어에 묶인 둘째 딸이 서로 사랑했다. 그러나 그 사랑은 두 사람에게 삶의 희망이 되지 못했다. 잠깐, 아주 잠깐만 희망을 맛보았을 뿐이다.

나는 우샹추의 병실, 세 사람의 목숨을 앗아간 곳에서 멍하니 빠져나왔다. 화장실로 들어가 수도꼭지를 틀고 손을 박박 씻었다. 왜 그런 행동을 하는지는 나도 몰랐다.

그때 한이이가 화장실로 들어왔다.

"괜찮아?"

한이이가 잠시 망설이다가 물었다.

"만약에 내가 그 다섯 가지 질문을 하지 않았더라면, 우샹추는 아직 살아 있었을까."

한이이가 눈썹을 찡그렸다.

"이제 그런 생각은 하지 마. 만약은 없어."

내가 손을 씻는 물소리가 시끄러웠다.

"치쑤 환자하고 선배는 무슨 사이야?"

한이이가 놀랐다. 내가 갑자기 그런 질문을 할 거라 전혀 예상치 못한 눈치였다.

"사적으로 둘이 만나서 얘기하는 거 봤어. 의사와 환자 사이는 아니겠지."

한이이는 말이 없었다. 그녀를 쏘아보았다.

"그 환자 진료 기록 볼 수 있는 권한 있어?"

"그건 왜?"

"내 말에는 대답도 안 하고 인상 쓰는 거 보니 선배도 권한이 없구나. 근데 내 눈 피하고 얼버무리는 거 보니까 나한테 제대로 알려주고 싶지 않은가 보네⋯⋯. 그 말은 선배가 치쑤 환자의 기록을 볼 필요도 없다는 뜻이잖아. 누군지 안다는 말이지. 나한테 알려주고 싶진 않지만."

"미세 표정 분석을 싫어했던 거로 기억하는데."

"싫어도 어쩌겠어. 사람이 발전이 있어야지. 그래서 그 환자 누군데? 스승님?"

한이이의 동공이 수축했다. 나는 고개를 끄덕였다.

"역시 스승님이었구나. 최면을 그분한테 배웠어?"

"그건 네가 신경 쓸 게 아니고. 지금 넌 휴식이 필요해. 정상이 아니라고. 너 예전부터 그러더라. 뭔가에 너무 쉽게 빠져들고, 빠져들면 강의도 무단결석하고 잠도 안 자고 말이야. 그거 엄청 위험한 거야. 넌 이 일에 아예 안 맞는 것 같다. 인턴 기간 끝나고 나면 다시 돌아올 생각 하지 마."

"옛날에 동아리에서 쫓아낸 것도 그런 이유였어? 나 때문에 말려들까 무서워서?"

한이이가 말문이 막혔는지 내 말을 부인하지 않았다.

"그럼 그분은 왜 멀리하지 않는 건데? 나보다 더 무서운 사람이잖아."

한이이가 얼어붙었다. 나는 웃음이 났다.

"그분을 무서워하는구나. 존경하고 따르면서도 두려워하는 거지. 가까이 가고 싶은데 가까이하는 게 무서운."

나는 한이이에게로 한 발짝 다가섰다.

"보아하니, 내가 선배보다 그분 제자로 더 어울리는 것 같네."

화장실에서 나온 나는 입원 병동으로 향했다. 치쭈의 병실 앞에 우두커니 섰다. 거의 한 달 동안 그를 찾아오지 않았다.

문 앞에 섰지만 들어갈 수가 없었다.

'왜 날 선택하신 거죠?'

'혹시 전 스승님의 꼭두각시인가요? 고르고 골라 정성껏 깎고 다듬은?'

'만약 그렇다면 저는 줄 인형인가요? 막대 인형인가요?'

'제가 스승님께 뭘 해주길 바라시는 거죠?'

나는 병실 문을 열고 선한 미소를 지었다.

"스승님, 조언 좀 부탁드릴게요."

어둠 속에 갇히다

월요일은 아주 바빴다. 류 선생이 정신 건강 국제 학술 세미나의 준비를 맡게 되어 그의 회진 일정 중 일부가 나에게 떨어졌기 때문이다. 그 회진에는 치쑤 환자의 병실도 포함되어 있었다. 그런데 공교롭게도 나는 여태까지 과장을 따라 다니면서 한 번도 치쑤의 병실로 회진을 돈 적이 없었다. 치쑤가 류 선생 담당이었을 뿐 아니라 류 선생이 나와 치쑤의 접촉을 최대한 막으려 했기 때문이었다.

샤오리즈와 함께 다른 병실을 다 돌고 나서 치쑤의 병실로 들어가기 전, 샤오리즈를 먼저 보냈다. 그는 나와 치쑤 사이에 뭔가 비밀이 있어 자길 따돌리는 거라면서 불쾌해했다.

그래서 그의 풍성한 머리를 만지작거리며 놀려주었다.

"네 그 단순한 머리로는 따라올 수가 없으니까."

샤오리즈는 화가 나서 얼른 가버렸다. 멀어지는 샤오리즈를 보며 나는 안도의 한숨을 내쉬었다. 아끼는 동생인 샤오리즈를 치쑤와 얽히게 하고 싶지는 않았다. 그리고 문득 류 선생이 떠올랐다. 방금 나의 생각과 행동은 그와 다를 바 없었다. 치쑤가 내 주변의 친한 사람과 접촉하지 못하게 하는 것 말이다.

치쑤가 침대 가에 앉아 창밖을 바라보고 있었다. 일반 병실이기에 치쑤 외에도 환자가 다섯 명 더 있었다. 항상 다른 환자들이 활동실에 있는 시간을 골라 치쑤를 만나러 와서 미처 깨닫지 못했는데, 오늘 다른 사람들과 함께 있는 병실은 어쩐지 이상한 느낌이 들었다.

병실 안이 너무 차분했다. 물론 시끄럽게 떠드는 걸 좋아하지 않는 환자도 있겠지만, 이 병실의 차분함은 아픈 증상이나 감시로 인한 정숙함과는 너무도 달랐다. 심지어 자율적인 분위기인데도 말이다. 뭐라고 형용하기 어려운 이상한 느낌이었다. 치쑤를 너무 의식하는 나의 착각일지도 몰랐다.

그에게로 다가가며 물었다.

"스승님, 뭐 하세요?"

치쑤의 시선이 여전히 창밖에 머물렀다.

"숨 쉬는 중이네."

그의 손이 다리 위에 얹혀 있었다. 손바닥에 있는 울퉁불퉁한 흉터가 보였다. 입원하기 전에 다친 듯했다.

나는 그의 모습을 따라 옆에 자리를 잡고 앉아, 창밖을 보며 숨을 들이쉬었다.

"숨쉬기에도 특정한 시간이 필요한가요?"

"숨쉬기는 당연한 게 아니네. 그걸 무시하는 사람들이나 그런 질문을 하지."

나는 말없이 창밖을 보며 그와 함께 호흡하며 있는 그대로를 관찰했다. 학교 다닐 때 태극권 수련을 즐기시던 교수님이 떠올랐다. 베테랑 심리학자이신 교수님은 마음 수련에 지대한 관심이 있으셨다.

얼마나 시간이 흘렀을까, 치쑤가 물었다.

"오늘은 왜 자네가 회진을 왔어?"

"류 선생님이 학술 세미나 준비를 맡았거든요."

그가 얕은 숨을 뱉었다.

"또 삼 년이 지나간 건가."

"네?"

"자네도 회의에 가서 들어보게. 나쁠 것 없으니."

"아 그래두 인턴들 모두 참석해야 해요. 스승님도 참여하신 적 있으세요?"

그는 내 질문에 답도 없이 말을 돌렸다.

"요즘에는 도와 달라는 횟수가 줄었네."

속으로 뜨끔한 나는 최대한 자연스럽게 민망한 표정을 지었다. 그의 앞에서는 그나마 솔직한 척이라도 해야 들키지 않을 것 같았다. 내가 머리를 긁적이며 대꾸했다.

"무슨 문제가 생길 때마다 스승님을 찾으면 제가 어떻게 성장하겠어요⋯⋯. 스스로 할 수 있을지 시도해보는 거예요."

치쑤가 고개를 돌려 나를 보았다. 그의 숨쉬기 명상이 나 때문에 중단되었다는 뜻이다.

"무거, 날 밀어낼 필요 없네."

인자한 아버지 같은 눈빛이었다. 이전의 나라면 나를 향한 애정과 그의 솔직한 표현에 흠뻑 빠져들었을 것이다. 그의 후광에 둘러싸여 있을 때는 그게 나를 얼마나 옥죄고 있는지 보지 못했다. 그러나 깨닫고 보니 그 굴레가 이미 타성에 젖은 나의 목덜미까지 노리고 있었다.

병실에서 나오고 나서야 나머지 다섯 환자에게 아무것도 묻지 않은 게 생각났다. 분명 회진을 하러 온 것이었는데 말이다. 그러고 보니 이 병실의 이상한 분위기, 너무도 차분하고 조용한 분위기가 왜 그런 건지 알 것 같았다. 나머지 다섯 환자의 증상이 자연스럽게 호전되어 어디가 불편한지 묻는 것까지 잊게 만든 것이다.

그 병실은 치쑤에 의해 잘 관리되고 있는 듯했다. 그 환자들은 예전의 나처럼 그의 후광에 흠뻑 빠져 있는 것일까?

오후에는 매주 한 번 있는 심리극 치료가 있었다. 최근에는 거의 참석하지 못했다. 도착해보니 한이이가 심리극을 진행하고 추페이가 맨 앞줄, 치쑤가 뒷줄에 앉아 있었다. 이 심리극 그룹의 구성원들은 이미 오랫동안 함께 해온 사이였다. 말하지 않아도 호흡이 척척 맞는 그들 사이에는 깊은 신뢰와 함께 서로를 쓰다듬는 애틋한 마음이 깊이 자리 잡고 있었다.

그걸 느끼게 된 건 내가 안으로 들어가려는 순간이었다. 그때 나는 일종의 소외감을 느꼈다. 그들 사이의 끈끈한 유대감만으로도 배척당한다는 느낌을 지울 수 없었다. 한이이는 나를 보았지만 아는 체를 하지도 않았다. 그들 무리에서 추페이의 시선이 나에게로 날아왔다. 나는 추페이에게 손을 흔들었고, 그는 나를 향해 웃었다. 그런데 그의 웃음에 당황해 아무런 반응도 할 수가 없었다.

나를 만나면 무조건 웃어 달라는 약속도 내가 정한 것이었지만 그 순간 추페이의 웃음은 그전까지와는 다르게 아주 낯설었다. 예전의 딱딱하고 경직된 표정이 아니라 눈에 띄게 달라진 얼굴로 감정을 표현했다. 그의 얼굴을 너무 오래 보지 못한 탓일까, 그 간극이 무척 크게 느껴졌다.

그리고 갑자기 양심의 가책을 느꼈다. 그가 열심히 치료받고 성장하는 과정에 내가 함께해주지 못한 것이다. 그의 옆에서 늘 지켜보겠다는 약속을 지키지 못하고, 무심히 지나치는 꽃 한 송이처럼 대하고 말았다. 그런데도 그는 웃음을 지었다. 자신을 두 달이나 등한시했던 나를 꾸짖는 것이 아니었다. 마치 나는 약속을 어기더라도 그는 나에게 약속을 반드시 지켜내겠다고 말하는 듯했다.

긴장했던 마음이 풀리며 경계하고 의심하는 마음을 탓했다. 사실 경계심, 의심, 비난은 무고하다. 이런 감정은 내 생각에 이끌려 생겨났을 뿐인데, 흔들리는 내 마음이 죄업을 대신 뒤집어쓴다. 나는 사리에 앉아 추페이에게 집중했다. 나의 자괴감을 날려버리고 내가 한 약속을 지금이라도 지키기 위해서였다.

이번 심리극의 주제는 가족애였다. 주인공이 따로 있지는 않고 참가하는 환자의 이야기도 아니었다. 한이이가 소개한 이야기였는데, 아들을 너무도 사랑한 어머니가 그 아들이 저지른 죄악까지도 사랑하고 용서한다는 내용이었다. '죄악' 역할을 맡은 사람이 추페이였다. 그에게는 대사가 있었다. 이야기를 나누는 대상은 그의 주인, '아들' 역할이었다.

"당신에게 죄악이 있는 것은 당신에게 어머니가 있는 것과 같습니다. 어머니의 사랑이 나의 탄생을 재촉했죠. 그러나 나는 악하지 않아요. 나는 당신에게 아무런 심판을 하지 않습니다. 나는 산물일 뿐이고 당신이 필요로 해서 태어났으니까요. 그런데 당신은 나에게 족쇄를 채우려 하는군요. 당신들은 숨바꼭질하듯이 자신을 숨기며 나를 주인공으로 내세우고 있어요. 당신은 어머니를 사랑하면서 미워하고, 미워하면서 또 사랑해요. 어머니의 깊고 애틋한 사랑으로 나를 반겨놓고 이제는 나를 죽이려 하잖아요."

알아듣기 어려운 이야기였다. 중간 휴식 시간에 추페이가 내게로 왔다. 그를 방치한 또 다른 '어머니'에게 다가오는 건 용기가 필요한 일이라는 걸 나는 알았다.

그는 내 앞에 서서 나와 한 약속대로 웃었다. 뭔가 긴장되고 개운치 않은, 육안으로 보기에도 서투른 모습이었다. 그러나 나는 안심이 되었다. 그게 내 눈에 익은 추페이의 표정이었기 때문이다. 물론 조금 비겁하다는 생각도 들었지만. 추페이는 내 옆에 앉았다. 탓하거나 원망하는 말은 전혀 하지 않았다. 그는 분별 있고 진중했다.

그런 그를 보며, 어쩌면 수편에 대해 물어볼 수 없겠다는 느낌이 들었다. 두 달 동안 내 마음 한구석에 자리 잡고 있던 의혹, 수편의 유서는 정말 추페이가 쓴 것일까, 수편이 자살하도록 부추긴 것이 바로 추페이였을까 하는 것이었다.

지난 두 달간 너무 많은 일이 일어났다. 치쑤가 내 마음을 전부 앗아갔고, 추페이에게는 어떻게 말을 꺼내야 할지 전혀 감이 잡히지 않았다. 예전에는 비밀이 없는 사이였는데 요즘에는 내가 일방적으로 그를 적대했고, 또 그가 나의 그런 마음을 알아챌까 두려웠다. 감정을 표현하는 데 서투른 사람이라도 속마음은 섬세하고 민감하기에 나는 일부러 그를 피했고 찾아가지도 않았다.

오늘에야 질문에 답을 얻고자 찾아갔건만 차마 입이 떨어지지 않았다. 나는 어느새 어머니의 마음에 깊이 공감해서 아들의 죄가 진실이라도 용서하고 받아들일 수 있을 것만 같은 생각이 들었다.

솔직한 마음으로 따뜻하게 말을 걸었다.

"요 두 달은 정신없이 바빴……."

"잠을 못 주무셨나 봐요. 다크서클이 심해요."

추페이 내 말을 가로챘다.

양심의 가책이 드는 동시에 마음이 짠했다. 형식적인 인사치레는 그만두기로 했다. 그가 건넨 한마디는 우리의 관계를 회복하는 스위치나 마찬가지였다. 그 스위치를 누르는 순간, 두 달 동안 쌓인 불편한 감정이 어느새 눈 녹듯 사라졌고, 예전처럼 그가 아무 말 하지 않아도 편한 느낌이 들었다.

잠시 이야기를 나누다가 추페이가 한이이의 조수 역할을 맡았다는 걸 알게 되었다. 심리극의 조연출이었다. 그는 이제 새 삶을 힘껏 껴안을 준비가 된 듯 보였다. 한이이가 우리에게 다가오자 추페이는 책장에서 책을 한 권 빼 들고 한쪽으로 자리를 피했다.

한이이가 내 쪽으로 와서 앉았다. 빈 의자 하나를 사이에 두고 앉은 우리 두 사람은 아무 말이 없었다. 나는 여전히 추페이를 관찰했다. 책에 집중한 추페이 위로 햇빛이 쏟아져 내려서 마치 성자처럼 보였다.

쉬는 시간이 끝나고 연극이 재개되었다. 추페이는 보던 책을 자리에 놓고 일어섰다. 잠시 후, 다시 휴식 시간이 되었고 치쑤가 아까 추페이가 앉았던 자리로 향했다. 그리고 책을 집어 들추어 보았다. 휴식이 끝나고 치쑤는 책을 꽂혀 있던 자리에 되돌려놓았다.

그때부터 뭔가 이상하다는 생각이 들었다. 그래서 책꽂이를 열심히 주시했다. 이리저리 오가는 사람들과 연극의 진행 상황도 눈에 들어오지 않았다. 연극 심리 치료가 끝나고 환자들이 나에게 인사를 하는데도 나는 인사를 받는 둥 마는 둥 했다.

사람들이 모두 나가고 나는 오랫동안 생각에 잠겼다. 그리고 용기를 내서 어색하게 책꽂이 앞으로 향했다. 치쑤가 꽂아놓은 책을 뽑아들었다. 책 속에는 쪽지가 몇 장 끼워져 있었다. 쪽지에 쓰인 글귀는 추페이가 읊었던 '죄악'의 대사였다.

나는 삽시간에 차가운 얼음 동굴 속으로 빠져드는 기분이었다. 추페이의 필적이 아니었다. 그가 읊은 대사가 스스로 쓴 게 아니었다니. 이건 치쑤의 글씨다. 치쑤가 그에게 그런 대사를 하라고 정해준 것이다. 이 책을 통해서.

그러나 나를 진짜 공포로 몰아넣은 것은 글씨가 아니었다. 쪽지의 오른쪽 귀퉁이에 남긴 서명, β(베타)였다. 베타, 차오랑의 심리 상담을 했던 의사가 베타였다.

지금까지 나를 괴롭혀 왔던 의심이 진실임을 깨닫자, 나는 안도감을 느꼈고, 동시에 혼란에 빠졌다. 터무니없는 추측이었던 의심이 진실로 밝혀지니 당황스러운 마음이 공포로 바뀌었다. 치쑤가 베타였다니! 추페이에게 손을 쓴 것도 치쑤였다. 추페이를 조종해서 뭘 하려는 것일까?

섬뜩한 파충류가 등 뒤에 붙은 느낌이었다. 안개가 걷혔고 모든 것이 명확해졌다. 수펀의 유서, 추페이를 시켜 수펀이 자살하도록 교사한 것은 치쑤일까? 두 사람은 이 심리극 그룹에서 반 년이나 함께했고, 수펀은 도중에 합류해 이들과 만났다.

책을 덮었다. 《불안의 책》이었다. 내가 제일 좋아하는 시인이 쓴 수필집이었다. 그 순간 놀랍도록 아이러니한 상황에 극도의 공포가 밀려왔다. 여기에 이 책을 둔 사람이 나였기 때문이다. 치쑤는 바로 내가 보는 앞에서 내가 축복을 빌며 가져다 둔 책을 통해 추페이와 비밀스럽게 소통하고 있었다. 내가 보고 있다는 걸 알면서도, 내가 이걸 열어볼 걸 뻔히 알면서도.

치쑤는 안 것이다! 내가 자기 정체를 알았다는 걸! 그를 오랫동안 속이지 못할 거라는 건 진작 알았지만, 이 경고는 너무나도 치쑤다운 방식이었다. 오전에 그는 인자한 모습으로 자길 밀어낼 필요 없다면서 나에게 솔직히 말할 기회를 주었다. 하지만 나는 넘어가지 않았다. 그러자 그 죄악론을 적어 추페이에게 내가 보는 앞에서 읽게 시켰다.

날 찔리게 하려는 속셈이었다. 그는 추페이 '악행'의 근원으로 '어머니'를 지목했다. 그 어머니는 바로 나였다. 나에게 죄책감을 느끼게 하려는 것이었다. 목을 휘감은 빛의 굴레가 나를 옥죄어 오는 것만 같아 숨이 막혔다.

치쑤가 이제 움직이기 시작했다. 나에게 경고하고 나를 벌하고 나를 휘두르려 한다. 나는 아직 그에 관해 아무것도 모르고 준비한 카드가 없는데, 그는 추페이를 쥐락펴락하며 나의 목숨줄을 쥔 상황이 되었다.

생각이 꼬리에 꼬리를 물었다. 뭘 하려는 걸까? 추페이 하나가 아닐 것이다. 치쑤같이 능수능란한 전문가가 어떻게 패를 하나만 마련했겠는가. 최근 수상한 일을 벌인 다른 환자가 더 있을 것이다.

혼란에 빠지면서 머릿속이 하얘졌다. 그 와중에도 환자들의 얼굴을 하나하나 떠올리며 뭔가 단서가 없는지 찾으려 열심히 노력했다.

이건 치쑤가 나에게 낸 문제다. 차오랑. 차오랑이 여기로 오게 된 건 우연이 아니고, 차오랑이 나를 알게 된 것도 우연이 아니다.

'또, 또 누가 있지?'

"왜 아직 여기 있어?"

깜짝 놀라 등에서 식은땀이 솟았다. 돌아보니 한이이가 내 안색을 보고는 인상을 썼다.

"왜 그래?"

정신을 차린 나는 지푸라기라도 잡는 심정으로 그녀를 붙들고 말했다.

"다음 주 월요일 연극 심리 치료에서 주인공을 치쑤 환자로 하고 자기 이야기를 하게 만들어줘."

그의 패가 무엇인지 반드시 알아내야 한다.

한이이는 침묵으로 거절 의사를 표시했다. 나는 거의 울부짖었다.

"선배, 지금 이 병원에서 무슨 일이 일어나는지 알아?!"

그녀는 잠시 나를 지켜보더니 심드렁하게 대꾸했다.

"일은 무슨 일이 일어나. 일어나봤자 너의 착각이겠지."

한이이는 그러고는 가버렸다.

그 후 며칠 동안 나는 이전에 이상하다고 생각했지만 대수롭지 않게 넘어갔던 사건들을 정리하고, 치쑤와 내가 공통적으로 만난 환자들을 나열해보았다. 맨 처음 치쑤를 만난 건 위커, 위치 형제의 최면이 끝난 후였다. 병원의 탕비실에서 잠깐 마주쳤지만 그때는 그를 눈여겨보지 않았다. 그가 신경 쓰이기 시작한 때는 연극 심리 치료 그룹에서 능숙한 태도로 환자들을 통솔하는 그를 보고 나서였다.

어쩌면 이 치료 그룹에서 치쑤는 추페이를 다룰 수 있는 가능성을 발견하고 본격적으로 영향을 미치기 시작했을 것이다. 당시 무대 위 심리극에서 치쑤가 추페이의 분신 역할을 맡아 추페이가 감정을 표현해내도록 유도했다.

치쑤가 대단하다고 여기게 된 것도 그때가 처음이었다. 그 이후로 그에게 관심을 두기 시작했다. 그렇다면 그는 어떨까. 그전부터 이미 나를 관찰하고 있었던 건 아닐까. 위커, 위치 형제 일로 처음 마주쳤을 때부터? 아니면 그보다 훨씬 전부터?

연극 심리 치료가 시작이었다고 본다면, 그 이후로는 강박증 환자 수펀이 있다. 치쑤는 추페이를 시켜 수펀이 자살하도록 자극하면서 인터넷으로 여론을 형성할 수 있게 부추겼다. 하지만 이 일은 우연히 나와 부딪치면서 수포로 돌아갔다. 수펀의 편집증적인 성격을 생각하면 치쑤가 왜 그녀를 선택했는지 알 수 있다. 수펀은 치쑤의 자극에 쉽게 반응했을 뿐 아니라 스처 같은 다른 사람들을 끌어들이는 촉매제가 되었다.

그보다 확실한 건 얼마 전에 있었던 방화범 차오랑이다. 차오랑의 정신과 의사가 바로 치쑤였고, 그는 차오랑에게 네가 하고 싶은 대로 방화를 저지르라고 부추겼다. 차오랑은 하필 천 경관과 샤오커에게 붙잡혔고, 하필 우리 병원에서 정신 감정을 받게 되었고, 그리고 하필 나를 만났다.

'그리고 또 누가 있을까, 추페이 이후 그리고 수펀 이전에는…….'

불현듯 머릿속으로 빨간 페인트가 떠올랐다.

적색 공포증 환자 뤄뤄! 뤄뤄가 체계적 둔감법으로 치료를 하고 있을 때, 누가 치료실 앞에 피가 연상되는 빨간색 페인트를 뿌려놓았었다. 하마터면 뤄뤄의 치료가 수포로 돌아갈 수 있는 상황이었다. 체계적 둔감법 치료실은 입원 병동에 있으니 치쑤도 자유롭게 오갈 수 있다. 그리고 환자들이 주로 이용하는 활동실에는 물감이 구비되어 있다!

바깥의 햇살이 너무나 좋은데도 온몸이 차갑게 굳는 것이 느껴졌다. 더는 생각하고 싶지도 않았다. 그러나 마음은 좀처럼 내 뜻대로 되지 않고 계속해서 기억을 더듬어보라고 재촉했다. 기억은 고양이 울음소리까지 거슬러 올라갔다. 모리, 주기적으로 고양이 울음소리를 내던 소녀 모리는 계속해서 임상2과로 도망을 가 우리를 혼란스럽게 만들었다. 처음 모리를 만난 것도 임상2과 화장실이었고, 임상2과에는 치쑤가 입원해 있다. 그 애를 차분하게 진정시키는 일에도 치쑤가 도움을 주었고, 아이는 특히 치쑤의 말을 잘 들었다.

그때 나와 류 선생은 모리가 왜 굳이 남성 병동에 있으려 하는지 미처 깊이 생각하지 못했다. 지금 와서 돌이켜보니 모리는 치쑤를 찾아간 것이다. 치쑤는 정원으로 산책하러 나갔다가 그 애를 알게 되었다고 했는데 아마 그때부터 모리에게 영향을 주기 시작한 것 같다. 종이 위에 나열해놓은 타임라인과 환자들의 이름을 보고 있자니, 정신이 혼미하고 등줄기가 서늘했다. 이렇게 일찍부터? 도대체 무엇 때문에?

추페이는 그를 대신해 여론에 호소하는 펜이었고, 수펀은 그 여론을 움직일 연기자였다. 그리고 모리는 여론전에서 항상 도덕적인 우위를 점할 수 있는 어린아이였고, 뤄뤄는…… 적색 공포증의 표면화, 어쩌면 일종의 실험이었을 수도 있고 어쩌면 그저 손 가는 대로 재미 삼아 건드려본 것일 수도 있다. 차오랑의 범죄는 시선을 끌기 위한 불장난이었다. 누구의 시선을 끌기 위해서였을까? 사회 여론? 대중의 시선이 정신질환에 머물기를 바랐나?

치쑤는 도대체 무엇을 하고 싶은 걸까? 왜 이런 일을 벌이는 걸까? 그럼 나는? 나는 그의 계획에서 어떤 배역을 맡은 것일까?

내가 생각이 있거나 말거나 업무는 나를 가만히 두지 않았다. 정신건강 국제 학술 세미나가 시작된 것이다. 원장의 주관 아래, 과장과 류 선생이 조수를 맡았다. 임상2과 인원 전체가 눈코 뜰 새 없이 바빴다. 예전에는 학술 세미나를 줄곧 본원에서 개최했는데, 올해는 어떻게 분원에서 열게 된 것인지 알 수 없었다.

어쨌든 나는 류 선생이 지시한 임무를 완수했고, 외국인 참석자들을 위한 소개 자료를 만들었다. 그 안에는 정신의학계를 이끄는 선구자적 인물들도 여럿 포함되어 있었다. 세미나 당일, 나는 아침 일찍부터 현장에 도착해 준비를 도왔다. 그러고 나서는 또 류 선생에게 끌려가 회의록을 준비했다.

세미나는 종일 계속되었다. 학계를 이끄는 새로운 연구에 관해 많이 들었는데, 그중에서 관심이 생기는 연구 두어 가지가 있었다. 하나는 중국과학원과 협업을 하는 독일의 심리학 교수의 '컴퓨터와 정신의학의 융합 연구'라는 연구 결과였다. 발표지는 우 교수였다.

그는 인간의 외적인 표현 행위는 뇌 내 미세 환경과 관련되어 있다고 지적하며, 인간의 행위는 대략 '분자/이온 통로-시냅스 접합-뇌 영역 기능-사회적 행위/증상'의 과정을 거쳐 나타난다고 설명했다.

간단히 말하자면 계산 정신의학(computational psychiatry) 연구에서는 실험데이터에 근거해 뇌의 신경망을 시뮬레이션하고 증상을 일으키는 원인을 뉴런의 변화에 반영하여 밝혀낸다.

우 교수가 발언했다.

"우리는 영장류 동물에서 얻은 실험 결과로 뉴런 네트워크를 구축했습니다. 유사한 과정을 거침으로써 이상 심리가 나타나는 과정을 더 잘 모의 실험할 수 있었지요. 지금은 뉴런을 나노미터까지 정밀하게 관찰할 수 있고, 동물의 몸에서는 시냅스까지 관찰할 수 있습니다."

그는 강박증 환자를 예로 들며 설명을 계속했다.

"정상인의 안와전두피질과 복내측 전전두피질은 균형을 이루고 뇌 속의 보상 메커니즘을 스스로 조절할 수 있습니다. 그러나 강박증 환자의 안와전두피질이 이런 균형을 깨트릴 정도로 과하게 활성화되면 보상 메커니즘은 망가지죠. 그래서 안와전두피질에 손상을 입히고 활성도를 떨어트려 복내측 전전두피질과의 균형을 맞추게 되면 강박성 증상은 사라집니다."

장내의 청중들이 계산 정신의학 연구에 큰 관심을 보이며 열띤 토론을 이어나갔다. 대형 병원, 학교, 의료기기 회사, 의료인 교육·양성 기관 등 정신건강 관련 업무에 종사하는 사람들이 대다수였다.

우 교수가 강연을 이어나가려는 순간 한 참석자가 갑자기 손을 들고 마이크를 받아들었다.

"우 교수님, 한 가지 여쭙고 싶습니다. 안와전두피질이 손상을 입었는데도 환자의 증상이 개선되지 않으면 어떡하죠, 이미 손상된 건 되돌릴 수 없을 텐데요."

의학 윤리와도 직결되는, 확실히 문제가 될 만한 의견이었다. 손상된 안와전두피질은 복구할 수 없고 강박 증상이 호전되지 않는다면 한술 더 떠 다른 병증까지 추가로 나타날 수 있다. 하지만 청중 앞에서 대놓고 그런 이의제기를 한다는 건 아무래도 날이 선 것처럼 보일 수밖에 없었다.

나도 모르게 눈길이 자꾸만 그 사람에게 향했다. 나와 나이가 비슷해 보이는 남자였다. 목이나 옷깃에 소속기관이 적힌 명찰이 없고 앉은 자리도 개인 참석자 구역이었다. 어느 기관 소속인지 정체를 알 수 없었다.

우 교수는 잠자코 있다 입을 열었다.

"강박증의 원인은 아주 다양합니다. 현재 계산 정신의학은 뇌 내 국한된 부분만 다루고 있지만, 병의 원인은 뇌 전체에 있을 수 있겠죠. 그러니 전체를 감당한다고 할 수 없는 건 분명합니다. 말씀하신 대로 즉시 개선되지 않는 상황이 발생할 수도 있죠. 그래서 저희는 더 큰 규모의 시뮬레이션으로 그런 상황을 제어하고자 합니다. 실험 데이터도 더 필요할 거고요. 그리고 이것이 계산 정신의학이 나아가야 할 방향이라고 생각합니다."

남자는 고개를 끄덕이며 웃음을 보였다.

"네. 알겠습니다. 감사합니다, 우 교수님."

그가 마이크를 앞으로 보냈다. 까딱거리는 손모양이 냉소적으로 느껴졌다. 내 착각인지 그의 눈빛이 내 쪽을 향한 것 같았다.

회의는 계속되었고 인상 깊은 연구 빌표가 하나 더 있었다. 암을 연구하는 일본의 미시마 이쿠하루 교수가 발표한 내용이었다. 미시마 교수가 이 학술 세미나에 참여하는 것도 벌써 세 번째였다. 소개 자료를 작성하면서 나는 암 분야의 교수가 어떻게 정신건강 분야의 학술 세미나에 이렇게 자주 참여하는지 궁금했는데, 세미나에서 그의 발표를 듣고 전율을 느꼈다. 그는 '정신줄기세포'라는 놀라운 이론을 내놓았다.

처음 이야기를 들었을 때는 황당하기 그지없었다. 정신에는 세포라는 개념이 없으니 정신줄기세포라는 말 자체가 어불성설이었다. 줄기세포는 자기 복제가 가능하고, 더 특화된 세포로 변할 수 있는 능력이 있는 세포를 말한다. 줄기세포에는 배아에서 얻는 배아줄기세포와 신체 조직이나 골수에서 얻는 성체줄기세포가 있다.

미시마 교수의 발언을 통역사가 바로 통역했다.

"저는 암을 연구하는 사람입니다. 평소 성체줄기세포의 한 종류인 중간엽줄기세포를 자주 접하죠. 칠 년 전 처음으로 학계 간 연구에 초청을 받았을 때 저는 제 전공 분야에서 과연 정신의학 연구를 위해 무엇을 해낼 수 있을지를 생각했습니다."

그는 레이저 포인터로 스크린의 프레젠테이션 자료를 가리켰다.

"중간엽줄기세포는 골수에서 추출할 수 있습니다. 성체줄기세포는 인체의 여러 조직에서 얻을 수 있고 임상 가치도 매우 높지요. 중간엽줄기세포는 근육, 지방, 뼈, 연골이 될 수 있습니다."

배아줄기세포는 다양한 종류의 세포로 분화할 수 있지만 성체줄기세포는 보통 세포가 포함되어 있는 조직이나 기관의 세포로만 분화할 수 있다. 성체줄기세포의 한 종류인 중간엽줄기세포는 골수에서 얻어 주로 뼈와 관련된 재생 치료에 쓰인다.

"국제적으로 줄기세포 연구가 활발하게 진행 중입니다. 노화 지연이나 질병 치료 등에서 얻는 효과만 봐도 아주 전망이 밝고요. 그러던 어느 날 저는 갑자기 그런 생각을 했습니다. 줄기세포로 정신질환이나 정신적 손상을 고치는 것도 가능하지 않을까?"

교수는 웃으며 이야기를 이어갔다.

"뜬구름 잡는 소리라고 생각하지 않으셨으면 합니다. 어쨌든 중간엽줄기세포는 신경세포로 분화할 수 있는 잠재력이 있으니까요. 손상된 뇌 조직과 척수에서 생존, 증식, 이동할 수 있고, 뉴런 같은 세포로도 분화해서 척수손상, 뇌졸중 등 신경 계통 질환에 도움을 줄 수 있습니다."

아까 손을 들고 질문했던 남자가 또 손을 들었다.

"교수님, 중간엽줄기세포와 신경줄기세포는 다른 개념입니다. 신경줄기세포는 성체줄기세포의 또 다른 한 종류로 두뇌에서 추출하죠. 신경줄기세포의 분화로 신경세포가 만들어지고요. 중간엽줄기세포가 신경세포로 분화할 수 있다는 가능성은 있지만 아직 연구해야 할 부분이 많습니다. 그리고 말씀하신 세포들과 '정신줄기세포'는 또 다른 개념 같네요. 잘 구분하셔야겠어요. 말씀하신 대로라면 특정 정신질환 치료에는 유용할 수 있지만 광범위한 정신병증을 포괄할 수는 없겠죠."

확실히 문제라고 지적할 수 있는 지점이었다. 교수는 애교 있게 어깨를 으쓱거렸다.

"그래서 갑자기 든 생각이라고 말씀드렸습니다. 실제 적용 가능해지려면 아직도 갈 길이 멀죠."

비현실적인 이야기라 생각할 수도 있지만 발표는 사람들의 많은 호응을 얻었다. 질문했던 남자도 웃으며 박수를 보냈다. 원장은 좋은 분위기를 유지하기 위해서 그 남자를 향해 활짝 웃었다. 질의응답이 끝나자마자 열렬히 손뼉 치는 그를 보며 혹시 교수가 섭외한 사람 아니냐고 물었다.

미시마 교수는 활짝 웃었고, 남자도 실눈을 뜨고 웃으며 이야기했다.

"그냥 '정신줄기세포'라는 단어가 좀 재미있었어요."

세미나가 끝나고 원장은 친한 교수 몇 명을 데리고 옆방으로 갔다. 류 선생이 나에게 얼른 정리하고 따라오라고 해서 서둘러 회의 자료와 노트북을 챙겨 들고 밖으로 나가다가 실수로 누군가와 부딪히고 말았다. 미시마 교수에게 질문을 던졌던 그 남자였다. 검은색 책가방을 맨 남자는 아무 말도 없이 날 한 번 쓱 보더니 가던 길을 가버렸다. 그런데 남자의 가방에서 종이 한 장이 떨어졌다. 종이를 주워주려는데 남자는 이미 그림자도 보이지 않았다.

종이에는 기호 같은 것이 한 줄로 그려져 있었다. 뭔지 잘은 몰라도 아마 그가 적은 세미나 필기 같았다.

류 선생이 옆방에서 나오더니 나를 불렀다. 나는 종이를 호주머니에 쑤셔 넣고 다급하게 뛰어갔다. 교수들은 이미 원탁에 둘러앉아 이야기를 나누는 중이었다. 나는 류 선생 옆에 앉아 세미나 기록을 보여주었다. 류 선생 반대쪽 옆에는 통역사가 앉아 교수들의 소통을 도왔다.

한 독일의 심리학 교수가 자꾸만 어떤 사람을 들먹이며 찾는 듯했다. 하지만 나는 독일어를 할 줄 몰라서 영어와 발음이 비슷하고 반복적으로 들리는 단어만 겨우 들을 수 있었다. '프로페서 치'라고 하는 것 같았다.

치 교수?

통역사는 치 교수가 올해 회의에 참석하지 않았다고 대답했고, 그 독일 교수는 실망한 눈치였다. 미시마 교수가 독일 교수의 어깨를 툭툭 치더니 류 선생과 함께 계속 인사를 나누었다. 그들은 모두 서로 안면이 있을 뿐 아니라 치 교수까지 잘 아는 듯했다.

왠지 모를 싸한 느낌이 들었다.

잠시 후, 교수들은 오늘 있었던 학술 세미나에 관해 이야기를 나누었다. 참석자들이 주로 연구하는 사람들이 아니라 각 기관에서 실무를 하는 사람들인데 너무 난해하지는 않았는지 이야기가 나왔다. 미시마 교수는 성격이 쾌활해 자기가 발표했던 이론이 너무 허무맹랑했다며 자조하기도 했다. 그러자 과장이 웃으며 나를 가리켰다.

"괜찮았던 것 같습니다. 아니면 저 친구한테 물어보시죠. 우리 병원 인턴인데 저 친구가 알아들었으면 문제없는 겁니다."

나는 부끄러운 미소를 지었다.

"저는 허무맹랑하다고 생각하지 않았습니다. 미시마 교수님이 말씀하신 정신줄기세포 이론도 우 교수님이 말씀하신 계산 정신의학 분야와 함께 연구할 수 있겠다고 생각했어요."

원탁 주변이 일시에 조용해졌다. 너무나 민망했다. 괜히 잘못 얘기했구나 싶어서 황급히 보충설명을 했다.

"정신줄기세포가 실제로 존재하지는 않지만, 컴퓨터 시뮬레이션을 통해서 환자의 정신병 증상에 해당하는 뇌 영역을 찾고 거기에 맞게 신경줄기세포를 이식하는 건 비현실적이지만은 않잖아요? 생물인지적 방향에서 뇌 미세 환경이 정신적 행위를 변화시킨다는 이론에 예전에는 제재가 많았죠. 하지만 컴퓨터 시뮬레이션을 이용하는 지금은 데이터가 방대하고 의도가 순수하기만 하다면 더 많은 정신질환을 다룰 수 있지 않을까요? 신경줄기세포 이식의 윤리적인 문제에 관해서는 제가 아직 잘 몰라서 그냥 생각나는 대로 말씀드리는 거지만……."

침묵이 흘렀고 류 선생이 난색을 표했다. 내가 영문을 몰라 당황하자 독일 심리학 교수가 나에게 뭐라고 이야기를 했고, 통역사가 말을 옮겨주었다.

"7년 전에 똑같은 말씀을 하신 분이 계셨대요."

그리고 쉬는 시간에 통역사가 '정신줄기세포'라는 말도 그분이 최초로 사용했고 미시마 교수를 초청한 것도 그분이라고 설명을 덧붙였다.

"치 교수님 말씀인가요?"

통역사가 깜짝 놀랐다.

"그분을 아세요?"

나는 고개를 저었다.

"아까 다들 이야기하시는 것 같아서요. 지금은 어디 계시기에 이번 회의에 못 오셨나요?"

"모르죠. 아마 은퇴하고 자유롭게 돌아다니시는 중이겠죠. 매사에

범상치 않은 행보를 보이는 분이셨거든요."

토론은 밤까지 이어졌다. 원장과 과장이 저녁 식사를 위해 교수들을 모시고 자리를 옮겼다. 나는 물건들을 챙겨 병원으로 돌아갔다. 류 선생은 무엇 때문인지 나에게 냉랭하게 대했다.

병원에 돌아오자마자 컴퓨터를 켜고 지난 몇 년간 있었던 국제 정신 건강 학술 세미나에 관해 검색해보았다. 치 교수. 성이 '치'였기에 수상한 느낌을 지울 수가 없었다. 몇 년 동안 국제 정신 건강 학술 세미나는 본원에서 진행되었다. 진행자는 본원의 원장으로 있다가 재작년에 퇴임한 치즈궈로 되어 있었다.

나는 떨리는 손으로 그의 이름을 검색하고 사진을 찾아보았다. 치 쑤였다.

나는 그대로 의자에 기대 한참 동안 정신을 차리지 못했다. 치즈궈, 정신건강센터 본원의 원장이었으면서 지금은 분원의 입원 환자로 이름까지 치쑤로 바꾼 사람. 만만치 않은 배경을 갖고 있을 거라는 생각은 진작부터 했다. 그만큼 전문적인 상담 기술과 방대한 지식을 갖추고 있다면 분명 평범한 사람일 리 없기 때문이다. 하지만 그의 진짜 정체는 나를 경악하게 만들 정도였다.

한참을 그렇게 멍하니 있다가 그에 관한 자료를 찾아보기 시작했다. 패, 나에게도 패가 있어야 한다. 그와 대등하게 맞서기 위해 내놓을 만한 게 뭐가 있을까?

초조해진 나는 키보드를 거칠게 두들겼다. 구체적인 부임 시기와 재직 중에 기여한 바를 제외하고는 단 하나의 영상밖에 나오지 않았다. 서른 초반, 젊은 그가 정신과 의사들을 대표해 선서하는 모습이었다. 영상 속에는 엉엉 울면서 그에게 감사 인사를 하는 환자도 있었다. 그러자 그는 환하게 웃어 보였다. 평소 보았던 진지하고 진중한 치쑤의 모습과 영상 속에서 햇살처럼 밝게 빛나는 치즈궈의 모습은 아무리 생각해보아도 하나로 이어지지 않았다.

영상 아래쪽에 덧붙여진 치즈궈에 관한 설명에는 이렇게 적혀 있었다.

'내 꿈은 트라우마의 홍수 속에 사는 것.'

그걸 한참 동안 바라보았다. 나의 정곡을 찌르는 것만 같았다. 십여 년이 지나는 동안 그에게 도대체 무슨 일이 있었던 걸까?

이어서 '정신줄기세포'를 검색하고 치즈궈의 논문을 찾아보았다. 그 말을 최초로 사용한 사람이 치즈궈라고 했고 그는 지난 몇 년간 학술 세미나 진행을 맡았다. 또 미시마 교수, 독일의 심리학 교수와 함께 이 문제를 연구했다고 했다. 그런데 이상하게 아무런 정보도 찾을 수가 없었다.

치즈궈의 논문 중에 '정신줄기세포'에 관련된 것이 한 편도 없을 뿐 아니라 아예 그 단어가 언급된 흔적도 찾을 수가 없었다. 누군가가 일부러 정리한 것처럼, 검색되는 논문 역시 아주 오래전 학생 시절의 것뿐이었다.

힘이 쭉 빠졌다. 어떻게 이럴 수가 있단 말인가? 그의 성과에 관한 정보가 겨우 이 정도라니. 나는 검색어를 바꾸어 다시 한번 검색해봤다. 그리고 결국 신경줄기세포와 컴퓨터 신경망 시뮬레이션 연구에 관한 논문 한 편을 찾아냈다. 저자 이름을 확인한 나는 몹시 놀랐다.

류쓰. 류 선생이다.

논문은 5년 전 발표되었고, 석사 졸업 논문이었다. 지도교수 란에 치즈궈가 적혀 있었다. 심장이 천둥 치듯 두근거렸다. 류 선생이 치쑤의 학생이었다니, 한이이와 동문이었다니! 그들은 치쑤와 함께 이 연구를 진행했다. 그런데 류 선생과 한이이가 치쑤를 대하는 태도는 완전 정반대다. 한이이는 그를 매우 존경하고 신뢰하는 느낌이었고, 류 선생은 그를 피하는 데 급급해 보였다. 왜일까?

나는 '뉴런 네트워크'라는 키워드를 넣어서 류쓰의 이름으로 다시 검색을 시작했다. 신경줄기세포 이식이 정신질환 증상에 미치는 작용에 관련된 논문 몇 가지를 찾을 수 있었다. 그러나 지도 교수 란에 치즈궈라는 이름은 다시 등장하지 않았다. 5년 동안 류 선생은 줄곧 혼자서 연구를 진행해 온 것이다.

무슨 일이 일어났던 걸까? 치쑤가 시작한 연구인데 왜 그 연구에서 그의 존재가 사라져버린 걸까? 온갖 생각들이 날뛰기 시작했다. 치쑤가 병원에 나타난 건 혹시 환자들의 다양한 케이스를 샘플로 수집하기 위해서일까? 뉴런 네트워크 시뮬레이션 연구에 정확하고 믿을 만한 실험 데이터가 대량으로 필요한 것일 수 있다.

그게 아니면 혹시 영장류 동물을 대상으로 한 실험을 뛰어넘어 인체에 테스트하려는 것일까? 하지만 그건 윤리에 어긋난다! 게다가 병원에 묶여 있으면 필요한 설비들을 이용할 수가 없다. 또 여기는 류 선생이 있으니 굳이 여기로 올 필요까지는 없다. 류 선생과 그는 서로 대립하는 사이니까.

"뭘 그렇게 봐?"

뒤에서 들려오는 목소리에 나는 화들짝 놀랐다. 웹페이지 창을 닫으려 했지만 한발 늦었다. 류 선생이었다.

나는 핑계 대지 않기로 했다. 뒤를 돌아보며 물었다.

"치쑤 환자의 학생이셨죠?"

류 선생은 무거운 얼굴로 내 컴퓨터를 꺼버렸다.

"치쑤 환자는 왜 여기 있는 거죠?"

"아프니까."

"어디가 아픈데요?"

"그건 주치의가 알아내야지. 난 아니야."

"그럼 '정신줄기세포'는 왜 계속 연구하지 않는 겁니까? 두 분은 무슨 일로 갈라선 거예요?"

"'정신줄기세포'라는 건 없어."

나는 그를 똑똑히 마주 보았다.

"없는데 왜 지금까지 연구하고 계세요? 치쑤 환자가 손을 떼고 그 연구는 류 선생님하고 우 교수님이 하고 있잖아요. 그분의 생각을 그대로 이어가고 있잖아요! 예전에 박사 학위 준비하셨다가 포기하신 게 치쑤 환자와 관련이 있는 건가요? 치쑤 환자의 지도를 받아 박사 과정을 준비하려던 거예요?"

"무거, 내 인내심을 시험하지 마. 한 번 더 이딴 식으로 지시를 무시하고 업무와 관련 없는 일을 들쑤시면 진짜 잘리는 수가 있어. 통제 안 되고 제멋대로인 인턴 의사를 봐주는 병원은 없어."

"한이이 선배하고 선생님 둘 다 똑같아요. 치쑤 환자를 가까이하지 말라고 하잖아요. 나쁜 사람이 되면서까지 절 말리는 이유가 뭐예요? 뭐가 두려워서요?"

류 선생이 멈칫했다.

"제가 정말 그분하고 그렇게 닮았어요?"

티를 안 내려 노력했지만 류 선생의 얼굴에 긴장감이 돌았다.

나는 그의 표정을 살피며 천천히 이야기를 끌어나갔다.

"젊은 시절, 선생님은 치 교수님을 흠모하고 따랐어요. 그건 당연했죠. 넓고 깊은 식견을 가진 그분께 빠져들지 않는 사람은 거의 없었을 테니까요. 그분이 내놓은 '정신줄기세포' 이론을 생물인지적으로 실현할 방법을 찾았을 때, 선생님은 분명 신의 계시라고, 평생 열심히 연구해야 할 방향을 찾았다고 생각했겠죠. 선생님과 치 교수님이 지금은 서로 반목한 지 오래되었지만, 돌이켜보면 그때 그 순간만큼은 인생에서 가장 빛나는 시절이었을 겁니다. 그리고 오늘, 회의가 끝나고 따로 토론한 자리에서 제가 무심결에 치 교수님이 했던 말을 똑같이 하게 된 거죠. 선생님은 그때 떠올렸을 거예요. 인생의 하이라이트 같았던 그 순간이 얼마나 밝고 환했는지, 그리고 얼마나 두려웠는지 말이죠. 치쑤의 그늘이 사라지지 않고 다시 나타났으니까."

나는 깊이 심호흡하고 계속 물었다.

"류 선생님, 혹시 제가 두려우신가요?"

류 선생이 나를 매섭게 노려보았다. 그의 눈빛에서 마치 젊은 시절의 치쑤를 보는 것 같았다. 나는 그의 매서운 눈동자에 비친 나를 보며 물었다.

"제가 치 교수님에게 빠져든 것보다 선생님이 훨씬 더 깊이 빠져드셨죠? 완전히 공감해요. 나보다 훨씬 인자하고 나보다 실력 있고 나보다 강한 분이잖아요. 게다가 셀 수 없이 수많은 사람을 구하고도 여전히 그늘 속에 계시는 모습. 그런 분이 파멸하는 모습을 직접 보면서 선생님도 많은 영향을 받았겠죠. 신앙과 같은 믿음까지 공격당했을 것이고 그분의 빛에서 떨어져 나오는 게 너무 힘들었을 거예요. 어떤 감정인지 알 것 같아요."

"그러니까 선생님은 지금까지 저를 저로 본 게 아니에요. 저에게서 그분의 모습을 보셨죠. 아직 그분에게 무언가를 해줄 수 있는 자기 모습을 발견하고 상상으로나마 보상해드리고 싶었던 거겠죠. 저한테 그렇게 하는 게 맞다고 생각하세요? 류 선생님, 제가 어딜 봐서 치 교수님의 분신이죠?"

이상한 방향으로 파고든 내가 비겁했다는 건 인정한다. 하지만 분명 효과는 있어 보였다. 나는 류 선생이 나의 덫에 걸려들길 바란 게 아니라, 그의 선량함을 믿었다. 무슨 일이든 피하고 냉담해도 전 인류를 위한 '정신줄기세포'를 마음에 품고 있었던 사람이 그의 진실하지 못한 상처를 고발하는 사람을 어떻게 무시할 수 있을까.

"저는 치 교수님이 아닙니다. 저는 그분과 달라요."

류 선생이 한참 동안 입을 다물고 있었다.

"그래. 그럼 이 질문에 답해봐."

"뭡니까?"

"즐거운 왕자와 괴로운 왕자가 있어. 죄를 지었다고 고발당했는데, 사실은 억울한 누명을 쓴 거야. 누명을 벗을 방법은 하나야. 둘 중 한 사람이 정신질환이 있다고 판명이 나야 하지. 그거 하나면 두 사람 모두 고발에서 벗어나는 거야. 네가 그걸 감정하는 사람이라면 어느 쪽을 선택해서 감정할 거야?"

밑도 끝도 없는 이야기에 어이가 없었다.

"…… 둘 다 감정해서 있는 그대로 판단해야죠. 그렇게는 안 되나요?"

류 선생이 나를 주시하며 다시 물었다.

"만약 그렇게 안 된다면. 어떻게 할 건지 제일 먼저 드는 생각을 말해봐."

나는 곰곰이 생각하고 대답했다.

"즐거운 왕자 말인데요, 죄로 고발을 당했는데도 계속 즐거워하나요?"

"그래. 누굴 고를 거야."

"즐거운 왕자요."

류 선생이 안도의 한숨을 내쉬는 것이 그대로 느껴졌다. 나는 류 선생이 이런 질문을 하는 건, 두 사람 중에 누가 질환이 있는지를 묻는 문제라고 생각했다.

나는 다시 질문했다.

"즐거운 왕자는 누명을 쓰기 전에도 항상 즐거웠나요? 그게 아니라면 왜 즐거운 왕자라고 부르나요? 괴로운 왕자는 누명을 쓰기 전부터 항상 괴로웠나요? 너무 추상적인 단어를 사용하셨는데요, 왕자는 그냥 왕자인 거죠? 어떤 특정한 상황에 처한 걸 나타내는 게 아니라?"

류 선생이 잠시 침묵했다.

"그렇지."

나는 고개를 끄덕였다.

"그럼 괴로운 왕자를 고를래요."

류 선생이 돌연 긴장했다.

"원래 즐거운 사람이 병이 있는지 없는지 감정받을 이유가 뭐 있겠어요? 도움이 필요한 건 괴로운 쪽이겠죠."

"이건 법적인 정신 감정이야!"

나는 어깨를 으쓱했다.

"제일 먼저 드는 생각을 말하라면서요. 이게 제 대답이에요."

정신과 의사는 때때로 경험론의 오만에 빠지는 우를 범한다. 한 사람의 즐거움까지 심사하고 검증하려는 오만은 필요하지 않다.

류 선생이 크게 숨을 들이켰다.

"만약 그를 구하기 위해서 반드시 정신질환이 있다는 판단을 내려야 한다면?"

질문이 좀 수상했지만 반사적으로 대답했다.

"오진하는 것이 그를 구하는 길인가요? 오진이 그를 구한다고 어떻게 확신하시죠?"

류 선생이 공포심에 사로잡힌 표정이 되었다. 그의 얼굴에서 한 번도 본 적이 없는 표정이었다. 나는 놀라서 감히 입도 벙긋할 수 없을 정도였다.

그가 뒤로 물러나며 단호하게 말했다.

"이제부터 호기심 따위 전부 치워. 이건 동의를 구하는 게 아니라 윗사람으로서 하는 명령이야. 말 안 들으면 곧바로 보고하고 널 돌려보낼 거야."

왜 저렇게 화를 내는지 이유는 알 수는 없지만 어렴풋이 느낌이 왔다.

"그 이야기가 진짜 일어난 일인 거죠? 치 교수님이 나랑 똑같은 선택을 한 거예요. 그렇죠?"

류 선생이 불같이 화를 냈다.

"얘기했잖아! 그만해!"

류 선생은 허둥지둥 도망을 가버렸다.

류 선생 쪽에서는 이제 아무것도 알아낼 수 없게 됐다. 즐거운 왕자와 괴로운 왕자 중 선택을 하라는 것은 치쑤의 패가 아닐까 하는 생각이 들었다. 하지만 류 선생은 이제 어떤 정보도 줄 생각이 없고, 심지어 나를 재활의학과로 쫓아내려 한다. 다행히 과장이 동의하지는 않겠지만.

날이 갈수록 초조함에 미칠 것 같았다. 추페이에게 무엇을 알고 있는지 캐묻고 싶었지만 그는 미주알고주알 털어놓고 싶지 않을 것이다. 치쑤와의 관계를 나에게 숨긴 것만 봐도 알 수 있었다.

나와 친하지는 않지만 자기가 아는 걸 모조리 털어놓고 싶어 하는 사람을 찾아야만 했다. 나는 샤오커에게 연락해 차오랑 방화 사건의 피해자인 중학생 샤오이를 만나게 해 달라고 했다. 샤오이의 집 문 앞에서 샤오커에게 물었다.

"아직 아버지하고 같이 사나요?"

"네."

내가 눈살을 찌푸리자, 샤오커가 이야기했다.

"상황이 너무 복잡해서요. 소송도 오래 걸리고, 어쨌든 아버지 말고는 다른 보호자가 없으니까 우선은 같이 있을 수밖에요. 샤오이에게 무슨 일 없는지는 공익변호사 쪽에서 정기적으로 사람을 보내 확인합니다."

우리가 집으로 찾아갔을 때 샤오이와 아버지는 포장해 온 음식으로 식사를 하는 중이었다. 아버지는 최근에 일어난 사건 때문인지 우리를 보자마자 짜증 내는 기색이 역력했다. 그러나 내색은 하지 못하고, 초조하게 목 뒷덜미를 쓰다듬었다. 식사를 마치자 그는 문을 쾅 닫고 방으로 들어갔다.

그때 나는 둘 사이에 벌어진 사소한 일을 눈여겨보았다. 샤오이의 아버지가 식탁에서 일어나다가 잘못 건드리는 바람에 샤오이의 젓가락이 바닥에 떨어질 뻔했다. 그 순간, 그는 날쌘 동작으로 젓가락을 낚아채 샤오이의 눈치를 보며 조심스럽게 원래 자리에 돌려놓았다.

나와 샤오커에게 예의 바르게 차를 따라주는 샤오이에게 물었다.

"이제 학교는 다니니?"

"다른 애들을 보면 좀 무서워서요. 아직은 안 가요."

방화 사건이 있기 전, 아버지가 집에 가두어 두는 바람에 샤오이는 학교에 다니지 못했다. 오랜 기간 이어진 아동 학대가 샤오이를 그늘 지게 하고 친구들 무리를 무서워하게 만들었다는 건 충분히 납득이 되었다.

샤오커가 걱정스럽게 몇 가지 질문을 하는 동안 나는 일어나서 집 안을 둘러보았다. 바닥에 희끄무레한 흔적이 남아 있고, 재떨이와 쓰레기통 몇 개가 돌아다녔다. 주방을 살펴보고 샤오이의 방으로 들어가려는 순간, 아이가 나를 불렀다.

"누나, 와서 앉으세요. 제 방 엉망진창이에요."

나는 돌아가 편하게 이야기를 나누었다. 그리고 샤오커에게 눈짓을 했다. 샤오커는 내가 시킨 대로 가까이 다가와 앉아서는 라이터를 꺼내 담배에 불을 붙였다. 그리고 한 모금 빠끔하고 뒤늦게 생각났다는 듯 샤오이에게 물었다.

"담배 피워도 괜찮지?"

샤오이가 괜찮다는 의미로 착하게 고개를 끄덕였다.

내가 갑작스레 물었다.

"샤오이, 불이 무섭지 않니?"

샤오이가 흠칫 놀랐다.

"방금 라이터로 불을 붙이는데도 넌 피하지 않았네. 사건을 겪은 지 얼마 안 돼서 사람들 만나는 것은 무서워하면서 불은 무섭지 않니?"

샤오이가 고개를 푹 숙였다.

"무서워요. 참는 거죠."

나는 고개를 끄덕이고는 턱으로 바닥을 가리켰다.

"저기 하얗게 된 건 소화기 자국이야?"

샤오이가 조용했다.

"불난 지 두 달이나 됐잖아. 다른 건 다 정리한 것 같은데 소화기 가루는 아직도 안 닦아낸 거니?"

샤오이가 눈가를 축 늘어뜨리며 아무 대답도 하지 않았다. 내가 지금 무슨 말을 하는지 곰곰이 생각하는 샤오커의 얼굴이 일그러지기 시작했다. 나는 샤오이 역시 방화범 조직의 일원이라는 치쑤의 추측을 샤오커에게 이야기하지 않았다.

내가 웃으며 이야기했다.

"저건 새로 생긴 흔적이야. 불이 무섭다고 해놓고는 집에서 불장난 했니?"

"방에 소화기 분말이 있어서 날 못 들어가게 한 거야?"

샤오이가 고개를 들었다.

"누나, 무슨 말씀 하시는 거예요?"

샤오커는 이미 자리에서 일어나 샤오이의 방으로 돌진했고, 나와 샤오이는 거실에서 그 광경을 보았다. 바로 그 순간, 나는 치쑤의 말을 믿을 수밖에 없었다. 아이는 너무나도 차분했다. 아무것도 모르겠다는 천진난만한 눈빛 속에서 불빛이 타오르는 듯했다. 이 상황에 엄청난 자극을 받아 흥분한 것이다.

나는 테이블 위의 재떨이를 가리켰다.

"거실에 재떨이가 세 개 있어. 재떨이 안쪽이 타들어 가서 새까맣게 된 걸 보니 오랫동안 사용한 거겠지. 그런데 지금은 전혀 필요 없는 것처럼 꽁초도 없고 깨끗해. 네 아버지가 쓰던 거지? 아버지는 폭력성이 있는 충동조절장애를 앓고 계시잖아. 그러면 보통은 강력한 중독 증상도 함께 나타나는데 너희 아버지는 흡연 중독이었을 거야. 그런데 어떻게 담배를 끊으셨을까? 오늘 우리가 찾아와서 스트레스를 엄청 받으셨을 거고 초조한 마음에 계속 목덜미까지 만지시던데, 초조할 때흡연 욕구는 더 커지거든. 담배가 피우고 싶으셨을 거야……. 그런데 그렇게 하실 수가 없었어. 그렇지?"

샤오이가 아무 대답도 하지 않고 나를 뚫어지게 보았다.

"왜 그렇게 하실 수 없었을까? 너를 집에 가둘 정도로 모든 걸 마음대로 하는 사람이 뭐가 그렇게 무서워서?"

"샤오이, 사실 불을 무서워하는 사람은 네가 아니라 바로 네 아버지인 거지. 네가 집에서 불장난하는 걸 보고 그 불이 갈수록 점점 더 커지는 걸 보면서 공포심이 갈수록 커졌겠지. 그래서 이제는 담뱃불 붙이는 것조차 무서운 지경이 된 거야. 부엌에서 불을 쓰지 못해서 먹는 것도 전부 포장 음식이고……. 그런데 더 정확하게 표현하자면, 아버지는 불이 아니라 네가 무서우신 거야."

샤오이는 놀라거나 억울해하지 않았다. 모든 것이 폭로되었는데도 난처한 표정조차 짓지 않았다. 그저 평온한 모습으로 당당하게 내 눈빛에 맞섰다. 등골이 서늘할 정도로 노골적인 눈빛이었다.

나는 샤오이의 시선을 피하며 물었다.

"재밌어? 드디어 누군가가 널 발견했잖아."

"지금까지 아버지는 널 구속하거나 통제한 적이 없어. 오히려 네가 아버지가 그런 행동을 하도록 의도했지. 아버지는 널 다치게 하고 피를 볼 때마다 너에게 더 미안했을 테고, 그럴수록 더 네 마음대로 다루기 쉬워졌겠지. 아버지 자신도 깨닫지 못했을 거야. 자기가 그렇게 자제력을 잃는 것이 다 네가 의도한 바였다는 걸."

샤오이가 피식 웃었다.

"누나, 그게 무슨 말이에요? 아버지가 날 사랑하기라도 한다는 거예요?"

나는 아무 대답도 못 했다. 샤오커가 샤오이의 방에서 나오며 고개를 휘휘 저었다.

"아무것도 없는데요."

샤오이가 다시 순수한 표정으로 미소를 지었다. 나는 그에게 시선을 고정하고 말했다.

"샤오커, 먼저 나가서 기다려주세요."

샤오커가 잠깐 나를 보더니 밖으로 나갔다.

"솔직해져, 샤오이. 이제 방해할 사람 없잖아. 네가 얼마나 대단한 일을 했는지 어디 나한테 자랑 한번 해봐."

샤오이는 실실 웃을 뿐 답이 없었다.

"차오랑은 감옥에 가고 치쑤는 연락이 닿지 않고 별 쓸모없는 아버지만 남았잖아. 너를 칭찬해줄 사람이 없어서 답답했을 거 아니야. 그래도 날 만났으니 얼마나 운이 좋은 거야."

여전히 입을 열지 않는 샤오이를 계속 자극했다.

"네가 학교에 가지 않는 것도 당연히 다른 아이들이 무서워서가 아니겠지……. 아, 무서워서라고 볼 수도 있겠다. 구김살 없이 밝고 순수한 아이들을 보자마자 싹 다 불태워버리고 싶은 마음을 참을 수가 없을 테니까."

샤오이가 고개를 절레절레 흔들었다.

"밝고 순수하긴요. 멍청이 집단이지."

나는 고개를 끄덕였다.

"널 움직이는 스위치가 친구들일 거라고는 생각도 못 했는데. 생각보다 유치한 구석이 있네."

샤오이가 눈을 가늘게 떴다.

"누나, 아버지가 아직 집에 있어요."

"경찰도 문밖에 있어. 소리 한 번만 지르면 달려올 거야. 그런 거로 날 협박하다니 정말 유치하구나."

샤오이가 유쾌한 듯 웃었다. 나는 정색하고 본격적으로 이야기를 꺼냈다.

"말해봐. 치쑤에 관해서. 그 사람을 알고 싶어."

샤오이는 시치미 떼고 되물었다.

"치쑤? 그게 누군데요?"

"치즈궈 말이야. 너희 방화범 집단의 정신과 의사."

순전히 내 추측이었지만, 치쑤와 차오랑과 샤오이가 모두 얽혀 있는 상황에서 두 사람이 방화범 집단에 속해 있는 건 우연치고는 믿기 어려운 우연이었다. 그러니 치쑤 역시 방화범 조직 전체와 관련이 있는 게 아닌가 싶었다.

"베타 얘기하는 거예요?"

가슴이 철렁했다.

"베타, 그쪽 사람들에게 그 별명을 쓰는 거였구나."

"나는 그 사람 누군지도 몰라요. 그 사람은 나를 싹 다 알지만."

"누군지도 모른다고? 그래도 그 사람이 너를 어떻게 찾아냈는지, 차오랑이 어떻게 너희 무리에 들어가게 됐는지는 알고 있을 거 아니야."

샤오이가 반문했다.

"그걸 왜 누나한테 얘기해야 하는데요?"

할 말이 없어진 나는 그 애를 처다보며 어떤 카드를 꺼내야 할지 생각에 잠겼다. 그때 갑자기 샤오이가 불쑥 주먹을 내밀고는 쫙 펼쳤다. 손바닥에 터보 라이터가 있었다. 원 두 개가 겹쳐진 모양의 라이터는 바깥쪽 원과 안쪽 원으로 나뉘어 있고, 상단에 파란 무늬가 들어가 있었다. 겉면에는 XX라는 영문 두 글자가 새겨져 있었다. 눈에 익은 디자인인데 어디서 봤는지 퍼뜩 생각이 나지 않았다.

라이터를 처다보는 와중에 샤오이의 웃음소리가 들렸다.

"그걸로 저한테 불을 붙이세요. 불을 붙여서 아프게 만들면 알려드릴게요."

천진난만한 눈빛과 말투는 조금 전 나에게 차를 권하던 때의 모습과 조금도 다르지 않았다.

나는 냉랭한 눈길로 그 애를 오래오래 처다보았다.

"이렇게 네 아버지를 조종했구나."

샤오이는 대답 없이 라이터를 올려놓은 손을 더 앞으로 내밀었다. 얼굴에는 기대감과 함께 비웃음이 교차했다.

"좋아."

나는 라이터를 받아들었다.

찰칵. 파란 불꽃이 예쁘게 솟아올랐다. 순간 라이터의 아름다운 디자인에 흠뻑 빠져들 뻔했다. 샤오이는 불을 자기 손에 갖다 대길 바라며 핏기 없는 새하얀 손을 내 눈앞에 들이밀었다. 손에다 불을 갖다 대기만 하면 나는 그 애의 뜻대로 움직이는 것이었다.

그러나 나는 라이터를 꺼버리고 호주머니에서 작은 손전등 하나를 꺼내 스위치를 눌렀다. 그리고 그 애의 눈을 향해 비추었다.

"이 불빛은 아프니?"

손전등을 보자 샤오이의 낯빛이 돌변했다. 불빛이 눈을 비추니 눈동자가 하얗게 질렸다. 입가에 걸려 있던 미소를 거두기도 전에 놀라움이 뒤섞인 분노가 삐져나와 섬뜩하고 공포스러웠다.

"그게 왜 여기에."

"차오랑이 준 거야."

"거짓말."

"어떻게 그렇게 확신해? 너도 차오랑을 버렸잖아."

샤오이가 자기를 위해 불을 낸 차오랑에게 보답으로 주었던 그 손전등이었다. 차오랑은 그걸 보물처럼 간직했는데, 그가 감옥에 갇히고 나서 경찰이 압수했다. 원래 증거물 관리 부서에서 보관 중이었는데 샤오커에게 부탁해 잠시 빼내온 것이다

샤오이가 나를 한참 쳐다보았다. 불안하게 흔들리던 눈빛이 점점 가라앉았다. 그리고 아까처럼 순진한 웃음이 피었다.

"나에게 버림받았다고 날 잊어버리면 그 개는 내 개가 될 수 없는 거예요."

황당한 말에 분노가 참을 수 없을 만큼 솟구치는 동시에 생각은 더욱 또렷해졌다.

"그건 누가 가르쳐준 거니? 베타? 차오랑이 네 개란 말이지……. 그럼 네가 차오랑을 찾아낸 것도 아버지 개가 이제 재미도 없고 네 뜻대로 움직이질 않으니까 그런 거야? 말 잘 듣고 착한 개로 바꾸고 싶었던 거야?"

샤오이가 기괴하게 웃었다. 내 질문을 칭찬으로 받아들인 건지, 흡

족하고 의기양양한 웃음이기도 했다. 그 애는 새끼 사슴 같은 순진무
구한 눈망울로 나와 눈을 맞추었다.

"누나, 이상하지 않아요? 누나의 예상은 왜 항상 맞아떨어질까
요……. 그 사람이랑 사고방식이 똑같아서 그래요. 완전히 같은 부류라
고요."

그 말이 나에게 주는 파괴력은 어마어마했다. 분노와 두려움이 동시
에 밀려들어 표정 관리가 제대로 되지 않았다. 그 순간 차오랑이 어떻
게 나를 알아보았으며, 내가 치쑤를 알고 있다는 사실을 어떻게 알아
챘는지 깨달았다. 저들은 나에게 배어 있는 그 사람의 그림자를 본 것
이다.

샤오이가 차오랑을 만난 그날에 관해 이야기를 꺼냈다. 그날 베타
는 샤오이의 집에서 심리 상담을 하고 있었다. 그들의 상담은 베란다
난간을 사이에 두고 베타는 밖에 샤오이는 안에 있는 상태로 진행될
때가 많았다. 베타는 샤오이가 그렇게 갇혀 있는 데 쾌감을 느낀다는
사실을 이해하고 있었다.

그런데 상담 중에 베타가 갑자기 이야기를 멈추고 저 멀리 한 사람
을 바라보았다. 샤오이도 따라서 고개를 돌렸다. 비틀거리며 곧 쓰러
질 것 같은 청년, 차오랑이었다.

베타는 그 청년을 잠시 쳐다보더니 샤오이를 향해 웃었다.

"너에게 영원히 충성하는 개를 갖고 싶니? 평생 네 말만 듣고 너를
위해서 희생하고 네 아버지보다 훨씬 유용한 그런 개 말이야."

샤오이는 고개를 끄덕였다. 베타는 품에서 작은 손전등을 하나 꺼
내 샤오이에게 건넸다. 그리고 손가락을 까딱거리며 멀리서 다가오는
청년을 가리켰다.

"손전등을 켜서 저 사람을 비춰봐. 그럼 네 것이 될 거야."

말을 마친 베타는 한쪽으로 가서 숨었다. 샤오이는 두 눈을 똑바로 뜨고 갑자기 눈이 안 보이는 남자를 쳐다보았다. 그가 베란다 근처까지 오더니 넘어지고 말았다. 그때 샤오이가 손전등을 밝혀 그를 향해 비추었다. 환한 대낮에 그를 위한 불빛이 켜진 것이다.

여기까지 들은 나는 숨을 제대로 쉴 수가 없었다. 차오랑은 심각한 건강 염려증 증세를 보였다. 두 눈에는 기질적 병변이 없는데도 간헐적 실명을 겪고 있었고, 자기는 실명해 영원히 어둠에 빠지고 말 거라는 생각에 사로잡혀 있었다. 그런데 자신의 고통을 아무도 알아주지 않았던 18년 세월이 그날 그 순간 새로운 전기를 맞이했다. 차오랑은 대낮에 자신을 위해서 비춰든 불빛을 생애 유일한 기적이라 여겼다. 그리고 그 순간 신의 존재를 믿게 되었다. 그 신의 기적이 잘 짜인 함정이라고 상상할 수나 있었겠는가.

차오랑은 보상으로 받은 그 손전등을 소중히 간직했다. 삶의 마지막 구원이 된 손전등은 사실 정신과 의사가 몰래 건넨 칼이나 다름없었고, 칼은 그의 순진무구함과 절망 사이를 교묘하게 파고들었다. 그런데 그는 그것도 모르고 경찰에 붙잡힐 때까지, 그리고 취조실에서 마지막 순간까지 모든 죄를 자신이 뒤집어썼다.

역시 기적은 일어나지 않았다. 그리고 역시 신은 없었다. 차오랑이 불쌍하다는 생각에 견디기가 힘들었다. 샤오이는 여전히 웃음을 띠고 개를 길들이는 방법을 이야기하고 있었다.

나는 얼른 사건이 일어난 순서를 정리했다. 차오랑은 샤오이를 만났을 때 이미 치쑤와도 아는 사이였다. 그때 치쑤는 차오랑을 상담한 의사였고 차오랑을 부추겨 방화를 저지르게 하고 있었다. 그리고 나중에 차오랑과 샤오이는 같은 방화범 조직에 속해 있었다. 그러니까 치쑤가 인터넷 도처에 깔린 방화범들을 하나로 모은 것이다. 혹은 그가 방화 조직에 사람들을 끌어들여 그들 사이에 절대 끊을 수 없는 연결 고리를 만들었다고 할 수도 있겠다.

차오랑이 그날 샤오이의 집이 있는 곳을 지나가고 갑자기 실명이 찾아온 것은 전부 치쑤의 의도된 계획이었다. 차오랑의 실명 주기를 알고 있던 치쑤가 딱 맞춰 차오랑이 샤오이와 만나도록 계획한 것이다.

등골이 서늘했다. 방화범들을 모아서 불을 지르다니, 치쑤는 대체 무슨 생각을 하는 것일까? 차오랑의 심리를 분석하다가 막다른 골목에 다다랐을 때 치쑤가 나에게 마음이 어지러우면 처음의 자리로 돌아가보라고 했던 말이 떠올랐다. 처음의 자리, 사건의 원점, 불의 의미, 눈, 구원, 사회적으로 물의를 일으키는 사건을 통해 사람들의 주목을 받으려는 걸까? 정신병원에서 했던 모든 일을 포함해서 그가 불사르려 하는 것은 뭘까? 사람들의 '양심'일까?

그 순간, 그의 의도를 알 듯 말 듯한 느낌이 들며 뭔가 통했다는 생각이 들었다. 그러나 이내 생각을 멈추었다. 더는 상상의 나래를 펼치기가 싫었다. 다시는 치쑤에게 감정 이입하기 싫었다. 샤오이에게 물었다.

"그러니까 집에 불을 지른 건 차오랑이야, 너야? 집주인이 스스로 하는 게 더 편했을 텐데."

"차오랑이 했어요."

가슴이 아렸다.

"차오랑이 불을 지르고 널 다치게 만들면 완전히 네 개가 된다는 걸 알았구나."

아버지가 자기를 때린 것처럼 자기를 불태우게 만들려는 속셈이었다.

"그것도…… 치쑤가 너에게 가르쳐준 거니?"

샤오이는 대답하지 않고 말머리를 다른 곳으로 돌렸다.

"그런데 누나, 잘못 생각하는 게 있어요. 아버지가 나를 때린 건 사랑해서가 아니에요. 그냥 무서워서예요. 내가 엄마처럼 변할까 봐 무서웠던 거예요. 우리 엄마도 변태고, 내 몸에 그 유전자가 있으니까요."

나는 대꾸하지 않았다.

"궁금하지 않아요? 왜 안 물어봐요?"

무표정하게 이야기했다.

"나는 네가 어떻게 자라왔는지, 네 과거에 어떤 비참한 일이 있었는지, 네 몸에 흐르는 게 무슨 피인지 상관 안 해. 내가 알고 싶은 건 베타야. 엉뚱한 소리 하지 마. 관심 없으니까."

샤오이는 잠시 당황하다가 음산하게 웃기 시작했다.

샤오이는 반사회적 인격장애였다. 속임수나 연기에 능하고 사람들로부터 동정을 끌어내는 데 탁월했다. 진실한 감정도 느끼지 못했다. 그가 호소하는 고통은 그저 자신의 말을 듣게 하려는 수단일 뿐, 진짜 고통이 무엇인지는 인식할 수 없다. 그리고 샤오이는 학대광 성향이 있는 데다, 학대를 하고 학대를 당하는 것 모두에 갈증을 느꼈다. 그러니 내가 매몰차게 대할수록 샤오이는 더 조급함을 느낄 것이다. 아니나 다를까, 샤오이가 빗장을 열었다. 나의 관심과 찬사를 끌어내고 싶었던 것인지 혼자만 아는 베타에 관한 정보를 털어놓았다.

베타는 어느 날 갑자기 샤오이 앞에 나타났다. 샤오이가 집 안에서 불장난을 하고 소화용 분말로 불을 끄는데 베란다 밖에 서 있던 베타가 그에게 불이 너무 작으니 밖에서 붙여보는 게 어떠냐며 접근했다.

샤오이는 베란다로 가서 그를 잠시 살펴본 후 물었다.

"아저씨도 불장난하세요?"

베타는 고개를 저었다.

"나는 사람들이 불장난하는 걸 보는 게 좋아. 가끔은 통 크게 말이야, 태워보지 못한 걸 태울 만큼 불을 크게 키워봐야지. 네 불장난은 너무 유치하잖니."

샤오이가 난간 밖으로 손을 내밀었다.

"그럼 저를 불태울 수 있을 것 같아요?"

샤오이는 자신의 신경을 긁어대는 이 남자가 여느 바보 같은 어른들과 똑같다고 생각했다. 베타가 웃었다.

"그런 방법은 사실 별로잖아."

베타는 라이터를 꺼내 들고 파란 불꽃에 자신의 손을 갖다 댔다.

샤오이는 그가 얼굴을 일그러뜨리며 자신의 손을 불태우는 장면을 생생하게 보았다. 치쑤는 그 파란색 라이터를 샤오이가 내민 손 위에 올리며 물었다.

"아팠니?"

베타는 자신을 불태웠고, 샤오이는 그의 것이 되었다.

나는 치쑤의 손바닥에 있던 흉터가 어떻게 생겼는지를 알고 멍해졌다. 샤오이가 나에게 준 그 라이터는 바로 치쑤가 그에게 준 것이었다. 다시 외관 디자인을 살펴보던 나는 가슴이 철렁 내려앉았다. 그 라이터의 디자인이 바로…… 세포, 줄기세포 모양이 아닌가! 나는 감당할 수 없을 정도로 깜짝 놀랐다. 모든 실마리가 점차 하나로 꿰어졌다.

그럼 위에 새겨진 XX는 무슨 의미였을까? 이니셜? 하지만 내가 아무리 캐물어도 그 이상은 샤오이가 입을 열지 않았다. 정말 모르는 것 같았다. 방화 조직원들끼리는 서로 연락을 하지 않고 중심 역할을 하는 사람을 통해서 협업하는데, 바로 그 가운데 있는 사람이 치쑤였을 것이다. 치쑤가 입원하고 나서 방화 조직의 방화 실행률은 점차 줄었고, 조직력도 점차 약해졌다.

하지만 어디까지나 추측이었다. 베타에 관해 샤오이가 아는 데는 한계가 있고 그의 말만으로는 치쑤가 진짜 범죄를 저질렀는지 혹은 범죄를 교사했는지 알 수 없었다.

질문을 마치고 떠나기 전 샤오이에게 말했다.

"유전자가 모든 걸 결정하지는 않아. 네가 나쁜 짓을 하는 것에 핑계를 찾지도 말고, 네가 악하게 창조되었다고 말하지도 마. 너보다 더 비참하고 형편없는 유전자를 가진 사람을 봤지만, 그 사람은 너와 달랐어."

"샤오이, 너는 이 세상에서 널 진심으로 걱정하고 배려하는 사람을 감옥에 보낸 거야. 죽을 때까지 고독해진 것 정말 축하한다."

샤오이는 내 말에 아무 반응도 하지 않았다. 오히려 키득키득 웃기만 했다.

"포기하세요. 그 사람 못 잡아요. 불을 잡을 수 있어요?"

베타를 가리키는 말이었다.

나는 한참 생각하다 대답했다.

"그 불에 타버린 사람이라면 그럴 수 있지."

밖으로 나가니 샤오커가 근심 어린 표정으로 서서 휴대전화를 껐다. 나와 통화하는 상태로 두고 밖에서 다 들은 것이다.

"녹음은 안 했어요."

"녹음해도 소용없어요. 몰래 한 녹취는 증거가 될 수 없거든요."

"어떻게 잡을 거예요? 열네 살이잖아요. 열여섯이 안 됐으니 형사처분 받지도 않을 거고."

"사건의 경중에 따라서 소년원에 갈 수도……. 아버지 쪽부터 건드려봐야겠죠. 더는 버티기 힘들어 보이던데요. 얘기만 잘 되면 증인이 되어줄 수 있잖아요. 차오랑도 그렇고요."

차오랑 이야기가 나오자 꺼림칙했다.

"차오랑은 제가 얘기해볼게요."

이 모든 정황을 알게 되는 것이 차오랑에게는 어쩌면 영원히 어둠에 갇히는 것보다 두려운 일일지도 모른다.

"샤오이의 어머니는……."

"역시 방화범이었어요. 서류를 뒤져봤는데, 설날에 고향에 내려가서 불을 질러 가족들을 죽였대요. 샤오이하고 아버지는 그때 함께 가지 않아서 화를 면했고요."

샤오커가 이마를 찡그렸다.

"범죄자의 유전자도 유전되나요?"

"유전자가 직접적으로 범죄를 일으키게 하지는 않습니다. 샤오이가 저러는 건 어머니와 큰 관련이 없어요."

샤오커가 나를 물끄러미 보더니 이야기했다.

"이제 처음 절 만났을 때만큼 천사는 아니시네요. 예전이었으면 그래도 어떻게든 저 아이를 고쳐보려고 하셨을 텐데."

나도 모르게 피식 웃고는 망연자실하게 대꾸했다.

"원래 모든 사람에게 공감한다는 말 자체가 웃긴 소리죠. 제가 예수님도 아니고, 악한 사람에게도 공감하게 되면 선한 사람의 입장을 잃고 말겠죠."

치쑤처럼 말이다.

병원으로 돌아오자 류 선생이 씩씩거리며 나를 찾아와 따져 물었다.

"이 일에 더는 관여하지 말라고 했을 텐데? 샤오이는 왜 찾아간 거야?"

"그럼 아예 절 쫓아내시죠."

류 선생은 폭발하기 일보 직전이었다. 라이터를 꺼내 보여주었다. 류 선생은 별다른 반응을 보이지 않았다.

"이게 뭔데?"

보고도 알아채지 못하는 걸 보니 이 '줄기세포'는 류 선생과 관련이 없는 듯했다.

"뭘 닮은 것 같아요?"

류 선생의 혼란스러운 눈동자가 점점 날카로워졌다. 그가 인상을 찌푸렸다.

"…… 세포?"

"치쑤가 그 방화범에게 준 거예요."

류 선생이 대경실색하며 안색이 변했다. 나는 솔직하게 이야기했다.

"치쑤가 벌써 추페이에게 손을 써서 어떤 일을 지시했어요."

류 선생은 일순간 아무 말도 하지 못했다. 그런 그를 보면서 나는 감정이 격해졌다.

"그래도 계속 감추실 거예요? 어찌 됐든, 전 이제 이 일에서 빠져나올 수가 없어요. 치쑤가 추페이를 움직인다는 건 절 위협한다는 뜻이에요. 샤오이를 포함해 제가 모은 단서들 전부 저에게 일부러 보여준 것이고요. 여태까지 제가 하나하나 알아채도록 만든 거예요. 생각해 보세요. 치쑤는 제가 결국에는 류 선생님에게서 진실을 알아낼 거라고 계산하지 않았을까요?"

류 선생이 그 자리에 서서 한참이나 침묵을 지켰다. 속으로 갈등하는 듯했다. 나는 그를 재촉했다.

"치쑤는 정신줄기세포 연구에서 왜 물러나게 된 겁니까?"

한참 후 류 선생은 타협하기로 한 듯 입을 열었다.

7년 전, 류 선생은 치쑤와 함께 프로젝트를 진행하게 되었다. '정신 줄기세포' 학설을 처음 접했을 때 그는 치쑤가 이 실현 불가능한 것 같은 가설을 실제 연구 방향으로 잡고, 뉴런 네트워크 시뮬레이션과 신경 줄기세포 이식을 통해 겉으로 드러나는 정신적 문제를 해결하려 한다는 사실이 믿기지 않았다. 류 선생은 굉장히 놀라고 감명을 받아서 치쑤를 도와 프로젝트를 진행하는 최초의 연구생 한 명이 되었다.

프로젝트는 3년 동안 계속되었다. 그런데 치쑤가 갑자기 포기를 선언했다. 류 선생은 이해할 수 없었다. 진전이 더디기는 했지만 가설을 실현해내는 데는 당연히 시간이 필요했고, 류쓰는 희망이 있다고 여겼기 때문이다. 포기하고 싶지 않았던 류쓰는 이 일로 치쑤와 의견이 갈렸다. 그들은 몇 번이나 논쟁을 벌였다.

"류쓰, 아직도 모르겠나. 개개인의 질병을 치료하는 게 다가 아니야. 정신질환의 관건은 뇌 속이 아니라 관계에 있다고. 오늘 뇌를 치료해 환자를 사회로 돌려보내도 관계 속에서 생기는 질환이 환자를 다시 망가뜨리고 만다는 말이야. 이 세상에 필요한 건 관계의 줄기세포였어. 애초에 우리가 방점을 잘못 찍은 거지."

"병든 가지는 잘라낼 수 있겠지만 근본의 싹을 자를 수는 없네. 자네가 줄기세포를 심는 속도는 이 세상이 세포를 파괴하는 속도를 따라잡을 수가 없어. 환자는 온갖 복잡 다양한 시선을 견뎌야 하잖아. 건강한 사람도 그런 색안경 낀 시선을 받으면 속이 타들어 갈 텐데, 하물며 깊은 어둠에 빠진 사람들은 오죽하겠어. 자네야 환자를 잘 치료하면 자신의 능력과 재능을 마음껏 펼칠 수 있겠지. 그런데 환자들이 사람들의 눈빛과 관계 속에서 다시 갈가리 찢길 때, 자네가 그 절망을 함께 짊어질 수 있겠나?"

"나는 '정신줄기세포'를 포기하는 것이 아니네. 진정한 '정신줄기세포' 연구를 시작할 거야. 대상은 정신질환 환자들이 아니라 뭇사람들의 시선이 될 것이고."

"줄기세포가 배아에서 비롯되었다면 '정신줄기세포'는 관계의 배아에서 비롯하네. 우리가 해야 할 일은 이 세상이 완전히 새로 태어나도록 하는 거야. 이른바 보통 사람이라고 하는 사람, 그들의 시선에 정신병이 익숙해지도록 말이야. 무리 대다수가 환자가 되면 그들도 어쩔 수 없이 자신이 환자와 같은 부류라는 걸 인정할 수밖에 없겠지. 그때 '정신줄기세포'가 진짜 현실이 되는 거네."

충격적인 이야기였다. 치쑤가 말하는 진정한 '정신줄기세포'는 생물학의 범위를 넘어선 추상적인 개념이었다. 류 선생과 완전히 상반된 생각을 하게 된 것이다. 한 사람은 정신을 실질적인 존재로 만들려 했고, 한 사람은 정신을 허상으로 보았다. 한 사람은 정신줄기세포를 환자에게 이식하려 했고, 한 사람은 '보통 사람'에게 정신줄기세포를 심어야 한다고 생각했다. 치쑤의 속셈은 환자들을 치료하는 게 아니라 정상적인 사람들을 '치료'하는 것이었다.

나는 얼빠진 사람처럼 멍하니 있었다. 그러니까 치쑤가 벌이는 모든 일이 바로 사회를 미치게 만드는 거라고? 놀랄 수밖에 없는 생각이었다. 두 사람은 몇 번이나 언쟁을 벌였지만 류쓰는 끝내 치쑤의 생각을 바꾸지 못했다. 그리고 치쑤의 말에 경악하고 말았다. 치쑤의 마음가짐은 이제 완전히 변해버렸고, 존경하던 선생님은 어느새 잘못된 길로 들어서버렸다.

치쑤는 그 후 정말로 프로젝트에서 빠졌고, 극단적인 일을 벌이기 시작했다. 예전에는 환자들에게 깊이 공감하고 그들을 돌보았다면, 이제는 환자들을 제멋대로 조종했다. 류 선생은 혼자 그 프로젝트를 이어받아서 협업하는 쪽과 연락을 이어나갔다. 그리고 올해 치쑤가 병원에 입원했을 때, 둘은 다시 만났다.

나는 잠시 망설이다가 물었다.

"이런 상황에서 정신병을 걱정한다고요? 진짜 병나서 입원한 거 맞아요?"

류 선생이 대답하지 않았다.

"왜 갑자기 그렇게 나쁜 길로 빠져들었는지 알려주지 않으셨어요. 예전에는 환자를 그렇게나 아꼈다면서요. 무슨 일이 있었습니까? 아까 얘기한 즐거운 왕자, 괴로운 왕자 이야기하고 관련된 거예요? 도대체 무슨 일이냐고요?"

이번에는 류 선생이 정말 한참 동안 뜸을 들였다. 치쑤와의 관계를 말하게 하는 것보다 더 어려웠다. 꽤 오래 기다리다 그가 이야기를 시작했다.

"즐거운 왕자와 괴로운 왕자는 둘 다 고등학생이야. 두 사람은 자살 사건에 연루되는데, 죽은 사람이 바로 둘과 같은 반 학생이었어. 그런데 두 사람은 교내 보안 카메라 영상으로는 혐의를 벗을 수가 없었어. 그 애를 구하려 하거나 반대로 그 애를 죽이려고도 하는 것처럼 보였으니까. 다만 두 사람의 증언은 일치했어. 둘 다 그 애를 구하려 했다는 거야. 둘은 원래 사이가 별로 좋지 않아서 미리 말을 맞추었을 가능성도 없고, 살인 혐의를 입증할 증거도 딱히 없어서 경찰의 의견은 그들이 결백하다는 쪽으로 기울고 있었지. 그런데 죽은 학생의 가족들과 사회의 여론은 그렇게 생각하지 않았고, 둘 중 하나가 범인이라고 여겼어. 그래서 치쑤가 두 사람 정신 감정을 하게 된 거야. 두 사람 중 한 명에게 정신적인 문제가 있다는 게 밝혀지면 그 사람 과실로 판명이 날 거고, 그러면 여론도 잠잠해지고 학교와 변호사는 별 탈 없이 사건이 마무리될 거라고 생각했거든."

나는 한참을 멍하니 듣다가 물었다.

"살인범을 특정하는데 왜 정신 감정을 한다는 거예요? 상식적으로 이해가 되지 않잖아요."

"왜냐하면 두 사람 중 하나가 연쇄살인범의 아들이었거든. 그래서 여론이 그 애를 살인범으로 몰았어."

무슨 말인지 이해가 되었다.

"그 애가 즐거운 왕자인가요?"

"응. 그 애의 즐거움이 끝없이 커지니까 사람들은 전부 그 애가 반사회적 인격장애일 것이라고 생각했고, 범행을 저지르고 기만했을 가능성이 있다고 본 거야."

"혹시 그 즐거운 왕자의 이름이 세비인가요?"

류 선생이 아연실색했다.

"…… 그걸 어떻게 알아?"

눈앞에서 환각이 일어나는 것 같았다. 앞이 캄캄해지고 내가 서 있는 복도가 가물가물 흐려지더니 점점 좁아져 위아래가 완전히 뒤집히는 느낌이었다.

"그 애가 죽기 전에 마지막으로 만난 사람이 저였어요."

나는 혼자서 비몽사몽 비틀거리듯 복도를 걸어 나갔다. 그때 나를 불러 세우는 목소리가 있었다.

"무거."

고개를 들어보니 치쑤였다.

그는 여전히 인자한 미소를 지으며 말을 걸었다.

"문제는 어떻게 돼 가고 있나?"

나는 순서대로 이름을 쭉 나열해보았다. 추페이, 모리, 뤄뤄, 수펀, 차오랑, 샤오이.

"빠진 사람이 있어. 세심하지 못하군."

나는 그를 한참 동안 쳐다보았다.

"그렇게 많은 계획을 세워놓고, 정작 본인이 입원할 줄은 몰랐나 보네요. 그런 정신으로는 자기 행동조차 감당할 수 없을걸요."

"괜찮아. 날 대신해 완벽하게 임무를 완성해줄 사람을 여기서 찾았거든."

"추페이를 마음대로 조종하게 두지 않을 거예요."

치쑤가 웃었다.

"내가 말하는 사람은 자네야. 무거. 내 친애하는 제자. 우리는 너무 닮았잖나. 자네도 내 말에 동의하겠지. 내가 자네에게 아주 중요한 존재라는 걸."

"남들은 자네를 이해하지 못하겠지만, 나는 잘 아네. 내가 아무것도 하지 않고 자네에게 아무것도 시키지 않아도, 자네는 속으로 이미 내 생각에 공감하고 있어. 심지어 나의 악한 부분까지도. 자네는 내가 실천에 옮겨보았던 악행을 머릿속으로 그대로 실현해보고 그것에 익숙해진 다음 날 해방시켰네. 그리고 스스로 그 안으로 빠져들어 갔지."

"스스로 반복하고 또 반복하면서 말이야. 자네는 자극을 주지 않아도 스스로 죽음의 길을 찾아가는 사람이야. 이 세상이 만들어낸 특별한 열쇠라고 할 수 있지. 그러니까 일종의 줄기세포, 자살형 줄기세포랄까."

"우리 같은 사람들이 왜 존재하겠나? 예전부터 아주 오랫동안 궁리해보았네. 그리고 마침내 그 답을 찾았어. 우리는 이 세상을 되돌리기 위해 세상이 만들어낸 존재야. 태어날 때부터 이 세상의 정신병을 이해하고 그걸 퍼뜨릴 열쇠를 쥔 사람들이지."

나는 그의 긴 연설을 끊어내려 큰소리로 외쳤다.

"치즈궈."

치쑤는 웃음기를 거두지 않았다.

"나는 치즈궈가 아니네. 치즈궈는 내 형이야."

나는 잠시 어리둥절했지만, 곧 웃음을 터뜨렸다.

"뭐라고요? 착한 일은 형이 하고 나쁜 일은 동생이 했다는 식인가요?"

치쑤는 웃을 뿐 내 말에 대꾸하지 않았다. 나는 반박했다.

"치즈궈에게 동생은 없었어요. 당신들은 한 사람이에요."

"아니, 우리는 다른 사람이네."

"사부님, 한때 저도 저 자신을 두 사람이라고 생각했어요. 하나는 바이랑, 하나는 쓰웨였죠. 낮에 여기서 일하는 건 바이랑, 밤에 글을 쓰는 건 쓰웨였다고요. 두 사람은 각자 다른 사람이었어요. 그럼 말씀해보세요. 제가 바이랑을 언니라고 불러야 할까요?"

치쑤는 기가 찬다는 듯 소리 내 웃었다.

"무거, 내 친애하는 제자님, 우리는 정말 닮은 사람들이네."

웃음 짓는 그를 보면서 나는 정말 비참해졌다. 두려움마저도 안타깝게 느껴졌다.

'사부님, 어쩌면 우리는 같은 어둠 속에 갇힌 것 같아요.'

즐거운 왕자와 괴로운 왕자

저우마오가 죽은 것은 목요일, 저녁 자습이 끝난 후였다.

남학생 기숙사 옥상에서 투신한 것이다. 기숙사 건물이 8층이어서 곧바로 사망하지는 않았고 떨어진 후에도 생명이 붙어 있었다. 병원으로 이송되어 두 시간 동안 응급 처치를 받았지만 소용이 없었다.

저우마오는 2주만 지나면 만 열여덟이 될 고등학교 3학년생이었다. 성적도 우수했고 교우관계도 좋아서 평소 친구들에게 인기가 많았다. 그가 자살했다는 말을 아무도 믿지 않을 정도였다.

저우마오의 어머니는 학교로 달려와 아들이 자살했을 리 없다고 하소연했다. 지난 주말에 집에 왔을 때도 아무 일 없이 멀쩡했고 이야기도 많이 하고 즐겁게 지내다 갔다는 것이다. 그러면서 분명히 학교에서 무슨 일이 있었고, 아들이 누군가에게 살해당했을 것이라고 주장했다. 경찰은 조사를 하며 그런 말을 하는 이유가 있냐고, 혹시 의심되는 사람이 있냐고 물었다. 그러자 저우마오의 어머니는 한 치의 망설임도 없이 아들과 같은 반 학생인 셰비의 이름을 댔다.

전혀 근거 없는 말은 아니었다. 저우마오가 투신한 날 밤에 기숙사 옥상에는 두 명이 더 있었다. 저우마오와 같은 반인 반장과 세비였다. 저우마오가 뛰어내릴 때 두 학생이 다가가 저우마오를 끌어당겼지만, 결국 저우마오는 떨어지고 말았다. 그리고 그 장면이 카메라에 찍혀 증거로 남아 있었다.

기숙사 8층 옥상을 찍는 카메라를 찾기 위해 경찰은 일대를 샅샅이 뒤져서 학교 인근에 공사가 중단된 고층 건물 공사장에서 찾아냈다. 그나마 이미 버려진 카메라나 다름없었다. 촬영된 각도도 너무 한쪽으로 쏠렸고 화질도 깨끗하지 않아서 확인할 수 있는 건 남학생 기숙사 옥상의 일부뿐이었다. 저우마오가 뛰어내린 딱 그 위치였다. 영상에서는 그가 뛰어내리자, 손 네 개가 뻗어 나와 그를 잡아당겼다.

저우마오가 옥상 가장자리에 대롱대롱 매달려 흔들리면서 발버둥 치는 게 보였다. 그리고 8~9초 후 아래로 떨어졌다. 손의 주인들이 고개를 내밀어 아래를 보자 얼굴이 드러났다. 흐릿한 화질로 보이는 학생의 외형과 얼굴을 확인하니 세비와 반장이었다.

기숙사 사감은 일이 벌어지고 나서야 이 사실을 인지했다. 원래 잠겨 있던 옥상 문 자물쇠는 오래전에 누가 열었던 모양이었다. 자물쇠가 그대로 걸려 있긴 했지만 끊어져 있었고, 화학 약품 같은 것에 부식된 흔적이 있었다. 분명 학생이 한 짓이었다. 자물쇠는 훨씬 오래전에 망가진 것처럼 보였다.

늦은 밤에 두 학생은 왜 옥상에 있었고 어떻게 저우마오의 자살에 엮이게 되었을까? 경찰이 캐묻자 세비와 반장은 그냥 바람을 쐬러 갔다고 했다. 서로 친한 사이가 아니어서 딱히 약속한 적도 없고 따로 올라갔는데, 우연히 세 사람이 옥상에서 마주쳤다. 기숙사 1층에 유일하게 있는 보안 카메라에 세 사람이 각자 다른 시각에 기숙사로 들어오는 장면이 찍혀 있었다. 그리고 세 사람과 같은 기숙사에 있는 학생들의 증언을 취합해보면 시각이 얼추 일치했다.

경찰은 학생들을 탐문했고, 저우마오, 반장, 셰비 세 사람이 그다지 친하지도 않고 평소 어울리는 친구들이 아니었다는 걸 확인했다. 저우마오는 붙임성 있는 성격이어서 다른 두 사람과 시비가 붙거나 말다툼을 벌인 적도 없다고 했다. 곧 대입 시험이 있는 시기에 시내 중심에 있는 학교에서 이런 일이 벌어졌으니 학생들도 함부로 입을 열지 않았다.

현장을 조사해보아도 싸움의 흔적은 전혀 없었고 반장과 셰비의 진술도 신빙성이 있었다. 반장은 공부 스트레스가 커서 몰래 담배를 피우러 갔다고 했다. 그리고 경찰이 그가 말한 위치에서 꽁초를 발견했다. 꽁초 서너 개비가 문 입구 쪽에 떨어져 있었는데, 저우마오가 뛰어내린 위치와는 상당히 먼 거리였다.

셰비는 운동을 하러 갔다고 했다. 소아마비를 앓은 셰비는 오른쪽 다리에 장애가 있었고 절룩거리며 걸었다. 그래서 근육이 위축되는 것을 막기 위해 자주 운동을 해야 했고, 계단을 걸어 옥상으로 가는 운동 습관이 있었다. 자물쇠가 망가진 것을 오래전부터 알고 있었기에 한 주에 서너 번은 옥상에 올랐다. 많은 학생이 목격한 사실이었고, 셰비는 사감도 자신을 보았다고 했다.

사건 발생 당일, 옥상에 제일 먼저 올라간 것은 셰비였다. 반장이 그다음, 저우마오가 맨 마지막이었다. 세 사람은 각자 멀찍이 떨어진 곳에 자리를 잡았다. 늦은 밤이었고 조명이 없는 옥상에서 아무도 소리를 내지 않은 탓에 저우마오는 처음에 다른 두 사람을 발견하지 못했다. 그래서 뛰어내리려고 하는데 이를 발견한 두 사람이 달려와 그를 제지했다.

경찰은 초동 수사에서 저우마오의 투신이 자살 사건이며, 옥상에 있던 다른 두 학생과는 무관하다고 결론지었다. 그리고 자살 사건을 목격하고 친구를 구하려 했으나 실패한 두 학생이 외상후스트레스장애를 겪을 수 있으니 심리 상담이 필요하다고 보았다. 그 두 사람을 피해자로 분류한 것이다.

저우마오의 어머니는 수사 결과를 받아들이지 않고 펄펄 뛰었다. 그녀는 저우마오가 유서 한 장 남기지 않고 갑작스레 죽었다는 사실을 믿지 못했다. 평소 착하고 말 잘 듣는 아들이 아무 이유 없이 죽었을 리 없다고 고집을 부렸다. 그리고 카메라 영상에서 두 학생이 그를 잡아당기는 것인지 떼어내는 것인지 확실하지 않다고 강조했다. 만약 저우마오가 밖으로 밀려난 상황이라면 난간을 붙잡은 손을 두 사람이 떼어낸 게 아니냐는 것이다. 혹은 한 사람은 당기고 한 사람은 밀어낸 것일 수도…….

경찰에서는 영상을 최대한 또렷한 상태로 복원했지만 그들이 친구를 구하려 했는지 반대로 범죄를 저질렀는지는 확실하지 않았다. 거리가 너무 멀고 공사장에 방치된 보안카메라의 적외선 기능이 너무 좋지 못해서 야간 투시 효과가 크게 떨어지는 데다 녹화 영상의 화질이 안 좋았기 때문이다. 그러나 저우마오가 혼자 떨어진 것만은 확실히 보였다. 영상기술자는 그가 옥상에서 떨어져 내릴 때의 신체 반응과 떨어지는 각도와 궤적을 분석해, 그가 떠밀린 것이 아니라 자의로 뛰어내렸다고 결론을 내렸다.

그러나 저우마오의 어머니는 호락호락하지 않았다. 그녀는 경찰이

이 사건을 덮어버리려 한다며 두 학생에게 분명 문제가 있다고 물고 늘어졌다. 그리고 언론에 제보해 사건을 공론화할 거라며 으름장을 놓았다. 경찰은 그녀의 말에 꿈쩍도 하지 않았지만 그래도 그녀가 제기한 대로 셰비와 반장이 공모해 셰비를 살해한 건 아닌지 그 가능성을 조사해보기로 했다.

두 학생을 따로따로 신문했지만 별다른 문제는 없었다. 둘은 그렇게 친하지도 멀지도 않은 사이였고, 사적으로 연락을 주고받는 사이도 아니었다. 기숙사에서 같은 방을 쓰지도 않았고 교실에서 자리도 가깝지 않았다. 친구들도 두 사람이 그렇게 친한 사이는 아니라고 입을 모았고, 휴대전화 사용 기록을 보아도 채팅 앱 친구 목록에 서로 추가되어 있지 않았다. 뭔가 모의를 했다면 소통할 도구가 필요했을 텐데 말이다. 일련의 현장 조사 결과와 종합해볼 때, 그들에게는 아무런 혐의점도 발견할 수 없었다. 그들은 거짓을 말하지 않았고 그저 현장에 있었던 목격자일 뿐이다.

저우마오가 자살했다는 결론이 내려졌지만, 이유는 아무도 알지 못했다. 고3 학생이 자살했으니 그 원인 몇 가지쯤은 누구나 예상할 법했다. 아들을 잃은 어머니를 제외하고는.

그렇게 사건이 지나가나 싶었는데 일주일 후 이 학교의 자살 사건이 인터넷을 뜨겁게 달구었다. 시초는 짧은 영상 한 편이었다. 영상 속 주인공은 웃고 있는 셰비였다. 저우마오가 죽은 다음 날 아침, 셰비가 경찰의 조사를 받고 교실로 돌아온 직후 조회 시간에 누군가 몰래 찍은 영상이었다. 영상이 찍힌 각도로 보아 촬영한 사람은 같은 반 학생 같았다.

불과 하루 전날 밤에 반 친구의 자살을 목격하고 심지어 자기 손으로 친구를 구하려다가 실패한 아이가 환하게 웃고 있었다. 이 영상은 설명이 달린 다른 영상과 대조를 이루었다. 또 다른 목격자인 반장을 찍은 영상이었다. 의기소침하고 고통스러운 듯 보이는 반장은 스트레스 반응에 시달리는 모습이었다. 사람들 눈에 그 모습이 정상적으로 보이는 게 당연했다.

영상에 댓글이 폭발적으로 달렸다. 네티즌들은 셰비의 상태가 비정상적이며 저우마오의 죽음에 뭔가 석연찮은 구석이 있다고 했다. '고의살인설'이 떠돌며 의견이 분분했다. 깨끗하지 않은 감시 카메라 영상이 인터넷에 유출되었고, 사람들은 영상을 보고 몇 가지 가능성을 유추했다. 그리고 두 목격자가 보이는 정반대의 모습에 분명 밝혀지지 않은 꿍꿍이가 있다고 생각했다.

의견이 분분한 가운데, 누군가 반장의 표정이 고통스러운 이유는 반장이 셰비를 도와 셰비가 살인한 사실을 숨기고 있기 때문이라고 했다. 한 사람은 친구를 밀어버리고 한 사람은 친구를 끝까지 당기지 못한 것이다. 둘 다 문제가 있다는 말도 나왔다.

자신을 담임이라고 칭한 사람이 장문의 글을 쓰기도 했다. 그는 셰비와 반장의 평소 성격이 보이는 것과 같으니 함부로 넘겨짚지 말아 달라고 부탁했다. 셰비는 낙관적이고 긍정적인 학생이고 반장은 진지한 학생이라서 같은 일을 겪었더라도 성격이 다른 두 사람의 반응이 다르게 나타날 수 있다고 말했다.

그러나 이 글은 의도와 다르게 받아들여졌고, 악의적인 조롱과 비아냥이 댓글로 줄줄이 달렸다.

"얼마나 낙관적이고 긍정적이어야 반 친구가 자기 손을 놓쳐서 죽었는데 웃을

수가 있는 거지."

"자기 엄마 아빠가 죽었어도 낙관적일 수 있을까?"

그러자 한 익명의 학생이 또 다른 이야기를 폭로했다.

"걔네 부모 이미 죽었음. 심지어 아빠가 연쇄살인범."

그때부터 여론은 다시 불타올랐고 지나간 일까지 속속 파헤쳐졌다. 세비의 아버지 셰류강은 십여 년 전에 여자아이 다섯을 살해하고 처벌이 두려워 자살했다. 세비가 다섯 살 때였다.

당시 이 연쇄 살인 사건은 세간을 떠들썩하게 했다. 셰류강은 유치원 통학 버스 운전사였다. 그는 유치원 아이들을 태우고 오가는 동안 세 차례에 걸쳐서 여자아이 다섯 명을 꽁꽁 묶어 잔인하게 살해했다. 그리고 시신을 놀이터 다섯 군데에 각각 유기해 사람들을 충격에 빠트렸다. 그러나 살해 동기는 끝까지 밝혀지지 않았다. 법의학자는 그가 조현병을 앓았고 종교에 광적으로 사로잡혀 있었으며, 여자아이들을 살해한 것도 종교적 맹신과 관련이 있다고 감정했다. 살인과 시신 유기가 의식을 치르는 것처럼, 어떤 비밀스러운 뜻이 깃든 것처럼 진행되었기 때문이다. 결국 법원에서는 사형을 선고했고, 셰류강은 구치소에서 숟가락을 억지로 집어삼켜 자살했다.

셰류강의 아내는 중압감을 이기지 못하고 몸져누웠다가 남편의 죽음에 뒤이어 얼마 후 세상을 떠났다. 혼자 남은 세비는 부모가 연달아 세상을 떠난 후 고열에 시달렸고, 소아마비를 앓고 다리에 장애를 얻었다. 그 당시 여론은 이게 다 인과응보라고, 셰류강이 그런 죄를 지었으니 아들이 벌을 받아도 싸다고 이야기했다.

어느덧 10년이 지나고 연쇄살인범의 아들이 학교에서 일어난 자살 사건에 연루되었다. 사람들의 관심은 세비가 범인인지 아닌지가 아니라 연쇄살인범의 아들이 어떻게 저렇게 낙관적이고 긍정적으로 살아갈 수 있느냐에 쏠렸다. 그리고 경찰의 결정을 뒤집으려는 의견들이 속속 터져 나왔다. 아버지의 정신병이 유전된 셰비는 사이코패스이고, 저우마오를 밀어서 떨어트린 그는 이 죽음과 관련이 없을 수 없다는 것이었다. 그렇지 않고서야 어떻게 그런 상황에서 웃을 수 있단 말인가? 사람들은 애초 경찰이 셰비에게 꼬치꼬치 묻지 않았고 그가 혐의를 벗게 되자 기뻐서 웃었다고 생각했다.

동영상을 반 친구가 찍은 것으로 보아 친구들과 사이도 그다지 좋지 않다고 추측할 수 있었다. 아니나 다를까 며칠 후에 한 학생이 익명으로 인터넷에 아무 내용도 없이 셰비의 성적표를 올렸다. 최근에 본 모의고사 성적과 각종 올림피아드 대회에서 받은 상장도 포함되어 있었다. 셰비의 성적은 출중했다. 이 아리송한 성적표는 다시 여론을 뜨겁게 달구었다.

성적표를 폭로한 학생은 아무런 말을 덧붙이지 않았지만 그의 폭로가 의미하는 바는 컸다. 첫째, 셰비는 반 친구들과 관계가 좋지 않다. 그렇지 않다면 이렇게 연달아서 그의 신상이 인터넷에 올라가지 않을 것이다. 그러니 아마 평소 성격이나 행실이 좋지 않을 것이다. 둘째, 셰비의 성적이 좋아서 학교에서는 그를 보호해 대학 진학률을 높이려 한다. 같은 반 학생들이 경찰 조사를 받을 때 학교나 선생님이 주의하라고 단속하고 셰비와 죽은 저우마오 사이에 어떤 갈등이 있었는지 은폐했을 것이다. 셋째, 가장 중요한 점이다. 성적표 마지막에 빨간 펜으로 셰비가 H대학교의 겨울 수시 캠프에 추천을 받아 참여한다고 쓰여 있었다. 눈썰미 있는 사람들이 이 점을 지목해서 저우마오 역시 같은 대학교에 수시 지원을 했으며 겨울 캠프에 참가할 예정이었다고 말했다.

살해 동기가 생긴 셈이다. 셰비와 저우마오는 아마 경쟁 관계였을 것이다. 한 기자가 학교로 찾아갔다. 기자는 수단과 방법을 가리지 않았고, 어느 학생과 약 5분간 인터뷰를 진행했다. 인터뷰 영상은 상당히 흔들리고 신변을 보장하기 위해서 모자이크와 음성 변조 처리가 되어 있었다. 이 학생이 셰비와 같은 반 남학생이라는 것만 알 수 있었다. 사실 남학생은 인터뷰하고 싶지 않은 듯 아주 빠르게 걸었다. 하지만 기자가 뒤에서 끈질기게 따라붙자 귀찮아진 학생은 "죽으라는 거냐, 이렇게 찍다가 걸리면 어떡하라는 거냐"고 성질을 냈다.

기자는 뭔가 짚이는 데가 있었다. 그래서 "설마 이 영상을 올리겠냐"라고 구슬리면서 학교 밖 길가까지 따라붙었다. 그리고 "누구에게 찍힐까 봐 걱정되나요? 그게 셰비인가요? 셰비를 무서워합니까?" 하고 갈수록 날카로운 질문을 퍼부었다. 그러자 남학생은 그런 정신병 얘기는 집어치우라고 소리를 질렀다. 그런데도 기자는 학생에게 끈덕지게 들러붙었고 결국 카메라를 등진 채 투덜거리는 학생의 인터뷰를 받아냈다.

학생은 셰비가 웃는 것이 이상할 것 없다고 했다. 비정상이고 뇌에 문제가 있어 항상 그렇게 즐겁고 행복한 모습이라는 것이다. 셰비는 살인범의 아들이면서 장애가 있는데도 뭐가 그리 즐거운지 항상 웃고 다녀서 사람들을 소름 끼치게 만들었다. 도박을 일삼고 가정 폭력을 휘두르는 양부모가 학교까지 칼을 들고 쫓아와 찌르겠다고 위협을 해도 셰비는 피하기는커녕 제자리에 우두커니 서 있기만 했다고 한다. 경비원이 겨우 떼어놓아도 아무렇지 않게 다리를 절며 나비를 잡으러 다녀서 사람들은 진저리를 쳤다. 그가 '바보' 같아서가 아니었다. 똑똑하고 영리한 그가 그러니 진짜 사이코패스 같아서였다. 이번 일만 해도 반 친구가 죽은 일로 조회 시간이 아주 무겁고 침울한 분위기였다. 여학생들은 울먹이고 있는데, 그는 웃고 있었다. 평소에도 반에서 셰비를 좋아하는 아이는 없고 모두 그를 상대하지 않았다. 아버지가 살인범에 정상이 아닌 셰비를 두고 옮을지도 모른다며 무서워서 피한 것이다. 반장은 특히 셰비를 싫어했다.

인터뷰를 한 남학생은 반장이 평소에도 잘 웃지 않고 거의 울상이어서 보기만 해도 짜증이 났지만 이번에는 셰비와 함께 사건에 휘말리는 바람에 진짜 재수가 옴 붙었다고 했다. 두 사람이 힘을 합쳐 무슨 일을 벌였을 리는 없다고 했다. 반장은 다른 누구보다 셰비를 싫어한다는 것이다.

인터뷰가 방송된 후 다시 뜨거운 토론이 이어졌다. 이제 셰비는 살해 동기도 있고 사이코패스 성향도 있는 사람이 되었다. 그런데도 이 사건이 살인 사건이 아니란 말인가! 점점 더 많은 사람이 셰비의 즐거움에 주목했고 정말 말도 안 되는 일이라고 생각했다. 셰비의 가족 관계가 모두 까발려졌다. 부모가 모두 죽고 그는 먼 친척 집에 입양되었고, 정부에서 양육비가 지원되었다. 그러나 양부모는 걸핏하면 도박하고 술을 마셨고, 가정 폭력이 끊이지 않았다. 양부모는 성질이 더러워 셰비에게 언제나 살인범의 종자라고 소리를 질러댔는데, 이웃들은 그런 환경에서 자란 아이가 어떻게 즐거울 수 있냐고 했다.

장애가 있는 연쇄 살인범의 아들, 게다가 가정 폭력에 시달리는 아이, 급우들에게 따돌림당하는 아이. 정신이 멀쩡한 사람이라도 이런 상황에 처하면 즐거울 수 있을까? 도대체 어떻게? 게다가 학교 성적이 우수할 정도로 에너지를 쏟을 수 있다니, 이게 어디 정상인가? 그야말로 지능이 뛰어난 사이코패스라고밖에 볼 수 없었다.

여론이 이 부분에 집중되리라고는 경찰도 전혀 예상하지 못했다. 사람들은 급기야 다시 조사하고 진상을 밝히라며 경찰을 압박하기에 이르렀다. 셰비의 정신 상태가 의심스러우니 꼭 고의가 아니라 충동적으로라도 살인을 저지를 수 있다고 주장했다. 그리고 셰비에게 정신병이 있다고 직접적으로 비난하는 이들도 있었다.

"범죄자의 유전자는 유전된다. 셰비 역시 살인범일 수 있으니 빨리 어떻게든 해야 한다!"

연쇄 살인범의 아들이라는 셰비의 태생 덕분에 자살이라고 진작 결론 났을 사건이 계속해서 일파만파 퍼져나갔고 도저히 잠잠해질 기미가 보이지 않았다. 당시 살인범이 자살하면서 그대로 묻혀버렸던 살해 원인, 피해자의 억울함, 사람들의 분노가 이번 사건으로 인해 모조리 다 쏟아져 나오기 시작했다.

저우마오의 어머니는 세간의 관심이 쏠렸다는 것을 알고는 언론을 이용해 더 적극적으로 이 사실을 알렸고, 네티즌들의 동정표를 샀다. 수많은 사람이 저우마오는 자살하지 않았다는 의견에 동조했고, 셰비를 적대시했다.

학부모들도 가만히 있지 않았다. 그들은 학교에서 셰비를 쫓아내거나 최소한 다른 학생들과 분리라도 하기를 바랐다. 너무 걱정한 나머지 학생들을 전학시키는 학부모들도 있었다. 보름 동안 무려 다섯 명이 전학을 갔고, 시간이 지날수록 더 많은 학생이 전학을 고려하고 있었다.

대입 시험이 가까워져 오는 시기에 고3 학생들에게 이런 상황은 엄청난 손실이었기에 학교 분위기는 흉흉해졌고 학생들의 불안감도 커져만 갔다. 셰비의 자리가 교실 맨 뒤 쓰레기통 옆에 따로 마련되었다. 그러고 나니 교실 뒤에서 셰비가 자기를 째려보고 있는 게 아닌지 등골이 오싹하다는 불만을 토로하는 학생들이 생겼다.

기자가 셰비의 양부모 집에 찾아갔지만 집에는 아무도 없었다. 패가망신한 부부가 도박으로 집세 낼 돈까지 다 날렸기 때문이었다. 이 일로 제일 낭패를 본 것은 집주인이었다. 건물 세입자들도 전부 나가버렸고 당분간은 새로 들어오겠다는 사람도 없었다. 심지어 그는 셰비의 친척이라는 오해를 사 괜한 욕을 얻어먹기도 했다.

그는 기자를 붙들고 그 집 양부모가 이사를 가놓고 몰래 와서는 집 앞에 이런 글씨를 대문짝만하게 써놓았다며 욕을 해댔다. '때려죽이려면 셰비를 찾아가라. 우리도 살인범 자식 키우고 싶어서 키운 게 아니다.'

그 말에 사람들은 조롱과 야유를 쏟아냈다.

"키우고 싶어서 키운 게 아니면 정부에서 받은 지원금이나 토해내지지."

"온 가족이 못되고 막돼먹고 욕심만 넘치는구나. 다들 미쳤어."

"가족들도 내다 버린 자식이라니, 셰비가 얼마나 나쁜 놈인지 알 만하다."

경찰은 다시 조사를 시작했다. 사실 앞선 발표에서 셰비와 저우마오의 관계가 어떠했는지 잘못 알았던 부분이 분명히 있었다. 두 사람이 같은 대학의 겨울 캠프에 참가할 예정이었다는 것을 학교 측이 이전 수사에서는 숨겼다. 그러나 그 외에는 실마리가 없어서 사건 조사는 난항을 겪었다. 흐릿한 보안 카메라 외에도 '범죄 동기'에 관해서 두 사람의 증언과 행적에 의심의 여지가 없었기 때문이다.

이 사건은 목격자가 단둘이라는 점이 특수했다. 반장과 셰비는 목격자인 동시에 서로 증인이었다. 두 사람은 극과 극의 갈림길에 선 상태라 할 수 있었다. 거짓말을 했다가 상대방에게 들통 나 폭로를 당할 수도 있고, 서로서로 든든한 벽이 되어줄 수도 있는 상황이었다. 그런데 일단 사이가 좋지 않은 두 목격자의 증언이 일치했다는 건 그만큼 이들 증언의 신빙성이 높다는 뜻이었다. 이 사건에 어떤 내막이 있다면 두 사람이 사건을 해결할 열쇠였다.

증언이 일치하는 두 목격자의 반응이 완전히 딴판인 것이 의심스러운 부분이었다. 하나는 즐겁기만 하고 하나는 고통스러워하니 수상할 수밖에 없었다. 그러나 경찰이 두 사람을 단독으로 조사하든 함께 조사하든 그들의 입에서 의심스러운 정황은 전혀 발견되지 않았다.

경찰은 저우마오가 자살했다는 애초의 입장을 견지했다. 그러나 이를 발표하는 과정에서 신문 내용에 치중하는 동시에 결론을 확실하게 내리지는 않았다. 사건에 대한 사람들의 관심이 나날이 높아지는 통에 경찰에서도 사건을 종결하기 전까지는 확실하게 말할 엄두를 낼 수 없었던 것이다.

사람들은 공개된 사건 조사에 관해 의심과 추측을 쏟아냈다. 특별할 것 없어 보이는 증언에서도 여러 '음모론'이 터져 나왔다. 간혹 드물게나마 두 사람은 사실을 이야기했고 증언에는 아무 문제가 없다고 보는 사람도 있었다. 사람들은 이 사건에 의혹과 문제가 숨겨져 있는지 밝혀내기 위해 전무후무한 관심과 열정을 쏟았다. 나름대로 분석을 내놓는 '셜록 홈스'가 넘쳐났을 뿐 아니라, 온 국민이 사건과 관련된 기사 하나하나에 열광했다. 이쯤 되니 진실이 무엇인지는 중요하지 않았다.

셰비는 계속되는 조사와 신문에 H대학교 겨울 캠프에 참가하지 못했고 학교의 추천도 무산되었다. 사람들은 뛸 듯이 기뻐했다.

여론이 두 학생의 심리 상태에 집중하기 시작했다. 그리고 두 목격자에게 정신 감정을 실시해서 증언이 유효한지 판단하라고 요구했다. 너무 고통스러워하는 사람과 너무 즐거운 사람, 둘 다 일반적이지 않다는 것이다. 어떤 사람은 저우마오의 죽음이 계획된 살인이 아니라 충동적인 살인이었다고 지적했다. 심리 상태가 안정적이지 않은 정신질환자가 옥상 위에 서 있는 사람을 보고 혹하는 마음에 갑작스레 밀었는데 사람이 떨어지고 나니 퍼뜩 정신이 들어 다시 끌어올리려 했으며 다시 충동이 일어 손을 놓았다는 가설이었다. 그때 옆에 있던 목격자는 보복이 두려워서 하는 수 없이 거짓말을 했고 그래서 고통스러워졌다는 것이다. 반대로 고통스러운 쪽이 사람을 죽인 죄책감 때문에 그러는 것이라고 지적하는 사람도 있었다. 어차피 사이가 나빴기 때문에 즐거운 쪽에게 약점을 잡히고 협박을 받았다는 주장이었다.

이처럼 얼토당토않은 추측이 꼬리에 꼬리를 물었다. 문제는 경찰이 이런 추측을 부정할 여력이 없다는 것이었다. 일부 강경한 사람들은 두 사람 중에 적어도 한 명은 분명 정신적인 문제가 있을 것이고 목격자 증언도 믿을 수 없다고 주장했다. 물론 누굴 콕 집어 지목하지는 않고 두 사람 다 혐의가 있다는 등 객관적인 척했지만, 그들의 화살은 대부분 셰비를 겨누고 있었다. 사건 후 공개된 웃는 영상이나 그가 언제어디서든 즐겁게 웃는다는 사실을 밝힌 익명의 인터뷰에서 셰비의 정신이 비정상적인 것처럼 드러났기 때문이다.

그렇게 고통스럽고 비뚤어진 환경에서 자란 장애인이 이렇게 즐겁게 살아간다는 점이 수많은 사람들이 하는 비난의 핵심이었다. 게다가 셰비는 이른바 '정신병은 유전된다, 범죄자의 유전자는 유전된다.'는 낭설로 악질적인 의심을 받는 처지였다. 셰비에 대한 정신 감정은 강압적이기는 했지만 합리적이기도 했다.

그때 정신 건강 센터의 부원장 치즈궈가 셰비의 정신 감정을 맡았다. 두 학생을 만난 그는 우선 반장을 데려가려 했다. 그러자 경찰이 그에게 정신 감정을 받아야 할 쪽은 셰비라고 일러주었다. 치즈궈는 잠시 두 사람을 보더니 반장을 가리키며 이야기했다.

"도움이 더 필요한 쪽은 저 아이 같네요."

그때까지만 해도 치즈궈는 이 감정이 무엇을 의미하는지 정확히 알지 못했다. 그는 이번 경우도 일반적인 정신 감정과 똑같다고 생각했고, 있는 그대로 감정을 진행하며 대화를 통해 아이들의 속마음을 헤아려보았다. 그는 범죄자, 악한 자, 악행을 통해 기뻐하는 자, 위선자들을 잘 다루었다. 모두가 그의 눈을 피해 가기 어려웠고, 이런 사람들은 일반적인 정신질환자들보다 오히려 더 쉽게 진짜 모습이 들켰다.

어떤 이는 그에게 사람을 심연으로 끌어당기는 매력이 있다고 했다. 치즈궈는 그 표현을 싫어하지도 않았지만, 그렇다고 인정하지도 않았다. 천부적인 소질은 그냥 얻을 수 있는 것이 아니라고 믿었다. 그가 사법 정신 감정과 경찰의 심리 상담 고문을 기꺼이 맡은 것도 그런 이유 때문이었다. 그런 치즈궈에게 경찰은 이번 감정의 목적을 사건을 위해서라기보다는 여론을 위해서라고 설명했다.

치즈궈는 두 학생에게 몇 가지 일반적인 심리 검사를 진행했다. 그리고 각각 한 시간 정도 면담한 후 간단하게 이야기했다.

"그 학생은 자살했습니다. 두 학생은 살인범이 아니고요. 반장이라는 학생의 상태가 좋지 못하니 심리 치료 연계를 권합니다. 반 친구를 붙잡으려다 놓친 트라우마 때문에 아주 힘들어하고 있어요. 세비라는 학생은 딱히 문제가 없는 것 같습니다."

치즈귀의 결론 때문에 모두가 곤란해졌다. 학교에서 부른 변호사는 벌써 입장문까지 준비해놓은 상황이었다. 세비가 정신적으로 문제가 있다는 게 밝혀지기만 하면 아직 열여덟 살이 되지 않은 미성년이니 과실치사로 결론짓고 모든 분쟁을 매듭지을 계획이었다. 이 사건으로 들끓는 여론은 이미 두 사람과 학교 전체, 심지어 제삼자들에게까지 크나큰 영향을 미치고 있었기 때문이다.

학교 밖은 기자와 일부 호사가들로 매일 북새통을 이루었다. 수업 시간에 유리창으로 돌을 던지는 사람도 있었다. 곧 대학 입시가 다가오는데 이런 일이 생기자, 학생들은 정신적으로 큰 스트레스를 받았고 완전히 무너져버리기도 했다. 경찰도 얼른 수사를 종결짓기를 바랐다. 사건을 너무 오래 끌었고, 여론의 압박이 눈덩이처럼 불어나 갈수록 더 위험해졌다.

경찰은 치즈귀의 말을 이해하지 못했다.

"반 친구가 자기 손을 붙잡고 있다가 떨어져 죽었는데, 그렇게 즐겁게 웃는 게 정상입니까?"

치즈귀는 대답 대신 아예 세비를 데리고 병원으로 가서 뇌 MRI를 찍었다. 그리고 그의 시상하부를 가리키며 경찰에게 설명했다.

"세비의 뇌는 보통 사람과 다릅니다. 어릴 때 소아마비를 앓은 원인일 수도 있고, 유전적 결함 때문일 수도 있는데, 여기 대뇌변연계, 그러니까 감정을 조절하고 통제하는 곳에 쾌락 중추가 있어요. 보세요. 세비는 이곳이 아주 각성된 상태이고 비교적 발달해 있어요. 그러니까 즐거움, 쾌락에 아주 민감한 아이란 말입니다. 예컨대 여러분이 술 한 병을 다 마시거나 열심히 춤을 췄을 때 느끼는 쾌감을 이 아이는 그냥 몇 발짝 걷는 것만으로도 느낄 수 있다는 말이죠."

경찰은 해괴하다는 반응이었다. 연쇄 살인범의 아들이면서 장애가 있는 아이가 쾌락에 그렇게 민감하다고? 화면에는 기계 위에 누워 있는 세비의 뇌가 있었고, 치즈귀가 설명한 부분이 여전히 선명하게 눈에 띄었다. 세비는 이 순간까지도 즐거워하고 있었다.

경찰은 검사 결과를 공식적으로 발표했고, 여론은 또 한 번 천지를 뒤엎을 정도로 뜨겁게 달아올랐다. 그 어느 사건보다도 무서운 기세였다. 하늘이 연쇄 살인범의 아들에게 누구도 갖지 못한 특혜를 주었다. 이게 도리에 맞는 일인가? 도대체 왜?

말도 안 되는 조롱과 야유가 쏟아졌다.

"얘들아, 행복해지고 싶어? 자기 아버지에게 사람 죽이라고 권하면 됨!"

"대박. 환생만이 답인가. 다음 생에는 어떻게든 감옥에서 태어난다."

"하나님이 쾌락을 주는 기준이 이런 거면 제 인생은 완전히 우울하네요. 차라리 죽으렵니다."

그전까지는 사람들의 반응이 그렇게 진지하지 않고 비꼬는 정도였다면 지금 일어나는 분노는 성격이 달랐다. 사람들은 진심을 담아 분노하고 도를 넘어서기 시작했다. 게다가 그 감정이 피해자에 대한 동정심이나 연민에 그치지 않고 각자 자신의 아픈 점에서부터 출발하기에 이르렀다.

이 결과는 세비의 쾌락은 진실하며 대단히 과학적이고 도덕적이라는 점을 증명했다. 셰비는 사람들이 떠드는 그런 변태가 아니었다. 사람들이 마음껏 미워하고 짓밟아도 되는 그런 인간이 아니었다. 그는 삶을 즐겁게 살아갈 뿐만 아니라 공부도 열심히 하고 성적도 우수하고, 게다가 명문으로 알려진 H대에 들어갈 자격까지 갖추었다. 그렇게 열악한 가정 환경에서 태어나 더럽고 추악한 것만 보고 자란 셰비가 모두가 지옥에 떨어져도 싸다고 입을 모으는 상황에서도 저렇게 밝고 아름답게 살아가다니. 도대체 무슨 복을 타고났단 말인가?

셰비가 노력하면 할수록 용기를 내고 밝게 살아가면 갈수록 사람들은 동정하거나 탄복하기는커녕 억누를 길 없는 분노를 표출했다. 저 녀석이 왜?

셰비는 구김살 없이 밝았고 무거운 십자가 따위는 짊어지지 않았다. 사막의 모래 언덕 위에 남은 발자국이 바람에 깨끗이 지워진 것처럼, 그때의 괴로움은 이미 씻은 듯 사라진 상태였다. 그건 마음이 건강한 사람도 가지기 힘든 엄청난 능력이었다. 그 능력은 그야말로 죄악이나 다름없었다. 셰비가 즐거울수록 셰비의 죄는 더 커졌다. 세상 사람들의 고통은 다 어디로 갔으며, 피해자가 된 사람들은 다 어디로 갔단 말인가?

사람들의 원망은 정신에 관한 본질적인 고찰에까지 이르렀다. 오로지 그의 뇌가 남달라서, 신체적 결함이 있다는 게 이렇게까지 하늘의 은혜를 받아도 좋은 이유라고? 이건 어떻게든 아등바등 노력하며 자신의 트라우마를 이겨내려는 정상인들을 모두 웃음거리로 만드는 것 아닌가? 이 세상의 모든 '저우마오'들을 비웃는 게 아니냔 말이다.

그 순간 사람들의 마음은 비루할 정도로 인색했다.

사건이 떠들썩해지고 지금까지 한 번도 모습을 드러내지 않았던 과거 셰비 아버지의 사건 피해자 가족들이 갑자기 나타났다. 아이를 잃은 한 어머니는 이렇게 말했다.

"그 애가 살아있는 건 백번 양보할 수 있어요. 그런데 행복하게 사는 건 못 참아요."

연쇄 살인 사건의 피해자가 된 사람들의 근황이 속속 알려지기 시작했다. 다섯 피해자 가족 중에 두 부모가 이혼했고, 한 아이 엄마는 우울증으로 자살했고, 한 엄마는 여태까지 정신이 나가 병원에 입원해 있다고 했다. 그들은 미래를 빼앗기고 끝나지 않는 악몽 속에서 영원히 고통받고 있었다. 그런데 이들을 이렇게 만든 살인범의 아들은 어떻게 미래를 꿈꾼단 말인가? 어떻게 그런 복을 받고 행복하게 살아간단 말인가?

사람들이 이렇게 분노하는 이유는 셰비가 친구들에게 미움받는 이유와 다르지 않았다. 이미 그의 속사정을 아는 친구들마저도 그렇게 생각했다. 누구보다 행복할 일이 없고 가장 절망에 빠져야 마땅한 사람이 내 눈앞에서 이렇게 행복하고 긍정적으로 살아가다니. 그들에게는 완전히 상식 밖의 일이었다. 그들은 이 세상에 그런 사람이 있다는 걸 보면서도 믿을 수 없었다. 아니, 어쩌면 그런 사람이 있다는 걸 용납할 수가 없었다. 그가 무슨 병이라도 걸린 게 아니라면 말이다.

뭔가 좀 안다는 사람들이 떠들어댔다. 셰비에게 결함이 있다는 뇌의 부분, 쾌락 중추는 사실 보상 중추와도 같은 말인데, 보상 중추가 유난히 발달해 자신의 행동 억제 체계와 균형이 깨져버렸다는 것이다.

행동 억제 체계와 보상 체계는 인간의 행위를 통제하고 조절하는 일을 담당한다. 행동 억제 체계는 불안, 좌절, 처벌 등에 반응하여 사람들이 불편한 상황에 부닥쳤을 때 행동을 멈추게 하거나 행동이 느려지게 만든다. 예를 들어 범죄 상황에서 위험한 일을 저지하고 생존 확률을 높이려는 목적으로 작동한다. 반대로 보상 체계는 긍정적인 보상을 위해 비정상적인 행동까지 하게 만든다.

보상 체계가 잘못 형성되면 행동 억제 체계와 불균형을 초래한다. 위험하고 이성적이지 못한 행동을 하려는 경향이 더 심해지는 것이다. 이는 반사회적 인격의 형성 원인 중 하나이다. 사람들은 대뇌에 불가역적 손상을 입은 범죄자 비율이 놀랄 만한 수준이라고 말하는 연구를 가져왔다.

이들은 세비의 보상 체계와 행동 억제 체계 사이 균형이 무너졌고, 불우한 가정에서 자라며 받은 정서적 스트레스 같은 사회 심리적 요인을 고려할 때, 반사회성 인격장애를 앓고 있을 가능성이 대단히 크다고 말했다. 그런데도 경찰과 학교에서 그 아이를 비호한다는 것이었다.

이 의견은 곧바로 큰 지지를 얻었다. 그러나 치즈궈는 사람들이 무언가를 착각하고 있다며 정면으로 반박하고 나섰다. 반사회적 인격의 대뇌에 생긴 결손은 저주파인 세타(θ)파의 과잉과 큰 관련이 있다는 것이다. 세타파가 과도하게 발생한다는 것은 대뇌피질의 발달이 원시적인 단계에 머무른다는 뜻이다. 이 뇌파는 수면 상태에서 자주 발생하는데, 개체가 낮은 수준의 각성 상태에 있음을 의미한다. 이 때문에 해당 개체는 자극을 얻기 위해서 반사회적이고 모험에 가까운 행위를 하게 되기도 한다.

그러니까 낮은 수준의 각성이라는 가설은 반사회적 개체는 '쾌감'에 대한 각성도가 매우 둔하다는 점이 핵심이다. 보통 사람이 술을 마시고 춤을 출 때 느끼는 자극 정도에 이르려면 그들은 불을 지르거나 마약을 흡입해야 한다. 그래서 모험에 가까운 행위라고 이르는 것이다. 이는 셰비의 경우와 본질적으로 다르다. 셰비는 '쾌감'의 각성도가 매우 높기 때문이다. 그는 딱히 뭘 하지 않아도 보통 사람들보다 더 큰 자극과 즐거움을 느낄 수 있기에 위험한 행동을 할 필요가 없다.

더군다나 셰비는 위법적인 범죄 행위를 한 적이 없고 학교에서도 반사회적이라고 할 만한 행동을 한 적이 없다. 반사회적 인격장애를 앓는 사람은 자극을 추구하는 성향을 억제하기 어려워서 어릴 때부터 그런 행위를 반복한다. 그래서 재범률은 반사회적 인격 여부를 판단하는 중요한 지표가 된다. 또한 반사회적 인격장애는 약물 중독이 동반되기도 한다. 그러니 담배조차 피우지 않는 셰비를 반사회적 인격장애라고 판단할 수는 없었다.

그러나 치즈궈의 반박은 더 큰 반향을 불러일으켰다. 대중은 셰비에게 병명을 지어주는 데 집착했다. 그에게 병이 있는지 없는지는 이제 그가 범인인지 아닌지보다 더 중요한 문제가 되었다. 그들은 셰비의 즐거움이 도덕적으로 아무 문제가 되지 않는 상황, 그의 행복이 '정상'인 상황을 철저히 짓밟고 뿌리 뽑기 위해 안달이었다. 결국 이 자살 사건의 초점은 셰비에게 정신질환이 있는지, 그가 사이코패스인지 아닌지를 다투는 방향으로 변질되었다. 사람들은 셰비의 정신 감정을 다시 해야 한다고 아우성이었다. 그들은 살인자 아버지를 둔 정신질환자 아들은 가엾게 여길 수 있지만, 행복하고 즐거운 아들은 결코 가만둘 수 없었다.

병원으로 달려가 치즈궈가 사리사욕을 채우려고 말도 안 되는 짓을 저질렀다고 항의하는 사람도 있었고, 그의 사무실 앞에 여아살해 유기사건 피해자의 사진이 가득 나붙기도 했다. 심지어 악귀를 쫓겠다며 개 피를 가져다 뿌리는 사람도 있었다.

그러나 치즈귀는 자신의 판단을 번복하지 않았다. 그리고 보고서에서 문제가 있는 사람은 오히려 반장이라고 덧붙였다. 반장의 심리 상태가 양호하지 않으며 우울감이나 초조감이 너무 심하다는 것이었다. 하지만 반장 역시 사이코패스와는 전혀 무관하다고 선을 그었다. 용의자의 사이코패스 지수에 초점을 맞추는 사법 정신 감정에서 이 두 아이는 전혀 사이코패스와 무관하다는 결과가 나왔다.

치즈귀 주변의 다른 의사들, 원장까지도 병이 있다는 진단을 내리라고 종용했다. 어쨌든 셰비의 뇌에 있는 결함은 엄밀히 말하자면 정신 질환에 걸릴 가능성이 있는 것 아니냐는 논리였다. 친구가 자기 손에서 미끄러져 죽었는데도 즐겁고, 양부모가 칼을 들고 쫓아왔는데도 아무렇지 않은 상태는 겉으로 보이는 상황과 심리 상태가 부조화를 이룬다고 볼 수 있고 이 점은 조현병 증상과도 맞아떨어지는 부분이 있었다. 비록 셰비는 쾌감에 민감하고 감정 변화가 빠른 것이지만, 질병의 가능성을 어느 정도 열어 두고 사람들에게 설명만 하면 병이 없다고 단정 짓는 것보다는 낫다는 의견이었다.

변호사 역시 그런 진단이 양쪽 모두에게 원만한 해결책이라고 이야기했다. 셰비에게 병이 있다고 진단을 내리면 사건 조사에는 문제가 있었다고 하면 그만이고, 그래야 두 아이가 잠시나마 별 탈 없이 지낼 수 있다는 것이었다. 뒤숭숭해진 학교 분위기를 포함한 다른 일은 일단 이 고비를 넘기고 얼마든지 다시 이야기하면 된다고 설득했다.

그러나 치즈귀는 제안을 거절했다. 그는 모든 사람과 대립각을 세우며 셰비에게 병이 없다고 진단했다. 그가 이 문제에 왜 이렇게 고집을 꺾지 않는지 이해하는 사람은 아무도 없었다. 셰비는 든든한 뒷배도 없고 치즈귀에게 찔러줄 돈도 없는 학생이기에 더욱 그랬다. 이 사건은 치즈귀의 결연한 의지로 인해 반년이나 질질 끌다가 겨우 종결되었다. 경찰은 끝내 저우마오가 자살을 했다고 결론을 내렸지만 사건의 당사자인 저우마오는 이 사건에서 오래전에 사라지고 없었다. 사건에서 남은 주인공은 딱 한 사람, 바로 셰비였다. 저우마오가 왜 자살을 했는지 궁금해하는 사람은 남아 있지 않았다.

셰비는 그해 대입 시험에 응시하지 못했다. 시험 당일, 시험장으로 가는 길에 사람들에게 막혀 시험 시간을 놓쳤다. 사건은 종료됐지만 사람들의 분노는 끝이 없었다. 셰비는 삼수를 한 끝에 겨우 대학에 합격했다. 좋지도 나쁘지도 않은 적당한 학교였다. 그는 그렇게 자신의 능력을 펼칠 기회도 얻지 못했다.

셰비가 대중들 앞에 다시 등장한 것은 3년 뒤 학교에서 열린 마라톤 대회에서였다. 장애가 있는 한 학생이 참가자들 속에 섞여 절뚝거리며 열심히 달리는 모습을 찍은 드론 영상이 화제가 되었다. 스포츠 정신을 기리는 의미로 그의 마라톤 대회 참가 모습이 보도되었다.

그런데 교내 소규모 마라톤 대회에서 뜻밖에도 논쟁의 불씨가 되는 일이 벌어졌다. 대회 도중 어떤 사람이 넘어지는 바람에 뒤에 오던 네 명이 한꺼번에 쓰러진 것이다. 하마터면 사람이 깔려 큰 사고가 일어날 뻔했다. 다행히 부상이 크지 않아서 뒤에 오던 사람들은 찰과상을 입었고 제일 먼저 넘어져 사람들에게 밟힌 참가자는 정강이가 골절되는 정도에 그쳤다. 하지만 뜻하지 않은 사고가 일어나는 그 순간 셰비의 모습이 카메라에 포착되었다. 때마침 최초로 넘어진 사람 옆에서 셰비가 달리고 있었다. 그의 절뚝거리는 자세가 사람들 눈에 띄었고, 누군가 그를 알아보았다. 살인범의 행복하고 즐거운 아들이었다.

처음으로 음모론을 제기한 사람이 누구인지는 알 수 없지만, 셰비가 그 사람을 밀어서 사고를 일으켰다는 이야기가 번졌다. '진실'은 점차 변질되었다. 그때까지 입도 벙긋하지 않았던 당사자가 갑자기 자기가 떠밀린 것 같다고 말을 바꾼 것이다. 그러면서 그는 자신을 떠민 사람으로 셰비를 지목했다.

한순간에 다시 여론의 살육전이 시작되었다. 사람들은 낚싯바늘을 물어뜯는 굶주린 물고기처럼 기쁨에 차서 셰비를 물고 늘어졌다. 예전에 법적인 제재를 비껴간 용의자가 이번에 다시 꼬리를 잡혔다고 생각했다. 이번 사건의 첫 번째 피해자는 처음에는 골절상만 입었다고 말하다 갑자기 다리에 심각한 문제가 생겨 마비가 올 수 있다고 말을 바꿨다.

치즈귀는 또다시 셰비의 정신 감정을 의뢰받았다. 6년이 지났지만 왜 아무것도 변하지 않았는지, 일이 왜 이 지경까지 왔는지 아무도 속 시원히 설명할 수 없었다. 사람들의 목적, 태도, 타도하려는 적은 변함이 없었다. 변한 건 셰비가 성인이 되었다는 것뿐이었다. 사람들은 이번에야말로 이기고 말겠다는 듯 달려들었고 그를 철저히 짓밟겠다는 투지를 불태웠다.

치즈귀는 그때 이미 병원 원장이었다. 직접 정신 감정에 나서지 않아도 되지만 대상이 셰비 아닌가. 첫 사건 이후 6년간 그는 셰비와 연락하며 상담자와 내담자로서 관계를 이어왔다. 그러니 정신 감정을 할때 그가 현장에 꼭 함께해야 했다. 셰비를 그보다 더 잘 이해하는 사람은 없었으니까.

치즈귀는 영상을 처음부터 끝까지 전부 확인했다. 평소 참을성이 많다고 자부하던 그였지만 이번에는 한참을 침묵하다가 경찰에게 이렇게 물었다.

"눈이 삐었습니까?"

셰비와 넘어진 사람 사이에는 아무런 신체적 접촉도 없었다. 넘어진 후에 오히려 셰비가 그를 일으켜주려 했을 뿐이다. 그의 말이 불쾌했는지 젊은 경찰 한 명이 벌컥 성을 냈다.

"방화범은 자신이 불을 낸 자리에 다시 나타나길 좋아하죠. 심지어 불이 난 현장에서 사람을 구해내기도 합니다. 사이코패스 살인범 역시 자신이 범행을 저지른 장소로 돌아가서 시체를 반복해서 확인합니다. 자기가 밀어놓고 호의를 베푸는 척 붙잡아줄 수도 있죠."

그의 상관이 눈을 흘기자 경찰은 목을 쑥 집어넣으며 덧붙였다.

"제가 드리는 말씀이 아니라 인터넷에서 그렇게들 말한다고요."

"성질내지 마. 영상이 완전히 또렷한 건 아니니까. 그래도 목격자가 십여 명이나 됩니다. 마라톤 대회에 참가했던 목격자들이 전부 셰비가 그 사람을 밀었다고 하더군요."

치즈귀는 너무나 황당해 웃음밖에 나오지 않았다.

"네? 그 목격자라는 사람들은 셰비의 신상이 알려지고 나서 갑자기 우후죽순처럼 나타난 것 아닌가요?"

경관은 아무 대답도 하지 못했다.

셰비의 정신 감정을 맡은 의사는 치즈귀 외에 한 명이 더 있었다. 치즈귀와 셰비가 이미 오랫동안 관계를 유지했기 때문에 객관적이지 못하다고 판단해서 다른 의사가 함께 감정을 하기로 했다.

그 의사는 치즈귀와는 상반되게 셰비가 양호한 수준의 조현병이라고 판단을 내렸다. 그리고 성급하게 셰비가 반사회적 인격일 가능성에 주목해야 한다는 내용의 글을 인터넷에 게재했다. 전문성으로 보자면 치즈귀가 더 권위 있는 실력자였지만, 그 의사의 의견을 지지하는 사람들이 훨씬 더 많았다. 치열한 의견 충돌 끝에 경찰은 여전히 치즈귀의 감정 결과를 수용했고, 셰비에게 정신적인 장애가 없다고 판단했다.

그러자 인터넷에서 이런 말이 떠돌았다.

'너희들이 보호하려 애쓸수록 그놈은 더 사지로 몰릴 뿐이다.'

말이 씨가 되었는지 셰비는 그만 스스로 목숨을 끊고 말았다.

셰비가 죽자 사람들은 그 녀석도 자기 아비처럼 벌받을까 무서워 스스로 죽은 거라고, 6년 전 학교에서 있었던 자살 사건도 분명히 그가 꾸민 짓이라고 떠들었다. 그리고 마라톤 대회 상해 사건은 흐지부지 종결되어 금세 잠잠해졌다. 그 사건의 마무리는 시작이 그랬던 것처럼 아주 황당하고도 재빠르게 흘러가버렸다. 사람들은 이제 안심하고 마음의 평화를 얻었고, 정의를 실현했다고 믿었다.

그리고 그날 이후 치즈귀는 치쑤가 되었다.

정신건강센터 원장이면서 셰비 한 사람도 구하지 못한 그는 깨달았다. 정신과 의사는 정신질환 환자를 구할 수 없고, 아무리 의사라도 사람을 구할 수 없다는 것을. 그리고 치쑤의 정신줄기세포 계획이 그때부터 송두리째 바뀌었다. 이제 그의 치료 대상은 환자가 아니라 아무 말이나 막 쏟아내는 '정상인'들이었다.

여기까지가 류 선생에게 들은 셰비 사건의 자초지종이다. 치쑤가 원장직을 사퇴한 날 책상 위에 이렇게 적은 쪽지 한 장만 남아 있었다고 했다.

'이 세상에는 아무 일도 일어나지 않았다. 즐거운 사람 하나만 사라졌을 뿐' 즐거운 사람은 셰비이기도 했고 치쑤 자신이기도 했다.

나는 한참 동안 침묵을 지키다가 류 선생에게 물었다.

"그래서 지금은 어떻게 됐어요?"

"시간이 많이 지났으니까, 사람들도 다 잊어버렸겠지."

광란의 시간이 지난 후에는 아무도 셰비를 기억하지 않았다. 사람들은 금세 또 다른 이슈 거리를 찾아 달려갔다.

"지금도 치쑤가 그때 했던 선택이 틀렸다고 생각하세요? 셰비에게 병이 있다고 해야 했을까요?"

류 선생은 잠시 후 입을 열었다.

"그게 서로에게 좋은 방법이었겠지. 그렇게까지 고집 부릴 필요는 없었어. 그리고 셰비에게 의심스러운 증상이 있었던 건 확실하니까."

"그때 셰비에게 정신질환이 있다고 진단했다면, 변호사의 그다음 계획은 뭐였어요?"

류 선생이 움찔했다.

"변호사는 아마 셰비가 형사 책임 무능력자라고 변호해서 형을 받지 않게 했겠지."

나는 고개를 끄덕였다.

"형을 받지 않게 한다는 건 사건을 살인 사건으로 확정한다는 뜻이네요. 셰비가 정신질환으로 저우마오를 밀었다?"

"그건 최악의 가능성인 거고, 셰비에게 정신질환이 있다는 게 그가 살인했다는 증거가 되지는 않지. 경찰도 자살에 무게를 두었잖아."

나는 그의 말에 코웃음을 쳤다.

"셰비에게 아무 문제가 없다고 했는데도 그 사달이 났잖아요. 정신질환 분야 권위자가 병이 있다고 진단했으면 사람들이 진짜 셰비를 가만히 뒀을까요? 그 사람들은 분명히 끝까지 살인 가설을 밀고 나갔을 거예요. 그런 결과를 그때도 이미 예상했잖아요."

류 선생의 표정이 찌푸려졌다.

"그 상황에서는 다른 방법이 없었어. 그게 최선이었다고. 기숙사에 있던 고3 학생들 삼 분의 일이 강제로 집으로 돌아가 남은 기간 복습을 해야 했고, 남은 사람들은 감금당한 것처럼 한 발짝도 밖으로 나갈 수가 없었어. 학교 밖으로 나가기만 하면 별의별 사람들이 다 따라붙으니까. 반장은 더 철저하게 고립됐고, 셰비처럼 '살인범' 취급을 받았어. 저우마오의 어머니는 하루가 멀다고 학교로 찾아와서 난리를 치고 교문 앞에 꿇어앉아 있기까지 했어. 그러니 이 고비만 우선 잘 넘기고 사람들에게 설명하고 나서, 그다음 일을 조용하게 천천히 처리하면 셰비에게 피해가 가지 않겠다고 생각한 거지."

"피해가 없다뇨. 세상에 어느 대학에서 살인 전과가 있는 정신질환자를 받아준다던가요?"

류 선생은 한참 동안 말이 없었다. 그의 눈빛이 싸늘했다.

"어쩌겠어, 아무 병도 없고 죄도 없다고 판결이 났는데 결과는 똑같았잖아. 대학 입시조차 못 보러 갔잖아."

나는 숨이 턱 막혀 한참 동안 정신을 차릴 수가 없었다.

"애당초 어떻게 해도 셰비를 구할 수 없다는 걸 알았잖아요. 그래서 그를 희생하기로 계획했나요?"

이 사건의 결과는 두 가지뿐이었다. 셰비가 법의 심판을 받거나, 혹은 분노에 찬 대중들이 심판을 받거나.

"당신들은 학교를 보호하고 무고한 학생들을 보호하고 반장을 보호하고 저우마오의 억울한 어머니를 보호하려 했겠죠. 셰비는 아니었어요. 이리저리 머리를 굴려보니 셰비는 희생양이 되기에 충분했겠죠. 부모 없이 세상에 분노만 남았을 '정신병' 학생 하나만 희생하면 조용히 넘어갈 수 있었을 테니까요."

류 선생의 얼굴에 부끄러워하는 기색이라고는 없었다.

"기숙사 사감이 나중에 말을 바꿨어. 옥상 자물쇠는 셰비가 망가트린 거라고. 자기 눈으로 직접 봤다면서 옥상에서 그 애가 무슨 짓을 꾸미는 게 아닌지 의심스럽다고 했어. 그 정도면 혐의가 크지."

나는 그의 말을 비웃었다.

"왜 말을 바꿨는지 정말 모르세요? 책임이 두려워 회피하려는 거잖아요! 옥상 자물쇠가 망가진 걸 진작 알았으면서 고치지 않았어요. 셰비가 옥상에 올라가는 걸 무수히 보고도 본체만체 한 거라고요. 그런데 학생이 옥상에서 뛰어내렸으니 관리 소홀을 부인할 수가 없겠죠! 그 책임을 본인이 지려 하겠어요? 당연히 죄를 딴 사람한테 뒤집어씌우겠죠. 그 사람뿐만이 아니에요. 아까 말씀하신 최선이었다는 방법에 대해 제가 얘기해볼까요. 그때 학교는 우수한 학생들 여러 명을 전학 보냈어요. 시내 중점학교의 진학률과 평판이 바닥으로 추락할 판이었죠. 그래서 어떻게든 이 사건을 빨리 무마하고 한 사람을 감옥에 보내야 했어요. 그러면 제일 골칫거리인 학생, 제일 내쫓고 싶은 학생을 보내야 하지 않겠어요? 변호사는 셰비를 변호하러 온 게 맞나요? 집도 절도 없는 셰비가 무슨 돈으로 변호사를 불렀을까요? 그 변호사는 학교와 학부형들이 위험에서 벗어나고자 함께 돈을 모아 부른 사람이었어요. 사법 정신 감정을 받기도 전에 이미 전략을 짜놓았다고요. 경찰을 포함해 그들 중에서 옥상 자물쇠가 얼마나 오랫동안 고장 나 있었는지 알아볼 사람이 하나도 없었을까요? 얼토당토않은 말로 진술을 번복하면 셰비와 괜히 얽힐 수도 있는데, 사감은 왜 쫓기듯이 그런 말을 했을까요? 모두가 그 결말을 원하고 있었으니까요. 옥상에 자주 올라가던 남학생이 셰비를 위해 증언을 해줄까요? 진짜 그 자물쇠를 망가트린 사람이 자수할까요? 그럴 리가요. 그때 갑자기 하늘이 도운 거지, 치쑤가 병이 없다는 진단을 내리지 않았더라면 일은 사람들의 바람대로 흘러갔을 겁니다. 셰비는 진작에 살인범이 됐을 거고요."

"셰비가 옥상에 올라가는 걸 사감이 무수히 봤다는 건 어떻게 알아?"

"셰비가 저한테 얘기했거든요."

류 선생이 눈을 가늘게 떴다.

"셰비와 어떻게 아는 사이인데?"

"그게 궁금하세요?"

류 선생은 순진하고 어리석은 아이를 보는 한심한 눈빛으로 나를 보며 이야기했다.

"나는 의사야. 진단의 측면에서 보자면 셰비는 확실히 의심스러운 증상을 보였어. 그건 사람들의 바람대로 일이 흘러가는 것과는 무관한 일이야."

무슨 말을 더 해야 할지 알 수 없었다. 대부분의 진리를 손에 쥔 이 고지식한 사람들 눈에는 멀쩡한 사람들 한 무리를 구할 것이냐, 셰비 한 사람을 구할 것이냐 하는 문제가 생각해볼 가치도 없는 고민일지도 모른다. 어차피 양쪽 다 나쁜 결과라면 더 쉬운 길을 택하지 않을 이유가 무엇이냔 말이다. 의사, 학교 측은 물론 경찰 역시 치즈귀의 선택을 이해할 수 없었다. 어떤 진단을 내려도 본인에게 손해가 없고 모두가 셰비에게 병이 있다고 목소리를 높이는데 왜 굳이 어려운 길을 택한단 말인가?

그러나 나는 한 발짝도 물러서지 않았던 치쑤의 입장을 이해할 것 같았다. 특히나 이렇게 여론이 일변도일 때, 이에 순응해 셰비에게 정신질환이 있다고 진단해 유죄 판결을 받는 것은 '선례'가 된다. 그러면 '정신병을 앓는 살인범은 고의로 사람을 다치게 할 수 있다, 정신질환은 유전된다, 그러므로 정신병을 앓은 살인범의 아들도 범죄 유전자를 지니고 있어 고의로 사람을 다치게 한다'는 삼단논법에 힘을 보태는 꼴이 되고 만다.

치즈귀가 지키려 한 것은 단순히 셰비 한 사람의 인권이 아니라, 정신병에 걸릴 수 있고 또 예측하기 힘든 문제로 어려움을 겪을지도 모를 환자 모두였다.

셰비가 그때 자살 사건에 말려들지 않았다면 이렇게까지 공격당했을까? 아주 사소한 계기만 있어도 그랬을 것이다. 그가 평생을 쥐죽은 듯이 어떤 일에도 관여하지 않고 아무런 일에도 영향을 끼치지 않으면서 살아가지 않는 한, 대중의 심판을 받는 것은 시간문제였을 것이다. 그날의 마라톤 경기처럼 대규모 '군중'은 아니더라도 생활 속에서 부딪히는 '군중'들이 있을 테니 말이다. 그들로 인해 셰비의 세계는 무너질 것이 자명했다. 한 번, 두 번, 그리고 아주 여러 번.

다른 의사들도 정말 치즈귀의 뜻을 알아차리지 못했을까? 그렇지 않았을 것이다. 그저 그런 논쟁이 불필요하다고 생각하고, 원숭이도 나무에서 떨어진다는데 굳이 위험하게 맞설 필요가 없다고 생각했을 뿐이다. 정신질환자들은 가만히 있어도 욕을 먹는데, 괜히 나서서 대중의 역린을 건드리고 눈엣가시가 될 필요가 없다고 생각했을 뿐이다.

이는 또 다른 의미로 정신질환자를 보호하고자 하는 마음이라 할 수 있다.

사실 치즈궈가 아무리 그들을 보호하려 해도 세상에는 순수한 악이라는 것이 존재한다. 정신질환을 앓든 앓지 않든 살인하고 방화를 저지르는 사람이 여전히 있고, 뇌에 심한 손상을 입고 정신 장애를 입은 범죄자도 분명히 존재한다. 관리되지 않은 '정신병'은 무수히 많은 죄악과 슬픔에 맞닿아 있으며, 사람들이 범죄 가능성에 대비를 해야 하는 것도 사실이다.

셰비 이전에 이미 너무나 많은 사람이 그 삼단논법의 추리를 강화했다. 치즈궈 한 사람의 힘은 너무나 미약해서 이 흐름을 거스르는 데 아무 소용이 없는 듯 보였다. 그런데 그가 그렇게 노력한 이유는 무엇이었을까? 무엇을 위해서?

치즈궈는 '환자'를 '인간'이라는 커다란 집합 속으로 돌려보내기 위한 시도를 한 것뿐이다. 전체 범죄에서 정신질환자에 의한 범죄는 극소수에 불과하다. 그런데 사람들은 왜 특별히 그 사례만을 골라내 종을 구분하듯 그들을 격리하려고 하는가? 둘 중에 꼭 누군가를 포기해야 하는 상황이 닥치면 버림받는 것은 반드시 '병든' 쪽이다. 그러니 치즈궈는 다음이 누가 되든, 이런 상황에 부닥치는 모습을 다시는 지켜보고 싶지 않았을 것이다.

나는 한참 동안 침묵했다. 생각이 어디로 흘러가는지도 모르고 불쑥 물었다.

"그래서 치즈궈가 결국 왜 그렇게 미치광이처럼 변해버렸는지 전혀 이해가 안 된다는 말씀이죠? 설사 그런 일이 생겼다 해도 치즈궈 역시 그래서는 안 됐다는 거잖아요. 그렇죠?"

류 선생이 반문했다.

"이해가 돼?"

나는 더 한참을 망설이다가 대답했다.

"확실히는 모르겠어요. 그런데 셰비가 확실한 증거잖아요. 정신질환 치료가 아무런 효과도 의미도 없는 무용지물이라는 증거요."

류 선생이 얼굴을 찡그렸다.

"무슨 뜻이야?"

나는 숨을 깊게 들이쉬었다.

"우리가 환자를 정상인과 다름없는 수준으로 치료한다 해도 그 환자의 마음가짐과 스트레스 저항력은 정상인과 똑같은 수준밖에 되지 않아요. 정신질환을 치료해도 주변 사람들의 시선을 맞닥뜨리고 한계에 부딪히고 관계에서 오는 압박과 비정상적인 상황에 직면하면 보통 사람과 똑같은 스트레스 반응, 어쩌면 과잉 반응을 하게 될지도 모릅니다. 그런데 우리는 이미 환자를 정상 수준으로 회복시키는 게 불가능하다는 걸 알잖아요. 아무리 사소한 스트레스 상황이라도 정신질환을 재발하게 만들 수 있고요. 셰비의 정신 상태나 마음가짐은 천부적으로 훌륭했어요. 그는 다른 사람의 시선이나 속세의 이해 따위에 구속당하는 사람이 아니었어요. 언제 어디서든 즐겁고 행복한 기분으로 전환이 가능한 사람이었죠. 주변과의 관계 속에서 언제든 자신을 자유롭게 할 수 있는 사람이었다고요. 신은 평범하지 않은 셰비가 평범한 사람들 속에 섞여 살아갈 수 있는 능력을 준 겁니다. 그런데 결과가 어땠나요? 천부적 조건을 가진 그도 살아남지 못했어요. 그래서 치쑤는 원망하는 마음을 가졌을까요? 아뇨. 치쑤는 자기 자신에게 절망하고 이 세상에 절망한 겁니다. 그리고 관계로 인해 생기는 정신병에 절망한 거고요. 환자들은 퇴원을 하면 보통 사람들의 무리 속으로 돌아가야 하잖아요. 셰비 같은 사람도 견뎌내지 못한 그 집단 속으로요."

류 선생은 말문이 막혔는지 아무 대꾸도 하지 않았다. 낯빛은 멀쩡했지만 갑자기 몇 살은 더 들어 보이는 얼굴 표정이었다. 그의 눈에서 망연자실함, 고인 물 같은 체념이 보였다. 사실 류 선생도 예전부터 알고 있었다. 우리 둘은 가만히 서서 소리도 눈물도 없이 한참을 슬픔에 젖었다.

얼마 후, 류 선생이 이야기했다.

"그렇게까지 절망할 것도 없어. 셰비의 상황은 워낙 특수한 편이었고, 모든 환자가 그런 일을 겪는 건 아니니까. 게다가 진실이 뭔지 아는 사람은 아무도 없어. 어쩌면 학교에서 일어났던 사건이 진짜 자살이 아닐 수도 있잖아."

"저우마오는 자살했어요."

"어떻게 그렇게 단정하지? 경찰도 확신하지 못했는데."

"셰비가 그랬어요. 저우마오가 유서를 남겼다고."

류 선생이 놀랐다.

"유서? 그때는 저우마오가 남긴 단서를 전혀 찾지 못했다고 했는데. 어디 있었다는 거야?"

"그 두 사람이 저우마오를 끌어올리려는 순간을 감시 카메라가 찍었잖아요. 그때 저우마오가 손을 놓으라고 했대요. 유서도 써서 집에 놔뒀고 자기는 이미 결심을 굳혔다고요."

류 선생이 얼굴을 찌푸렸다.

"집에 놔뒀다고? 그럼 저우마오의 어머니는 왜 유서 얘기를 안 한 거지?"

나는 잠시 망설이다 말했다.

"유서에 자기가 도저히 받아들일 수 없는 자살 이유가 쓰여 있었다면요? 그 유서를 숨기고 진짜 사인이 뭔지 알리고 싶지 않았을 수도 있잖아요."

근거 없는 의심이 아니었다. 저우마오의 어머니는 아들이 자살하지 않았다고 필사적으로 주장했다. 물론 아들을 잃은 고통과 슬픔은 충분히 이해된다. 18년 동안 아들을 훌륭하게 키워낸 어머니가 아닌가. 그러나 처음부터 경찰이 현장 조사를 통해 내린 어떤 판단에도 동의하지 않고 계속해서 다양한 음모론이나 추측성 의견을 내놓은 것을 포함해 인터넷으로 네티즌을 선동한 것까지 그녀의 행동은 목적성이 너무 강하다는 생각이 들었다. 비통해서라기보다는 일부러 어떤 결과를 유도하기 위해서라는 편이 어울렸다.

가장 의심스러웠던 부분은 그녀가 비통한 모습으로 경찰에게 억울함을 호소했을 때, 저우마오가 유서 한 장도 남기지 않고 어떻게 이렇게 이유 없이 죽을 수가 있냐고 한 말이다. 연락을 받고 학교에 도착하기 전에 아직 아들의 시신도 확인하지 않았는데, 온 집안을 뒤져 유서가 있는지 없는지 확인할 정신이 있었다는 말인가? 그때는 아직 교실이나 기숙사 침실 같은 곳도 확인하지 않았을 때였다. 그런데 어떻게 유서가 없다고 확신했을까?

류 선생의 인상이 더 찌푸려졌다.

"그럼 셰비하고 반장은 경찰에 그 얘기를 왜 안 한 거지?"

"얘기했어요. 그런데 유서를 찾을 수가 없었고, 저우마오의 어머니도 그렇게 이야기를 하는 바람에 이 이야기는 오히려 자신의 잘못을 감추기 위한 말처럼 들렸겠죠. 나중에는 경찰에서 저우마오가 두 사람에게서 벗어나기 위해 핑계를 댔다는 식으로 처리한 것 같아요.”

셰비와 반장 두 사람은 원래 사이가 그다지 좋지 않았지만 이 일에서는 진술이 일치했고 심지어 서로 힘을 합치기도 했다. 그들이 상대방을 위해 거짓 증언을 한다거나 범인일 가능성을 배제하고 사실을 이야기했다는 것만 전제한다면, 그들이 어떤 사실을 알게 되어 한 배를 타게 되었다는 이야기가 된다.

“그 말은 셰비하고 저우마오의 어머니 중에 누군가가 거짓말을 했다는 거야? 유서에는 뭐라고 쓰여 있었길래?”

나는 어깨를 으쓱했다.

“저도 모르죠. 아무도 모를 거고요.”

저우마오도 죽고 셰비도 죽었다. 유서도 사라지고, 이제 이 세상에 이 사건을 조사할 사람은 없다. 곱디고운 꽃다운 소년이 무엇 때문에 스스로 목숨을 끊었는지 알아내려는 사람도 없다.

류 선생이 물었다.

“셰비를 믿는 거야?”

나는 그를 똑바로 보며 답했다.

“경찰도 셰비를 믿었어요. 게다가 사람이 죽을 때는 진실을 말한다고 하잖아요. 자기 유서에 거짓말을 하는 사람은 없죠.”

류 선생이 어리둥절해했다.

“셰비가 죽기 전에 널 만났고 유서까지 남겼다고?”

나는 고개를 저었다.

“제가 바로 셰비의 유서예요.”

내가 셰비를 만난 것은 대학교 3학년 때였다.

그때 나는 교내 심리 상담 센터에서 아르바이트를 했는데, 상담은 할 수 없었고 접수와 상담 예약 일을 맡아 했다. 사실 전화 상담을 할 기회가 있었는데 내가 센터 내 경력 있는 상담사에게 대거리한 것 때문에 상담을 못 하게 되었다. 그들은 나를 자르지는 않았지만 내 아르바이트 기록에 악평을 남겼다. 홧김에 센터를 뛰쳐나와 학생회관 앞에 '심리상담, 무료, 해결될 때까지 상담 가능'이라는 간판을 내걸었다.

그때 내 마음은 분노로 가득 차 있었다. 어린 마음에 충동적이고 제멋대로 구는 성향이 강했고, 누가 나를 억누르면 그야말로 숙일 기세로 달려들던 시절이었다. 그래서 상담 센터의 얼굴에 먹칠이라도 하려고 그런 일을 벌였는데, 지나가는 사람들은 모두 내가 어디 아픈 게 아닌가 하고 쳐다볼 뿐이었다. 학생회관에는 출입문이 두 곳인데, 나는 학교 밖으로 통하는 동문에 간판을 걸고 앉아 있었다. 우리 학교 학생들뿐만 아니라 온갖 사람들이 오가는 길목이었기에 민망하고 뻘쭘하기 짝이 없었다. 나를 거들떠보는 사람조차 하나 없었지만 나는 괜스레 더 당당하고 자신 있는 척했다.

그때 한 남자가 다리를 절면서 내 앞을 지나갔다. 보기 흉할 정도로 절뚝거리는 모습에 행인들은 저도 모르게 그 남자를 쳐다보았다가 이내 시선을 피했다. 그러나 나는 그가 고개를 돌려 나를 볼 때까지 뚫어지게 쳐다보았다. 딱히 어떤 의도가 있는 건 아니었다. 그냥 저런 사람은 심리적으로 분명 힘든 문제가 있을 거야 하는 나쁜 생각을 해보기도 하고, 아니면 나에게 심리 상담을 받으러 왔으면 하는 생각을 해보기도 했다.

그런데 그 남자가 진짜 나에게로 다가왔다. 내 생각과는 달리 얼굴에 선한 웃음을 가득 품고 있었다. 그는 내 간판을 보고 나를 보더니 목소리를 가다듬고 이야기했다.

"해결될 때까지 상담 가능이라고요?"

나는 속으로 뜨끔해서는 무례한 눈빛으로 쳐다본 것이 부끄러워 말을 더듬었다.

"그, 그럼요. 얼마나 오래 걸리든 상관없어요. 필요하시면 장기간 상담도 가능합니다."

남자는 구김살 없는 표정으로 환하게 웃었다.

"장기간 상담은 안 될 것 같고, 일단 제 얘기를 한번 해볼게요."

상담 센터의 심리 상담실로 갈 수는 없었다. 상담사에게 대거리하기 전에도 상담을 시켜주지 않았는데, 이런 행동을 한 후라면 더욱 말도 안 되는 일이었다.

남자와 함께 학교 안으로 들어가 강의실 하나를 대여하는 수밖에 없었다. 그런데 건물 경비원이 그를 한참 보더니 진입을 허락하지 않았다. 외부인 출입을 금지하기 때문이었다. 나는 그가 내 실험의 피험자라고 거짓말을 했다. 경비원은 무슨 실험이냐고 물었고, 나는 장애인의 특수 심리에 관한 연구라고 둘러댔다. 경비원은 남자에게도 몇 가지를 꼬치꼬치 캐묻고 신분증을 경비실에 맡기라고 했다. 또 나를 어떻게 알게 되었느냐, 자원해서 실험에 참여하는 것이 맞느냐 따위를 물었다. 그가 시원시원하게 대답한 후에야 우리는 겨우 풀려날 수 있었다.

생각해보니 너무 미안했다. 그날 나의 한마디 한마디, 행동 하나하나가 모두 그의 상처에 소금을 뿌리는 격이었고, 내담자를 그렇게 고생시켜 '상담실'로 안내한 것도 전혀 전문적이지 못한 행동이었기 때문이다. 나 자신도 너무 황당했다. 분노에 휩싸여 충동적으로 말을 내뱉고 누군가를 치유해주고 싶어 판을 벌인 것인데 시작도 하기 전에 내담자에게 실례를 범한 꼴이 되고 말았다.

작은 강의실에 도착하자마자 나는 우선 그 남자에게 고개 숙여 깊이 사과했다. 상담자의 권위를 실추시킬 수 있는 행동이었지만 그런 것 따위 신경 쓸 때가 아니었다. 그런데 그는 전혀 개의치 않았고 기분도 계속 좋아 보였다.

의례적인 인사말을 주고받고 상담을 시작했다. 나는 살면서 가장 긴 45분을 경험했다. 남자는 충격적인 이야기를 들려주었다. 그 엄청난 이야기의 주인공은 심지어 본인이었다. 출생, 가정환경, 살인범 아버지, 가정폭력을 일삼은 양부모, 학교에서 일어난 자살 사건, 인터넷 마녀사냥, 마라톤 대회……

나는 멍하니 듣고만 있었다. 남자가 하는 이야기는 나의 인생 경험으로 수용할 수 있는 범위를 넘어서 있었다. 어떻게 반응해야 할지 몰라 민망하기만 했다. 살면서 겪을 수 있는 가장 끔찍하고 무서운 심연과도 같은 경험을 들으며, 이 일은 내가 감당할 수 없다는 것을 곧바로 알아챘다. 그러나 그는 시종일관 미소 띤 표정으로 밝고 경쾌하게 이야기를 이어나갔다. 어느 순간 그가 나에게 상담을 받으러 온 것이 아니라 나를 짓밟기 위해 온 것처럼 느껴졌다.

내담자 중에는 스트레스에 대한 저항력이 강하고 상담사의 칭찬을 받으려고 일부러 아무렇지 않은 척 이야기하는 사람들이 있다. 하지만 그는 그런 사람들과 달랐다. 그는 나를 전혀 신경 쓰지 않았고 자신이 겪은 일에 관해서도 아무렇지 않은 눈치였다.

나는 제일 먼저 확인해야 할 사항에 관해 물었다.

"그럼 두 사람은 저우마오를 밀었어요? 안 밀었어요?"

셰비는 밀지 않았다고 답했고, 웃음으로 되물었다.

"제 말 믿으세요?"

"믿습니다."

내 답변이 너무 단호해서였는지, 그가 잠시 망설이더니 웃음을 보였다.

"고맙습니다."

나는 저우마오가 죽은 다음 날 아침에 왜 웃었는지 물었다.

"그때 창턱에 나비 한 마리가 앉아 있었거든요. 너무 예쁘더라고요."

나는 뭐라고 대답해야 할지 알 수 없었다. 그는 즐거움에 지극히 민감해서 자신에게 즐거움을 주는 대상이 있다면 아무리 나쁜 상황에서도 금세 빠져나와 기꺼이 즐거워할 수 있는 사람이었다. 그를 엄청난 위기로 몰아넣은 영상 속 미소의 이유가 고작 나비 한 마리였다니. 다시 한번 나의 한계를 느꼈다. 이런 답변이 사람들에게 알려져봤자 그에 대한 미움과 혐오감만 깊어질 것이 분명했다.

이윽고 그가 덧붙였다.

"아마 그 나비가 저우마오 아니었을까요?"

나는 그 말을 듣고 그저 울고 싶은 마음이었다.

반장에 대해서는 어떻게 생각하냐고 물었다. 처음 이 이야기를 듣고 더 의심이 가는 사람은 저우마오의 어머니가 아니라 반장이었다. 이 사건에서 가장 마지막으로 노출된 사람이기도 하고 이름조차 공개되지 않았기 때문이다. 나는 셰비를 통해서 원래 반장 역시 두 사람과 같이 캠프에 가기로 했었다는 사실을 알게 되었다. 그러나 아무도 이 사실을 밝히지 않았다. 왜였을까? 반장은 가정환경이 좋은 편이었고, 그 해에 순조롭게 입학 시험을 치르고 좋은 대학에 진학했다. 사람들의 주의를 다른 곳으로 돌리기 위해 누군가 의도적으로 인터넷상에서 마녀사냥을 시작한 게 아닌가 하는 의심이 드는 이유가 바로 그것이었다. 똑같은 사건을 겪은 용의자이자 목격자인 '괴로운 왕자'는 셰비와 확연히 다른 삶을 살았다. 나의 물음에 셰비는 웃으며 대답했다.

"반장은 아주 좋은 애였어요. 그리고 저랑도 꽤 인연이 있는 것 같아요. 걔도 성이 셰거든요. 제 이름은 셰비, 걔는 셰싱이에요."

셰싱, 나는 그 이름을 속으로 따라 읊었다. 반장과는 왜 사이가 좋지 않았는지, 셰싱이 왜 다른 친구들보다 특히 셰비를 싫어했는지 물었다.

셰비는 셰싱이 바로 자기 아버지가 저지른 사건의 '피해자'였다고 말했다. 그때 살해된 여자아이 중 하나가 셰싱이 직접 셰류강의 차에 태워 보낸 친구였던 것이다.

사건이 일어난 그날 유치원이 끝나고 셰싱은 같은 반 여자아이와 함께 문 앞에서 데리러 올 어른을 기다리고 있었다. 그동안 다른 친구들은 모두 이리저리 흩어졌다. 그때 셰류강의 통학 버스가 도착했고 셰싱은 친구를 도와 차에 태워주었다. 그리고 서로 잘 가라고 인사를 나누었다. 셰싱은 운전사 셰류강에게도 잘 가라며 인사를 했고, 셰류강은 셰싱의 머리를 쓰다듬어주었다.

사흘 후, 그 여자아이의 시체가 근처 놀이터에서 발견되었다. 경찰은 셰싱이 범인의 얼굴을 본 사실을 알고 셰싱에게 이것저것 물었다. 그러나 셰싱은 너무 놀라 대답도 못 하고 울기만 했다. 경찰이 보여준 사진 속에 셰류강의 얼굴이 있었지만 셰싱은 왠지 그를 지목해낼 수가 없었다. 그 일이 있고 나서 두 여자아이가 더 살해당했다. 그러자 선생님은 셰싱이 우물쭈물하는 바람에 경찰이 살인범을 늦게 잡았다는 둥, 셰싱이 살인범과 똑같이 나쁘다는 둥 차마 입에 담지 못할 나쁜 말을 했다.

이 일로 셰싱은 마음의 문을 닫았고, 유치원을 옮겼지만 소용이 없었다. 셰싱은 자라면서 계속 어린 시절 있었던 일의 상처와 양심의 가책에 시달렸다. 그는 그렇게 십여 년을 괴로운 왕자로 지냈다. 그래서 그 살인범의 아들과 같은 반이 되었다는 걸 알았을 때, 혐오감과 적개심을 숨기기 어려워했다.

그런 두 사람이 한 사건에 휘말리게 되었다. 몇 달 동안 계속되는 경찰의 수사에 몇 번이고 불려가서 조사를 받고 셰비와 아침저녁으로 얼굴을 마주 봐야 하는 상황에 부딪혔다. 그들은 세상의 악의적인 시선에 한데 묶여 끌려다니며 의도치 않게 상대방의 어려움을 깨닫게 되었고, 자연스럽게 상대방에게 젖어들었다. 그들은 자신들과 완전히 다른 정신세계 속에서 부딪히고 분노하고 찢기고 부정당하게 되었다.

두 사람은 점점 서로에게 유일한 배출구가 되었다. 두 사람을 이보다 더 단단한 공생 관계로 만들어줄 고난은 없었다. 그렇게 셰싱은 이 살인범의 아들이 자신과 마찬가지로 살인범이 저지른 일의 피해자라는 것을 확실히 깨달았다. 두 사람은 화해했다.

상상하기도 힘든 우여곡절이었다. 저우마오가 죽고 난 후 두 사람의 반응이 왜 그렇게 달랐는지 이제 이해할 수 있었다. 셰비가 줄곧 즐거운 왕자로 살아오는 동안, 셰싱은 어릴 때 친구를 제 손으로 살인범에게 넘기고 또다시 눈앞에서 친구를 잃는 경험을 한 것이다. 안 그래도 트라우마를 안고 괴로운 왕자로 살아왔는데 이런 일이 다시 벌어졌을 때 어떻게 아무 일 없다는 듯 덤덤할 수 있었겠는가.

타이머가 울려 상담 시간이 끝났음을 알 때까지 나는 제정신이 아니었다. 저우마오의 자살 사건이 일어난 그해에 나는 머리를 싸매고 공부에 매진할 때여서 휴대전화도 없었다. 게다가 당시에는 인터넷도 지금처럼 발전하지 않아서 이 사건은 전혀 모르고 있었다. 그런데 당사자의 입에서 직접 이 놀라운 사건을 듣게 된 것이다. 상담에서 가장 기초가 되는 '공감'을 했다고 감히 스스로 말할 수 없었다. 나는 이야기의 끄트머리에 겨우 입을 떼고 더듬더듬 한마디만 했다.

"쾌락 중추는 아마 아버님이 남긴 선물일 거예요."

그가 웃었다.

"그렇게 말해준 사람이 또 있었어요. 하지만 가끔은 이 세상에서 즐거워하는 것이 죄를 짓는 것만 같아요."

셰비가 창밖을 보았다. 나비 한 마리를 또 발견한 듯 활짝 웃는 표정이었다.

셰비는 떠나면서 나와 이야기를 나눈 것이 너무 즐거웠다며 고맙다고 인사했다. 그리고 다리를 절뚝거리며 밖으로 나갔다. 그는 경비원에게 신분증을 돌려받고 사인을 하고 힘겹게 문을 열어 사람들의 시선에 맞섰다. 그리고 뒤뚝뒤뚝 다리를 절면서 표지판을 확인하고 캠퍼스를 돌고 돌아 교문으로 나갔다. 나는 셰비에게 다음 상담을 받겠냐고 물어볼 용기도, 길을 알려줄 엄두도 내지 못했다. 이 상담이 완벽한 실패작이었다는 사실을 알았기 때문이다.

솔직히 말하자면 나는 그때 셰비의 즐거움을 전혀 이해하지 못했다. 이런 삶을 살아온 사람이 즐거울 수 있다는 것이 상상조차 되지 않았다. 그저 이런 존재가 나의 어리석음을 채찍질하는 것만 같아 우울할 뿐이었다.

그리고 얼마 후 나에게 이야기를 나눈 것이 너무 즐거웠다며 고맙다고 했던 사람이 스스로 투신했다는 사실을 알게 되었다. 셰비는 나와 이야기를 나눈 날 자신의 고등학교를 찾아가 저우마오가 스스로 목숨을 끊었던 그 기숙사 옥상에서 아래로 몸을 날렸다.

그 신문 기사를 보고 나는 착각이라고 생각하며 시간을 더듬어보았다. 우리 학교에서 그 고등학교까지는 세 시간이 걸리는 거리였다. 그렇다면 셰비는 이곳을 떠난 후 곧바로 죽으러 갔고, 나는 그가 죽기 전 마지막으로 만난 사람이라는 뜻이었다.

셰비는 왜 나에게 왔을까? 그는 아마도 죽음을 각오하고 학교로 향하는 길이었을 것이다. 그러다 길바닥에서 고통을 자초하는 바보 같은 나를 만났고 무언가를 좀 남겨두자는 데 생각이 머물렀을 것이다. 그렇게 나는 그가 이 세상에 남긴 유서가 되었다.

그는 나를 어둠 속으로 이끌어놓고는 자기는 즐겁다고 이야기했다.

나는 미쳐버릴 것만 같았다. 셰비가 말하는 즐거움을 도저히 이해할 수가 없었으니까. 그날의 상담은 나의 한계를 철저히 깨닫게 해주었다. 공감력이 뛰어나다든가, 상담에 천부적인 재능이 있다든가 하는 말은 다 새빨간 거짓말이었다. 이 세상에는 내가 이해할 수도 없고 어떻게 도움을 줘야 할지도 모르는 사람이 존재했다. 나는 셰비의 즐거움도 괴로움도 전혀 이해하지 못했다. 그는 그렇게 지옥문을 열어놓고는 날 문 앞에 버려두고 혼자 안으로 들어가버렸다. 나는 그 열린 문을 바라보면서 그의 뒷모습을 떠올리며 문 뒤의 세계를 상상할 수밖에 없었다.

셰비는 삶의 끝자락에서 나에게 잠시 머물렀을 뿐이었지만, 그때부터 나의 세계는 어둠에 휩싸였다. 그래서 우샹추가 자살했을 때 나는 또다시 엄청난 공포에 휩싸였다. 우샹추가 죽기 전에 마지막으로 만난 사람도 나였기 때문이다. 해결하고 싶다고 그를 치유하고 싶다고 호언장담을 해놓고 그의 죽음을 앞당긴 꼴이 되고 말았다. 나는 정말 구제불능에 쓸모없는 인간이 되고 말았다.

내 눈앞에 죽고 싶어 하는 사람이 버젓이 서 있는데 나는 그를 붙잡기는커녕 죽으려 하는 것조차 알아채지 못했다. 아무것도 하지 않은 방관자와 직접 사람을 죽인 살인범은 어쩌면 비슷한 고통을 짊어지고 살아갈 것이다. 아니, 전자의 고통이 더 심할지도 모른다. 우샹주의 구조 신호는 내가 듣지 못했다고 치자. 셰비는 어떤가. 그는 나에게 신호를 보내지도 않았고 부탁을 하지도 않았다. 그는 그저 나에게 무언가를 남겨두고 싶었을 뿐이다. 이런 결연한 죽음의 의지 앞에 내가 무엇을 할 수 있었을까? 나 따위가 뭐라고. 그 순간 나는 화장지처럼 가벼운 존재가 된 것만 같았다.

그 후 나는 한동안 폐인이 되었다. 수업도 결석하고 시험도 포기하고 동아리 활동까지 접은 나는 세상에 대한 희망과 기대를 버렸다. 그때 한이이가 내 방으로 찾아와 나를 끌어냈다. 내가 걱정돼서 온 줄 알았는데 나에게 동아리 탈퇴서를 들이밀었고 나를 연극 동아리에서 쫓아냈다. 그리고 나에게 이런 말을 했다.

"무거, 네가 이 일에 잘 맞는지 잘 생각해봐야 할 거야. 잘 모를 수도 있지만, 넌 고통을 끌어당기는 사람이야. 심연 속에서 살아가는 고통스러운 사람들이 너에게 끌리는 거라고. 넌 당연히 그 모든 사람을 심연에서 끌어올릴 수가 없을 거고, 네가 끌려 내려가겠지. 넌 너 자신을 보호할 수도 없잖아. 넌 그렇게 강인한 인간이 아니야. 너무 연약하고 고통과 아픔에 유난히 민감해서 조그만 일에도 깨지고 부서지잖아. 잘 생각해봐. 꼭 임상 심리사가 될 필요는 없어. 집착하고 버티는 것도 일종의 병이야."

그런 소리를 곧이곧대로 들을 정신이 어디 있었겠는가. 내가 나약하다는 걸 나 역시 알고도 남았다. 지긋지긋할 정도로 자기혐오에 빠져 있던 나에게 누군가 한 번 더 나약함을 확인해줄 필요는 없었다. 그날 나는 한이이에게 볼썽사나울 정도로 심하게 대들었고 입에 담을 수 없는 욕설까지 퍼부었다. 내가 그러는 동안 한이이는 냉소 어린 표정으로 나를 지켜볼 뿐이었다. 그녀의 차가운 웃음에서 나는 셰비를 떠올렸고, 결국 한바탕 난리를 치고 동아리를 관두었다. 그 이후로 한이이와 나는 줄곧 사이가 나빴고, 그녀는 내가 이 일을 계속하는 걸 못마땅하게 여겼다.

류 선생은 지금까지 내가 한 이야기를 듣고 한참 입을 열지 않았다.

그 일이 일어난 게 그렇게 오래전이라는 생각이 들지 않았다. 그때 일어났던 모든 일이 머릿속에 또렷이 남아 있었고, 내 잇몸에 기생하는 미생물처럼 씹고 삼키고 말을 할 때마다 나와 함께 살아 숨 쉰다는 느낌이 들었다.

그러다 아주 한참 후에, 셰비의 즐거움에 관해 차분하게 생각을 정리하고서야 조금씩 그를 이해할 수 있게 되었다. 그는 담담하게 죽음에 직면했다. 다른 사람들의 심판을 견디지 못해 고통스러웠던 것이 아니다. 그는 단지 사람들이 손꼽으며 바라는 일을 해준 것뿐이다. 자신의 존재를 없애버림으로써 세상 사람들에게 은혜를 베푼 것이다. 그는 몸을 던지는 그 순간까지 어쩌면 즐거워했을지도 모른다. 그는 앞뒤를 재고 따지는 사람이 아니었다. 매 시각 매 순간에 충실하게 현재를 살았다. 죽는 그 순간마저도 나비를 발견했던 그 순간과 똑같은 마음가짐으로. 그때부터 나에게 이 세상 모든 나비는 세비로 보였다.

류 선생에게 물었다.

"제가 거기서 어떻게 빠져나올 수 있었는지 아세요?"

"어떻게 나왔는데?"

"극도로 공감했거든요. 세비가 죽기 직전에 지나간 길을 따라가봤어요. 시간이 약간 남는 걸 알고 세비가 길을 돌아서 갔다는 걸 알았어요. 우리 학교에서 세비가 다닌 고등학교까지 가는 데는 두 가지 방법밖에 없어요. 하나는 직통으로 가는 거고, 하나는 차를 갈아타는 방법이에요. 시간으로 따져보니, 직통 버스를 타지 않고 차를 갈아타고 먼 길을 돌아간 거더라고요. 그럴 필요까진 없는 일이잖아요. 죽기 직전에 미련이 남아서 괜히 30분이나 되는 시간을 무의미하게 붙잡을 사람도 아니고요. 그래서 저는 그가 갔을 것 같은 길을 따라 차를 갈아탔어요. 제가 뭘 발견했는지 아세요? 갈아탄 버스가 놀이터 옆을 지나더라고요. 자기 아버지가 시체를 유기했던 그 놀이터 한 군데를요. 그 옆에 아주 높은 빌딩이 들어서 있었는데 아마 거기서 뛰어내리려고도 했을 거예요."

"하지만 결국 차에서 내리지 않았죠. 왜일까요? 그 건물은 더 높고 사람도 많고 또 아버지의 죄가 고스란히 남아 있는 곳이니 자신의 의식을 치르기에 아주 만족스러운 장소였을 텐데, 왜 굳이 학교로 찾아 갔을까요?"

"전 그때 바로 알았어요. 세상 사람들에게 알려주려 했던 겁니다. 자신의 비극이 아버지에게서 온 것이 아니라 바로 여기 이 학교에서 일어난 사건, 그러니까 당신들에게서 온 것이라는 걸."

류 선생의 표정이 굳어졌다.

셰비의 마음을 알아챘을 때 나는 충격으로 완전히 무너질 것 같은 심정이었고 그래서 더 정신을 가다듬고 마음을 다잡았다. 아무리 즐거움을 타고난 사람이라도 설움은 있는 법. 그제야 그의 인간적인 면이 보였다. 항상 즐겁기만 한 기괴한 거인이 막대 사탕을 입에 문 꼬맹이로 보이는 순간이었다. 순진하고 평범한, 억울함이 무언지도 모르는 그는 사람들이 바라는 뜻을 이룬 것뿐이었다.

그날 충격을 받고 나는 새로운 신념을 바탕으로 삼아 이 일에 매진하기로 마음먹었다. 다시는 셰비 같은 사람이 생기지 않게 하고 싶었고, 다시는 누군가의 유서가 되고 싶지 않았다.

내가 치쑤를 이해하는 것도 그래서였다. 그렇게 짧은 시간 셰비를 만난 나도 이렇게 큰 트라우마를 겪었는데, 치쑤는 무려 6년이나 애를 썼다. 그 6년을 어떻게 견뎌왔는지 감히 상상하기조차 힘들었다. 더구나 6년 동안의 노력이 무색하게도 셰비는 자살을 해버리지 않았던가.

어제 치쑤와 했던 이야기가 어렴풋이 떠올랐다. 나는 왜 이런 일을 벌이느냐고, 왜 기존의 정신줄기세포 프로젝트에 역행해 사회를 미치게 만들려는 거냐고 물었다. 그는 나를 향해 웃으면서 아주 친절하게 설명했다.

"범죄자, 미치광이가 전체의 대다수를 차지하게 되면 사람들은 자신의 유전자 속에 있는 두려움을 인정해야만 하겠지. 그리고 자신이 그들과 동류라는 걸 인정할 수밖에 없을 거네. 아무리 욕을 한다 해도 사람 간의 유전자는 99퍼센트 동일해. 1퍼센트밖에 다르지 않단 말이지. 그리고 아주 빠르게 그 1퍼센트의 차이조차 사라질 거야. 그때가 바로 정신줄기세포 프로젝트가 들어맞는 때야. 이 세상에서 치료가 필요한 건 환자들이 아니라 이른바 정상인이라는 인간들이네."

치쑤의 말은 여전히 놀라웠다. 그는 30년 동안 이 일을 해왔다. 극도로 공감해야 한다는 이유로 그는 아주 오랫동안 심연을 헤매고 다녔다. 주위에서는 언제나 그를 끌어당기는 유혹의 손길이 나타났을 것이다. 그러나 그는 자신을 끝까지 지키기 위해 지옥문의 열린 틈으로 끊임없이 유혹하는 그 수많은 손을 뿌리쳤다. 그런데 단 한 발짝, 셰비가 뛰어내리던 그 순간에 그도 마침내 아래로 끌려들어 가고 말았다.

며칠 후, 추페이가 연극 심리 치료 모임에 나타나지 않았다. 전화도 받지 않았고, 추페이의 어머니도 그가 어디로 갔는지 알지 못했다. 그리고 치쑤 역시 모임에 나타나지 않았다. 병실에서도 자취를 감추었다.

입원 환자와 통원 재활 치료 중인 환자가 사라지는 바람에 병원에서는 혹시 도망이라도 간 게 아닌가 싶어 난리가 났다. 하지만 병원 내 경비 시스템은 울리지 않았다. 치쑤의 사정을 아는 사람들이 보기에 그는 굉장히 위험한 인물이었다.

병원의 보안 요원들이 수색을 시작했고, 의사들도 보안 카메라를 샅샅이 뒤졌다. 결국 간호사실 데스크 쪽에서 찍힌 치쑤를 발견했다. 중증2과 간호사실은 양쪽으로 문이 나 있었는데, 하나는 입원 병동으로 통하는 문이고 하나는 의사들의 사무실로 통하는 통로 쪽 문이었다. 치쑤는 간호사실 데스크로 들어와 의사 사무실 쪽으로 나갔다. 그래서 경보도 울리지 않은 것이었다. 그가 간호사실에 들어갔을 때 하필이면 방에 아무도 없었다. 그가 어떻게 간호사실 열쇠를 손에 얻었는지는 알 수 없었다.

치쑤는 병동을 벗어나고 병원을 나가지 않고 위층으로 향했다. 계단으로 사라지는 뒷모습을 보면서 가슴이 철렁 내려앉았다. 그가 어디로 가려는지 알 것 같았다. 그는 부러 카메라에 찍히려는 듯 아주 천천히 침착하고 여유 있게 움직였다.

나는 병동에서 뛰쳐나와 옥상으로 쏜살같이 달려 올라갔다. 옥상 문이 살짝 열려 있었다. 역시 치쑤가 있었다. 아래쪽에서 쫓아오는 소리와 함께 나에게 멈추라고 소리를 지르는 류 선생의 목소리가 들렸다. 나는 얼른 문을 열고 뒤로 돌아서서 류 선생을 보고 웃었다. 그리고 두려운 표정에 휩싸인 그를 남겨두고 문을 닫아걸었다. 그가 문을 두들기며 소리쳤다.

미안해요. 류 선생님. 치쑤와 꼭 해결해야 할 일이 있어요.

나는 돌아서서 옥상 가장자리에 있는 치쑤를 보았다. 그는 나를 등지고 입을 열었다

"좀 늦었군."

"추페이 환자 어디 있어요?"

그는 아무 대답 없이 옥상 아래쪽을 내려다보았다.

"높은 곳에 올라서서 볼 때마다 참 신통하단 말이야. 저 많은 집 창문 하나하나는 다 저렇게 조그맣고 고만고만한 게 똑같아 보이는데 그 안에 간직하고 있는 상처는 하나하나 다 다르고 제각각이지. 신이 우리를 볼 때도 마찬가지일 거야. 인간은 너무 많고 너무 보잘것없어서 어여삐 여기는 마음마저도 베풀기에 부족한 거지."

"추페이는 어딨어요?"

치쑤는 말을 잠시 멈추더니 돌아서서 부드러운 음성으로 대답했다.

"그가 있어야 할 곳에."

"그게 어딘데요?"

"안전한 곳이야."

물어봤자 소용없다는 걸 알았다. 치쑤가 나에게 직접 얘기해주지 않는다면 방법이 없다.

내가 대뜸 말했다.

"단서."

"뭐라고?"

나는 못 참겠다는 듯 말했다.

"또 숙제를 내는 건가요? 모리, 뤼뤼, 수펀, 차오랑, 샤오이, 셰비처럼요."

나는 낯빛 하나 바꾸지 않고 셰비의 이름을 이야기했다.

치쑤는 멈칫하는 듯했지만 별다른 반응은 보이지 않았고, 오히려 웃으며 되물었다.

"내가 그렇게 재미없는 사람 같은가?"

"그럼 왜 저한테 그들에 관한 단서를 주신 거죠? 왜 내가 당신을 이해하도록 만든 거예요?"

"자네를 단련하기 위해서지."

"단련해서 뭘 하라고요, 제2의 치쑤가 되라고요?"

지난번 그가 했던 말이 아직도 내 귓가를 맴돌았다. 이 모든 것을 대신할 완벽한 사람, 그게 바로 나였다. 치쑤가 웃었다.

"벌써 상상해봤나 보군."

나는 뜨끔했지만 애서 표정을 숨겼다.

"차오랑 같은 비극이 생기게 할 수는 없어요. 누군가에게 보복하기 위해 새로운 희생자를 만들기도 싫고요. 이게 내가 당신이 될 수 없는 이유예요."

치쑤가 입술을 모았다. 온화함과 웃음 사이로 나를 얕잡아 보는 느낌이 들었다.

"보복이라고 생각하다니, 내가 자네를 과대평가했나 보군."

"나는 아주 평범한 사람이고, 당신도 마찬가지예요. 우린 아무 특별할 것 없는 사람들이라고요."

치쑤가 소리 내 웃었다.

"그렇게 밀어낼 텐가. 안타깝군. 내가 자네 같은 사람을 찾기 위해서 얼마나 오래 노력했는지 상상도 하기 힘들 거야. 별 하나가 탄생해서 폭발할 세월만큼 찾아 헤맸거든."

폭발이라는 말에서 갑자기 초조함과 두려움이 밀려들었다.

"무거, 두려운가? 자네는 두려운 생각이 들 때마다 흥분한 기색이 역력하더군. 어떻게 그런 습관이 생기게 된 건지 호기심이 들어. 아마 그걸로 많은 사람을 속였겠지. 그런데 반대로 진짜 흥분했을 때는 겁에 질린 얼굴이 돼. 지금은 본인이 무슨 표정인지 알고 있나?"

나는 구차한 표정을 짓지 않으려 최대한 노력했다. 치쑤 앞에서 나는 발가벗겨진 것이나 다름없다. 그는 나의 수치심을 마음껏 유린할 수 있고 마음에도 없는 말을 하는 나를 괴롭힐 수도 있고 얼마든지 나를 민망하게 만들 수 있다. 그의 뜻대로 되지 않게 애쓰면 애쓸수록 결과는 정반대로 흘러갈 것이다. 이런 상황에 나는 이미 익숙했고, 그래서 방어적인 생각이 들 때마다 아예 그냥 내려놓아버렸다. 그에게 완전히 투항해 나의 진실을 알아서 해석하도록 내버려 두려 했다.

그가 한참을 쳐다보더니 이야기했다.

"심리 상담의 비결이 뭔지 자네도 알고 있겠지."

"공감력?"

그가 고개를 저었다.

"아니. 대화야. 대화의 힘은 강력하거든. 나는 가끔 내 환자들, 내 말을 듣는 사람들이 내가 하는 말 속의 거짓과 위선을 믿지 않길 바라기도 해."

나는 고개를 끄덕였다. 그럴 수 있었다. 말의 거짓과 위선은 상담자의 거짓과 위선을 뛰어넘는다. 내가 "악한 사람에게 공감하면 선의 입장을 잃어버린다"고 생각했을 때도 나는 이미 악한 사람에게 공감한 뒤였으니까.

"당연히 상담자는 생각하는 바와 다르게 말해야겠지. 알아야 할 것은 자네가 그렇게 밀어내려 할수록 이 계획에 말려들 수밖에 없다는 거야. 특히 무거 자네, 그리고 나, 우리 같은 사람은 고통을 느끼고 저장하는 기관을 타고났지. 자네는 그걸 잘라버리고 싶은 마음이 들지 않는단 말인가? 내가 칼을 자네 앞에 둔다고 해도 흔들리지 않을 자신 있어? 사람들에게 정신줄기세포라는 기관을 모두에게 선사하는 거야. 오랫동안 모르고 살았으니, 이제 우리 세상에도 와봐야지."

"거짓과 위선이라면 자네가 그걸 모두 벗어던질 때까지 충분히 기다릴 수 있네. 하지만 솔직하고 진실한 자네 모습은 날 항상 깜짝 놀라게 했어. 무거, 자네가 지금까지 나를 우러러본 것은 용기가 없어 생각에만 머물렀던 자네의 광기를 내가 대신 실천하기 때문이었겠지. 자네 눈에 나는 태양보다도 더 밝게 빛났을 거야."

나는 아무 말도 대답도 하지 않았다. 치쑤가 두 팔을 펼쳐 보였다.

"이곳, 이 병원을 포함해서 저 무수한 창문 속 그들은 나를 보러 오는 자네를 맞이하기 위해 내가 정성스럽게 준비한 선물이야. 그런데 말이야, 나는 자네에게 아무 짓도 하지 않았는데, 자네는 어째서 그렇게 끌린 걸까? 뭐거, 운명의 손이 있다는 걸 믿나? 그 엄지손가락이 자네에게 살짝 닿은 순간, 그 새끼손가락은 이미 자네 발밑에 깔려 있었다네."

나는 한참 동안 대꾸도 하지 못한 채 가슴만 쓸어내리다 겨우 입을 뗐다.

"그 말이 맞을지도 몰라요. 제가 존경하고 따른 건 사실이니까요."

그의 얼굴에 웃음기가 가시기도 전에 나는 솔직한 마음을 이야기했다.

"하지만 제가 존경하는 건 여기 계신 모든 분이에요. 그분들도 제가 펼쳐보지 못한 광기를 대신해주시거든요. 당신이 특별하다거나 유일한 건 아닙니다. 치쑤 사부님."

그가 눈을 찡그렸다.

"운명론은 가장 천박하고 무의미한 방식인 것 같은데요. 저는 그런 걸 좋아하지 않아요. 당신도 마찬가지로 그런 걸 좋아하지 않고, 심지어 혐오하고 배척하잖아요. 우리는 그런 걸 당연하게 여기는 기회주의자들을 싫어해 왔어요. 그건 믿음이 부족한 사람들을 속이는 짓이에요. 그런 말로 나를 설득하는 건 너무 무성의하게 보여요. 사부님, 제가 그렇게 쉽게 속아 넘어갈거라고 생각하셨어요?"

치쑤가 웃었다. 그의 눈빛에는 기쁨도 슬픔도 보이지 않았다.

"너는 특별한 사람이라는 둥 너는 선택받았다는 둥 운명이라는 둥 하는 얘기는 꺼내지도 마세요. 당신은 이제 아무것도 할 수 없고 무능력한 채로 입원한 환자일 뿐이에요. 당신이 엉망진창이 되어 수렁에 빠져버렸을 때, 아주 잠깐 운 좋게 몸을 지탱할 수 있는 나뭇가지 하나가 나타난 것뿐이라고요. 그게 납작하든 누렇게 뜬 것이든 튼튼하든 가늘어 부러지기 일보 직전이든 그런 건 중요한 게 아니었겠죠. 붙잡을 수밖에 없었을 테니까요. 그리고 여기서 당신에게 넘어갈 수 있는 건 저뿐이었을 겁니다. 당신도 그렇겠지만, 저도 나름의 생각이 있어요. 당신은 이 엉망진창 요지경 세상에서 인정받지 못하고 가치를 잃어버렸고, 운명론이니 초인이니 하는 것에 자신을 의탁해버렸어요. 우리는 그렇게 특별하지 않아요. 저보다 훨씬 더 잘 알고 있잖아요. 우리는 정말 미미하고 보잘것없는 사람들이에요. 운명의 손이요? 그런 게 우리에게 다가올 리도 만무하고, 다가와도 우릴 거들떠보지도 않을걸요? 우리도 저 조그맣고 고만고만한 창문 속에 있는 온갖 존재 중 하나일 뿐이라고요."

"저한테 말의 거짓과 위선에 대해 가르치려고 하시지만 저는 그냥 스스로 항상 진심이기를 바랄 뿐이에요. 우리 서로 허심탄회하게 이야기할 수 있을까요? 저는 당신의 상대가 되지 못해요. 적이라고 생각한 적도 없고, 그냥 존경해 왔어요. 당신이 대단해서가 아니라 저를 장악할 수 있으니까요. 당신이 치쑤니까요."

침묵이 한참 이어졌고 치쑤가 웃으며 손뼉을 쳤다.

"좋아. 이제 서로 탐색은 끝난 것 같네. 보아하니 올라오기 전에 할 말을 철저하게 준비한 것 같군. 잘했어."

나는 몰래 주먹을 쥐었다. 숨이 막혀 왔지만 이대로 무너질 수는 없었다.

"십 년 전이라면 나에게 그런 말이 통했을지 모르지만 지금은 어설프기 짝이 없는 소리야."

나는 고개를 끄덕였다.

"그럼 저한테 가르쳐주시죠. 당신 같은 사람에게는 어떤 게 제일 잘 먹힐지."

치쑤가 웃었다.

"자네라면 할 수 있어."

나는 어깨를 으쓱했다.

"그럴듯한 대답은 아닌 것 같네요."

그가 크게 웃었다.

"저를 끌어들일 수 있다고 생각해서 그렇게 자신만만하신 거죠?"

"자네를 믿은 거지. 자네 마음속에 나를 향해 그려진 십자가를 봤으니까."

그가 한 발 뒤로 물러서며 말했다. 그 사소한 한 걸음, 한 마디가 정말 십자가라도 되는 것처럼 내 마음에 깊이 새겨졌다. 나는 무표정한 모습으로 그를 지켜보았다. 그는 잔인하게도 또 한 걸음 물러섰고, 한 번 더 십자가가 새겨졌다. 그는 마치 나의 평정심을 갈가리 찢어내는 이 놀이에 푹 빠진 것만 같았다.

옥상의 끄트머리에서 두 발짝만 남았다. 단 두 발짝이면 그는 온 하늘과 해를 십자가로 새까맣게 뒤덮을 수 있었다.

나는 여전히 차분한 상태였다.

"사부님, 제가 단순하고 어리석어 이 일에 목숨 걸고 뛰어들 수 있는 사람이라고 생각하시죠?"

치쑤는 가식적이면서도 온화한 모습으로 대답했다.

"그게 장점이라고 생각했는데."

나는 고개를 끄덕이고 웃었다.

"그런데 저 엄청 실속 따지는 사람이에요. 목숨 아까운 줄도 알고 너무너무 살고 싶어 하는 사람이라고요. 그걸 알고 저도 놀랐습니다. 제 생각에 저의 가장 큰 장점은요, 생각하시는 그런 민감하고 선하고 공감 잘하는 능력이 아니라 참고 견디는 거더라고요. 그런데 가만히 참고 견디는 행동은 까놓고 얘기해서 냉정하고 이기적이어야 할 수 있거든요. 누가 절 끌고 들어갈 엄두도 나지 않게 한다는 뜻이니까요."

치쑤는 여전히 같은 표정으로 나를 보며 아무 말도 하지 않았다.

"어둠을 보고 싶으면 저는 거울을 보면 돼요. 그런 게 효과가 있었다면, 오늘날 제가 있지도 못했겠죠. 아무도 절 어찌 하지 못하게, 저는 지금까지 그렇게 버텨왔어요. 당신도 예외는 아니고요."

"제가 이 일에 끌릴 이유가 뭐가 있어요? 환자에게 저의 모습을 투사한다고요? 인간의 가장 밑바닥, 가장 어두운 그림자 속에 절 투사한다고요? 어떤 사람들은 살기 위해서 어둠마저 자양분으로 삼아요. 저도 그런 사람이고요. 저는 어떻게든 살아남기 위해서 방법을 연구하고 궁리합니다. 그렇게 자신에게 살아야 할 이유를 부여하고 살아남을 확률을 높이려고 노력한다고요."

"저에 대해 오해하시는 것 같아요. 계속 살아가기 위해서 저는 정말 죽어라 참고 견디는 중입니다. 저의 민감함이나 공감 능력, 선량함, 상담 능력은 제 내구력에 비교하면 아무것도 아니에요. 민감한 사람은 고통에만 민감한 것이 아니라 즐거움에도 아주 민감하다고요."

"제가 얼마나 이기적인지 보고 싶어요? 당신을 얼마나 기억할지, 그리고 얼마나 또 금세 즐거워질지 한번 지켜보세요."

잠시 침묵이 흘렀다. 나와 치쑤는 옥상에서 멀찍이 떨어져서 서로를 지켜만 보았다. 그의 얼굴에서 어느새 표정이 사라지고, 분위기는 얼어붙었다.

그때 갑자기 나비 한 마리가 날아들었다. 날렵한 자태로 제멋대로 날아든 여린 생명은 마치 깨진 유리 조각처럼 날선 분위기를 순식간에 풀어버렸다.

순간 헛것인지 아닌지 헷갈렸지만, 치쑤의 시선 또한 팔랑거리는 나비의 몸에 머물러 있었다. 나비는 아주 천천히 오르락내리락 휘청거리며 고된 모습으로 날고 있었다. 우리는 마치 한 세기를 보내듯 아주 오랫동안 기다렸다. 그 나비가 우리의 존재를 아랑곳하지 않고 비틀거리듯 옥상을 휘젓고 눈앞에서 사라질 때까지 가만히 기다렸다.

나비가 더는 보이지 않을 때까지도 나는 그게 진짜인지 환상인지 확실히 알 수 없었다. 그러나 그게 진짜든 아니든 나와 치쑤가 같은 환각에 빠져들었던 건 확실했다.

정신을 차리고 보니 아까의 냉랭한 분위기는 온데간데없었다. 치쑤는 나를 따뜻한 눈길로 오래도록 지켜보았다.

"무거, 그러면 자네가 너무 힘들 거야."

허를 찌르는 그의 말에 나는 하마터면 무너질 뻔했다.

그가 눈을 내리깔고 무언가 내려놓은 듯 말했다.

"결정했으면 자네의 허점을 보이지 말게. 진정으로 용감한 사람은 자신이 용감하다고 떠들지 않는 법이니까."

나는 콧날이 시큰해졌다.

그의 얼굴이 하늘을 향했다. 그리고 누구에게 하는지 모를 말을 늘어놓았다.

"우리는 가끔 정신병을 고집병이라고도 말하지. 환자들이 자신만의 기괴한 세계에 있길 고집하니까. 다른 사람과 어울리지도 못하고 보통 사람들과 비슷해질 수도 없고. 고집스럽게 자기 자신을 괴롭히곤 하니. 내 말은, 세상에서 가장 고집스럽지 않고 가장 병들지 않은 사람이 바로 세비였네. 그런데 사람들은 기어코 그를 죽음의 벼랑으로 내몰았어."

치쑤가 갑자기 세비의 이야기를 꺼냈다. 그리고 고개를 들어 하늘을 마주 보았다.

"도대체 정신병이 뭐란 말인가? 입원했을 때부터 줄곧 그 문제를 생각했어. 아마 난 그 답을 찾을 수 없을 것 같아. 무거, 자네가 계속 생각해보게."

그의 시선이 나에게로 향했다. 언제나 나를 보던, 나를 빠져들게 하는 그 눈빛이었다. 그 순간 나는 공포에 휩싸여 큰소리로 외치고 싶었다. 날 그렇게 보지 말라고, 그렇게 모든 걸 맡기고 떠나듯 하지 말라고, 그리고 이 미친 세상에 날 혼자 두지 말라고.

그러나 나는 아무렇지 않은 척 차분하게 그를 바라보았다.

"무거, 계속 똑바로 걷기가 너무 힘들어. 난 너무 지쳤어."

치쑤가 모든 것을 대신할 사람을 찾았다고 했을 때부터 나는 그가 더 버티지 못할 거라는 걸 알았다. 치쑤가 벌인 모든 일은 이미 초심을 잃은 지 오래였고, 병원 입원은 그의 마음이 이미 손댈 수 없을 정도로 썩어 문드러졌다는 뜻이었으니까.

나는 그가 중도에 쓰러지고 포기할 거라는 걸 스스로 예상하지 못했다고 생각했다. 그러나 오늘 이 순간 알 수 있었다. 그는 계획을 세우던 그 순간에 벌써 결말을 예상했고 자기가 중도에 쓰러질 거라는 걸 알았다. 다만 어디까지 갈 수 있을지 몰랐을 뿐. 그는 자신의 능력이 얼마나 되는지 그 누구보다 명확하게 알았지만, 수많은 사람의 반대에 아무것도 이루지 못했다.

치쑤는 늦은 밤에 거리를 헤매는 야경꾼과 같았다. 깊은 밤, 문을 두들기고 소리를 지르는 사람이었다.

'보세요, 사람들의 고통과 사람들의 억울함을 좀 보세요. 당신들이 무슨 짓을 했는지 좀 보라고요. 수치스럽지 않습니까? 저 밝은 등불을 보면서도 부끄럽지 않아요?'

그러나 등불은 충분히 밝지 못했고 너무 조용했다. 그래서 그는 자신을 불에 던져 넣었다. 자신의 뼈와 살을 기꺼이 내주자 불은 타닥타닥 소리를 내며 타올랐다. 치쑤는 자신을 태우는 고통으로 세상을 깨우려 했다. 불타고 그을린 몸으로 비명을 지르며, 한 사람이라도 자기를 보아주길 바라며 천 길 낭떠러지를 향해 조금씩 조금씩 나아갔다.

도중에 나를 만난 건 예상 밖의 일이었다. 좋은 일인지 나쁜 일인지 알 수 없었다. 그러나 그 의외의 인연도 그가 가는 길을 바꿀 수는 없었다.

치쑤가 마지막 남은 두 발짝을 걸으며 뒤로 물러났다. 그리고 고개를 갸웃거리며 나를 보았다. 웃음 속에 참기 힘든 무언가가 숨어 있는 듯했지만 그는 태연자약했다.

"무서운가?"

나는 고개를 젓고 또 저으며 큰 소리로 대답했다.

"아뇨."

치쑤가 웃음소리를 냈다.

"두 눈 크게 뜨고 볼 거예요. 눈 하나 깜짝하지 않을 거예요. 모든 순간을 기억하고 영원히 잊지 않을 겁니다."

"날 진짜 원망하는구나. 나에게 복수하려는 거겠지."

나는 내가 말한 대로 두 눈을 커다랗게 떴다. 치쑤의 몸이 나비처럼 펄럭이며 뒤로 쓰러져 사라지는 장면을 그대로 지켜보았다. 이내 '쾅' 하고 땅바닥에 떨어지는 소리가 들려왔다. 공기 주머니가 터지는 것 같은 느낌이었다. 그때부터 나의 세계에는 나비가 날개를 퍼덕이며 소리를 냈다.

계단을 어떻게 내려갔는지 알 수 없었다. 데굴데굴 굴러서 내려갔는지도 모르겠다. 하지만 사람들은 내가 담담하게 사무실로 돌아간다고 보았을 것이다. 나는 나의 '이기심'을 끝까지 관철했고, 그 말의 거짓과 위선을 현실로 만들었다. 그가 말한 대로 허점을 보이지 않았다.

경찰이 왔다. 천 경관과 샤오커가 나를 찾아와 이것저것 물었다. 나는 평소와 다름없이 물 흐르듯 자연스럽게 대답했다. 아무도 나에게 "그를 붙잡았느냐, 왜 붙잡지 않았느냐?" 하고 묻지 않았다.

그렇게 나는 한 번 더 유서가 되었다. 그러나 이번에는 내가 그를 보냈다. 그리고 내가 그를 맘 편히 떠나갈 수 있게 했음을 누구보다 잘 알았다. 나는 이 어둠과 언제까지고 계속 부대끼며 살아가야겠지만.

치쑤가 선택한 길은 폭발이었다. 그는 어둠 속에서 자신을 희생해 불을 붙이고 한순간 눈부시게 타올랐다가 영원히 사라져버렸다. 그러나 내가 찾은 길은 인내였다. 어둠 속에서 희미한 빛을 내며 그 불빛이 꺼지지 않게 견디며 나가는 길, 끝없이 넓은 곳을 외롭게 조금씩 조금씩 걸어 나가는 길이었다.

이틀 후, 나는 치쑤의 유류품을 정리하겠다고 했다. 이틀이 지나도록 아무도 손을 대지 않는 걸 보니 모두 내 차지라고 생각하는 듯했다.

평소처럼 그의 침상으로 향했다. 창밖의 햇빛도 평소와 똑같았다.

마치 화장실에 가느라 자리를 비운 그를 기다리는 느낌이었다. 치쑤의 침대는 다른 환자들의 침대와 달리 말끔하고 깨끗하게 정리되어 있었다. 다른 환자들의 침대는 어지럽고 너저분했지만 활기가 있고 사람 냄새가 났다. 반면 치쑤의 침대는 바깥쪽으로 너무나 가지런히 정돈되어 배타적인 느낌마저 들었다. 여기 온 날부터 이 병실에 소속감이 없었던 것처럼 침대마저 소외되어 있었다. 치쑤는 이곳을 나가며 모든 정리를 마쳤다. 다시 돌아올 수 없다는 걸 알았으니까.

나는 침대에 잠시 앉아 있다가 뒷정리를 시작했다. 베개를 들추니 편지가 보였다. 새하얀 종이 위에 수놓은 것처럼 글씨가 쓰여 있어서 마치 시트 위에 바로 글자를 적어 내려간 듯 보였다.

무거에게

깜짝 놀란 나는 잠시 망설이다 편지를 열어보았다. 굳세고 힘찬 치쑤의 글씨가 종이 위를 꽉 메우고 있었다.

무거,

언제나 건강하고 행복하길.

이 편지는 오래전에 써놓은 것인데 오늘 첫머리를 손보느라 글자색이 달라졌어. 이해해주게. 간호사들이 나에게 매번 같은 펜을 주는 게 아니거든.

자네에게는 항상 무언가를 주고 싶었어. 위로라고 생각해도 좋고 사과라고 생각해도 좋아. 내가 자네에게 나쁜 본보기가 된 건 아닌지 모르겠네. 그저 나를 존경하고 따른 것은 자네의 문제가 아니니, 자네가 마음을 좀 편히 먹었으면 하는 바람이야.

환자와의 거리라는 관점에서 자네와 나 사이는 항상 위태위태했지. 우리는 이 문제를 회피해 왔네. 그게 더 편했으니까. 사실 환자와 가까이 지내는 것은 서로 서먹서먹한 것보다 훨씬 쉬운 일이야. 내가 이렇게 말하면 자네는 또 화를 내겠지. 나와 자네의 관계를 의사와 환자 사이로 규정했으니까. 그러나 이제 나는 자네가 화를 내거나 실망한다고 해서 두려워하지 않아. 자네가 나에게 이런 영향을 끼쳤다는 걸 스스로 잘 알 거야. 정신과 의사들은 환자에게 이런 영향력을 주는 사람이잖나.

자네는 내가 아무리 고약하고 나쁘게 굴어도 그저 불쌍하고 가엾게 보였을 거야. 자네는 언제나 나를 위해 이유를 찾고, 정신을 위해 자유의 경계를 설정했어. 너무 위험한 일이지. 게다가 자네는 언제나 그 경계선조차 지워버리려 했어. 이 세상에 자네가 따를 수밖에 없는 절대적인 권위가 있다면 그건 시간이겠지. 하지만 자네는 그 시간에조차 반항하려 해. 이게 바로 자네가 나에게 맞설 수 있었던 이유였겠지. 자네는 권위의식이라고는 찾아볼 수 없고 생각 또한 어디에도 얽매이지 않는 사람이네. 자네는 생각만으로도 이미 극도의 고통을 겪고 있기에 현실에서는 무너지고 추락하지 않을 수 있겠지만, 그 대가로 상상 속의 고통을 영원히 짊어져야만 하지.

내가 자식을 낳아본 적은 없지만, 아마 먼저 쓰러지고 넘어져본 아버지가 길을 떠나는 아이에게 품는 마음이 이런 건가 싶네. 자네는 이런 나에게 또 늙은이 같다고 말하겠지만.

무거, 이것만은 기억하게. 자네는 아직 젊어. 어리석더라도 즐거운 장사꾼이 되는 길을 선택할 수가 있네. 10년 후, 20년 후, 30년 후, 언제라도 어리석지만 즐거운 장사꾼이 될 수 있어. 언젠가 고통에 등 돌리고 싶거나 혹은 고통에 질려 무감각해지고 포기하고 싶을 때, 망설이지 말고 떠나게. 무자비하게 그리고 당당하게 햇빛을 향해 가란 말이야.

커다란 돌을 하나 뒤집어보면, 그 아래에 놀라서 허둥지둥 어찌할 줄 모르는 벌레들이 보이지. 뿔뿔이 흩어지는 그 벌레들은 다른 돌을 찾으면 그만이야. 돌은 아무리 뒤집어도 끝이 없잖나. 그러니 자네의 의지가 얼마나 강한지는 상관이 없어. 그러니까 마음 편히 먹게. 시간은 아직 많아.

내가 넘어지고 추락한 이유는 내가 너무 나약해서야. 자네는 내가 아니지. 나는 자네가 강인하다는 걸 알고 있네. 원래는 자네와 가까워질 생각이 없었어. 이 꼬맹이가 언제 쓰러지고 좌절하는지 가만히 지켜보려고만 했거든. 그런데 자네는 계속 그대로 서 있더군. 비가 오는 날도 맑은 날도 벼락이 치는 날도 그 모습 그대로 꿋꿋이 서 있었어. 그래서 나도 계속 자네를 지켜보다가 서서히 자네에게 다가갔네. 평범한 환자가 빛을 향해 걷듯이 자연스럽게 자네에게로 향한 거야.

그러니까 무거, 고개를 높이 들고 가슴을 쫙 펴고 지금까지 해온 것처럼 당당하게 나아가게. 자네의 무릎을 꿇릴 사람은 없어. 나를 포함해서 그 누구도 말이야.

사부, 치쑤

추신: 가능하다면 입관할 때 환자복을 입혀주게. 고마워.

치쑤의 편지를 읽고 나서 한참을 가만히 있었다. 울음이 터졌다. 엉엉 눈물을 흘리며 한참을 울고 또 울었다. 며칠 동안 눈물 한 방울 흘리지 않았었는데, 이기적인 내 모습을 잃는 순간 오만가지 감정이 뒤섞였다. 그리고 피곤이 몰려왔다. 너무 피곤했다.

그는 이미 오래전부터 죽기를 작정하고 있었고, 나를 옥상으로 이

끈 것은 마지막 수업을 위해서였다. 죽음을 받아들임으로써 앞서 두 번의 죽음에서 받은 유서라는 트라우마를 극복하게 하려는 것이었다. 치쑤는 나에게 정말 잔인하고 위대한 아버지였다. 내가 그를 원망하기만 했다면 좋았을 텐데, 이 문장들은 얼마나 따뜻하고 다정한지. 애처롭고 안타까운 마음뿐이었다.

얼마나 울었을까, 창밖의 햇살이 붉게 물들었다. 나는 눈물 콧물로 범벅이 된 편지를 더듬더듬 봉투에 다시 집어넣다가 봉투 안쪽 아래에서 글씨를 발견했다. 아주 조그맣게 쓰어 있었다. 잠시 갈등이 일었다. 글자는 원체 구석에 있어서 봉투를 찢지 않으면 정확하게 볼 수가 없었다. 슬픔이 또 치밀어 올랐다. 치쑤가 그곳에 글자를 쓴 이유는 단순히 편지를 찢으라는 뜻이기보다는 약해지는 마음을 다잡으라는 뜻이기 때문이다. 나는 아예 보지 말까 하는 생각이 들기도 했지만 그가 마지막으로 남겼다고 생각하니 유혹을 이기기가 어려웠다.

결국 나는 모서리를 따라 조심스럽게 봉투를 찢었다. 뜯고 보니 봉투는 재활의학과 공예 수업에서 쓰는 종이로 치쑤가 직접 붙여 만든 것이었다. 글자를 쓰고 나서 직접 접어 만들었을 것이다.

한참을 꼼지락거리다 드디어 글자를 확인했다. '도망가'

도망? 무슨 뜻일까? 도망치라는 뜻일까? 어디로? 왜?

밑도 끝도 없는 말이었다.

나는 편지를 갈무리하고 다른 물건들을 정리하기 시작했다. 서랍역시 깔끔하게 정돈되어 있었다. 1년 반이나 입원했는데 남겨 놓은 게 거의 없었다. 누군가 이미 정리한 듯했다. 하지만 간호사들은 여기 있는 물건은 건드린 적이 없다고 했다.

정리를 마치고 치쑤의 유품을 모두 모아봤는데 침대 시트의 십 분의 일도 되지 않았다. 허전한 마음이 들어 호주머니에서 라이터를 꺼내 들었다. 줄기세포 모양 위에 XX라는 글자가 새겨진 라이터였다.

치쑤가 샤오이를 부추기면서 건넸던 라이터였다. 줄기세포 모양의 외관이 정신줄기세포 계획을 암시하고 있었다. 이것 역시 치쑤의 유품이니 다른 물건과 함께 두었다. 치쑤의 죽음으로 이 미치광이 같은 계획 역시 사라진 셈이었다.

서랍 바닥에는 책 한 권이 있었다. 내가 연극 심리 치료실에 놔두었던《불안의 책》이었다. 그가 언제 빌린 건지 알 수 없었다. 보아하니 사람들이 자주 읽은 것처럼 책 표지가 낡아 있었다. 예전에는 치쑤와 추페이를 연결하는 매개체였지만, 지금은 추페이도 온데간데없이 사라지고 말았다. 치쑤는 그가 가야 할 곳으로 갔다고 했지만, 죽는 순간까지도 그게 어디인지는 말해주지 않았다.

책을 열어보니 책장이 접혀 있는 곳이 자연스레 펼쳐졌다. 나는 깜짝 놀라 접힌 부분을 펴봤다. 접힌 아랫부분에 글씨가 한 줄 남아 있었다.

새로운 β, 내가 널 찾아낼 거야.

— α

나는 멈칫했다. 새로운 베타? 무슨 뜻이지? 알파는 또 누구고?

치쑤의 글씨는 아니었고, 추페이의 글씨도 아니었다. 그들은 이 책을 아꼈다. 연락을 주고받을 때도 쪽지를 끼웠지 책에 직접 글씨를 쓰지는 않았다. 이 사람은 치쑤나 추페이가 아닌 다른 사람이었다. 자신감 넘치고 무례한 방식으로 글씨를 새긴 이 사람은 마치 앞선 이들을 무시하는 듯했다.

나는 어리둥절했다. 치쑤로 밝혀진 베타 말고 이제 알파가 나타난 것이다.

알파, 베타라니……. 갑자기 황당한 생각이 들었다. 설마 정신줄기세포 계획이 치쑤 한 사람의 생각이 아니었단 말인가? 배후에 누군가가 더 있고 치쑤가 유일한 구성원이 아니라면, 그렇다면 알파가 나타날 것이다!

문장을 다시 보았다. '새로운 β, 내가 널 찾아낼 거야.' 베타는 치쑤다. 그런데 베타가 죽었으니 알파는 다음 베타를 찾는 것이다. 베타의 후계자를!

나는 극심한 공포에 휩싸여 책을 떨구고 말았다. 치쑤가 봉투 안쪽에 '도망가'라고 남긴 것이 떠올랐다.

이런 거였어? 그런 뜻이었단 말인가?

나는 유품 속에 있는 파란 줄기세포 라이터를 바라보았다. 아주 독특하고 예쁜 모양인 라이터는 어지럽게 뒤섞인 물건들 속에서 한눈에 시선을 끌었다. 죽은 사람이 남긴 유품이라고 하기에는 너무도 분명하게 살아 숨 쉬고 있었다. 아름다움을 뽐내는 라이터의 모습이 내 눈에는 무섭게만 보였다.

책 속의 글자 알파(α)를 다시 들여다보았다. 쓴 사람의 개성이 이 한 글자에서 고스란히 드러났다. 위로 향한 꼬리 끝이 길게 뻗어 다시 돌아와 칼끝처럼 가운데 원 안에 박혀 있었다. 보기 드문 서체였다.

계속해서 그걸 지켜보던 나는 갑자기 머리끝이 곤두섰다. 덜덜 떨리는 손으로 가운의 호주머니를 뒤졌다. 몇 번이나 뒤적여 겨우 꼬깃꼬

깃 구겨진 종이 한 장을 꺼냈다. 정신 건강 국제 학술 세미나에서 교수에게 두 번이나 질문했던 남자가 문 앞에서 나와 부딪혔을 때 떨어트린 것이었다.

떨리는 손으로 종이를 펼쳐 들었다. 종이에는 아무렇게나 휘갈긴 공식이 적혀 있었다. 컴퓨터 시뮬레이션에 관한 내용이었다. 평범한 세미나 메모였기에 그에게 돌려주려 했지만, 그는 이미 자리를 떠난 후였다.

종이를 책에 대고 맞춰보았다. 종이에 쓰인 공식에도 알파라는 글자가 있었고, 길게 뻗은 꼬리 끝이 다시 돌아와 원 안에 박혀 있었다. 똑같다. 알파를 쓴 독특한 서체가 똑같았다. 소리라도 버럭 지르고 싶은 심정이었다. 우리는 이미 만난 적이 있었던 것이다. 나와 비슷한 나이에 무례하게 이런저런 질문을 하고 실실 웃던 그 남자가 바로 알파였다.

한참 동안 멍하니 있다가 다시 그 파란 라이터를 바라보았다. 그리고 위에 새겨진 XX라는 글자를 죽일 듯 노려보았다. 내 눈을 사로잡은 것이 라이터의 외형인지, 아니면 그 위에 새겨진 두 글자 때문이었는지 알 수 없었다. 그게 만약 누군가의 이니셜이라면……

말도 안 되는 생각이 불쑥 들었다.

XX, 혹시 셰싱(Xie Xing)의 이니셜이 아닐까.

황당무계한 생각에 스스로 웃음이 나야 옳지만 마냥 웃을 수가 없었다. 내 기억 속 α를 떠올렸을 때, 그의 싱글거리는 웃음에서 셰비가 떠올랐기 때문이었다.

그제야 깨달았다. 그 재난에서 저우마오가 죽고, 셰비가 죽고, 치쑤가 죽었다. 그들은 모두 다른 사람들의 시선 속에서 마지막을 맞이했다. 딱 한 사람, 반장 셰싱만 빼고 말이다. 그는 모든 논란에서 거의 모습을 드러내지 않았다. 나 역시 그에 관해서는 셰비가 말해준 대로만 기억하고 있을 뿐이다. 좋은 사람이었고 둘은 화해했다고 말이다.

셰비가 죽고, 셰싱은 셰비가 되었다. 괴로운 왕자였던 그가 이제는 셰비의 모습으로 웃고 있다.

일단 가설을 세우자 모든 것이 자동으로 채워졌다. 치쑤가 즐거운 왕자 셰비와 상담을 이어 간 6년 동안 괴로운 왕자 셰싱을 가만 두었을 리 없다. 셰싱은 그 6년 동안 계속해서 치쑤와 긴밀하게 연결되어 있었을 가능성이 크고, 셰비가 죽은 후에는 치쑤의 정신줄기세포 계획에도 관여했을 것이다.

셰싱은 그때 옥상에 있던 세 학생 중 유일하게 살아남았다. 저우마오의 유서와 자살한 진짜 이유에 관해 아는 누군가가 정말 존재한다면, 저우마오의 어머니를 제외하고는 셰싱뿐이다.

지금까지 나는 셰비, 우샹추, 그리고 치쑤 세 사람의 유서가 되었다. 그리고 나와 마찬가지로 사람들의 유서가 된 사람이 또 있다. 셰싱이다. 어린 시절 납치 살해된 여자아이, 고등학생 시절 자살한 저우마오, 훗날 자살한 셰비. 그리고 최근에는 치쑤까지.

셰싱은 어쩌면 나보다 훨씬 더 어둡고 답답한 진실을 경험했을지도 모른다. 그래서 치쑤를 따르기로, 정신줄기세포 계획을 계속 이어나가는 길을 택하기로 생각했을지 모른다.

등줄기에 한기가 올라오며 목이 졸린 것처럼 숨이 제대로 쉬어지지 않았다. 얼마나 더 많은 사람이 이 계획과 관련되어 있을까? 치쑤, 그 역시 더 버티지 못하고 죽음을 택한 것일까? 죽음이 이 계획에서 벗어날 수 있는 유일한 길이었던 걸까? 자신이 창시자이면서도 결국 이 계획을 통제하지 못한 것일까…….

나는 놀라서 종잇조각을 떨어트리고 천재지변이라도 만난 듯 황급히 도망쳤다. 침대 위에 있던 치쑤의 편지는 내가 손도 대서는 안 되는 무시무시한 것이었다.

한 달 후 인턴 기간이 끝나 병원을 떠나게 되었다.

류 선생은 계속 병원에 남아 CDC 상담사로 활동할 것인지 물었다. 나는 조금 의아했다. 나를 가장 쫓아내고 싶은 사람이라고 생각했기 때문이다.

나는 고개를 저었다.

"일단 좀 쉬면서 추페이나 좀 찾아보려고요."

나는 호주머니를 더듬었다. 안에는 파란색 라이터가 들어 있었다. 그 라이터는 유류품으로 제출하지 않았다. 치수의 것이 아니라 알파 셰싱의 것이었으니까.

추페이에게서는 아무 소식이 없었다. 완전히 자취를 감췄다. 치쑤는 그가 가야 할 곳으로 갔다고 했다. 그가 혹시 나를 대신해 베타가 되어 떠난 게 아닌가 하는 생각이 어렴풋이 들었다. 치쑤가 끝까지 나를 보호한 것일까.

한이이가 나에게 몰입형 연극의 입장권을 주었다. 졸업 후에도 연극 활동을 계속해 온 그녀의 새로운 도전이었다. 한이이는 심리극과 몰입형 연극을 결합한 새로운 장르에 발을 들였다.

나는 조금 당황스러웠다. 나를 동아리에서 쫓아낸 이후로 이런 식으로 먼저 다가온 적이 없었기 때문이다.

"감동하기엔 일러. 너를 반면교사로 삼아서 내 심기를 거스르면 어떻게 되는지 애들한테 보여주려는 거니까."

그녀를 가만히 보고 있던 나는 왠지 꼭 한번 안아주고 싶다는 생각이 들었다. 하지만 우리는 평소처럼 서로 으르렁거리며 그대로 돌아섰다. 앞으로도 얼마든지 만날 날이 있으니까.

샤오리즈는 엉엉 울었다. 어찌나 서럽게 우는지 나는 웃음을 멈출 수가 없었다. 그는 내가 다 쓰지 못하고 남긴 식당 카드를 받고서야 눈물을 그쳤다. 아직도 입술을 실룩실룩거렸다. 나는 그의 밤송이 같은 머리를 거칠게 쓰다듬으며 나중에 여자라도 소개해줄 테니 솔로 생활은 접으라고 당부했다.

병원을 떠나는 날에는 류 선생만 나를 배웅했다. 샤오리즈는 어차피 다시 돌아올 텐데 무슨 작별 인사를 하냐며 대충 다시 보자는 말이나 하라고 고집을 부렸다. 그래야 꼭 다시 만난다나 뭐라나.

병원 문 앞에서 나와 류 선생은 한참을 망설였다.

류 선생이 입을 뗐다.

"환자복 입혀서 입관해드렸어."

"네."

치쑤의 후사에 관해 나는 조금도 관여하지 않았다. 나는 하늘을 보며 중얼거렸다.

"환자복을 제일 싫어하셨는데. 속죄하려는 걸까요."

"언제 돌아올 거야?"

"모르겠어요. 마음 정리도 하고 정신 수양도 좀 하려고요. 제가 한이이 선배한테 너무 못되게 했잖아요. 저한테 복수한다고 그러면 어떡해요."

류 선생이 차가운 웃음을 보였다.

"복수는 이미 할 만큼 했지."

나도 따라 웃었다.

"그분을 정리하기는 쉽지 않을 거야."

나는 고개를 저었다.

"그분의 어두운 그림자를 지우는 거지, 그분을 지우려는 게 아니에요. 마음 한쪽에 잘 간직해두고 영원히 기억해야죠. 잊지 말아야 할 고통도 있잖아요. 그분이 저에게 준 건 단순한 고통 이상이었어요. 그게 무엇이든 있는 그대로 고스란히 간직할 거예요. 그분의 심연과도 같은 어둠, 자애로운 모습이 저에게는 전부 중요하니까요. 꼭 쉽고 편하게 사는 인생만이 자유로운 건 아니잖아요."

병원에서 나오는 길에 출입문을 고치는 사람들이 보였다. 그들이 땅 위에 있는 철판을 들어 올리고 난 자리는 횅뎅그렁했다. 병원 내부와 외부를 구분하는 경계선이 떨어져 나간 것만 같았다. 인부들은 분주하게 문 주변을 오가며, 한쪽 발은 병원 안쪽에 그리고 한쪽 발은 바깥쪽에 두고 있었다. 진료를 받으러 온 사람들, 병원 밖으로 나가는 사람들은 옆쪽의 좁은 길로 피해 다녔고, 부딪히지 않도록 서로 길을 양보했다.

나는 왠지 모르게 한참 동안 그 모습을 지켜보다가 철판이 제자리를 찾을 때가 돼서야 자리를 떠났다. 병원 밖으로 나왔다는 실감이 들지 않아 다시 뒤를 돌아보았다. 병원의 모습은 주변 건물들과 비슷하게 어우러져 있었다.

쭉 걸어 나오는데, 불현듯 러시아 시인 마리나 츠베타예바의 시 한 구절이 떠올랐다.

"무거운 지구는 결코 우리의 발밑에서 멀어지지 않으니."

그리고 나도 모르게 병원을 향해 똑바로 걷기 시작했다. 그리고 다시 밖으로 걸어 나와 원래 자리로 또 돌아갔다. 그렇게 그 자리를 반복해서 걸었다. 더는 앞으로 나아갈 수가 없었다.

치쑤가 다 걷지 못한 곧은 그 길을 몇 번이고 대신해서 걷고만 싶었다.

에필로그

시작은 물 한 방울이었다.

처마에서 물 한 방울이 떨어졌고, 계속 이어진 물방울은 한데 모였다. 처마 밑에 천 년쯤 서 있는 것 같았다. 물방울이 점점 불어나 절을 뒤덮는 것을 보았다.

치즈궈 역시 그 속에 있었다. 그런데 그는 밖에서도 이 장면을 지켜보고 있었다. 물이 절을 뒤덮고 그도 물에 빠지자, 온 절이 물속에 잠겨버렸다. 그가 물 위로 떠올랐다. 분명 옷을 입고 있었는데, 벌거벗은 몸이었다.

나체인 자신이 물결을 따라 표류하는 것이 보였다. 햇빛이 그의 목과 몸, 음경까지 관통하며 드리웠다. 드러난 몸은 깨끗했지만, 자신이 잠겨 있어 물이 더러워 보였다. 그는 물길을 따라 이리저리 떠돌다 점차 강으로 변했다. 강물이 자신의 발밑까지 흘러들자, 그는 물에 비친 그림자를 보았다. 얼굴이 없었다.

치즈궈는 잠에서 깼다.

몸이 땀에 젖어 있었다. 목덜미를 문지르자 식은땀의 한기가 느껴졌다. 땀이 나서 꿈을 꾼 것일까, 아니면 꿈 때문에 땀이 난 것일까.

아직 해가 밝지 않았지만 몸을 일으켰다. 절에 들어오면서 노트는 가져오지 않았다. 딱히 챙길 생각도 하지 않았다.

치즈귀는 등불을 켜고 휴지를 뜯어 꿈속 이미지를 쓱쓱 써 내려갔다.

'절, 물, 나, 나체, 강, 얼굴 없음.'

절, 지금 절에 있으니 현실이 반영된 이미지였다. 물, 물은 너무 여러 가지로 해석이 가능했다. 생명력을 상징한다면 꿈속에 물이 그렇게 많았던 것은 그의 기운이 왕성함을 의미하지만, 물의 성질이 어떠한지도 구분해야 한다. 처마에서 떨어진 물은 어떤 물이었을까? 빗물? 아니면 강물? 물방울이었다. 그럼 아침 이슬? 천 년 동안 떨어지는 아침 이슬일까? 물방울이 모여 절이 잠기도록 뒤덮었다.

물방울이 떨어져 내리는 일은 항구적이다. 어쩌면 그가 지금 하는 일로 해석할 수도 있다. 절이 물에 잠긴 것, 절이 만약 현실을 반영한 이미지가 아니라면 집이라 생각할 수 있고 이때 절은 그의 몸을 대신한다. 그의 몸이 물에 잠겼다. 잠김에서 우물을 연상할 수 있으며 우물은 그의 잠재의식을 뜻한다. 절이 잠겼는데 그가 떠올랐다는 건 억눌렸던 무언가가 잠재의식 속에서 터져 나왔다는 뜻으로 해석할 수 있다.

꿈속에 물이 깨끗하다면 기저에 깔린 감정 상태가 좋다는 뜻이다. 꿈속에 나온 물은 매우 맑았다. 그런데 햇빛 아래 드러난 나체가 너무 적나라하게 비쳐서 물이 맑은 것에 비해 더러워 보였다. 이는 그의 감정 상태에 어떤 파동이 있음을 의미했다.

무엇이 그 물을 더럽혔을까? 햇빛? 아니면 나체? 아니면 절?

치즈귀는 생각해보았다. 그는 절이라는 글자에 동그라미를 쳤다. 절이다. 절이 가라앉았으니까.

반면 나체는 진실하고 솔직하며 속임수가 없다는 걸 뜻한다. 중요한 것은 꿈속 자신의 나체에 느끼는 감정이다. 부끄럽고 가리고 싶은 마음이 들었다는 건 뭔가 간파당할까 봐 두렵다는 뜻이지만, 그는 꿈속에서 민망하다는 느낌이 전혀 들지 않았고 아주 편안했다. 자기 자신에게 꾸밈이 없다는 뜻이다. 햇빛이 벗은 몸을 투명할 정도로 깨끗하게 비추고 물이 더럽게 느껴질 정도로 깨끗했다는 것은 스스로 너무나도 진솔하고 정직하다는 뜻이다. 마냥 좋다고만 해석할 수는 없는 부분이다. 그는 그림자에마저 너무 진실했다.

그의 몸은 강이 되었다. 강은 길을 의미하고 물은 새로운 삶을 뜻한다. 새로운 전기가 펼쳐진다는 뜻이다. 치즈귀는 곰곰이 생각했다. 최근 새로운 프로젝트가 없는데, 이건 예지몽일까?

그는 다시 '얼굴 없음'이라고 쓴 것을 보다가 불을 끄고 휴지를 구겨 쓰레기통으로 던져버렸다.

문을 열었다. 산속 공기가 상쾌했다. 숨을 크게 들이마셨다. 공기에 향 냄새가 진하게 배어 있었다.

기록을 안 한 지 오래됐다. 다른 사람들 꿈은 자주 분석해주었지만, 자신의 꿈에 관해서는 어쩐지 정확하지 않은 것 같았다. 치즈귀는 종종 꿈을 꾸었다. 예전에는 카를 융처럼 꿈을 꾸준히 기록하고 분석했다. 원형의 세계와 꿈속 세계의 이미지 사이의 연결 고리를 구축하는 데 열중하고, 선조들의 비밀로 통하는 길을 찾기 위해 노력했다.

그러나 얼마 지나지 않아 모두 관두었다. 꿈과 이미지가 그렇게 경건하고 믿을 만하지 않다는 걸 알았기 때문이다. 제1차 세계대전이 시작되기 전, 온 하늘이 핏빛으로 물들었다는 걸 꿈에서 보았다는 사람들의 영성을 부정하는 게 아니다. 가능하면 그도 한번 그런 장면을 엿보고 싶기도 했다. 그러나 그런 영험한 꿈이 밥벌이가 될 수는 없었다. 그는 헛된 꿈을 좇아 연금술을 열심히 실천하는 사람이었지만, 길바닥에서 무심코 연금석을 줍는 행운이 주어지지는 않았다. 그가 연금술을 펼쳐야 할 곳은 꿈과 관련된 이 길이 아니었다.

씻고 났더니 해가 어슴푸레 밝아왔다. 잠시 기다렸지만 아무 일도 일어나지 않았다. 자신이 무엇을 기다리고 있는지 깨달은 그는 그제야 문득 생각하기 시작했다.

'이 절은 아직 사람들에게 개방되지도 않았고 스님도 없잖아. 누가 종을 치겠어?'

헛웃음이 터진 그는 밖으로 나가 이리저리 돌아다녔다. 절간은 아주 조용했다. 4천 평 땅에 사람 인기척이라고는 느껴지지 않았다. 절에 사람이 없는 게 아니었다. 복원 공사를 하는 건축 인부들이 있었지만, 아직 오늘의 작업은 시작되지 않았다.

이 절의 소유주는 치즈귀에게 상담을 받은 내담자였다. 이번에 그를 절로 초대했다. 개시를 해볼 요량이었던 것이다.

이 절은 640년 역사가 있다. 외딴 지역에 있는 것도 아닌데 잘 알려지지 않은 편이었다. 그러자 정부에서는 이 절의 30년짜리 경영권을 경매에 부쳤고, 내담자의 아버지가 그 경영권을 따냈다. 그리고 2년간 수많은 전문가를 불러 절을 복원한 끝에 원래의 형상을 갖추었다.

치즈귀가 절을 한 바퀴 둘러보는 동안 해가 중천에 떠올랐다. 한곳에 걸터앉아 눈을 감고 볕을 쬐었다.

한 시간쯤 지났을까, 누군가 그에게 다가왔다.

"치 선생님, 일찍 일어나셨네요."

치즈귀가 눈을 뜨고 웃으며 그를 맞이했다.

"이른가요, 벌써 아홉 시인데요."

둥그런 얼굴과 높은 이마는 유복한 관상이었지만, 한쪽으로 몰린 이목구비와 얼굴의 반절이나 차지하는 넓은 이마, 평평한 얼굴에 불쑥 솟아 있는 매부리코는 박복해 보였다. 광대뼈가 떡 벌어지고 입술이 두툼한데 웃을 때는 치아 사이에 벌어진 틈이 그대로 보였다. 어릴 때 이가 부러졌는데 미신 때문에 메꾸지 않고 지금까지 그대로 두었다고 했다. 치즈귀는 가끔 그 틈새를 보면서 이빨이 빠진 것 같은 착각이 들었다. 그를 볼 때마다 제일 먼저 시선을 뺏기는 곳은 눈이 아니라 바로 그 벌어진 틈이었다.

이 남자가 치즈귀의 내담자 마더우였다. 나이는 서른일곱이고 장사꾼이었다. 치즈귀를 초대한 것도 그였다. 이 절의 경영권을 따낸 아버지는 안타깝게도 재작년에 돌아가시고 말았다.

마더우는 아버지의 죽음 때문에 치즈귀에게 상담을 받기 시작했다. 사실 그는 상담 따위 별로 믿지 않았지만 친구가 소개해주어 찾아온 것이다. 치즈귀의 사무실로 찾아온 그는 고개만 까딱하더니 자리에 앉아 담배에 불을 붙였다. 치즈귀는 안중에 없다는 뜻이었고 그를 무시하고 밀어내려는 모습이 역력했다.

상담실은 금연 구역이었지만 치즈귀는 굳이 제지하지 않았다. 그가 원하는 대로 아무 말도 하지 않고 담배 한 대를 다 피울 때까지 조용히 마주 앉아 있었다.

"절을 하나 물려받았소."

마더우가 꺼낸 첫마디였다.

마더우가 기지개를 켜며 치즈귀 앞으로 다가왔다.

"치 선생님, 정말 혈기왕성하시네요. 아침에도 일찍 일어나시고. 전 틀렸어요. 나이가 드는지 기운이 점점 더 빠지는 것 같아요."

"여기 일을 이렇게나 잘 하고 있는데 틀렸다니. 이 절은 그렇게 생각하지 않을걸요."

마더우가 호탕하게 웃더니 치즈귀를 툭툭 쳤다.

"치 선생님, 놀리시는 거죠. 이게 어디 제가 한 거예요. 아버지가 살아생전 훌륭하신 분들을 모신 거죠. 장인들 한 사람 한 사람이 머리 싸매고 만들어낸 결과인걸요."

"아버지가 진짜 예술가셨군요."

"그 말을 직접 들었으면 웃으셨을 거예요. 한평생 고상한 척하려고 애쓰셨거든요. 아버지가 진짜 예술을 안다고 누가 인정이나 했겠어요."

치즈귀는 더 대꾸를 하지 않았고, 마더우는 차나 마시러 가자고 했다. 그러면서 오늘 전문가가 찾아와서 절을 어떻게 운영해야 할지 컨설팅을 해줄 거라고 했다. 계획에 타당성이 있다면 올해 정식으로 운영을 시작하고 싶어 했다.

조수가 산 아래에서 아침으로 차, 채소 요리, 찐빵을 사왔다. 먹을 때쯤에는 요리들이 다 식어 있었다. 아침을 먹으면서 마더우는 치즈귀에게 사찰에서 지켜야 하는 공양 예절을 알려주었다. 발우할 때는 수저 배치에도 규칙이 있고, 발우는 용이 구슬을 무는 듯 들어 올리고 젓가락질은 봉황이 고개를 끄덕이듯 해야 한다, 먹기 전에는 공양게를 읊어야 한다는 것 등등이었다. 배고픔에 공감하고 중생과 뭇 신들에게 음식을 베푸는 시식(施食)을 위해 만터우를 조금 남겨 시식대에 두어야 한다고도 했다.

그러나 마더우는 설명만 할 뿐, 정작 그렇게 하지는 않았다. 자기는 기억도 하지 못한다면서 공양게도 외지 않았다. 이런 것들은 다 아버지가 하던 일이고 아버지가 어린 아들에게 배우도록 강요한 규칙들이었다. 그의 아버지는 돌아가시기 1년 전부터 매일 절에 틀어박혀 절을 복원하러 온 장인들과 숙식을 함께했다. 마더우는 그 당시에는 이해가 되지 않았는데 나중에 생각해보니 아버지가 자신의 운명이 끝나가는 걸 알았던 게 아니었나 하는 생각이 든다고 했다.

마더우의 아버지는 절이 있는 곳 뒷산에 묻혔다. 아버지는 자신을 그곳에 묻고 묘비도 세우지 말라는 유언을 남겼다. 자기가 외로이 떠도는 넋이 되어 절을 지키겠다고도 했다. 장차 아들을 구한다는 마음으로 기꺼이 그러겠다고 했다. 마더우는 황당무계한 말에 처음에는 아버지가 노망이 들었다고 생각했다. 그의 집안은 대대손손 장사꾼 집안이었고, 사업이 크고 일도 많았다. 그런데 갑자기 그런 소리를 하면서 괴짜 같은 행보를 보이자 아버지는 집안의 웃음거리로 전락했다. 아버지는 그 선언 이후 온종일 출가한 사람들과 어울리고 종교니 학문이니 하는 구닥다리 같은 것들을 끼고 살았다. 사업이 완전히 실패한 건 아니었지만 낙관할 상황도 아니었다. 마더우는 절이 뭐가 그리 좋아서 아버지가 푹 빠졌는지 이해할 수가 없었다. 금이 나오기라도 한단 말인가?

절의 경영권을 따내고도 바로 운영하지 못하고 꼬박 2년 동안 수리를 하느라 돈만 쏟아부었다. 게다가 절을 운영해서 어떻게 돈을 벌어야 할지 아무런 그림도 그리지 못하고 있었다. 마더우는 아버지에게 시시때때로 어떻게 해서 본전을 되찾아야 할지, 어떻게 해서 수익을 내야 할지 건의했다. 천성이 장사꾼인 마더우는 밑지는 장사를 하고 싶은 마음은 전혀 없었다. 아버지도 마더우의 말을 거부하지 않았다. 하지만 귀담아듣지도 않았다. 아버지는 마더우가 아직 어려 아무것도 모른다고 생각했다.

마더우가 치즈궈에게 상담을 하러 온 것은 그의 아버지가 돌아가신 지 석 달이 지났을 무렵이었다. 그는 아버지의 죽음에 관해서는 언급하지 않고 절을 이어가고 싶지 않다고만 이야기했다. 그는 다른 사업이 있어서 손해 보는 장사에 신경 쓸 겨를이 없다고 생각했다.

치즈궈도 아버지에 관해서는 이야기하지 않고 그의 의견을 들어주었다.

"절 운영으로는 돈을 벌 수 없나요? 전문가에게 상담은 받아보셨습니까?"

마더우가 잠시 망설였다.

"아뇨."

"저도 예전에 이곳저곳을 많이 떠돌면서 사찰도 여러 곳 가봤습니다. 운영에 관해서도 들었는데 꽤 괜찮다고 했어요. 불자가 많고 향이 끊이지 않는 절은 적잖이 벌 수 있다더라고요."

"그런데 아버지가 벌써 많은 돈을 썼어요. 지금은 수리하러 온 장인들한테 들어가는 비용하고 수리비만 해도 엄청 들거든요. 거기다 값나가는 골동품까지 꽤 샀습니다. 그게 다 얼마겠어요. 투자한 돈을 회수하려면 시간이 또 얼마나 걸리겠습니까?"

치즈궈는 생각이 너무 한쪽으로 기울었다는 말 대신 이렇게 대답했다.

"일단 전문가를 찾아서 물어보세요. 지금까지 들어간 돈을 다 계산해보고 언제쯤 손해를 만회할 수 있을지 보자고요."

다시 찾아왔을 때 마더우의 얼굴은 더 엉망이었다. 그는 의자에 풀썩 널브러져 아무 말도 하지 않았다. 안색으로 봐서는 무조건 손해 본다는 얘기를 듣고 온 것 같았다.

치즈궈는 침묵할 뿐 먼저 말을 꺼내지 않았다. 한참 후에 마더우가 성질을 버럭 냈다.

"왜 안 물어봅니까?"

"왜 화를 내세요. 제가 무시라도 했나요? 결과는 어땠습니까?"

마더우가 한참 후에 대답했다.

"전문가 말로는 잘만 운영하면 15년 정도에 자본금을 회수할 거랍니다. 이 절은 세금을 걷지 않으니 운영비도 많이 들지 않을 거고요."

치즈궈는 고개를 끄덕였다.

"아버님께서 30년짜리 운영권을 따내셨으니 최소 15년은 돈을 벌어주겠군요. 아, 벌써 지나간 2년은 제하고 13년이요."

마더우는 또 말이 없었다.

"돈을 벌 수 있다는데, 기쁘지 않으신가요?"

마더우는 무겁게 침묵했다.

"아버지가 손해만 보는 장사를 벌인 게 아니라고 생각하니 마음이 불편한가요?"

마더우는 치즈궈를 가만히 쳐다보았다.

"너무 그렇게 생각하지 마세요. 당연히 해야 할 일이죠. 아버님도 장사꾼이셨으니, 당연히 밑지는 장사를 할 생각은 없으셨을 거예요. 그러니 아버지가 벌여놓은 판을 다시 뒤집을 필요까지는 없어요. 걱정하지 마세요."

마더우는 내 말에 허를 찔린 듯 두 눈을 동그랗게 뜨고 광대까지 치켜세웠다. 치아 사이 벌어진 틈이 다시 나타났다. 그가 이런 표정을 짓는 것을 치즈귀는 처음 보았다. 그다음에는 어떤 표정이 따라올지 궁금해하며 치즈귀가 웃었다.

"아버지를 인정하라고 잔소리하는 사람이 있는 것도 아니잖아요. 저를 소개한 친구 분의 의도도 아버지를 용서하라는 의미는 아니었을 겁니다. 날 경계할 필요는 없어요."

마더우는 한참을 숨죽이고 있더니 고개를 끄덕였다. 그리고 아무 말 없이 다리를 다소곳이 모아 학생처럼 얌전히 앉았다.

마더우가 어렸을 때 아버지가 채찍을 휘두르면 그는 이렇게 얌전히 앉아 고개를 조아리고 아버지의 말씀을 들었다. 항상 그렇게 아버지의 기분을 맞추고 화를 견뎌내야 했다. 잔인하지만 아들로서 해야 할 도리라고 생각하고 경건하게 받아들였다.

마더우는 갑자기 개를 훈련하듯 자신을 훈계했던 아버지가 이미 떠나고 없다는 사실을 떠올렸다. 게다가 그분은 세상을 떠나기 직전 본인 스스로도 감당하지 못하셨다. 채찍이 들려 있던 손에도 염주와 바리때밖에 남아 있지 않았으니까.

그날 상담이 끝나기 전 치즈귀가 마더우에게 말했다.

"다음에는 아버지에 대해 얘기해도 좋아요."

다시 찾아왔을 때 마더우는 아버지에 관해 털어놓았다. 절을 물려받은 일은 아버지 사업이 남긴 자취 중 중 아주 사소한 한 가지일 뿐이었다. 마더우의 아내 역시 아버지가 점찍은 여자였다. 그는 아내를 좋아하지 않았다. 사업을 위해 하는 결혼에 반대했던 게 아니라 아버지가 맺어준 여자였기 때문에 반항심이 든 것이다. 그 때문에 결혼한 지 거의 십 년이 되었지만 아직 아이가 없었다.

마더우는 침대식 의자에 기대어 있었고, 따뜻한 햇볕이 편안하게 비춰 들었다. 원래 이런 자세로 이런 이야기를 하는 걸 좋아하지 않았지만 그가 싫어했던 모든 것들이 그러했듯 그를 앞으로 계속 이끌었다.

그의 학창시절, 사업, 대학 입시, 전공 따위가 모두 아버지의 뜻대로 이루어졌다. 그는 어릴 때 강아지를 키우고 싶어 했지만 아버지가 허락하지 않았다. 집에 기르는 개는 한 마리면 족하다는 이유였다.

"그게 마더우씨를 의미했다고 생각하세요?"

쏟아지는 햇살이 그의 눈에 드리웠다.

"그게 아니면요."

"아버지 자신을 의미한 거라면요?"

"말도 안 돼요."

"할아버님은 아버지를 어떻게 대하셨나요?"

마더우가 조용히 입을 다물었다.

"아버님이 부처님을 모시고 진리를 구하는 데 빠져들었던 게 가족들이 보기에는 반역자처럼 보였겠죠. 그런데 그 반역에도 방향이라는 게 있지 않았을까요?"

"치 선생님, 아버지를 인정하라고 강요하지 않으신다면서요. 당신 같은 사람들은 하나같이 사람 갖고 장난치는 사기꾼들이네요."

마더우는 모욕이라기보다는 투정에 가까운 이야기를 거침없이 내

뱉었다. 치즈궈는 이게 그의 친밀함의 표현임을 알고 있었다. 그가 웃으며 말했다.

"아버지를 인정하고 안 하고는 중요하지 않아요. 어차피 낡아 빠진 바지는 뒤집어봤자 마찬가지로 구멍이 숭숭 나 있을 테니까요."

마더우는 얼빠진 표정으로 잇새의 틈을 보였다.

"재미있는 말씀이시네요."

"제가 한 말이 아니라 미하일 숄로호프가 한 말입니다.

그는 책장으로 가《고요한 돈강》을 뽑아 마더우에게 건넸다.

마더우가 멈칫하더니 상체를 일으켜 앉았다. 그러나 책은 받지 않았다.

"저는 장사꾼입니다."

"이 책을 읽건 안 읽건 당신은 여전히 장사꾼이겠죠."

마더우는 잠시 망설이다 책을 받았다.

그런데 다음번 상담에 찾아왔을 때, 그는 뜻밖에 책을 정독하고 메모까지 해 왔다.

감상이 어떠했는지 물으니 마더우는 이렇게 대답했다.

"내용이 너무 거창해서 저하고는 그다지 상관이 없던데요. 무슨 말인지 다 이해하기도 힘들었어요. 이해가 안 되는 게 아니라 연결해서 읽는 게 너무 힘들었어요. 그렇게까지 힘들고 싶지는 않습니다."

"항상 힘들지 않고 싶군요. 아버지가 계실 때도 그랬고, 아버지가 떠나시고 나서도 그래요. 저를 찾아온 것도 대신 힘들어 해달라는 거잖아요."

마더우가 입을 삐죽거렸다. 그의 매부리코가 진지해지며 잇새의 틈이 사라졌다. 양쪽에 떠오른 광대뼈는 골프공 같았고 가운데 우뚝 솟은 매부리코는 꼭 골프채 같았다. 생각에 잠긴 모습이었다. 자주는 아니지만 마더우는 생각에 잠길 때 그렇게 보였다.

치즈귀는 사진사와 연계해 촬영 프로젝트를 진행한 적이 있었다. 내담자의 동의를 얻어 상담 중에 사진사가 동석하고 치즈귀가 신호를 줄 때 셔터를 눌러 사진을 찍는 프로젝트였다.

치즈귀는 상담실에서 내담자가 결정적인 표정을 지을 때를 포착해 본인에게 사진을 보여주었다. 낯선 자신을 본 내담자들은 깜짝 놀라기도 하고, 눈물을 흘리기도 했다. 그들은 자신의 그런 모습을 처음 본다고 이야기했다.

마더우의 그 표정, 진지하게 생각에 잠긴 그 표정을 치즈귀는 사진으로 남기고 싶었다. 그러나 안타깝게도 프로젝트는 이미 끝났다. 당시 자문 기관은 그 프로젝트가 윤리에 어긋난다고 판단했다.

자문 기구들이 윤리 문제에 관해서는 왜 그렇게 새로운 금지 조항들을 한없이 만드는지 알 수 없었다. 그러나 치즈귀는 개의치 않았고, 금지를 넘어서는 새로운 프로젝트에 최선을 다했다. 그의 상관은 그런 그에게 금지를 이기려고 달리기 시합을 하는 것 같다고 했다. 그러나 치즈귀는 그렇게 생각하지 않았다. 이기려고 덤비는 쪽은 오히려 그런 금지 조항이었다. 그는 그런 금지 조항 따위 아랑곳하지 않았다. 그저 그가 해야 할 인간사에 충실할 뿐이었다.

한참 후, 마더우의 골프채 같은 코가 한쪽 광대뼈로 기울더니 그가 어깨를 으쓱했다.

"좋아요. 돌아가서 완전 열심히 읽어볼게요. 한 글자 한 글자 정성 들여서요."

그리고 다음 상담에 돌아왔을 때 두 사람은 즐겁게 이야기를 나누었고 마더우는 자기가 내린 결심을 들려주었다.

"아버지가 지시한 것 중에 딱 하나만 물려받기로 했습니다. 아내와 절 중에 하나만요."

마더우는 아내와 이혼했고 절은 그대로 이어가기로 했다.

그리고 그는 아버지가 묻혀 있던 가족 묘지를 파헤쳐 아버지의 관을 통째로 절 뒷산으로 옮겨 묻었다. 그리고 아버지의 유언대로 정말 묘비를 세우지 않았다. 그때부터 마더우는 집안의 웃음거리가 되었다.

마더우는 치즈궈에게 일 년 정도 상담을 받았다. 상담이 끝나고 몇 달 동안 그들은 별다른 연락을 주고받지 않았다. 그러다 절간 수리 3년째에 곧 준공을 앞두고 마더우가 치즈궈에게 산으로 와보라고 청했다. 치즈궈는 구경이나 해보자는 심산으로 절로 향했다가 마더우의 권유로 하룻밤을 머물게 되었다. 수리가 잘 끝난 절을 보니 그의 부친이 얼마나 정성을 쏟았는지 알 수 있었다.

아침 공양이 끝나자 마더우가 부른 전문가라는 사람이 들이닥쳤다. 만나자마자 명함을 주고받으며 두 사람은 이야기꽃을 피웠다. 치즈궈는 한숨이 나왔다. 기회를 봐서 돌아가려고 했는데 이 상황을 보니 가기가 어려웠다.

마더우는 그와 전문가를 데리고 또 절을 한 바퀴 구경시켜 주고는 전문가의 제안을 유심히 들었다. 절이 지어진 시기는 640년 전이었지만, 그는 절의 역사가 700년이라고 소개했다. 어차피 60년 역사를 굳이 따지는 사람은 없을 테니까.

그 사람은 사찰을 전문적으로 운영하는 전문가였다. 그래서 이곳에 오기 전, 이 절이 너무 구석진 곳에 있어 알려지지 않았고 그래도 소유

주가 돈을 들여 수리해 명당으로 만들었다는 걸 잘 알고 있었다. 절의 이름은 '무불사(無佛寺)'였다. 부처님을 모시지도 않고 불상도 없는 곳이라는 뜻이었다.

몇 년을 돌아다니면서 무불사라는 절을 몇 군데 가보았는데, 무불사는 결코 특별한 절이 아니었다. 그런데 이 절은 부처님을 모시지 않는다고 하면서 '무불상(無佛像)'이라는 듣지도 보지도 못한 것을 조각했다는 점이 독특했다.

무불상이 무엇인지 그 전문가는 호기심이 생겼다. 그런데 그걸 실제로 보고는 깜짝 놀랐다. 무불상은 진흙으로 빚은 태아처럼 얼굴이 없고 형태가 온전하지 않은 불상에 새하얀 유약을 입힌 모습이었다. 앉은 것인지 선 것인지도 모를, 아무것도 분간이 가지 않는 이것이 바로 무불상인가?

정말 묘했다. 그가 여태껏 흔하게 보았던 무상불(無相佛)은 얼굴이 없어도 자태만은 불상의 모습을 하고 있었다. 그런데 지금 눈앞의 이것은 불상의 자태조차 갖추고 있지 않았다.

전문가는 대놓고 말하기가 난처했는지 민망한 웃음을 지었다.

"불상이 정말 현묘하군요. 아주 절묘해요."

한쪽에서 듣고 있던 치즈궈도 민망했다. 그 역시 어제 불상을 보고 어리둥절했기 때문이다. 그건 무불상이 아니라 치즈궈가 상담실에 장식으로 놓아 두었던 도자기와 똑같은 모양이었다. 치즈궈가 만들다가 망쳐서 사무실에 아무렇게나 갖다 놓은 도예 작품이었다.

예전에 상담을 받으러 사무실에 왔을 때 하얀 유약만 칠해진 무형의 도자기를 보고 마더우가 이건 뭐냐고 물은 적이 있었다. 그때 치즈궈는 대충 '무불상'이라고 대답했고, 마더우는 왜 이런 것을 모시느냐고 물었다. 치즈궈는 이렇게 대답했다.

"신앙이 있어야 하니까요. 무엇을 믿을지 확신이 서지 않으면 무엇이든 믿어도 됩니다. 무엇이든 가능해요. 구체적인 형상이나 구체적인 신이 아니어도 돼요. 그게 부처일 수도, 귀신일 수도, 혹은 사람일 수도 있겠죠."

그 말에 마더우는 큰 가르침을 받은 듯 자그마한 무형의 백색 도자기를 한참이나 바라보았다.

치즈궈는 마더우가 그것을 이 절의 부처로 모실 줄은 꿈에도 상상하지 못했고 그저 당황스러울 뿐이었다.

그 하얀 불상에는 원래 작품에 있던 흠집까지 그대로 옮겨져 있었다. 치즈궈가 도자기를 옮기다가 실수로 책상 모서리에 부딪혀 깨진 흔적이었다.

마더우가 여기 남은 흔적은 무엇이냐고 물었던 게 떠올랐다. 치즈궈는 그때도 대충 생각나는 대로 '신의 상처'라고 얼버무렸다.

그러자 마더우는 또다시 놀란 듯 물었다.

"신도 상처가 있군요."

치즈궈는 또 아무렇게나 둘러댔다.

"그렇게 생각해볼 수도 있죠. 어쩌면 우리가 사는 속세는 신의 상처에서 흘러나온 것일지도 모른다고. 당신과 나, 중생들은 모두 고통의 이유이자 신의 고통 그 자체일 겁니다."

마더우는 가르침을 받드는 모습으로 하얀 도자기를 유심히 보았다.

전문가도 역시나 그 흠집에 관해 물었다. 흰 유약을 발라 만든 3미터짜리 조각상 뒤에 있는 그 흠집이 눈길을 잡아끌었다.

마더우는 치즈궈가 했던 말을 그대로 반복했다.

"그건 신의 상처입니다."

치즈귀는 속으로 탄식했다. 지금 상황에서는 부처의 상처라고 해야 마땅했다. 그런데 그의 마음속에는 부처도 하나님도 없으니 상황에도 안 맞는 신이라는 말을 갖다 댄 것이다.

그런데 또 생각을 바꿔보면 속세가 신의 상처에서 나온 것이라고 둘러댄 이야기와 힌두교의 세 주신 중 하나인 비슈누의 이야기가 닮았다고 볼 수도 있다. 부처가 비슈누의 아홉 번째 화신이라 불리기도 하지 않는가. 이십제천(二十諸天)에 비슈누가 들어가 있지는 않지만 불교와 관련은 있다. 그러니 마더우가 횡설수설한 말이 의도치 않게 일맥상통한다고 볼 수도 있었다.

치즈귀는 속으로 황당해 웃음이 나왔다.

그 무불상 옆에는 비석이 하나 서 있고 무상불에 관한 해석이 새겨져 있었다.

"부처님은 본디 형상이 없으니 모든 것이 자유로 귀결된다. 마음속에 부처가 없다면 부처는 어디에 있는 것인가? 마음속에 부처가 있다면 부처는 어디에 있는 것인가? 부처도 본디 집착이니 나의 마음이 곧 나의 부처이고 불자이며 자연이다. 부처는 본디 형상이 없으나 부처의 형상을 만들려는 중생의 마음으로 인하여 불상이 생겨났다. 부처는 본래 형상이 없기에 중생의 형상을 그 모습으로 삼았다."

치즈귀는 전문가와 함께 그 글귀를 읽고는 웃을 수도 울 수도 없었다.

마더우는 그가 무슨 말이라도 해주기를 기다리고 있었다. 칭찬을 바라는 것 같았다. 치즈귀는 하는 수 없이 한마디를 던졌다.

"부처는 팔만 사천 형상이라는데 그 본뜻이 무상(無相)이니, 좋은 뜻을 지녔군요."

마더우는 마음이 놓이는지 활짝 웃으며 전문가라는 사람과 더 신나게 이야기를 나누었다.

치즈궈는 무불상을 한동안 쳐다보았다. 그의 사무실에 있던 도자기는 그저 별 뜻 없이 갖다 놓은 것이었다. 치즈궈가 그 도자기에서 부처를 떠올리는가? 아니다. 그 도자기는 신을 떠올리게 하는가? 아니다. 그건 부처도 신도 사람도 귀신도 아니다. 그의 잡다한 생각이 순간적으로 나타난 결과일 뿐이다. 30센티미터도 되지 않는 무형의 백자에 어떤 상징성이 있는지 굳이 말하자면, 그것은 그의 업이라고밖에 할 수 없을 것이다. 치즈궈는 한 번도 기도나 절을 해본 적이 없었다. 가끔 상담이 힘들어질 때면 그는 잠시 그 도자기를 쳐다보았다. 그러면 그 순간, 그 도자기에 얼굴이 나타났다. 내담자의 얼굴, 환자의 얼굴, 그의 얼굴, 업장을 짊어진 중생의 얼굴이다.

부처가 어찌 팔만 사천에 그치겠는가.

옆에 있던 전문가가 끝도 없이 말을 했다.

"그럼 무불상의 탄생에 관한 이야기는요? 스토리텔링이 중요해요. 재물을 바라고 아들을 바라고 좋은 인연을 바라고 건강을 바라는 사람들에게 이 절만의 특색을 알려서 무불상의 명성을 알려야죠. 예를 들어 만지면 아들을 낳는다든지, 기도를 드리면 재물을 긁어모을 수 있다든지. 아 참, 여기가 700년이나 된 사찰이라고 하셨죠! 반올림하면 천년고찰이라고 말할 수 있지요. 그렇게 역사가 유구하다는 점을 강조해야죠. 절은요, 오래될수록 사람들이 더 믿고 따르는 법이거든요. 거기에 적당한 이야기까지 곁들여지면 완벽하지요. 입장료는요, 너무 적게 받을 필요 없습니다. 저는 60위안이면 적당할 것 같아요. 입장료는 아무리 싸게 잡아도 비싸다고 싫어하는 사람들이 있으니까요. 관건은 향 피우고 등 다는 비용이죠. 찾아오는 불자들은 믿음만 확실하면 수백 수천 위안을 쓰는 것도 망설이지 않습니다. 아, 그리고 승려들을 데려다 터를 잡게 해야 해요. 명망이 있는 사람이 좋을 겁니다. 그게 아니면 직접 명성을 좀 쌓으시던가요. 시주(施主)할 사람들도 찾아서 문 앞에 공덕비를 세우세요. 그리고 누가 얼마를 시주했는지 다 새겨놓으세요. 가장 좋은 건 마케팅에 쓰일 만한 유명인 몇 명을 찾는 거예요. 스타들이 와서 절을 했다는데, 어떻게 사람들이 안 오겠어요. 촬영장으로 빌려주는 것도 괜찮죠. 향 피우는 거로 돈이 좀 들어오면 용품 판매도 자연스레 뒤따르겠네요. 첫 불공 때 올린 찻잎, 옥기, 종이 인형, 간식 같은 것도 팔고요, 여행사와 연계도 생각해볼 수 있죠. 어찌 됐든 700년이나 된 곳이니 팔리긴 할 거예요. 올라오면서 보니까 산과 물을 끼고 있는 경치도 이만하면 괜찮고……"

전문가는 말을 하면 할수록 흥이 올랐다. 마더우도 얼굴에 화색을 띠며 맞장구를 치더니 갑자기 돌아서서 물었다.

"치 선생님, 선생님이 이 무불상의 이야기를 지어주세요."

치즈궈는 몹시 당황스러웠다. 그게 어떻게 가능하겠는가, 무슨 이야기를 갖다 댄단 말인가. 그러나 마더우는 스토리텔링이 꽤 괜찮은 생각이라 여겼는지, 계속해서 그에게 고집을 부렸다. 눈앞이 캄캄해진 치즈궈는 어젯밤에 떠나지 않은 게 후회되었다.

그는 하는 수 없이 즉석에서 이야기를 들려주었다. 그러자 마더우가 이맛살을 찌푸렸다.

"이야기는 괜찮은데, 불교에 관한 이야기가 아니잖아요."

치즈궈는 미소만 짓고 아무 대꾸도 하지 못했다. 원래 '무불상'은 그에게도 부처가 아니라 그냥 한낱 전치사 같은 존재일 뿐이었으니까.

　사찰이 문을 열었다. 마더우는 치즈궈를 또 초청했고, 그는 학생 두 명을 데려갔다. 안 그래도 사회에서 활동을 해본다는 취지로 매년 서너 번 시간을 내어 학생들을 데리고 지방으로 떠나던 참이었다.

　마더우는 그들을 보고 실눈을 뜨며 함박웃음을 지었다. 그러자 치즈궈 뒤에 서 있던 여학생이 조그맣게 속삭였다.

　"저분 이 사이의 틈이 꼭 사람 눈 같아요."

　마더우가 그 소리를 들었는지 더 환하게 웃으며 두 학생은 누구냐고 물었다.

　"제 학생입니다. 견문을 좀 넓혀보라고 데려왔어요."

　치즈궈는 마더우에게 대답하면서 등 뒤의 남녀 학생을 돌아보았다.

　"이 분은 마 선생님, 사찰 경영자셔."

　"마 선생님은 무슨. 치 선생님이 또 몸 둘 바를 모르게 하시네. 아저씨라고 부르면 돼."

　두 학생은 공손하게 인사를 드렸다.

　"마 선생님, 안녕하세요."

　마더우는 하는 수 없다는 표정을 지었고, 치즈궈는 웃으며 학생들을 소개했다.

　"한이이, 류쓰입니다."

　네 사람은 대웅전으로 갔다. 방문객은 두셋씩 드문드문 있었고 많지는 않았다. 문을 연 지 하루밖에 되지 않았으니 당연했다. 무불상 옆에 있는 비석에는 이야기가 덧붙어 있었다. 치즈궈가 들려준 이야기가 아니었다. 마더우는 치즈궈가 들려줬던 그 이야기를 쓰지 않았다.

치즈귀는 아무 불만이 없었다. 부담을 덜어 오히려 홀가분했다.

그는 새로운 이야기를 읽어보았다. 꽤 흥미진진했다. 마더우에게 물었다.

"누가 생각해낸 이야기입니까?"

마더우는 치즈귀의 이야기를 쓰지 않은 것이 민망했는지 말을 얼버무렸다.

"사 온 거예요. 어떤 아이가 썼다던데요."

"아이요?"

마더우가 또다시 잇새의 틈을 드러내며 냉큼 대답했다.

"한 고등학생이요. 돈을 좀 써서 모집 광고를 냈는데 이야기가 쓸 만하더라고요."

치즈귀는 고개를 끄덕이고 더 묻지 않았다. 상처와 관련된 이야기였다.

공양에 이어 설법을 들었다. 절에는 고승이 주지 스님으로 와 있었다. 치즈귀는 그와 몇 마디를 나누어보고 허울뿐인 주지 스님은 아니라는 생각이 들었다. 데려온 학생들을 스님에게 맡겨도 된다고 생각하니 마음이 퍽 놓였다.

마더우는 그에게 더 친근하게 굴었다. 그러나 치즈귀는 계속되는 마더우의 이런저런 요청을 완곡하게 거절하며 한동안 방문하지 못할 것 같다고 얘기했다. 그리고 상담을 하려면 상담실로 찾아오라고 했다. 이런 빈번한 연락은 마더우에게도 좋을 것이 없기 때문이었다.

마더우는 눈꼬리를 치뜨며 불편한 기색을 드러냈다. 치즈귀가 자신의 호의를 무시한다고 생각한 것 같았다.

치즈귀는 우선 아무 말도 하지 않고 마더우 스스로 깨닫기를 기다렸다. 마더우가 지금 저러는 것은 일시적인 감정이라는 걸 알기 때문이었다. 마더우는 치즈궈와 완전히 연을 끊을 수 없을 뿐만 아니라 그의 도움을 받고 싶어 하고 그에게 인정을 받고 싶어 했다.

역시나 마더우는 고개를 주억거리며 이야기했다.

"치 선생님이 워낙 바쁘시니 제가 시간을 너무 뺏으면 안 되겠죠. 앞으로는 자주 초대 안 할 테니 명절 같을 때만큼은 거절하지 마세요. 제가 얼마나 존경하는지 아시잖아요. 저한테는 정말 무한한 도움을 주시니까요."

치즈궈는 그의 말에 고개를 끄덕였다.

"그럼요."

절을 떠나기 전에 대웅전을 지나쳤다. 치즈궈는 다시 한번 그 무불상을 바라보았다.

그때 갑자기 어떤 학생이 저 무불상에 어떤 사연이 있는지 묻는 소리가 들렸다. 그러자 옆에 있던 친구가 하품하며 이렇게 이야기했다.

"사연은 무슨, 만들다가 망친 걸 갖다 놓고 뭐라도 있는 것처럼 속이는 걸 수도 있어."

치즈궈는 웃음이 터져 나오려 했다. 대화가 오간 곳을 쳐다보니 한 여고생이 있었다. 교복 차림에 머리를 질끈 묶어 이마를 환하게 드러낸 여학생의 코끝에는 작은 여드름이 솟아 있었다.

절이 문을 연 지도 얼마 안 되었는데, 고등학생들이 어떻게 이곳을 찾아왔을까? 마더우도 참 대단했다.

여학생의 앳된 얼굴 위로 법등의 불빛이 내려앉았다. 불빛 속에서 빛나는 반쪽 얼굴에는 솜털이 나 있었다. 그늘에 가린 반대쪽 얼굴은 그 여학생의 눈빛과 함께 마치 원시로 통하는 듯했다. 어쩌면 단테의 펜 끝에서 태어난 것 같기도 한 얼굴이었다. 몇 층에 있는지, 올라가는지 내려가는지도 모른 채, 빛과 그림자가 오가던 얼굴은 어느새 평범한 모습이 되었다. 웃을 때는 환한 표정이 되고 진지할 때는 앳된 얼굴 속에서도 성숙한 모습이 떠올랐다. 학생의 눈매는 절 밖 회화나무에 새겨진 무늬처럼 경건했다.

이 학생은 어떤 사물에도 반응하지 않았다. 그저 멍하니 바라만 보았다. 그렇게 멍한 모습도 경건하게만 보였다.

옆에 있던 친구가 비석을 보러 가자고 이끌었다. 학생은 흥미롭지 않다는 듯 비석을 힐끗 보더니 한쪽으로 물러났다. 그리고 종이와 펜을 달라고 하더니 소원지를 적어 걸어 두었다.

그곳을 나가며 친구가 그 학생에게 대학입시에서는 어느 과를 지원할 거냐고 물었다. 그러자 그녀는 무불상을 바라보면서 한마디를 툭 던졌다.

"심리학이지."

아, 그러니까 저 아이들에게 무상불은 시험의 신이구나.

그들이 자리를 떠난 후, 치즈궈는 지나가면서 그 여학생이 쓴 소원지를 보았다. 힘차고 생동감 있는 글씨체에 웃음이 터졌는데, 자세히 보니 따로 연습한 글씨는 아니었다. 내용은 어디선가 발췌한 것이었다.

그는 인간과 같은 꿈을 꾸어본 적이 없고, 말과 같은 꿈을 꾸어본 적도 없다. 인간과 말이 모두 깨어 있을 때, 세상이 평화롭기는 힘들다. 그러나 인간의 꿈과 말의 꿈 하나가 되어 켄타우로스의 꿈이 된다. ― 《켄타우로스》

치즈귀는 그 글귀를 한참 동안 바라보다가 무심코 그 여학생을 찾아 두리번거렸다. 하지만 이미 자취를 감춘 뒤였다.

마더우가 그들을 절 입구까지 배웅하며 아쉬운 마음을 전했다. 치즈귀는 입구 현판에 대문짝만 하게 쓰인 '무불사' 세 글자를 쳐다보았다. 그리고 마더우에게 이야기했다.

"앞으로 제가 일을 그만두면 혹시라도 무불사에 와서 기거할지도 모릅니다. 저한테 아주 좋은 귀결점이 될 것 같네요."

마더우가 기쁜 듯 환하게 웃었다. 그에게 이보다 더 긍정적인 칭찬은 없을 것이었다.

잠시 이야기를 더 나누는 사이에 치즈귀는 문자를 하나 받았다. 정신 감정을 요청하는 내용이었다. 속세의 일이니 속세로 가서 처리해야만 했다.

치즈귀는 마더우에게 작별을 고하고 두 학생을 데리고 산에서 내려갔다.

도중에 그는 신의 죽음을 전한 차라투스트라를 떠올렸다. 만약 오늘 그가 산에서 내려가 뒤를 돌아보라는 성자를 만난다면, 그는 무슨 말을 할 수 있을까? 아마도 차라투스트라와 같은 대답일 것이다.

"신은 죽었지만, 무상불이 남았지요. 저는 산에서 내려가렵니다. 세상 사람들을 사랑하는 제가 불길이 되어야지요."

유쾌한 생각 덕분에 즐거워진 치즈귀는 예전에 절에서 꾸었던 꿈을 다시 떠올렸다. 강에서 보았던 얼굴 없는 자기 자신의 모습. 바로 이 무불상이었다. 그가 마주친 무불상은 바로 자기 자신이었다.

한국 독자 여러분, 안녕하세요! 무거입니다. 여러분께 저의 책, 《악몽과 망상》을 소개할 수 있어 기쁩니다.

이 책은 제가 정신병원에서 인턴 생활을 했던 경험을 소재로 삼아 썼습니다. 양극성 정동장애, 다중인격, 강박증, 우울증, 망상장애 등등 우리 주변에서 비교적 쉽게 볼 수 있는 정신질환 이야기 열일곱 편을 담았습니다. 각각의 이야기는 가족의 어두운 그림자, 학교 폭력, 반려동물의 죽음, 친밀한 관계에서 겪는 딜레마처럼 실생활에서 부딪치는 어려움과 밀접한 관련이 있습니다. 우리 모두가 언제라도 겪을 수 있고 어쩌면 이미 겪고 있을지도 모르는 문제들이죠.

대학원 시절 인턴으로 일한 정신병원에는 제 상상과는 다른 환자들이 무척 많았습니다. 그들은 극단적이고 허황한 행동을 하지도 않았고, 보통 사람들과 크게 다르지 않아 보였습니다. 어떤 환자들은 오히려 제 마음을 보살펴주기까지 했습니다.

저는 이 책이 환자들의 진실한 모습을 보여드릴 수 있길 바랍니다. 그들은 절대 큰 문제가 있는 사람들이 아닙니다. 단지 어떤 기능이 지나치게 나타나거나, 혹은 어떤 기능이 부족하게 나타날 뿐이죠. 인간이라는 커다란 집합 속에 넣고 본다면 그들은 두렵거나 신기하거나 엽기적이지 않은 사람들입니다.

조현병을 예로 들겠습니다. 흔히 조현병 증상을 양성 증상과 음성 증상으로 나눕니다. 양성 증상은 환각, 망상 같은 뚜렷한 정신이상 증상을 말합니다. 보통 사람들보다 무언가 과도하게 나타나는 활동이라고 할 수 있죠. 반면 음성 증상은 감정 기복이 미약하고 말이 줄거나 위축감을 느끼는 것 같은 우리가 비교적 쉽게 접하는 증상을 이릅니다. 보통 사람들보다 무언가 덜한 증상이라고 할 수 있죠. 보통 사람들은 장례식장에 가면 울기도 하고 슬퍼하기도 합니다. 조현병 환자는 그런 상황에서 일반적인 감정 표현을 보이지 않습니다. 심지어 장례식장에서 미소를 지을 수도 있어요. 그러나 정신질환은 본질적으로 보통 사람들과 멀리 있지 않습니다. 저는 그들을 볼 때 종종 환자가 아니라 저자신, 그리고 보통 사람들을 떠올립니다.

이 책에는 여러 정신질환 이야기가 등장합니다.

죽고 싶지만 남겨진 시체가 아름답지 못할까 봐 주저하며 제 발로 병원을 찾아온 첼리스트, '귀염받지 않아도 괜찮다는 것'을 받아들이는 게 다리가 마비되는 것보다 더 힘든 작곡가, 자신의 꼭두각시 인형을 살해함으로써 자기 여자친구의 죽음을 밝히려던 인형사……

추페이는 조현병 환자입니다. 수년간 병을 앓으며 증상은 이제 안정기에 접어들었죠. 그의 마음속 가장 깊은 곳을 차지한 두려움은 어릴때 학교에서 당한 학교 폭력 때문에 생겼습니다. 그 이후로 추페이는 환각과 피해망상을 겪었고 학교도 그만두었습니다. 추페이는 심리 치료 연구에서 그때 괴롭힘당했던 자신을 연기하게 됩니다.

그런데 연극의 후원자가 연극을 보러 오고 의외의 상황이 벌어집니다. 후원자가 나타나자 추페이는 완전히 이성을 잃고 무대 위에서 통제 불능 상태에 빠집니다. 학교 화장실에서 추페이의 바지를 벗기고 숨긴 학생이 바로 그 후원자였고, 추페이가 그를 알아본 것입니다. 그런데 정작 가해자는 그 일을 까맣게 잊고 심지어 추페이를 알아보지도 못하죠. 아이러니하게도 과거에는 나빴던 사람이 선량한 사람으로 둔갑하는 동안 괴롭힘당했던 피해자는 그때의 상처를 계속 짊어지고 살아온 겁니다.

폭력은 짧은 순간의 일이지만 견디는 일은 지속됩니다. 언젠가 가장 두려웠던 기억이 무엇인지 묻는 저의 글에 놀라운 댓글이 꽤 많이 달렸습니다. 학교 친구가 라이터로 머리를 태운 적이 있어 불이 제일 무섭다는 사람도 있었고, 선생님과 반 친구들이 자신의 사투리 억양을 비웃은 적이 있어 남들 앞에서 발표하는 게 두렵다는 사람도 있었습니다. 사소한 일도 당한 사람에게는 평생 트라우마로 남습니다. 악의로 남을 해친 사람은 깡그리 잊어버릴 일이지만 피해자들에게는 평생 치유할 수 없는 기억이겠죠.

팡위치라는 열일곱 살짜리 남자아이가 있습니다. 해리성 정체감 장애, 속칭 다중인격이라 불리는 진단을 받았죠. 학교 성적에 기대가 높은 부모님 때문에 스트레스가 극심했던 소년은 팡위커라는 인격을 분열해내어 형으로 여기고 자신을 보호합니다. 주 인격인 팡위치는 똑똑하고 말도 잘 듣고 성적도 좋았지만 보조 인격인 팡위커는 침울하고 내성적이었죠. 둘은 비밀 일기장에 서로 속을 털어놓았습니다.

팡위커는 자신이 없어져야 할 존재라고 생각해 모든 치료에 순순히 응했고 결과를 기꺼이 받아들였습니다. 어머니를 행복하게 하는 길은 자신이 사라지는 것이고, 그게 자신이 가족에게 인정받을 수 있는 유일한 가치라고 생각했기 때문입니다. 그는 한 치의 망설임도 없이 자신의 몸과 삶을 완전히 동생에게 내줍니다. 그리고 일기장에 이 한 줄을 남기죠. "네가 날 대신해서 엄마를 행복하게 해드려."

그 소년이 너무나 안타깝습니다. 우리는 종종 자녀를 향한 부모의 사랑이 조건 없고 헌신적이라고 표현하지만 부모를 향한 아이들의 사랑이야말로 가장 순수합니다. 책 속 형의 말처럼 말이죠. "네가 생각하는 것보다 훨씬 더 널 사랑해. 내가 널 위해 뭘 포기했는지 넌 영원히 모를 거야."

책 속 이야기는 모두 경험에 기반을 두고 있지만, 문학적 변형을 거치기도 했고, 환자의 사생활을 보호하기 위해 신상 정보는 감추었습니다. '고양이 소녀' 이야기처럼 말입니다. 장무리라는 젊은 어머니는 모리라는 딸을 데리고 병원을 찾습니다. 일 년에 몇 달을 고양이로 변하는 딸이었죠. 고양이 울음소리만 내고 사람의 말을 하지 않는 아이는 밥도 고양이처럼 바닥에 엎드려 먹고 갑작스러운 자극에 깜짝 놀라 몸을 숨기기 일쑤입니다. 아래턱을 쓰다듬으면 기분 좋게 그르렁거리는 것이 영락없는 고양이의 모습입니다. 처음에는 학교 폭력 같은 게 원인이 아닐까 의심했습니다. 그러나 나중에 알고 보니 이 집에서 문제가 있는 것은 모리가 아니라 어머니였습니다. 바로 어머니가 쓰다듬는 행동에 반응하는 딸의 모습을 보고 가장 기뻐하고 만족한 사람이었으니까요. 그런데 어머니의 이런 행동 역시 자신이 키우던 개를 무척 사랑했던 아버지에게서 영향을 받은 것이었습니다.

윗세대에서 풀지 못한 감정의 응어리는 다음 세대로 전부 흘러갑니다. 자녀와 부모의 애착 관계는 전염성을 띠고 있게 마련이니까요. 부모의 정서는 아이의 정서를 좌우합니다. 아이들은 책 속의 고양이 소녀처럼 언제나 부모를 아낌없이 믿고 따릅니다. 그래서 모리는 자기가 고양이로 변했을 때 기뻐하는 엄마를 보고 계속 고양이를 흉내 내는 증상을 보인 겁니다.

마음이 무너지는 순간은 불쑥 찾아옵니다. 우리는 점점 울고 싶을 때 우는 능력을 잃어버리는 것 같습니다. 하지만 내면이 극심하게 고통스럽고 힘들 때는 그저 울어버려야 좋지 않은 감정들이 배출됩니다. 슬플 땐 슬퍼하고, 기쁠 땐 그 기쁨을 만끽하고, 감정을 솔직하게 받아들이는 게 중요하죠.

정신병원에서 얻은 가장 큰 가르침은 '듣기'였습니다. 환자를 이상하고 특이한 존재로 여기지 않고, 오롯한 한 사람으로 받아들이고 이야기를 들을 수 있게 되었습니다. 이들에게 있는 제 모습을 발견하고, 저에게서 이들의 모습을 발견하고, 제 감정이 무어라 말하는지 듣게 되었습니다. 여러분도 살면서 맞닥뜨리는 고통, 괴로움을 외면하고 계시지는 않나요? 여러분도 '듣기'부터 시작하시길 바랍니다. 여기, '미친 사람'이 말하고 있습니다. '미친 사람'의 말을 편견 없이 들어주세요. 그리고 자기 내면의 말을 존중하고 들어주세요.

2023년 6월
무거

박미진

동국대학교 중어중문과를 졸업하고 텐진사범대학에서 수학했다. 중국어 전문번역가로 활동하며 한국의 독자들과 함께 읽고 싶은 중국 원서의 기획과 번역 작업을 한다. 《새를 찾아서》, 《지혜로운 유대인의 자녀교육 10계》, 《황권》, 《류츠신 SF 유니버스 시리즈》, 《안녕, 우울》, 《아이는 아이답게》, 《서른, 노자를 배워야 할 시간》 등을 옮겼다.

악몽과 망상
어느 인턴의 정신병동 이야기

2023년 7월 28일 초판 1쇄 발행

지은이 • 무거
옮긴이 • 박미진
펴낸이 • 한예원
편집 • 이승희, 윤슬기, 양경아, 김지희, 유가람
본문 조판 • 성인기획

호루스의눈
전화 • 02)2266-2776 | 팩스 • 02)2266-2771
출판등록 • 제2022-000297호
horusbook@naver.com

ISBN 979-11-980880-3-1　03820

* '호루스의눈'은 교양인의 문학 브랜드입니다.